MONICA McCARTY

Mein ungezähmter Highlander

Buch

Isabel MacDonald ist jung, atemberaubend schön und liebt ihre Freiheit. Dennoch willigt sie ein, Rory, den Anführer der verfeindeten MacLeods, zu heiraten. Doch die Eheschließung ist kein Friedensangebot. Ihr Vater erwartet von ihr, dass sie Rory verführt und den verhassten Clan ausspioniert. Auch Rory stimmt der Heirat nur widerwillig zu. Isabels Onkel hat seine Schwester verstoßen. Aus Rache dafür will er nun Isabel entehren und anschließend verstoßen.

Doch da entzündet sich das Feuer der Leidenschaft zwischen ihnen und brennt Zorn und Verrat aus ihren Herzen. Denn die Liebe wächst bisweilen an unerwarteten Orten, und Leidenschaft führt manchmal zu Vergebung und dem Wissen, dass Hass und Verrat nur Böses schaffen. Vertrauen und Liebe hingegen folgt wahres Glück ...

Autorin

Monica McCarty studierte Jura an der Stanford Law School. Während dieser Zeit entstand ihre Leidenschaft für die Highlands und deren Clans. Sie arbeitete dennoch mehrere Jahre als Anwältin, bevor sie dieser Leidenschaft nachgab und zu schreiben anfing. Heute lebt sie mit ihrem Mann und ihren Kindern in Minnesota.

Weitere Informationen unter: www.monicamccarty.com

Weitere Romane von Monica McCartys aufregender Schotten-Saga sind bei Blanvalet bereits in Vorbereitung.

Monica McCarty

Mein ungezähmter Highlander

Roman

Ins Deutsche übertragen
von Firouzeh Akhavan

blanvalet

Die amerikanische Originalausgabe erschien unter dem Titel
»Highlander Untamed« bei Ballantine, New York.

FSC
Mix
Produktgruppe aus vorbildlich
bewirtschafteten Wäldern und
anderen kontrollierten Herkünften

Zert.-Nr. SGS-COC-1940
www.fsc.org
© 1996 Forest Stewardship Council

Verlagsgruppe Random House FSC-DEU-0100
Das für dieses Buch verwendete FSC-zertifizierte Papier
Holmen Book Cream liefert Holmen Paper, Hallstavik, Schweden.

1. Auflage
Deutsche Erstveröffentlichung Oktober 2008 bei Blanvalet,
einem Unternehmen der Verlagsgruppe
Random House GmbH, München.

Umschlaggestaltung: HildenDesign, München
Umschlagmotiv: Paar: © Accornero, Franco via Agentur
Schlück GmbH
Hintergrund: © stockxng
Redaktion: Sabine Wiermann
HK · Herstellung: Heidrun Nawrot
Satz: DTP Service Apel, Hannover
Druck und Einband: GGP Media GmbH, Pößneck
Printed in Germany
ISBN: 978-3-442-37035-1

www.blanvalet.de

Zwei Häuser waren – gleich an Würdigkeit –
Hier in Verona, wo die Handlung steckt,
Durch alten Groll zu neuem Kampf bereit,
Wo Bürgerblut die Bürgerhand befleckt.
Aus dieser Feinde unheilvollem Schoß
Das Leben zweier Liebender entsprang,
Die durch ihr unglückselges Ende bloß
Im Tod begraben elterlichen Zank.
Der Hergang ihrer todgeweihten Lieb
Und der Verlauf der elterlichen Wut,
Die nur der Kinder Tod von dannen trieb,
Ist nun zwei Stunden lang der Bühne Gut;
Was dran noch fehlt, hört mit geduldgem Ohr,
Bringt hoffentlich nun unsre Müh hervor.

WILLIAM SHAKESPEARE
Romeo und Julia, Prolog
(übersetzt von August Wilhelm von Schlegel)

Prolog

Dunscaith Castle, Isle of Skye, 1599

Das schwere Stampfen der Hufe ließ den Boden erzittern, als sich das Heer der Krieger Dunscaith Castle näherte. Ihr Anführer Roderick MacLeod, Chief der MacLeods, trieb sein Ross in halsbrecherischer Geschwindigkeit über den felsigen Grund. Er musste ihr zu Hilfe kommen …

In diesem Moment übertönte tosendes Gebrüll das donnernde Stampfen der Pferde und machte jegliche Hoffnung zunichte.

Rory fluchte. Er wusste, dass die Triumphschreie der Menge nur eines bedeuten konnten: Er war zu spät gekommen.

Doch er weigerte sich, das Unabänderliche zu akzeptieren, und trieb sein mächtiges Streitross nur noch schneller den steilen Pfad hinauf. Als Pferd und Reiter endlich die Spitze des Hügels erreicht hatten, bot sich ihnen ein grausames Schauspiel, das Rorys größter Feind inszeniert hatte.

Nur wenige hundert Meter unter ihnen befand sich Rorys Schwester. Auf dem Rücken eines Pferdes bahnte sie sich ihren Weg durch eine Horde johlender Dorfbewohner. Sie wirkte so klein, so mutterseelenallein inmitten der rasenden Menge. Ihr herrlich dichtes, wild gelocktes Haar, das ihr Gesicht wie ein Heiligenschein umrahmte, glänzte weiß-golden im hellen Licht der hochsommerlichen Sonne. Doch weder ihr prächtiges Haar noch die Überbleibsel ihrer einst betörenden Schönheit vermochten davon abzulenken, dass ein Auge von einer deutlich sichtbaren, schwarzen Augenklappe bedeckt war.

Selbst von weitem konnte Rory Margarets Leid erkennen. Sie hielt ihren Rücken etwas zu gerade, ihre Hände, die die Zügel fest umklammerten, zitterten fast unmerklich, und die wüsten Beschimpfungen ließen sie immer wieder zusammenzucken.

Rory konnte nur Bruchstücke der hasserfüllten Worte verstehen. »Gesicht … abscheulich … einäugig … Zeichen des Teufels …«

Er trieb sein Pferd weiter voran, obwohl er den Schaden nicht mehr abwenden konnte.

Nur der MacDonald von Sleat konnte so grausam sein, sie mit einer derartigen Prozession fortzuschicken. Sleat hatte sich Mühe gegeben, Rorys Schwester zu beschämen und sich auf widerwärtige Weise an ihrem Unglück zu weiden. Denn die arme Margaret hatte sich nur wenige Monate nach ihrer Ankunft auf Dunscaith bei einem schrecklichen Reitunfall schwer am Auge verletzt. Nun hatte man sie auf ein einäugiges Pferd gesetzt und auch der Mann, der das Pferd führte, war einäugig. Selbst der Hund, der ihnen folgte, hatte nur ein Auge.

Nicht genug damit, dass Sleat entschieden hatte, die Ehe auf Probe aufzukündigen und Margaret nach Hause zu schicken. Die Art und Weise, in welcher dies geschah, diente einem einzigen Zweck – den Stolz der MacLeods so tief zu verletzen, dass ihnen nur eines blieb: Rache zu nehmen.

Dieser verdammte Sleat, diese Ausgeburt des Teufels. Wie konnte er nur eine unschuldige Frau mit in eine Fehde zwischen Männern hineinziehen.

Rorys Herz zog sich schmerzhaft zusammen, als er sah, wie eine Träne unter Margarets schwarzer Augenklappe hervorsickerte und ihre bleiche Wange herunterrann. Wie ein makelloser Diamant funkelte die Träne im hellen Sonnenlicht. Margaret wankte im Sattel, als versuchte sie sich noch einmal mit letzter Kraft aufzurichten. Doch es gelang ihr nicht, und das Kinn sackte ihr auf die Brust.

In Rorys Ohren begann das Blut zu rauschen, und die unbändige Wut, die jetzt in ihm anschwoll, ließ ihn endlich taub werden für die grausamen Beschimpfungen der Clansleute der MacDonalds. Er stieß einen schrillen Kampfschrei aus und riss sein Breitschwert hoch, um seine Männer um sich zu scharen. »Haltet zusammen!«, brüllte er seinen Männern das Motto des Clans entgegen. »Auf die MacLeods!«

Sleat sollte bereuen, was er getan hatte. Die MacLeods würden Rache nehmen.

1

In seinem großen Haus
Da war ich froh.
Ich tanzte heiter
Durch die Flure.
Der Gesang der Fidel
Wiegte mich in den Schlaf.
Und das Lied der Flöte
Weckte mich am Morgen.
Gegrüßt sei mir…
…Dunvegan.

Aus dem *Klagelied* von Mary MacLeod

Loch Dunvegan, Isle of Skye, Juli 1601

Isabel MacDonald hätte nie gedacht, dass es ihr an Mut mangelte, doch in den letzten Tagen waren ihr da Zweifel gekommen. Die langen Stunden während der Reise, in denen man kaum mehr tun konnte als nachdenken, hatten sie auf eine harte Probe gestellt. In Edinburgh war ihr der Plan, mit dem sie ihren Clan retten wollte, noch wohl durchdacht erschienen. Doch jetzt, kurz vor ihrem Ziel am äußersten Rande Schottlands, wirkte er so schwach wie eine Jungfrau auf ihrem Opfergang. Sie befürchtete, dass dieser Gedankengang der Wahrheit nicht nur im übertragenen Sinne beunruhigend nahekam.

Inmitten ihrer Leute, die sich in dem kleinen *birlinn* dicht aneinanderdrängten, fühlte Isabel sich seltsam allein. Auch die anderen Insassen des Bootes verhielten sich ruhig und wachsam, während sie sich der Burg ihres Feindes näherten. Nur das Schlagen der Ruder, die in immer wiederkehrendem Rhythmus in die schwarzen Tiefen eintauchten, unterbrach die unheimliche Stille. Irgendwo dort vor ihr, in einer der Buchten, auf die sie zusteuerten, lag die Burg von Dunvegan, die uneinnehmbare Festung der MacLeods.

Ein ungewisses Schicksal erwartete sie.

Der eisige Wind fegte über das Wasser hinweg und drang ihr bis ins Mark. Sie rief sich den gälischen Namen der Isle of Skye in Erinnerung – *Eilean a Cheo*. Die »Insel des Nebels«, was für eine maßlose Untertreibung.

Isabel verfluchte ihre unpassende Reisegarderobe und zog den fellbesetzten Mantel, das einzige warme Kleidungsstück, das sie trug, noch enger um sich. Doch auch der Mantel vermochte sie nur wenig vor den Elementen zu schützen. Selbst in einem Hemdchen hätte sie nicht stärker frieren können.

Doch angesichts der gefährlichen Aufgabe, die vor ihr lag, schien das grässliche Wetter der Situation im Grunde angemessen zu sein.

Denn Isabel war dem mächtigen Anführer der MacLeods für eine Ehe auf Probe versprochen worden. Doch dies war nur die halbe Wahrheit. Vermeintlich hatte der König die Ehe auf Probe vermittelt, um damit die seit zwei langen Jahren schwelende Fehde zwischen den MacLeods und den MacDonalds zu beenden. In Wirklichkeit aber war die Ehe auf Probe eine List, die Isabel Zugang zur Feste des Feindes verschaffen sollte. Und wenn alles nach Plan lief, sollte sie auch sein Herz gewinnen.

Es würde jedoch keine Hochzeit geben. Sobald Isabel gefunden hatte, wonach sie suchte, würde sie die Ehe auf Probe lösen und zu ihrem Leben als Hofdame im Gefolge von

Queen Anne zurückkehren, als wäre nichts gewesen, während sie gleichzeitig wusste, dass sie ihrem Clan geholfen hatte.

Vorausgesetzt natürlich, dass man sie nicht entdeckte.

Im Rückblick hatte sie ihre Zeit wohl nicht sonderlich sinnvoll genutzt, indem sie die Tage damit verbracht hatte, sich die verschiedenen Strafen für eine Spionin auszumalen.

Ihr geliebtes Kindermädchen Bessie hatte anscheinend gespürt, was sie fühlte, denn sie griff nach ihrer zur Faust geballten Hand und drückte sie sanft. »Mach dir keine Sorgen, Liebes, es wird schon nicht so schlimm. Dich erwartet eine Ehe auf Probe, aber du siehst aus, als würdest du zum Schafott geführt werden. Dein zukünftiger Gemahl ist doch nicht Heinrich der Achte.«

Aber es *war* so schlimm. Wenn man Isabels Verrat entdeckte, könnte sie sehr wohl mit einem Schicksal rechnen, wie es einige der Frauen von König Heinrich ereilt hatte. Von einem kämpferischen Stammesführer aus den Highlands erwartete sie kein Erbarmen. Sie konnte nur darauf hoffen, dass der König, der sie wie eine Tochter in seinem Hause aufgenommen hatte, sie nicht an einen bösartigen Unmenschen vermittelt hatte.

Vor allem der Gedanke an diesen Mann, den sie betrügen sollte, war verantwortlich für ihre wachsenden Befürchtungen in den letzten Tagen. Sie wusste ja so wenig über ihn. All ihre Versuche, etwas über den Charakter des Chief der MacLeods zu erfahren, waren erfolglos geblieben. Der König behauptete, dass er ein recht liebenswürdiger Mann sei … für einen Barbaren. Doch da der König alle Leute aus den Highlands als Barbaren bezeichnete, machte sie sich in dieser Hinsicht wenig Gedanken.

Auch ihr Vater war nicht sonderlich hilfreich gewesen. Er nannte den MacLeod einen »ernst zu nehmenden Gegner« mit einem »guten Schwertarm«. Nicht gerade beruhigend. Nur ihre Brüder waren ein wenig mitteilsamer gewesen. Sie hatten ihr den MacLeod als einen durchtriebenen Anführer beschrieben, der bei seinen Stammesleuten großen Respekt genoss. Auf dem Schlachtfeld wäre er ein tapferer Krieger, mit dem es keiner aufnehmen könnte. Über ihn selbst hatte sie jedoch nichts erfahren.

Zu spät bemerkte sie, dass Bessie sie noch immer beobachtete. »Geht es dir wirklich gut, Isabel?«

»Alles in Ordnung,« versicherte Isabel ihr und versuchte, ein überzeugendes Lächeln aufzusetzen. »Mir ist nur kalt, und ich möchte endlich runter von diesem Boot.«

Beklommen sah Isabel, dass sich Bessies ergrauende Augenbrauen voll Skepsis über ihrer elfenhaften Nase zusammenzogen, die Bessies alterndem Gesicht von zweiundvierzig Jahren ein seltsam jugendliches Aussehen verlieh. *Gütiger Gott, Bessie wusste zu viel.* Diese allwissenden grünen Augen blickten ihr direkt in die Seele. Isabel wusste, dass Bessie irgendetwas vermutete. Bessie hatte sich von Isabels fadenscheinigen Erklärungen nicht täuschen lassen: Angefangen bei Isabels überstürzter Entscheidung, eine Ehe auf Probe mit einem Mann einzugehen, den sie nicht kannte, bis hin zu der völlig unpassenden Reisegarderobe, auf der ihr Onkel bestanden hatte.

Als Isabel Bessies fragendem Blick begegnete, flehte sie sie schweigend an, nicht in sie zu dringen, um zu erfahren, was ihr wirklich auf dem Herzen lag. Die Versuchung, sich dieser Frau anzuvertrauen, die immer wie eine Mutter für sie gesorgt hatte, war so überwältigend, dass sie schon dem kleinsten Anstoß nachgegeben hätte – aber sie traute sich nicht. Nur ihr Vater, ihre Brüder und ihr Onkel wussten, warum sie in die Ehe auf Probe eingewilligt hatte.

So war es sicherer.

Glücklicherweise gab Bessie nach und tat so, als ob Isabel nur an der üblichen Nervosität einer zukünftigen Braut litt. Noch einmal drückte sie Isabels Hand. »Sobald wir angekommen sind, sorge ich dafür, dass du ein heißes Bad nehmen kannst. Dann wird es dir gleich viel besser gehen.«

Isabel rang sich ein Lächeln ab. Die liebe Bessie glaubte fest daran, dass man jedes Problem mit einem langen Bad in mit Lavendel parfümiertem Wasser beheben konnte. »Das hört sich himmlisch an«, murmelte sie. Doch auch wenn ein warmes Bad für ihre von der Reise geschundenen Knochen noch so wohltuend sein würde, ihre wahren Probleme würden sich nicht so leicht lösen lassen.

Vor ein paar Wochen, als ihr Vater, der MacDonald von Glengarry, ganz plötzlich bei Hofe erschienen war, hatte alles noch so unverfänglich ausgesehen. Doch ihre anfängliche Freude über seinen Besuch war schnell misstrauischer Wachsamkeit gewichen. Ihr Vater hatte sich nie sonderlich für sie interessiert – die Sache musste also einen Haken haben. Wenn er in Edinburgh war, dann musste es einen wichtigen Grund dafür geben. Und sie war nie wichtig gewesen.

Bis jetzt.

Als er ihr sein Anliegen unterbreitete, war sie zwar schockiert, aber gleichzeitig auch unglaublich stolz gewesen. Ihr Vater hatte *sie* um Hilfe gebeten! Sie war von der Aussicht, mit einer derart wichtigen Aufgabe betraut zu werden, so begeistert gewesen, dass sie blindlings und ohne die Einzelheiten zu kennen darauf eingegangen war. Und genau diese Einzelheiten schienen ihr nun überaus wichtig … und gefährlich zu sein.

Es war nicht das erste Mal, dass Isabels Wunsch, ihre Familie zu beeindrucken, sie in eine schwierige Situation brachte – Bessie konnte das bezeugen. Doch noch nicht einmal jetzt konnte sie ihre Entscheidung bedauern.

Ihre Brüder gingen jetzt viel entspannter mit ihr um, sie

hatten sie sogar mit einem ziemlich albernen Spitznamen bei Hofe aufgezogen. Auch ihr Vater schien anders zu sein als sonst. Er sah sie nun tatsächlich länger als die üblichen zwei Sekunden an.

Doch leider war er nicht der Einzige.

Am Kribbeln im Nacken spürte sie nur allzu deutlich, dass auch ihr Onkel sie beobachtete. Schon wieder.

Seit sie Dunscaith Castle vor einigen Tagen verlassen hatten, hatte Isabel immer wieder gespürt, wie sich der starre Blick ihres Onkels in ihren Rücken bohrte, fast so, als wollte er ein Loch durch sie hindurchbrennen. Sogleich verdrängte sie den abstrusen Gedanken. Aber dennoch trieb er sie fast in den Wahnsinn. Jedes Mal, wenn sie sich umdrehte, war er da. Und starrte sie unverwandt an.

Sie hatte versucht so zu tun, als würde sie nichts merken, aber seine erdrückende Präsenz machte das einfach unmöglich. Sie hielt sein ununterbrochenes Starren nicht mehr aus. Mit der festen Absicht, sich nicht einschüchtern zu lassen, drehte Isabel sich zu ihm um.

»Wie lange soll das so weitergehen, Onkel?«, fragte sie ihn. Sie war sich des leisen Zitterns in ihrer Stimme nur allzu bewusst. Auch ihrem Onkel, dem MacDonald von Sleat, war es nicht entgangen.

Verärgert runzelte er die Stirn und verschränkte die Arme abwehrend vor der Brust. Für seine sechsunddreißig Jahre sah er ungewöhnlich alt aus, was wohl vor allem an seinem sommersprossigen Gesicht und dem ergrauenden roten Haar lag, das in den letzten Jahren entschlossen von seiner breiten, hohen Stirn zurückgewichen war. Isabel konnte ihren Blick nicht von der Mitte seines Gesichtes abwenden, in der seine riesige, vom übertriebenen Whiskykonsum rote und knollige Nase prangte.

Im Großen und Ganzen stellte er eine ziemlich imposante Erscheinung dar. Sleat war ein Bär von einem Mann, dessen riesige Gestalt mit Muskeln bepackt und einer dichten Schicht dunkelroter Härchen überzogen war. Isabel rümpfte angeekelt die Nase, als ein Windstoß seinen strengen Geruch in ihre Richtung trieb. Er sah nicht nur aus wie ein Bär, er roch auch wie einer.

Ihr Blick schweifte über seine groben Züge, während sie versuchte, irgendwelche Ähnlichkeiten zu entdecken. Es war wirklich schwer zu glauben, dass er mit ihrer Mutter verwandt war. Man hatte Isabel erzählt, dass ihre verstorbene Mutter Janet außer Augen-, Haar- und Hautfarbe keinerlei Ähnlichkeit mit ihrem viel jüngeren Bruder besessen hatte. Janet war eine zarte, schlanke Schönheit gewesen. Den rohen Donald Gorm Mor hingegen konnte man noch nicht einmal als ansehnlich bezeichnen.

Aber er war ein sehr mächtiger Mann. Und wenn ihr Clan fortbestehen wollte, dann war er auf die Macht dieses Mannes angewiesen.

Isabel wartete noch immer darauf, dass ihr Onkel ihr antwortete. Unter seinem unverwandten Blick wurde ihr immer unwohler zumute – sie versuchte aber, sich den inneren Aufruhr nicht anmerken zu lassen. Hilfe suchend richtete sie den Blick auf ihren Vater, doch der MacDonald von Glengarry schien nicht weniger verärgert über ihren Ausbruch als ihr Onkel. Von seiner Seite war kein Beistand zu erwarten. Ihr Vater war auf ihren Onkel angewiesen wie ihr Onkel auf Isabel.

»Enttäusche mich nicht, Tochter.«

In ihrem Innern verkrampfte sich alles. Genau das war schon immer das Problem gewesen.

»Ich hätte dich für stärker gehalten, Nichtchen,« fügte Sleat hinzu. »Aber siehe da, wir sind noch nicht einmal in Sichtweite der Burg und schon fängst du an zu zittern wie ein verschrecktes Reh. Reiß dich zusammen.«

Isabel verstand sehr wohl, was er mit seinen Worten bezweckte – seine Schmähungen sollten ihren Mut heraufbeschwören – aber es funktionierte nicht. Sie wusste, was ihr bevorstand. Nur ein Dummkopf würde keine Angst in ihrer Situation haben, und sogar der wäre gut beraten, zumindest ein ganz kleines bisschen Angst zu entwickeln.

»Mylady, seht einmal, dort drüben ist es,« flüsterte einer der Clansmänner ihr zu. Er ließ sein Ruder fallen und hob den Arm, um auf die Burg auf der anderen Seite der Bucht zu zeigen.

Isabel zwang sich, seinem Fingerzeig zu folgen. Ganz langsam hob sie den Kopf und erblickte die Burg, die ihr neues Zuhause werden sollte – oder ihr Kerker, wenn man sie entdeckte.

So schlimm ist es doch gar nicht, versuchte sie sich zu beruhigen. Zumindest nach außen hin war Dunvegan Castle kein besonders finsterer Ort, es sei denn man empfand meterdicke Steinmauern als Bedrohung. Die Burg lag hoch an den steilen, felsigen Klippen. Die langen, winkligen Curtainwalls schmiegten sich an den Rand der Steilküste und verbanden den hohen viereckigen Bergfried zur Linken mit einem kleineren Turm auf der rechten Seite der Festung. Und als wäre die Anlage nicht abweisend genug, schien der kleinere der Türme auch noch mit grotesk anmutenden Wasserspeiern verziert zu sein.

Beim Anblick von Dunvegan stieg in Isabel eine Ahnung drohenden Unheils auf. Diese Festung war einzig und allein zum Zwecke der Abwehr erbaut worden und alles andere als einladend. Sie würde jedem Angriff standhalten, aber, und für Isabel wesentlich entscheidender, auch jeglicher Befreiungsversuch würde fehlschlagen. Einmal dort, gab es kein Zurück mehr.

Als das *birlinn* auf die Felsen zuglitt, von deren Fuße eine Treppe hinauf zur Festung führte, meinte Isabel einen Moment lang das Lachen von Elfen zu hören. Erst jetzt erinnerte sie sich wieder an die Geschichten, die man sich über die mystischen Wesen erzählte, die angeblich in den Wäldern von Dunvegan Castle lebten. Es hieß sogar, dass in den Adern der MacLeods Elfenblut floss. Normalerweise hielt Isabel solche Geschichten für abergläubisches Gerede der Alten, die noch mit den alten Traditionen verhaftet waren. Doch in gespenstischen Nächten wie dieser wirkten die Geschichten plötzlich nicht mehr so weit hergeholt.

Isabel verdrängte ihre allzu phantasievollen Vorstellungen und sagte sich, dass sie wohl nur die Dudelsackspieler gehört hatte, die sie mit ihrem Spiel auf Dunvegan willkommen hießen.

Nichtsdestotrotz schloss sie die Augen und sprach schnell ein Gebet, in dem sie um Kraft bat.

Damit war man unter Umständen auf der sicheren Seite.

Sie zog sich den Mantel enger um die Schultern. Die feinen Härchen auf ihren Armen standen zu Berge. Alles in ihr schrie förmlich danach umzukehren, aber sie hatte keine andere Wahl.

Das Überleben ihres Clans lastete auf ihren Schultern. Oder, genauer gesagt, auf ihrem Gesicht.

Isabel runzelte die Stirn. Ihr Onkel mochte sie zwar ausgesucht haben, weil sie schön war, aber sie würde vor allem ihren Verstand und ihre Entschlossenheit einsetzen, um ihrem Clan zu helfen. Sie hatte ihr Gesicht schon immer als etwas Lästiges empfunden. Zumindest in der Vergangenheit hatte es ihr nicht dabei geholfen, den Respekt ihres Vaters und ihrer Brüder zu gewinnen, aber vielleicht würde sich jetzt zeigen, was ihre Schönheit wert war. Wenn es ihr gelänge, ihren Gemahl zu entwaffnen, ihn zu verführen und ihn so blind zu machen vor Liebe, dass er ihre wahren Beweggründe nicht erkannte, dann würde es sich gelohnt haben.

Isabel richtete sich auf der harten Holzbank auf. Endlich konnte sie sich beweisen. Diese Chance musste sie einfach ergreifen. Sie zwang sich dazu, ihr Kinn zu heben, und holte tief Luft.

Isabel war eine MacDonald und die MacDonalds würden als Sieger hervorgehen.

Keiner würde sie aufhalten.

Am wenigsten der größte Feind ihres Clans, Rory MacLeod. Ihr baldiger Gemahl. Ihr Gemahl *auf Zeit*.

Entschieden drehte Isabel sich zu Sleat um und erwiderte sein Starren.

»Ich bin bereit, Onkel.«

Im vom Nebel verhüllten Mondlicht marschierte Rory MacLeod mit langen Schritten und vor Erwartung angespannten Muskeln in den verlassenen offenen Stallungen der Festung auf und ab. Irgendwo dort unten im Dunkeln näherte sich das Boot mit seiner Braut aus dem Clan der MacDonalds. Er hielt kurz inne, um über die Festungsmauer und durch den dunklen Nebel hindurch nach dem *birlinn* Ausschau zu halten. Noch immer keine Spur von den verfluchten MacDonalds und Rorys unerwünschter Braut. Oder besser gesagt, seiner unerwünschten Braut *auf Probe*.

Jeden Tag der vergangenen zwei Jahre hatte Rory an seinen Schwur gedacht, Sleat für die Schande zu vernichten, die er über Rorys Schwester Margaret und die MacLeods gebracht hatte. Doch heute sollte die Fehde ein Ende nehmen.

Zumindest vorübergehend.

Ein Jahr. Keinen Tag länger schuldete er dem König. Und wenn das Jahr um war, würde Rory seinen Plan wieder aufnehmen. Er würde nicht eher ruhen, als bis Sleat vernichtet war, und die MacLeods endlich wieder die Halbinsel Trotternish in ihrem Besitz hatten – Land, das die MacDonalds erobert hatten, doch das rechtmäßig den MacLeods gehörte.

Rory fuhr sich mit den groben, durch die vielen Schlachten versehrten Fingern durch das schulterlange Haar. Er hatte so kurz davor gestanden, seinen Feind zu besiegen … aber dann war Sleat zum König gerannt, und James hatte sich entschieden einzugreifen.

Doch wenn King James wirklich meinte, die Fehde durch eine Heirat beenden zu können, dann irrte er sich. Der Hass, der die beiden Clans entzweite, saß einfach zu tief. Nicht nach dem, was Sleat seiner Schwester angetan hatte. Sein Blick schweifte hinauf zu dem Turm, in dem seine Schwester Margaret schlief. Waren wirklich nur drei Jahre vergangen, seit seine schöne, strahlende kleine Schwester aus Dunvegan fortgeritten war, um auf Dunscaith Castle die glückliche Braut des MacDonald von Sleat zu werden? Es schien beinahe unmöglich, dass sich in so kurzer Zeit so viel verändert hatte. Als Margaret nach Dunvegan zurückkam, war sie nur noch ein trauriger Schatten seiner einst so lieblichen, unschuldigen und doch geistreichen Schwester gewesen.

Dann, kurz nach Margarets Rückkehr, hatten die MacLeods die MacDonalds auf Trotternish mit Feuer und Schwert angegriffen. So hatten sie begonnen – die zwei langen, blutigen Jahre der Fehde. Die MacDonalds nannten sie *Cogadh na Cailliche Caime*, den *Krieg der einäugigen Frau*. Selbst dieser lächerliche Beiname ließ ihn vor Zorn kochen.

Rory nahm seinen wütenden Gang wieder auf. Mit jeder

Faser seines Ichs lehnte er sich gegen diese Verbindung auf, doch er hatte keine Wahl. Dem König konnte man nichts verweigern. Die Unruhen in den Highlands warfen ein schlechtes Licht auf den König, weil sie den Eindruck vermittelten, der König könne sein eigenes Reich nicht kontrollieren. Das war nicht gerade der Eindruck, den Queen Elizabeth von James bekommen sollte, wo er gerade um ihren englischen Thron warb.

Als der König zum ersten Mal das Thema Heirat ansprach, hatte Rory sich schlicht geweigert, den Vorschlag in Erwägung zu ziehen. Die ständigen Kämpfe während der letzten zwei Jahre hatten zwar ihren Tribut von seinem Clan gefordert, aber er wehrte sich trotzdem dagegen, sich an eine MacDonald zu binden – auch wenn eine Heirat das Blutvergießen endlich beenden würde. Doch der König hatte sich von seinem Plan nicht abbringen lassen. Zuletzt hatte Rory eine Lösung vorgeschlagen, die ihn zumindest nicht für immer an den Feind binden würde – eine Ehe auf Probe. Im Gegensatz zu einer richtigen Ehe konnte man die zeitlich begrenzten Verpflichtungen einer Ehe auf Probe leicht auflösen.

Rory rieb sich das stoppelige Kinn. Merkwürdig war es schon, dass die MacDonalds nicht auf einer Hochzeit bestanden hatten, vor allem in Anbetracht der verheerenden Folgen, die die Ehe auf Probe für seine Schwester gehabt hatte. Vielleicht hatte Sleat doch kein so großes Interesse daran, die Fehde zu beenden, wie er behauptete. Suchte er etwa auch nach einem Ausweg aus der Verbindung? Wenn Sleat etwas im Schilde führte, dann hatte wahrscheinlich auch seine neue Braut etwas damit zu tun.

Rory nahm sich vor, sein Trojanisches Pferd ganz genau im Auge zu behalten.

In diesem Moment wurden seine wild herumwirbelnden

Gedanken von einer Stimme aus der Dunkelheit unterbrochen. »Du siehst aus wie ein eingesperrter Löwe, Chief. Ich nehme an, deine Braut ist immer noch nicht da?«

Rory blieb stehen und drehte sich zu seinem jüngeren Bruder Alex um, der durch die Stallungen hindurch auf ihn zukam. Wieder einmal verfluchte Rory die MacDonalds. Diesmal für das, was sie Alex angetan hatten. Auf Alex' Gesicht lag ein schalkhaftes Lächeln, aber die unbekümmerte Fassade vermochte weder die dunklen Augenringe noch die tiefen Falten um den Mund herum zu verdecken, die Alex hatte, seit die MacDonalds Rory in ihren Kerker gesperrt hatten.

»Nein«, sagte Rory. »Bis jetzt sind sie noch nicht zu sehen, aber ich bin sicher, dass sie noch früh genug kommen.«

Alex murrte: »MacDonalds auf Dunvegan. Man mag es kaum glauben.«

»Oh ja, aber sie werden nicht lange hier sein«, versprach Rory.

Alex drehte sich zu ihm um und sah ihm in die Augen. »Glaubst du wirklich, dass Sleat sich trauen wird, hier aufzutauchen?«

Rorys Lippen wurden ganz schmal. »Darauf kannst du Gift nehmen. Er wird sich die Gelegenheit, uns durch seine Anwesenheit zu verhöhnen, nicht entgehen lassen. Er weiß, dass er auf die Gastfreundschaft der Highlands zählen kann. Außerdem weiß er, dass die Ehre es uns verwehrt, ihm etwas anzutun, solange er auf Dunvegan ist.«

Alex seufzte und schüttelte den Kopf. »Die arme Margaret.«

»Keine Sorge. Ich hab' mich darum gekümmert. Wir werden Sleat von ihr fernhalten.«

»Verflucht sei King James für seine Einmischung«, schimpfte Alex.

Rory lächelte bitter. Er selbst hatte nur wenige Augenblicke zuvor das Gleiche gedacht. Selbst im Dunkeln konnte Rory die Verärgerung auf Alex' Gesicht erkennen. Auch er hasste die unmögliche Situation, in die James sie gebracht hatte. »Es ist doch nur ein Jahr,« beschwichtigte Rory ihn noch einmal, »und dann nehmen wir die Verhandlungen mit Argyll über ein stärkeres Bündnis wieder auf.«

»Es war ein brillanter Zug von dir, eine Ehe auf Probe vorzuschlagen«, stimmte Alex zu. »Aber das Mädchen dann zurückzuschicken wird dem König nicht gerade gefallen. Ich hab' mir sagen lassen, dass sie ein Liebling von James und Anne ist.«

Rory verstand Alex' Bedenken, aber es ließ sich nun einmal nicht vermeiden. »Ich weiß, es ist riskant. Aber ich bin bereit, das Risiko einzugehen. James will die Fehde beenden, und der Clan dürstet noch immer nach Rache an Sleat. Der König hat seine Macht nie gegen mich gerichtet, obwohl ich zum Gesetzlosen erklärt worden bin und unsere Ländereien verpfändet wurden. Wenn es so weit ist, werde ich mir schon etwas einfallen lassen, um ihn zu besänftigen.«

»Das wirst du wohl auch diesmal schaffen,« sagte Alex. »Ich weiß zwar nicht warum, aber der König scheint dich zu mögen – obwohl du ein Gesetzloser bist.«

Rory zuckte mit den Schultern. »Dem Mädchen wird nichts passieren. Im schlimmsten Fall muss ich nach Edinburgh fahren, um die Sache zu klären.«

»Und wenn sie dich einsperren?«

»Ich komme nicht ins Gefängnis.« Er begegnete Alex' skeptischem Blick. »Zumindest nicht diesmal. James will nur seine Macht demonstrieren, und ich komme meiner Verpflichtung ja nach. Ich habe mich lediglich auf eine Ehe auf Probe eingelassen.«

Alex dachte einen Moment lang nach. »Ich frage mich, warum der König dem zugestimmt hat.«

Anfangs hatte Rory sich dasselbe gefragt. »Er schien überzeugt, dass wir später heiraten würden. Und ich habe mir keine Mühe gemacht, ihn von seinem Irrglauben abzubringen.«

»Ich muss sagen, ich beneide dich nicht im Geringsten«, sagte Alex. Aber dann machte sich ein Grinsen auf seinem zuvor düsteren Gesicht breit. Einen Moment lang dachte Rory, vor sich den Bruder zu sehen, den er einmal gehabt hatte. »Aber vielleicht sollte ich dich doch beneiden,« fuhr Alex fort. »Sie soll eine wahre Schönheit sein, und zudem noch charmant und geistreich. Als unser Cousin Douglas vom Hofe zurückkam, hat er ziemlich von ihr geschwärmt. Er sagte, er hätte noch nie etwas so Schönes gesehen wie sie. Viele wollten sie haben – Douglas eingeschlossen, doch alle blieben erfolglos. An keinem Mann schien sie auch nur das geringste Interesse zu haben. Die Höflinge hatten sogar einen Spitznamen für sie: die jungfräuliche Sirene – sie lockt die Männer mit ihrer Schönheit und Unschuld in den Tod. Unsere schottische Antwort auf die alternde, jungfräuliche Königin von England. Ich für mein Teil bin äußerst bestrebt, dieses Wesen von Unschuld und unwiderstehlicher Schönheit endlich zu Gesicht zu bekommen. Was machst du, wenn sie dich interessiert?«

Rory zog eine Augenbraue hoch. Sein Bruder sollte ihn besser kennen. »Auch ein schönes Gesicht könnte mich nie meine Pflicht vergessen lassen.«

»Mich schon.«

Rory lachte. Alex' Schwäche für hübsche Mädchen war bekannt, aber Rory wusste, dass er seinem Bruder vertrauen konnte. Alex waren Pflicht und Ehre ebenso wichtig wie ihm selbst. »Niemand hat gesagt, dass ich Zeit mit ihr verbringen muss. Ich werde sie wahrscheinlich kaum zur Kenntnis nehmen«, tat er die Sache ab. »Davon mal abgesehen – keiner ist so schön, wie Gerüchte es besagen – noch so unschuldig. Schließlich hat sie das ganze letzte Jahr am Hof verbracht. Es ist mir ziemlich egal, wie schön, geistreich und charmant sie ist. Wenn ich jemals heirate, dann für den Clan.«

Als hätte er nur auf dieses Stichwort gewartet, rief einer der Wachmänner: »Da läuft ein *birlinn* ein, Chief.« Auf seinen langen, muskulösen Beinen schritt Rory entschlossen zum Tor, zu dem man nur von der Bucht aus gelangte, blickte Alex über die Schulter hinweg noch einmal an und beendete das Gespräch: »Gleich werden wir wissen, ob die Gerüchte wahr sind. Meine Braut *auf Zeit* ist da.«

2

Erstlich erreichet dein Schiff die Sirenen;
diese bezaubern alle sterblichen Menschen,
wer ihre Wohnung berühret.

Die Odyssee, 12. Gesang, Vers 44

Der weiche gelb-orange Schein der Fackeln ließ den Zug der Clansleute der MacDonalds, die Schritt für Schritt die steile Steintreppe zum Tor hinaufzogen, wie eine hell erleuchtete Schlange aussehen. Isabels Glieder schmerzten von der langen, unbequemen Bootsfahrt so sehr, dass sie völlig erschöpft hinter einem der Männer aus ihrem Clan den Pfad hinaufstolperte.

»Hier lang, Mylady. Seht Euch vor, wo Ihr hintretet. Die Felsen sind bestimmt glatt bei diesem Wetter.« Der junge Willie von Dunscaith lächelte sie mit vor Bewunderung ganz großen Augen an.

Willies betörter Gesichtsausdruck ließ Isabel ärgerlich den Kopf schütteln. Sie konnte nur hoffen, dass sich auch der MacLeod so leicht beeindrucken ließ.

Nie würde sie die lächerliche Wirkung verstehen, die sie auf Männer zu haben schien. *Immer das Gleiche*, dachte sie erbost. Entweder gafften sie sie dümmlich grinsend an oder wurden schüchtern und linkisch. Manche starrten auch geradezu lüstern. Die einzigen jungen Männer, die sich in ihrer Gegenwart normal verhielten, waren ihre Brüder. Isabel hatte es so satt, dass alle immer nur ihr Äußeres sahen. Sie wünschte sich, dass nur ein einziges Mal ein Mann hinter ihre hübsche Fassade blicken würde, um ihr Inneres zu sehen – mit allen Fehlern und Vorzügen.

Isabel wusste nur zu gut, dass genau das, was sie so ärgerte, der Grund war, warum man sie ausgewählt hatte, der Familie zu helfen. Sie hatte so lange um die Aufmerksamkeit ihrer Familie gekämpft, doch jetzt schmerzte es, dass man sie endlich zu schätzen wusste … aber wieder nur für das, was sie selbst am wenigsten an sich schätzte.

Schnell schluckte sie die plötzlich aufkeimende Enttäuschung herunter und drehte sich wieder zu Willie um. Sie versuchte, ihm die Befangenheit zu nehmen, und antwortete lächelnd auf die völlig überflüssige Warnung: »Danke, Willie, ich werde vorsichtig sein.«

Außer Atem stieg sie weiter die steile Treppe hinauf, die zum Tor hoch oben auf dem Felsen führte.

Aus Gründen der Sicherheit war es bestimmt sinnvoll, dass man die Burg nur vom Wasser aus erreichen konnte, wo es den MacLeods ein Leichtes war, schon lange vorher zu erkennen, ob Freund oder Feind sich näherte, aber es erschwerte die Anreise ungemein. Die landeinwärts gerichtete Seite der Festung lag an einer steilen Schlucht und war dadurch von dort aus völlig unzugänglich. Aus diesem Grund waren sie gezwungen gewesen, den letzten Teil der Reise mit dem Boot zurückzulegen.

Die tagelange Reise hatte ihren Tribut gefordert. Isabel hatte Schmerzen an Stellen, von denen sie zuvor überhaupt nicht gewusst hatte, dass sie existierten. Ihre Füße waren fast erfroren, weil ihr Onkel ihr befohlen hatte, lächerlich dünne Schühchen zu tragen, die sie weder vor der feuchten Kälte schützten, noch ihr jetzt auf der rutschigen Treppe Halt gaben. Sleat hatte jedes ihrer Kleidungstücke ausgesucht. Dabei hatte er sich weder nach der bei Hofe herrschenden Mode gerichtet, noch hatte er Wert darauf gelegt, dass ihre Kleidung praktisch war. Es ging ihm einzig und allein darum, Isabel so verführerisch wie nur irgend möglich erscheinen zu lassen.

Endlich kam sie am oberen Ende der Treppe an. Als sie hochblickte, runzelte sie die Stirn. Sie würde niemals von hier fliehen können, ohne gesehen zu werden. Es musste einen anderen Ausweg geben. Und wenn sie lebend hier herauskommen wollte, musste sie diesen Ausweg so schnell wie möglich finden.

Die Ahnung drohenden Unheils verstärkte sich noch, als sie die bewaffneten MacLeod-Clansleute an der Wand aufgereiht stehen sah. Ruhig und regungslos wie geschnitzte Schachfiguren hielten sie geduldig Wache, während sich die angereisten Gäste näherten. Isabel musterte sie wachsam. Sogar aus der Entfernung konnte sie sehen, dass sie angespannt waren wie sprungbereite Löwen – sie schienen fast zu hoffen, angreifen zu dürfen.

Isabels Nerven waren bereits zum Zerreißen gespannt, doch Willies nächste Worte erschütterten sie bis ins Mark. »Kommt, Mylady, Euer zukünftiger Gemahl möchte Euch begrüßen.«

Ein riesiger Schatten verdeckte auf einmal den Eingang zur Burg. Das Blut gefror Isabel in den Adern. Hätte sie zu Ohnmachtsanfällen geneigt, würde sie jetzt flach auf dem Boden liegen.

Gütiger Gott, er war riesig.

Sein Gesicht konnte sie nicht erkennen, aber die hünenhafte Gestalt und die stolze Haltung ließen keinen Zweifel daran, dass er ein mächtiger und furchterregender Krieger war.

Vorsichtig folgte Isabel ihrem Vater und ihrem Onkel durch den Torbogen am Eingang und weitere Stufen hinauf bis zu der Stelle, wo der MacLeod sie erwartete. Sie war fast da.

Hoch ragte er über ihr auf. Zu nah. Sie spürte den unwiderstehlichen Drang, feige zurückzuweichen, zwang ihre Füße jedoch dazu weiterzugehen. Mit jedem Schritt, den sie tat, wirkte er größer und seine Schultern breiter. Er überragte sogar ihren Onkel, den größten Mann, den Isabel je gesehen hatte. Noch nie zuvor hatte sie einen Mann gesehen, der so viel Kraft ausstrahlte. Auch bei Hofe hatte es niemand Vergleichbaren gegeben. Sein muskulöser Körperbau war mehr als einschüchternd.

Es erstaunte sie nicht, dass ihr Onkel es nicht geschafft hatte, den Chief der MacLeods zu besiegen. Er war ganz offensichtlich ein ernst zu nehmender Gegner.

Die Furcht überwältigte sie fast. Wie sollte sie sich gegen so jemanden durchsetzen? Ihre Fähigkeiten würden praktisch nutzlos gegen so einen Mann sein.

Aber sie musste es versuchen. *Er ist nur ein Mann*, rief sie sich in Erinnerung. Er hat dieselben Bedürfnisse, dieselben Wünsche und dieselben Schwächen wie jeder andere Mann auch. Isabel schluckte bei dem Gedanken an das, was sie vielleicht würde tun müssen, um diese Schwächen zu Tage zu fördern.

Sie betraten die Burg und folgten dem MacLeod über den dunklen Innenhof zum Eingang des viereckigen Bergfrieds. Isabel war erleichtert, endlich dem eisigen, alles durchdringenden Nebel zu entkommen, und blieb einen Moment lang stehen, um sich die Hände zu reiben, bis ihre Finger anfingen zu kribbeln.

Sie stand halb verdeckt hinter Onkel, Vater, Brüdern, Bessie und den anderen Mitgliedern ihres Clans. Von dort aus konnte sie den MacLeod gut beobachten, obwohl sein Gesicht noch immer im Schatten des flackernden Kerzenscheins verborgen war. Als er sich zu ihrem Onkel umdrehte, erhaschte sie lediglich einen Blick auf seine hohen Wangenknochen und den ausgeprägten Kiefer.

Die Clans hatten sich instinktiv in zwei Gruppen aufgestellt und beäugten einander von den gegenüberliegenden Seiten des Raumes, ganz so, als träfen sie im Kampf aufeinander. Der MacLeod stand an der Spitze seiner Männer, und die Krieger zu seiner Rechten und Linken starrten die Feinde kämpferisch an. Er stand regungslos da und strahlte eine Aura absoluter Autorität aus, als er sich ihrem Onkel völlig ebenbürtig stellte. Der Anführer der MacLeods würde niemals Schwäche zeigen.

Hinter ihm erhob sich ein wütendes Raunen, als die MacLeods ihren Onkel erkannten. Sie konnte ihren Ärger gut nachvollziehen. Insgeheim fand sie ihn sogar berechtigt. In Anbetracht der widerwärtigen Art und Weise, auf die ihr Onkel die Ehe auf Probe mit Margaret MacLeod beendet hatte, wunderte sie sich, dass der MacLeod ihn nicht erdolcht hatte, sobald er in die Burg getreten war. Sie richtete den Blick wieder auf den Chief der MacLeods. Nein, dafür wirkte er viel zu beherrscht. Einige seiner Männer hingegen taten das nicht. Sie hielten ihre Schwerter so fest umklammert, als warteten sie nur darauf, ihrem Onkel die Klinge ins Herz zu stoßen. Isabel beobachtete, wie die Blicke der Männer zum MacLeod huschten, während sie auf seine Anweisungen warteten. Auf fast unmerkliche Art und Weise, nur durch einen leisen Wink seiner Hand, beschwichtigte er sie.

Es war offensichtlich, dass seine Männer ihm aufs Wort gehorchten. Sie fragte sich jedoch, ob sie das aus Angst vor ihm taten, wie es bei ihrem Onkel der Fall war, oder ob ihr Gehorsam Ausdruck von Respekt und Loyalität war.

Der MacLeod beachtete ihren Onkel nicht weiter, sondern beugte kurz den Kopf, als er sich an ihren Vater wandte. »Willkommen auf Dunvegan, Glengarry. Wir haben uns lange nicht gesehen.« Er hielt kurz inne, und beide Männer dachten zweifellos an ihr letztes Zusammentreffen auf dem Schlachtfeld. »Ich hoffe, dass es keine Vorfälle auf Eurer Reise gab.«

Der MacLeod sprach Gälisch, die Sprache der Bewohner des schottischen Hochlands und der Inseln. In den letzten Jahren war das Gälische am Hofe und in den Ebenen Schottlands unbeliebt geworden, und die Leute zogen jetzt Schottisch vor, eine Sprache, die dem Englischen ähnlich war. Die stolze, tragende Stimme des MacLeod hallte in der kleinen Eingangshalle wider. Er sprach mit der Sicherheit eines Mannes, der es gewohnt war, Befehle zu erteilen – denen alle Folge leisteten.

Ihr Onkel hingegen legte keine derartige Selbstdisziplin an den Tag. Er war offensichtlich verärgert darüber, dass er ignoriert worden war, und fiel ihrem Vater ins Wort, bevor dieser antworten konnte. »MacLeod, ich danke Euch, dass Ihr uns so gnädig willkommen heißt. Die Anreise war in der Tat ereignislos, wenn auch ungewöhnlich kalt.«

Der MacLeod richtete den Blick auf ihren Onkel. »Sleat, ich erinnere mich nicht, Euch eingeladen zu haben.« Das war nicht gerade ein Willkommensgruß. »Allerdings haben wir mit Euch gerechnet.«

Der MacLeod stand breitbeinig und mit hinter dem Rücken verschränkten Händen da. Zumindest nach außen hin wirkte er völlig gelassen, doch Isabel war klar, wie schwer es ihm fallen musste, ihren Onkel zu empfangen. Und bei genauerem Hinsehen konnte Isabel auch die leichte Anspannung in seinen Oberarmen und Beinmuskeln erkennen. Er schien bereit, sich bei der kleinsten Provokation auf ihren Onkel zu stürzen, wirkte dabei jedoch vollkommen beherrscht. Sie konnte nicht umhin, seine Haltung zu bewundern, vor allem wenn man sie mit dem unbeherrschten Gebaren verglich, das ihr Onkel an den Tag legte.

Sleat runzelte die Stirn. Er hatte offensichtlich gehofft, den MacLeod mit seiner Ankunft zu überrumpeln. Isabel kannte ihren Onkel gut genug, um zu wissen, dass er es hasste, so zu wirken, als wäre er leicht zu durchschauen. Sein Mund verzog sich zu einem höhnischen Grinsen, und er war wütend, dass man ihn seines Vergnügens beraubt hatte. »Die Gelegenheit, an diesem freudigen Ereignis teilzuhaben, konnte ich mir einfach nicht entgehen lassen. Denn schließlich bedeutet es ja, dass all unsere Unstimmigkeiten nun der Vergangenheit angehören. Wir sehen besseren Zeiten entgegen. Zudem hat der König auf meiner Anwesenheit bestanden, um unser neues Bündnis zu besiegeln. Hat er das in seinem Schreiben nicht erwähnt?«

Isabel, die den Machtkampf der beiden Anführer aus dem Hintergrund beobachtete, musste feststellen, dass der MacLeod sie bis jetzt noch nicht eines Blickes gewürdigt hatte. Sie war ein klein wenig enttäuscht. Anscheinend war er doch nicht so erpicht auf diese Verbindung, wie man es sie glauben gemacht hatte.

Ein widerwilliger Bräutigam würde ihre Aufgabe natürlich um einiges erschweren. Die Umstände waren keineswegs perfekt, das sah sie ein, aber hätte er nicht trotzdem ein wenig Interesse an ihr zeigen müssen? Schließlich sollten sie eine Ehe auf Probe eingehen – und als Mann und Frau alles außer dem Namen teilen. Isabel selbst empfand das absurde Bedürfnis, sein Gesicht zu sehen, endlich den Mann zu sehen, an den sie sich binden sollte.

Den Mann, den sie verführen musste.

Genau in diesem Moment trat der MacLeod aus dem Schatten ins Licht. Das Herz schlug ihr bis zum Hals, und ihre Augen weiteten sich ungläubig. Auch wenn sie den Rest ihres Lebens mit Träumen verbrachte, hätte sie sich kein so perfektes Gesicht ausmalen können. Er mochte wie ein Herkules gebaut sein, doch sein Gesicht war das von Adonis.

Die altnordische Herkunft seines Clans zeigte sich in seiner Körpergröße und Haut- und Haarfarbe. Es gab in den Highlands viele hochgewachsene Männer. Mit seinen mehr als einen Meter neunzig überragte er die meisten jedoch bei weitem.

Sein glattes, kastanienbraunes Haar war von dichten, blonden Strähnen durchzogen, die im Kerzenschein leuchteten, als wären sie in Goldstaub getaucht worden. Die dichte Goldmähne war auf Kinnhöhe gerade abgeschnitten und fiel von einem Wirbel am Haaransatz über eine kräftige Augenbraue und das linke Auge. Lange, dichte Wimpern umrahmten seine dunklen, saphirblauen Augen. Die bronzene, makellose Haut betonte noch die wie in Stein gemeißelten Züge seines Antlitzes – die hohen Wangenknochen und die klassisch gebogene Nase. Fast unsichtbar überschatteten kurze dunkle Stoppeln das kantige Kinn des ansonsten frisch rasierten Gesichts. Wenn er den Mund zum Sprechen öffnete, blitzten seine weißen Zähne auf und hoben sich von seiner gebräunten Haut ab. Er war ein prächtiger Mann. Unbegreiflicherweise fühlte sich Isabel zu ihm hingezogen. Diesmal war *sie* diejenige, die einen anderen Menschen mit offenem Mund anstarrte.

»Meine Güte, wie gut er aussieht, Liebes«, flüsterte ihr Bessie ins Ohr. »Wenn ich jung wäre ...«

Isabel nickte nur, weil sie bezweifelte, einen einzigen klaren Satz herausbringen zu können. *Doch, ach, welch herrliche Untertreibung*.

Sie wandte den Blick von seinem Gesicht ab und betrachtete arglos den Rest seiner Erscheinung. Er war traditionell gekleidet: Unter dem großen Kilt, dem *breacan feile*, aus weichem blau- und grün kariertem Stoff trug er das *leine croich*, ein mittellanges Leinenhemd. Der Kilt wurde um die Taille von einem Ledergürtel zusammengehalten und fiel in weichen Falten hinunter bis zu seinen Knien. Über der Brust wurde er von der traditionellen silbernen Nadel des Anführers vom MacLeod-Clan zusammengehalten. Die kräftigen, muskulösen Beine waren nackt bis auf die weichen Lederstiefel, die er anhatte. Es war eine beeindruckende Kombination. Die traditionelle Kleidung aus den Highlands stand ihm ausgezeichnet.

Er war nicht nur von Kopf bis Fuß ein Krieger, sondern auch ganz und gar Anführer. Es war unmöglich, sich ihn anders gekleidet vorzustellen, und schon gar nicht in der aufwändigen Kleidung, die bei Hofe getragen wurde und die von Halskrausen aus Spitze, Puffärmeln, weiten knielangen Hosen und aufwändig bestickten, ausgestopften Wämsern geprägt war. Als Isabel bemerkte, dass ihr Mund offen stand, schloss sie ihn abrupt.

Der MacLeod schien ihr Interesse überhaupt nicht bemerkt zu haben, denn sein Blick ruhte immer noch auf ihrem Onkel. Wie um ihn einzuschüchtern machte er einen Schritt auf ihren Onkel zu.

»James hat in der Tat *nicht* geäußert, dass Eure Anwesenheit erforderlich sei«, antwortete er knapp und ohne irgendeine Regung zu zeigen. »Aber das macht natürlich keinen Unterschied. Bis zum Ende der Zeremonie werdet Ihr unsere Gastfreundschaft genießen.«

Ihr Onkel kannte sich gut mit den Bräuchen und Pflichten in Bezug auf Gastfreundschaft unter den Clans der Highlands und Inseln aus – sonst wäre er nicht gekommen. Die Tradition gebot, dass man ihm nichts zu Leide tat, solange er sich unter dem Dach der MacLeods befand. Die Ehre des MacLeod verlangte dies, und der Chief eines Clans ließ nichts auf seine Ehre kommen.

Isabel beobachtete, dass ihr Onkel angesichts der schnellen Abfertigung durch den MacLeod immer wütender wurde. »Natürlich werden wir gehen, sobald die Zeremonie vorbei ist.« Sleat warf dem MacLeod einen wissenden, beinahe lüsternen Blick zu. »Ihr wollt sicherlich ein bisschen Zeit allein mit Eurer Braut auf Probe verbringen. Und wo wir gerade davon sprechen, wo ist Eure Schwester Margaret? Ich bin erstaunt, dass sie nicht hier ist, um uns zu begrüßen.«

Isabel hielt den Atem an, als sich Totenstille über den Raum legte. Ungläubig starrte sie ihren Onkel an. Wie konnte er so grausam sein und die Schwester des MacLeod erwähnen? Doch wenn er gehofft hatte, den MacLeod zu provozieren, dann wurde er enttäuscht, denn der Chief der MacLeods zeigte keinerlei Regung. Der Mann an seiner Seite jedoch war weniger beherrscht.

»Du Mistkerl.« Er machte einen Satz nach vorne, wurde aber vom stählernen Arm des MacLeod zurückgehalten.

Sie hatte den Mann bisher noch nicht bemerkt, doch von der Ähnlichkeit her hätte man vermuten können, dass er MacLeods Zwillingsbruder war. Sie kniff die Augen zusammen, um ihn eingehender zu mustern. Haut und Haare waren vielleicht etwas heller, und er war etwas weniger stark gebaut, aber er war trotz allem beeindruckend. Er war zwar außerordentlich attraktiv, doch seinem Gesicht fehlte die erhabene Autorität des MacLeod. *Das muss ein Bruder sein*, dachte Isabel.

Ihre Vermutung wurde schnell bestätigt.

»Ich kümmere mich um unseren Gast, Bruder.« Rory MacLeod lächelte, wenn auch seine Augen hart blieben.

Die Kälte in seinem Blick hätte ausgereicht, den Loch Carron mitten im Hochsommer zufrieren zu lassen. Der unterschwellige Hass, der zwischen den beiden Männern schwelte, war fast greifbar. Der Hass des MacLeod war kalt und beherrscht, der von Sleat selbstzufrieden und grausam.

Glücklicherweise griff nun Isabels Vater ein, um ihren Onkel von weiteren Beleidigungen abzuhalten. Einer nach dem anderen traten ihre Brüder vor, um vorgestellt zu werden. Isabel wartete ängstlich und zugleich ungeduldig darauf, an die Reihe zu kommen. Ihr erster Eindruck des MacLeod hatte ihre Befürchtungen nicht gerade gemildert. Obwohl sein schönes Gesicht es ihr leichter machen würde, ihre Aufgabe zu erfüllen, war sie sich über eines im Klaren: Dieser Mann würde sich nicht von Leidenschaft leiten lassen. Trotzdem war sie jetzt gespannt darauf zu erfahren, wie er auf sie reagieren würde. Würde sie eine Schwachstelle in seiner stählernen Rüstung finden?

Sie holte tief Luft. Der Moment war gekommen, dies herauszufinden.

Rory hatte seine Hände voller Zorn und Hass zur Faust geballt. Sleat war zwar leicht zu durchschauen, aber das machte es ihm kein bisschen leichter, seinen Feind zu empfangen. Wenn es nicht die Verpflichtung in den Highlands zur Gastfreundschaft gegeben hätte, wäre Sleat schon längst ein toter Mann. Doch Rory zwang sich dazu, ruhig zu bleiben. Sogar als Sleat Margaret erwähnte, hatte er keine Regung gezeigt. Diese Genugtuung wollte er Sleat nicht geben.

Doch als Glengarry sich einmischte, war er für die Unterbrechung dankbar. Um Sleat würde er sich später kümmern, wenn er den Zorn gezügelt hatte, der ihn drängte, sich auf den gemeinen Hurensohn zu stürzen und ihn zu töten.

»Das sind meine Söhne Angus, Alisdair und Ian,« sagte Glengarry.

Die Brüder seiner Braut traten einer nach dem anderen vor, um Rory die Hand zu schütteln. Rory musterte Glengarrys Söhne mit Interesse. In ein paar Jahren würden diese jungen Männer mächtige Highlandkrieger sein – sie würden eine Macht darstellen, mit der man rechnen musste. Sie waren hochgewachsen, gut gebaut und hatten eine ungewöhnlich helle Hautfarbe.

Unter anderen Umständen wäre er wahrscheinlich stolz gewesen, diese Männer zu Brüdern zu haben, doch durch das, was er ihrer Schwester anzutun gedachte, würde er sie sich wohl zu mächtigen Feinden machen.

Leider ließ sich das nicht vermeiden. Als Chief trug er Verantwortung. Seine Pläne standen fest, und darin kam keine Heirat mit einer MacDonald vor.

Jetzt war der Moment gekommen. Er konnte sie nicht länger ignorieren. Glengarry ergriff Isabels Hand und zog sie hinter ihren Brüdern hervor. »Und das ist meine Tochter, Isabel MacDonald. Eure zukünftige Braut.«

Einen schockierenden Augenblick lang stand die Zeit still. Er hatte das Gefühl, als wäre er von einem stählernen Breitschwert getroffen worden. Sie war die schönste Frau, die er je gesehen hatte, und er musste sie immerzu anstarren. Die Griechen hatten ihm kein Pferd geschenkt, sondern Helena.

Sie hatte zarte, makellose Gesichtszüge und die weichste helle Haut, die er je gesehen hatte. Ihre Nase war klein und anmutig, ihre Augen groß und verführerisch geschwungen. Er hatte noch nie zuvor Augen von dieser Farbe gesehen. Sie waren von einem ganz außergewöhnlichen Blau. Nein, im schummrigen Licht musste er noch genauer hinsehen. Sie waren nicht blau, sie waren violett. Wie die Heide auf Skye. Ihre dichten schwarzen Wimpern bogen sich nach oben, sodass sie fast ihre fein geschwungenen Brauen berührten. Wegen seines unverwandten Blicks schnellte ihre Zunge nervös zwischen den vollen, sinnlich-roten Lippen hervor, wodurch eine Reihe winziger, weißer, makelloser Zähne enthüllt wurde. Diese vollen Lippen vermochten es, einen Mann mit lüsternen Phantasien in den Wahnsinn zu treiben.

Ihr Gesicht war von langen kupferfarbenen Locken umrahmt, die ihr weich und üppig über die Schultern fielen. Ehe er es verhindern konnte, malte er sich schon aus, wie diese Locken wohl auf einem Kissen ausgebreitet aussähen.

Völlig unerwartet durchzuckte ihn das Verlangen. Die Heftigkeit, mit der er auf sie reagierte, riss ihn aus seiner Erstarrung. Rory löste fast schon gewaltsam den Blick von ihrem Antlitz.

Er streckte eine Hand nach ihrer aus, und es war fast wie ein Schock, der seinen Körper durchfuhr, als sie sich berührten. Ihre Finger waren eiskalt, und er war mehr als versucht, sie mit seinen eigenen zu wärmen.

»Mylord, ich bin sehr erfreut, Euch kennen zu lernen«, sagte sie mit sinnlicher Stimme, sodass er seinen Blick wieder auf sie richtete. Das war ein Fehler. Isabel lüftete ihren Umhang und versank leicht nach vorn gebeugt in einem Knicks.

Rory meinte zu ersticken. Alex, der immer noch neben ihm stand, begann unkontrolliert zu husten. Denn als Isabel sich vorbeugte, gewährte sie Rory einen Blick auf den wohl herrlichsten Busen, den er je gesehen hatte. Ihre festen, runden Brüste platzten beinahe aus dem engen, tief ausgeschnittenen Mieder ihres Kleides heraus. Ihre cremig zarte Haut, die jetzt vom kalten Wetter leicht gerötet war, schien förmlich darum zu flehen, berührt zu werden … oder geküsst. Die Leidenschaft, die Rory zuvor durchflutet hatte, stand in keinem Verhältnis zu dem Gefühl, das ihn jetzt überkam.

Ihr Kleid war fast schon unanständig und hatte keinerlei Ähnlichkeit mit dem traditionellen, weiten schottischen *arisaidh,* den die Frauen in den Highlands trugen. Rory war jedoch erfreut darüber, dass sie nichts für die aufwändigen, lächerlich steifen Kleider übrig zu haben schien, die man an Elizabeths Hof und beim nördlichen Nachbarn in Edinburgh bevorzugte. Das Kleid, das sie trug, brachte ihren prächtigen Körper perfekt zur Geltung. Der dünne Satinstoff schmiegte sich anmutig an ihre Kurven und ließ nur zu deutlich erahnen, welche Pracht darunter zu entdecken war.

Als Gott Isabel schuf, hatte ER sich selbst übertroffen, das stand außer Frage. *Und darüber hinaus hat ER sich noch einen Spaß mit uns erlaubt*, dachte Rory. Es war die reinste Ironie. Das Gesicht eines Engels, beinahe das einer Heiligen, wäre da nicht der sinnliche Mund gewesen, gehörte zu einem Körper, der an alles andere als an Heiligkeit denken ließ. Er verkörperte im wahrsten Sinne des Wortes die Versuchung des Teufels.

Doch obwohl Rorys Körper auf heftigste Weise auf ihre Schönheit reagierte, tat sein Geist das nicht. Die Hitze des Verlangens brannte zwar in seinen Lenden, aber Rory wusste nur zu genau, dass er bei ihr keine Erleichterung finden würde. Er war ein Mann, der seine Pflichten kannte, und dazu gehörte nicht, dieser Frau beizuliegen. Als er schwor, sie niemals in sein Bett zu nehmen, hatte Rory nicht vorhersehen können, dass er sich zu dem Mädchen hingezogen fühlen würde. Aber obwohl seine Reaktion ihn jetzt wütend machte, bereitete sie ihm doch keine Sorgen. Leidenschaft war ein Ärgernis, das er zu kontrollieren wusste. Seine Pflichten lagen anderswo.

So verlockend, wie es auch schien, Isabel beizuliegen, so war es doch schlichtweg keine Alternative. Rory würde nicht mit ihr ins Bett gehen, wenn er wusste, dass er sie zurückschicken würde, sobald das Jahr um war. Er konnte nicht riskieren, dass sie sein Kind bekam. Ein Kind ohne Vater wäre eine unnötige Komplikation, die er einfach nicht zulassen konnte.

Als er bemerkte, dass die Männer an seiner Seite Isabel mit weit aufgerissenen Augen anstarrten, fühlte er den starken Drang, sie in seine Arme zu schließen und sie vor ihren Blicken zu schützen. Aber er vertraute seinen Männern voll und ganz und wusste, dass keiner von ihnen es wagen würde, sich an ihr zu vergehen. Aber er konnte es ihnen wohl kaum vorwerfen, dass sie sich an dem weideten, was ihnen so freizügig dargeboten wurde.

Die unangenehme Stille hielt an. Er merkte erst jetzt, dass sie auf seine Antwort wartete. Als Rory den Blick senkte, sah er plötzlich, dass er noch immer ihre Hand hielt. Ihre Haut war so weich wie Rosenblätter, und ihre Finger wirkten zart und weiß im Gegensatz zu seiner großen, gebräunten Hand, die voller Narben war.

Er ließ ihre Hand fallen, als hätte er sich verbrannt.

Verärgert über seine Reaktion, zwang er sich wieder zum kalten, gefühllosen Tonfall in seiner Stimme.

»Miss MacDonald. Ihr müsst erschöpft sein von der Reise und wollt Euch gewiss in Euer Zimmer zurückziehen. Morgen, nach der Zeremonie und wenn der Vertrag unterzeichnet ist, wird es ein Fest geben.«

»Ich danke Euch, Mylord, ich bin in der Tat müde und würde mich liebend gern ausruhen.«

»Ist das Euer Dienstmädchen?«, fragte er brüsk und zeigte auf die Frau neben ihr.

»Das ist mein Kindermädchen, Bessie MacDonald. Sie wird mir dabei helfen, mich hier einzurichten. Ich hoffe doch, dass das keine Probleme bereitet?«

»Nein. In Eurem Zimmer gibt es noch ein Feldbett. Wenn sie möchte, kann sie dort schlafen.«

Rory runzelte die Stirn. Er bemerkte natürlich, dass sie auf sein barsches Verhalten hin nervös die Hände rang.

Bevor sie auch nur ein Wort hätte erwidern können, wandte sich Rory von ihr ab. Für ihn war das Thema damit erledigt. Er merkte, dass Alex ihn verwundert ansah. Es sah ihm gar nicht ähnlich, so schroff zu sein. Vielleicht um Rorys Verhalten wiedergutzumachen, fügte Alex hinzu: »Ich bin Rorys jüngerer Bruder, Alex MacLeod. Willkommen. Wenn ich *irgendetwas* tun kann, damit Ihr Euch wohl fühlt …« Seine Augen funkelten.

»Ich danke Euch, Alex, *Euren* Willkommensgruß nehme ich gerne an«, sagte sie spitz und reichte ihm die Hand.

Rory war sich ihrer unverhüllten Missbilligung nur allzu bewusst. Er musste sie jedoch für ihre innere Kraft bewundern. Bei Hofe schienen seine Größe und die strenge Miene, die er für gewöhnlich aufsetzte, die Mädchen zu verängstigen, doch Isabel wirkte in keiner Weise eingeschüchtert. Das Mädchen hatte offensichtlich Mumm.

»Ihr wollt Euch doch sicher ein bisschen frisch machen. Ihr könnt auch ein Bad nehmen, wenn Ihr wünscht. Deidre bringt Euch alles, was Ihr braucht, Ihr müsst nur Euren Wunsch äußern«, erwiderte Alex breit grinsend, während er sich in höfischer Manier verbeugte.

»Das hört sich himmlisch an«, erwiderte Isabel ganz warmherzig.

Rory zog die Augenbrauen zusammen, als er die zwanglose Unterhaltung zwischen Isabel und seinem Bruder verfolgte. Auch der dankbare Blick, den Isabel Alex zugeworfen hatte, entging ihm nicht.

Sie brachte ihn völlig aus der Fassung. Doch er war sich sicher, dass dies nur vorübergehend so sein würde. Beim Anblick einer solchen Schönheit würden doch die meisten Männer den Verstand verlieren, versuchte er, sich einzureden.

Aber er war noch immer verärgert. Schließlich war er nicht die meisten Männer. Er war doch immun gegen diese Art von Unsinn. Im Gegensatz zu seinem Bruder. Alex mochte man mit einem hübschen Gesicht verführen, aber doch nicht ihn, Rory. Trotzdem spürte Rory etwas, das man nur als zarten Hauch von Eifersucht beschreiben konnte, als er das dankbare Lächeln gewahrte, das sie seinem leutseligen Bruder zuwarf. Dieses lächerliche Gefühl war ihm unangenehm lästig.

Mit einem missbilligenden Blick übernahm er wieder die Führung. Er würde Alex daran erinnern müssen, dass das Mädchen eine MacDonald war und Rorys Braut auf Probe – was auch immer geschehen mochte. »Deidre bringt Euch *jetzt* zu Eurem Zimmer. Bis Morgen, Mistress *MacDonald*.«

Er befahl Colin und Douglas, auch die übrigen Gäste zu ihren Schlafgemächern zu führen – wo man sie gut im Auge behalten würde.

Rorys Aufmerksamkeit richtete sich jetzt wieder auf Isabel. Sein nachdenklicher Blick folgte ihr, als man sie wegführte. Isabel MacDonald hatte ihn überrascht. Doch er weigerte sich, an die unerwartete Leidenschaft zu denken, die er verspürt hatte, als ihm seine »Braut« vorgestellt wurde. Er hätte nie vermutet, dass er diese Frau attraktiv finden könnte. Aber auch wenn dem so war, machte es ihm wenig aus.

Zwei Jahre lang hatte Rory die bösartigen Angriffe von Sleat und die Intrigen des feindseligen Königs überstanden. Mit den Verlockungen eines einzelnen Mädchens würde er leicht fertig werden.

Doch etwas anderes nagte an ihm. Er war unangenehm überrascht von seiner ersten Reaktion auf seine Braut. Sie erschien ihm jung und unschuldig und sogar fast verletzlich. Nicht gerade die Art von Frau, die geneigt wäre, Sleats niederträchtige Gebote auszuführen. Wenn sie wirklich nichts von Sleats Intrige wusste, dann würde Rory alles tun, um zu verhindern, dass man ihr Schaden zufügte. Ob sie nun schön war oder nicht, Rory würde Abstand halten. Und in einem Jahr, wenn die Ehe auf Probe zu Ende war, würde er sie unversehrt zu ihren Leuten zurückbringen.

Als die »Gäste« den Eingang frei gemacht hatten, ging Rory erneut nach draußen zum Feenturm, dicht gefolgt von seinem Bruder.

»Du hast ein verdammtes Glück, Rory. Ich hoffe, dass deine noble Absicht, dem Mädel nicht beizuliegen, auf eine harte Probe gestellt wird«, sagte Alex mit vor Neid rauer Stimme. »All diese ›übertriebenen Gerüchte‹ werden ihr jedoch in keiner Weise gerecht.«

Rory versuchte, ihn zu ignorieren, aber Alex' offensichtliche Bewunderung versetzte ihm einen Stich. Und zugleich verärgerte sie ihn zutiefst. Er zweifelte nicht an der Loyalität seines Bruders, doch verspürte er überhaupt keine Lust dazu, mit irgendjemandem über die körperlichen Vorzüge dieser Frau zu sprechen … auch nicht mit seinem Bruder.

»Ja, sie ist recht attraktiv«, antwortete er.

Alex schnaubte ungläubig.

Rory wusste selbst, dass seine Worte lächerlich klangen.

»Zumindest wissen wir jetzt, warum der König der Ehe auf Probe zugestimmt hat«, sagte Alex sachlich.

Rory zog fragend die Augenbraue hoch.

»Kein Mann, der einigermaßen bei Verstand ist, würde eine solche Schönheit zurückweisen.«

»Ein Mann mit Verstand muss so handeln, wie es seine Pflicht verlangt«, korrigierte ihn Rory.

Alex schüttelte voller Bedauern den Kopf. Rory musste insgeheim zugeben, dass er genauso empfand, auch wenn er sich dafür schämte.

»Wie wichtig ist eigentlich diese Verbindung mit dem Campbell-Mädchen?«, fragte Alex.

Rory seufzte. »Sehr wichtig.« Nur eine Verbindung mit Argyll würde ihnen den nötigen Einfluss beim König verschaffen. Aber Alex hatte Recht. Es würde schwieriger werden, Abstand zu halten, als Rory vermutet hatte. Doch würde er damit umgehen können. Es gab nichts, womit Rory MacLeod nicht umgehen konnte.

3

Hier im Angesicht des Himmels und bei allen heiligen Mächten der Liebe … knüpfe ich dieses heilige Band, und mit dieser Hand das Herz, das dieser Hand gehört, ewiglich vereint … die beiden, Herz und Hand, in Liebe, Glauben und … Vertrauen.

Francis Beaumont und John Fletcher,
Wit at Several Weapons, 5. Akt, 1. Szene

Isabel wusste, dass sie zu lange brauchte, um sich fertig zu machen. Aber sie war nervös. Sie brauchte noch etwas Zeit, um ihre Gedanken zu sammeln, und hatte Bessie deshalb zum wiederholten Male auf einen unnötigen Botengang geschickt. So konnte sie sich in Ruhe auf die Zeremonie vorbereiten, die sie – für ein Jahr – an den MacLeod binden würde.

Ein Jahr, um seinen Schutzschild zu durchbrechen und seine Geheimnisse zu lüften. Eine Aufgabe, die ihr jetzt, wo sie ihn kennen gelernt hatte, als eine noch größere Herausforderung erschien.

Der MacLeod war ein Mann, der durch und durch aus Stahl zu bestehen schien. Kein Mensch, der sich leicht täuschen ließ. Und wenn man sie entdeckte, hatte sie angesichts seiner bedrohlich gebieterischen Art wahrscheinlich wenig Nachsicht zu erwarten. Außerdem verfügte er über die einschüchternde Fähigkeit, seine Gefühle komplett zu verbergen. Zwar war sie sich gestern Abend sicher gewesen, dass er sich zu ihr hingezogen fühlte, doch er hatte seine Regungen so gut verbergen können, dass sie nah daran war zu glauben, dass sie sich a nur eingebildet hatte. Seine Miene war völlig unergründli gewesen.

Niemals zuvor hatte sie einen Mann getroffen, der weniger geneigt war, sich »blind« seinen Gefühlen hinzugeben – oder sich gar zu verlieben. In der Tat stellte es eine große Herausforderung dar, unter seine Rüstung aus Stahl zu gelangen.

Sie biss sich auf die Unterlippe. Sie hatte zwar keine Abneigung gespürt, aber seine distanzierte Höflichkeit hatte sie zutiefst enttäuscht. Ihr Onkel hatte sie ganz offensichtlich an der Nase herumgeführt. Rory MacLeod hatte sich keineswegs um diese Verbindung gerissen.

Zumindest war ihre Befürchtung, dass er ein brutaler Barbar sein könnte, nicht bestätigt worden. Ganz im Gegenteil: Er schien eine angeborene Zuvorkommenheit zu besitzen. Obwohl er nicht über die geschliffenen Manieren der Männer aus dem schottischen Tiefland verfügte, würde er bei Hofe nicht durch sein schlechtes Benehmen, sondern wegen seiner beeindruckenden Größe und der Würde seines Gebarens auffallen.

Viele der Qualitäten des MacLeod bewunderte sie, doch gerade diese Qualitäten würden ihr nicht gerade dabei helfen, ihr Ziel zu erreichen. Es würde um einiges schwieriger werden, sein Vertrauen zu gewinnen, als sie es sich erhofft hatte.

Während sie sich im Spiegel betrachtete, steckte sie sich vorsichtig die verbliebenen Strähnen hoch und rückte noch einmal den diamantenbesetzten Kranz auf ihrem Kopf zurecht. Sie schaffte es einfach nicht, ihr Unbehagen und den Gedanken daran, etwas Falsches zu tun, zu verdrängen. Aber hatte sie denn überhaupt eine Wahl? Ohne ihre Hilfe würde ihr Clan untergehen. Die Lage der MacDonalds war verzweifelt, und sie musste ihrem Clan einfach helfen.

Doch nicht allein das Schicksal ihres Clans hatte sie hierhergetrieben.

Solange sie zurückdenken konnte, war sie immer wie ein Schatten ihrer älteren Brüder gewesen. Ob diese nun jagten, ob sie spielten oder ihre Fertigkeit im Schwertkampf verbesserten – immer war sie hinter ihnen hergelaufen. Wenn sie ihr erlaubten mitzumachen, dann ließ sie es sich nicht zweimal sagen. Und wenn sie es ihr nicht erlaubten, dann versteckte sie sich irgendwo im Gebüsch, um sie beobachten zu können.

Meistens hatten sie sie jedoch einfach ignoriert.

Verzweifelt darum bemüht, nicht ausgeschlossen zu werden, hatte Isabel alles versucht, damit sie sie beachteten. Aber was immer sie auch tat, ob sie sie nun herausforderte oder ihren Mut bewies, nichts brachte sie ihren Brüdern und dem Vater näher. Stattdessen behandelten sie sie wie den ewigen Nachkömmling. Wie eine Außenseiterin. Eine absolut unwichtige Außenseiterin. Ihre Brust zog sich schmerzlich zusammen, als sich dort wieder die nur allzu bekannte Leere ausbreitete.

Schon vor Jahren hatte sie erkannt, wie ihre Brüder und ihr Vater wirklich zu ihr standen, aber der Gedanke daran schmerzte noch immer. Doch die Tränen ihrer Kindheit waren schon seit langem getrocknet. Nur selten erlaubte sie sich zu weinen und in Selbstmitleid zu versinken. Und doch waren ihre schmerzhaften Erinnerungen mehr als nur Erinnerungen – es waren die Überreste ihrer Kindheitsträume. *Noch immer* sehnte sie sich nach ihrer Liebe und ihrem Respekt. Diese Sehnsucht war es, die sie nach Dunvegan gebracht hatte.

Das erste Mal in ihrem Leben brauchten sie sie.

Nur mit ihrer Hilfe hatte ihr Onkel endlich zugestimmt, ihren Vater bei seinem Kampf gegen die Mackenzies um ihre Heimat, Strome Castle, zu unterstützen. Ihr Clan war auf die Macht ihres Onkels angewiesen, um zu überleben. Und

Sleat seinerseits hatte eine schöne Frau gebraucht. Eine schöne Frau, die den MacLeod dazu verführen würde, die Geheimnisse seines Clans zu enthüllen. Diese Geheimnisse würden Sleat nicht nur in die Lage versetzen, die MacLeods für immer zu vernichten. Sie würden ihm zudem dazu verhelfen, die uralte *Lordship of the Isles* zurückzuerlangen.

Mit zwei Dingen hatte Sleat sie beauftragt: Erst sollte sie einen geheimen Zugang zur uneinnehmbaren Burg der MacLeods finden, und dann sollte sie den wertvollen und magischen Talisman, das Feenbanner, stehlen. Wenn man der Legende Glauben schenken wollte, dann war das Banner die mystische Quelle der Kraft der MacLeods, die sie schon zweimal vor der Vernichtung bewahrt hatte.

Noch jetzt zog sich ihr Magen zusammen, wenn sie an die Dinge dachte, die man angedeutet, aber nicht ausgesprochen hatte. Sie würde nicht darum herumkommen. Sie musste dieses Banner an sich bringen – zur Not auch durch Verführung. Doch wie sollte sie es schaffen, einen so grimmigen, strengen Chief aus den Highlands zu verführen? Sie, die noch nie einen Mann so nahe an sich hatte herankommen lassen, dass er sie hätte küssen können?

Jetzt, nachdem sie ihn kennen gelernt hatte, war Isabel sich umso sicherer, dass sie es nicht schaffen würde. Rory MacLeod war so hart wie eine Brustwehr aus Stein. Er schien gegen solche Schwächen wie Gefühle absolut immun zu sein.

Plötzlich kam Bessie ins Zimmer gehastet. »Sie warten auf dich, Liebes.« Sie blieb abrupt stehen, faltete die Hände vor der Brust und rief theatralisch: »Oh Isabel, du siehst traumhaft aus. Schöner denn je.« Mit einem kleinen Tüchlein tupfte sie sich die Augen trocken. »Wenn deine Mutter dich jetzt sehen könnte. Sie wäre so gern bei deiner Hochzeit dabei gewesen.«

Eine Flut von Empfindungen kam in Isabel hoch. Heiße Tränen stiegen ihr in die Augen.

Bessie freute sich so für sie. Bei ihrem Anblick fühlte Isabel sich in dem Wissen, sie zu betrügen, noch schäbiger. Und der Gedanke an ihre Mutter hatte es noch schlimmer gemacht.

Aber wäre ihre Mutter nicht stolz auf sie gewesen, weil sie ihrem Clan helfen wollte? Zumindest versuchte sie, es sich einzureden.

»Komm, dann sollten wir sie nicht länger warten lassen.« Isabel holte tief Luft und öffnete die Tür zum Gang. Sie ging den ersten Schritt eines Weges, der nur mit Betrug gepflastert sein konnte.

Rory hatte überraschend gut geschlafen und fühlte sich nun in der Lage, den Ereignissen mit kühlerem Kopf zu begegnen als am Tag zuvor. Seine fehlgeleiteten – und sinnlichen – Gedanken hatte er jetzt wieder unter Kontrolle. Er schob seine ungewöhnliche Reaktion auf das MacDonald-Mädchen nun einzig und allein auf die Unruhe, die das Erscheinen von Sleat und seiner unbestreitbar schönen Nichte verursacht hatte.

Doch heute würde Rory sich von ihrer Schönheit nicht aus der Fassung bringen lassen. Er würde sie bewundern, so wie man ein schön gemaltes Bild bewunderte – ein Ausstellungsstück. Aber mehr nicht. Bewunderung musste ja nicht Intimität mit sich bringen. An ihr selbst war er schließlich überhaupt nicht interessiert. Sie war eine MacDonald und deshalb keine passende Verbindung für seinen Clan. Mehr brauchte er über sie nicht zu wissen.

Wie bei dieser Art von Zeremonie üblich, sollte sie draußen stattfinden. Unter den gegebenen Umständen hatte Rory entschieden, dass man die Zeremonie selbst im kleinen, privaten Rahmen abhalten würde. Dann sollte ein großes Festessen folgen. Trotz der Feindschaft zwischen den Clans und der Tatsache, dass er die Verbindung nicht von sich aus angestrebt hatte, hätte sich der Clan wohl nie mit einer kleineren Feier zufriedengegeben. Festessen gehörten zur Kultur der Highlands, und die Highlander nutzen jede Gelegenheit, um zu feiern.

Als die Morgensonne am östlichen Horizont immer heller wurde, versammelten sich Rory, Alex, Sleat, Glengarry und Isabels Brüder in den offenen Stallungen, um auf Rorys Braut zu warten.

Eine Braut, die sich ziemlich verspätete. Es hatte schon vor einiger Zeit zehn Uhr geschlagen. Hatte sie es sich vielleicht anders überlegt? Merkwürdigerweise war er bei diesem Gedanken ganz und gar nicht so erleichtert, wie er es hätte sein sollen.

Glengarry hatte schon einige Male zu ihrem Fenster hinaufgeschaut. Rory sah, dass er langsam ungeduldig und wütend wurde, doch endlich machte sich ein erleichtertes Lächeln auf Glengarrys Gesicht breit. »Da ist sie ja endlich.«

Als Rory sich umdrehte, war von der Besonnenheit, die er gerade noch empfunden hatte, rein gar nichts mehr übrig.

Wieder hatte er das Gefühl, als träfe ihn ein Keulenschlag, und wieder war da diese starke körperliche Anziehungskraft.

Sie überwältigte ihn wieder genauso wie am Abend zuvor, als er sie zum ersten Mal gesehen hatte, vielleicht sogar noch mehr. Im hellen Tageslicht sah Isabel MacDonald einfach atemberaubend aus.

Ihre dichten kupferroten Locken glänzten im hellen Sonnenlicht so rot wie Feuer. Die langen, welligen Strähnen türmten sich auf ihrem Kopf, und wurden dort von einem silbern umrandeten Kranz gehalten, der über und über mit Diamanten und winzigen Perlen geschmückt war. Ihre Gesichtszüge waren zart und ausdrucksstark zugleich. Die schneeweiße Haut stand in einem auffälligen Kontrast zu den dunklen Brauen und Wimpern, die ihre wunderschönen violettfarbenen Augen umrahmten, und den blutroten, sinnlichen Lippen.

Sein Blick wanderte von ihrem Gesicht nach unten und blieb an ihrer Brust hängen. Mit einem Mal spürte er, wie das Blut in seine Lenden schoss und seine Männlichkeit sich vor Begeisterung aufzurichten begann. Ihr üppiger Körper war der absolute Gegensatz zu ihrem engelhaften Gesicht. Und, genau wie am Abend zuvor, war ihr Kleid nur einen Hauch davon entfernt, unanständig zu sein. Ihre Kleidung hätte eher auf eine von King James' Maskeraden gepasst als zu einer Hochzeitszeremonie.

Die meisten schottischen Frauen würden auf ihrer Hochzeit eher ein buntes Gewand oder einen *arisaidh* tragen. Aber Isabel war anders. Sie hatte ein einfaches, elfenbeinfarbenes Damastkleid gewählt, das trotz seiner Einfachheit keineswegs schlicht war. Es war provokativ über den wohlgeformten Körper drapiert und reizte so alle Sinne.

Weil es ohne Unterröcke und Korsett auskam, schmiegte sich der leichte Stoff herrlich um die schmalen Hüften und das wohl gerundete Hinterteil. Das Mieder war gewagt tief und über der Brust gerade ausgeschnitten. Es vermochte die festen, runden Brüste gerade zu bedecken, welche bei der kleinsten Provokation herauszuspringen drohten. Er hielt den Atem an und versuchte sich davon abzuhalten sie anzustarren. Er glaubte sogar oder bildete es sich zumindest ein, ihre hellrosa Brustwarzen unter der Spitzenborte ihres Miederchens erkennen zu können. Doch obwohl ihre Erscheinung seinen Körper hart werden ließ vor Verlangen nach ihrer nackten Haut, hatte ihr Kleid etwas Unschuldiges, Jungfräuliches. Seine unkonventionelle Farbe stand ihr perfekt.

Plötzlich überkam ihn ein Gedanke. Ohne Zweifel würde das nächste Jahr das längste seiner bisherigen siebenundzwanzig Jahre werden.

Als er merkte, dass ihre Familie seine Reaktion mit großem Interesse beobachtete, riss er sich zusammen und setzte einen nichts sagenden Gesichtsausdruck auf. »Miss MacDonald. Ich hoffe, Euer Schlafgemach war nach Eurem Geschmack.«

»Ja, vielen Dank. Es ist entzückend. Wir haben uns sehr wohl gefühlt.«

Nachdem sie diese Höflichkeiten ausgetauscht hatten, ließ er den Blick schweifen, um zu sehen, ob alle bereit waren.

Aus dem Augenwinkel entdeckte er Deirdre an der Seite von Isabels alterndem Kindermädchen.

Isabel war der Blick nicht entgangen. »Ich hoffe, Ihr habt nichts dagegen.« Sie hielt kurz inne. »Aber ich habe sie eingeladen.«

»Ach ja?«

Sein Tonfall musste sie erschreckt haben, denn sie wirkte plötzlich verunsichert. »Nun ja, als ich heute morgen nach ihr schickte, um mich bei ihr für das Bad zu bedanken, dass sie mir gestern zu so später Stunde bereitet hatte, erzählte sie mir, dass sie Eurer Familie schon gedient hat, als Euer älterer Bruder noch ein Kind war. Ich dachte mir, dass sie bestimmt gern dabei sein würde.«

Ihre Güte brachte Rory aus der Fassung. Er vermochte kaum zu antworten. Als er ihr in die Augen blickte, sah er nichts als Aufrichtigkeit. Plötzlich spürte er, wie die Welt um ihn herum ins Wanken zu geraten drohte.

»Seid Ihr mir böse?«, fragte sie mit unsicherer Stimme.

»Nein. Ich ärgere mich lediglich darüber, dass ich nicht selbst daran gedacht habe.«

Anscheinend hatte seine Antwort ihr gefallen, denn unvermittelt ließ ein strahlendes Lächeln ihr Gesicht aufleuchten. Rory erstarrte. Ihr Lächeln ließ ihre Augen beinahe übermütig aufblitzen. Ihr Gesicht war jetzt nicht mehr hoheitlich schön, sondern entzückend verspielt. Das kleine Grübchen in ihrem Mundwinkel verlieh ihrem Gesicht eine schelmische Note. Schlagartig musste Rory an Ungezogenheiten an anderen Orten denken. Zum Beispiel im Schlafgemach.

Er wandte seinen Blick ab. »Lasst uns anfangen«, befahl er.

Glengarry warf seiner Tochter einen fragenden Blick zu. »Isabel?«

Rorys Augen wurden schmal. Es schien, als würde Glengarry ihr noch einmal die Wahl lassen. Isabel wirkte überrascht und aufs Höchste erfreut über diese Verzögerung, nickte aber nur.

Glengarry würde die Zeremonie vornehmen. Rory stand nun vor Isabel, nah genug, um den süßen Lavendelduft ihres Haars und die winzigen Sommersprossen auf ihrer Nase wahrzunehmen. Die Sommersprossen gefielen ihm. Der Hauch von Unvollkommenheit ließ vermuten, dass Isabel nicht allzu eitel war. Diese Frau schien die Natur zu lieben und mehr Wert auf den warmen Sonnenschein im Gesicht zu legen, als auf makellose Haut. Er runzelte die Stirn, als er merkte, welche Richtung seine Gedanken wieder genommen hatten, und er merkte, dass er wieder genau das getan hatte, was er geschworen hatte, in jedem Fall zu vermeiden.

Sie ist ein schöner Gegenstand, rief er sich in Erinnerung.

Und doch war er sich voller Unbehagen bewusst, wie klein und zart sie wirkte, als sie dort vor den anderen Anwesenden auf dem Burghof standen, um getraut zu werden. Und nervös sah sie aus. Seine Hand bewegte sich um einige Zentimeter auf sie zu, doch dann zog er sie schnell wieder zurück.

Was zum Teufel machte er da?

Er räusperte sich und sagte sich, dass er endlich aufhören sollte, sich wie ein Dummkopf zu benehmen.

Glengarry legte nun ihre Hände ineinander und band sie mit einem Stück Tuch zusammen. Rory starrte die kleine Hand an, die in seiner lag. Die Symbolik dieser Tradition, dass ihre Hände nun gebunden waren wie auch sie aneinander gebunden sein würden, ließ ihn nicht unberührt. Es würde zwar keine richtige Ehe geben, aber diese Ehe auf Probe würde real genug sein.

Er sprach nun den Schwur, der sie für ein Jahr aneinander binden sollte. »Ich, Roderick MacLeod, der Chief der MacLeods, schwöre Isabel MacDonald meine Treue und verpflichte mich hiermit, sie für nicht weniger als ein Jahr zur Frau zu nehmen.«

Als auch Isabel den Schwur gesprochen hatte, war die Zeremonie vorüber. Bis auf eine Sache.

»Worauf wartet Ihr, MacLeod?«, spottete Sleat. »Wollt Ihr Eure Braut nicht küssen?«

Rory verkrampfte sich, er wusste, dass es getan werden musste. Doch er sträubte sich dagegen. Nicht weil er sie nicht küssen wollte, ganz im Gegenteil, sondern weil er sie so sehr küssen wollte, dass es wehtat. Er wollte sie schmecken. Er wollte eine Kostprobe nehmen von dieser verbotenen Frucht ihres Mundes.

Isabel starrte mit hochroten Wangen auf ihre Zehen, die in den Spitzen ihrer silbernen Pantoffeln gerade eben unter dem bestickten Saum ihres Kleides hervorschauten.

»Nun gut«, sagte er und hob ihr Kinn mit dem Finger an. »Ein Kuss, um unseren Schwur zu besiegeln.«

Langsam näherte er sich ihrem Gesicht. Kurz bevor ihre Lippen sich berührten, hielt er inne, um ihren blumigen Duft einzuatmen. Er stöhnte fast auf, als ihn der Rausch der Begierde wie Feuer durchfuhr.

Gütiger Gott, wie süß sie schmeckte. So süß wie Honig.

Und wie unerträglich weich sie war. Unter seinen Händen fühlte sich ihre Haut an wie Samt.

Er verweilte einen Moment. Das Verlangen, den Kuss zu vertiefen, war jetzt fast übermächtig. Er wollte sie in seine Arme schließen und ihren vollen Busen an seine harte männliche Brust drücken. Er wollte spüren, wie sich ihre Hüften an seine Lenden pressten. Er wollte seine Zunge in die süße Höhle ihres Mundes tauchen und sie kosten.

Doch irgendwie schaffte er es, sich zurückzuhalten.

Langsam hob er den Kopf. Als er sah, wie sie mit vor Verlangen geröteten Wangen und leicht geöffnetem Mund noch immer zu ihm aufschaute, verspürte Rory einen Moment unkontrollierbarer Begierde. Eine Begierde, die mit überwältigender Intensität an seinem Körper nagte.

Zum ersten Mal in seinem Leben und nach zahllosen Kämpfen auf dem Schlachtfeld, bei denen er seine Feinde vor Furcht in die Knie gezwungen hatte, sah Rory MacLeod sich einer echten Gefahr gegenüber.

Er ließ ihr Kinn los, senkte die Hand und trat einen Schritt zurück. *Das* würde nicht noch einmal passieren.

Isabel war noch nie zuvor geküsst worden und vollkommen unvorbereitet auf die Intensität dieser Erfahrung gewesen. Seine starken Finger umfassten ihr Gesicht so vorsichtig, dass ein stechendes Verlangen in ihr aufloderte. Und als ihre Lippen sich berührten, meinte sie für einen Moment im Himmel zu schweben. Das Gefühl der Verbundenheit war so stark, dass es ihr Angst machte und sie einen Moment lang den Eindruck hatte, ihr Körper würde nicht mehr ihr gehören.

Als er den Mund noch fester auf ihren drückte, umhüllte sein warmer Atem all ihre Sinne und ihr Körper schien zu schmelzen. Sie fühlte sich ganz schwach. Alle Kraft schien aus ihrem Körper gewichen. Ihr war ganz warm. Geradezu heiß vor aufkeimender Begierde.

Einen Augenblick lang vergaß sie sogar die Lüge, die sie beide zueinandergeführt hatte. Sie vergaß ihre Familie und alles um sich herum und gab sich einem viel mächtigeren Rufe hin.

Sie wollte mehr.

Doch er zögerte.

Isabel wartete und wusste nicht, was sie tun sollte. Einen großartigen Moment lang schien es, als wollte er sie in seine kräftigen Arme schließen und den Kuss vertiefen. Sie wünschte sich nichts sehnlicher, und unbewusst hielt sie voll unschuldiger Erwartung den Atem an.

Vielleicht hatte er ihre Reaktion bemerkt, denn ganz plötzlich verkrampfte er sich und entzog sich ihrem Mund.

Bevor er sie losließ, betrachteten seine saphirblauen Augen noch einmal kurz das zu ihm aufschauende Gesicht. Obwohl sie nicht klein war, reichte ihr Kinn gerade mal bis zu seiner Brust. Isabel meinte ein glimmendes Feuer in seinem Blick zu erkennen, doch dann schien es, als würde sich ein Schleier vor seine Augen senken, der jegliches Gefühl ausblendete, das in seinen Augen lag.

Als er sie losließ, war der Zauber gebrochen.

Seitdem hatte er sie kaum angesehen. Stattdessen schien er von der Unterhaltung mit ihrem Vater zu seiner Rechten und der hübschen dunkelhaarigen Frau, die neben Glengarry saß, völlig eingenommen zu sein.

Leider war Isabel nicht halb so gelassen wie er.

Hin und wieder warf sie einen verstohlenen Blick auf den

Mann, der neben ihr saß. Seine Anwesenheit war ihr seltsam bewusst. Schon seit diesem Morgen, als sie aus dem Bergfried getreten war und sein hellbraunes Haar im Sonnenlicht glänzen sah, hatte sie seine Präsenz gespürt. Er zog die Blicke auf sich wie ein Leuchtfeuer in mondloser Nacht. Doch war seine Ausstrahlung nicht allein seiner hünenhaften Gestalt zuzuschreiben. Sie rührte von der gebieterischen Aura her, die ihn umgab. Er trat wie ein König auf. Wie ein Mann, der dazu geboren war zu herrschen.

Von allen Männern, die bei der Zeremonie anwesend waren, war er der einzige gewesen, dem es egal zu sein schien, dass sie zu spät kam. Sein Selbstbewusstsein schien unerschütterlich.

Das ihre hingegen war nun völlig zerrüttet. Nach dem atemberaubenden Kuss hatte Isabel den Rest des Tages das Gefühl gehabt, in einen Dunstschleier gehüllt zu sein. Sie konnte sich noch vage daran erinnern, dass sie das traditionelle Glas Wein getrunken und dass ihr Vater und der MacLeod daraufhin im Bergfried den Vertrag unterzeichnet hatten, der die Ehe auf Probe offiziell bestätigte. Jetzt war sie die Seine für ein Jahr.

Aber auch nur für dieses eine Jahr. Das sollte sie niemals vergessen.

Obwohl sie wusste, dass ihre Ehe nur eine Verbindung auf Zeit sein würde, war sie nun seltsam verstört, als sie an der erhöhten Tafel in der großen Halle saß und das vergnügte Fest beobachtete, das um sie herum stattfand. Fast hätte sie glauben können, dass es eine echte Ehe war, eine Verbindung für die Ewigkeit.

Isabel musste sich dazu zwingen, daran zu denken, dass alles eine Täuschung war, auch wenn es noch so offiziell erschien. Der Vertrag, die Zeremonie, sogar das Kleid waren Teil des Planes ihres Onkels. Die Ehe auf Probe war schlichtweg ein Arrangement, das es ihr ermöglichte, wieder zu gehen, sobald sie ihre Aufgabe erledigt hatte.

Der heutige Tag war eine Farce. Schon als kleines Mädchen hatte sie von dem Glück geträumt, das sie an ihrem Hochzeitstag empfinden würde. Doch obwohl viele Verehrer bei Hofe vorgesprochen hatten, war nicht einer von ihnen der Richtige gewesen. Rory MacLeod hingegen hatte viel von dem stolzen, gut aussehenden Ehemann, in den sich zu verlieben und den zu heiraten sie sich immer vorgestellt hatte. Das war mal wieder typisch für sie. Der erste Mann, der sie je wirklich interessierte, war genau derjenige, den sie niemals würde haben können. Doch er war nicht der Mann ihrer Träume, rief sie sich in Erinnerung.

Der Gemahl in ihren Träumen hatte sie nie ignoriert.

Die Erfahrung, die sie jetzt machte, war ganz neu für sie. Isabel war es nicht gewöhnt, von Männern so ignoriert zu werden, wie Rory es mit ihr tat. Er war zwar höflich, aber auch äußerst distanziert. Und auf nervenaufreibende Weise undurchschaubar.

Wenn sie doch nur den eisigen Panzer durchbrechen könnte, mit dem er sich umgab, sobald er in ihre Nähe kam. Wenn sie ihn doch bloß dazu bringen könnte, sie zu beachten. Natürlich nicht auf die unbesonnene Art, auf die sie die Aufmerksamkeit ihrer Familie zu erhaschen versucht hatte. Nein, zum ersten Mal in ihrem Leben wollte Isabel als Frau beachtet werden.

Sollte der heutige Tag sich als richtungsweisend herausstellen, dann stand ihr eine schwierige Zeit bevor.

Abgesehen vom steten Strom der Gratulanten, die an ihren Tisch kamen, und den gelegentlichen Erkundigungen des MacLeod, ob sie noch etwas Fleisch oder Wein wolle, hatte Isabel bisher wenig Zuwendung bekommen, sodass sie zwischendurch sogar die Zeit fand, jedes einzelne Fenster des großen Saales zu zählen. Es waren lediglich zwölf. Sie zog die Beschäftigung jedoch in die Länge, indem sie auch die vielen schmalen Schlitze in den meterdicken Mauern zählte. Es wäre ziemlich viel Sonnenlicht vonnöten gewesen, um eine so beachtliche Festung wie diese zu erhellen. Doch der Saal wurde vor allem von Kerzen und der rauchigen Glut des offenen Kamins beleuchtet.

Die Wände waren sparsam dekoriert, nur hier und da hing ein abgenutzter und wenig kunstvoller Wandteppich. Doch war an der Wand hinter der Tafel mittig ein bedrohlich wirkendes, fast einen Meter langes *claidheamhmór* aufgehängt. Der gewaltige Zweihänder mit Kreuzheft war viel zu unhandlich und schwer, um wirklich benutzt zu werden, und doch verweilte sie einen Moment lang in seiner Betrachtung.

Ob es wohl ihm gehörte?

Wenn es einen Mann gab, der in der Lage war, diese schwere Waffe zu schwingen, dann musste es der MacLeod sein. Isabel warf dem Mann an ihrer Seite einen verstohlenen Blick zu. Sie sah, wie der feine Stoff seines Hemdes über Schultern und Armen spannte, eine Tatsache, die ein seltsames Kribbeln in ihrem Bauch hervorrief. Rory MacLeod war der körperlich beeindruckendste Mann, den Isabel je kennen gelernt hatte. Nie war ihr die Größe und Stärke eines Mannes so deutlich geworden wie jetzt. Es schien beinah unmöglich, seine Stärke *nicht* wahrzunehmen. Sie war sich nur allzu sehr seiner Präsenz an ihrer Seite bewusst.

Seine muskelbepackten Schultern waren so breit, dass er sie jedes Mal berührte, wenn er sich ein Stück Fleisch oder ein mit Butter bestrichenes Brot von der Platte nahm, die sie sich teilten. Sogar die Luft war von seinem männlichen Duft nach Meer und Sandelholz erfüllt. Es war eine verführerische Mischung, die in ihre Haut einzudringen und tief in ihr Bewusstsein zu sickern schien. Sie spürte, dass sie auf seine unverhüllte Männlichkeit reagierte. Nicht mit Angst, sondern mit einem Gefühl, das wohl aufgeregter Neugier am nächsten kam. Kurz kam ihr sogar der Gedanke, ihn zu berühren, um zu fühlen, ob sein Körper wirklich so hart und stark war, wie er aussah. Doch dann verdrängte sie das seltsame Verlangen sofort wieder. Was war nur los mit ihr?

Die Stärke des MacLeod war jedoch nicht allein seiner körperlichen Kraft zuzuschreiben. Sie fand auch in seiner Rolle als Anführer ihren Ausdruck.

Während sie aßen, hatte Isabel die Gelegenheit gehabt, zu beobachten, wie er sich gegenüber seinen Clansleuten verhielt. Es war nur allzu ersichtlich, dass die zahllosen Männer, die an ihre Tafel kamen, um ihnen mit ehrlicher Bewunderung und Stolz zu gratulieren, ihn liebten und verehrten. Er schien eine entspannte und freundschaftliche Beziehung zu seinen Männern zu pflegen.

Ein Verhalten, das in völligem Gegensatz zu dem stand, wie er sich ihr gegenüber gab.

Seine einsilbigen Antworten ließen keine Unterhaltung aufkommen, und so hatte sie es schließlich aufgegeben und sich Alex zugewandt, um von ihrer Langeweile erlöst zu werden. Zumindest war Alex ihr gegenüber freundlich und zuvorkommend. Doch aus irgendeinem Grund wühlte sein attraktives Gesicht sie in keiner Weise so auf, wie Rorys es getan hatte. Trotz allem entspannte Isabel sich ein bisschen und schenkte ihm sogar ein Lächeln für seine charmanten Komplimente.

Nach ein paar Minuten drehte sie sich wieder zu Rory um, obwohl sie eigentlich damit rechnete, von ihm wieder ignoriert zu werden. Doch stattdessen stellte sie überrascht fest, dass er sie finster ansah.

»Amüsiert Ihr Euch, Isabel?«

Die Kälte in seiner Stimme ließ sie zusammenfahren. Wenn sie es nicht besser gewusst hätte, wäre sie fast versucht gewesen anzunehmen, dass er eifersüchtig klang.

Seine blauen Augen waren ganz dunkel geworden. Dieser Mann könnte einen Felsen zum Schmelzen bringen, dachte Isabel, während sie sich unter seinem stechenden Blick wand. Sie hätte alles dafür gegeben zu erfahren, was er gerade dachte. Doch sie beschloss, sich von seiner abweisenden Haltung nicht verunsichern zu lassen, und ignorierte die nervöse Unruhe, die sich plötzlich in ihrem Bauch breitmachte. *Ich habe nichts Verkehrtes getan*, rief sie sich in Erinnerung.

Zumindest noch nicht.

Stolz hob sie das Kinn und erwiderte ohne mit der Wimper zu zucken seinen Blick. Sie sprach ungezwungen, so als hätte sie überhaupt nicht bemerkt, dass irgendetwas war. »Ja, Euer Bruder ist außerordentlich freundlich. Wir haben gerade über das Talent Eurer Dudelsackspieler gesprochen. Sie spielen einfach wunderbar.«

Er ließ sie sehr lange auf eine Antwort warten. Als er endlich sprach, hatte sie plötzlich den Eindruck, sich seinen Ärger nur eingebildet zu haben. »Die MacRimmons spielen schon seit langem für die MacLeods«, sagte er. Mit völlig ausdruckslosem Gesicht spielte er mit dem kunstvoll verzierten Stiel seines Silberkelches, wobei seine Fingerspitzen sanft über die glatten Kanten des Reliefs strichen. Seinen Bewegungen wohnte eine unglaubliche Sinnlichkeit inne, und Isabel gelang es nicht, den Blick abzuwenden, während sie sich vorstellte, wie es wohl wäre, wenn er sie berührte. Würde er sie auch so sanft anfassen? Allein die Vorstellung ließ ihr einen Schauer den Rücken hinunterlaufen. Doch dann holte seine Stimme sie wieder zurück auf den Boden der Tatsachen. »Sie sind die besten Dudelsackspieler von ganz Schottland«, beendete er seinen Satz.

Isabel hörte den Stolz in seiner Stimme. Die Inseln waren das letzte Bollwerk der gälischen Kultur und hatten unter den *Lords of the Isles* eine Blütezeit erlebt. Barden und Dudelsackspieler waren ein fester Bestandteil der gälischen Kultur, und die Inselbewohner waren außerordentlich stolz darauf, diese Tradition zu pflegen.

Rory wollte sich schon wieder ihrem Vater zu seiner Rechten zuwenden, als sie ihn schnell, um die Unterhaltung fortzusetzen, fragte: »Wer ist denn dieses entzückende Kind dort drüben?«

Als Rory sich in die Richtung drehte, in die sie zeigte, machte sich plötzlich ein strahlendes Lächeln auf seinem Gesicht breit. Isabel blieb fast das Herz stehen. Schon mit ernster Miene hatte sie ihn sehr ansehnlich gefunden, doch jetzt war er einfach umwerfend. Die kleinen Fältchen um seine Augen hatten sich etwas vertieft, und auf beiden Seiten seines Mundes erschienen bezaubernde Grübchen. Bessie hätte gesagt, dass er aussähe, als wäre er von Elfen geküsst worden. Und vielleicht war an den Geschichten über das Elfenblut wirklich etwas dran. Seine Attraktivität hatte jedenfalls etwas entschieden Magisches.

Doch was sie am meisten berührte, war die Sanftheit in seinen Augen, als er das kleine Mädchen ansah. Er schien dieses Kind aufrichtig gern zu haben. Isabel bemerkte, dass es das erste Mal war, dass sich hinter seiner stoischen Miene ein ehrliches Gefühl zeigte. Diese Seite von ihm hatte sie bisher noch nicht gesehen. Sie fühlte sich auf unbeschreibliche Weise zu ihm hingezogen.

Ohne sich der Wirkung bewusst zu sein, die er auf sie hatte, fuhr er fort: »Die kleine Mary MacLeod ist jetzt schon so etwas wie eine Legende hier in der Gegend. Sie ist äußerst talentiert für ein Mädchen ihres Alters. Ihre Geschichten werden Euch gefallen.«

»Das Kind ist eine Bardin?«, fragte Isabel aufrichtig überrascht.

»Mary ist gerade einmal fünf, aber ihr Talent ist viel versprechend. Der Clan ist ganz hingerissen von ihrem zarten Alter, und sie trägt uns häufig ihre Gedichte vor.«

»Wie ich sehe, ist es nicht nur der Clan, der von ihr hingerissen ist«, zog Isabel ihn auf und erntete ein charmantes, jungenhaftes Grinsen, das ihr Herz wild schlagen ließ. Sie ignorierte ihre unangebrachte Reaktion auf ein einfaches Lächeln und fragte: »Ihr mögt Kinder?«

Die Frage schien ihn zu verwirren. »Natürlich«, antwortete er, als gäbe es gar keine andere Antwort auf diese Frage.

Doch Isabel wusste, dass es die gab. Nicht alle Männer fühlten sich wohl, wenn Kinder um sie herum waren. Und nur wenige zeigten so eine offensichtliche Freude an ihnen. Isabel selbst wusste das nur zu gut.

Er sah nie auf, wenn sie den Raum betrat.

»Vater?«

»Nicht jetzt, Kind. Ich habe zu tun.«

»Wann denn dann?«

»Später.«

Dieses Später kam natürlich nie. Doch dann verblasste die Erinnerung und plötzlich kam ihr ein ganz anderer Gedanke. Um sich ihr plötzliches Unbehagen nicht anmerken zu lassen, biss sie sich auf die Unterlippe. »Dann wollt Ihr also auch Kinder haben?«

Schlagartig verschwand die Sanftheit um seine Augen, und das charmante Grinsen war wie weggewischt. »Erst einmal nicht.«

Isabel hätte sich dafür ohrfeigen können, dass sie ihn verärgert hatte. Schnell nahm sie das ursprüngliche Gespräch wieder auf. »Ich dachte, die irischen O'Muirgheasain wären die *Seannachie* der MacLeods?«

Rory zog eine Augenbraue hoch. »Ihr habt Euch also mit unserer Familie beschäftigt. Es stimmt: die O'Muirgheasain sind unsere Erbbarden. Aber sie sind schon so lange aus Irland weg, dass sie sich gar nicht mehr als Iren betrachten, sondern als Bewohner der hiesigen Inseln.«

»Ich muss gestehen, dass ich nicht sehr viel über Eure Familie weiß. Es ist jedoch unmöglich, eine MacDonald zu sein, ohne gleichzeitig etwas über die MacLeods zu erfahren.« Als sie seinem Blick begegnete, fügte sie kühn hinzu: »Unsere Clans sehen schließlich auf eine ziemlich lange gemeinsame Geschichte zurück.« Sie sah keinen Grund dafür, das Offensichtliche nicht zur Sprache zu bringen.

Er streckte die Beine wieder unter dem Tisch aus und nahm einen großen Schluck *cuirm*. Über den Rand seines Kelches hinweg blickte er sie unbeirrt an. »Ich weiß, dass Ihr nichts mit der Fehde zwischen unseren Clans zu tun habt. Ich hege auch keine feindseligen Gedanken gegen Euch für das, was Euer Onkel meiner Schwester Margaret vor zwei Jahren angetan hat. Aber denkt daran, Isabel: Nicht alle hier sind so tolerant wie ich.«

Isabel nickte. Es würde nicht einfach sein, die Vorurteile, die man gegen die MacDonalds hegte, zu überwinden, aber damit hatte sie gerechnet. »Nun ja, zumindest im Moment scheinen sie sich allesamt blendend zu amüsieren«, sagte sie und wies mit dem Kopf auf die bunte Mischung der Clansleute, die zum Fest zusammengekommen waren. MacLeods, MacCrimmons und MacAskills hatten die eine Seite der Halle in Beschlag genommen, die anwesenden MacDonalds hatten sich auf der anderen Seite der Halle eingerichtet. Die verfeindeten Gruppen blieben unter sich, abgesehen von ihren drei Brüdern. Isabel schüttelte amüsiert den Kopf, als sie beobachtete, wie ihre Brüder absolut schamlos mit den Mägden der MacLeods flirteten, die das Essen auftrugen und nachschenkten. Diese drei ließen doch nie eine Gelegenheit zum Schäkern aus, nicht einmal in der Höhle des Löwen. Sie seufzte.

Er hatte sie beobachtet. »Ihr seid bestimmt müde.«

Sie lächelte und gestand: »Vielleicht ein bisschen.«

»Ihr könnt Euch jederzeit in Euer Gemach zurückziehen.«

Isabel versuchte, ihr starkes Herzklopfen unter Kontrolle zu bringen. Sie sah der kommenden Nacht mit zunehmender Nervosität entgegen.

»Werden meine Sachen heute Nacht in ein anderes Zimmer gebracht werden, Mylord?«, fragte sie leise.

Doch sie bereute ihre Worte, kaum dass sie sie ausgesprochen hatte. Seine gute Laune verschwand schlagartig.

»Ich dachte, Ihr hättet gern ein bisschen Zeit, damit wir uns besser kennen lernen. Ihr werdet erst einmal in Eurem eigenen Schlafgemach bleiben.« Die letzten Worte sprach er mit kühler Bestimmtheit.

Ihre Augen weiteten sich vor Schreck, und ihre Wangen wurden rot vor Scham. Sie hatte nicht damit gerechnet, dass er sich beim Vollzug der Ehe auf Probe zurückhalten würde. Sie hatte sogar darauf gehofft, dass die Zeit, die sie gemeinsam im Schlafgemach verbrachten, ihm dazu verhelfen würde, sich in sie zu verlieben. Auch auf die Möglichkeit, dass er ihr schon heute Nacht beiliegen wollte, hatte sie sich vorbereitet.

Jetzt hätte sie erleichtert sein sollen. Nach dem Kuss am Morgen war sie ein einziges Nervenbündel gewesen. Wenn sie schon auf einen einfachen Kuss so reagierte, was würde dann erst passieren, wenn er ihr beilag?

Isabel hatte gehofft, dass er ihr Zeit geben würde, um sich an den Gedanken zu gewöhnen. Doch jetzt, wo er genau das tat, was sie erhofft hatte, verstand sie die Welt nicht mehr. Entweder war er äußerst rücksichtsvoll, oder er fand sie nicht attraktiv. Sie hoffte, dass das Erste der Grund für seine Zurückhaltung war – natürlich nur, um das Gelingen des Plans nicht zu gefährden. Einen anderen Grund, sich Sorgen zu machen, ob er sie nun anziehend fand oder nicht, gab es nicht. Und trotzdem war sie unerklärlicherweise enttäuscht.

Plötzlich gesellte sich ein glockenhelles Lachen zu Rorys heiserer Stimme und zog Isabels Aufmerksamkeit auf sich. Als sie nun die dunkelhaarige Schönheit beäugte, die zur Rechten ihres Vaters saß, beschlich sie noch eine weitere Vermutung. Bei dem Gedanken verkrampfte sich ihr Herz. Hoffentlich suchte er sich sein Vergnügen nicht anderswo.

Rory war der Anflug von Verletztheit in ihren Augen nicht entgangen, als er ihr sagte, dass sie in dieser Nacht nicht das Zimmer teilen würden. Aber er war nicht auf die Hitze vorbereitet gewesen, die seinen Körper durchfuhr, als sie die Möglichkeit erwähnte, in seine Kammer umzuziehen. Während er versuchte, die in ihm auflodernde Leidenschaft zu verdrängen, streckte er die Beine unter der Tafel aus und nahm noch einen Schluck *cuirm*. Er konnte sich lebhaft vorstellen, wie es sein würde, ihr beizuliegen, wenn schon ein keuscher Kuss das Feuer in ihm lodern ließ. Die Erinnerung an diesen Kuss war noch immer allgegenwärtig. Wieder fing er an, unruhig auf seinem Platz hin und her zu rutschen.

Er wusste, in welche Richtung ihre Gedanken gingen. Den ganzen Abend lang hatte er sein Bestes gegeben, um sie zu ignorieren, und hatte schamlos mit der schönen, aber geistlosen Catriona MacCrimmon geflirtet. Er wusste, dass es falsch war, Catriona zu ermutigen. Sie hatten einmal eine Beziehung geführt, die zwar ihren Zweck erfüllte, aber recht bald langweilig geworden war. Doch irgendwie musste Rory sich von Isabel ablenken. Er hatte den ganzen Tag dagegen ankämpfen müssen, seine Braut unentwegt anzustarren. Er sagte sich, dass er sie nur ansah, weil seine Aufgabe darin lag, zu beobachten, was die Leute um ihn herum trieben – vor allem diejenigen, bei denen ein wenig Misstrauen angebracht war. Doch er war längst nicht so gelassen, wie er vorgab. Er wünschte, dass nur ihre Schönheit für sein Interesse verantwortlich wäre, doch leider musste er feststellen, dass es auch andere Gründe dafür gab.

Ohne es zu wollen, hatte Rory schon viele kleine Aspekte ihres Wesens wahrgenommen, zum Beispiel wie sie mit ihrem Haar herumspielte, wenn sie nervös war, oder wie sie sich auf die Unterlippe biss, wenn sie nachdachte. Aber es waren nicht nur diese kleinen Eigenarten, die ihm gefielen. Er hatte zudem beobachtet, wie freundlich und rücksichtsvoll sie im Umgang mit anderen Menschen war. Wie zum Beispiel, dass sie Deidre am Morgen zur Zeremonie eingeladen hatte.

Und nach der Zeremonie hatte er noch etwas anderes bemerkt. Sie hatte umgehend die Anerkennung ihres Vaters gesucht. Ihr Gesichtsausdruck war so eifrig gewesen, dass es beinahe wehtat, sie anzusehen. Doch er hatte sie angesehen. Und es war ihm nicht entgangen, wie enttäuscht sie war, als ihr Vater nicht so reagierte, wie sie es sich gewünscht hatte. Ihre Beziehung zu ihrem Vater und den Brüdern schien sehr schwierig, ja fast schon steif zu sein. Als wäre sie ein zerbrechliches Stück Porzellan, von dem sie nicht genau wussten, wie man es behandeln sollte. Rory musste zugeben, dass es ihm ganz ähnlich ging.

Und doch tat sie ihm leid. Er selbst hatte ein sehr inniges

Verhältnis zu all seinen Brüdern und Schwestern. Doch dann stutzte er und runzelte unmerklich die Stirn. Zu seiner jüngsten Schwester Flora hatte er ein weniger enges Verhältnis. Sie war nach dem Tod des Vaters mit ihrer Mutter zusammen weggegangen und kam seitdem nur selten nach Dunvegan. Er nahm sich vor, diese Situation bald zu ändern. Das Mädchen sollte nicht aufwachsen, ohne ihre nächsten Verwandten zu kennen.

Isabel war auf liebenswerte Art verletzlich, aber nicht ängstlich. Die mentale Stärke, mit der sie seinem ganz uncharakteristischen Temperamentsausbruch begegnet war, bezeugte dies. Anfangs war er erleichtert gewesen, als sie endlich aufgegeben und sich, wie er vorhergesehen hatte, zu Alex umgedreht hatte. Sollte sie doch seinem Bruder eine Weile auf die Nerven gehen. Doch Alex schien ihre Gegenwart aufrichtig zu genießen, er hatte schon lange nicht mehr so entspannt ausgesehen wie im Gespräch mit Isabel. Es hätte Rory froh stimmen sollen. Und das war der Grund, warum er so überrascht war von seiner Reaktion.

Er gab es ungern zu, aber ihr Mut hatte ihn beeindruckt. Viele Männer, die weitaus stärker und erfahrener waren als sie, hatten sich von seinem bösen Blick einschüchtern lassen. Und die meisten Mädchen hätten wohl schon lange das Weite gesucht. Doch sie hatte es irgendwie fertiggebracht, dass er sich schlecht fühlte, weil er versucht hatte, sie einzuschüchtern.

Diese Mischung aus Verletzlichkeit, Witz und Courage war äußerst ungewöhnlich. Er schüttelte den Kopf. Sie erinnerte ihn an seine Schwester Margaret ... zumindest daran, wie sie vorher gewesen war.

Doch wusste er, wer sie wirklich war? In Wahrheit hatte er keine Ahnung, wie er sie einschätzen sollte. Sie hatte viel mehr Format, als er erwartet hatte, und nichts von dem hochnäsigen Selbstvertrauen schöner Frauen. Sie hatte ihn überrascht, und Rory mochte keine Überraschungen. Isabel MacDonald war beinahe zu gut, um wahr sein. Noch dazu, weil sie von Sleat kam. Bis jetzt hatte das Mädchen nichts getan, was sein Misstrauen erregt hätte, aber es war ja auch noch nicht viel Zeit vergangen. Man würde sie genauer beobachten müssen. Er würde sie im Auge behalten. Aus der Ferne. Den ganzen Nachmittag so dicht neben ihr zu sitzen und sie gleichzeitig zu ignorieren war eine gute Übung in Selbstbeherrschung gewesen.

Sie war so bezaubernd anmutig und so verdammt schön. Sie saßen eng nebeneinander auf der Bank, und bei jeder kleinsten Bewegung streifte sie ihn. Und jedes Mal, wenn sie es tat, erinnerte sie ihn an ihre Anwesenheit.

Isabel MacDonald war eine Frau, die einen Mann einzig und allein durch ihre Nähe verführen konnte. Der zarte Lavendelduft, der von ihrem Haar ausströmte, die anmutige Art zu essen, der genüssliche Ausdruck, der sich auf ihr Gesicht legte, als sie eines der herrlichen Häppchen probierte, die verlockende Art und Weise, wie sie sich mit der Zunge über die Lippen fuhr, als sich ein Krümelchen Zucker dorthin verirrt hatte. Alles an ihr sprach geradezu von weicher, süßer Weiblichkeit und heißem, leidenschaftlichem Sex. Und Rory, oder zumindest sein Körper, hörte ihr zu.

Unvermittelt wurden seine unzüchtigen Gedanken von einem lauten Krachen unterbrochen, das von der anderen Seite des Raumes kam und dem friedlichen Fest ein jähes Ende bereitete. Rory hörte, dass ein Tisch umgeschmissen wurde, und vernahm dann den unverkennbaren Klang von Fäusten und Gerangel. Ein kurzer Blick und er wusste Bescheid. Zwei Männer, ein MacDonald gegen einen MacLeod. Vor Wut spannte sich jeder Muskel in seinem Körper an.

Rory stand auf. »Es reicht.« Wie ein Peitschenknall fuhr seine Stimme durch den Saal. Totenstille legte sich über den Raum. Die Männer hörten auf zu kämpfen, und alle Augen richteten sich auf ihn.

Isabel hielt den Atem an. »Ian«, rief sie leise. Rory erkannte Isabels jüngeren Bruder, der von der anstrengenden Prügelei noch immer keuchte. Blut lief ihm von einem Schnitt an der Schläfe seitlich am Gesicht hinunter. Der andere Streithahn war einer von seinen Männern, Fergus MacLeod. Er war ein gefürchteter Krieger, doch verlor er leider auch immer schnell die Beherrschung. Rory begriff, was vorgefallen war, als er die verschreckte Magd sah, die etwas abseits der beiden stand. Es war die Frau von Fergus.

»Kommt her.« Rory zeigte zum Fuß der Tafel. »Alle beide.« Als sie vor ihm standen, befahl er: »Sprecht.«

Beide Männer fingen gleichzeitig an.

»Einer zur Zeit.« Nachdem sie berichtet hatten, wusste Rory, dass es genau so gewesen war, wie er gedacht hatte. Ian hatte etwas zu heftig mit der hübschen Magd geflirtet, zumindest für den Geschmack ihres Gatten. Fergus hatte reagiert, indem er Ian die Faust ins Gesicht geschlagen hatte. Damit war der Friede gebrochen.

Rory starrte die beiden Männer mit unbewegtem Gesicht an. Er hielt es nicht für nötig, sein Missfallen zu verbergen.

»Ich hoffe, Ihr habt vor, etwas zu unternehmen, MacLeod«, mischte Sleat sich ein, dem die Situation offensichtlich Spaß machte.

Rory beachtete ihn nicht. Er musste nicht an seine Pflichten erinnert werden.

Die Wut, die noch vor und während der Prügelei die Gemüter erregt hatte, war jetzt so weit abgeklungen, dass Fergus einsah, etwas Falsches getan zu haben.

»Was hast du dazu zu sagen?«, fragte Rory ihn streng. »Du hast die heilige Pflicht der Gastfreundschaft verletzt und den Frieden dieses Hauses gestört.« Rory zeigte auf Ian. »Dieser Mann ist unser Gast.«

Fergus ließ den Kopf hängen. Er wusste, dass sein Verhalten die Ehre des Clans verletzt hatte. »Ich habe gehandelt ohne nachzudenken.«

Bevor Rory ihm eine Strafe auferlegen konnte, legte Isabel ihre kleine Hand auf seinen Arm. »Bitte.«

Rory erstarrte. Er wusste, was sie sagen würde. Und er war sich der Blicke, die auf sie beide gerichtet waren, nur allzu bewusst. »Mischt Euch nicht ein, Isabel.«

»Bitte«, flüsterte sie. »Es war doch nicht nur seine Schuld.«

Als Rory auf ihre anmutige Hand hinuntersah, spürte er, wie sich in ihm etwas verkrampfte. Eigentlich hätte er außer sich sein müssen vor Wut, weil sie seine Autorität vor dem Clan in Frage stellte. Doch stattdessen bewunderte er ihren Gerechtigkeitssinn, auch wenn er jetzt vollkommen fehl am Platze war. »Muss ich Euch über die Pflicht der Gastfreundschaft belehren?«

»Nein, nur …«

»Es reicht«, sagte er, diesmal so herrisch, dass sie auf der Stelle verstummte. Er drehte sich wieder zu Fergus um, um seine Entscheidung zu verkünden. »Für dein Vergehen sollst du als Strafe drei Frühjahrskälber zahlen. Zwei an die MacDonalds und eins an mich.«

Ein kollektives, lautes Stöhnen hallte durch den Saal. Doch die wütenden Blicke galten nicht Rory, sondern den MacDonalds. Rory hörte, dass die Magd anfing zu schluchzen. Es war eine harte, aber faire Strafe. Er setzte sich wieder, um sich erneut seinem Mahl zuzuwenden, obwohl es ihm in Wahrheit den Appetit verschlagen hatte.

Rory sagte lange Zeit kein Wort. Er war außer sich vor Wut, weil sie seine Entscheidung in Frage gestellt hatte, aber zugleich war er auch zutiefst beeindruckt von ihrem Mitgefühl. Insbesondere weil der Mann, um den es ging, ihr Bruder war.

»Meine Entscheidung hat Euch missfallen«, stellte er fest. »Ist sie Euch zu streng?«

Sie stocherte im Essen auf der Platte herum, bevor sie antwortete. »Seine Familie wird einen erheblichen Einkommensverlust erleiden.«

»Ja. Es kommt sie teuer zu stehen, aber sie werden nicht verhungern. Fergus hat eine heilige Regel gebrochen und damit die Ehre des Clans verletzt. Ich muss ihn dementsprechend hart bestrafen. Das ist meine Pflicht.« Er verfluchte sich dafür, dass er ihr noch weitere Erklärungen abgab. »Was für ein Chief wäre ich denn, würde ich das Gesetz nicht einhalten?«

»Mitgefühl ist keine Schande.«

»Mitgefühl ist gut für diejenigen, die keine Verantwortung tragen«, erklärte er mit ausdrucksloser Stimme. Er erwartete nicht, dass sie verstand, warum ein Chief entschlossen und energisch auftreten musste. Frauen waren weichherzige Geschöpfe. Er hätte noch viel Schlimmeres tun und Fergus auspeitschen oder fesseln lassen können. Er sah ihr direkt in die Augen. »Die Pflicht zur Gastfreundschaft gilt in den Highlands uneingeschränkt. Wer das Gesetz bricht, der muss die Konsequenzen tragen.« Die Warnung war unmissverständlich. »Es gibt kein Erbarmen für Missetäter.«

Rory entging nicht, wie blass sie bei seinen Worten wurde.

4

Spät am nächsten Morgen stand Isabel allein an der der Bucht zugewandten Festungsmauer und sah schweren Herzens zu, wie ihre Familie abreiste. Graue Wolkenfelder überzogen den Himmel und schütteten kübelweise Regen vom Himmel, sodass das Wasser zur reißenden Flut wurde, auf der das *birlinn* wild hin und her schaukelte. Man konnte kaum erkennen, wo der Regen endete und das Wasser begann. Es war ein erbärmlicher Tag, der damit ganz und gar Isabels Stimmung entsprach.

Ein langer Sommertag auf der Isle of Skye.

Wie herrlich.

Ihre Hand schoss unter den warmen Falten des Umhangs hervor, um die rotbraunen Strähnen, die ihr ins Gesicht peitschten und sich zwischen ihre Lippen legten, zu bändigen. Doch ihre Bemühungen waren umsonst. Der Wind kannte kein Erbarmen und löste ihr Haar, kaum dass sie es zusammengebunden hatte.

Eiskalte Wassertropfen schlugen ihr gegen die wunden Wangen und mischten sich unter die Tränen, die ihr jetzt unwillkürlich in die Augenwinkel traten. Sie zog den Umhang noch enger um sich, um sich so gut sie konnte vor dem Wetter und den wachsamen Blicken der MacLeods zu schützen. Isabel weigerte sich, ihnen ihr Leid zu zeigen.

Die Abreise ihrer Leute war ohne Vorankündigung gekommen. Sie hatte gedacht, dass sie mehr Zeit haben würde, um sich an Dunvegan … und an Rory zu gewöhnen. Aber jetzt waren sie weg. Und sie war allein in der Höhle des Löwen.

Am Anleger unter ihr begleiteten unhörbare Jubelrufe das *birlinn*, als es aus dem Blick verschwand. Es schien, als würde es von der grauen See geradezu verschluckt werden. Doch die MacLeods waren froh, ihre Feinde los zu sein – ob es nun stürmte oder nicht. Und ihre Gefühle überraschten sie nicht im Geringsten. Unter Schotten war eine Fehde nicht leicht vergessen, und noch weniger leicht vergeben.

Sie fragte sich, wie viele von ihnen sich wohl wünschten, dass auch sie mit in dem Boot säße. Ob auch Rory es sich wünschte? Wahrscheinlich. Er hatte sich offensichtlich nicht um diese Ehe auf Probe gerissen, und auch nachdem er sie gesehen hatte, hatte sich wenig daran geändert. So fasziniert sie von ihm war, so wenig schien er von ihr beeindruckt zu sein. Es war genau das Gegenteil von dem, was sie sich erhofft hatte.

Sie hatte gewusst, dass ihre Aufgabe nicht leicht sein würde, und genau so war es auch. Sie war ganz sicher, dass er irgendetwas vermutete. Seine Worte am gestrigen Abend hatten keinen Zweifel daran gelassen, dass er sie warnen wollte. Wahrscheinlich würde sie nie vergessen können, wie er aussah, als er ihr mitteilte, dass es »kein Erbarmen für Missetäter« gäbe. Sie hatte das unheimliche Gefühl, dass er direkt in sie hineinschauen konnte.

Ein Schaudern durchfuhr ihren Körper, doch nicht wegen des Regens und des eisigen Windes. Irgendwie musste sie es schaffen, unter seinen beachtlichen Schutzschild zu gelangen. Der Vorfall zwischen ihrem Bruder Ian und Fergus MacLeod hatte sie zutiefst erschüttert. Wenn der MacLeod ihre List entdeckte, würde er auch über sie so nüchtern-sachlich und entschlossen richten. Und fair, wie sie zugeben musste. Er war ein Mann, der es gewohnt war, schwere Entscheidungen zu fällen, und er würde nie vergessen, was seine Pflichten waren.

Der gestrige Tag hatte das gezeigt. Sie würde gut aufpassen müssen, dass man sie nicht entdeckte.

Doch das würde nicht einfach sein; denn ihm schien nichts zu entgehen.

Nicht einmal das Gespräch, das sie mit ihrem Onkel geführt hatte, war Rorys Aufmerksamkeit entgangen. Obwohl er sie von der anderen Seite des Hofes nicht hören konnte, hatte Isabel gespürt, dass sein durchdringender Blick auf ihr ruhte, als ihr Onkel sich mit der ihm eigenen selbstherrlichen Art von ihr verabschiedet hatte. Einen Arm schützend um ihre Schultern gelegt, hatte er sie beiseitegenommen, um ihr die letzten Anweisungen zu geben, bevor er sich aufmachte, um die steilen Stufen zum Meer und dem dort vertäuten Boot hinunterzusteigen.

Sleats Warnung war nur allzu deutlich gewesen. Noch immer klangen seine Worte in ihr nach. »Was auch immer du tust, finde den Eingang und bring mir das Feenbanner vor Ablauf eines Jahres. Die MacDonalds sind schon einmal von diesem Banner besiegt worden, und ich will es endlich haben. Wenn du es schaffst, dann werde ich deinen Vater im Kampf gegen die Mackenzies unterstützen.« Sie versuchte, sich unter seinem auf ihr lastenden Arm nicht allzu sehr zu verkrampfen. Er hatte sich ganz tief über sie gebeugt und mit belegter, drohender Stimme gesprochen. Sein fauler Atem versengte ihr beinahe das Ohr. »Hast du verstanden, was ich gesagt habe, Isabel? Tu, was du zu tun hast. Wenn die Zeit gekommen ist, möchte ich keinen Widerstand gegen meinen Anspruch auf die *Lordship*. Es ist das Erbrecht der MacDonalds, diese Ländereien zu regieren. Wenn wir die MacLeods endlich vernichtet haben, dann wird uns keiner mehr das Gebiet und den Herrschaftsanspruch streitig machen. Denk daran, dass man dich nicht gezwungen hat mitzumachen. Du hast freiwillig zugestimmt zu helfen und jetzt gibt es kein Zurück mehr. Das Leben deiner Clansleute steht auf dem Spiel, und du musst jetzt alles dafür tun, um sie zu retten. Wenn du diese Aufgabe nicht erfüllst, dann ist auch dein Clan verloren.«

Seine Worte ließen ihr das Blut in den Adern gefrieren. »Mach dir keine Sorgen, Onkel, ich habe keinen Moment lang daran gedacht aufzugeben. Ich weiß, was ich zu tun habe. Ich werde alles tun, was in meiner Macht steht, damit Rory sich mir anvertraut und mir sagt, wo die Flagge ist, und ob es zu diesem elendigen Ort einen geheimen Zugang gibt. Und niemand wird irgendetwas vermuten.«

Als sie merkte, dass Rory sie immer noch beobachtete, tätschelte sie die Hand des MacDonald, so wie es eine geliebte Nichte bei ihrem vernarrten Onkel tun würde, um ihn zu beschwichtigen. An ihrem Gesicht war nicht abzulesen, was sie gerade gesagt hatte.

Sleat schien besänftigt. Er lockerte seinen Griff um ihre Schultern. »Sei vorsichtig. Lass niemanden wissen, was du vorhast. Und was auch immer passiert, lass dich nicht vom MacLeod verführen. Sei immer auf der Hut vor ihm – er weiß ganz genau, wie er die Mädchen mit seinem fragwürdigen Charme verführt.« Gedankenverloren fasste sich der MacDonald ans Kinn.

Als er weitersprach, schien es, als würde er laut denken. »Du bist zwar schön, aber gleichzeitig jung und unschuldig. Vielleicht wäre es besser gewesen … ach, lassen wir das. Es ist jetzt sowieso zu spät. Ich werde dir bald Nachricht zukommen lassen, Isabel. Als Vorsichtsmaßnahme werde ich meine Schreiben mit einem Abdruck dieses Rings versiegeln. Sieh ihn dir gut an und merke dir, wie er aussieht, damit du ihn wiedererkennst.«

Isabel nahm seine Hand und musterte den großen Ring, in

den Sleats Zeichen eingraviert war. Rorys wegen beugte sie sich sogar darüber, um ihrem Onkel die Hand zu küssen, so als würde sie damit dem Chief der Familie huldigen. Wenn Rory immer noch zu ihnen hinübersah, würde es ihre Betrachtung des Rings nicht ganz so seltsam aussehen lassen. Auf dem Ring war eine gepanzerte Faust zu sehen, die ein Kreuz hielt. Quer über das Kreuz war Sleats Motto graviert: *Per Mare Per Terras* – zu Wasser und zu Land.

»Ich weiß Bescheid, Onkel. Du solltest jetzt gehen, bevor ich noch erklären muss, worüber wir gesprochen haben. Ich möchte nicht, dass Rory Verdacht schöpft.«

»Also dann, viel Erfolg, Mädchen.« Der MacDonald grinste lüstern, wobei er eine Reihe gelber Zähne zeigte.

Seufzend vor Erleichterung sah sie zu, wie er fortging. Sleat machte sie nervös. Er war zwar ihr Onkel, aber irgendetwas hatte dieser Mann an sich, dass sich bei ihr die Nackenhaare aufstellten. Ohne Zweifel war Sleat ein mächtiger Chief. Doch er war mächtig, weil seine Leute ihn fürchteten, nicht, weil sie ihn verehrten.

Es ließ sich nicht leugnen, dass ihr Onkel eine ausgesprochen bösartige Seite an sich hatte. Auch die brutale Art und Weise, auf die er Rorys Schwester verstoßen hatte, bezeugte das. Er hatte sie aus politischen Erwägungen fortgeschickt. Ursprünglich hatte der MacDonald die Unterstützung der MacLeods gebraucht, um das uralte Lehnsgut der *Lordship of the Isles* wiederzuerlangen, das der Clan der MacDonalds vor über einhundert Jahren verloren hatte. Doch dann hatten die MacLeods die Gunst des Königs verloren, während die Mackenzies diese noch immer genossen. Und ihr Onkel brauchte die königliche Unterstützung, um die politische Macht wiederzuerlangen, die mit dem Titel *Lord of the Isles* einherging. Deswegen war Margaret MacLeod entbehrlich geworden. Isabel hatte verstanden, warum er Margaret fortgeschickt hatte, doch erschien es ihr übermäßig grausam, sich auch noch über das Unglück dieser Frau lustig zu machen. Natürlich war auch dies geplant gewesen. Ihr Onkel wusste, dass der MacLeod gezwungen sein würde zurückzuschlagen. Er hatte gehofft, den Clan der MacLeods durch eine Fehde zu zerstören. Doch der MacLeod hatte sich als stärker entpuppt, als Sleat angenommen hatte, und war den MacDonalds noch immer ein Dorn im Auge.

Diesen Dorn sollte sie, Isabel, nun entfernen.

Sleat wollte nicht nur die Macht des Clans vergrößern, er wollte auch Westschottland und die Inseln regieren, ohne dass der König – oder die MacLeods – sich einmischten. Da Isabel den König kannte, hielt sie die Idee für sehr weit hergeholt. Es war jedoch nicht ihre Aufgabe, sich darüber Gedanken zu machen, ob die Pläne ihres Onkels legitim waren. Sie musste einzig und allein das tun, was man ihr aufgetragen hatte. Und dafür brauchte sie Rory. Oder genauer gesagt: Sie brauchte Rorys Liebe und sein Vertrauen.

Vielleicht war es doch nicht so schlecht gewesen, dass die MacDonalds schon abgereist waren. Es war nicht zu übersehen, dass Rory ihren Onkel hasste. Sleats Anwesenheit erinnerte Rory bestimmt an das tragische Schicksal seiner Schwester, und das würde ihr ganz gewiss nicht helfen.

Sie nahm die Schultern zurück und schüttelte ihre Mutlosigkeit ab. Es brachte nichts zu grübeln. Sie musste ihre Aufgabe erledigen. Sie würde dafür sorgen, dass ihre Familie stolz auf sie war, um dann diesen trostlosen Ort verlassen zu können. Dieses Jahr würde ein sehr langes Jahr werden. Doch zumindest hatte man sie nicht ganz alleine gelassen. Bessie hatte zugestimmt, ein paar Monate bei ihr zu bleiben, um ihr die Eingewöhnung leichter zu machen.

»Ihr solltet nicht hier draußen im Regen stehen.«

Erschrocken trat Isabel einen Schritt zurück und rutschte auf dem steinigen Gang an der Festungsmauer aus. Sie spürte seinen warmen Körper und seine harte männliche Brust hinter sich, als er sie auffing und dann sofort wieder losließ.

Bevor sie sich umdrehte, wusste sie schon, wer es war.

Ihr Herz hatte einen Satz gemacht, weil sie einen Moment lang glaubte, aus seinen Worten Sorge herausgehört zu haben. Doch als sie seinen ausdruckslosen Blick sah, wusste sie, dass sie sich getäuscht hatte. Das Gesicht dieses Mannes gab so viel preis wie ein Stein.

»Ich wollte nur sehen, ob meine Leute gut abgereist sind. Ich hatte gehofft, dass sie es sich anders überlegen und auf Dunvegan bleiben würden, bis der Sturm vorbei ist.«

Sie zuckte zusammen, weil sie selber merkte, dass es sich so anhörte, als würde sie sich verteidigen.

»Nun, Ihr seht, dass sie abgefahren sind. Also geht zurück in den Bergfried und trocknet Euch, bevor Ihr Euch erkältet.«

Sein brüsker Tonfall versetzte ihr einen Stich. Gerade jetzt fühlte sie sich so allein, dass sie seine Kälte nur schwer ertrug. Sie nickte, doch sie schaffte es nicht, vor ihm zu verbergen, dass sie verletzt war.

Er musste es bemerkt haben, denn er seufzte entnervt und versuchte, sie ein wenig zu besänftigen. »Es ist für alle besser so, Mädchen. Euer Onkel wird auf Dunvegan niemals willkommen sein. Und nach dem Ärger gestern war die Stimmung zwischen den Clans äußerst gespannt. Die MacLeods und die MacDonalds werden niemals Freunde sein.«

Isabel meinte, schon wieder eine Warnung aus seinen Worten herauszuhören. »Vielleicht nicht Freunde. Aber auch keine Feinde mehr. Unsere Ehe auf Probe hat doch die Fehde beendet.«

Sein Mund wurde schmal. »Zumindest für ein Jahr«, korrigierte er sie. Isabel spürte einen Augenblick lang, wie Panik in ihr aufstieg. Hatte er vielleicht etwas mitbekommen? Doch dann fuhr er fort: »Es dauert länger als ein Jahr, um den Schaden zu beheben, den eine Fehde verursacht hat, welche schon ein ganzes Leben währt.«

»Aber es ist ein guter Anfang«, sagte sie. Noch etwas anderes lag ihr auf der Seele. »Um noch einmal auf den gestrigen Abend zurückzukommen. Es war nicht richtig, dass ich versucht habe einzugreifen. Und ich wollte auch nicht Eure Entscheidung in Frage stellen.« Es war wirklich falsch gewesen. Sie hatte mit Erstaunen festgestellt, dass sich die MacLeods trotz der harten Strafe ohne Murren gefügt hatten. Man respektierte seine Entscheidungen.

Rory nahm ihre Entschuldigung mit einem Nicken an. »Und warum habt Ihr es dann getan?«

»Ich wollte nicht, dass das Fest in schlechter Erinnerung bleibt. Und als ich meinen Bruder sah, konnte ich mir schon denken, was passiert war. Ich kenne meine Brüder, sie meinen es nicht böse, aber natürlich kennen Eure Leute meine Brüder nicht so gut wie ich. Ian tat es wirklich leid, dass er der Auslöser für den Ärger war.«

»Das hat er mir auch gesagt.« Bestimmt hatte Rory ihren überraschten Gesichtsausdruck bemerkt. »Er hat sich dafür entschuldigt, dass er die Feier gestört hat, und mir gestanden, dass er nicht wusste, dass das Mädchen verheiratet war. Er ist noch jung, aber ich bewundere seinen Anstand.«

Isabel lächelte. Sie war froh, dass der MacLeod erkannt hatte, wie schwer es für ihren Bruder gewesen sein musste, sich zu entschuldigen, nachdem die Sache schon zu seinen Gunsten entschieden worden war.

»Ihr mögt Eure Brüder?«

Isabel nickte. »Sehr sogar.«

Er sah sie unverwandt an. »Und sie mögen Euch auch?«

Sie zögerte. »Natürlich«, antwortete sie.

Rory hatte wohl die Unsicherheit in ihrer Stimme bemerkt. »Sicher war es auch für sie schwer, Euch zu verlassen. Doch es ist besser so. Jetzt, wo Eure Familie weg ist, werdet Ihr Euch viel besser auf Dunvegan einleben können. Oder seid Ihr Euch vielleicht gar nicht mehr sicher, ob Ihr das überhaupt wollt?«

»Doch, doch, natürlich«, sagte sie etwas zu schnell.

Er zog eine Augenbraue hoch, so als würde er ihr nicht glauben. »Ich habe gesehen, wie vertieft Ihr in das Gespräch mit Eurem Onkel wart. Ich dachte, Ihr hättet es Euch vielleicht anders überlegt.«

Isabel spürte, wie ihr Herz schneller zu schlagen begann.

Er sah sie unverwandt an, während er auf eine Erklärung wartete, die sie ihm natürlich nicht bieten konnte. »Wenn Ihr uns beobachtet habt, müsstet Ihr gesehen haben, dass ich mich lediglich von meinem Onkel verabschiedet habe.«

»Ach, und ich dachte, es ginge um mehr als ein einfaches Abschiedsritual. Es schien, als würde er Euch irgendwelche Anweisungen geben.«

Isabel hielt den Atem an. Ihr Herz hämmerte jetzt wie wild. Wie hatte er das nur erraten? Rory MacLeod bekam entschieden zu viel mit.

Denk nach, Isabel.

Ihr kam eine Idee. Waren Männer nicht geradezu verrückt nach unterwürfigen Frauen?

Sie lächelte verschämt und ließ ihre langen Wimpern flattern. »Genau so war es, Rory.«

Überrascht zog er die Brauen hoch.

Sie gab sich Mühe, ein kleidsames Erröten vorzutäuschen.

»Mein Onkel hat mir Anweisungen darüber gegeben, wie ich Euch eine gute und gefällige Ehefrau sein kann. Und was ich tun muss, um Euch glücklich zu machen.«

Er schien zu erstarren, als hätten ihre Worte ihm den Atem genommen. Er blickte ihr direkt in die Augen.

Diesmal war sie ganz sicher, eine Hitzewelle zu spüren. »Diese Anweisungen würde ich gern hören.« Sein Blick fiel auf ihren Mund und glitt dann über ihren schlanken Körper, um auf ihren Brüsten zu verweilen. »Wie Ihr gedenkt, mich glücklich zu machen.«

Isabel erbebte innerlich. Die sexuelle Anspielung seiner Worte war ihr nicht entgangen. Ihre Wangen brannten wie Feuer. »So habe ich es nicht gemeint.«

»Wie habt Ihr es denn dann gemeint, Isabel?« Ein Schauer der Erregung durchfuhr ihren Körper, als sie die Heiserkeit in seiner Stimme hörte.

Gütiger Gott, er stand so dicht vor ihr. So dicht, dass sie seine Wärme spüren, und den ihm so eigenen würzigen Duft nach Meer wahrnehmen konnte. Sein nasses Haar fiel in dichten Strähnen über sein markant schönes Gesicht. Sie verspürte den unverschämten Drang, ihm eine Strähne seines Haares hinter das Ohr zu streichen. Nur um ihn zu berühren.

Isabel konnte nicht antworten. Die Luft zwischen ihnen schien förmlich zu knistern. Ohne es zu merken, rückte sie ein wenig näher, weil ein warmer, magnetischer Sog sie zu ihm hinzog.

Noch immer blickte er ihr tief in die Augen. Ob er sah, wie sehr sie von ihm geküsst werden wollte? Dass sie an nichts anderes mehr denken konnte, als an das Gefühl seiner Lippen auf ihrem Mund? Der Moment schien kein Ende nehmen zu wollen, während sie so im Regen standen und einander anstarrten. Spürte er das Gleiche wie sie? Isabel suchte nach einem Hinweis, nach irgendetwas, das ihr sagte, dass auch er es bemerkt hatte. Doch sie wurde enttäuscht. Er beendete den Moment, indem er den Blick abwandte.

»Jetzt sind wir beide durchnässt«, sagte er streng. »Begebt Euch in den Bergfried. Ich muss arbeiten. Und bleibt in Zukunft drinnen, wenn es so gefährlich stürmt. Ich möchte Euch nicht wieder holen müssen.«

Er machte auf dem Absatz kehrt und ließ sie stehen. Und sie fühlte sich noch viel einsamer als vorher.

Der MacDonald von Sleat sah zu, wie Dunvegan im grauen Nebel der Gewitterwolken versank. Kurz bevor er die Burg vollständig aus den Augen verlor, sah er zwei Menschen an der Festungsmauer stehen. Bei ihrem Anblick umspielte ein selbstgefälliges Lächeln seinen Mund. Es gab keinen Zweifel daran, wer die Frau und der Mann waren. Sein Plan verlief reibungslos. Anfangs würde sich der MacLeod noch gegen Isabels Anziehungskraft wehren, aber Sleat war sich sicher, dass er früher oder später der Versuchung erliegen würde.

Sleat konnte es immer noch nicht fassen, dass er das Glück gehabt hatte, auf seine Nichte aufmerksam zu werden.

Isabel MacDonald war wirklich eine außergewöhnliche Schönheit. Eine rothaarige Helena von Troja. Alle Männer, die sie sahen, wollten sie haben. Ganze Kriege würde man ihretwegen austragen. Sie verkörperte die perfekte Kombination aus Unschuld und Leidenschaft. Ja, seine Nichte würde ihnen nützlich sein. Sehr sogar, beglückwünschte er sich selbst.

Rory MacLeod war ihm schon viel zu lange ein Dorn im Auge. Wie amüsant würde es sein zuzusehen, wie sein Feind, der große »Rory Mor« von einem Mädchen zu Fall gebracht wurde. Der MacLeod hatte zwar ein nicht unbeachtliches schauspielerisches Talent bewiesen, als er versuchte, ihnen weiszumachen, kein Interesse an Isabel zu haben, doch Sleat hatte ihn durchschaut. Gerade sein offensichtliches Desinteresse hatte ihn verraten. Der MacLeod wollte Isabel. Er wollte sie sehr. Wer auch nicht? Welcher Mann hätte solchen Reizen widerstehen können? Sleat kicherte in sich hinein. Er war höchst zufrieden mit sich selbst.

Ja, es war ein Geniestreich gewesen, eine Frau zu benutzen, um in das Bollwerk des MacLeod zu gelangen.

Der MacDonald kratzte sich den struppigen Bart und schnippte dabei abwesend die Krümel seines Frühstücksbrotes in die stürmische See. Er runzelte die Stirn. Eine einzige Schwachstelle hatte sein Plan. Seine Nichte selbst. Im Endeffekt würde der Erfolg des Plans ganz allein von ihr abhängen. Er hasste es, von einer Frau abhängig zu sein, von einem dieser unnützen Geschöpfe, doch in diesem Fall war es unumgänglich. Es gab keine andere Möglichkeit.

Aber war das Mädel stark genug, um seinen Teil beizutragen? Sie war noch sehr jung und unerfahren. Genau das war zwar Teil ihrer Anziehungskraft, aber gleichzeitig auch ein Schwachpunkt. Ihm war nicht entgangen, wie fasziniert sie vom Chief der MacLeods war. Sleat würde es genau im Auge behalten, wie sie vorankam. Und er würde dafür sorgen, dass sie begriff, welche Folgen ihr Versagen für den Clan hätte.

Helena sollte in diesem Fall keinen Krieg auslösen, sondern einen beenden.

Und ihm dabei ein Königreich verschaffen.

5

Seit dem Nachmittag, an dem die MacDonalds abgereist waren, hatte Rory sein Bestes gegeben, um sich von seiner Braut fernzuhalten. Je mehr Zeit er mit ihr verbrachte, desto mehr erfuhr er über sie. Und je mehr er über sie erfuhr, desto mehr wollte er wissen. Es war ein Teufelskreis, der zu nichts führte, außer ins Verderben.

Selbst am Tag der Abreise ihrer Familie hatte er nicht vorgehabt, zu ihr zu gehen. Aber war sie noch ganz bei Trost gewesen, bei so einem heftigen Sturm an der rutschigen Festungsmauer zu stehen? Er hätte sie den Elementen überlassen sollen, doch ihre verdammte Verletzlichkeit hatte ihm den Rest gegeben.

Früher am Tage hatte er mit angesehen, wie traurig sie war, als sie sich von ihrer Familie verabschiedete, und hatte versucht, sich nicht davon berühren zu lassen. Doch der Moment war von so viel Schmerz erfüllt gewesen, dass er es einfach nicht ignorieren konnte. Ihr Vater hatte sie nur verlegen am Hinterkopf getätschelt, während Isabel so ausgesehen hatte, als wollte sie sich ihm an den Hals werfen. All ihre Brüder hatten sie kurz umarmt, doch sie hatte jedes Mal ein bisschen zu lange festgehalten. Isabel wollte jeden Moment in die Länge ziehen, während die MacDonalds so aussahen, als könnten sie gar nicht schnell genug wegkommen. Sie kämpfte gegen ihre Tränen an, als sie zusah, wie sie die Stufen zum See hinabstiegen, doch sie waren gegangen, ohne sich noch einmal umzudrehen.

Diese verdammten Idioten. Sahen sie denn nicht, wie

schwer es für sie war? Sie hatte so einsam und verlassen ausgesehen, als die Boote abfuhren, dass er sie einfach nicht hatte stehen lassen und ihr dabei zusehen können, wie sie sich erkältete. Er wusste, wie verlassen sie sich fühlen musste. Und wahrscheinlich hatte sie auch Angst, so allein unter Fremden. Fremden, die nur wenige Tage zuvor noch ihre Feinde gewesen waren. Als sie sich umgedreht hatte, um ihn mit ihren violetten, vom Weinen feuchten und geröteten Augen anzusehen, hatte es Rory ganz und gar nicht kaltgelassen. Das Mädchen hatte ihm aufrichtig leid getan.

Doch dann hatte sie davon gesprochen, wie sie ihn glücklich machen würde, und da hatten ganz schnell andere Gefühle die Oberhand gewonnen. Einen Augenblick lang hatte er nur noch erotische Bilder vor Augen gehabt. Bilder, die sich ihm nur zu leicht darboten, wenn ihr Mund nur wenige Zentimeter von seinem entfernt war. Die Heftigkeit seiner Leidenschaft für diese Frau machte ihn fast wahnsinnig.

Erst später hatte er darüber nachgedacht, ob ihre zweideutige Antwort ihn nur davon hatte abhalten sollen, weitere Fragen über das Gespräch zu stellen, das sie mit ihrem Onkel geführt hatte. Irgendetwas an dieser Ehe auf Probe, und auch an Isabel, stimmte nicht.

Er traute ihr nicht. Und da sie im alten Bergfried wohnte und er im neueren Feenturm, war es nicht so einfach, sie im Auge zu behalten. Von Deidre hatte er erfahren, dass sie ungewöhnlich viel Zeit in der Küche verbracht hatte. Diese Information hatte ihn genauso neugierig gemacht wie die Körperhaltung, in der er sie vorfand, als er auf der Suche nach ihr in die Küche kam. Sie lag auf den Knien in der Vorratskammer und schien etwas unter einem Regal zu suchen.

Rory wartete, bis er direkt hinter ihr stand. »Wonach sucht Ihr?«

Erschrocken sprang Isabel auf. Ihre Augen waren weit aufgerissen, und ihrem Mund entschlüpfte ein langes »Oh«.

Er verschränkte die Arme vor der Brust und starrte sie an. Streng. »Und?«

»I-ich – äh- hab etwas fallen gelassen.«

Er wusste, dass sie log. »Was?«

Sie richtete sich gerade auf, schürzte die Lippen, stützte die Hände in die Hüften und reckte trotzig das Kinn. »Warum fragt Ihr mich aus?«

»Ihr liegt hier in der Küche auf den Knien, sucht etwas unter einem Regal und wundert Euch, dass ich frage, wonach?«

Sie schien es lustig zu finden, was er gesagt hatte, denn sie grinste. »Oh, na gut«, sie hielt inne und ließ sich viel Zeit damit, sich den Staub vom Rock zu bürsten. »Ihr seid mir auf die Schliche gekommen. Calum hat versprochen, mir zu zeigen, wie er seine köstlichen Marzipankuchen macht, und ich wurde in die Vorratskammer geschickt, um die Mandeln und den Zucker zu holen.«

Rory hatte von Deidre erfahren, dass Isabel ganz schnell eine große Bewunderin des wortkargen, mürrischen alten Kochs geworden war. »Das ist vielleicht eine gute Erklärung dafür, dass ich Euch im Raum mit den Vorräten gefunden habe, aber es beantwortet immer noch nicht meine Frage, was Ihr unter dem Regal gesucht habt.«

»Darauf wollte ich gerade hinaus«, erwiderte sie hochmütig. »Während ich die Zutaten zusammensuchte, hörte ich etwas auf den Boden fallen und wegrollen. Ich dachte, es wäre vielleicht eine Perle von meinem Ohrring.«

»Hmm«, murmelte Rory. »Wollen wir doch mal nachschauen.« Langsam fuhr er mit seiner Hand in ihr Haar, um es hinter ihr Ohr zu streichen. Die weichen, seidigen Wellen glitten über seine Haut. Erregung durchzuckte ihn. Sanft berührte er die samtige Haut ihres Nackens. Als er sich leicht nach vorn beugte, um ihre Ohrringe anzuschauen, atmete er ihren süßen Lavendelduft ein. Die Versuchung, ihr Haarband zu lösen und die Hände in ihrem seidig-warmen Haar zu vergraben, überwältigte ihn beinahe.

»Es scheint nichts zu fehlen.« Seine Stimme klang unnatürlich tief.

»Ich bin mir ganz sicher, gehört zu haben, wie etwas auf den Boden fiel.« Ihre Stimme klang nervös, doch er wusste nicht, ob von seiner Berührung oder weil sie log. »Vielleicht war es ein Teil von meiner Brosche«, meinte sie dann schnell.

Sein Blick glitt zu dem Schmuckstück zwischen ihren Brüsten. Mit weit aufgerissenen Augen beobachtete sie seine Hand, die sich jetzt von ihrem Ohr löste und langsam hinunter zu ihrem Mieder wanderte. Als er mit dem Fingerrücken ihre Brust streifte, hörte er, wie sie tief Luft holte. Bei dem leisen erotischen Laut stieg Wärme in ihm auf. Er sah ihr tief in die Augen, während er mit den Fingern die Brosche untersuchte. Wie leicht wäre es, seine Hand in ihr Mieder zu schieben, ihre samtige Haut zu spüren und mit dem Daumen sanft über die harte Spitze ihrer Brustwarze zu streichen. Sein Glied wurde steif, und er spürte, wie seine Lenden schwer wurden vor Lust. Wenn er sie doch nur einmal berühren könnte …

Aber er wusste, dass ihn eine Berührung nicht befriedigen würde – er würde mehr wollen. Viel mehr.

Heiliger Himmel, keine Frau hatte je eine so große Wirkung auf ihn gehabt, ohne dass sie auch nur das kleinste bisschen dafür tat. Er trat einen Schritt zurück, ließ die Hand sinken und erlaubte seinem Puls, zu seiner normalen Geschwindigkeit zurückzukehren. Er wartete, bis er seine lasterhafte Leidenschaft wieder im Griff hatte, ehe er sagte: »Auch an Eurer Brosche scheint nichts zu fehlen.«

»Ich weiß, dass ich etwas gehört habe«, beharrte sie. Doch statt sich noch eine weitere dürftige Ausrede einfallen zu lassen, fragte sie ihn: »Warum seid Ihr hier?«

Sein Blick wurde durchdringender. *Gute Taktik*, dachte er, doch keine mit der sie ihn zum Narren halten konnte. Er musterte sie und wünschte sich, dass er in diesen schönen Kopf hineinblicken könnte. Warum verbrachte sie so viel Zeit in der im Keller gelegenen Küche, und wonach suchte sie? Er hatte seine Vermutungen und diese hatten nichts mit verloren gegangenen Perlen zu tun. Es war ein unnötiges Risiko, sie allein im alten Bergfried wohnen zu lassen. Und es gab eine einfache Lösung. Rory wusste, was er tun musste, Leidenschaft hin oder her. »Ich habe Euch gesucht«, sagte er.

»Habt Ihr?«

Er nickte. »Es ist jetzt an der Zeit.« Es war genug Zeit vergangen. Er wusste, dass das Dienstpersonal bereits angefangen hatte zu tratschen. Er hatte zwar nicht vor, das Mädchen zu heiraten, aber er wollte auch nicht ihre Ehre verletzen. In allem bis auf eines sollte sie seine Frau sein.

»Wofür ist es jetzt an der Zeit?«, fragte sie vorsichtig.

»Wir haben jetzt lange genug gewartet. Ich möchte, dass Ihr Eure Sachen in mein Gemach im Feenturm bringt.« Dort würde es leichter sein, sie im Auge zu behalten. Doch es würde gleichzeitig schwerer sein, sich von ihr fernzuhalten.

Das war knapp gewesen. Isabel atmete langsam aus, als sie hinter ihm hersah, wie er die Küchentreppe hinaufging. Wenn sie daran dachte, dass er sie beinahe ertappt hatte, durchfuhr sie ein Schaudern. Wie jeden Tag, seitdem ihre Familie abgereist war, hatte sie den alten Bergfried von oben bis unten nach einem geheimen Zugang abgesucht. Besondere Aufmerksamkeit hatte sie dabei den Kellergewölben nahe der Küche und dem Verlies gewidmet. Rory, der wie immer plötzlich aus dem Nichts aufgetaucht war, hatte sie erschreckt und völlig aus der Fassung gebracht. Ihr war beinahe das Herz stehen geblieben, als er angefangen hatte, sie auszufragen … und dann hatte es andere Gründe für ihre Unruhe gegeben.

Sie hatte gar nichts Zweideutiges im Sinn gehabt, als sie ihm Antwort gab, sie hatte ihn nur ablenken wollen. Doch stattdessen hatte *er* sie abgelenkt. Die Anziehungskraft, die zwischen ihnen herrschte, wärmte sie noch immer. Nur in seiner Nähe zu sein ließ ihre Körpertemperatur in fieberhafte Höhen steigen. Er strahlte eine überwältigende Glut aus. Eine Glut, die sie magisch anzog. Als er seine Hand in ihren Nacken gelegt hatte und mit seinem Finger über ihre Brust gefahren war, hatte sie tief im Innern einen seltsamen Sog gespürt. Ihre Haut hatte vor Erregung angefangen zu kribbeln. Jede Bewegung, jede Berührung, jedes Zögern schien sich für immer in ihre Haut zu brennen.

Er hatte sie voller Sehnsucht zurückgelassen. Sie wollte, dass er sie in seine Arme schloss und küsste. Sie wollte, dass er sie berührte. Dass er die Spannung löste, die von ihr Besitz ergriffen hatte.

Sie hatte den Anflug von Leidenschaft in seinem Blick gesehen und wusste, dass die Begegnung auch ihn nicht unberührt gelassen hatte. Und jetzt wollte er, dass sie in sein Zimmer umzog. Das konnte nur eins bedeuten. Er wollte sie im wahrsten Sinne zu seiner Braut machen.

Den restlichen Tag war Isabel nur noch ein Nervenbündel. Sie konnte an nichts anderes denken als an die kommende Nacht. Sie war zwar noch Jungfrau, doch sie wusste schon Bescheid über die Dinge, die sich zwischen Mann und Frau abspielten. Ungewollt hatte sie viel gelernt, als sie ihren liederlichen Brüdern hinterherspioniert hatte.

Isabel hatte sich natürlich darauf vorbereitet, im Verlaufe des Plans ihre Jungfräulichkeit zu verlieren. Doch sie war stets davon ausgegangen, dass dieser Akt ein Opfer für sie sein würde. Dass sie die Zähne würde zusammenbeißen müssen, um es zu ertragen. Nie hätte sie geahnt, dass ihr ganzer Körper vor Erwartung kribbeln würde. Die Erregung, die damit einherging, hatte rein gar nichts mit dem Plan zu tun, sondern einzig und allein mit diesem Mann, der sie schon bei der kleinsten Berührung vor Leidenschaft beben ließ. Sie konnte einfach nicht leugnen, wie sehr er sie erregte. Doch sie würde aufpassen müssen, um sich nicht von den unbekannten Gefühlen in den Bann ziehen zu lassen. Das Wichtigste war, sich weiterhin auf ihr Ziel zu konzentrieren.

Mit Hilfe von Bessie und Deidre brachte Isabel ihre Sachen in sein Zimmer. Nachdem sie Deidre gesagt hatte, wo sie ihre Truhen abstellen sollte, machte sie sich daran, sich einzurichten. Sie legte ihre Haarbürste und den Spiegel auf den großen Tisch neben dem offenen Kamin und das Buch mit Sonetten, das sie gerade las, auf das Tischchen neben dem Bett. Sie verteilte ihre Habe so unter seinen Sachen, als wäre sie wirklich eine junge Braut, die überglücklich das Boudoir mit ihrem frisch angetrauten Ehemann teilte.

Der Raum, in dem sie jetzt leben sollte, beeindruckte sie. Rorys Kammer im dritten Stock des neuen Feenturms war ein schönes, wenn auch männliches Zimmer, das sparsam mit schweren Holzmöbeln eingerichtet war. Von den großen Fenstern hatte man einen herrlichen Blick auf die Bucht. Ein kleiner offener Kamin spendete Wärme. Die Wände waren verputzt und in einem zarten Gelb gestrichen, ansonsten jedoch völlig ungeschmückt. Gemusterte, in edelsteinfarben gehaltene Teppiche, ähnlich denen in der Halle im ersten Obergeschoss, bedeckten den Boden.

Doch am meisten imponierte ihr das riesige Bett, das den Raum dominierte. Mit seiner luxuriösen dicken Federmatratze und den Federkissen ähnelte es dem Bett in ihrer alten Kammer, wobei diesem der seidene, bunte Himmel fehlte. Stattdessen hatte es nur eine seidene Tagesdecke und ein weiches Fell für kalte Nächte. Ein großer Stapel Bücher und wahllos verstreutes Pergamentpapier übersäten den großen Tisch, der anscheinend als Schreibtisch diente. Auf einem kleineren Tisch am Fenster stand eine Waschschüssel, und in einer einzigen großen Truhe war seine Kleidung untergebracht.

Trotz der spartanischen Einrichtung strahlte dieses Zimmer Wärme und Gemütlichkeit aus und war damit eine angenehme Veränderung zu dem rustikalen alten Bergfried. Doch den ganzen Tag lang schweifte ihr Blick immer wieder zum Bett. Und sie hatte vor Aufregung einen ganz trockenen Mund.

Zum ersten Mal verspürte sie das fast unmerkliche Flattern in ihrer Brust, als sie sich zum Abendessen neben ihm an die erhöhte Tafel setzte. Er begrüßte sie mit einem kurzen Nicken und widmete sich dann wieder seinem Gespräch mit Alex. Isabel versuchte ihre Enttäuschung zu verbergen. Irgendwie hatte sie gehofft, dass der heutige Tag ein Wendepunkt sein würde. Und dass die beinahe schweigend zugebrachten Mahlzeiten, die sie seit nunmehr drei Wochen hatte durchstehen müssen, jetzt endlich zu Ende wären.

Abgesehen von nichts sagenden Bemerkungen über das Essen und anderen bedeutungslosen Höflichkeitsfloskeln würdigte Rory sie meist keines Blickes, sondern unterhielt sich bei den Mahlzeiten vornehmlich mit seinen Männern. Gelegentlich hatte sie bemerkt, wie Alex, der bei den anderen Kriegern saß, sie ansah. Als ob er ihre Einsamkeit gespürt hätte, schenkte er ihr dann jedes Mal ein aufmunterndes, schiefes

Lächeln. Doch sogar Alex mied geflissentlich jedes längere Gespräch mit ihr. Und heute war es nicht anders.

Rorys höfliches Desinteresse enttäuschte sie zutiefst, besonders heute Abend, wo jeder Nerv in ihrem Körper aufs Äußerste gespannt war. Trotzdem musste sie immer wieder an die bevorstehende Nacht denken, als sie jetzt so dicht neben ihm saß und ihr Körper vor Aufregung kribbelte. Unter ihren Wimpern hervor warf sie ihm einen vorsichtigen Blick zu. Wie würde es wohl sein? Wie würde *er* wohl sein? Würde er behutsam sein, im Wissen um ihre Unschuld? Ihre Gedanken wanderten zu seiner beeindruckenden Gestalt. Seine Größe machte ihr Angst. Sie hoffte, dass er sie mit all seinen Muskeln nicht erdrückte. Sie hatte Fragen über Fragen, doch Rory schien sich keinerlei Gedanken wegen der kommenden Nacht zu machen. Für ihn schien es eine Nacht wie jede andere auch zu sein.

Anscheinend hatte er ihren Blick gespürt, denn plötzlich drehte er sich zu ihr um und fragte: »Entspricht alles Euren Wünschen …?« Er hielt bedeutsam inne. Isabel errötete, weil er sie dabei erwischt hatte, wie sie ihn so offensichtlich anstarrte. »… im neuen Turm?«, beendete er seinen Satz lächelnd. Er amüsierte sich ganz offensichtlich über ihr Unbehagen.

»Ja, das Bett ist –« Sie hielt verschämt inne. Ihre Wangen brannten. »Ich wollte sagen, das Zimmer ist herrlich.«

Sie sah etwas in seinem Blick aufflackern. »Ich freue mich, dass es Euch gefällt«, sagte er. Doch bevor sie antworten konnte, drehte er sich schon wieder zu Alex um.

Irgendwie gelang es ihr, das Abendessen zu überstehen. Dieses eine Mal war sie dankbar dafür, dass er sie ignorierte. Ihre Gedanken wirbelten wild durcheinander, und sie hatte Angst, noch einmal einen ähnlichen Schnitzer zu machen wie vorhin.

Mit Hilfe von Bessie zog Isabel ihr wunderschönes Nachthemd aus elfenbeinfarbener Seide an, das ihr Onkel allein für diese Gelegenheit ausgewählt hatte. Es war nicht verwunderlich, dass es äußerst knapp bemessen war. Der hauchzarte Stoff schmiegte sich so verführerisch an ihre weiblichen Kurven, dass der Phantasie wenig Raum gelassen wurde. Ein wenig fühlte sich Isabel wie ein dressierter Gänsebraten, doch dann verwarf sie ihre Bedenken und ließ sich von Bessie bemuttern.

Nach ein paar letzten peinlichen Erklärungen, bei denen Isabel am liebsten abwechselnd gelacht oder geweint hätte, war sie jetzt endlich allein. Sie kroch unter die Decke und wartete.

Und wartete.

Stundenlang lag Isabel wach im Bett. Sie hatte die Decke bis zum Kinn hochgezogen, und ihre Nerven waren zum Zerreißen gespannt. Ihr Herz hämmerte. Sie lauschte angestrengt und wartete die ganze Zeit auf den unfehlbaren Klang seiner schweren Schritte. Doch sie kamen nicht.

Und dann irgendwann wurde ihr auf schmerzliche Weise klar, dass er gar nicht vorhatte, zu ihr zu kommen.

Viel enttäuschter, als sie wahrhaben wollte, blies Isabel die Wachskerze neben dem Bett aus und schlief. Ruhelos.

Sieben lange Nächte später blickte Rory die Frau an, die dort, keine zwei Meter von ihm entfernt, schlief und dachte daran, wie albern er war. Es konnte doch wohl nicht wahr sein, dass er sich von einem Mädchen von seinem Bett fernhalten ließ.

Seitdem er ihr befohlen hatte, in sein Zimmer umzuziehen, hatte er kaum mehr als ein paar Stunden geschlafen. Isabel hatte von allem Besitz genommen – von seinem Zimmer, seinem Bett und seinen Gedanken. Sogar der Raum roch nach ihr und verführte ihn mit ihrem süßen Lavendelduft. Jede Nacht saß er in seinem Schlafgemach am Feuer, trank literweise Whisky, um sein Verlangen zu betäuben, und dachte sich Gründe aus, warum er nicht in seinem Bett schlafen sollte. Vorige Nacht war es ihm fast zu viel geworden. Im Schlaf hatte sie die Decken weggetreten, und seitlich mit über dem Kopf ausgestrecktem Arm dagelegen. Ihre vollen Brüste hatten ihn verlockt, und da sie nur den Hauch eines Nachthemds trug, hatte Rory jede Kurve ihrer wunderbaren Figur gesehen. Er hatte förmlich darauf gebrannt, ihre volle Brust in seiner Handfläche zu spüren. Er wollte seine Hand an ihren Kurven hinuntergleiten lassen und ihre langen, schlanken Beine um seine Taille schlingen, während er in sie eindrang. Die Bilder hatten ihn die ganze Nacht verfolgt – eine lange Nacht, die er vor dem Kamin verbracht hatte.

Doch in dieser Nacht würde es anders sein. Heute Nacht würde er in seinem Bett schlafen.

Rory legte Hemd und Kilt ab und hängte alles über den Stuhl. Vorsichtig, um sie nicht zu wecken, schlüpfte er unter die Decke. Er versuchte sich nicht zu bewegen. Als er merkte, dass nichts passierte, entspannte er sich. Grinsend nannte er sich einen Dummkopf. Was hatte er denn gedacht? Dass er nicht neben ihr liegen könnte, ohne sich von ihr verführen zu lassen? Lächerlich. Er schloss die Augen und schlief ein.

Das helle Morgenlicht zupfte an seinen Augenlidern. Doch Rory wollte noch nicht aufwachen, es war viel zu gemütlich im Bett. Er kuschelte sich noch fester in die seidene Decke. Er drückte seine Nase noch tiefer in den weichen Lavendelduft, der seinem Kissen entströmte, und atmete tief ein.

Im selben Moment riss er die Augen auf. Er hatte keinen Lavendel in seinen Kissen. Und er hatte auch keine seidene Decke. Das weiche Bündel in seinen Armen war keine Decke, sondern die spärlich bekleidete Isabel. Und der Lavendelduft entströmte ihrem Haar und nicht seinem Kissen. Es dauerte einen Moment, bis er merkte, dass sein Arm unter ihrer vollen Brust lag und dass ihr Gesäß fest an seine Lenden gepresst war. Seine Erektion hatte die Größe des Olymps.

Das Gewicht ihrer Brust auf seinem Arm war zu viel – er konnte sich nicht mehr beherrschen. Langsam glitt seine Hand nach oben, um sie zu umschließen. Er stöhnte leicht auf, als ihre weiche, köstlich volle Brust seine Hand ausfüllte. Es fühlte sich so verdammt gut an. Ihre Brustwarze wurde in seiner Handfläche ganz hart, und Rory verspürte den unwiderstehlichen Drang, sie zwischen den Fingern zu reiben, sie zu streicheln, bis ihr Körper sich bog vor Erregung. Sie war so warm und weich und weiblich. Seine Hüfte bewegte sich noch ein Stück näher an sie heran. Ihr rundes Hinterteil drückte sich jetzt noch fester an sein pochendes Glied.

Sein kleines Bündel seufzte leise und kuschelte sich ohne Erbarmen an ihn. Beinahe qualvoll verkrampfte sich sein Körper, als er daran dachte, wie leicht es sein würde, ihre Hüften zu umfassen und tief von hinten in sie einzudringen. Der Drang, sich zu erleichtern, toste in ihm.

Verdammt.

Schnell löste sich Rory aus der Umarmung, bevor er etwas tat, was er bereuen würde.

6

Mit vor Enttäuschung gespitzten Lippen stürmte Isabel in Rorys geräumigem Schlafgemach auf und ab.

Sie hatte gehofft, dass sich ihre Probleme lösen würden, wenn sie erst in sein Zimmer im Feenturm gezogen war. Aber was brachte das Ganze, wenn er so gut wie nie da war? Er verbrachte kein bisschen mehr Zeit mit ihr als vorher. Sie vermutete sogar, dass er sie nur gebeten hatte, in sein Zimmer zu ziehen, um sie besser im Auge behalten zu können.

Sie wohnte jetzt seit über einer Woche in seinem Schlafgemach und war seit fast einem Monat auf Dunvegan. Und trotzdem war sie ihrem Ziel keinen Deut näher gekommen. Der MacLeod bewahrte seine Geheimnisse gut. Seitdem sie in sein Zimmer gezogen war, hatte sie sich dort einige Male nach dem Feenbanner umgesehen, doch mehr hatte sie sich nicht getraut. Er war ihr gegenüber ohnehin schon viel zu misstrauisch.

Doch wenn sie ehrlich war, dann musste sie sich eingestehen, dass die Tatsache, dass sie in Bezug auf ihr Vorhaben auf der Stelle trat, nicht der einzige Grund für ihre Verärgerung war. Mindestens ebenso sehr ärgerte sie sich darüber, dass ihre Aufregung, als sie ihre Truhen in sein Zimmer gebracht hatte, völlig überflüssig gewesen war. Es schien, als hätte er überhaupt nicht die Absicht, ihr beizuliegen.

In den ersten Nächten hatte sie versucht aufzubleiben, bis er kam, doch war der Schlaf ihm jedes Mal zuvorgekommen. Wenn er überhaupt zu ihr kam, dann spät in der Nacht. Und wenn sie am Morgen aufwachte, war er bereits wieder fort. Bis zum heutigen Tage war sie sich nicht einmal sicher gewesen, ob er überhaupt in seinem Zimmer schlief. Doch dann war sie heute Morgen mit einem Ruck wach geworden. Ihr war kalt gewesen, und sie hatte ein seltsames Gefühl der Leere im Bauch gehabt, so als vermisse sie seine wohltuende Nähe. Irgendwie war ihr plötzlich klar gewesen, dass er neben ihr geschlafen hatte. Und die tiefe Kuhle im Bett neben ihr hatte es bestätigt.

Isabel war sich nicht sicher, ob sie über seine fehlende Aufmerksamkeit wütend oder enttäuscht sein sollte. Wahrscheinlich waren beide Gefühle angebracht. Doch das Schlimmste war, dass sie gar keinen Grund hatte, um wirklich böse zu sein; denn er behandelte sie stets mit tadelloser Höflichkeit. Wenn man an die Geschichte ihrer beiden Clans und seine Beziehung zu Sleat dachte, dann hätte es viel schlimmer sein können. Aber warum war sie dann so enttäuscht? Weil er nicht, wie von ihrem Onkel gehofft, beim ersten Blick völlig betört vor ihr niedergesunken war? Jetzt, wo sie ihn kennen gelernt hatte, war diese Vorstellung so albern, dass sie allein bei der Vorstellung lachen musste. Ja, der Grund für ihre Enttäuschung sollte sein, dass sie der Erfüllung des Vorhabens nicht näher gekommen war, doch das war nur die halbe Wahrheit.

Was sie am allermeisten ärgerte, war ihre fehlende Gelassenheit. Je mehr sie über ihn erfuhr und je mehr sie ihn beobachtete, desto mehr kam Isabel zu der Überzeugung, dass der MacLeod anders war als alle Menschen, die sie bisher kennen gelernt hatte. Sie fühlte sich zu ihm hingezogen, und sie bewunderte ihn. Und es schmerzte zu erkennen, dass sie ihn überhaupt nicht zu beeindrucken schien.

Er ging ihr nicht nur nachts aus dem Weg, sondern auch am Tage. Wenn sie ihm zufällig einmal begegnete, dann wechselte er ein paar höfliche Worte mit ihr, um dann so schnell wie möglich wieder seines Weges zu gehen.

Für ihre Suche war es nicht gerade förderlich, dass sie den ganzen Tag allein verbrachte. Es war nur allzu deutlich geworden, dass sie es alleine nicht schaffen würde. Die einzige Möglichkeit bestand darin, dass er sich ihr anvertraute. Sie musste ihr Hauptaugenmerk jetzt darauf richten, sein Vertrauen zu gewinnen. Doch wie sollte sie das schaffen, wenn er doch so entschlossen schien, Distanz zwischen ihnen zu wahren?

Tatsächlich fühlte sich Isabel weniger als Ehefrau denn als Gast, der bald wieder abreisen würde. Wenn es irgendeine Hoffnung auf Erfolg geben sollte, dann musste sich ihre Rolle auf Dunvegan ändern. So schnell wie möglich musste sie das Regiment über den Haushalt übernehmen, und sich nun endlich die Schlüssel geben lassen, die er versäumt hatte, ihr wie sonst üblich nach der Trauungszeremonie zu überreichen. Sie zwirbelte eine lange Strähne ihres seidigen Haares zwischen den Fingern, während sie auf der Bettkante saß und nachdachte. Irgendwie musste sie Teil seines Lebens werden, ob er es nun wollte oder nicht.

Sie sah sich in dem kargen, männlichen Zimmer um.

Wo sollte sie anfangen, wenn nicht hier?

Sie würde Rory um Erlaubnis bitten, dem Raum eine weibliche Note geben zu dürfen. Und vielleicht konnte sie bei der Gelegenheit auf die Schlüssel zu sprechen kommen, die ihr als Herrin des Hauses jetzt zustanden.

Als Isabel sich erhob, spürte sie endlich wieder Entschlossenheit in sich aufkeimen. Sogleich ging sie zur Tür. Sie hatte jedes Recht darauf, ihn zu fragen. Schließlich war sie die Herrin des Hauses, auch wenn keiner sie so behandelte.

Sie war noch nicht einmal zwei Schritte den Korridor entlanggegangen, als sie, wie nicht anders zu erwarten, hinter sich eine Stimme hörte.

»Guten Tag, Herrin. Kann ich Euch behilflich sein?«

Seitdem sie in den Feenturm gezogen war, schien sie beobachtet zu werden, sobald sie das Zimmer verließ. Als sie sich umdrehte, sah sie Deidre direkt hinter sich. Deidre war von kleiner, rundlicher Statur und hatte so weißes Haar, dass man glauben konnte, es wäre schon immer so gewesen. Seit Isabels erstem Morgen an diesem trostlosen Ort war Deidre eine der wenigen Personen gewesen, die sie ins Herz geschlossen hatte. Außer ihr gab es nur drei weitere Menschen, die sie mochte: Calum, den Koch, Alex und natürlich Bessie.

Mit dem mürrischen alten Koch hatte sie sich anfangs nur angefreundet, um einen Grund zu haben, sich in der Nähe der Küche aufzuhalten. Doch dann war sie immer wieder in die Küche zurückgekehrt, aber nicht nur, um dort nach dem Feenbanner und dem geheimen Zugang zu suchen. Sie fühlte sich einfach wohl bei Bessie, Deidre und Calum. Sie war daran gewöhnt, ihre Zeit mit dem Hauspersonal zu verbringen. Bevor sie an den Hof des Königs gekommen war, hatte sie nichts anderes gekannt.

»Nein, nein, Deidre, ich suche nur nach Rory. Ich möchte etwas Wichtiges mit ihm besprechen. Weißt du, wo er ist?«

»Um diese Uhrzeit ist er schon draußen und trainiert mit den Männern.«

»Danke, Deidre, ich werde ihn auf dem Hof suchen.«

»Gut, wenn das alles ist.«

Deidre drehte sich um und wandte sich wieder ihren Aufgaben zu.

Während Isabel die Stufen hinunterging, dachte sie darüber nach, wie die MacLeods sie im vergangenen Monat behandelt hatten. Im Großen und Ganzen hatten sie sich an Rory orientiert. Alle waren unverkennbar höflich, aber distanziert gewesen. Wenn man an die Fehde dachte, die die MacDonalds und die MacLeods so lange entzweit hatte, dann war das Verhalten von Rorys Clansleuten ihr gegenüber freundlicher, als sie erwartet hatte. Die Fehde selbst war zwar mit der Ehe auf Probe beendet worden, doch konnte nur Zeit die Wunden heilen, die die vielen Jahre des Blutvergießens hinterlassen hatten. Doch Zeit war etwas, das Isabel nicht vergönnt war.

Anfangs war es von Vorteil gewesen, dass man sie allein ließ. So hatte sie die Möglichkeit gehabt, in Ruhe den alten Bergfried zu erkunden und das Feenbanner zu suchen. Aber es war auch sehr einsam und erinnerte sie entschieden zu sehr an zu Hause. Und die Tage vergingen so schrecklich langsam, wenn man nichts zu tun hatte.

Eigentlich hatte sie erwartet, dass Rory jetzt, nach einem Monat, auf dem besten Wege sein würde, sich in sie zu verlieben. Männer waren schließlich einfache Geschöpfe, wie ihr die Frauen bei Hofe versichert hatten. Isabel hatte vorgehabt, ihm Komplimente über seine Tapferkeit als Krieger zu machen und ihn für seinen Intellekt und sein Äußeres zu bewundern. Sie wollte so charmant, liebreizend und gefällig sein, wie sie nur konnte – damit es nichts gab, woran er Anstoß nehmen könnte. Es wäre so einfach gewesen. Doch alle Pläne der Welt waren sinnlos, wenn er einfach keine Zeit mit ihr verbrachte.

Doch das würde sich ändern.

Isabel trat aus der Dunkelheit der großen Halle hinaus auf den Hof und blinzelte in das helle Sonnenlicht. Das ungewöhnlich trostlose Wetter, das seit dem Tag ihrer Ankunft auf Dunvegan geherrscht hatte, war vorübergezogen, und der heutige Tag versprach sommerlich schön zu werden. Im satten Grün des Grases und im strahlenden Bunt der Wildblumen, die die Küstenhügel sprenkelten, zeigte sich der August in voller Blüte. Winzige Schäfchenwolken ließen das Blau des Himmels noch satter erscheinen.

Isabel seufzte, als die frische Luft ihren Körper umhüllte.

Als sie tief einatmete, kitzelte sie das Salz der nahen See in der Nase.

Sogleich wurde ihr Herz leichter.

Überrascht stellte sie fest, dass nicht viele Menschen draußen waren. Einige Frauen waren dabei, Wasser von der Quelle in der Nähe des Seeeingangs zu holen, doch von ihnen abgesehen, schien der Hof menschenleer.

Sie blickte sich nach Rory um. Eine große Staubwolke nahe der Südseite des Hofes wirkte viel versprechend. Als sie näher kam, hörte sie lautes, männliches Gelächter und den unverwechselbaren Klang von klirrenden Schwertern.

Wie bei allen Highland-Clans, waren auch die MacLeods in zwei Gruppen aufgeteilt: Die einen kämpften, während die anderen das Land bestellten und sich um das Vieh kümmerten. Fehden und Überfälle waren für die Krieger der Clans Teil des Lebens. In Zeiten, in denen sie nicht kämpfen mussten, trainierten sie ihre Fertigkeiten im Schwertkampf oder organisierten Wettkämpfe, in denen sie einander in Kraft und Stärke maßen. Als kleines Mädchen hatte Isabel es geliebt, den Kriegern der MacDonalds bei ihren Übungen zuzusehen. Nichts auf der Welt war vergleichbar mit dem Schauspiel der Highlandkrieger bei ihren Übungen mit dem Breitschwert.

Als Isabel um die Ecke bog, stockte sie mitten in der Bewegung. Die warme, salzige, vom scharfen Geruch hart arbeitender Körper getränkte Luft betäubte ihre Sinne. Es war jedoch das Schauspiel an sich, das ihren Blick fesselte. Eine Gruppe halbnackter Männer bildete einen Kreis, in dessen Mitte zwei starke Krieger miteinander kämpften. Doch nicht die leichte Bekleidung der Kämpfer hatte Isabel innehalten lassen. Auch die Krieger der MacDonalds trainierten an warmen Tagen mit nacktem Oberkörper. Vielmehr hatte der breite, gebräunte und muskulöse Brustkorb eines ganz bestimmten Mannes ihre Aufmerksamkeit auf sich gezogen.

Rory MacLeod bildete im wörtlichen wie auch übertragenen Sinne des Wortes den Mittelpunkt des Geschehens.

Sie konnte den Blick nicht von ihm abwenden. Wie hypnotisiert starrte sie auf seine nackte, männliche Brust. Nicht ein Gramm zu viel hatte er auf den Rippen. Er sah aus, als wäre er aus Stein gemeißelt, und das gleißende Licht der Sonne hob seine harten, ausgeprägten Muskeln noch stärker hervor. Der Schweiß, der seinen Körper bedeckte, ließ ihn glänzen wie eine bronzene Statue. Seine Arme und Schultern waren hart und stark wie Granit. Sein Bauch flach und muskulös. Nur wenige Härchen beeinträchtigten die klaren, bronzenen Linien seines breiten Oberkörpers. Seine Schultern waren von der Sonne verbrannt und die Adern in seinen kräftigen Oberarmen pulsierten von der Anstrengung des Schwerttrainings.

Doch nicht nur seine kraftvolle Statur zog sie in seinen Bann. Es war auch die Art des Umgangs mit seinen Männern. Er hatte sie vollkommen im Griff. Während er im Kreis der Männer stand, trat einer nach dem anderen vor, um gegen ihn zu kämpfen. Der Meister stieß zu und wehrte ab und hob das riesige Schwert dabei an, als wäre es nicht schwerer als eine Feder. Sie hatte es sofort erkannt: Es war dasjenige, das am Tag der Zeremonie an der Wand der großen Halle gehangen hatte. Es war also nicht zu Dekorationszwecken da gewesen, und auch nicht im Andenken an die große Kraft irgendeines Vorfahren. Jetzt, wo Rory damit kämpfte, waren seine Muskeln aufs Äußerste gespannt, obwohl all seine Bewegungen Leichtigkeit ausstrahlten.

Er war eine wahre Säule der Kraft. Unerschütterlich und unbeugsam. Isabel glaubte nicht, dass sie sich je daran gewöhnen würde, wie groß er war. Doch hatten seine Bewegungen auch eine gewisse Sinnlichkeit und eine Anmut, die seine muskulöse Statur Lügen strafte.

Im Kampf mit seinen Männern behandelte der MacLeod jeden einzelnen seiner Herausforderer, ob erfahren oder unerfahren, mit Respekt. Er gab Anweisungen, wurde nicht ein einziges Mal ungeduldig und nutzte kein einziges Mal die Gelegenheit, um seine Fähigkeiten zur Schau zu stellen. Jedem Mann, der gegen ihn kämpfte, passte er sich an, um dessen Schwäche zu finden, und ihm dann zu zeigen, wie er sie erkennen und überwinden konnte. Jedes Mal verbesserten sich die Fähigkeiten seines jeweiligen Gegners zusehends. Und der MacLeod selbst schien immer stärker statt müder zu werden. Bis Alex an die Reihe kam.

Die beiden Männer umkreisten einander, als wären sie Gladiatoren in einer Arena des alten Rom. Ganz auf ihren tödlichen Tanz konzentriert, bewegten sie sich mit der stolzen Eleganz zweier Löwen. Als Alex zuschlug, hallte das Geräusch des klingenden Stahls in Isabels Ohren. Zuerst sah es aus, als wären sie gleich stark, doch dann schien Alex die Trümpfe in der Hand zu halten, und bald stand Rory mit dem Rücken zur Wand.

Doch er lächelte, was Isabel nicht gleich zu deuten wusste. »Sehr beeindruckend, kleiner Bruder«, sagte er schwer atmend. »Du zwingst mich dazu, meine Rechte zu benutzen.«

Isabel schnappte nach Luft, als er das Schwert in die andere Hand nahm. Die ganze Zeit über hatte er mit seiner Linken gekämpft – und er war Rechtshänder.

Rory schien sie gehört zu haben, denn plötzlich drehte er sich zu ihr um. Sofort ergriff Alex die Gelegenheit und schlug ihm mit der Breitseite des Schwerts auf die Schulter.

»Verdammt«, fluchte Rory und rieb sich das schmerzende

Gelenk. Er schien wenig erfreut darüber, sie zu sehen. »Was macht Ihr denn hier?«

»Ich würde gerne etwas mit Euch besprechen, Mylord«, sagte sie schüchtern. »Unter vier Augen, wenn es Euch recht ist.«

Während sie sprach, trat Isabel vorsichtig einen Schritt näher an ihn heran. Dann sah sie über seine Schulter hinweg zu den Männern, die näher gekommen waren, um zu hören, was vor sich ging. Heute waren nur ungefähr vierzig Männer anwesend, doch Isabel wusste, dass das Kriegsheer des MacLeod an die vierhundert Mann stark war. Es war ein ziemlich großes Heer, größer als das ihres Vaters und nicht viel kleiner als das von Sleat. Rory hatte sie mit keinem seiner Männer bekannt gemacht, doch sie hatte einige Namen aufgeschnappt. Er verbrachte die meiste Zeit mit Alex und zweien seiner *luchd-taighe*-Wachmänner, Colin und Douglas.

Das Quartett gab ein beeindruckendes Bild ab. Colin sah mit seinem weißblonden Haar und dem spitzen, gezwirbelten Bart aus wie ein Wikinger. Wie ein sehr mürrischer Wikinger, dessen Stirn stets in Falten lag. An Douglas erinnerte sie sich von seinem kurzen Besuch bei Hofe. Er hatte mit seinem dunklen, ungezähmten, guten Aussehen und den brüsken Highlandmanieren für großes Aufsehen bei den Damen gesorgt. Obwohl von ruhigem Naturell, war er nicht schüchtern. Ein Mann, der nicht viel Worte machte. Die Frauen bei Hofe waren vollkommen fasziniert gewesen von seinem guten Aussehen und der ungezähmten Art, mit der er sich gab. Isabel meinte sich zu erinnern, dass er einer von Rorys und Alex' Cousins war.

»Wie Ihr seht, habe ich zu tun«, sagte der MacLeod schroff.

»Bitte, es ist wichtig.«

»Trotzdem muss es wohl warten.«

Er schien entschlossen, ihre Bitte abzuschlagen, doch dann unterbrach Alex sie unvermittelt.

»Ich bin sicher, dass du ein paar Minuten für deine Braut erübrigen kannst, Rory. Wir waren hier doch gerade fertig, oder nicht?«

Rory sah seinen grinsenden Bruder mit grimmigem Blick an. Verärgert hob er eine seiner dunklen Brauen und nahm Isabels Einladung widerwillig an. »Wie es scheint, kann ich Euch ein paar Minuten meiner Zeit widmen«, sagte er sarkastisch und warf Alex sein Schwert zu.

Rory zeigte auf die Festungsmauer. »Würde es Euch etwas ausmachen, über den Hof zu gehen, während wir reden?«

Noch bevor er seinen Satz beendet hatte, setzte er sich in Bewegung. Isabel war verblüfft von seinem Mangel an Zuvorkommenheit, doch sie folgte ihm. Sie musste beinahe rennen, um mit ihm Schritt zu halten, als er sie zur Festungsmauer an der Küstenseite führte. Nun gut, dachte Isabel, während sie nach Atem rang, zumindest war sein Anblick von hinten genauso beeindruckend wie seine nackte Brust. Auch sein Rücken war gebräunt und muskulös. Er wurde in der Taille schmaler und endete in einem wohlgeformten, festen Hinterteil. Rory ging mit einer Sicherheit voraus, die nur denjenigen eigen ist, die zum Führen geboren sind. Selbst wenn sie nicht gewusst hätte, dass er der Chief war – der Stolz, den er ausstrahlte, ließ keinen Zweifel daran.

Endlich blieb Rory stehen und erlaubte ihr, ihn einzuholen. Gedankenverloren blickte er über den Curtainwall hinweg auf die Bucht. Als er in die Sonne blinzelte, hoben sich die winzigen Fältchen um seine Augen weiß von seiner gebräunten Haut ab. Er sah so zufrieden aus, dass Isabel einen Moment lang zögerte, den Zauber zu brechen. Als sie neben ihn trat, um zu sehen, was seine Aufmerksamkeit auf sich gezogen hatte, streifte ihre Schulter seine nackte Seite.

Die kurze Berührung seiner Haut löste ein Flattern in ihrem Bauch aus, doch sie ignorierte es, genauso wie den hypnotisierenden Duft von Sonne, Schweiß und Sandelholz, der ihre Nase füllte, und folgte seinem Blick. Als sie die Pracht erblickte, die sich ihnen am Fuße der Felsen offenbarte, hielt sie den Atem an. Die schroffe, felsige Küste schimmerte wie polierter Stein neben den schaumgekrönten, smaragdgrünen Wellen, die in makelloser Symmetrie auf das Ufer zuflossen. Der Kontrast zwischen dem tiefgrünen Wasser und dem klaren Blau des Himmels war atemberaubend. Der Anblick war beinahe unwirklich, so als betrachteten sie ein Gemälde, dessen Farben ein wenig zu lebendig, zu klar und zu perfekt waren. Es war umwerfend schön.

Doch trotz des herrlichen Naturschauspiels fühlte sich die ungewöhnliche Stille zwischen ihnen unangenehm an. Rory wartete offensichtlich darauf, dass sie anfing zu sprechen.

»Es tut mir leid, dass ich Eure Übung unterbrochen habe. Ich hoffe, ich habe Eure Pläne nicht durcheinandergebracht.« Isabel hielt inne und wartete auf eine höfliche Erwiderung.

Er sah sie mit leerem Blick an.

Als von ihm keine Ermutigung kam weiterzureden, begann sie unter seinem harten, durchdringenden Blick, nervös mit den Füßen zu scharren, die in zarten Schühchen steckten.

Mach ihm Komplimente, rief sie sich in Erinnerung. »Eure Fertigkeit mit dem Schwert ist erstaunlich. Ich habe es sehr genossen, Euch bei der Übung mit Euren Männern zuzusehen.«

Er zuckte mit den Schultern.

»Als ich dann feststellte, dass Ihr die ganze Zeit mit der linken Hand gekämpft habt, war ich vollkommen erstaunt. So etwas habe ich noch nie zuvor gesehen. Ihr habt bestimmt jahrelang geübt, um mit beiden Händen kämpfen zu können.«

»Ja.«

Das also dazu, ihm Komplimente machen zu wollen. Sie hatte das Gefühl, als spräche sie mit einer Wand. »Ich kann auch mit einem Schwert umgehen«, meinte sie beiläufig, »obwohl ich mit dem Bogen um einiges besser bin.« Es hatte also doch so seine Vorteile, dass sie die Aufmerksamkeit von drei Brüdern hatte erhaschen müssen.

Er starrte sie offenkundig schockiert an. »Meint Ihr das im Ernst?«

Stolz hob sie das Kinn und begegnete seinem Blick. »Natürlich.«

Er musterte sie kurz von oben bis unten. »Ihr seht nicht so aus, als ob Ihr ein Schwert auch nur anheben könntet.«

»Dann bin ich wohl stärker, als ich aussehe«, erwiderte sie und richtete sich ein wenig auf.

Nun wirkte er belustigt. »Und was hätte ein Mädchen wie Ihr davon, mit dem Schwert umgehen zu können?«

»Ihr würdet Euch wundern.«

Er schüttelte den Kopf, als würde er gleich in Lachen ausbrechen. Isabel war so wütend, dass sie um ihre Beherrschung ringen musste, doch von ihren Brüdern war sie männliche Herablassung gewohnt. Die Herablassung ihrer Brüder hatte einzig und allein dazu geführt, dass sie noch härter an sich arbeitete.

»Und Euer Vater hat Eure ungewöhnliche Freizeitgestaltung unterstützt?«

»Du bist ein Quälgeist, Mädchen. Deine Brüder müssen üben.«

Sie hasste das Wort Quälgeist. Sie hatte es schon zu oft gehört. »Aber ich möchte doch nur –«

»Deine Mutter war eine echte Lady. Und du solltest dich auch wie eine benehmen.«

Doch Isabel war zehn Jahre alt und wollte keine Lady sein. Sie wollte mit ihren Brüdern spielen.

»Zu Anfang nicht«, gab sie zu. *Niemals.* »Doch ich denke, später hat er es als Vorteil angesehen, wenn eine Frau sich selbst verteidigen kann.« Das hoffte sie zumindest.

»Nun, jetzt wo Ihr hier seid, braucht Ihr Euch um Eure Verteidigung keine Gedanken zu machen«, tat er das Thema ab. »Ich werde Euch beschützen. Und meine Krieger haben keine Zeit, um sie mit Kinderkram zu verschwenden.«

Isabel unterdrückte die schnippische Antwort, die ihr auf der Zunge lag, doch sein Verhalten ärgerte sie unsäglich. »Eigentlich wollte ich Euch fragen, ob ich nicht ein paar kurze Jagdausritte organisieren kann …«

Er verschränkte die Arme vor der Brust. Sie versuchte, ihn nicht anzustarren, doch bei der Darbietung seiner männlichen Kraft wurde ihr ganz warm, und sie konnte kaum noch einen klaren Gedanken fassen. »Nein.«

Die knappe Verweigerung überraschte sie. Ihr Blick schoss hoch zu seinem Gesicht. »Warum nicht? Ich dachte, jagen wäre ein passender Zeitvertreib für ein Mädchen.« Und außerdem würde sie sich nicht mehr so unendlich langweilen.

»Es ist viel zu gefährlich.«

»Ich würde doch in Begleitung reiten …«

»Ich habe nein gesagt.«

Seine Reaktion war völlig unangemessen. Doch weil sie nicht mit ihm streiten wollte, zeigte sie ihre Wut nicht.

»Gab es noch einen anderen Grund, warum Ihr mich sprechen wolltet?«, fragte er ungeduldig. Er sah aus, als würde er an jedem Ort der Welt lieber sein, als hier mit ihr an der Festungsmauer.

Jetzt musste sie schnell reagieren. »Ja, ich wollte ein paar kleine Veränderungen an unserem Gemach vornehmen, um es ein wenig gemütlicher zu machen, und ich dachte, es wäre besser, Euch erst um Erlaubnis zu fragen.« Und dann konnte sie nicht widerstehen hinzuzufügen: »Obwohl Ihr ja eigentlich kaum Zeit dort verbringt.« Ein leichter Vorwurf war aus ihrer Stimme herauszuhören, als sie unter langen Wimpern hervor zu ihm aufschaute. Vielleicht würde er die Gelegenheit ergreifen, um ihr zu erklären, warum er ihr aus dem Weg ging. Doch er tat es nicht. »Ich nehme an, Ihr wollt, dass ich die Pflichten der Hausherrin übernehme«, fuhr sie fort. »Vielleicht könnt Ihr mir sagen, an wen ich mich wenden muss. Ich weiß nämlich nicht, wer im Moment die Burg verwaltet –«

»Darüber braucht Ihr Euch keine Gedanken zu machen«, schnitt er ihr das Wort ab. »Meine Schwester Margaret hat diese Pflichten in den letzten zwei Jahren übernommen.« Er sah verbittert aus. »Seitdem sie nach Dunvegan zurückgekommen ist.«

Isabel wurde blass. Sofort erkannte sie den schweren Fehler, den sie gemacht hatte. Sie hätte sich denken können, dass seine Schwester die Pflichten der Hausherrin erfüllte. Und nun hatte ihre unschuldige Anfrage ihm die Rolle ihrer Familie bei der Schändung seiner Schwester in Erinnerung gerufen und seinen Ärger entzündet. Doch es war so leicht, Margarets Anwesenheit zu vergessen. Sie war ihr ja noch nicht einmal vorgestellt worden. Dieses Versäumnis wollte sie so schnell wie möglich nachholen.

»Natürlich soll Eure Schwester Hausherrin bleiben. Es tut mir leid, aber da ich Margaret noch nicht kennen gelernt habe, wusste ich nichts davon. Soll ich sie um Erlaubnis bitten, wenn ich ein paar Änderungen an unserem Zimmer vornehmen möchte?« Sie hatte höflich gefragt, obwohl sie wusste, dass sie jedes Recht hatte, beleidigt zu sein – es war ein ernsthafter Affront, ihr die Aufgaben der Hausherrin zu verwehren. Sie war die neue Herrin des Hauses, und in dieser Position stand es ihr zu, den Haushalt zu führen. Ihre sanften Züge verrieten nichts von ihren wahren Gefühlen, doch es war schwerer, als sie gedacht hatte, ihren natürlichen Hang zum Diskutieren zu unterdrücken.

Trotzdem war er offensichtlich verstimmt ob ihrer Bitte. »Heute Abend wird Eoin Og Muirgheasain uns mit seinen Versen über die Geschichte unseres Clans unterhalten. Ich werde Margaret bitten, sich zum Abendessen an unseren Tisch zu setzen.«

»Wunderbar.« Sie konnte den Eifer, der in ihrer Stimme mitschwang, nicht unterdrücken.

»War sonst noch was?«

Sie rang die Hände. Er machte es ihr wirklich nicht leicht. »Ich hatte gehofft, dass wir etwas mehr Zeit miteinander verbringen könnten, um einander besser kennen zu lernen«, wagte sie den Vorstoß.

»Warum?«

Machte er Witze? Sie unterdrückte eine scharfe Erwiderung und verdrängte die in ihr aufflackernde Wut. Sie versuchte auch den Sarkasmus in ihrer Stimme unter Kontrolle zu bringen, schließlich wollte sie, dass er sich in sie verliebte. Sie musste ihr Bestes tun, um so charmant und gefällig zu sein wie nur irgend möglich. Auch wenn es sie fast umbrachte. »Ich dachte, es gehöre sich so, dass wir uns besser kennen lernen, da wir gerade eine Ehe auf Probe eingegangen sind.«

»Ich habe sehr viel zu tun, Isabel. Ihr müsst wissen, dass ich als Chief Verantwortung trage und Pflichten habe, denen ich mich widmen muss. Wir speisen doch zusammen, was wollt Ihr denn sonst noch? Ich nahm an, dass Ihr als Tochter eines Chiefs wüsstet, wie wenig Zeit ich für Vergnügungen habe.«

Vergnügungen! Isabel errötete vor Empörung. Die Arroganz dieses Mannes suchte ihresgleichen. All ihre Komplimente und die höfliche Konversation hatten keinerlei Eindruck auf diesen Mann gemacht, und das Gespräch nahm keineswegs den Verlauf, den sie sich erhofft hatte. Ihre Gedanken überschlugen sich, als sie versuchte herauszufinden, was sie falsch gemacht hatte. Hatte er sie vielleicht missverstanden?

Sanft und beinahe flehentlich berührte sie seinen Arm. Als sie die sinnliche Wärme seiner nackten Haut spürte, zuckte es in ihren Finger. Sein Körper war genauso hart und kräftig, wie sie gedacht hatte. Unter den Fingerspitzen spürte sie förmlich seine pulsierende Kraft. Als sie ihn berührte, bemerkte sie, dass sich die kleinen Härchen auf seinem Arm aufrichteten, fast so, als hätte sie ihm einen Schreck eingejagt.

»Es tut mir leid, Rory, ich wollte nicht den Eindruck erwecken, dass ich nicht wüsste, wie wenig Zeit Ihr habt. Auch mein Vater hatte immer viel zu tun und verbrachte wenig Zeit mit mir, ich meine, mit uns«, korrigierte sie sich hastig. »Er hatte viel mit seinen Pflichten auf Strome Castle zu tun. Aber im vergangenen Monat habe ich nicht viel Umgang gehabt außer mit Bessie, und ich hatte gehofft, dass Ihr ein bisschen Zeit erübrigen könntet, um mich herumzuführen.«

Rory zog eine dunkle Augenbraue hoch. »Ich bin kein Kindermädchen und dachte auch nicht, dass Ihr eines bräuchtet.«

Isabel spürte, dass ihre Wangen heiß wurden vor Empörung. »Wenn Ihr hier und da einen Augenblick Zeit hättet, um mich anzusehen, dann wäre Euch vielleicht aufgefallen, dass ich dem Alter, in dem man ein Kindermädchen braucht, längst entwachsen bin.« Sie widerstand dem weiblichen Drang, ihre Brust herauszustrecken, um ihm zu zeigen, wie weit ihr Aussehen tatsächlich von dem eines Kindes entfernt war.

Aha, dachte Rory, *da war es also wieder*. Er hatte schon begonnen zu glauben, dass er sich ihr Temperament nur eingebildet hatte. Während des ganzen Gesprächs hatte sie so außergewöhnlich sanft auf sein unhöfliches Benehmen reagiert. So als versuchte sie, ihm mit allen Mitteln zu gefallen. Wenn er nicht so gereizt gewesen wäre, dann hätten ihre Schmeicheleien ihn vielleicht amüsiert. Er hatte gar nicht vorgehabt, sie zu provozieren, doch als sie dann vor ihm stand – sie, die in letzter Zeit die Ursache all seines Leids gewesen war, hatte seine Laune sich drastisch verschlechtert.

Die Erinnerung an ihr weiches, an seine Lenden gepresstes Hinterteil ließ sich nicht so leicht verdrängen. Genauso wenig, wie das ständige Pochen seines Herzens unter seinem Plaid.

Es zermürbte ihn, ihr jede Nacht so nahe zu sein, ohne sie berühren zu dürfen. Und er verdammte sich für seine impulsive Entscheidung, Isabel in sein Zimmer ziehen zu lassen. Es war ein voreiliger Entschluss gewesen, der ihm so gar nicht ähnlich sah, und den er nur getroffen hatte, weil sie so ein auffälliges Interesse an der Küche gezeigt hatte. Und natürlich hatte ihr Zusammentreffen in der Speisekammer sein Übriges getan, um ihn zu dieser übereilten Entscheidung zu treiben. Jetzt ärgerte er sich maßlos darüber. Dieser Fehler, seine unbegreifliche Faszination für alles, was sie tat, und dann auch noch seine unbefriedigte Leidenschaft hatten ihn in eine unbeschreiblich schlechte Laune versetzt.

Eine schlechte Laune, die er vorgehabt hatte, beim Training

mit seinen Männern zu überwinden. Doch dann war seine schöne Braut aufgetaucht und hatte ihn schon wieder seines Friedens beraubt.

Als er ihre Anwesenheit bemerkt hatte, war er innerlich erstarrt. Ihr schimmerndes Haar, das in der Sonne in den schönsten kupfernen, feuerroten und bronzenen Tönen leuchtete, hatte ihn vollkommen fasziniert. Zur Strafe dafür, dass er sich hatte ablenken lassen, musste er einen Schwerthieb seines Bruders einstecken. Doch sie war so schön in ihrem schlichten, moosgrünen Wollkleid. Sie sah so frisch aus wie der erste Tau im Frühling. Bei Tageslicht wirkten ihre Augen heller, eher lavendelfarben als violett, und ihre Wirkung zusammen mit den langen Wimpern, die im hellen Sonnenlicht rabenschwarz leuchteten, war umwerfend.

Die Brust schnürte sich ihm zusammen. Er wünschte, dass es nur ihre Schönheit wäre, die ihn mit Sehnsucht erfüllte. Doch je mehr er sie beobachtete, desto hingerissener war er von ihr. Sogar der melodische Klang ihrer glockenreinen Stimme verlockte ihn.

Aus dem Augenwinkel sah er, wie sie neben ihm vor Zorn kochte. An der Art, wie sie die Hände zusammenballte, erkannte er, dass sie fast platzte vor Wut. Mit ihren geschürzten Lippen und dem störrischen Kinn war sie so anziehend wie nie zuvor. Eine liebreizende Isabel war faszinierend, doch wenn sie ihr feuriges Temperament zeigte, war sie geradezu unwiderstehlich. Und natürlich hatte er ihrem Körper angesehen, dass sie kein Kindermädchen mehr brauchte. Doch trotzdem musste er Distanz wahren.

»Und?«, fragte sie.

»Was und? Mir war nicht bewusst, dass Ihr auf Eure Bemerkung eine Antwort erwartet. Doch wenn Ihr es denn unbedingt wissen wollt: Mir ist in der Tat aufgefallen, dass Ihr zumindest körperlich erwachsen genug seid, um kein Kindermädchen mehr zu brauchen.«

Ihre Enttäuschung über seine ungehobelte Antwort war nun eindeutig höchster Verärgerung gewichen. »Ich habe nur gefragt, ob wir etwas mehr Zeit miteinander verbringen könnten, weil ich dachte –«

»Was dachtet Ihr, Isabel?«, unterbrach er sie barsch, ohne das schöne, ihm zugewandte Gesicht anzusehen. Sie war Rory nicht annähernd so gleichgültig, wie er vorgab. Ihre federleichte Berührung auf seinem Arm hatte heißes Verlangen durch seinen Körper zucken lassen. Und die Kälte, die er seinen Worten aufzwang, stand in keinem Verhältnis zu der hitzigen körperlichen Reaktion auf ihre Berührung. Er wusste, dass sie einsam war, doch er konnte es sich einfach nicht erlauben, sie zu bemitleiden.

Sie musste wissen, wie es sein würde.

Er sah sie nicht an, denn er wusste, dass er in ihren herrlichen lavendelfarbenen Augen sehen würde, wie verletzt sie war. *Es ist meine Pflicht*, erinnerte er sich im Stillen. Je eher sie verstand, dass dies keine herkömmliche Verbindung war, desto besser. Trotzdem fiel es ihm unsagbar schwer, den kalten Fremden zu spielen, wo sie doch so lieb und unschuldig war. Und warum hatte er nur die ganze Zeit das Gefühl, als würde er einen kleinen, wehrlosen Welpen am Schwanz ziehen?

Er verspürte den seltsamen Drang, sie zu beschützen. Sie in seine Arme zu schließen und herauszufinden, woher der Schatten rührte, der ihr Gesicht überzog, sobald sie sich unbeobachtet wähnte. Ja, er wollte sogar dafür sorgen, dass ihr nie wieder etwas Kummer bereitete.

Er seufzte. Die aussichtslose Situation bedrückte ihn. »Unser Bündnis beruht auf politischen Entscheidungen. King James hat gefordert, dass wir uns auf Probe verheiraten, damit die Fehde zwischen unseren Clans endlich beigelegt wird. Versucht nicht, mehr daraus zu machen, als es ist. Wenn Ihr Euch Liebe und Romantik erhofft, dann werdet Ihr enttäuscht werden.«

Bei diesen unverblümten Worten wurde Isabel ganz starr vor Schreck. »Was meint Ihr damit?«

Endlich wandte er seinen Blick von der See ab und schaute sie an. »Unsere Ehe auf Probe ist ein politisches Arrangement. Und Liebe ist nicht Teil des Vertrags.« Ganz bewusst entzog er ihr seinen Arm und versuchte zu ignorieren, wie sie angesichts der beleidigenden Worte und der schroffen Bewegung nach Luft schnappte.

»Aber es muss doch nicht so sein«, erwiderte sie. »Mein Vater liebte meine Mutter abgöttisch.«

Ihre Worte verblüfften ihn. Man konnte sich den nüchternen, durch viele Schlachten hart gewordenen MacDonald von Glengarry nur schwer als liebenden Ehemann vorstellen. »Wann ist sie gestorben?«, hörte er sich fragen.

»Meine Geburt war sehr schwierig«, erwiderte sie leise. »Sie hat sich nie davon erholt. Ich habe sie kaum gekannt, doch mein Vater sagt, dass ich ihr sehr ähnlich bin.«

Die Traurigkeit in ihrer Stimme war nicht zu überhören. Er hatte nicht gewusst, dass sie ihre Mutter schon so jung verloren hatte. Und nachdem er die Beziehung zwischen ihr und ihrem Vater und den Brüdern beobachtet hatte, konnte er sich vorstellen, wie schwer – und einsam – es für sie gewesen sein musste. Offensichtlich schien sie sich auch die Schuld am Tod ihrer Mutter zu geben. Ob Glengarry das auch tat? War das die Erklärung dafür, warum er seiner Tochter gegenüber so reserviert war? Doch Rory glaubte es nicht. Im Blick des älteren Mannes hatte er etwas gesehen. Immer wenn Glengarry seine Tochter anschaute, dann schien es so, als würde es ihm wehtun. Vielleicht hatte Isabel Recht, und ihr Vater hatte seine Frau wirklich geliebt. Wenn Isabel ihr so ähnlich war, wie sie sagte, dann könnte das eine Erklärung sein. Verdammt, dachte er verärgert. Das war genau die Art von Information, die er nicht gewollt hatte. Das hatte er nun davon, dass er seine Zeit mit ihr verbrachte.

»Was ist mit Euren Eltern?«, fuhr sie fort. »Haben sie sich nicht geliebt?«

»Meine Eltern haben sich gut verstanden«, antwortete er. »Aber ob sie sich geliebt haben? Nein. Sie respektierten einander, doch gingen sie beide ihrer eigenen Wege. Mit der Zeit haben sie sicher eine gewisse Zuneigung füreinander entwickelt.«

»Aber wollt Ihr nicht jemanden lieben können? Wollt Ihr nicht geliebt werden? Wollt Ihr nicht eine Frau finden, der Ihr Eure innersten Geheimnisse anvertrauen könnt, eine Frau, die Euch loyal zur Seite steht, was auch immer geschieht?«

Rory fühlte sich langsam unwohl bei diesem Gespräch. Seine Braut schien einige unrealistische Vorstellungen zu haben, die seinen Plan um einiges erschweren würden. »Ich bin Chief dieses Clans. Ich genieße die Liebe, das Vertrauen und die Loyalität meines Clans und meiner Familie. Wir MacLeods sind loyale Menschen. Mehr brauche ich nicht. Und ein Chief sollte seine Geheimnisse ohnehin niemandem anvertrauen. Ein Chief ist sein eigener Berater. Und wofür braucht ein Krieger die Liebe? Kann er mit Hilfe der Liebe Schlachten gewinnen? Kann die Liebe Missstände beheben? Nein, die Liebe ist nichts weiter als ein wirklichkeitsfremdes Ideal, das sich die Troubadoure ausgedacht haben, um hübsche Geschichten erzählen zu können. Doch in einer Ehe ist kein Platz für die Liebe – sogar die Troubadoure würden Euch das sagen. Der Adel heiratet, um Land und Vermögen zu mehren, oder auch, so wie wir, um eine Fehde zu beenden. Durch unsere Ehe auf Probe tun wir unsere Pflicht gegenüber unseren Clans, Isabel, nicht mehr und nicht weniger.«

Er fühlte sich ausgesprochen unwohl bei diesem ganzen Gerede von der Liebe. Rory war schließlich kein Höfling, sondern ein Krieger. Seine Pflicht gegenüber dem Clan war wichtiger als alles andere, auch als seine eigenen Wünsche und Begierden. Nein, die Liebe hatte ganz entschieden keinen Platz in seinem Leben. Er begehrte Isabel, doch nicht anders als er jede schöne Frau begehren würde. Und der Grund, warum er an nichts anderes denken konnte als an sie, war, dass er sie nicht haben konnte. Es war ganz normal, sagte er sich. Wenn man etwas haben wollte, das man nicht haben konnte, dann verhielt man sich so.

Seine Worte schienen sie eindeutig betrübt zu haben. Anscheinend hatte sie sich mehr erhofft.

Zum ersten Mal hegte er den Verdacht, dass er mit seinem Misstrauen ihr gegenüber falsch gelegen hatte. In der letzten Zeit hatte sie nichts Verdächtiges getan. Wann immer er sie beobachtet hatte, hatte er nur ihre Freundlichkeit gesehen und ihre sanften Versuche, sich seinen Clansleuten anzunähern. Es war ihm auch nicht entgangen, dass die Frau von Fergus die Burg jeden Tag mit einem Beutel Essbarem verließ. Vielleicht war Isabel doch genau das, was sie zu sein schien: ein unschuldiges, liebes, junges Mädchen, das man in eine Lage gebracht hatte, für die es selbst nicht das Geringste konnte.

Plötzlich kam es ihm in den Sinn, dass sein gleichgültiges Verhalten und seine offenen Worte sie verletzt haben könnten. Dabei hatte er doch nur vorgehabt, sie vor Unheil zu bewahren. Er durfte ihr auf keinen Fall beiliegen, nicht weil er nicht wollte, sondern weil es sie zu sehr verletzen würde, wenn er sie wieder nach Hause schicken musste.

»Aber vielleicht sollten wir wenigstens versuchen –«

Er schnitt ihr das Wort ab. »Dieses Bündnis ist nicht auf meinen Wunsch hin zustande gekommen.« Er senkte die Stimme und fuhr freundlicher fort: »Ich habe einer Ehe auf Probe zugestimmt, Isabel. Ihr wisst, was das bedeutet. Es ist nur für ein Jahr.«

»Natürlich.« Doch dann dämmerte ihr, was er meinte, und die Farbe wich aus ihrem Gesicht. »Ihr wollt mich also fortschicken«, flüsterte sie ungläubig.

Er brauchte nicht zu antworten. Sie verstand es auch so.

»Doch was ist mit …«, stammelte sie und leuchtendes Rot strömte in ihre Wangen.

Er wusste, woran sie dachte. »Ansonsten werden wir in jeder Hinsicht als Mann und Frau zusammenleben.«

Offenkundig gekränkt senkte sie den Blick auf ihre Zehenspitzen. »Doch was ist mit der Leidenschaft. Was ist mit Euren Bedürfnissen?«, flüsterte sie verlegen.

Ach, wenn sie nur wüsste, wie sehr er sie wollte. Wie die Leidenschaft ihn genau in diesem Moment durchströmte, wo er so dicht neben ihr stand und ihren Duft einatmen konnte. Die Erinnerung daran, wie sie am Morgen in seinen Armen gelegen hatte, mit ihrem weichen Hinterteil fest an ihn gepresst, war noch zu frisch. Und nur ein Blick auf ihre wunderbaren Brüste reichte, um ihm das Gefühl ihres weichen Körpers in seiner Hand in Erinnerung zu rufen. Auch die Kampfübungen heute Morgen hatten ihn nicht von seiner Qual befreit. Rorys Bedürfnisse waren eindeutig. Am liebsten hätte er sie nach oben in sein Zimmer getragen, sie auf sein Bett geworfen und sie wild und leidenschaftlich geliebt.

Stattdessen sagte er: »Darum braucht Ihr Euch keine Gedanken zu machen. Ich versichere Euch, dass meine Bedürfnisse befriedigt werden. Und sehr gut noch dazu.« Er log.

Rory hatte eine Woche, bevor Isabel angekommen war, zum letzten Mal eine Frau gehabt. Und jedes Mal, wenn er kurz davor war, seine Lust zwischen den willigen Schenkeln eines Weibes zu stillen, hielt ihn irgendetwas zurück. Stattdessen hatte er mit seiner Hand vorlieb genommen. Nur eine einzige Frau könnte seine Schmerzen lindern.

Als er einen kurzen Blick auf Isabel wagte, sah er, dass sie ihn ungläubig und gekränkt mit offenem Mund anstarrte.

Es versetzte ihm einen Stich. *Verdammt*, dachte er, *ich wusste doch, dass ich sie nicht ansehen darf*.

»Aber ich dachte …« Sie zögerte. »Ich dachte, Ihr könntet …« Ihre Stimme brach, bevor sie den Satz zu Ende bringen konnte.

Ihre Blicke trafen sich. Eine Spannung so geheimnisvoll und stark wie Gewitterblitze knisterte in der Morgenluft. In Rory bäumte sich alles auf. Er durfte es nicht zulassen. Er würde ihr wehtun. Und es brachte ihn vollkommen aus der Fassung, als er begriff, wie sehr er verhindern wollte, sie zu verletzen. In diesem Moment, als ihre schrägen Augen ihn anblickten und ihn in die Tiefen ihrer Seele zogen, wollte er nichts mehr, als sie in seine Arme schließen und den Schmerz vertreiben, den er ihr zugefügt hatte.

Der Drang, ihren Schmerz zu lindern, war einfach zu stark. Ganz langsam hob er die Hand und berührte ihr Gesicht. Sanft strich er mit dem Daumen über ihre Wange. Als sie ihm dabei entgegenkam, berührte ihre Brust seinen nackten Arm. Das Verlangen, sie in die Arme schließen zu wollen, war so stark, dass es schmerzte. Er zögerte, nur einen winzigen Moment, bevor er seine Hand wieder sinken ließ.

Seine Pflicht war eindeutig. Er wusste, was er zu tun hatte. Am Ende des Jahres würde Isabel MacDonald zu ihrer Familie zurückkehren. Rory selbst würde ein vorteilhafteres Bündnis mit den Campbells eingehen, um Sleat ein für alle Mal vernichten zu können. Isabel und er waren nicht füreinander bestimmt.

Um keine emotionale Verwirrung zu stiften, rief er ihr noch einmal sein Vorhaben in Erinnerung. »Ihr seid eine außergewöhnlich schöne Frau, Isabel. Doch das ändert nichts. Sobald das Jahr um ist, ist meine Pflicht getan.«

7

Wenn Schönheit der Weg zum Herzen eines Mannes war, wie ihr Onkel glaubte, dann würde sie alles geben, um Rory MacLeod zu verführen.

Auch wenn die Scheinheiligkeit dieser Verführung sie umbrachte.

Als Isabel sich für das Abendessen fertig machte, kleidete sie sich so sorgfältig wie nur möglich. Da er es ja ablehnte, anderweitig Zeit mit ihr zu verbringen, waren die gemeinsamen Mahlzeiten nun die einzige Chance, die sie hatte, um ihn umzustimmen. Er fand sie schön, doch anscheinend fand er sie nicht schön genug, um sich davon aus dem Bett seiner Konkubine locken zu lassen. Sie hoffte inbrünstig, dass das Kleid, das sie jetzt anzog, ihn eines Besseren belehren würde.

Noch immer konnte Isabel nicht glauben, was er ihr gesagt hatte – und wie sehr es sie schmerzte. Das Bild, das sie sich gemacht hatte, als er ihr gestand, seine Befriedigung anderswo zu finden, tauchte immer wieder vor ihren Augen auf. Und auch das dumpfe Gefühl in ihrem Bauch hatte sie nicht abschütteln können. Sie wusste, dass es sich bei der anderen Frau um die dunkelhaarige Schönheit handeln musste, die sie schon vorher in seiner Nähe gesehen hatte. Und jetzt, wo ihr Verdacht bestätigt war, schien sich eine Kralle aus Eis um ihr Herz gelegt zu haben. Heute Morgen hatte sie sich ihm förmlich angeboten, doch er hatte sie abgewiesen. Er wollte sie nicht. Dieses Wissen traf sie viel tiefer, als sie sich eingestehen wollte. Isabel nahm die Schultern zurück und versuchte, ihren Schmerz abzuschütteln.

Es war die reinste Ironie. Der einzige Mann, den sie je hatte verführen wollen, war immun gegen ihren Charme. Hatte sie sich nicht einen Mann gewünscht, der sie nicht nur wegen ihres Aussehens mochte? *Das kommt nun davon, Isabel*, dachte sie trocken.

Doch noch erschreckender war das andere gewesen, was er gesagt hatte.

In einem Jahr wollte er sie zurückschicken – unberührt. Wenn es nicht so schmerzhaft gewesen wäre, würde sie lachen. Ihr eigener Gemahl auf Zeit wollte sie nicht. Was für eine bittere Ironie. Beide waren sie die Verbindung mit der Absicht eingegangen, sie am Ende aufzulösen. Doch wo Rory nur seine Pflicht gegenüber dem König erfüllte, wollte sie ihn verraten und betrügen. Bei dem Gedanken daran, wie ehrlich er war, schämte sie sich. Doch sie war nicht überrascht, nach allem, was sie im letzten Monat über ihn erfahren hatte.

Sie konnte nur eines tun. Sie musste ihn dazu bringen, seine Meinung zu ändern. Zumindest wusste sie jetzt, woran sie war. Er hatte zugegeben, dass er sie schön fand, und damit würde sie anfangen. Es musste doch eine Möglichkeit geben, ihn dazu zu bringen, sich in sie zu verlieben. Nachdem er sie heute Morgen an der Festungsmauer stehen gelassen hatte, war ihre Entschlossenheit erst einmal ins Wanken geraten und sie hatte den ganzen Nachmittag gebraucht, um sich wieder zu sammeln. Sie hatte dagestanden, sich die Wange gehalten und versucht, nicht in Tränen auszubrechen. An der Stelle, an der seine Finger, die sonst kraftvoll das Breitschwert schwangen, sie so sanft berührt hatten, brannte ihre Haut. Einen winzig kurzen Moment lang hatte sie in seinem Gesicht Bedauern gesehen, doch dann hatte sich wieder die strenge, regungslose Maske über sein Gesicht gelegt.

Aber sie hatte sein Bedauern gesehen, und das gab ihr Hoffnung.

Während Bessie ihr das Kleid schnürte, nahm Isabel ihren kleinen silbernen Handspiegel. Sie streckte den Arm weit von sich, um sich besser betrachten zu können.

»Wir sind noch nicht fertig, Liebes.«

Isabel sah in den Spiegel. »Unsinn, Bessie. Das Kleid muss genau so getragen werden, es ist wunderschön.« Die Röte in ihren Wangen strafte ihre Worte Lügen.

Bessie schüttelte ungläubig den Kopf. »Das Kleid ist unanständig, nichts anderes. Ich weiß nicht, wie dein Onkel auf die Idee gekommen ist, einem unschuldigen Mädchen wie dir ein solches Kleid mitzugeben.«

Isabel wusste genau warum. Und wenn ihr Spiegelbild nicht trog, dann hatte er erreicht, was er wollte. Die Frau, die ihr im Spiegel entgegenblickte, sah ganz und gar nicht unschuldig aus. Ihr rotbraunes Haar war hoch auf ihrem Kopf aufgetürmt und von dem diamantenbesetzten Kranz umsäumt, den sie zur Trauungszeremonie getragen hatte. Das weiche goldene Seidenkleid brachte ihre elfenbeinfarbene Haut und die Röte ihrer Lippen noch mehr zur Geltung. Ihre leicht schrägen violettfarbenen Augen verliehen ihr das Aussehen einer Verführerin.

Doch es war der Schnitt des Kleides, durch den die größte Wirkung erzielt wurde. Es ließ sie beinahe ein bisschen verdorben aussehen. Es entsprach kein bisschen der vorherrschenden Mode und war dem Kleid, das sie bei ihrer Ankunft angehabt hatte, sehr ähnlich. Es hatte weder Mieder noch Halskrause und wies auch keine Polster auf; nur ein dünnes Hemdchen lag zwischen ihrer nackten Haut und dem seidenen Kleid. Der weiche goldene Stoff schmiegte sich an ihren Leib und betonte jede Kurve ihres Körpers.

Doch nicht deswegen war sie errötet, sondern weil das enge Mieder ihre Brüste auf unbeschreibliche Art betonte. Der Stoff war so knapp bemessen, dass ihre Brust bei jedem tieferen Atemzug aus dem Kleid zu fallen drohte.

Isabel trug selten Schmuck, weil er meistens nicht zu ihrem Haar passte. Doch an diesem Abend machte sie eine Ausnahme. Sie hatte einige erlesene, in Gold gefasste Smaragde angelegt, die ihre Mutter ihr hinterlassen hatte. Ein paar Ohrringe, ein Armband und einen Anhänger. Die Juwelen waren alles, was sie von ihrer Mutter hatte, und sie verehrte sie, nicht wegen ihres Wertes, sondern weil sie die einzige Verbindung zu der Vergangenheit darstellten, die sie niemals kennen würde.

Leicht erschreckt von ihrem eigenen Spiegelbild versuchte Isabel, das Zittern in ihrer Stimme zu unterdrücken. Sie musste Rorys Interesse auf sich ziehen und ihn aus seiner Gleichgültigkeit herausholen, doch die Aufmerksamkeit, die sie heute Abend erhalten würde, würde von einer ganz bestimmten Art sein. Bei dem Gedanken daran kribbelte ihr Körper vor Angst, aber auch Vorfreude.

»Nun, ich finde dieses Kleid außerordentlich schön, Bessie.«

»Ich sagte nicht, dass das Kleid nicht schön sei, Liebes. Ich sagte, es wäre unanständig. Das ist nicht dasselbe.« Bessie blickte sie lange an. »Ich glaube nicht, dass dein Gemahl auf Zeit gutheißen wird, dass du dieses Kleid trägst.«

»Und ich bezweifle, dass er es überhaupt bemerken wird.«

»Oh, er wird es bemerken. *Darüber* würde ich mir keine Gedanken machen«, warnte Bessie.

Isabel warf noch einen letzten Blick in den Spiegel und legte ihn dann zurück in die Truhe. Sie glaubte nicht, dass sie noch mehr Möglichkeiten hätte, sich zurechtzumachen. Doch bei dem Gedanken daran, ihren Körper zur Schau zu stellen, um einen Mann zu verführen, fühlte sie sich unwohl. Sie wusste, dass sie keine andere Wahl hatte. Sie musste die Vorzüge nutzen, die ihr zur Verfügung standen, doch das machte es auch nicht leichter.

Sie befand sich in einer unerträglichen Lage. Um ihr Ziel zu erreichen, musste sie sich ihm annähern. Doch je mehr sie über Rory erfuhr, desto schwerer fiel es ihr, wenn sie daran dachte, dass sie ihn am Ende betrügen würde. Sie konnte einfach nicht die Augen vor dem verschließen, was sie im Laufe der Zeit über ihn erfahren hatte. Rory MacLeod war die Art von Anführer, den die Leute anbeteten, er gab ihnen Kraft in unruhigen Zeiten. Er war ihr Fels in der Brandung. Und er war die Art von Mann, von dem sie immer geträumt hatte. Doch wenn ihr Plan erfolgreich verlaufen sollte, dann sollte sie sich besser ein Beispiel an seiner Gleichgültigkeit nehmen. Sie musste ihr Herz verschließen und durfte nicht zulassen, dass irgendetwas sie von ihrem Ziel ablenkte.

Isabel hatte eine Aufgabe, und diese sah nicht vor, dass sie sich in ihn verliebte. *Er* sollte sich in *sie* verlieben. Ein für alle Mal musste sie ihre kleinmädchenhaften Bedenken vergessen und sich zum Wohl ihrer Familie das zu Nutze machen, was ihr Gott gegeben hatte. Jetzt, wo sie wusste, dass der MacLeod sie zurückschicken wollte, musste sie ihn umstimmen. Sie hatte es mit Freundlichkeit versucht und war nicht weit gekommen. Es war an der Zeit, zu drastischeren Maßnahmen zu greifen … wie zum Beispiel diesem Kleid.

Sie musste sich auf ihr Ziel konzentrieren. Und die Möglichkeit, dass sie scheitern könnte, gar nicht in Erwägung ziehen. Sie kannte sich aus mit Lust und Verführung. Eine kleine Berührung hier, eine Anspielung dort, ein wissendes Lächeln. Isabel war lange genug am Hof des Königs gewesen, um ein paar Tricks zu lernen, um zu lernen, wie manche Frauen ihren Körper einsetzten, um zu bekommen, was sie wollten, um zu lernen, wie das Spiel der Verführung funktionierte. Es entsprach zwar nicht ihrem Wesen, so offensiv zu sein, doch war das Schlachtfeld klar definiert. Er wollte sie nicht, doch er begehrte sie.

Dann sollte es so sein.

Zumindest wusste sie jetzt, woran sie war. Und hatte ihr Onkel sie nicht gewarnt? Wahrscheinlich hatte er geahnt, dass genau dies nötig sein würde.

Bessie redete noch immer. »Dein Bräutigam wird seine Augen nicht von dir losreißen können.« Nachdenklich hob sie die Hand ans Kinn. »Vielleicht ist das Kleid doch keine so schlechte Idee.«

Isabel verkrampfte sich innerlich. Sie wusste, was jetzt kommen würde.

Während Bessie weiter an ihrem Haar herumzupfte, wiederholte sie das, was Isabel schon mindestens zehnmal im Laufe des letzten Monats gehört hatte. »Es ist nicht recht, dass er dich noch immer nicht zu seiner wahren Braut gemacht hat. Du musst wissen, dass das Hauspersonal schon angefangen hat zu tuscheln.«

Isabel wurde tiefrot vor Scham. »Bessie, Liebste, habe ich es dir nicht schon hundertmal erklärt? Rory möchte mir Zeit geben, damit ich mich an mein neues Zuhause gewöhne. Das ist alles. Ich bin sicher, dass er nur Rücksicht auf meine Unschuld nimmt. Ich bin doch schon in sein Zimmer gezogen, reicht das nicht fürs Erste?«

Bessie hob skeptisch die schmalen Augenbrauen. Ihr Blick zeigte deutlich, wie erstaunt sie über Isabels Naivität war. »Es ist nicht natürlich, dass der Mann dich nicht in seinem Bett haben will. Du bist seine Frau. Zumindest auf Zeit. Da stimmt etwas nicht.«

Wenn Bessie sich einmal in etwas hineingesteigert hatte, dann ließ sie nicht mehr locker. »Ich mache mir Sorgen. Wenn er nun nicht vorhat, sich an die Absprache zu halten?«

»Was meinst du damit?« Isabel tat so, als ob sie sie nicht verstand. Doch sie hätte wissen sollen, dass Bessie sie durchschaute.

»Ich habe Gerüchte gehört.«

»Was für Gerüchte?«, fragte Isabel interessiert.

»Über ein anderes Bündnis.«

Isabel bekam einen Schreck. Ungeduldig wartete sie darauf, dass Bessie fortfuhr.

»Man munkelt, dass der MacLeod ein Bündnis mit den Campbells ausgehandelt hat.«

Ihr Herz hämmerte, doch sie zwang sich, ganz gelassen zu klingen, als sie Bessies Bedenken abtat. »Ich bin sicher, dass das der Vergangenheit angehört.«

Doch wenn nicht?

Hatte er vielleicht wirklich ein anderes Bündnis geplant?

Als sie sich der Halle näherte, konnte sie an nichts anderes denken. Erklärte das seine Zurückhaltung? Liebte er eine andere? Der Gedanke traf sie stärker, als sie wahrhaben wollte.

Am Eingang blieb sie kurz stehen. Niemand hatte sie bisher bemerkt. Ein Meer von Gesichtern ließ ihre Entschlossenheit bröckeln, und Beklommenheit stieg in ihr auf. Sie fühlte sich nackt und entblößt. Es schien ihr jetzt gar keine so gute Idee mehr, dieses Kleid zu tragen. Ihr Selbstbewusstsein geriet ins Wanken.

Während sie die letzten Reste ihres Mutes zusammennahm, beobachtete Isabel die allzu vertraute Szenerie. Die große Halle war voller fröhlicher Männer und Frauen, die sich wohl fühlten inmitten ihrer Freunde und Familien. Wo sie auch hinsah, lachten die Leute, tranken, aßen und erzählten sich Geschichten. Das Bild vor ihren Augen spiegelte das ganz normale Leben in den Highlands wider.

Ein schmerzhafter Stich in der Brust erinnerte sie daran, dass sie ihr Leben lang versucht hatte, auch Teil dieser Normalität zu sein. Doch auf Dunvegan war es genauso, wie es auf Strome gewesen war. Sie war allein – die ewige Außenseiterin. Niemals würde sie Teil dieser glücklichen Szenen häuslicher Ruhe sein, die sich hier vor ihren Augen abspielten. Das durfte sie nicht vergessen. Doch vielleicht, wenn der Plan erfolgreich verlief, würde sie dieses Glück eines Tages auf Strome finden.

Mit neuer Entschlossenheit hob sie das Kinn und steuerte auf ihren Tisch zu.

Das erste Mal seit über einem Monat hatte Rory Spaß. Jetzt, da er Isabel gesagt hatte, was er vorhatte, konnte er sich endlich wieder entspannen. Er würde sie mit dem Respekt behandeln, der einer Ehefrau gebührte, doch würden sie sich gegenseitig nichts mehr vorspielen müssen. Er war sich sogar ziemlich sicher, dass sie ihr Bestes tun würde, um ihm aus dem Weg zu gehen. Er würde sie natürlich weiterhin im Auge behalten, bis er sicher war, dass sein Verdacht gegen sie unbegründet war. Doch vielleicht könnte er jetzt sogar wieder in seinem Bett schlafen.

Äußerst zufrieden nahm er einen großen Schluck *cuirm*, lehnte sich zurück und lächelte. Er war erleichtert, dass er die Situation endlich wieder unter Kontrolle gebracht hatte. Das Thema war für ihn damit abgeschlossen.

Rorys Zufriedenheit hielt jedoch nicht lange an. Noch im selben Moment bemerkte er den Aufruhr, der sich in der Halle breitmachte. Als er aufblickte, schritt Isabel gerade mit hoheitlichem Gang auf seinen Tisch zu. Es war unmöglich, nicht den Stolz und die Kraft, die sie ausstrahlte, zu bewundern. Sie bewegte sich so anmutig, dass sie beinahe über den Boden zu schweben schien. Doch plötzlich fühlte er, wie sein Körper starr wurde. Er bemerkte plötzlich, dass entschieden zu viel von ihrer blassen, elfenbeinfarbenen Haut zu sehen war.

Was zum Teufel hatte sie da eigentlich an?

Im Gegensatz zu den Kleidern, die sie zuvor getragen hatte, war dieses nicht mehr dicht daran, unanständig zu sein, es *war* unanständig. Und es ließ der Phantasie lächerlich wenig Raum. Das Mieder war tief, ja extrem tief ausgeschnitten, und der seidene Stoff schmiegte sich förmlich an jeden Zentimeter ihres köstlichen Leibes. Seine Reaktion auf den Anblick kam instinktiv. Alle seine Sinne waren plötzlich hellwach und jeder Muskel in seinem Körper spannte sich an, damit er nicht die Kontrolle verlor. Verzweifelt kämpfte er gegen den Zorn und gegen das Verlangen an, das ihre Erscheinung in ihm hervorrief.

Eine Vielzahl an widersprüchlichen Empfindungen hatte von ihm Besitz ergriffen: Er wollte aufspringen und sie bedecken, er wollte sie in seine Arme schließen, er wollte ihr befehlen, dieses Kleid nie wieder zu tragen, er wollte sie anbeten, wie die Göttin, der sie glich. Rory war gefangen in einem Sturm fleischlicher Empfindungen, doch eines wusste er ganz genau: Wenn sie jemals wieder dieses Kleid anzog, dann würde er es ihr vom Leib reißen. Zur Hölle mit den Folgen.

Er wollte sie. Er konnte es nicht leugnen. Und er schien nicht der Einzige zu sein, der sie begehrte. Als es ihm endlich gelang, die Augen von Isabel loszureißen, und er sich im Raum umsah, blickte er direkt in die vor Bewunderung starren Gesichter seiner Clansleute. Nein, ganz sicher war er heute Abend nicht der Einzige, der sie bewunderte. Selbst Alex konnte nicht wegsehen. Plötzlich überkam ihn heftige Besitzgier. Er wurde plötzlich von dem primitiven Gefühl beherrscht, dass sie sein Eigentum war. Das Gefühl war ihm so fremd, dass es ihn erschütterte. Sie gehörte ihm doch nicht, und sie konnte ihm auch nicht gehören.

Heiliger Himmel, war das ihre Absicht gewesen? Wollte sie, dass er verrückt wurde vor Begierde?

Seine Augen wurden schmal. *Genau das war es.* Nach dem Gespräch heute Morgen konnte er davon ausgehen, dass sie ihn entweder umstimmen wollte, wenn auch auf wenig subtile Weise, oder dass sie ihm unter die Nase reiben wollte, was ihm entging. Keins von beidem gefiel ihm.

Was hatte sie im Sinn?

Rorys Finger umklammerten den Stiel seines Kelches. Er ließ sich nichts anmerken, aber er spürte seinen hämmernden Herzschlag, während er gegen seine lodernde Wut ankämpfte. Er meinte zu sehen, dass sie etwas von ihrem zur Schau gestellten Stolz verlor, als er sie von oben bis unten musterte, und sein Blick dabei auf ihren Brüsten verweilte. Und Recht tat sie daran, nervös zu sein. Wäre er jemand anders gewesen, hätte er sich genommen, was sie so freizügig anbot.

Doch diesem Spiel würde er nicht zum Opfer fallen.

»Guten Abend«, sagte sie und verbeugte sich leicht, sodass ihre Brüste beinahe aus dem zarten Mieder fielen.

Er hielt den Atem an, und als er die Luft wieder entweichen ließ, klang es wie ein Zischen. Er konnte sogar den rosa Hof ihrer Brustwarzen sehen, die dort so einladend nur wenige Zentimeter von seinem Mund entfernt aus dem Kleid hervorblitzten. Sein Glied wurde steif, als er sich vorstellte, wie er mit der Zunge über ihren zarten Warzenhof fuhr, um dann die harte Spitze in den Mund zu nehmen und daran zu saugen, bis sie sich wollüstig verlangend wand. Isabels Körper war wie dafür gemacht, in fleischlichen Phantasien zu schwelgen. Und das Wissen, dass er nicht der Einzige war, der in diesem Moment solche Phantasien hatte, erzürnte ihn bis an die Grenze des Erträglichen. Bei allem, was heilig war, aber diesmal war die Frau zu weit gegangen.

Heiße Röte stieg in ihre Wangen, als sie vorsichtig versuchte, ihr Kleid zu richten.

Als die Welle der Leidenschaft abgeebbt war, sah Rory nur noch rot vor Wut. Jetzt hatte er genug. Keine Frau, die sich seine Ehefrau nannte, und sei es auch nur für ein Jahr, durfte sich so freizügig zur Schau stellen. Ihre vollen Brüste, die schmale Taille, die schlanken Hüften, das helle Rosa ihrer Brustwarzen – all das war nicht für die Öffentlichkeit bestimmt. Sie gehörte ihm. Zumindest jetzt. Und er würde sie mit niemandem teilen.

»Es tut mir leid, dass ich so spät bin«, sagte sie. »Das Ankleiden hat etwas länger gedauert.«

Ohne ein Wort zu sagen, stand er auf, nahm ihren Arm und führte sie ohne viel Federlesens aus dem Raum. Er sprach erst, als sie außer Hörweite des Clans waren. »Ich glaube nicht, dass Ihr fertig seid.«

Isabel errötete. »Was meint Ihr damit?«

Er hielt es nicht für nötig, seinen Zorn zu verbergen. Seine Stimme war so tief und gefährlich wie die seltsamen Gefühle, die sie in ihm hervorrief. »Stellt meine Geduld nicht auf die Probe, Isabel.«

Sie erwiderte nichts, und er wusste, dass sie seine Warnung verstanden hatte. Er spürte, dass sie Angst hatte, als er sie nach draußen zum Feenturm, durch die Eingangshalle und die Stufen hinaufführte. Er riss die Tür zu seiner Kammer auf, stieß sie hinein und knallte die Tür hinter ihnen zu.

Sie blieb in der Mitte des Raumes stehen und zupfte an

ihren Röcken. Sie wagte einen vorsichtigen Blick unter den Wimpern hervor und fragte: »Was habt Ihr vor?«

»Nicht das, was ich eigentlich tun sollte«, fuhr er sie schroff an. Mit loderndem Blick musterte er ihren Körper, sodass sie zu zittern begann. »Dieses Kleid ist unanständig. Was habt Ihr Euch dabei gedacht, so etwas Unpassendes anzuziehen?«

»Vielleicht ist es ein kleines bisschen freizügig –«

»Ein kleines bisschen freizügig?«, explodierte er. »Ich kann ja fast Eure Nippel sehen.«

Ihre Wangen brannten. »Schreit mich nicht an.«

Rory zwang sich zur Ruhe. »Ich schreie nicht«, sagte er etwas leiser. *Ich bin so erregt, dass ich kaum denken kann.*

»Ich dachte, Ihr würdet überhaupt nicht bemerken, was ich anhabe«, erwiderte sie trotzig.

»Und ob ich es bemerkt habe. Genauso wie jeder andere Mann in der Halle, der Augen im Kopf hat. Meine Gemahlin, die Dame dieser Festung, hat sich vor meinen Männern nicht so liederlich aufzuführen.«

Er sah den Trotz in ihren Augen aufflammen. »Gemahlin auf Zeit«, korrigierte sie ihn.

»Ach, darum geht es?« Sein Blick wurde durchdringend. »Ihr werdet noch herausfinden, dass Ihr mich nicht manipulieren könnt, Isabel. Ihr nicht und ganz bestimmt auch kein Fetzen Stoff. Egal wie freizügig.«

»Ihr irrt Euch.« Widerspenstig hob sie ihr herrliches Kinn. »Ich mag dieses Kleid ganz einfach gern.«

Er packte ihren Arm und blickte ihr direkt in die Augen. Auf keinen Fall sollte sie missverstehen, was er ihr jetzt sagte. »Ihr werdet dieses Kleid nie wieder tragen, sonst werdet Ihr die Konsequenzen dafür tragen.«

»Was für Konsequenzen?«, fragte sie und warf ihren Kopf rebellisch zurück.

Das Mädchen wusste offensichtlich nicht, wie gefährlich nah es daran war, das herauszufinden. Jeder Muskel seines Körpers war aufs Äußerste gespannt und verlangte nach Erleichterung. Er wollte ihr dieses Kleid vom Leib reißen und jeden Zentimeter ihrer samtenen Haut mit seinem Körper bedecken. Er wollte, dass sie genau wie er vor heißem Verlangen brannte. Stattdessen ignorierte er ihre unbedachte Herausforderung und ging ins Nebenzimmer, wo ihre Kleider aufbewahrt wurden. Er riss die Schranktür auf und zerrte ein Kleid aus grünem Samt heraus, das ihm hinreichend sittsam erschien. »Zieht Euch um«, befahl er. »Sofort.«

»Aber Bessie –«

Ein Lächeln legte sich auf seine Lippen, als er ihrem verängstigten Blick begegnete. »Ihr werdet keine Kammerfrau dafür brauchen.«

Sein lodernder Blick ließ Isabel beben. Zu spät erkannte sie, dass sie ihn zu weit getrieben hatte. Sein Blick ließ ihr einen kalten Schauer den Rücken hinunterlaufen. Er sah sie als sein Eigentum an. Und in seinen Augen lag eine solch glühende Intensität, dass sie Angst hatte, er könnte sie jeden Moment aufs Bett werfen, um wie ein wilder Wikinger über sie herzufallen. Zum ersten Mal, seit sie nach Dunvegan gekommen war, hatte Isabel das Gefühl, in Gefahr zu sein. Diesen Mann hatte sie nicht unter Kontrolle.

Sie biss sich auf die Unterlippe und trat einen Schritt zurück. Vielleicht hatte sie sich verkalkuliert. Plötzlich wusste sie nicht mehr, warum sie dieses Kleid überhaupt hatte anziehen wollen.

»Zieht es aus«, befahl er.

»Ich k-k-kann nicht.«

Sie hörte ihn fluchen, als er sie an der Taille packte und umdrehte, um ihr das Kleid aufzuschnüren und dabei ein Geschick zeigte, das nicht zu übersehen war. Rory MacLeod hatte schon vielen Frauen das Kleid aufgeschnürt. Das versetzte ihr einen Stich, der sich verdächtig nach Eifersucht anfühlte.

Und trotzdem war es ein unglaublich intimer Moment, als seine Finger die Verschnürung lösten. Er stand so dicht hinter ihr, dass Isabel den Sandelholzduft seiner Seife riechen konnte. Sie spürte jede Berührung, jeden leichten Druck seiner Finger, als er sich langsam nach unten arbeitete. Er trat noch dichter an sie heran, und sie hielt den Atem an. Auch er blieb nicht unberührt. Seine unregelmäßigen Atemzüge strichen warm über ihren Nacken und die Schultern.

Seine Finger machten sie verrückt vor Verlangen. Ihre Knie wurden ganz weich, und sie hatte das Gefühl gleich zu zerfließen. Gefühle durchströmten ihren Körper, die sie nicht verstand.

Seine Lippen schwebten schmerzhaft dicht über ihrem Nacken, als seine Finger ihren Rücken hinabglitten. Sie sank gegen ihn und schloss die Augen. Wortlos flehte sie um mehr. Als er ihr die Ärmel von den Schultern streifte, strichen seine Finger über ihre empfindsame Haut. Sie stöhnte auf, als sich seine Lippen endlich zärtlich auf ihren Nacken legten. Als sein raues Kinn über ihre Haut strich, begann heiße Glut durch ihre Adern zu strömen.

Ihre Brustwarzen richteten sich auf. Und, gütiger Himmel, er wusste es. Sanft strich sein Daumen nur einmal über die flehende Spitze – und sie zerfloss.

Er küsste sie jetzt fester, und sein heißer Mund fuhr über ihren Nacken, wobei er ihre zarte Haut die ganze Macht seines Verlangens spüren ließ, während er ihr das Kleid über die Hüften zog. Ihr Herz raste. Ängstliche Erregung machte sich tief in ihrem Bauch bemerkbar. Es war sonderbar, doch diese gefährliche, unbekannte Seite an ihm faszinierte sie über alle Maßen. Ehe sie ihm sagen konnte, dass er ihr das Kleid über den Kopf ziehen müsse, hörte sie auch schon das unverkennbare Geräusch reißenden Stoffes.

Das zerfetzte Kleid fiel zu Boden, und sofort ließ Rory sie los. Einen Moment lang schien er fast so schockiert wie sie. Er starrte sie an, bis ihr Atem sich beruhigt hatte. Dann blickte er bedeutsam auf den Haufen Stoff, der auf dem Boden lag. Er hatte das Kleid fast entzweigerissen.

»So ein Kleid ist eine Einladung. Passt auf, was Ihr anbietet, Isabel, denn Ihr könntet genau das bekommen.«

Isabel schluckte mühsam und nickte.

Ohne noch etwas zu sagen, warf er ihr das Kleid zu, das er für sie ausgesucht hatte. Glücklicherweise ließ sich dieses vorne schnüren, und er sah ihr von Ferne aus zu, wie sie es anzog.

Als sie fertig war, führte er sie aus dem Zimmer, als wäre nichts passiert, was ihr angesichts des Gefühlwirrwarrs, in dem sie sich befand, nur recht war. Denn sie war immer noch nicht schlauer als vorher.

8

Die Menschenmenge in der großen Halle war auffallend ruhig, als Rory Isabel zurück an die Tafel führte, doch keiner starrte sie offen an. Alle im Raum hatten mitbekommen, was passiert war, doch keiner würde es wagen, die Lady des Herrn zu beschämen, indem man es zeigte. Als sie am Tisch angekommen waren, bot er ihr den Platz neben sich an, setzte sich und nahm sein Mahl wieder auf, als hätte er ihr nicht gerade eben das Kleid vom Körper gerissen und ihre honigsüße Haut verschlungen. Und als hätte sie nicht gerade eben noch wie Feuer in seinen Händen gebrannt.

Er hatte seinen Standpunkt klargemacht. Mit diesem Kleid hatte sie die Grenze überschritten und ihn eindeutig zu weit getrieben. Isabel hatte ihre Lektion gelernt, doch er auch, wie er merkte.

Er wollte nicht mehr darüber nachdenken, was passiert war. Und so nahm er sein Gespräch mit Alex wieder auf, wobei er ihn in eine hitzige Diskussion über den schnellsten Weg nach Edinburgh verwickelte. Eine gute Diskussion war genau das, was er jetzt brauchte, um die Spannung loszuwerden.

Isabel hatte anscheinend zugehört, denn als das Gespräch beendet war, fragte sie: »Seid Ihr vor kurzem bei Hofe gewesen, Mylord?«

Rory entspannte sich. Anscheinend wollte auch sie das Vorgefallene so schnell wie möglich vergessen. Es war eine Warnung gewesen – nichts weiter. »Nein«, sagte er. »Doch ich muss bald wieder hin.« Er verbarg seinen Ärger darüber, beim König vorstellig werden zu müssen.

Ihr Gesicht leuchtete auf. »Oh, wie sehr ich Euch beneide.«

Rory ignorierte den Stich, den es ihm versetzte, als er die Freude auf ihrem Gesicht sah. Er hatte auch die unverkennbare Sehnsucht in ihrer Stimme vernommen. Und schon hörte er sich fragen: »Hat es Euch bei Hofe gefallen?«

Sie nickte begeistert. »Sehr sogar.«

»Ihr wart Hofdame im Gefolge von Queen Anne, nicht wahr?«

»Ja, fast ein Jahr lang.« Sie seufzte. »Am Anfang fiel es mir schwer, mich an alles zu gewöhnen, aber dann habe ich die Zeit dort sehr genossen.«

Rory erkannte, dass es hart für sie gewesen sein musste, ihre Familie zu verlassen.

»Und fandet Ihr all das eitle Gepränge und die ganze Förmlichkeit nicht ermüdend?«

»Es war überhaupt nicht so förmlich«, sagte sie. »Der König und die Königin sind im Kreise der Familie ganz anders.«

Die Wahl ihrer Worte war aufschlussreich. Rory fing langsam an zu verstehen, was sie an Holyrood gemocht hatte. »Und Ihr wart Teil der Familie?«, fragte er sanft.

Er erkannte an ihrem Gesicht, wie einsam sie sich wohl fühlte, ehe sie es hinter einem schiefen Lächeln zu verbergen suchte. »Natürlich nicht«, schalt sie ihn, als hätte er nur gescherzt. »Doch man hat mir *das Gefühl* gegeben, Teil der Familie zu sein.«

Rory verstand jetzt, warum sie diese Erfahrung so sehr genossen hatte. Bei Hofe hatte sie das gefunden, was sie zu Hause vermisst hatte. Sie hatte dort Freunde gefunden, doch er spürte auch eine Traurigkeit in ihr – eine Verletzlichkeit –, als wäre sie daran gewöhnt, nicht dazuzugehören. Als wollte sie unbedingt dabei sein und wüsste nicht, ob es ihr überhaupt zustand. Sie ging zwar offen und begeistert auf alles Neue zu, doch Rory vermutete, dass sie sich häufig zu hart antrieb, um gegen das Gefühl der Bedeutungslosigkeit anzukommen. Dieser Einblick in ihren Charakter machte ihn seltsam traurig.

»Und ich habe so viel gelernt«, fuhr sie fort. »Der König liebt die Literatur und das Lernen. Er bestärkt die Königin darin, sich weiterzubilden. Und ich hatte das Glück, daran teilhaben zu dürfen.«

Rory hob eine Augenbraue. »Ihr lest?« Als sie nickte, fragte er: »Was sind Eure Lieblingsbücher?«

»Die großen Romane und die alten *chansons de geste*, vor allem *La Mort d'Arthur* und der *Chanson de Roland*.« Sie sprach immer schneller, während sie sich für das Thema erwärmte. »Außerdem bin ich ganz begeistert von einem neuen Dramatiker aus England. Vielleicht habt Ihr schon von ihm gehört. William Shakespeare.« Er bejahte die Frage. »Am liebsten mag ich Romeo und Julia.«

»Das Stück kenne ich«, sagte Rory vorsichtig. Ihm war die seltsame Übereinstimmung mit ihrer eigenen Situation, die sich in dem Stück widerspiegelte, nicht entgangen. Wie King James hasste auch Queen Elizabeth Fehden. Shakespeare hatte die lehrreiche Erzählung zweier Liebender, die wegen der Fehde zwischen ihren Familien sterben mussten, zum Gefallen seiner königlichen Förderin geschrieben.

Doch Rory war beeindruckt. Nicht viele Frauen, die er kannte, lasen anspruchsvolle Literatur, und keine einzige außer Margaret begeisterte sich so sehr dafür wie Isabel. Rory teilte Margarets Hunger nach Büchern und er stockte seine umfangreiche Bibliothek jedes Mal auf, wenn er auf Reisen war. Und schon im nächsten Moment hörte er sich sagen: »Im Feenturm ist eine Bibliothek – Ihr könnt Euch dort alles, was Ihr möchtet, ausleihen.«

Als sie ihn anlächelte, wurde seine Brust so eng, dass er fast keine Luft mehr bekam. Ihre dankbare Freude war so rührend, dass er sich abwenden musste, um nicht über weitere Wege nachzudenken, sie glücklich zu machen.

Isabel war enttäuscht, als Rory sich wieder der Unterhaltung mit Alex zuwandte. Sie dachte, dass er es genossen hätte, mit ihr zu reden. So wie sie. Doch dann sank ihr Herz, als sie die schöne dunkelhaarige Frau sah, die auf die Tafel zukam. Sie sprachen nur kurz miteinander, doch die Erinnerung an ihre Liaison machte jegliche Freude, die in ihr aufgekommen war, weil er ihr erlaubt hatte, seine Bibliothek zu benutzen, zunichte.

Er mochte zwar Isabels Schulter geküsst und ihr Kleid heruntergerissen haben, doch sein Vergnügen fand er bei einer anderen Frau.

Es war unmöglich, nicht zu bemerken, dass Rorys Beziehung zu dieser Frau von Nähe, nein, fast schon Intimität geprägt war. Isabels bereits angeschlagenes Selbstbewusstsein bröckelte. Der unerwartete Ausbruch von Leidenschaft, den sie heute Abend in seinen Armen erlebt hatte, verwirrte sie immer noch. Sie hatte gehofft, dass auch er es gespürt hatte, doch jetzt schien es, als hatte er ihr nur eine Lektion erteilen wollen. Schließlich hatte sie ihn vor seinem Clan gedemütigt – das war der Grund.

Während sie versuchte, ihre Enttäuschung zu verbergen, drehte sie sich um und sah, wie eine Gestalt aus dem Schatten trat und auf den Stuhl neben ihr glitt. Beinahe hätte sie laut nach Luft geschnappt, als sie die große schwarze Augenklappe bemerkte, die das halbe Gesicht der Frau bedeckte, doch sie unterdrückte ihre Reaktion. Das musste Margaret sein.

Sie war dankbar, dass Bessie sie gewarnt hatte. Die Erscheinung des Mädchens war in der Tat erschreckend, doch Isabel schaffte es, ihre Gefühlsregung mit einem heiteren Lächeln zu überdecken.

Die Augenklappe fiel so sehr auf, als würde sie mit Fanfaren auf die Verunstaltung aufmerksam machen. Isabel fragte sich, ob der Anblick des Auges wohl tatsächlich schlimmer war als die bedrohliche Maske, die es verbergen sollte.

Sie hatte der Begegnung mit ihrer neuen Schwester mit Bangen entgegengesehen, weil sie befürchtete, dass Margaret ihr die Sünden ihres Onkels vorhalten würde. Doch ihre Nervosität verschwand, sobald sie das furchtsame Geschöpf sah, das neben ihr saß. Als sie bemerkte, wie unbehaglich Margaret zumute war, schloss sie sie sogleich ins Herz.

»Ihr müsst Margaret sein«, sagte sie. »Ich habe mich so darauf gefreut, Euch kennen zu lernen.«

Margaret blickte sie unter ihren Wimpern hervor schüchtern an.

Isabel berührte sanft Margarets Hand, die nervös zuckend auf dem Tisch lag. »Ich habe nie eine Schwester gehabt, und umso mehr freue ich mich, jetzt eine zu haben.«

Margaret sah entsetzt auf ihre Hand, doch nach einer Weile schien sie sich zu entspannen. Ihre Stimme bebte, als sie sprach. »Ich freue mich auch, Euch kennen zu lernen, Isabel. Es tut mir leid, dass ich Eure Trauungszeremonie verpasst habe, aber meine Schwester Christina hatte wegen ihrer Niederkunft nach mir geschickt.«

Margaret erwiderte Isabels freundlichen Blick mit einem schwachen Lächeln.

Isabel wusste, dass Margarets Reise zur Nachbarinsel Lewis, auf der der Lewis-Zweig der MacLeods wohnte, wahrscheinlich absichtlich arrangiert worden war, doch sie konnte dem armen Mädchen nicht vorwerfen, dass es Sleat aus dem Weg ging. Isabel sah sich ihre neue Schwester genauer an. Bis auf die Augenbinde war Rorys Schwester recht hübsch. Das lange, goldblonde Haar fiel ihr in weichen Löckchen über den schmalen Rücken. Ihre anmutigen Gesichtszüge fielen zwar nicht auf Anhieb ins Auge, waren jedoch zu erkennen, wenn man nicht mehr nur die Augenklappe sah. Ihr unversehrtes Auge wies denselben tiefen Blauton auf wie die Augen von Alex und Rory. Und Margaret war von erstaunlich schmaler Gestalt, noch zarter als Isabel selbst. Nanu, Isabel grinste, als ihr die offensichtliche Ähnlichkeit bewusst wurde: Margaret war zart wie eine Elfe. Ob sie das wohl ihren angeblichen Vorfahren zu verdanken hatte?

Wieder einmal stellte Isabel die Taten ihres Onkels in Frage. Wie hatte er Margaret nur so grob behandeln können? Sein Verhalten gegenüber Margaret war nicht mit den Taten eines ehrenwerten Chiefs zu vereinbaren. Das war beunruhigend. Besonders, wenn sie ihn mit dem Mann verglich, der jetzt neben ihr saß und so viel Ehre und Kraft ausstrahlte.

»Ich hoffe, dass Ihr eine angenehme Reise hattet?«, erkundigte Isabel sich höflich.

»Ja, vielen Dank, doch es tut mir leid, dass ich Eure Ankunft verpasst habe. Gefällt es Euch auf Dunvegan? Ich weiß ja, dass Ihr vorher bei Hofe wart …« Mit abwesendem Blick fuhr Margaret fort: »Ich bezweifle, dass ich je die Gelegenheit haben werde, nach Edinburgh zu reisen.«

»Aber warum denn nicht? Ich wäre mehr als glücklich, Euch an den Hof zu begleiten und Euch überall einzuführen. Auch Queen Anne würde sich bestimmt freuen, Euch kennen zu lernen. Sie ist eine wunderbare Frau, Ihr würdet sie bestimmt mögen. Und natürlich werde ich Euch jederzeit von meiner Zeit bei Hofe erzählen, wenn Ihr möchtet. Doch ich weiß, dass Euch Eure Aufgaben sehr in Anspruch nehmen, also sagt mir bitte, wann es Euch passt.«

Margaret rutschte etwas unruhig auf ihrem Platz hin und her, als ob es ihr unangenehm war, dass sie immer noch die Pflichten versah, die eigentlich zum Aufgabenbereich der Frau des Chiefs gehörten. »Ich bin in letzter Zeit sehr beschäftigt gewesen, doch ich werde bestimmt die Zeit finden, mir von Euch von Eurer Zeit bei Hofe erzählen zu lassen. Es hört sich aufregend an. Doch ich könnte mich dort niemals zeigen … so wie ich aussehe und so.«

Isabel hörte den tiefen Kummer und die Scham in Margarets leiser, melodischer Stimme. Sanft nahm sie Margarets kleine Hände in ihre und erklärte ihr mit von Herzen kommender Aufrichtigkeit: »Ihr seid reizend, Margaret. Und wenn Ihr an den Hof reisen wollt, dann tut es. Lasst Euch von der Unfreundlichkeit anderer nicht davon abhalten, das Leben zu führen, das Ihr Euch wünscht. Es gibt viele boshafte Menschen bei Hofe, doch ich bin sicher, dass Ihr feststellen werdet, dass es noch viel mehr gute und mitfühlende Menschen dort gibt.«

»Das ist sehr freundlich von Euch, Isabel, aber ich bin nicht stark genug, um das Gerede zu ertragen, das auf jeden Fall kommen wird.«

Margaret war so erfüllt von Traurigkeit, dass Isabel unwillkürlich von dem Wunsch beseelt war, ihr helfen zu wollen. Sie meinte in Margaret eine Seelenverwandte gefunden zu haben. Ihr Onkel trug die Schuld an der Schmach, die aus Margaret so ein verhuschtes Geschöpf gemacht hatte. Vielleicht konnte sie das Unrecht irgendwie gutmachen, während sie hier war. Das war das Mindeste, was sie tun konnte, wo sie sich doch Margarets Bruder zum Feind machen würde.

Sie hatte einen Entschluss gefasst. Sie wollte Margaret dabei helfen, die Stärke wiederzufinden, die sie tief in ihr verborgen wähnte. Doch über ihre Gründe dafür wollte sie nicht nachdenken. Denn dann würde sie wahrscheinlich erkennen, dass sie sich wegen des Verhaltens ihres Onkels schuldig fühlte und dass sie sich dafür schämte, überhaupt mit ihm verwandt zu sein.

»Frauen, die gerne tratschen, werden immer einen Grund finden, es zu tun. Ich weiß nicht, ob ihnen überhaupt klar ist, wie schmerzhaft das für andere ist, vor allem für jemanden, der sich mit dem Leben bei Hofe nicht auskennt. Als ich an den Hof kam, lachten sie über meine ungeschliffenen Highlandmanieren. Ich hatte das Gefühl, als ob alles, was ich sagte, falsch wäre. Aber von Zuhause mit meinem Vater und meinen drei Brüdern war ich es einfach gewöhnt, immer alles zu sagen, was ich dachte. Doch bei einer Frau wird dies als ein wenig angemessenes Verhalten betrachtet. Aber dann kam die nächste Neue an den Hof, und ich war vergessen.«

Margaret sah sie mit einer Mischung aus Bewunderung und Ehrfurcht an.

Isabel lachte in sich hinein. »Das heißt nicht, dass mir das Gerede nichts ausgemacht hätte. Ich muss gestehen, dass ich anfangs ziemlich verletzt war, doch der Grund dafür war, dass ich nicht vorhergesehen hatte, so anders zu sein als die anderen Damen bei Hofe. Ich hatte das Gefühl, abgelehnt zu werden. Doch dann fand ich schnell heraus, dass es nicht persönlich gemeint war. Sie hatten nur etwas gefunden, worüber sie reden konnten. Doch Ihr werdet wissen, was Euch erwartet, und nicht ganz so unvorbereitet sein wie ich.«

»Ich weiß nicht. Wenn Ihr darüber redet, hört sich alles so einfach an. Aber ich bin kein bisschen mutig, Isabel.«

Ich auch nicht, dachte Isabel, doch laut sagte sie: »Macht Euch keine Sorgen. Wenn Ihr an den Hof wollt, dann werden wir einen Weg finden. Wenn wir uns zusammentun, können wir bestimmt einen Plan aushecken.«

Isabels Selbstvertrauen war anscheinend ansteckend, denn Margaret lächelte.

Von seinem Platz zu ihrer Rechten aus beobachtete Rory das Gespräch zwischen Isabel und Margaret. Er hatte sich Gedanken wegen Margarets Reaktion auf Isabel gemacht. Sein erster Impuls war gewesen, seine Schwester vor den schmerzlichen Erinnerungen zu bewahren, die sie bestimmt überkommen würden, wenn sie eine MacDonald sah. Doch er wusste, dass sie sich früher oder später kennen lernen mussten, und deswegen zwang er sich, nicht einzuschreiten.

Isabels Freundlichkeit war sofort zu erkennen. Er bemerkte, dass sie Margaret direkt in die Augen sah und unbewusst ihre Hand berührte. Im Gegensatz zu den meisten Leuten schreckte sie vor Margarets Verletzung nicht zurück. Seit ihrer Rückkehr waren seiner Schwester nicht viele Freundschaften angetragen worden, denn die meisten fühlten sich ob der Entstellung in ihrer Gegenwart unwohl und nervös. Das erzürnte ihn zwar, aber er konnte die Leute nicht dazu zwingen, sie genauso zu behandeln wie früher. Angst und Aberglaube waren zu mächtig. Er spürte, wie sich seine verkrampften Schultern lockerten, und merkte erst da, wie angespannt er gewesen war, während er die beiden Frauen bei ihrem Gespräch beobachtete.

Rory konnte nicht hören, was sie sagten, doch er war erstaunt, als sich nach nur wenigen Minuten ein gelöstes Lächeln auf Margarets Gesicht breitmachte. Er war vollkommen verblüfft. Seit zwei Jahren hatte Margaret nicht mehr so gelächelt wie jetzt. Es schien so, als wären sie bereits Freundinnen geworden. Ihm wurde ganz warm ums Herz, als er seine Schwester so entspannt und vergnügt sah. Viel zu lange hatte sie sich in sich selbst vergraben.

»Habt Ihr mit Margaret darüber gesprochen, was Ihr mit unserem Zimmer vorhabt, Isabel?«, fragte er. Er war neugieriger zu erfahren, worüber sie gesprochen hatten, als er sich eingestehen wollte.

»Noch nicht. Margaret und ich haben uns über den Königshof unterhalten.«

»Über die letzte Mode?«, fragte er. Das war eine deutliche Anspielung auf ihr Kleid.

Isabel errötete, doch dann schüttelte sie den Kopf und lachte, als sie erkannte, dass er sie nur hatte aufziehen wollen. »Nein, nur dass ich annehme, dass es Margaret dort gefallen würde.«

Rory wurde ganz starr. Die Vorstellung an seine versehrte Schwester unter all den boshaften Damen bei Hofe weckte all seine Beschützerinstinkte. Was war Isabel bloß eingefallen, Margaret so in ihren Hoffnungen zu bestärken? Seine Schwester hatte doch ein so unglaublich zartes Gemüt – der Königshof würde sie vernichten. Doch da er die Gefühle seiner Schwester nicht verletzen wollte, wechselte er schnell das Thema. »Das glaube ich wohl, aber meine Schwester wird auf Dunvegan gebraucht. Ich kann sie hier nicht entbehren.« Er lächelte Margaret aufmunternd an. »Wolltet Ihr Margaret nicht etwas wegen meiner Kammer fragen?«

Isabel sah ihn leicht befremdet an und wandte sich dann wieder an Margaret. »Ich wollte ein paar klitzekleine Veränderungen an *unserem* Zimmer vornehmen«, korrigierte sie ihn, »doch wollte ich zuerst Euch um Erlaubnis fragen. Aber wir müssen das nicht jetzt besprechen.«

Margaret sah Rory an, und als dieser nickte, fragte sie: »Woran habt Ihr denn gedacht?«

Isabel zuckte mit den Schultern. »Nur ein paar Dinge, um das Zimmer ein bisschen gemütlicher zu machen, vielleicht ein paar schöne Kissen, ein Betthimmel … so etwas eben.«

Margaret war sogleich Feuer und Flamme. Rory war erstaunt, mit welcher Leidenschaft Frauen auf ein Thema wie Verschönerungen eingingen. »Rorys Zimmer ist viel zu nüchtern«, stimmte sie zu. »Ich versuche seit Jahren, es ein bisschen zu verschönern. Aber er lässt mich einfach nicht.«

Rory verschränkte die Arme vor der Brust. »Ich mag es so, wie es ist – schlicht und einfach.«

Beide Frauen verzogen das Gesicht, dann sah Margaret ihn an. »Ja, aber jetzt bist du verheiratet. Du wirst dich anpassen müssen.« Rory konnte es kaum glauben. Seine schüchterne kleine Schwester hatte ihm gerade die Stirn geboten.

Margaret fuhr fort. »An was für Farben habt Ihr denn gedacht?«

»Hmm. Vielleicht ein helles Rosa und Lavendel, geblümte Stoffe, Spitze, Gobelinstickereien … was meint Ihr?«

Heiliger Himmel, das hörte sich ja ganz nach dem kitschigen Schlafgemach von Margaret an.

Die beiden Frauen sahen seinen Gesichtsausdruck und brachen in Gelächter aus.

Rory runzelte die Stirn, doch dann sah er das schelmische Funkeln in Isabels Augen. Seltsamerweise machte es ihm gar nichts aus, dass sie ihn aufgezogen hatte. Nach wenigen Minuten mit Isabel zeigte Margaret an diesem Abend beinahe so viel Schwung wie schon seit zwei Jahren nicht mehr. Isabel schien genau das zu sein, was Margaret brauchte.

Ihre geistreiche Lebhaftigkeit war ansteckend, und er ertappte sich dabei, dass er lächelte.

Rory dachte an das reizende, aber schüchterne Campbell-Mädchen, das seine Braut sein würde. Er konnte es sich nicht verkneifen, sie mit einer anderen, ganz bestimmten Frau zu vergleichen. Würde auch sie es schaffen, seine Schwester zu umarmen und ein Lächeln auf ihr Gesicht zu zaubern?

Während sie beobachtete, wie Rory mit Margaret umging, entdeckte sie eine Seite an ihm, die sie zuvor nicht bemerkt hatte. Es war ganz offensichtlich, dass Margaret ihrem Bruder viel bedeutete. Sie war beeindruckt davon, dass dieser harte, furchterregende Krieger auch sanft und rücksichtsvoll sein konnte.

Das versetzte ihr einen Stich. Isabel sehnte sich danach, von ihren Brüdern genauso angesehen zu werden. Wenn man bedachte, welche Mühe Isabel sich gegeben hatte, solche Gefühle bei ihnen hervorzurufen, die Rory seiner Schwester gegenüber so bereitwillig an den Tag legte, dann war das ein weiterer lobenswerter Charakterzug, der zu seinen Gunsten sprach. Dieser Mann war so vielschichtig, und je tiefer der Einblick war, den sie bekam, desto mehr gab es zu bewundern.

Erwartungsvolles Stimmengewirr erhob sich über dem Saal und ließ alle Gespräche plötzlich verstummen. Das abendliche Unterhaltungsprogramm sollte beginnen. Ein hünenhafter weißhaariger Mann, der an einem der Tische unterhalb der erhöhten Tafel gesessen hatte, stand auf, durchquerte den Raum und stellte sich vor das Feuer. Er trug einen schlichten, langen Kilt, doch umso auffälliger war sein Bart, der ihm bis zu den Knien reichte. Er war voll und flaumig und so weiß wie frisch gefallener Schnee. Er hob seine runzeligen Pranken und räusperte sich laut, damit es im Raum leise wurde. Eoin Og Muirgheasain, *Seannachie* der MacLeods, hub mit kräftiger, melodischer Stimme, die durch den ganzen Saal hallte und so gar nicht zu seinem Alter zu passen schien, an zu sprechen.

»Unser Chief hat mich gebeten, heute Abend die Geschichte zu erzählen, wie der Clan zum *An Bratach Sith*, dem Feenbanner, der MacLeods kam.«

Isabel wurde blass. Ihr Herzschlag beschleunigte sich, als

sie merkte, um welches Thema es an diesem Abend gehen würde. Rory konnte es nicht wissen. Es ist nur ein Zufall, sagte sie sich, während sie versuchte, die aufsteigende Panik zu unterdrücken. Doch ihre Hände wurden ganz feucht, weil sie sie so fest zusammenpresste. Bewusst ließ sie ihren Blick nicht schweifen, um festzustellen, ob irgendjemand beobachtete, wie sie reagierte. Aber sie spürte, dass Rory sie nicht aus den Augen ließ.

»Vor langer, langer Zeit verliebte sich ein gut aussehender junger Chief in eine wunderschöne Feenprinzessin – eine vom *bean sidhe*. Das Paar wollte heiraten und bat den Vater der Prinzessin, den König der Feen, um Erlaubnis. Doch erstaunlicherweise war der König gegen die Verbindung. Denn er wusste, dass die Heirat mit einem Sterblichen seine geliebte Tochter eines Tages in unendliche Trauer stürzen würde, weil der junge Chief im Gegensatz zu der Prinzessin eines Tage alt sein und sterben würde.

Ein dunkler Schleier der Trauer legte sich über die Insel, denn sie waren von wahrer, doch unerfüllter Liebe füreinander beseelt. Die Tränen der Prinzessin füllten die Bucht und drohten das Land zu überschwemmen – und so gab der König schließlich nach. Die Prinzessin sollte eine Ehe auf Probe mit dem MacLeod eingehen, und es gab eine Bedingung: Sie musste versprechen, nach einem Jahr und einem Tag zu ihrem Volk zurückzukehren. Das Paar war so glücklich, wieder miteinander vereint zu sein, dass es bereitwillig auf die Bedingung des Königs einging.«

Isabel hatte die bezaubernde Geschichte noch nie zuvor gehört, trotzdem fiel es ihr schwer, sich zu entspannen. Sie blickte sich verstohlen um und war froh, dass keiner ihren inneren Aufruhr zu bemerken schien. Alle Clanmitglieder schienen von der Geschichte völlig gefesselt zu sein, obwohl sie sie bestimmt schon häufig gehört hatten. Und weil Isabel befürchtete, Rory könnte ihre Unruhe bemerken, wagte sie es nicht, in seine Richtung zu schauen.

»Die Leute erfreuten sich am Glück des Paares, und ehe das Jahr um war, wurde ein geliebter Sohn geboren. Doch die Freude über die Geburt des Kindes wurde von dem Wissen getrübt, dass die Prinzessin bald zu ihrem Volk zurückkehren und ihren geliebten Gatten und den kostbaren Sohn für immer würde verlassen müssen.

Und dann kam der Tag, an dem sie wieder ins Land der Feen zurückkehren musste. Der Feenprinzessin und dem Chief brach es das Herz, doch sie wussten, dass ihnen nichts anderes übrig blieb, als zu ihrem Versprechen zu stehen. Denn das Wort eines MacLeod galt unter allen Umständen und konnte nicht gebrochen werden. Beim Abschied nahm die Feenprinzessin ihrem Gatten ein Versprechen ab. Er musste schwören, ihren Sohn niemals allein zu lassen, denn die Feenprinzessin meinte es nicht ertragen zu können, jemals das Weinen ihres kostbaren kleinen Sohnes zu hören. Schließlich ließ die Prinzessin ihren geliebten Gatten mit dem Sohn zurück, nachdem sie ihm einen verzweifelten, bittersüßen Kuss gegeben hatte, der ein Leben lang halten sollte. Dann verschwand sie im Nebel über der Brücke, welche wir heute im Gedenken an ihre Trennung die Feenbrücke nennen, und kehrte voll Kummer zu ihrem Volk zurück.«

Der *Seannachie* legte eine dramatische Kunstpause ein. Im Saal war es mucksmäuschenstill. Er ließ sich einen Kelch reichen und nahm einen schier endlos scheinenden Schluck daraus. Das atemlose Schweigen schien vor Anspannung zu knistern. Er wirkte wie ein Druide aus einer anderen Zeit, als der Rauch des Torffeuers fast schon mystisch sein Haupt umgab. Er wischte sich den Mund mit dem Handrücken ab und schaute sich dann aufmerksam um, ob sein Publikum auch wirklich zuhörte.

Das tat es.

»Der Schmerz des Chiefs der MacLeod war unermesslich. Er hatte sein geliebtes Weib für immer verloren. Doch er tröstete sich mit dem Gedanken, dass ihm zumindest sein Sohn geblieben war. Er hielt das Versprechen, das er seiner Frau gegeben hatte, und ließ das Kind nie allein. Nie … bis zu dem Abend, an dem der Geburtstag des Chiefs gefeiert wurde. An dem Abend wurde ein großes Fest abgehalten, um den trauernden Chief aufzumuntern. Die Dudelsackpfeifer ließen ihre magische Musik erklingen, und schließlich ließ er sich dazu bewegen, zu singen und zu tanzen. Doch leider lockten die fröhlichen Klänge das Kindermädchen herbei, welches auf das Kind aufpassen sollte. Sie ließ das Baby allein, und es begann zu weinen. Fern im Lande des Feenvolkes hörte die Prinzessin das mitleiderregende Wimmern ihres Kindes, und sie wurde von einem unerträglichen Schmerz erfasst. Sie eilte zu ihrem Kind und tröstete es mit leise geraunten Zauberworten. Die Prinzessin wickelte das Kind in ihr Tuch und küsste zärtlich seine Tränen fort, wobei sie ihm liebliche Feenlieder vorsang, um es zu beruhigen. Bis zum heutigen Tage wird den Erben des MacLeod jenes Lied mit den verzauberten Worten vorgesungen:

Siehe mein Kind, so Glieder fein wie von Reh oder Kitz, beschlägt die Pferde, nimmt sie sich mit vollem Geschirr, die feurigen Rösser, mo leanabh beag, mein kleines Kind! … Ach! Könnte ich doch dein Pferdegespann sehen; Männer folgen ihm, dienen den Frauen, kehren heim und der Catanaich sät das Korn! … Ach! Nicht vom Stamme Kenneth stammst du ab! Ach! Nicht vom Stamme Conn. Du, der du bist ein Abkömm-

ling einer achtbareren Sippe – vom Stamme Leod von Rüstung und Schwert, deren Väter Land daselbst ist Lochlann.

Später, als das Kindermädchen endlich wieder zurückkam, sah sie, dass das Kind in ein hauchzartes rotgelbes Tuch gehüllt friedlich schlief.

Viele Jahre später erzählte der Junge seinem Vater, was in jener Nacht passiert war – in jener Nacht, als seine Mutter nach Dunvegan heimgekehrt und ihr Tuch, das *An Bratach Sith*, für ihren Sohn zurückgelassen hatte. Die Prinzessin ließ das Feenbanner bei ihrem Kind, um den Clan zu beschützen. Wenn den MacLeods je große Gefahr drohte, sollte das Feenbanner entrollt und dreimal geschwungen werden. Und sofort würden die Ritter der Feen zu ihrem Schutz herbeigeeilt kommen. Aber wie bei den Feen üblich waren auch daran Bedingungen geknüpft. Wenn ein anderer als ein MacLeod das Banner berührte, würde dieser sofort zugrunde gehen. Und wichtiger noch – das Banner würde nur dreimal seine Zauberkraft entfalten. Deshalb sollte es nur benutzt werden, wenn es keine andere Möglichkeit mehr gab.«

Seine Stimme war nun kaum mehr als ein Flüstern, doch trotzdem konnten ihn alle hören. Der *Seannachie* hatte alle mit seiner Geschichte in den Bann gezogen. Isabel rutschte auf ihrem Platz nach vorn und wartete gespannt auf das Ende der Geschichte.

»Das Banner wird an einem geheimen Ort verwahrt, den nur der Chief kennt – sicher verstaut in einer verschlossenen Kiste, doch jederzeit griffbereit, um es zu entrollen, sollte der Clan je wieder seines Feenzaubers bedürfen. Es kann nur noch einmal entrollt werden, das Banner, denn zu Zeiten von Alasdair Crotach wurde seine Kraft zweimal benötigt – einmal, um den Clan vor der sicheren Niederlage durch den Clan

Donald zu bewahren, und ein anderes Mal, um den Clan vor dem Hungertod zu retten. Doch diese Geschichten behalte ich einem anderen Abend vor.«

Von allen Seiten waren enttäuschte Stoßseufzer zu hören, und sie kamen nicht nur vom jungen Volk. Doch wie in der Tradition großer Barden üblich ließ er sein Publikum in gespannter Erwartung auf die Fortsetzung zurück. Hoheitsvoll wie ein König ging Eoin Og Muirgheasain langsam zu seinem Platz zurück und genoss voller Stolz den donnernden Applaus.

Isabel war sehr bewegt und immer noch im Bann der bezaubernden Geschichte von verlorener Liebe und der mütterlichen Fürsorge der Feenprinzessin für ihr Kind. Die Geschichte rührte das Herz des Mädchens, welches seine Mutter bei der Geburt verloren hatte, und der Frau, die sich nach der romantischen Liebe der Troubadoure sehnte. Als sie sich im Raum umschaute und in die glücklichen und fröhlichen Gesichter der Menschen schaute, sah Isabel, dass sie nicht die Einzige war, die sich von der Geschichte hatte rühren lassen. Die MacLeods bewahrten das berühmte Feenbanner wie einen Schatz, und von ihren stolz strahlenden Gesichtern konnte sie ablesen, dass sie an dessen Zauberkraft glaubten.

Isabel wusste, dass es im Grunde keine Rolle spielte, ob dem Banner wirklich Feenzauber innewohnte. Die MacLeods glaubten daran, und Glaube konnte genauso mächtig sein wie Wahrheit. Ihr Onkel wollte diese Macht an sich bringen – ob nun für die MacDonalds oder einfach nur, um die MacLeods zu vernichten. Das spielte keine Rolle. Wenn den MacLeods erst der Talisman genommen war, aus dem sie ihre Kraft schöpften, würde das ihre endgültige Vernichtung bedeuten. Natürlich würde es auch nicht schaden, wenn es ihr gelänge, einen geheimen Eingang zur Feste zu entdecken.

Voller Schuldgefühle wandte sie den Blick von den fröhlichen Clansleuten ab. Sie hatte fast das Gefühl, in diesem ganz besonderen Moment zu stören – als würde sie sich in ein heiliges Ritual drängen. Nachdem Isabel nun vom Ursprung der Geschichte um das Feenbanner gehört hatte, verspürte sie so etwas wie Furcht. Sie würde das Werkzeug zu ihrer Vernichtung sein. Und sie erkannte außerdem, dass es noch eine weitere Schwierigkeit gab – als wäre das Aufspüren des Banners und die Flucht aus der Feste, ohne dabei erwischt zu werden, nicht schon genug. Sie musste sich auch vorsehen, nicht den Tod zu finden. Isabel warf dem mächtigen Mann, der neben ihr saß, einen schnellen Blick zu und war sich nur allzu sehr einer Sache bewusst: Wenn das Banner sie nicht umbrachte, dann bestimmt Rory, sollte er je hinter ihren Verrat kommen.

9

Vielleicht hatte das Kleid doch seinen Zweck erfüllt, dachte Isabel, als ihr Blick auf die Fetzen fiel, die immer noch auf dem Boden ihres Schlafgemachs lagen. Wenn es auch nicht die erhoffte Reaktion hervorgerufen hatte, war sie doch zumindest mit einer Reaktion belohnt worden. Und während der Abend voranschritt, spürte sie, dass Rory etwas auftaute. Zum ersten Mal hatten sie sich ganz entspannt miteinander unterhalten, ja hatten manchmal sogar miteinander gescherzt. Er war zwar noch genauso beeindruckend wie zuvor, doch nicht mehr ganz so distanziert. Sie hatte sich in der Gesellschaft von Rory und seiner Schwester wohl gefühlt.

Aber die Geschichte vom Feenbanner hatte sie dann wieder unsanft in die Realität zurückgeholt. Wenn man dem, was der *Seannachie* erzählt hatte, Glauben schenken konnte, dann wusste sie jetzt, wo das Banner aufbewahrt wurde: in einer verschlossenen Kiste, die von Rory an einem sicheren Ort verwahrt wurde. Jetzt brauchte sie Rory nur noch dazu zu bringen, ihr zu sagen, wo die Kiste war, sie holen, den geheimen Eingang finden und gehen. Ganz einfach.

»Klar«, stieß sie höhnisch hervor. Der Mann wollte sie in elf Monaten nach Hause zurückschicken, und der sollte ihr das größte Geheimnis des Clans anvertrauen? Höchst unwahrscheinlich. Trotzdem musste sie es versuchen. Ansonsten bliebe ihr nur, nach Hause zurückzukehren und Zeuge der Niederlage und Vernichtung ihres Clans durch die Mackenzies zu werden. Mit anderen Worten: Sie hatte gar keine andere Wahl.

Sie mochte gar nicht daran denken, was Rory tun würde, wenn er hinter ihre List kam. Wie würde er mit einem Verräter verfahren? Würde man sie töten? Verstümmeln? Einsperren? Sie nahm es nicht an. Selbst am Anfang, als er noch so distanziert und kalt gewesen war, hatte sie bei ihm keinen Hang zur Grausamkeit feststellen können, und jetzt konnte sie es sich noch viel weniger vorstellen. Er schien nicht zu den Männern zu gehören, die es genossen, einer Frau gegenüber gewalttätig zu sein. Tatsächlich war es eher so, dass er seine Liebe zu seiner Schwester ziemlich offen zeigte. Das war etwas, was viele Männer in seiner Position nur sehr widerwillig tun würden, weil sie nicht für schwach gehalten werden wollten. Würde er vielleicht gar in der Lage sein, ihr zu vergeben? Sie lachte höhnisch. Schotten vergaben nicht – das Wort Vergebung kam in ihrem Wortschatz gar nicht vor. Nein, er war ein stolzer Mann, und das, was sie vorhatte, würde seinem Stolz einen Schlag versetzen. Er würde ihr nie vergeben.

Die Verzweiflung, die sich bei der Vorstellung, Rory zu hintergehen, in ihrem Herzen ausbreitete, zerrte ganz furchtbar an ihrem Pflichtgefühl. An ihrem Verantwortungsgefühl. Am liebsten wäre sie wie ein Feigling weggerannt und an den Hof zurückgekehrt, als ob nichts geschehen wäre. Aber wie sie sich auch entschied – in beiden Fällen wäre die Konsequenz dieselbe –, sie würde ihn nie wiedersehen.

Isabel hegte die allergrößten Zweifel, ob sie überhaupt noch in der Lage wäre, in den Spiegel zu schauen, wenn alles vorbei war. Aber die Vorstellung, dass ihr Clan der Vernichtung anheimfiele, wenn sie versagte, war genauso unerfreulich. Sie musste so weitermachen, wie es der Plan vorsah.

Sie musste näher an ihn herankommen, um seine Meinung zu ändern. Sie musste ihn dazu bringen zu vergessen, dass sie eine MacDonald war. Heute Nacht wollte sie so lange wach bleiben, bis er kam – und wenn es die ganze Nacht dauerte. Er mochte vielleicht der dunkelhaarigen Frau beiliegen – Catriona, wie sie erfahren hatte –, aber davon würde Isabel sich jetzt nicht mehr aufhalten lassen. Ganz gleichgültig war er ihr gegenüber nicht.

Noch sie ihm gegenüber. Der heutige Abend hatte das eindeutig klargestellt. Ihre Reaktion auf seine Berührung war in dieser Hinsicht unmissverständlich gewesen. Schon allein wenn sie neben ihm saß, waren all ihre Sinne geschärft. Wenn er lächelte, erinnerte sie sich an das Gefühl seines Mundes auf ihren Lippen, und wenn sein Blick auf ihren Brüsten verweilte, erinnerte sie sich wieder daran, wie seine Finger über ihre Knospen gestrichen hatten und welch heißes Verlangen dabei in ihrem Innern entbrannt war. Nein, man konnte sie kaum als gleichgültig bezeichnen. Aber nur weil sie sich zu ihm hingezogen fühlte, durfte sie sich nicht von dem abbringen lassen, was sie vorhatte.

Sie musste einfach methodisch vorgehen. Wenn sie die Suche nach dem Banner logisch anging, musste sie bei Rory anfangen. Ein Talisman musste jederzeit greifbar sein, wenn er in einem Notfall helfen sollte. Sie würde die Orte absuchen, an denen Rory häufig war, die aber gleichzeitig nicht für jedermann zugänglich waren, weil dann die Gefahr zu groß gewesen wäre, dass jemand zufällig darauf stieß. Die Wahrscheinlichkeit war groß, dass er das Banner irgendwo in seinen Gemächern versteckt hatte. Schließlich hieß das Gebäude, in dem sich seine Räumlichkeiten befanden, sogar Feenturm.

Isabel lag im Bett, beobachtete die flackernden Schatten, die das Kerzenlicht an die Decke warf, und wartete. Sie wälzte sich hin und her, um eine bequeme Position zu finden. Als sich das als aussichtslos erwies, warf sie die Decke beiseite, stieg aus dem Bett und trat vor das Fenster. Doch weder das sanft schimmernde Mondlicht noch die Ruhe einer sternenklaren Nacht konnte etwas gegen ihre seltsame Ruhelosigkeit ausrichten.

Was hielt ihn auf? Als würde sie es nicht wissen. Catriona natürlich. Fast so etwas wie Übelkeit breitete sich in ihrem Bauch aus. Sie hatte zugegebenermaßen viel Schlimmeres im Sinn, warum empfand sie es also als Betrug?

Wütend und verzweifelt schlüpfte Isabel schnell in Morgenmantel und Pantoffel. Wenn sie die ganze Nacht untätig hier herumsaß, würde sie schon allein bei dem Gedanken verrückt werden. Sie musste sich entspannen. Was sie jetzt brauchte, war ein gutes Buch. Irgendetwas, um sich von Dunvegan, von Rory und von dem bedauerlichen Zustand, in dem sie sich befand, abzulenken. Er hatte ihr angeboten, dass sie seine Bibliothek benutzen dürfte, und sie wünschte sich jetzt, sie hätte ihn gefragt, wo sie war. Doch sie nahm an, dass es nicht allzu schwierig sein dürfte, sie zu finden.

Stirnrunzelnd sah sie an sich herab. Der hauchzarte Mantel, den sie sich übergezogen hatte, war auch eine der Erwerbungen ihres Onkels. Die hauchdünne elfenbeinfarbene Seide trug rein gar nichts dazu bei, sie ein bisschen bekleideter aussehen zu lassen. Trotz des sittsamen Nachthemds, das sie beim Schlafen trug, schmiegte sich der Mantel so eng an ihren Körper, dass der Eindruck entstand, sie würde nichts darunter anhaben. Sie zog den Mantel vorne weiter zusammen, um sich auf diese Weise etwas mehr zu bedecken, doch dadurch vergrößerte sie das Problem eher noch.

Seine Warnung, sich nicht noch einmal derart zur Schau zu stellen, wie sie es am Abend getan hatte, hallte in ihrem Kopf wider. Trotzig schob sie die Unterlippe vor. Etwas Besseres konnte sie im Moment nicht tun. Sie hatte nichts anderes zum Anziehen. Mit etwas Glück würde sie so schnell wieder zurück sein, dass keiner etwas von ihrem kurzen Ausflug bemerkte.

Auf Zehenspitzen schlich sie durch den Raum und zögerte dann kurz, während sie noch einmal über das, was sie da tat, nachdachte. Wenn man sie in diesem Aufzug erwischte, würde das höchst peinlich sein. Aber sie konnte einfach nicht länger untätig herumsitzen, und außerdem vermisste sie das nächtliche Lesen, das zu einer lieben Gewohnheit während ihrer Zeit in Edinburgh geworden war. Zudem hatte sie das Gefühl, dass es im Laufe der letzten Stunde deutlich ruhiger geworden war. Bestimmt würden alle – bis auf Rory – längst in ihren Betten liegen.

Aber wenn er sie nun erwischte?

Er würde es bestimmt nicht gut finden, wenn sie in ihren Nachtgewändern durch die Gänge schlich. Doch dann erwachte plötzlich der Wagemut in ihr. Mit dem Kleid hatte sie ihm heute schon zugesetzt, aber noch nicht genug. Was würde wohl passieren, wenn sie ihn noch ein bisschen mehr reizte? Das wollte sie doch schließlich, oder etwa nicht? Um den Plan umzusetzen. Dass diese Theorie auf wackeligen Beinen stand, wurde ihr klar, als sie sich wieder an seine heißen Küsse auf ihrem Nacken erinnerte und seinen Finger, der über ihre Brustwarze gestrichen hatte. Angstvolle Erwartung durchzuckte sie plötzlich. Es schien so, als hätte Isabel einen bislang unbekannten Hang bei sich entdeckt, mit dem Feuer zu spielen.

Entschlossen ging sie auf die Tür zu und blieb dort stehen, während sie ihre Hände auf das Holz legte. Sie drückte ein Ohr an die Tür und lauschte, ob auch wirklich niemand in der Nähe war. Als sie nichts hörte, öffnete sie sie vorsichtig.

Leise schlüpfte sie aus dem Gemach und machte sich auf die Suche nach der Bibliothek. Da sie den Feenturm bisher noch nicht erforscht hatte, wusste sie nicht, wo sie anfangen sollte. Rorys Zimmer befand sich im dritten Stockwerk, und sie wusste, dass Alex und Margaret Zimmer im zweiten Stock hatten. Deshalb war es wohl am besten, unten anzufangen und sich nach oben vorzuarbeiten. Sie hielt sich im Schatten, während sie sich auf den langen Weg, die gewundene Treppe hinunter ins erste Stockwerk begab.

Trotz ihrer Angst erwischt zu werden, spürte Isabel Erregung in sich aufsteigen. Ihre Haut kribbelte. Sie fühlte sich wundervoll lebendig. Wundervoll empfänglich. Es war schon ziemlich lange her, dass sie sich das letzte Mal auf solch ein nächtliches Abenteuer eingelassen hatte.

So mitten in der Nacht durch dunkle Flure zu wandern, erinnerte sie an frühere Zeiten, als sie noch ein Kind gewesen und ihren Brüdern hinterhergeschlichen war. Es war ihrem Vater und ihrem Onkel gar nicht bewusst gewesen, als sie sie um ihre Mithilfe baten, dass sie einen hervorragenden Spion abgab. Sie hatte mehr als genug Übung darin. Nicht einmal Bessie wusste, wie häufig sie aus ihrem Zimmer auf Strome Castle geschlüpft war, um ihre Brüder bei deren mitternächtlichen Überfällen und ihren verbotenen Rendezvous mit der Eroberung der Woche zu verfolgen. Am Anfang hatte man sie ein- oder zweimal erwischt, und das hatte ihr jedes Mal einen wunden Po eingebracht. Doch mit der Zeit war sie immer geschickter geworden, und keiner hatte mehr gemerkt, dass sie in der Nähe war.

Leise schlich sie die Treppe hinunter. Als sie älter geworden war und allmählich erkannte, dass es auch gefährlich war, hatte sie angefangen, zu ihrem Schutz ihren Bogen mitzunehmen. Bei ihrer letzten Pirsch, bevor sie nach Edinburgh ging, war sie ihren Brüdern gefolgt, die sich ein paar Rinder von den Mackenzies of Kintail »ausleihen« wollten, dabei aber von einer Handvoll Mackenzies überrascht wurden. Ihr jüngster

Bruder war von seinen Leuten abgedrängt worden, und Isabel beobachtete voller Entsetzen, wie ein Mackenzie seinen Bogen anlegte und direkt auf Ians Herz zielte. Ohne überhaupt nachzudenken hatte Isabel aus ihrem Versteck zwischen den Bäumen heraus einen Pfeil abgeschossen. Und wie immer hatte sie gut gezielt, und der Pfeil hatte den Mackenzie genau zwischen den Augen getroffen. Ihr war auf der Stelle schlecht geworden. Das Geräusch, als sich der Pfeil in Fleisch und Knochen bohrte, würde sie nie vergessen.

Ian war so schockiert gewesen, dass er sich nicht gleich umgedreht hatte, um zu sehen, wem er es zu verdanken hatte, dem sicheren Tod entgangen zu sein. Erst später hatte er erkannt, dass weder seine Brüder noch die anderen Mitglieder seines Clans bemerkt hatten, in welchen Schwierigkeiten er steckte, und ihm war klar geworden, dass noch jemand anders da gewesen sein musste.

Vielleicht hatte er einen Verdacht, wer es war, doch er hatte nie ein Wort gesagt. Allerdings hatte Isabel nach dieser Nacht eine leichte Änderung in seinem Verhalten ihr gegenüber bemerkt. Von ihren drei Brüdern war er derjenige, der ihr von diesem Tage an so etwas wie Respekt entgegenbrachte.

Der Vorfall hatte sie schwer erschüttert. Wenn sie ihren Brüdern bei ihren Abenteuern folgte, hatte sie eigentlich nur dabei sein wollen, nie hatte sie damit gerechnet, dabei jemanden umbringen zu müssen. Das war der Moment, in dem sie erwachsen wurde – als sie erkannte, dass ihre kindlichen Spiele sehr ernste Folgen haben konnten. Sie schwor sich, ihre Brüder ab jetzt in Ruhe zu lassen, doch gleichzeitig konnte sie einen gewissen Stolz, dass es ihr Pfeil gewesen war, der Ian gerettet hatte, nicht unterdrücken. Auch wenn er es nicht wusste.

Sie wanderte durch die schwach erleuchteten Gänge des unteren Stockwerks, öffnete vorsichtig Türen und fand nichts, bis sie in dem ihr vertrauten Empfangsraum des Turmes anlangte.

Es war ein ganz entzückender Raum, der mindestens genauso schön war wie eins der Privatgemächer der Königin. Die Fackeln in ihren eisernen Halterungen, die die Wände säumten, brannten noch. Kompliziert gemusterte, wunderschöne Wandteppiche – wahrscheinlich flämischen Ursprungs – hingen an den verputzten, goldfarben gestrichenen Wänden. Viele der dargestellten Szenen erkannte sie als bildliche Darstellungen berühmter Lieder. Großer Schlachten. Berühmter Liebesszenen. Schöne bunte Teppiche, die bestimmt vor Hunderten von Jahren von Vorfahren aus dem Heiligen Land mitgebracht worden waren, wohin sie sich als Kreuzfahrer begeben hatten, lagen auf aus frischen Binsen gewebten Matten. Zierliche, gepolsterte Armlehnstühle, die mit dunkelgrünem Samt bezogen waren, bildeten eine kleine Sitzgruppe vor dem Feuer. Sie ging auf das Feuer zu, um sich etwas aufzuwärmen, ehe sie ihre Suche in den oberen Stockwerken fortsetzte.

Es dauerte einen Moment, bis sie merkte, dass sie nicht mehr allein war.

»Was macht Ihr hier?«

Rorys Stimme zuckte laut wie ein Peitschenknall durch die Stille der Nacht. Trotz des warmen Feuers richteten sich die Härchen auf ihren Armen auf. Schon an seinem Tonfall erkannte Isabel, dass irgendetwas nicht in Ordnung war. Ganz und gar nicht in Ordnung. Sie drehte sich vorsichtig um, und ihr Blick huschte über seine starre Haltung und die strenge, unnachgiebige Miene. Die Flammen der Fackeln warfen Schatten auf sein markantes, schönes Gesicht. In ihrem Innern zog sich alles zusammen. Er sah aus wie ein Fremder. Wie der grausame Krieger, vor dem sie sich einst gefürchtet hatte. Alles in ihr war in Alarmbereitschaft.

Sie sah ihn verunsichert an. Ihr zaghaftes Lächeln, mit dem sie ihn begrüßte, erlosch. Seine Augen blickten so kalt wie Saphire, und ihr gefror das Blut in den Adern. Das Gefühl von Sicherheit und Geborgenheit, an das sie sich ohne es zu merken gewöhnt hatte, verging ihr auf einen Schlag. Der Anschein von Gelassenheit und Selbstbeherrschung war verschwunden und hatte einer Wut Platz gemacht, die tief bis auf den Grund ihrer Seele tauchte. Eine Wut, die im Gegensatz zu früheren Gelegenheiten nichts mit Leidenschaft zu tun hatte. Er hatte noch nicht einmal einen Blick für ihre Kleidung übrig – oder eher die nicht vorhandene Kleidung.

Der Schreck fuhr ihr in alle Glieder. Lieber Himmel, war er etwa hinter ihr Vorhaben gekommen?

Das Misstrauen wand sich in ihm wie eine giftige Schlange, die bei der geringsten Bewegung zuschnappt.

Da gab es zu viele Ungereimtheiten. Und als er sie dann auch noch dabei ertappte, wie sie mitten in der Nacht im Turm herumschlich, war das zu viel.

Rory war auf dem Weg zu seinem Zimmer gewesen und hatte sich Gedanken wegen des rätselhaften Verhaltens gemacht, welches er immer wieder bei Isabel beobachtete. Auf der einen Seite schien sie eine freundliche, unschuldige und verletzliche junge Frau zu sein, die unbedingt einen Platz in ihrem neuen Clan finden wollte. Aber in anderen Momenten legte sie ein ausgesprochen verdächtiges Verhalten an den Tag, das umso mehr sein Misstrauen erregte, als sie die Nichte von Sleat war. Trotz seiner Ankündigung, dass sie nach Ende der Ehe auf Probe zu ihrer Familie zurückkehren würde, hatte sie es sich in den Kopf gesetzt, ihn mit ihrem freizügigen Kleid zu bezirzen. Hatte ihr Versuch, ihn mit dem Kleid zu verführen, etwas mit ihrem Onkel zu tun und ihren Gründen, hier zu sein? Dass Sleat andere Ziele mit der Ehe auf Probe verfolgte, war Rory klar, doch er wusste nicht, ob Isabel ein Teil der Pläne ihres Onkels war.

Er hatte auch bemerkt, wie sie blass wurde, als die Geschichte über das Feenbanner begann – ihr Unbehagen war während des ganzen Abends deutlich spürbar gewesen. Doch erst als er in sein Zimmer getreten war und festgestellt hatte, dass sie nicht da war, waren all seine bisher unterdrückten Zweifel wieder hochgekommen. Er hatte ihr seltsames Verhalten in der Küche nicht vergessen. Und als er dann anfing, nach ihr zu suchen, und feststellen musste, dass sie durch die Gänge der Feste wanderte und Türen öffnete, als würde sie nach etwas suchen, war seine Wut hochgekommen. Seine Wut richtete sich nicht nur gegen sie, sondern auch gegen sich selbst, weil er immer noch nicht wahrhaben wollte, dass sie etwas anderes war, als sie zu sein schien.

Ihre geschmeidige Gestalt stand unsicher vor ihm, während das Feuer, das hinter ihr brannte, einen Heiligenschein um ihr flammendes Haar entstehen ließ. Sie behielt ihn wachsam wie ein Kitz, das Gefahr wittert, im Auge. Er trat einen Schritt näher.

»Was macht Ihr hier?«, fragte er noch einmal. Sie zuckte beim Klang seiner Stimme zusammen. Aber durch Furcht würde er sich nicht ablenken lassen. Sie täte wohl daran, seinen Zorn sehr ernst zu nehmen und um die Folgen von Verrat zu wissen. Dieses Mal würde sich Rory nicht mit zweideutigen Bemerkungen abspeisen lassen – dieses Mal wollte er Antworten. Es war nicht das erste Mal, dass sie sich seltsam benahm … oder sich an Orten umsah, wo sie nichts zu suchen hatte.

»Ich konnte nicht schlafen«, erklärte sie nervös. »Ich habe nach der Bibliothek gesucht, die Ihr erwähntet. Ich dachte, ich könnte mir dort ein Buch zum Lesen holen.«

»Ihr hättet Deidre darum bitten können, Euch eins zu bringen. Oder auf meine Rückkehr warten sollen.«

»Es war spät. Ich wollte sie nicht wecken.« Mit trotzig vorgeschobenem Kinn begegnete sie seinem Blick. »Und dann war ich mir auch nicht sicher, ob Ihr überhaupt kommen würdet.«

Ein plausible Erklärung – aber konnte er ihr glauben? Sein durchdringender Blick suchte in ihrem Gesicht nach Hinweisen, dass sie ihn täuschte. Doch als sein Blick tiefer sank, erwachte sein Körper zum Leben. Seine Muskeln spannten sich an, und an seinem Hals begann ein Nerv zu zucken. Rorys Gedanken hatten sich die ganze Zeit nur darum gedreht, dass er sie dabei ertappt hatte, wie sie durch die Gänge schlich, sodass ihm völlig entgangen war, was sie anhatte … oder eher nicht anhatte. Gütiger Himmel, er konnte alles sehen.

Durch das Feuer, das sie von hinten beleuchtete, konnte er alle Rundungen ihrer Gestalt so deutlich erkennen, als würde sie nackt vor ihm stehen. Er sah die feste Wölbung ihrer hohen jungen Brüste. Die zarte Vollkommenheit ihrer weichen Haut. Die kleinen, festen Brustwarzen, die wie kleine Perlen aussahen und wegen der Kälte hervorstanden. Ihre Taille war schmal und ihre Hüften leicht gerundet. Ihre Beine waren schlank und überraschend muskulös – nicht wie bei einem Mann, sondern die Muskeln waren lang und schön geformt. Er stellte sich vor, was für ein Gefühl es wohl sein würde, diese kräftigen Schenkel unter sich zu spüren … oder wenn sie sich um ihn schlangen, während er tief in sie eintauchte.

Er gebot seinem gierigen Blick Einhalt. Er wagte es nicht, noch weiter nach unten zu schauen, denn dann könnte er womöglich nicht mehr widerstehen, sie an Ort und Stelle zu nehmen. Er konnte nicht diesen köstlichen kleinen Hügel ansehen, wo ihre Beine zusammenliefen. Sein Körper war so angespannt vor brennender Lust, dass er meinte zu explodieren, und er trat einen Schritt zurück. Kleine Schweißperlen waren ihm auf die Stirn getreten. Seine körperliche Reaktion auf sie war so stark, dass er für einen Moment seine Wut vergaß.

Doch im nächsten Augenblick kam sie mit voller Wucht zurück. *Bei Gott, ich hatte sie gewarnt.* »Warum lauft Ihr so angezogen außerhalb Eures Zimmers herum?« Er unterstrich seine Worte mit einer schroffen Geste. »Habt Ihr denn nichts von dem, was ich vorhin sagte, gehört?« Merkte sie nicht, was sie ihm antat?

Vielleicht doch.

Instinktiv zog sie ihren Mantel enger um sich. Er hätte fast aufgestöhnt. Der Stoff legte sich straff über ihren üppigen Busen. Die kleinen Knospen ihrer Brust sahen ihn an. Die Macht seines Verlangens richtete sich unter seinem Kilt steif auf.

»Ich habe es gehört, aber i-i-ich habe nicht damit gerechnet, jemanden zu sehen«, stotterte sie leise. »Wenn Ihr mir die Bibliothek zeigt, werde ich sogleich in mein Zimmer zurückkehren.«

»Ihr habt nicht damit gerechnet, jemanden zu sehen? Versteht Ihr denn nicht« – seine Stimme bebte – »es hätte jeder sein können.« Jeder seiner Männer hätte ihre Nacktheit genauso deutlich gesehen wie er. Der Gedanke trieb ihn fast in den Wahnsinn.

Hatte sie etwa vorgehabt, ihn wieder zu reizen? Ihn vor Verlangen fast verrückt zu machen? Rory rang mit den widerstreitenden Gefühlen, die in ihm tobten. Ärger und die immer noch vorhandenen Zweifel ließen seine Stimme messerscharf klingen. »Warum erwische ich Euch dabei, wie Ihr durch die dunklen Gänge meiner Festung streift? Wonach sucht Ihr?«

Ihre Augen wurden vor Angst ganz groß. Sie versuchte, es zu erklären. »Ihr habt mich missverstanden, Rory. Ich habe nur nach einem Buch gesucht. Ich wusste nicht, wo die Bibliothek ist. Es war spät, und es war nichts mehr zu hören. Ich dachte, alle wären zu Bett gegangen.«

Er wirbelte herum und packte ihre Arme. Sein Griff war so grob wie seine Stimme schroff. »Was für ein Spielchen treibt Ihr, Isabel? War das verdammte Kleid denn noch nicht genug?«

»Ihr irrt Euch. Ich habe bestimmt nicht nach Euch gesucht.« Ihre Stimme war jetzt fast nur noch ein Flüstern. »Ihr habt mir sehr deutlich zu verstehen gegeben, dass Ihr mich nicht wollt.«

Sie hatte das Falsche gesagt. Er war auch nur ein Mann, und diesmal war sie zu weit gegangen. Sie hatte ihn mit ihrer Schönheit gelockt, ihrer provozierenden Kleidung, ihren Andeutungen, ihrem verführerischen Lächeln … damit, wie sich ihr weicher Hintern an seinen steinharten Schwanz gedrückt hatte … ihren Augen, die voller Gefühl waren, Augen, die seine Gleichgültigkeit durchdrangen. Sie war seine Braut auf Probe. Wer würde es ihm vorwerfen, wenn er sie nahm? Keiner. Man erwartete es von ihm. Sie gehörte ihm – ein Jahr lang.

Seine selbstauferlegte eiserne Beherrschung löste sich in Luft auf. Er wollte sie. Er wollte sie mehr als je eine andere Frau zuvor. Da war keine vorsichtige Zurückhaltung, die ihn sonst immer bei Frauen beherrschte. Keine kühle Distanz. Keine Selbstbeherrschung. In diesem Moment tobte in seinem Körper ein Feuer, das er kaum noch unter Kontrolle halten konnte.

Er zog sie in seine Arme und drückte sie fest an seine Brust, wobei er das Gefühl genoss, wie sich ihr weicher Körper an ihn schmiegte. Er ließ seine Hände zu ihren Hüften gleiten, packte ihren Hintern und zog sie an sich. Sein Schaft pochte vor Verlangen. »Du irrst dich, Isabel. Ich will dich.« Seine Stimme wurde ganz heiser. »Spürst du, wie sehr ich dich will?«

Ihre Augen wurden ganz groß.

»Ist es das, was du wolltest, Isabel? Wolltest du, dass ich dich berühre?« Er legte eine Hand über ihre Brust und rieb mit dem Daumen über die harte Spitze, wobei er lächelte, als sie schockiert keuchte, weil sie plötzlich von Lust durchströmt wurde. Er senkte seinen Kopf auf die zarte Wölbung ihres Nackens und vergrub seine Nase im warmen Lavendelduft ihrer seidigen Locken. Mit den Lippen strich er über Nacken und Hals und verteilte dabei Küsse auf ihrer weichen Haut, bis er bei ihrem Ohr ankam. Er nahm das Ohrläppchen zwischen die Zähne und spürte, wie sie zitterte. »Ich will dich nicht nur berühren – ich will jeden Zentimeter von dir kosten.« Der etwas heisere Klang seiner Stimme verstärkte noch das sinnliche Versprechen seiner Worte, die mit zärtlichem Raunen über seine Lippen kamen.

Er konnte den wild pochenden Schlag ihres Herzens an seiner Brust spüren. Als er schließlich nicht mehr widerstehen konnte, senkte er den Kopf und bedeckte ihre bebenden Lippen mit seinem Mund. Dieses Mal küsste er sie mit all der Leidenschaft, die seit dem ersten Kuss in ihm war und sich mit jedem Mal, das sie ihn in Versuchung geführt hatte, sie zu küssen, sie zu berühren, sie zur seinen zu machen, verstärkt hatte. Sein Mund strich fordernd, fragend und verlangend über ihren.

Die Unschuld ihrer Erwiderung ließ ihn fast in die Knie gehen.

Sein Herz raste, und das Blut pochte in seinen Ohren. Rory konnte nicht genug von ihr bekommen. Er küsste sie mit einem Verlangen, das sich nicht mehr unterdrücken ließ.

Geschickt brachte er sie dazu, die Lippen zu öffnen, sodass er mit seiner Zunge in ihren Mund eindringen konnte. Die Honigsüße, die ihn empfing, vergrößerte seinen Hunger nur noch. Himmel, schmeckte sie gut. Der Kuss wurde inniger, leidenschaftlicher, verzweifelter. Er erforschte die Tiefen ihres Mundes und strich über ihre Zunge, bis sie ihm entgegenkam.

Rory stöhnte überrascht auf. Mit solch einer sinnlichen Erwiderung hatte er nicht gerechnet. Er zog sie noch enger an sich. Ihr Busen drückte sich fest gegen seine Brust, und die Hitze, die dabei entstand, brachte die dünnen Lagen Stoff, die zwischen ihnen waren, fast zum Schmelzen. Er stand in Flammen. Er sehnte sich nach dem Gefühl ihrer festen Brustwarzen auf seiner heißen, nackten Haut.

Schon bald reichten ihm die Küsse nicht mehr. Er wollte sie sehen, sie berühren, sie verrückt vor Leidenschaft machen … so, wie sie es mit ihm machte. Er ließ seine Hände über die weiche Seide ihres Mantels gleiten und zog ihn auf. Dann löste er die seidenen Bänder an ihrem Hals und öffnete ihr Hemd.

Keuchend atmete er ein. Seine Phantasie war ihr nicht gerecht geworden – ihr Busen war vollkommen. Hoch, rund und sündhaft voll. Ehrfürchtig legte er seine Hände darüber und spürte in seinen schwieligen Handflächen deren Fülle. Ihre Haut schimmerte wie schönster Alabaster, und die Spitzen wiesen ein helles Rosa auf. Sie sahen einander in die Augen. Er hielt ihren verblüfften Blick fest, während seine Finger die samtige Haut streichelten, und er beobachtete, wie sich ihre Augen mit Leidenschaft füllten, als er die harten Spitzen zwischen den Fingern zwirbelte und ganz leicht drückte, bis sich die Brustwarzen zusammenzogen und einen tiefroten Farbton annahmen, bei dem ihm das Wasser im Munde zusammenlief. Und bei Gott, er würde von ihr kosten.

Sie wölbte ihren Rücken nach vorn und drückte ihren Busen noch fester in seine Hand.

Ihre Hingabe brachte sein Denken zum Erliegen. Die Woge reiner, glühender Lust traf ihn wie ein Schlag. Alles in ihm drängte ihn weiterzumachen. Im Klammergriff des Verlangens taumelte er ins Reich ohne Wiederkehr.

Isabel hatte das Gefühl, als würde ihr Körper nicht mehr ihr gehören. Er hatte sie völlig in Besitz genommen. Sie war machtlos dagegen. Seine Leidenschaft hatte sie vereinnahmt. Die Wogen unbekannter Empfindungen schlugen über ihr zusammen. Von der ersten Berührung seines Mundes bis zum fordernden Eindringen seiner Zunge erwachte ihr Körper unter seinen erfahrenen Händen zum Leben.

Ihr anfänglicher Schock angesichts der sengenden Hitze seiner Hände, die sich auf ihren Busen legten, wandelte sich in Erstaunen. Sie musste um Atem ringen, als seine Finger über ihre steifen Spitzen rieben und seine Hand ihre volle Brust knetete.

Doch als sich sein Mund auf die empfindsame Spitze legte, war sie verloren. Ein glühender Strahl bohrte sich direkt in ihr Herz. Sie hatte Angst, sich zu bewegen, sie wollte die Schönheit dieses herrlichen Moments des Erwachens nicht zerstören. Ein Erwachen, das sich einen feurigen Weg von ihrer Brust direkt zwischen ihre Beine bahnte und ihr bewusst machte, wie lebendig der Bereich dort war – sein unschuldiger Schlummer war von einem rastlosen, bebenden Pochen abgelöst worden. Das Zentrum ihrer Weiblichkeit war zum Leben erwacht und kribbelte vor Erwartung, aber sie wusste nicht, was es war. Er saugte weiter an ihrer Brust, umkreiste die steife Spitze mit seiner nassen Zunge und knabberte daran, bis in ihr ein Damm zu brechen schien. Flammende Hitze breitete sich auf ihrer Haut aus und strömte zwischen ihre Beine. Sie hätte nie gedacht, dass sich etwas so gut, so richtig, so vollkommen anfühlen konnte.

Ihre Beine zitterten. Sie klammerte sich an seine Schultern, um nicht umzusinken. Er saugte noch fester, und sie drückte ihren Rücken durch, sodass sich ihre Hüften noch stärker gegen seine Hitze pressten. Sein Verlangen steigerte sich ins Unerträgliche.

Der anfängliche Schock, den sie erlebt hatte, als er sie so intim an sich gezogen hatte und den Beweis seines Verlangens gegen sie drückte, war einem unbewussten Verlangen gewichen. Sie wollte seine steife Härte zwischen ihren Schenkeln, wollte die Heftigkeit seiner Erregung spüren. Sie wollte spüren, dass er sie genauso sehr wollte wie sie ihn. Sie rieb ihre Hüften an ihm. Als er stöhnte, breitete sich Verlangen wie geschmolzene, glühende Lava in ihrem Innern aus.

Er stützte sie jetzt. Ihre Hände lagen auf den stahlharten Muskeln seiner Arme und Schultern. Sie wollte ihn fühlen, wollte Kraft aus seinem mächtigen Körper schöpfen. Seine Muskeln spannten sich unter ihren Fingern an, und mit einem zutiefst männlichen Knurren wurde der Griff, mit dem er sie hielt, noch fester. Sie wusste nicht, was mit ihr geschah. Dieses seltsame Gefühl der Machtlosigkeit kannte sie nicht. Sie konnte nur noch an ihn denken. An seinen harten, heißen Körper, der sie umschlang.

Sie spürte seine Hand auf ihrem Bein, unter ihrem Hemd, und sie glitt über ihren Schenkel nach oben. Isabel erstarrte. Sie wurde zwischen den Beinen noch heißer und nasser, als das Verlangen dorthin strömte. Ihre Gedanken stürmten in tausend Richtungen. Eine leichte Unsicherheit zupfte an den Überresten ihres Bewusstseins.

Er würde doch nicht etwa …

Doch.

Er sog noch ein letztes Mal an ihrer Brust, dann hob er den Kopf und sah in ihr Gesicht, als sein Finger über sie strich. Ein leiser Laut entschlüpfte ihr. Von der intimen Berührung völlig überrascht, riss sie die Augen auf. Sie war verwirrt, als das Verlangen ihres Körpers ihr Bewusstsein überholte. Das war zu viel, zu schnell. Trotz ihres Auftrags war sie letztendlich doch noch unschuldig. Eine Frau, die erst vor kurzem das erste Mal geküsst worden war. Einen Augenblick lang übernahm die Unschuld die Führung. Sie packte sein Handgelenk. Ihr Körper wand sich in verwirrter Qual. *Bitte*, dachte sie. Bitte, hör auf, oder bitte, mach weiter? Sie wusste es nicht. Das war es, was sie gewollt hatte. Sie hatte das Schicksal herausgefordert, indem sie ihr Schlafgewand trug. Aber warum war da jetzt diese Unsicherheit?

Sie musste ihre Gedanken wohl laut ausgesprochen haben, denn damit unterbrach sie ihren allzu kurzen Moment des Zusammenseins, der so schnell endete, wie er begonnen hatte. Rory hob den Kopf. Seine strahlend blauen Augen waren ganz dunkel vor Leidenschaft, als er sie plötzlich aus seiner leidenschaftlichen Umarmung entließ und wegstieß.

Es war ein *Bitte, mach weiter* gewesen, erkannte sie nun. Aber es war zu spät.

Sie taumelte nach hinten. Ihre Beine waren so schwach wie die eines neugeborenen Fohlens. Sie hob die Hand an die Lippen und war sicher, dass sie dunkelrot und wund vom Druck seines Mundes sein mussten. Sie fühlte sich wie ein Kind, dem man eine Süßigkeit angeboten hatte, um diese nach dem ersten Bissen wieder wegzureißen. Als hätte sie einen Blick aufs Paradies erhascht, um dann herauszufinden, dass es nur ein schreckliches Trugbild war. Sie spürte solch ein heftiges Verlangen nach etwas, das sie nicht verstand. Sie wünschte sich nichts sehnlicher, als wieder in die herrliche Umarmung seines Körpers gezogen zu werden.

»Das hätte nie geschehen dürfen.« Sein Atem ging stoßweise, und seine Stimme war ganz rau.

Auch ihn hatte das eben Vorgefallene nicht unberührt gelassen. Sie machte einen vorsichtigen Schritt auf ihn zu, legte eine Hand auf seine Brust und bot sich ihm noch einmal an. »Aber das hat es nun einmal.«

»Ein unglücklicher Vorfall, der sich nicht wiederholen wird.« Dieses Mal hörte sie die eiserne Entschlossenheit in seiner Stimme, während er bedächtig ihre Hände von seiner Brust nahm.

Er will mich nicht. Die Zurückweisung brannte wie eine offene Wunde. »Habe ich etwas falsch gemacht? Gefalle ich dir nicht?«

Er bedachte ihre zerzauste Erscheinung mit einem langen Blick. Verunsichert zog sie schnell die Bänder ihres Hemds zusammen. Und als sich sein stählerner Blick wieder auf ihr Gesicht richtete, spürte sie noch etwas anderes. Scham. Scham ob der Art, mit der sie auf ihn reagierte, und der Freiheiten, die sie ihm erlaubt hatte. Scham ob der Schnelligkeit und Hingabe, mit der sie seinen Berührungen erlegen war, und der willigen Laute des Verlangens, die sie nicht hatte zurückhalten können. Was musste er von ihr denken? Sie hatte gestöhnt und sich wie eine Metze an ihn geklammert. Obwohl sie wusste, dass er sie zurückschicken wollte.

Gedemütigt vom Verrat, den ihr Körper an ihr begangen hatte, senkte sie den Blick zu Boden. Sie konnte sich nicht vorstellen, ihm je wieder ins Gesicht zu sehen, ohne sich daran zu erinnern, was er mit ihr gemacht hatte. Wie er ihr mit seinen Liebkosungen Lust bereitet, wie sein Finger über das Zentrum ihrer Weiblichkeit gestrichen hatte.

Er musterte ihr Gesicht. »Du gefällst mir. Wie du auch jedem anderen Mann gefallen würdest. Du bist eine wunderschöne Frau mit einem Körper, der für die Lust wie geschaffen ist.« Der Schmerz traf sie wie ein Peitschenhieb. Seine Worte verletzten sie und öffneten Wunden, die nie verheilt waren. Er sah nur ihr Äußeres. Sie hatte gedacht, dass es etwas Besonderes gewesen wäre, was sie miteinander geteilt hatten. »Jeder Mann kann ab einem bestimmten Punkt nicht mehr Nein sagen. Wenn du noch Jungfrau sein willst, wenn du wieder gehst, dann solltest du mit diesem gefährlichen Spiel aufhören.«

Isabel schluckte und hob vorsichtig den Blick, um ihn fragend anzuschauen.

Sein Blick war so durchdringend, als würde er ihr bis auf den Grund der Seele schauen. Ihr Herz setzte einen Schlag aus. »Ich bin kein Mann, mit dem man seine Spielchen treiben kann, Isabel. Es ist besser, wenn du das nicht vergisst.« Er zögerte und warf einen letzten Blick auf ihr Nachtgewand. »Zu deinem eigenen Besten hoffe ich, dass du tatsächlich nach einem Buch gesucht hast.«

Er machte auf dem Absatz kehrt und ließ sie vor dem knisternden Feuer stehen. Sie zitterte. Ob nun aus Furcht oder vor Verlangen, wusste sie nicht.

10

In dieser Nacht kam Rory nicht in ihr Schlafgemach zurück, und diesmal störte seine Abwesenheit sie nicht. Isabel wusste nicht, ob sie ihm schon wieder gegenübertreten konnte. Ihre Nerven lagen immer noch bloß.

Stundenlang weinte sie leise im Dunkeln, wie sie es häufig als Kind getan hatte, bis die Erschöpfung schließlich den Schmerz überwältigte. Sie musste wohl geschlafen haben, doch sie wusste nicht wie lang. Als sie erwachte, hatte der Schmerz, mal wieder zurückgewiesen worden zu sein, noch nicht nachgelassen. Sie lag im Bett und mochte nicht aufstehen. Denn dann würde sie sich dem stellen müssen, was sie angerichtet hatte.

Isabel hatte Lust mit etwas anderem verwechselt. Einer tieferen Bindung. In der Geborgenheit seiner Arme hatte sie solch eine Sicherheit und Zugehörigkeit empfunden wie noch nie zuvor. Sie war ein Narr gewesen, auch nur einen hitzigen Moment lang zu glauben, dass jemand wie Rory MacLeod sich etwas aus ihr machte. Ein ganzes Leben hatte sie damit verbracht, sich ihrer Familie zu beweisen. Wenn schon Menschen, die ihr so nahe waren, sich nichts aus ihr machten, warum sollte dann er?

Der MacLeod begehrte sie … mehr nicht.

Sie hatte sein Verlangen gespürt. Sie hatte gespürt, wie es sich hart gegen ihren Körper drängte. Er hatte sie haben wollen.

Aber genauso offensichtlich traute er ihr nicht. Und das nicht ohne Grund, wie sie zugeben musste, und ihr Gewissen versetzte ihr einen Stich. Obwohl sie letzte Nacht eigentlich nicht vorgehabt hatte, ihn zu verführen, gehörte seine Verführung doch mit zum Plan. Sie wollte ihn unter Druck setzen und hatte bemerkt, dass ihr das gelang, wenn sie sich ihm spärlich bekleidet zeigte. Sie hatte mit dem Feuer gespielt und sich verbrannt. Er hatte alles Recht, ihr zu misstrauen und ihr seine Anschuldigungen an den Kopf zu werfen. Sie verdiente es, wie er über sie dachte. Und auch Schlimmeres wäre gerechtfertigt.

Das wahre Ausmaß der Situation begann ihr erst jetzt allmählich klar zu werden. Sie hatte gewusst, was sie würde tun müssen. Doch sie hatte sich nicht vorstellen können, wie kalt und berechnend es sich anfühlen würde, wenn sie ihren Körper einsetzte, um seine Aufmerksamkeit auf sich zu ziehen. Wenn sie die Leidenschaft benutzte, um ihn zu manipulieren. Eine Woge von Selbstekel spülte über sie hinweg.

Ihr kamen wieder seine Worte in den Sinn. Er hätte nur genommen, was ihm angeboten worden sei. Sie wand sich innerlich. War ihr Verlangen so offensichtlich gewesen? Wenn sie nicht angemessen auf ihn reagiert hatte, dann nur, weil sie sich von ihrem Instinkt hatte leiten lassen. Ihrer Unschuld. Wieder brannten ihre Wangen vor Scham. Am liebsten hätte sie sich das Kissen über den Kopf gezogen, um sich vor den lebhaften Erinnerungen zu verstecken.

Aber er irrte sich mit seinem Misstrauen. Letzte Nacht hatte sie ihm nichts vorgespielt. Sie hatte keine Hintergedanken gehabt, als sie sich ihm so willig hingab. Nie hätte sie gedacht, dass sie zu solchen Empfindungen fähig wäre. Die Heftigkeit dieser Empfindungen erschreckte sie, denn es zeigte, wie empfänglich sie für ihn war. Und wie leicht sie den Kopf verlieren könnte.

In Isabel stieg plötzlich Bedauern auf. Wenn die Umstände

andere gewesen wären … Sie schüttelte den Kopf. Sie waren es eben nicht. Es hatte keinen Sinn, irgendwelche Vermutungen anzustellen. Isabel hatte einen Auftrag zu erledigen, obwohl sie jetzt erkannte, dass der Preis, den sie dafür bezahlte, nicht gering sein würde. Wenn das Jahr um war, würde sie nicht unversehrt gehen.

Noch etwas anderes nagte an ihr. Isabel wusste, dass es nicht nur Misstrauen war, das ihn sie hatte zurückstoßen lassen – oder ihr Zurückweichen, als es ihr plötzlich zu schnell ging. Es hatte etwas mit Ehre zu tun. Er würde ihr nicht die Unschuld nehmen, wenn er wusste, dass er sie auf jeden Fall zurückschickte.

Isabel warf die Decke von sich und atmete tief durch. Es brachte nichts, wenn sie sich vor Problemen versteckte. Sie musste die Sache zwischen ihnen bereinigen. Und plötzlich war es von höchster Wichtigkeit für sie, dass er nicht das Schlimmste von ihr dachte. Er sollte wissen, dass sie letzte Nacht tatsächlich nur nach der Bibliothek gesucht hatte. Das zumindest stimmte. Es war an der Zeit für ein bisschen Ehrlichkeit von ihrer Seite. Isabel hatte immer noch einen Auftrag zu erledigen. Aber sie war sich nicht mehr so sicher, ob sie ihren Körper benutzen konnte, um ihr Ziel zu erreichen.

Es musste einen anderen Weg geben.

Als Rory in ihr Schlafgemach kam, um sich die Überreste einer schlaflos verbrachten Nacht vom Gesicht zu waschen, hatte Isabel es bereits verlassen, um sich zum Frühstück zu begeben. Er hatte sich nicht auf sich selbst verlassen mögen und es deshalb für besser gehalten, letzte Nacht nicht in das gemeinsame Schlafgemach zurückzukehren. Stattdessen hatte er eine unbequeme Nacht vor dem Feuer in der Bibliothek verbracht, bei der ihm nur eine Flasche Gesellschaft leistete.

Aber wie viel er auch trank – nichts hatte ihren Geschmack von seinen Lippen spülen können.

Es beunruhigte ihn, wie sehr er sich zu ihr hingezogen fühlte. Und wie wenig er dieses Gefühl unter Kontrolle hatte, war letzte Nacht mehr als offensichtlich geworden. Er musste sein Verlangen in den Griff bekommen, ehe er etwas tat, was er hinterher bedauern würde. Rory fuhr sich mit den Fingern durch das zerzauste Haar und wusste, wie kurz er davor gestanden hatte, sich unehrenhaft zu verhalten.

Er hatte zugelassen, dass die Wut, sie trotz seiner Warnung leicht bekleidet durch den Turm schleichen zu sehen, sein Urteilsvermögen getrübt hatte. Als er sie in diesem durchsichtigen Nachtgewand sah, war das zu viel für ihn gewesen. Aber er hätte sie auf keinen Fall küssen dürfen. Isabel hatte ihn so durcheinandergebracht, dass er nicht wusste, was in drei Teufels Namen eigentlich über ihn gekommen war. Und ihre hingebungsvolle Erwiderung hatte ihm dann fast den Rest gegeben. Das entzückende Zucken ihrer Zunge. Die zaghafte Bewegung ihrer Hüfte. Die Art, wie sie ihren Rücken gewölbt hatte, als er ihren üppigen Busen küsste. Die köstliche Nässe zwischen ihren Schenkeln hatte ihn dann beinahe die Selbstbeherrschung verlieren lassen. Es war seine Pflicht gegenüber dem Clan, diese Ehe zu beenden und ein Bündnis zu schmieden, welches ihm dabei half, Sleat zu vernichten. Sein Racheschwur sah jedoch nicht vor, dass dabei ein unschuldiges Mädchen zu Schaden kam … oder schwanger wurde. Obwohl er wusste, dass es andere Freuden gab, die sie miteinander teilen konnten, hatte die letzte Nacht eindeutig gezeigt, dass nur von ihr zu kosten, nicht reichte. Er konnte sich nicht auf seine Selbstbeherrschung verlassen. Was hätte er wohl getan, wäre er nicht so unschuldig von ihr aufgehalten worden, sodass er wieder zu Sinnen gekommen war? Er wusste es nicht.

Während er am Fenster seiner Kammer stand und beobachtete, wie die Sonne über dem fernen Horizont aufging, erkannte Rory sich selbst kaum wieder. Nie hatte er auch nur an seiner Fähigkeit gezweifelt, seine niederen Instinkte zu beherrschen. An seiner Fähigkeit, gegenüber dem Clan seine Pflicht zu erfüllen. Er hatte seine Position als Chief nie in Frage gestellt.

Doch als er sie in seine Arme geschlossen, seinen Mund auf ihre Lippen gedrückt und mit seinen Fingern durch ihr offenes, volles, seidiges Haar gestrichen hatte, um sich dann in ihrem berauschenden Duft zu verlieren, hatte er genau das getan.

In jenem Moment hatte es nur noch die wilde Leidenschaft für ihn gegeben, und es hatte ihn mehr nach ihr als nach Rache gelüstet. Und er hätte in dem Augenblick alles wegwerfen, sich so schnell von seinem Erbe abwenden können, wie er seinen Kilt ablegte, nur um der herrlichen Freuden willen, die ihn zwischen ihren schlanken Schenkeln erwarteten. Dieses stolze Erbe, das von seinem Vater, Tormod, auf seinen älteren Bruder, William, übergegangen war. Ein Erbe, das nie für Rory bestimmt gewesen war, aber das er nach dem vorzeitigen Tod seines Bruders und seines Neffen John bereitwillig angenommen hatte.

Das Wohlergehen des Clans hing von der Stärke seines Chiefs ab. Im Gegenzug für ihre absolute Loyalität erwarteten die Clanmitglieder, dass der Chief sie beschützte und versorgte. Der Chief war der Anführer im Krieg, er war derjenige, dem das Land gehörte, und der zu Gericht saß und Recht sprach – er besaß alle Befugnisse über den Clan. Ein Chief ohne Ehre, ein Mann, der sein Wort nicht hielt, ließ den Clan im Stich. Denn Stolz war es, der den Clan erhielt, und ohne ihn würde er untergehen.

Rorys Erbe als Chief der MacLeods bedeutete, dass die Pflicht dem Clan gegenüber über allem stand. Pflicht stand über persönlichen Bedürfnissen. Den MacLeods war von den MacDonalds Schmach zugefügt worden, und er musste nun dafür sorgen, dass die Ehre des Clans wiederhergestellt wurde. Voller Abscheu schüttelte er den Kopf. All das hätte er beinahe vergessen, wäre da nicht die unschuldige Zurückweisung gewesen, die den Bann gebrochen und ihm mit aller Macht wieder seine Verantwortung zu Bewusstsein gebracht hatte.

Aber sie hatte nun einmal mit dem Feuer gespielt. Er hatte sie gewarnt und ihr gesagt, sie solle ihn nicht wieder in Versuchung führen. Er war auf sich selbst und auf sie wütend gewesen, weil er ihr so leicht in die Falle gegangen war, sodass er in blindem Zorn hatte um sich schlagen müssen. Und wenn er ihren Gesichtsausdruck richtig deutete, dann hatte er mit seinen Worten ins Ziel getroffen.

Seine Zurückweisung hatte sie verletzt. Sie hatte ihn angestarrt, als wäre er ein Jäger, dessen Pfeil direkt in ihr Herz gedrungen war. Ihr Schmerz war echt gewesen.

Er drückte seine Hand gegen den kalten Fenstersims aus Granit. Normalerweise fand er im Anblick des Meeres ein bisschen inneren Frieden, doch heute war dies nicht der Fall.

Als Kind – voll mit den phantasievollen Geschichten der Barden – hatte er sich vorgestellt, die schimmernden Schuppen auf den Schwänzen der Meerjungfrauen, den *Maighdean na Tuinne*, zu sehen, die ihm vom im Sonnenschein funkelnden Wasser aus zuwinkten. Natürlich wusste er jetzt, dass es nur Robben gewesen waren. Wie lange das zurückzuliegen schien. Er erinnerte sich kaum noch an das sorglose Kind, das er gewesen war, ehe er völlig von seiner Verantwortung vereinnahmt wurde.

Ein Reiher stieß in einem perfekten Bogen ins Wasser und

kam mit einem Fisch im Schnabel wieder heraus. Rory genoss den Anblick der Natur, denn die Tage würden bald kürzer werden, sodass die herrlichen Farben wieder hinter einem Schleier aus grauem Nebel und heftigem Regen verschwanden. Der Sommer nahm langsam Abschied, und ein kalter Wind wehte an einem immer noch sonnigen Tag.

Aber sogar während er das beruhigende Wogen des Meeres beobachtete, dessen Wellen sich fast wie nach einer geheimnisvollen Melodie hoben und senkten, gingen ihm diese strahlend violetten Augen nicht aus dem Sinn, die ihn so schmerzerfüllt angeblickt hatten. Hatte sie wirklich nur nach einem Buch gesucht? Es überraschte ihn, wie sehr er ihr Glauben schenken wollte. Wenn schon Zweifel bestanden, sollte er ihr vielleicht das Recht einräumen, dies zu ihren Gunsten auszulegen.

Rory trat vom Fenster weg und ging direkt zur Waschschüssel auf der anderen Seite des Zimmers. Er spritzte sich das kalte Wasser ins Gesicht, das die Müdigkeit vertrieb. Er zog sich schnell und ohne dabei groß nachzudenken an – das komplizierte Anlegen des Kilt war ihm nach vielen Jahren der Übung in Fleisch und Blut übergegangen.

Sie hatte behauptet, in der vergangenen Nacht nach der Bibliothek gesucht zu haben. Er rieb sich nachdenklich das unrasierte Kinn. Er hatte nie darüber nachgedacht, einmal eine gelehrte Ehefrau zu haben, doch er merkte, dass ihm die Vorstellung gefiel. Es zeugte von einer gewissen inneren Kraft. Er war der Erste aus seinem Clan, der in den Genuss einer Universitätsausbildung gekommen war. Lesen war seine Leidenschaft und eine Möglichkeit, sich zu zerstreuen – eine andere als mit einer Frau der Leidenschaft zu frönen. Rory war stolz auf seine umfangreiche Bibliothek und erwarb auf allen Reisen stets neue Bücher. In Isabel war mehr, als er je erwartet hatte.

Vielleicht würde er ihr ein Buch bringen. Auf seiner letzten Reise nach London vor ein paar Jahren hatte er das vor kurzem erschienene Versepos *Faerie Queene* von Edmund Spenser erworben. Ein Versroman um König Arthur und seine herrliche Feenkönigin – eine offene Anspielung auf Queen Elizabeth – der in Vergil'scher Tradition verfasst worden war. Es war eines seiner Lieblingsbücher, und irgendwie wusste er instinktiv, dass es auch Isabel gefallen würde. Es erinnerte ihn an sie.

Ihre schönen Glieder ruhen dort so zart
Ein köstlicher Wesen die Sonne noch zu sehen harrt

Zum Schluss band Rory noch sein Haar mit einem Band zusammen, um dann zur Bibliothek zu gehen. Je eher er sich darum kümmerte, desto besser. Am besten man vergaß, was in der letzten Nacht vorgefallen war.

Wie es das Schicksal wollte, entdeckte Isabel bei ihrer Suche nach Rory die Bibliothek, nach der sie in der vergangenen Nacht vergeblich gesucht hatte, im zweiten Stock des Feenturmes. Es war ein kleiner, aber sehr anheimelnder Raum. Regale voller ledergebundener Bücher säumten die Wände, die mit Wandteppichen geschmückt waren. Durch große Fenster fiel ausreichend Licht und bequeme, gepolsterte Stühle standen um einen auf Hochglanz polierten Holztisch.

Margaret, die nicht größer als ein Kind aussah, saß am großen Tisch und war offensichtlich in irgendetwas Wichtiges vertieft, denn sie bemerkte nicht, dass Isabel in der Tür stand. Lächelnd beobachtete Isabel, wie sich Margaret mehrmals tief in Gedanken versunken mit der Schreibfeder an die Schläfe klopfte. Sie hatte die Nase kraus gezogen und ihre Lippen zuckten verwirrt, während sie die Unterlagen studierte.

»Ich hoffe, ich störe nicht«, sagte Isabel.

Margaret hob den Kopf mit den glänzenden blonden Haaren. Die üppigen Locken waren heute zu einem festen, langen Zopf geflochten. Die schwarze Klappe verbarg den größten Teil ihrer Gesichtszüge, nicht jedoch das etwas unsichere Lächeln, mit dem sie sie begrüßte. »Guten Morgen, Isabel. Was für eine schöne Überraschung. Um die Wahrheit zu sagen – ich freue mich über alles, was mich von den Haushaltsbüchern ablenkt.« Mit deutlich erkennbarer Freude rückte sie vom Tisch ab. »Mein Kopf schmerzt bereits von der Mühe, die es macht, Ordnung in all diese Zahlen zu bringen. Ich muss gestehen, dass dies der lästigste und schwierigste Teil meiner Pflichten ist, seitdem Geoffrey, der alte Seneschall, gestorben ist. Wir haben bisher noch keinen Ersatz für ihn gefunden, sodass ich mich um die Bücher kümmern muss. Und da Michaelis vor der Tür steht, müssen die Haushaltsbücher abgeschlossen sein, ehe ich mit dem Anlegen der neuen für das nächste Jahr beginnen kann.«

Isabel kam um den Tisch herum, um einen Blick in das Hauptbuch zu werfen. Sie wandte sich mit einem verlegenen und gleichzeitig verständnisvollen Lächeln an Margaret. »Ich hoffe, Ihr findet es nicht dreist, aber ich könnte Euch vielleicht dabei helfen.« Etwas verschämt fügte sie als Erklärung hinzu: »Bei Hofe habe ich gemerkt, dass ich ein eigentümliches Geschick für diese Art von Arbeit habe – ich habe die Summen im Kopf, ohne groß darüber nachdenken zu müssen. Queen Anne ließ mich häufig ihre Haushaltsbücher durchsehen. Um die Wahrheit zu sagen: Ihr würdet mir sogar einen Gefallen damit tun. Es würde mir Freude machen, etwas zu haben, womit ich mich beschäftigen kann.«

Margaret sah sie an, als wären ihr plötzlich Flügel gewachsen und ein Heiligenschein über ihrem Kopf erschienen. Sie grinste und auf ihrem übermütigen Gesicht erschienen tiefe Grübchen, wie sie auch Rory hatte. »Das meint Ihr nicht im Ernst? Ihr wollt Euch tatsächlich mit dieser stumpfsinnigen Schinderei abgeben? Wir haben immer große Schwierigkeiten gehabt, jemanden zu finden, der uns die Haushaltsbücher führt. James, der Gutsverwalter, kann Euch in Bezug auf die Einnahmen aus Verpachtungen und Viehverkäufen helfen, während Deidre Euch sagen kann, wie viel dieses Jahr für Essen, Haushalt und Gäste ausgegeben wurde. Meint Ihr wirklich, dass es Euch nichts ausmacht?«

»Betrachtet es als erledigt.« Isabel bedachte sie mit einem breiten Lächeln.

Margaret war so aufgeregt, dass sie aufsprang und Isabel kurz in die Arme schloss, ehe sie zu bemerken schien, was sie getan hatte. »Vergebt mir.« Sie errötete. »Ich weiß nicht, was über mich gekommen ist.«

Isabel tat ihre Verlegenheit mit einem Lächeln ab. »Unsinn. Ich habe Euch doch gesagt, dass ich mir schon immer eine Schwester gewünscht habe.« Sie nahm Margarets Hand in ihre. »Und jetzt habe ich eine.«

Margaret strahlte vor Freude.

Alex schaute zur Tür herein. »Was heckt ihr beiden da aus?«, fragte er, und in seiner Stimme schwang ein übertriebenes Maß an Sorge mit.

Die beiden Frauen fuhren schuldbewusst auseinander, wobei Isabel sich als Erste wieder fasste. »Guten Morgen, Alex. Margaret und ich haben uns gerade auf ein sehr zweckmäßiges Abkommen geeinigt. Auf die Weise werde ich Margaret vielleicht bei ihren Pflichten behilflich sein können.«

Sein Gesicht verlor sofort seinen schelmischen Ausdruck und zeigte eine besorgte Miene. »Wie geht es dir, Schwesterchen? Hast du zu viel gearbeitet?«

»Hör auf, so ein Aufhebens um mich zu machen, Alex. Es geht mir gut. Ich habe einfach nur nie einen Kopf für Zahlen gehabt.« Instinktiv warf Margaret Isabel einen Hilfe suchenden Blick zu. Isabel verstand ihre Ohnmacht. Der erste Impuls solch großer, muskelbepackter Männer wie Alex und Rory war immer zu beschützen. Aber die übertriebene Sorge, mit der sie Margaret behandelten, als wäre sie ein zerbrechliches Stück Porzellan, das beim kleinsten falschen Wort zerbrechen würde, war bestimmt nicht nur lästig, sondern verhinderte auch, dass sie endlich wieder gesund wurde, hatte Isabel den Verdacht.

»Wir haben beschlossen, dass ich die Haushaltsbücher führe«, sagte Isabel. Auf Alex' überraschten Blick hin erklärte sie: »Ich weiß, dass es Euch wahrscheinlich seltsam vorkommt, aber da Margaret bereits diese Pflichten übernommen hatte, dürfte es nicht unstatthaft sein, dass eine Frau sich als Seneschall betätigt.«

»Darum geht es nicht, Isabel.« Alex wandte sich mit einem bedeutungsvollen Blick Margaret zu. »Hast du das bereits mit unserem Bruder geklärt, Margaret?«

Margaret verzog das Gesicht. »Daran habe ich gar nicht gedacht, Alex. Natürlich hast du Recht. Ich muss erst mit Rory sprechen. Isabel, ich fürchte, ich habe Euer großzügiges Angebot vorschnell angenommen. Ich muss zuerst Rorys Erlaubnis einholen.« Sie zögerte und fuhr mit vor Zerknirschung ganz leiser Stimme fort: »Ich bin mir nicht sicher, ob er unserer Absprache zustimmen wird.«

Isabel wusste, warum. Nicht nur, weil Rory nicht wollte, dass sie ihre Nase in seine finanziellen Angelegenheiten steckte, sondern wahrscheinlich würde er sie auch nicht in die Führung des Haushalts einbeziehen wollen, wenn er vorhatte, sie zurückzuschicken.

Wegen Margarets deutlich erkennbarem Kummer meinte Alex: »Na ja, vielleicht könnte es ja für eine Weile unser Geheimnis bleiben. Rory war in letzter Zeit ziemlich beschäftigt, und vielleicht sollten wir ein bisschen warten, ehe wir ihn damit belästigen. Bis dahin gibt es keinen Grund, warum Isabel dir nicht bei den Haushaltsbüchern helfen sollte.« Beide Frauen lächelten ihn an. Allen war bewusst, dass Alex und Margaret sich über Rorys Anordnungen hinwegsetzten, und Isabel war von Alex' Bestreben gerührt, Margarets neu erwachtes Selbstvertrauen zu unterstützen. Doch es war Isabel, die schnell den Raum durchquerte, um ihm einen dankbaren Kuss auf die Wange zu drücken. Allerdings hatte sie nicht damit gerechnet, dass er den Kopf drehen würde, und so landeten ihre Lippen dicht neben seinem Mund.

Rory hatte nichts von der Unterhaltung mitbekommen, als er die Bibliothek betrat.

Der Anblick von Isabels vollen, sinnlichen Lippen, die sich auffällig dicht neben dem Mund seines Bruders auf dessen Wange drückten, nahm seine ganze Aufmerksamkeit in Anspruch. Er erstarrte. Etwas, das schon fast einem Gewehrschuss nahe kam, explodierte in seiner Brust.

Es dauerte fast eine Minute, bis sich der Nebel der Wut wieder etwas gelichtet hatte. Er hatte genug gesehen, um zu wissen, dass der Kuss nur ein spontanes Zeichen von Dankbarkeit für irgendetwas war. Die Wirkung hätte trotzdem nicht verheerender sein können. Die Heftigkeit, mit der er reagierte, sagte ihm mehr, als er eigentlich wissen wollte.

Er biss die Zähne zusammen und räusperte sich.

Isabel zuckte mit solch schuldbewusster Miene zusammen, dass Rory sich fragte, wie er sie je hatte verdächtigen können, in der letzten Nacht herumgeschnüffelt zu haben. Man konnte jede ihrer Empfindungen von ihrem Gesicht ablesen. Sie hatte zwar keinen Grund, so schuldbewusst zu schauen, doch er würde darauf bestehen müssen, dass sie niemandem Küsse – und seien sie auch noch so harmlos – würde geben dürfen.

»Ich hoffe, ich störe nicht bei irgendetwas?«, fragte er betont gelassen und verbarg damit seine heftige Reaktion.

»Nein, natürlich nicht …«, erwiderte Isabel ein wenig zu schnell.

»Nein«, versicherte ihm Margaret im gleichen Moment. Sie sahen einander an und Rory beobachtete, wie sie sich ohne Worte irgendetwas mitteilten.

Sie führten etwas im Schilde. Doch als er Alex ansah, grinste sein verdammter Bruder ihn nur an.

Er würde sich später um Margaret und Alex kümmern. Jetzt musste er erst einmal mit Isabel reden. Rory war nicht auf direktem Wege zur Bibliothek gegangen. Colin hatte ihn mit einem Brief aufgehalten, um den er sich sofort hatte kümmern müssen.

»Wenn es Euch beiden nichts ausmacht, würde ich gern allein mit Isabel reden.«

Rory meinte ein leichtes Zögern zu bemerken, doch dann leisteten seine Geschwister seiner Bitte Folge. Als sie gegangen waren, drehte er sich um und stellte fest, dass Isabel ihn wachsam musterte.

»Es hatte nichts zu bedeuten«, erklärte sie.

»Ich weiß. Aber du solltest keinen anderen küssen … als deinen Gemahl.«

Bei seinen Worten zog sie eine Augenbraue hoch und schien etwas sagen zu wollen, hielt sich dann aber zurück. Stattdessen sagte sie: »Ich habe nach dir gesucht.«

»Warum?«

Sie legte ihre Hand auf seinen Arm. »Ich wollte, dass du

weißt, dass ich letzte Nacht wirklich nach der Bibliothek gesucht habe. Und sonst nichts.«

Sie sahen einander an, und es fand eine Art stiller Austausch statt. Er glaubte ihr. Ein Mundwinkel von ihm hob sich zu einem schiefen Lächeln. »Nun, es sieht so aus, als hättest du sie gefunden.«

Isabel erwiderte das Lächeln, und Rory spürte, wie sein Herz seltsam zuckte. Und dann machte sein Herz einen richtiggehenden Satz, als sie den Arm ausstreckte und eine Haarsträhne hinter sein Ohr strich. Er wusste nicht, wen sie damit mehr schockierte. Die Intimität dieser Geste raubte ihm den Atem.

Heiße Röte stieg in ihre Wangen. »Es hat sich aus dem Band gelöst.«

Ihm wurde der Hals ganz eng. Verwirrt wandte er den Blick ab. »Ich habe nach dir gesucht, um dir zu sagen, dass ich für eine Weile fortmuss.«

Die Röte wich aus ihren Wangen. »Wie bitte?«

»Ich hatte vorgehabt, das Vieh nächste Woche zum Jahrmarkt nach Port Righ zu bringen, aber jetzt sieht es so aus, als ob ich das nicht verschieben kann.« Obwohl es den Jahrmarkt von Port Righ erst seit zwanzig Jahren gab, zog er jedes Jahr mehr Besucher auch von jenseits der Insel an. Die Bewohner der Insel brachten ihre Waren, meist Schafe, Kühe, Leinen und Käse, zweimal im Jahr hin, um sie zu verkaufen oder gegen andere Dinge zu tauschen.

»Du wirst schnell wieder zurück sein?«

Rory schüttelte den Kopf. »Gleich nach dem Jahrmarkt muss ich nach Edinburgh weiter.« Er zeigte ihr seine Verärgerung darüber nicht. James' Sendschreiben hatte ihn wie auch die anderen Chiefs der Inseln an die Auflage erinnert, einmal im Jahr in Edinburgh vor dem Kronrat zu erscheinen.

Seit James vor fast fünfzehn Jahren aus eigenem Recht König geworden war, hatte er seine Herrschaft über die Highlands und die Inseln mit einer Reihe neuer Gesetze – dem *General Band* – ausgebaut und damit die Macht der Clans beschnitten.

Rory und die anderen Highland-Chiefs störten sich sehr an den ihnen von James auferlegten Einschränkungen. Jahrhundertelang hatten sich die Highlands und die Inseln fast selbst regiert: Ein gälisches Königreich unter der Oberherrschaft des Clan Donald, den *Lords of the Isles*. Doch nachdem der Titel *Lordship* vor über hundert Jahren entzogen worden war, hatte die in weiten Teilen unfähige schottische Zentralregierung zwangsläufig zum Erstarken der Clan-Chiefs geführt. Dieses wollte der König nun ändern, indem er die Machtbefugnisse der Chiefs einschränkte. Dass diese sich bei Hofe einfinden mussten, sah James als eine weitere Möglichkeit, sie an diese Veränderung zu erinnern.

Statt seinem Ärger Ausdruck zu verleihen, sagte Rory nur: »Der König verlangt mein sofortiges Erscheinen.«

Ihre Augen leuchteten auf, und sie klatschte in die Hände. »Du gehst an den Hof.«

»Leider ja.«

»Aber das ist doch herrlich. Ich habe Margaret gerade gesagt …«

Rory unterbrach sie. »Ich fürchte, dass ich allein hinreisen muss.«

Er sah ihre Enttäuschung. »Ich verstehe«, meinte sie. Aber sie tat es nicht.

»Alex wird die Leitung übernehmen, während ich fort bin.«

Sie sagte nichts. Er wollte sich schon abwenden, aber irgendetwas hielt ihn zurück. Die Erinnerung an die letzte

Nacht war noch zu frisch – genau wie die Empfindungen, die seinen Körper erfüllten. Er hatte ihr das Buch dagelassen, aber sie sollte noch etwas anderes wissen. Er legte seine Hand unter ihr Kinn und zwang sie, ihn anzuschauen. »Denke nie, dass ich dich nicht gewollt hätte.«

Ihr Blick wurde ganz sanft. Ehe er den Impuls unterdrücken konnte, zog er sie schon in seine Arme und gab ihr einen festen, schnellen Kuss. Einen richtigen Kuss – nicht so einer, wie sie ihn seinem Bruder gegeben hatte. Einen leidenschaftlichen Kuss. Einen Kuss, den sie in Erinnerung behalten sollte.

Als er sie schließlich verließ, ging er, ohne sich noch einmal umzudrehen.

11

»Margaret, ich muss aus dieser Burg raus, ehe die Winterstürme einsetzen, sonst werde ich noch verrückt.«

Margaret, die Isabel am großen Tisch in der Bibliothek gegenübersaß, hob den Kopf von den Haushaltsbüchern und grinste breit. Von dem schüchternen, zurückhaltenden Geschöpf, das Isabel kennen gelernt hatte, war kaum noch etwas übrig. Isabel zog die Nase kraus. Bis auf die unansehnliche schwarze Augenklappe.

»Isabel, Liebste, du weißt, was Alex gesagt hat. Nach den letzten Angriffen der Mackenzies ist es einfach nicht sicher, durch die Wälder zu reiten.« Sie lächelte schelmisch. »Aber wenn du fragst, könnte es natürlich sein, dass Alex einen kurzen Ausflug erlaubt. Er scheint dir überhaupt nichts abschlagen zu können.«

Isabel lachte etwas verlegen über Margarets spöttische Bemerkung. Alex zeigte es zwar nicht offen, aber sie spürte schon eine Zuneigung bei ihm, die über brüderliche Gefühle hinausging, und die sich in seinen dunkelblauen Augen zeigte, wenn er sie anschaute. Isabel hatte den Verdacht, dass er meinte, in sie verliebt zu sein. Sie würde bald mit ihm darüber sprechen müssen, aber sie wollte ihm vorher Zeit geben, selber mit sich ins Reine zu kommen. Sie verdrängte den Gedanken, der ihr Unbehagen bereitete, stand auf und verschränkte die Arme entschlossen vor der Brust.

»Na gut, ich werde Alex fragen. Einfach nur, um hier rauszukommen. Es ist so lange her, dass ich auf einem Pferd gesessen habe, dass ich vielleicht sogar vergessen habe, wie es geht. Vielleicht können wir Alex ja auch zu einer kleinen Jagd überreden.«

Margaret klatschte wie ein aufgeregtes Kind in die Hände, dem sie durch ihren zierlichen Wuchs so sehr ähnelte. Sie wirkte sehr jung, obwohl sie fast fünf Jahre älter als Isabel war. »Ich würde so gerne jagen, aber …« Sie machte plötzlich ein trauriges Gesicht, sodass nichts mehr von der liebenswerten kindlichen Freude zu sehen war. »Ich weiß nicht, wie ich je lernen soll mit …«

Isabel warf ihr einen vernichtenden Blick zu, der sie mitten im Satz abbrechen ließ. Sie schob die Lippen vor und zog eine Augenbraue spöttisch in die Höhe. Margaret erkannte den Wink, lachte und war plötzlich wieder fröhlich.

»Schon gut, Isabel, ich weiß. Du bist genauso schlimm wie Bessie, diese alte Zuchtmeisterin. Natürlich würde ich sehr gern jagen lernen. Es schadet nicht, es auszuprobieren.«

Isabel umarmte sie liebevoll. Auch sie war freudig überrascht von den deutlichen Veränderungen in Margarets Verhalten. Es war fast keine Spur mehr von Margarets Scham wegen ihrer Verletzung vorhanden. Der Wandel war so drastisch, dass sogar die Hausangestellten Isabel schon darauf angesprochen hatten. Vielleicht hielten sie ihr die positive Veränderung zu Gute, denn im Laufe der letzten Wochen waren alle deutlich freundlicher zu ihr geworden. Isabel hatte sich in Bezug auf Margaret einen Plan zurechtgelegt, doch sie brauchte dafür noch ein bisschen Zeit. »Du solltest dich nie unterschätzen, Margaret. Du wirst überrascht sein, was du alles schaffst, wenn du es dir erst einmal in den Kopf gesetzt hast. Und übrigens – Bessie hält dich für ein unschuldiges Lämmchen – genau wie ich!«

Die beiden Frauen sahen einander an und brachen in herzliches Gelächter aus.

Margaret erholte sich von dem Lachanfall als Erste. »Ich weiß nicht, warum ich überhaupt lache. Bessie macht genauso ein Aufhebens um mich wie du in letzter Zeit. Wir müssen uns etwas ausdenken, um sie abzulenken. Ich habe gesehen, wie Robert sie seit neuestem ansieht – vielleicht sollten wir sie zu einer kleinen Romanze überreden.«

Schockiert wurden Isabels Augen ganz groß und rund. »Der Pförtner Robert und Bessie! Ich habe gar nicht gemerkt, dass er ein besonderes Interesse an ihr zeigt.« Sie strich sich über das Kinn. »Aber jetzt, wo du es sagst … ja, stimmt – er ist immer sehr hilfsbereit und um sie bemüht. Und in letzter Zeit scheint er sich auch häufiger in der Nähe aufzuhalten. Mir ist es gar nicht aufgefallen … und ich bezweifle, dass Bessie es überhaupt bemerkt hat.« Sie ließ die Arme sinken und stützte die Hände auf den Hüften ab. »Du bist ja eine ganz Durchtriebene, Margaret MacLeod, die bemerkt, was andere nicht sehen.«

Margaret grinste. »Vielleicht wurde ich einfach durch den Verlust meines rechten Auges dazu gezwungen, mit dem linken Auge genauer hinzuschauen. Ich habe das Gefühl, mehr zu sehen als früher. Ja, meine Sinne scheinen seit dem Unfall geschärfter zu sein.«

Margaret sah aus, als wollte sie noch etwas sagen. »Was ist denn?«, fragte Isabel.

»Nichts, ich habe nur gerade gedacht, wie erfrischend es ist, dass du dich beim Sprechen nicht krampfhaft bemühst, Wörter zu vermeiden, die sich aufs Sehen beziehen. Du kannst dir gar nicht vorstellen, wie peinlich das manchmal ist. Bevor du hierhergekommen bist, habe ich nie von meinem Unfall gesprochen.« Sie griff nach Isabels Händen. »Ich weiß nicht, was ich ohne dich getan hätte.«

Isabel lächelte. Margarets Freundschaft bedeutete ihr auch

sehr viel. »Du hättest schon bald deinen eigenen Weg gefunden. Du bist viel zu lebhaft, um das lange unterdrücken zu können.« Sie schloss das Buch, an dem sie gearbeitet hatte. »Und wo ich gerade vom Unterdrücken spreche – ich kann den Drang, hier rauszukommen, nicht mehr unterdrücken.«

Margaret zog die Augenbrauen leicht besorgt zusammen. »Isabel, du weißt aber – auch wenn Alex es uns erlaubt, wird Rory wütend sein, wenn er erfährt, dass wir die Festung verlassen haben – und sei es auch nur für einen kleinen Jagdausflug. Rory hat Alex ausdrücklich davor gewarnt, uns aus der Festung gehen zu lassen, weil er Angst hat, dass einer von uns von den Mackenzies entführt und ein Lösegeld erpresst werden könnte. Oder Schlimmeres passiert.«

Isabel warf ihr Haar zurück und trat ans Fenster, um einen suchenden Blick aufs Meer zu werfen, ohne aber wirklich zu erwarten, etwas zu entdecken. »Die Mackenzies werden es nicht wagen, zu dieser späten Jahreszeit anzugreifen. Sie würden sich der Gefahr aussetzen, durch ein Unwetter nicht schnell genug wieder flüchten zu können. Wir würden von einer Eskorte gut bewacht werden und in der Nähe der Burg bleiben. Und da Rory nicht hier ist, kann er ja wohl auch kaum erwarten, dass wir ihn um Erlaubnis bitten, oder?«

Isabel konnte ihre Verärgerung nicht verbergen. Es war bereits fast November, und Rory war jetzt beinahe seit zwei Monaten fort. Er hatte sie mit nichts als der Erinnerung an jenen verwirrenden, atemberaubenden Kuss zurückgelassen. Eine Erinnerung, an der sie versuchte festzuhalten, doch die mit jedem Tag, der verging, schwächer wurde. Sie wollte gern glauben, dass er ihr damit nach dem Vorfall der vorangegangenen Nacht die Hand hatte reichen wollen. Eine Ansicht, die noch bestärkt wurde, als sie in ihr Zimmer zurückgekehrt war und dort mitten auf dem Bett die *Faerie Queene* fand. Ihr

Herz hatte bei dem Gedanken, dass es ein Friedensangebot war oder vielleicht sogar seine Art, sich bei ihr zu entschuldigen, einen Satz gemacht. Sie hatte auf mehr gehofft. Doch obwohl Rory kurze Briefe an Alex und Margaret geschickt hatte, hatte Isabel nichts von ihm gehört.

Jetzt wusste sie nicht, was sie davon halten sollte.

Und noch schlimmer war es für Isabel, als sie merkte, dass sie ihn vermisste.

Einen großen Teil der vergangenen zwei Monate hatte sie damit verbracht, die *Faerie Queene* und später andere Bücher zu verschlingen, die sie in Rorys umfangreicher Bibliothek gefunden hatte, wie gerade jetzt mit Margaret an den Haushaltsbüchern zu arbeiten und Zeit mit Margaret und Alex zu verbringen, um die beiden besser kennen zu lernen.

Sie und Margaret hatten unzählige Stunden wie heute mit arbeiten, plaudern und lachen verbracht. Als Isabel alle Geschichten aus ihrer Zeit bei Hofe erzählt hatte, die die völlig gefesselte Margaret verschlang, ob sie nun herrlich skandalös oder ermüdend banal waren, ergötzten sie sich gegenseitig mit Anekdoten aus ihrer Kindheit.

Besonders gern hörte Isabel Geschichten über den jungen Rory, den sorglosen Jungen, der die ganze Insel unsicher gemacht hatte, ehe ihm so unerwartet die Position des Chief zufiel. Und obwohl sie es Margaret nicht ausdrücklich gesagt hatte, konnte diese wahrscheinlich aus den dummen Eskapaden ihrer Kindheit entnehmen, dass sie sich in einer ähnlichen Situation befunden hatte.

Margaret war die erste echte Freundin, die sie je gehabt hatte, und auch wie eine Schwester für sie.

Margaret musterte sie aufmerksam. »Was ist denn?« Isabel hob die Hände an ihre Wangen. »Habe ich Tinte im Gesicht?«

»Er weiß nicht, was er sagen soll, Isabel«, sagte sie ruhig.

Isabels Blick richtete sich auf ihre Freundin. Waren ihre Gedanken so deutlich zu lesen? Margaret sah einfach zu viel. Sie nahm die Schultern zurück. »Ich weiß nicht, wovon du sprichst.«

»Man sieht dir die Enttäuschung kaum an, aber ich sehe, wie sehr es dich verletzt, wenn wieder ein Tag verstreicht, ohne dass du etwas von Rory hörst.«

»Und das kannst du alles sehen«, meinte Isabel sarkastisch.

»Rory macht sich mehr aus dir, als er zugeben will. In seinen Augen ist eine Sanftheit, wenn er dich anschaut, die ich noch nie bei ihm gesehen habe.«

Isabel versuchte, ihre Hoffnung zu verbergen, doch Margaret nahm ihre Hände und zwang sie, sie anzuschauen. »Ich will nicht, dass du verletzt wirst, Isabel.«

»Er will mich zurückschicken«, sagte sie mit hohl klingender Stimme.

»Ich weiß. Die Fehde wird erst beendet sein, wenn dein Onkel vernichtet und die MacLeods Trotternish in ihren Besitz gebracht haben. Dies lässt sich nur mit Hilfe des Einflusses des Earl of Argyll auf den König erreichen. Eine Verbindung mit Argylls Cousine, Elizabeth Campbell, wird den MacLeods diesen Einfluss sichern.«

Isabel wandte den Blick ab. Margarets Mitgefühl schmerzte zu sehr. »Macht er sich sehr viel aus ihr?« Ihre Stimme klang ganz dünn.

»Er kennt sie kaum. Es wird eine schreckliche Verbindung sein. Das Mädchen hat einfach nicht dein Format, um es mit meinem imposanten Bruder aufzunehmen. Elizabeth Campbell ist ein liebes, aber furchtsames kleines Ding. Rory wird ihr Angst machen.« Margaret seufzte. »Aber es spielt keine Rolle. Rory wird wie immer seine Pflicht tun und sei es auch auf Kosten seines eigenen Glücks.«

Isabel wusste, dass Margaret Recht hatte. Sie hatte ziemlich viel über Rory während dessen Abwesenheit nachgedacht. Mehr als sie eigentlich wollte. In der Nacht, ehe er ging, hatte sie einen kurzen Blick auf den leidenschaftlichen Mann erhascht, der hinter dem von allen verehrten Chief steckte. Doch seine Position als Chief würde immer im Vordergrund stehen. Sein Clan nannte ihn »Rory Mor« – Rory den Großen. Der Titel passte. Auch wenn es ihr gelänge, ihn dazu zu bringen, sich in sie zu verlieben, würde er sie immer noch wegschicken, wenn die Pflicht es verlangte.

»Du bist nicht böse auf mich, oder?«, fragte Margaret.

»Wie könnte ich böse auf dich sein, wenn du die Wahrheit sagst?« Sie schenkte Margaret ein etwas schiefes Lächeln. »Aber ich muss wohl froh sein, dass du nur ein Auge verloren hast.« Isabel versuchte so zu tun, als ob das, was Margaret ihr gesagt hatte, sie nicht stören würde, aber Margaret ließ sich nicht täuschen.

Durch das Mitgefühl, das auf dem Gesicht ihrer Freundin lag, hatte Isabel das Gefühl, nichts mehr verbergen zu können – nicht einmal die Dinge, die sie sich selber noch gar nicht eingestanden hatte.

Sie trat wieder an den Tisch und begann, die Haushaltsbücher zu schließen, an denen sie gearbeitet hatte, und stellte sie dann wieder an ihren Platz im Regal. Sie war dankbar für die Ablenkung, die sie durch die Arbeit hatte. Auch wenn Michaelis nun hinter ihr lag, gab es noch viel zu tun. Das Verwalten der Einnahmen aus Rorys Ländereien, der Viehbestände und der Haushaltsausgaben nahm einen großen Teil des Tages ein. Sie unterdrückte das Schuldgefühl, das mal wieder in ihr hochkam. Sie war so beschäftigt gewesen, dass sie nicht viel Zeit gehabt hatte, nach dem Banner oder dem Geheimgang zu suchen.

Eigentlich wäre es die beste Zeit für die Suche gewesen, während Rory nicht da war. Doch sie war ihrem Ziel noch kein bisschen näher gerückt, und seit ihrer Ankunft waren nun mittlerweile fast drei Monate vergangen. Zeit, um feste Freundschaften zu schließen und Kontakte zu knüpfen, sodass die Vorstellung, die MacLeods zu hintergehen, unerträglich geworden war. Nicht nur das Leben der Menschen ihres Clans stand auf dem Spiel, sondern auch das der MacLeods. Ihr Problem hatte sich nicht geändert – es war nur noch ein neues hinzugekommen. Wenn sie versagte, würde ihr Clan am Ende ohne Land dastehen und von der Gnade der herzlosen Mackenzies abhängen. Doch wenn sie ihren Auftrag erfüllte, würde das auf Kosten der MacLeods sein. Wenn ihr nur eine Möglichkeit einfiele, ihrem Clan zu helfen, ohne dabei den MacLeods zu schaden. Vielleicht war es an der Zeit, ihrem Vater zu schreiben.

Sie sah wieder Margaret an. »Nun, wirst du jetzt mit mir zusammen aus dieser Burg ausbrechen, oder muss ich allein gehen?«

Die Ernsthaftigkeit, die sich über Margarets Miene gelegt hatte, verflüchtigte sich und wurde von einem breiten Grinsen abgelöst. »Wenn du mitmachst, bin ich bereit, den Elementen zu trotzen.«

Isabel beobachtete den spitzbübischen, doch gleichzeitig entschlossenen Ausdruck, der über das übermütige Gesicht ihrer neuen Schwester huschte. Zumindest hatte sie mit ihrem Kommen eine gute Sache bewirkt.

Mit einem Jubelschrei drehte sie sich um und winkte Margaret, die immer noch lächelnd am Tisch saß, zu. »Dann ist es beschlossen. Ich mache mich jetzt auf die Suche nach Alex. Wünsch mir Glück!«

Sie wussten beide, dass sie keines brauchen würde.

12

Isabel, du wirst jetzt auf der Stelle langsamer reiten, sonst kehren wir sofort um.«

Der Wind zerrte an ihrem Haar, als sie sich noch tiefer über den langen, eleganten Hals des wunderschönen arabischen Zelters beugte und ihn so zu noch größerer Geschwindigkeit antrieb, während sie so tat, als würde sie Alex' wütenden Ruf nicht hören. Sie hatte nur eine Woche gebraucht, um Alex zu beschwatzen, mit ihnen eine Jagd zu unternehmen.

Es war einfach zu verführerisch: ein wunderschöner Tag, ein schnelles Pferd und endlich einmal raus aus diesen bedrückenden grauen Mauern der alten Festung. Sie fühlte sich lebendig, wie neugeboren, und es war wundervoll. Lachend drehte sie den Kopf nach hinten, um einen schnellen Blick auf Alex, Margaret und den mürrischen Wikinger Colin zu werfen, die ihr im von ihr aufgewirbelten Staub hinterherritten.

Der finstere Ausdruck auf Alex' Gesicht ließ sie zögern. Ihr fiel plötzlich auf, wie ähnlich die beiden Brüder sich vom Temperament her waren – viel mehr, als sie selber merkten. Beide waren starke, selbstbewusste Anführer mit einer guten Prise Highlandstolz, und Isabel bemerkte auch bei Alex eine Neigung zur Dickköpfigkeit, als sie ihn anschaute. Aber es gab auch Unterschiede. Alex war immer zur Freundlichkeit bereit und schien überhaupt unbeschwerter als sein eindrucksvoller Bruder, doch Isabel hatte auch einen Blick auf die finstere Rastlosigkeit erhascht, die hinter dem spitzbübischen Äußeren lauerte und die Rory fehlte.

Isabel hatte vor ein paar Wochen den Grund für diese innere Unruhe erfahren. Sie hatte Alex damit geneckt, wie leicht es ihm fiele, vorübergehend die Rolle des Chief zu übernehmen, als sich ein seltsamer Ausdruck über sein Gesicht gelegt hatte. Er erwähnte, dass er nicht zum ersten Mal die Aufgaben des Chief übernommen hätte. Nicht lange vor ihrer Ankunft auf Dunvegan wäre Rory auf Befehl des Königs von Argyll gefangen genommen worden, weil Rory sich nicht an die Bedingungen des *General Band* gehalten hätte. Während Rorys Gefangenschaft hatte Alex die MacLeods in eine Schlacht gegen die MacDonalds bei Binquihillin geführt. Die MacLeods wurden geschlagen und zwei seiner Cousins getötet. Alex gab sich die Schuld daran, und der Verlust lastete schwer auf ihm. Sie wusste, wie wichtig es also war, dass diesmal nichts schiefging. Sie verdrängte ihre Schuldgefühle. Nichts würde passieren.

Sie ärgerte sich, dass der aufregende Moment plötzlich von solchen Gedanken überschattet wurde, und zog leicht an den Zügeln, damit die Stute langsamer wurde. Sie wollte ihr Schicksal heute nicht herausfordern. Doch sie war eine erfahrene Reiterin, die daran gewöhnt war, sich mit ihren Brüdern Wettrennen zu liefern, und es verdross sie, dass sie nach so langer Untätigkeit die feine Dame spielen sollte. Wenn Alex nur endlich aufhörte, sich wie ein überängstliches Kindermädchen aufzuführen, würde er erkennen, dass für sie keine Gefahr bestand.

»Na gut, Alex. Aber du bist genauso schrecklich wie dein tyrannischer Bruder, wenn du so missbilligend guckst. Ich bin eine hervorragende Reiterin. Ich würde sogar mit diesem herrlichen andalusischen Schlachtross fertigwerden, auf dem du sitzt.« Als er sie ungläubig ansah, fuhr sie fort: »Wirklich, mach dir keine Sorgen um mich. Bitte, lass uns diesen wundervollen Tag genießen.«

Alex schüttelte den Kopf. »Ich weiß überhaupt nicht, warum ich mich von dir habe überreden lassen, Isabel. Rory wird wütend sein. Wenn du meinst, ich würde dich grimmig ansehen, dann warte mal ab, wie mein Bruder reagiert, wenn er Wind von unserer ›kleinen Jagd‹ bekommt.«

»Tja, ich würde mir keine Sorgen wegen etwas machen, was vielleicht nie passieren wird. Er ist schon so lange fort – vielleicht hat er ja beschlossen, gar nicht mehr zurückzukommen«, entgegnete sie spröde und gab sich völlig gleichgültig.

»Oh, er wird zurückkommen«, warnte Alex. »Ich rechne jeden Moment mit seiner Rückkehr. Aber nach diesem Ausflug heute werden du und ich vielleicht wünschen, dass es nicht so ist.«

Isabel brachte ihren Zelter zum Stehen und griff nach Alex' Hand, als er sein schwarzes Schlachtross neben ihre Stute trieb. Er war ihr immer ein guter Freund gewesen. Isabel drückte seine Hand und entschuldigte sich. »Es tut mir leid, Alex. Ich weiß, dass du einige Bedenken wegen unseres Ausflugs hast. Du hältst mich bestimmt für undankbar und dumm. Aber Rory war sich bestimmt nicht im Klaren darüber, wie lange er wegbleiben würde, sonst hätte er nicht die Anweisung gegeben, dass wir die ganze Zeit über in der Festung zu bleiben haben. Er konnte nicht von uns erwarten, so lange nur drinnen zu sitzen. Außerdem haben wir doch Vorsichtsmaßnahmen ergriffen«, sagte sie und meinte damit die Schar von Kriegern, die ihnen folgte. Sie deutete auf die wunderschönen Eschen und Ulmen, die sie umgaben, und den gelben Schimmer des Spätherbstes, der dem kühlen Tag eine angenehme Wärme gab. Ihre Wangen schimmerten rosig vor Freude und der körperlichen Betätigung. »Bei diesen wunderschönen Wäldern direkt vor der Haustür wäre es doch ein Jammer, nicht auf die Jagd zu gehen, so lange es noch geht.«

Alex schüttelte den Kopf und strich die Fahnen. »In Ordnung, Isabel, du hast gewonnen. Wenn ich wüsste, dass es etwas bringt, würde ich um Schonung bitten. Wir werden die Jagd jetzt genießen und uns später Gedanken über die Folgen machen. Aber lass uns zumindest eine kurze Pause einlegen. Wir tränken die Pferde und Margaret kann mit dem Bogen üben, den wir von meinem Knappen ausgeliehen haben.«

Isabel wollte schon Widerspruch erheben, bemerkte dann aber mit einiger Verspätung Margarets bittenden Blick und erkannte schuldbewusst, dass ihr wilder Ritt nicht nur Alex erschreckt hatte. Zögernd gab sie nach und nickte Alex zu.

»Ich hab's geschafft!« Der Pfeil flog in einem schönen, wenn auch nicht zielgenauen Bogen über den klaren blauen Himmel, ehe er völlig harmlos im Moos und Laub landete, das um den Baum herumlag.

Isabel sah zu, wie sich überraschte Freude auf Margarets Gesicht ausbreitete, und mit in die Hüften gestützten Händen ahmte sie perfekt Bessies Stimme nach, als sie sagte: »Ich habe dir doch gesagt, Kindchen, wenn du dir etwas in den Kopf gesetzt hast, kannst du alles schaffen.«

Margaret verdrehte die Augen und kicherte. Sie drehte sich zu ihrem Bruder um. »Alex, hast du's gesehen? Ich habe den Pfeil abgeschossen.«

Alex lachte und seine dunkelblauen Augen funkelten vor Freude. »Ich muss gestehen, ich bin beeindruckt, Schwesterchen. Als Nächstes werde ich wohl das Schwert meines Knappen verstecken müssen. Du scheinst da ja einen hervorragenden Lehrmeister im Kriegshandwerk gefunden zu haben.«

Isabel musste grinsen, als sie sich die zierliche Margaret mit einem Breitschwert vorstellte. Sie bezweifelte, dass Margaret es überhaupt vom Boden hochbekommen würde, ganz zu schweigen davon, jemanden damit zu bedrohen. Aber man wusste ja nie. Margaret hatte eine beachtliche Kraft für jemanden ihrer Größe gezeigt, denn auch der Kinderbogen, den sie sich ausgeliehen hatte, verlangte dem Schützen einiges an Stärke ab. »Margaret steht das ganze Lob zu. Ich habe ihr nur gezeigt, wie man den Bogen ruhig hält, während man ihn spannt. Alles andere hat sie selbst geschafft. Gut gemacht, Margaret.« Schwungvoll erhob sie sich von dem mit hellem Moos bedeckten Baumstumpf, auf dem sie gesessen und Margaret zugeschaut hatte. Dabei schüttelte sie den Schmutz von ihrem amethystfarbenen Samtkleid ab. »Ich glaube, das reicht an Übung. Vielleicht sollten wir jetzt ein oder zwei Rehe jagen, um die Wintervorräte aufzustocken?«

Alex hatte offensichtlich schon mit ihrem Eifer gerechnet, denn er führte bereits ihren Zelter herbei. Sie zog eine ihrer schmalen Augenbrauen überrascht hoch, musste dann aber kichern, weil sie so leicht zu durchschauen war. Sie zuckte die Achseln, ohne sich jedoch zu rechtfertigen, denn sie hatte es ja tatsächlich eilig weiterzumachen, ehe der Tag um war. Sie warf einen Blick durch das Geäst der Bäume nach oben zur Sonne, die direkt über ihr stand, und wusste, dass nur noch ein paar Stunden übrig waren, ehe Alex darauf bestehen würde, in die Festung zurückzukehren. Die Tage waren bereits unerträglich kurz.

Zwei Stunden vergingen wie im Flug. Isabel konnte sich nicht daran erinnern, wann sie das letzte Mal etwas so sehr genossen hatte. Außer … die Erinnerung an fordernde Lippen und streichelnde Hände blitzte plötzlich auf, ehe sie es verhindern konnte.

Sie spürte, dass Alex' Blick auf ihr ruhte. »Genügt es dir jetzt?«, fragte er. »Es ist spät geworden, und ich fürchte, das

Wetter schlägt um.« Er schaute nach oben zu den Wolken, die sich am Himmel zusammenzogen.

Es überraschte sie immer noch jedes Mal aufs Neue, wie schnell sich auf Skye heller Sonnenschein in dunklen Regen verwandeln konnte. Isabel grinste. »Nein, tut es nicht. Aber ich weiß, dass wir zurückmüssen.«

Mit einer nachdrücklichen Geste, die entfernt an seinen Bruder erinnerte, befahl Alex seinen Männern, zum wartenden *birlinn* zurückzukehren.

Sie ritten eine Weile in geselligem Schweigen dahin, bis Isabel sagte. »Danke, Alex. Ich kann dir gar nicht sagen, wie viel mir der heutige Tag bedeutet.«

Alex warf einen bedeutungsvollen Blick in Richtung Margaret, die mit Colin voranritt. »Ich sollte mich bei dir bedanken. Für das, was du für Margaret getan hast. Der Zorn meines Bruders ist ein kleiner Preis für die Freude auf dem Antlitz meiner Schwester. Es ist fast so, als wären die letzten paar Jahre zu einem bösen Traum verblasst. Die Wandlung, die sie durchgemacht hat, ist bemerkenswert.« Er deutete mit dem Kopf auf Colin. »Sogar der Wikinger scheint es bemerkt zu haben.«

Sie warfen einander ein verständnisinniges Lächeln zu. »Ich habe genau das Gleiche gedacht«, sagte Isabel. »Obwohl er sein Interesse zu verbergen sucht, ist es so deutlich zu erkennen wie der finstere Ausdruck auf seinem Gesicht.«

Alex kicherte, und sie setzten ihren Weg fort. Als es immer dunkler wurde, befahl Alex ein paar der Bewaffneten, die sie begleiteten, vorauszureiten und die Boote vorzubereiten, sodass sie gleich in See stechen konnten. So nah bei Dunvegan bestand keine Gefahr, doch Alex erklärte, dass die Frauen im Falle eines Unwetters nicht länger als notwendig auf dem Wasser sein sollten. Isabel bemerkte erst, wie weit sie zurückgefallen waren, als sie in den Wald hineinritten und sie vor Alex und sich nur noch Margaret und Colin sehen konnte.

Colin führte die kleine Gruppe auf einem schmalen Pfad tiefer in den Wald hinein. Der leichte Wind ließ das Laub auf dem Boden leise rascheln. Akelei und Schlüsselblume des Frühlings waren längst von Fingerhut, blühenden Disteln, Salbei und jetzt in Büscheln blühendem Heidekraut verdrängt worden. Eine Vielzahl großer, dunkler Pilze bedeckte den Waldboden. Völlig entspannt von der schönen Landschaft und dem sanften Schaukeln ihres Zelters, der mit sicherem Schritt über den unebenen Boden ging, war Isabel in Tagträumen versunken und schreckte auf, als plötzlich alle stehen blieben. Sie schaute auf und sah, dass Colin warnend eine Hand gehoben hatte, damit keiner die Stille unterbrach.

Irgendetwas stimmte nicht.

Eine unnatürliche Stille schien das leise Zwitschern im Wald zum Schweigen gebracht zu haben, und diese unheimliche Lautlosigkeit erinnerte Isabel an die Ruhe vor dem Sturm – bei dem die Geschöpfe der Natur bereits flüchten, weil sie die Gefahr spüren, ehe der Mensch dieser auch nur gewahr wird. Instinktiv hielt sie den Atem an, um angestrengt zu lauschen. Aufmerksam musterte sie die Bäume, ohne jedoch etwas Ungewöhnliches zu entdecken, und nahm an, dass Colin vielleicht vor sich ein Reh erspäht hatte. Sie stieß den angehaltenen Atem aus und ließ sich entspannt in den Sattel zurückgleiten.

Und dann brach plötzlich die Hölle los.

Völlig unerwartet schnellte Alex' Arm nach vorn und drückte ihren Kopf nur einen Moment, bevor ein Pfeil über sie hinwegschoss, nach unten. Flugbahn und die frühere Position ihres Kopfes stimmten exakt überein.

»Verdammt.« Sie hörte Alex fluchen, während er ihren Kopf weiterhin fest in die Mähne ihrer Stute drückte. Die sanft neckende Stimme war verschwunden, und von einem Moment auf den anderen vom harten, befehlsgewohnten Klang des erfahrenen Kriegers abgelöst worden. »Colin, bring Margaret und Isabel zum Anlegeplatz. Komm mit Verstärkung zurück. Ich bleibe hier und versuche, sie aufzuhalten.« Er versetzte Isabels Stute einen Schlag auf die Kruppe. »Los. Schnell. Reite so schnell, wie du kannst.«

Beim festen Hieb machte die Stute einen erschreckten Satz nach vorn. Isabel kämpfte darum, im Sattel zu bleiben, und packte die Zügel fester, um das panische Pferd wieder unter Kontrolle zu bekommen. Langsam zog sie die Zügel an und war so in der Lage, die halsbrecherische Geschwindigkeit zu verringern. Genau vor sich sah sie Colin Margarets Pferd mit sich reißen und im dichten Wald verschwinden. Warte, schalt sie sich selbst, als ihr trotz des Chaos, das ausgebrochen war, plötzlich eine Sache klar wurde. Es war alles ihre Schuld. Sie konnte Alex nicht im Stich lassen. Die Gefahr nicht achtend riss sie ihr Pferd herum und galoppierte wieder zu Alex zurück.

Sie hatten ihn umzingelt, doch Alex hielt sich die Angreifer mit seinem schwingenden Breitschwert vom Leib. Er hatte sich fast freigekämpft, als er sie erblickte und die Augen unheilvoll zusammenkniff. »Was, zum Teufel, tust du hier eigentlich? Du bringst dich ja um. Schnell, reite zu Colin und Margaret. Wenn dir irgendetwas passieren sollte …« Er verstummte, als er von hinten von einem Breitschwert getroffen wurde. Der nächste Hieb traf ihn am Kopf und warf ihn aus dem Sattel. Bewusstlos fiel er zu Boden.

»Neiiiin! Alex. Oh Gott, bitte nicht!« Entsetzt hob sie die Hände ans Gesicht und öffnete den Mund, um zu schreien. Doch der Schock war so groß, dass kein Laut über ihre Lippen kam. Entsetzen und die Angst um Alex überwältigten sie fast, sodass sie einen Moment lang wie gelähmt war. Doch dann kam so etwas wie Ruhe in ihre Bewegungen. Seltsam losgelöst von Angst und Schrecken, die sie umgaben, war Isabel plötzlich von wilder Entschlossenheit erfüllt – wie ein Krieger mitten in einer Schlacht. Sie wusste, was sie zu tun hatte. Sie musste sich zusammenreißen und ihm helfen. Sie sprang aus dem Sattel, ohne dabei an ihren Bogen zu denken, und eilte zu Alex, der verdreht und fürchterlich still in Dreck und Laub am Boden lag. Isabel dachte nur daran, zu Alex zu kommen, und bemerkte erst, dass sie von einer Handvoll furchteinflößender Highlander umzingelt wurde, als es zu spät war. Sie hatte Alex fast erreicht, als sie von einem dreckigen, ungeschlacht aussehenden Krieger gepackt und herumgerissen wurde. Als sie seinem Blick begegnete, zuckte sie zusammen. In seinen Augen war so viel Leben wie bei einem toten Fisch.

»Na, was haben wir denn da? Das sieht ja ganz nach einem kleinen bisschen Unterhaltung für den Nachmittag aus.« Sein widerlich lüsterner Blick glitt über ihr Gesicht. »Da scheinen wir ja eine ganz Hübsche gefunden zu haben. Ich wette, dass derjenige, dem du gehörst, dich unbedingt zurückhaben will und bereit sein wird, dafür zu bezahlen. Aber hoffentlich ist es nicht der da, Mädchen«, sagte er und deutete auf Alex. »Der wird dich nicht allzu bald wieder beanspruchen … wenn überhaupt.« Sein stinkender Atem strich über ihr Ohr. Isabel wich deutlich erkennbar vor der Drohung zurück, die in seiner Stimme mitschwang.

Im Stillen verfluchte sie ihre Dummheit, dass sie Pfeil und Bogen nicht mitgenommen hatte. Ihr Instinkt hatte sie im Stich gelassen, aber es war auch alles so schnell gegangen. »Gebt mich frei, Hundsfott, seht Ihr nicht, dass der Mann verletzt ist. Er braucht mich. Lasst mich los.« Sie versuchte, sich ihm zu entwinden, doch er war zu stark und hielt sie zu fest.

Der Krieger stieß ein unangenehmes Lachen aus, in dem keinerlei Erheiterung lag. Er grinste höhnisch. »Mach dir keine Sorgen um den da. Wo der hingeht, braucht er dich nicht.« Brutal versetzte er Alex' regungslosem Körper einen Tritt.

Voller Erleichterung hörte sie ihn schmerzerfüllt aufstöhnen. Alex hatte so ruhig dagelegen, dass sie schon befürchtet hatte, er wäre bereits tot. Durch den Schwerthieb hatte er wahrscheinlich nur das Bewusstsein verloren, aber sie würden ihn nicht am Leben lassen. Sie musste etwas tun. Wenn sie Alex nicht gebeten hätte, Dunvegan zu verlassen, wäre all dies nicht passiert. Quälende Schuldgefühle mischten sich mit Hilflosigkeit. »Wer seid Ihr? Was wollt Ihr von mir?«

»Ich habe dir schon gesagt, was wir von dir wollen – ein bisschen Bewegung.« Er grinste und enthüllte dabei braune, abgebrochene Zahnstummel. »Und was deine andere Frage betrifft – was meinst du denn, wer wir sind? Wer wäre kühn genug, am helllichten Tage in MacLeod-Land einzufallen?« Die Arroganz, die der abstoßende Clanangehörige verströmte, war riesig.

»Mackenzies«, zischte Isabel.

»Ah, unser Ruf eilt uns voraus. Und wer bist wohl du, meine kleine Schönheit?« Er musterte ihre Erscheinung und bemerkte ihre teure Kleidung. »Anscheinend eine Lady.« Er streckte seine Hand aus, um mit seinen groben, dreckigen Fingern über ihre Brust zu streichen. »Eine Lady mit dem Körper einer Hure.«

Instinktiv stieß Isabel seine Hand beiseite. Seine Vergeltung folgte schnell und entschieden, indem er ihr eine brutale Ohrfeige verpasste. Durch die Wucht des Schlages wurde ihr Kopf nach hinten geschleudert, und ihr Haar löste sich aus dem Band, das es zusammengehalten hatte. Die gierigen Blicke der Männer wurden fast noch lüsterner.

Zwar völlig benebelt von dem Hieb fuhr sie ihn trotzdem an und schwor: »Ich werde Euch umbringen, wenn Ihr mich noch einmal anfasst.«

Totenstille breitete sich nach ihren Worten aus. Die Männer warteten darauf, wie der Mann, der sie festhielt und der offensichtlich ihr Anführer war, reagieren würde, und fielen gleich in sein obszönes Gelächter ein, das er ob ihrer Drohung ausstieß. »Ah, da haben wir ja einen kleinen Heißsporn gefunden. Es wird mir große Freude bereiten, dich zu zähmen, meine Süße – aber merk dir eins. Bring mich nicht in Wut, sonst erteile ich dir deine erste Lektion gleich hier an Ort und Stelle. Ich frage dich noch einmal: Wie heißt du und zu wem gehörst du? Sag die Wahrheit, sonst wirst du meinen Zorn zu spüren bekommen.«

Isabel überlegte schnell, was sie antworten sollte und ob die Wahrheit ihr in dieser Situation helfen oder eher schaden würde. Anscheinend hatte sie sich dabei aber mehr Zeit gelassen, als er ihr zuzugestehen bereit war, denn plötzlich packte er sie bei den Haaren, zerrte sie an seinen verschwitzten Körper und riss das Mieder ihres Reitkleides auf. Mit seinen schmierigen Fingern griff er unter ihr Hemd und grub seine Finger in ihren Busen. Seine rissigen Nägel kratzten schmerzhaft über ihre zarte Haut. Isabel wurde ganz schlecht bei seiner Berührung, und Übelkeit stieg in ihr auf. Sie merkte, dass sie kurz davor stand, sich zu übergeben.

»Es reicht. Sag mir deinen Namen, oder muss ich dich noch länger überreden?«

»Isabel.«

»Schön, Isabel, und zu wem gehörst du?«

»Rory MacLeod. Ich bin die Frau von Rory MacLeod.« Herausfordernd hob sie das Kinn. Ihre Stimme war zwar leise, doch es schwang ein Hauch von Trotz darin mit.

Ihre Behauptung überraschte den Mann, und er ließ sie abrupt los. Er war offensichtlich verärgert und schien unsicher, ob er ihr glauben sollte. Isabel konnte sehen, welche Gedanken ihm durch den Kopf gingen. Rory MacLeod war ein mächtiger Gegner. Ihn um ein paar Rinder zu erleichtern, war eine Sache, aber sich seine Frau zu nehmen … Tja, er würde ein gejagter Mann sein. Wenn er Rory MacLeods Frau nahm, würde er ihn sich damit zum lebenslangen Feind machen – wobei lebenslang wohl nicht allzu lang sein würde.

Der Mackenzie verschränkte die Arme vor der Brust und musterte sie einen Moment, ehe er zu einer Entscheidung kam. »Du lügst. Die Frau des MacLeod würde man niemals mit so einer armseligen Eskorte durch die Wälder streifen lassen. Er wäre ein Narr, würde er einen so verführerischen Leckerbissen zurücklassen, während er mit Argyll liebäugelt. Du bist wahrscheinlich seine Buhle.« Er streckte die Hand aus und schlang ihr offenes Haar darum, sodass es schmerzhaft zog. In seinem Blick lag gieriges Verlangen, und mit lüsterner Stimme sagte er: »Ich hatte dir gesagt, dass du die Wahrheit sagen sollst.«

Isabel versuchte etwas zu sagen, wollte erklären, dass es die Wahrheit war, doch da presste er schon seinen Mund auf ihre Lippen und warf sie brutal zu Boden. Sein massiger Leib landete mit voller Wucht auf ihr. Sein schwerer Körper erdrückte sie fast und presste sie erbarmungslos auf den harten Boden. Sein rauer Bart zerkratzte ihr das Gesicht, als er sie küsste.

Einen Augenblick lang wollte sie nur sterben, doch dann setzte ihr Überlebenswille wieder ein.

Sie kämpfte wie eine Raubkatze, versuchte ihm das Gesicht zu zerkratzen, doch er packte nur ihre Hände und hielt sie über ihrem Kopf fest, während er ihren Rock hochzog und an ihren Unterröcken und ihrer Unterwäsche riss, bis er ihre nackte Haut berührte. Panik stieg in ihr auf, und vor Angst stand sie kurz davor, sich zu übergeben. Sie spürte, wie seine groben Hände sich um die zarte Haut ihres Hintern legten und er ihre Hüften anhob. Durch einen Schleier ungläubiger Fassungslosigkeit hörte sie sein lustvolles Stöhnen, das vom Gelächter seiner Männer übertönt wurde, während er seinen Kilt hochschob und sein steifes Glied gegen ihre geschlossenen Schenkel drückte und versuchte, sie zu öffnen. Sie spürte seine drahtigen Haare an ihren Beinen, als er mit einer Hand versuchte, ihre verkrampften Beine auseinanderzudrängen.

Lüsterne Rufe feuerten ihn noch weiter an.

Als sie merkte, was er wollte, ließ ein nie gekanntes Entsetzen ihre Seele erstarren. Einen lähmenden Moment lang konnte sie sich nicht rühren. Sie meinte zu ersticken und hatte das Gefühl, kopfüber in die Hölle zu stürzen.

Sie hörte Alex fluchen und dann stöhnen, weil er durch ihre Schreie wieder zu Bewusstsein gekommen war. Doch sein Versuch, ihr zu helfen, wurde von den Fäusten der Mackenzies abgeschmettert.

Ihr Körper bäumte sich ein letztes Mal auf – ein instinktiver Überlebenskampf. Sie trat und wand sich, um dem unnachgiebigen Druck seines Körpers zu entkommen. Aber ihre Bewegungen schienen ihn nur noch mehr zu erregen. Sie biss ihm in die Zunge und schmeckte Blut.

Er kreischte vor Schmerz. »Verdammtes Miststück.«

Durch den ersten Schlag wurde ihr Kopf zur Seite geschleudert. Dann traf seine Faust ihr Gesicht ein zweites Mal. Und noch einmal. Der Schmerz war unerträglich.

Sie war machtlos.

Oh Gott, nein. Sie betete. *Bitte, nicht*.

»Nein.« Sie hörte ihren erstickten Schrei wie aus weiter Ferne, während sie in einen Abgrund zu stürzen meinte. Ein Abgrund, der wie ein schwitzendes Schwein stank.

Die Zeit stand still, während sie darauf wartete, vom Tod erlöst zu werden.

Doch nichts passierte.

Plötzlich durchdrang den Schleier des Entsetzens das Zischen eines Pfeils, und der Widerling brach auf ihr zusammen, wobei er sie mit dem Gewicht seines leblosen Körpers fast zerquetschte. Der erstaunte Blick seiner Fischaugen begleitete ihn in die Ewigkeit. Isabel war verwirrt, und ihr Gesicht schmerzte von den Schlägen, sodass das Klirren von Stahl auf Stahl fast gar nicht bis in ihr Bewusstsein vordrang. Sie wandte den Blick von den Augen des toten Mannes ab. Stahl blitzte über ihr in Form eines silbernen Kreuzes auf. War sie im Himmel? Nein, die Kreuze waren Schwerter. Hier fand ein Kampf statt, merkte sie endlich. Vielleicht war das die Hölle. Das Geräusch einer Klinge, die sich in Fleisch bohrte, vermischte sich mit dem gurgelnden Schrei eines sterbenden Mannes.

Nur Augenblicke später wurde der Körper des Mackenzie von ihr heruntergezogen. Ihr erster Gedanke war, dass sie wieder atmen konnte. Sie lebte. Kühle Luft strich über ihre nackten Beine.

Sie war immer noch wie gelähmt von dem, was ihr beinahe widerfahren wäre und das nun offensichtlich vorüber war, sodass ihr benebelter Blick ihren Retter gar nicht sah. Einen Moment lang war sie verwirrt, bis starke Hände sie in eine feste Umarmung zogen.

Rory.

Er vergrub seinen Mund in ihrem Haar. Sie konnte das wilde Pochen seines Herzens an ihrer Wange spüren. Sie konnte den ihm eigenen Duft nach Sandelholz gemischt mit Sonnenschein riechen. Er sah ihr in die Augen und ließ ihren Blick nicht mehr los. Er sah sie an, als wollte er sich ihre Gesichtszüge für alle Zeiten einprägen, als glaubte er nicht, dass sie real wäre. Und sie sah ein Gefühl in seiner Miene, das sie nie auf seinem Gesicht erwartet hatte zu sehen. Er hatte Angst. Angst um sie.

Rory erlebte einen Moment, in dem sich in ihm alles vor Angst zusammenzog. Angst, dass er zu spät gekommen war. Das wilde Pochen seines Herzens hatte sich noch nicht beruhigt. Er strich ihr mit dem Daumen über die Seite ihres misshandelten Gesichts. »Gott sei Dank. Als ich erkannte, wer da unter dieser Ausgeburt der Hölle liegt …« Er hob ihr Kinn an und schaute ihr tief in die Augen. »Isabel, ist alles in Ordnung mit dir?«

Seine Augen verschlangen förmlich das Gesicht, das ihn während der letzten zwei Monate in seinen Träumen verfolgt hatte, und nahmen die Kratzer und Prellungen wahr, während er sich davon zu überzeugen versuchte, dass sie nicht sterben würde. Ihr Gesicht war mit Blut verschmiert. Dunkle Schatten lagen unter ihren Augen. Eine ungesunde Blässe lag auf ihrer zarten Haut. Ein schlimmer Schnitt auf ihrem Kiefer, der schwarz und rot gefleckt war, schwoll bereits an. Ihr herrliches Haar war zerzaust und glanzlos, das Reitkostüm völlig zerfetzt. Rory meinte, dass sie nie schöner ausgesehen hätte. Sie war in Sicherheit.

Violette Augen, in denen es stürmisch funkelte, glitten über sein Gesicht. Ungläubig starrte sie ihn an. Sie hob eine Hand und legte sie an seine unrasierte Wange, als wolle sie ihn damit zwingen, kein Trugbild zu sein.

»Rory, bist das wirklich du? Wie kann das sein?« Sie klammerte sich an ihn, als hätte sie Angst, er könnte verschwinden.

»Später. Ich werde dir alles später erklären. Erst einmal müssen wir dich zurück auf die Burg bringen.«

Sie schien sich zu beruhigen, als er sie zu seinem Pferd trug, doch im nächsten Augenblick kehrte das Entsetzen zurück. »Oh Gott, Rory. Alex. Wir müssen Alex helfen.« Sie ließ seine Arme los, die sie eben noch umklammert hatte und sah sich voller Panik nach Alex um.

Rory drückte ihr Gesicht an seine Schulter, damit sie nicht das Blutbad sah, das sie umgab. Den Beweis seiner Raserei. Tote Mackenzies bedeckten den Waldboden, ihre Leiber waren unnatürlich verdreht, von Pfeilen durchbohrt und von Schwerthieben verstümmelt. Blut ließ die vorher orange-braunen Blätter, die den Waldboden bedeckten, jetzt dunkelrot glänzen.

»Alles in Ordnung, Isabel. Alex geht es bald wieder gut.« Er hatte zwar einen heftigen Schlag auf den Kopf bekommen und ein paar Schnitte und Prellungen von dem vorhergehenden Kampf, doch er würde sich wieder davon erholen. »Douglas bringt ihn bereits zum Anlegeplatz.« Der Anlegeplatz, an dem der überraschte Rory auf eine Schar seiner Krieger getroffen war, die auf das Eintreffen einer kleinen Jagdgesellschaft wartete.

Das Blut strömte schneller durch seinen Körper, als er sich wieder daran erinnerte, wie Colin und Margaret zwischen den Bäumen hervorgestürmt waren und ihm von dem Überfall berichteten. Mit welcher Inbrunst eines Bußfertigen er darum gebetet hatte, nicht zu spät zu kommen. Die Wut und die Hilflosigkeit, die in ihm getobt hatten, als er seinen Bruder leblos am Boden liegen sah, während Isabel unter dem widerwärtigen Mackenzie fast zerquetscht wurde. Rory sah rot. Mit jeder Faser seines Körpers verlangte es ihn nach dem Blut der Angreifer. Wie ein wilder Berserker, dessen Nachkomme er war, hatte er sich wie von Sinnen auf den Feind gestürzt.

»Rory, es tut mir leid. Es ist alles meine Schuld, bitte … ich wollte nicht …« Sie weinte leise an seiner Schulter, während ihr schlanker Leib beim Schluchzen bebte.

»Schsch. Wir sprechen später darüber, Isabel«, besänftigte Rory sie und strich ihr dabei über das seidige Haar. Am liebsten hätte er seinen Mund auf ihre Lippen gedrückt und die Erinnerung an das Geschehene mit seinen Küssen vertrieben. Selbstsüchtig wollte er ihr seinen Stempel aufdrücken und alle Spuren von dem anderen auslöschen. Aber er wusste, dass das nach dem, was sie durchgemacht hatte, zu früh war. Sie war zu schwach.

Aber wieder einmal überraschte Isabel ihn.

Sie umklammerte seine Schultern und hob ihm ihren Mund entgegen. »Bitte.« Sie zitterte. »Dieser Mann.« Rory konnte das Entsetzen in ihren Augen sehen. »Bitte, Rory, küsst du mich?«

Sein Herz krampfte sich zusammen. Das war ein Angebot, das er nur zu gern annahm. »Ja, Mädchen, mit Vergnügen.«

Er wusste, was sie jetzt brauchte. Sanft bedeckte er ihre Lippen mit den seinen.

Isabel staunte über ihre eigene Kühnheit. Aber sie musste wissen, dass sie am Leben und in Sicherheit war. Sie wollte das Entsetzen mit etwas Schönem bannen.

Die erste Berührung seiner Lippen war wie von einer Feder. Die zweite fast schon schmerzhaft zärtlich. Nie hätte sie gedacht, dass dieser wilde Krieger zu solch atemberaubender Sanftheit in der Lage sein könnte. Seine Lippen waren so weich. Und doch so stark. Und heilsam. Er schmeckte genauso warm, wie sie es in Erinnerung gehabt hatte. Er schloss sie ganz fest in die Arme und küsste sie mit so viel Gefühl, dass ihr der Atem wegblieb.

Und als er sie wieder losließ, wagte Isabel nicht, auch nur

einen Ton zu sagen. Denn sie hatte Angst, dass das Gefühl, das wie ein schwerer Druck auf ihrer Brust lastete, dann hervorbrechen würde.

Er hob sie auf sein Pferd. Nur Sekunden später spürte Isabel seine starken Arme, die sich um sie legten, und seinen festen Körper hinter sich. Er schlang seinen Tartan so liebevoll um ihr zerrissenes Mieder, als wäre sie ein neugeborenes Kind. Isabel stand unter einem viel zu starken Eindruck der Gefühle, die auf sie einstürmten, als dass sie sich wegen ihrer zerzausten Erscheinung Gedanken gemacht hätte. Lieber Gott, sie wäre beinahe vergewaltigt worden. Wenn Rory nicht gerade im rechten Moment gekommen wäre …

Sein Schlachtross donnerte durch den Wald und schien ihr zusätzliches Gewicht gar nicht zu bemerken. Der Wind zerrte an ihren Haaren, wie er es auch ein paar Stunden zuvor schon getan hatte – ein ganzes Leben schien seitdem vergangen zu sein. Isabel sank entspannt nach hinten und lehnte an seiner Brust, die in ein Kettenhemd gehüllt war. Sie gab sich dem einschläfernden Rhythmus des Pferdes und der Stärke ausstrahlenden Geborgenheit in den Armen ihres Gemahls auf Zeit hin.

Sie war fast eingeschlafen und irgendwie desorientiert – trotzdem erinnerte sie sich plötzlich unerklärlicherweise an das, was sie ihm hatte sagen wollen, wenn er wieder da war. »Danke für das Buch. Es war wunderbar.« Ihre Stimme war ganz leise und schläfrig.

Sie spürte seinen warmen Atem, der über ihr Ohr strich. »Bitte schön.«

Endlich in Sicherheit fiel sie in einen tiefen, erschöpften Schlaf.

13

Fünf Tage später fand er sie an Alex' Krankenbett. An der gleichen Stelle, wo sie Tag und Nacht, seitdem er sie vor der Vergewaltigung durch Fergus Mackenzie bewahrt hatte, ausharrte. Trotz des Chaos' während des Angriffs hatte Rory den jüngsten Mackenzie-Sohn auf Anhieb erkannt – und hatte nicht gezögert, dessen verderbtem Leben ein Ende zu setzen. Der Mann gehörte zur schlimmsten Sorte, die Art Mensch, die sich am Schmerz anderer labt. Rory wusste jedoch, dass es nichtsdestotrotz mit dem Chief der Mackenzies wegen seines Sohnes eine Abrechnung geben würde. Doch das spielte keine Rolle. Er stand auf der Türschwelle und sah zu, wie sich Isabel über die reglose Gestalt seines Bruders beugte und ihm immer wieder mit einem kühlen, feuchten Tuch die Stirn abwischte, und er wusste, dass er das Scheusal immer wieder für das, was er fast getan hatte, umbringen würde.

Der Schlag auf Alex' Kopf war doch schlimmer gewesen, als zunächst angenommen. Er hatte eine Beule auf dem Schädel, die so groß wie ein Hühnerei war. Alex war fast zwei Tage lang bewusstlos gewesen. Und wenn er jetzt wach wurde, dann nie für lange, und meistens war er in den Momenten benebelt und litt unter heftiger Übelkeit.

Isabel drehte sich um, da sie seine Anwesenheit wohl gespürt haben musste, obwohl er völlig geräuschlos eingetreten war. Sie begrüßte ihn mit einem schwachen Lächeln, das ihr bleiches, müdes Gesicht aufleuchten ließ.

»Die Schwellung ist deutlich zurückgegangen.« Die Erleichterung darüber war ihr trotz der Erschöpfung, die in ihrer Stimme mitschwang, deutlich anzumerken. Sie zog die schmalen Augenbrauen zusammen. »Aber trotzdem ist er nie lange wach.«

Rory trat ans Bett und betrachtete voller Zuneigung seinen friedlich schlummernden Bruder. »Er sieht viel besser aus. Am besten lässt man ihn schlafen. Wenn er aufwacht, wird er einen Brummschädel haben. Davon abgesehen«, meinte er mit einem Grinsen, »hat Alex eine viel zu harte Birne, um sich von einem so kleinen Hieb lange außer Gefecht setzen zu lassen.«

Ihr Lächeln wurde ein bisschen breiter. »Ja, er ist nicht der einzige dickköpfige, sture Mann in dieser Festung.« Bei seiner übertrieben beleidigten Miene musste sie lachen, ihre Augen funkelten, und sie sah wieder etwas mehr wie sie selbst aus.

Rory trat dichter an sie heran und legte seine Hand vorsichtig auf ihre Schulter. Seit jenem Tag im Wald nutzte er jeden Vorwand, um sie zu berühren. Er konnte die durch die durchwachten Nächte hervorgerufene Anspannung unter seinen Fingerspitzen spüren. Trotz ihrer offensichtlichen Müdigkeit packte ihn das Verlangen. Er sehnte sich danach, die verkrampften Muskeln zu kneten und zu lockern, seine Finger sanft streichelnd über ihre weiche Haut gleiten zu lassen, die Erschöpfung der letzten paar Tage mit seinen Händen – und dann seinem Mund – zu vertreiben.

Aber zuerst mussten sie miteinander reden.

Sie ahnte wohl, was er dachte, denn fürsorglich griff sie nach Alex' Hand … wie eine Mutter, die ihr Junges beschützen will. Ihre müden Augen funkelten trotzig, und an ihrer ganzen Haltung konnte man ihre Weigerung erkennen, ihre Position als Pflegerin an jemand anders abzutreten.

Rory wusste, dass sie sich die Schuld an dem ganzen Vorfall gab und sich schwere Vorwürfe wegen Alex' Verletzung machte. Aber er wollte auf keinen Fall, dass sie sich weiter in ihren Schuldgefühlen suhlte. »Isabel, wir müssen miteinander reden. Margaret wird eine Weile auf ihn aufpassen. Er braucht Ruhe, um sich zu erholen. Im Moment kannst du nichts für ihn tun. Komm mit.«

»Aber ich kann ihn noch nicht allein lassen. Ich muss hier sein, wenn er aufwacht und irgendetwas braucht. Bitte, ich möchte nur noch ein kleines bisschen länger bleiben.«

»Isabel, dadurch kannst du einem Gespräch nicht ausweichen. Wir werden miteinander reden. Heute Abend, nicht später. Ich habe bereits nach Margaret geschickt. Sie ist ganz erpicht darauf, bei der Pflege von Alex zu helfen. Sie gibt sich einen großen Teil der Schuld daran, was geschehen ist, und brennt darauf, es irgendwie wiedergutzumachen. Wir werden uns unterhalten. Aber zuerst nimmst du ein Bad, ruhst dich aus und isst etwas, sonst wirst du noch krank. Geh in unser Zimmer. Jetzt.« Sein klarer Tonfall ließ keinen Raum für Diskussionen.

Ihr wunderschönes kupfergoldenes Haar fiel ihr schlaff auf die Schultern und verbarg ihre Gesichtszüge, während sie so tat, als würde sie über seine Bitte nachdenken. Eine Bitte, von der beide wussten, dass es im Grunde ein Befehl war. Unruhig strich sie über Alex' Decke, doch es dauerte nicht lange, und sie stieß einen resignierten Seufzer aus.

Sie warf das Haar nach hinten, hob das Kinn energisch und erwiderte: »Wie Ihr wünscht, *Chief*. Wir werden heute Abend miteinander sprechen. Ich werde jetzt in unser Zimmer gehen und tun, was du mir befohlen hast.« Sie betonte das Ende ihres Satzes, erhob sich von ihrem Platz neben Alex' Bett, legte ihm das kühle Tuch noch einmal auf die Stirn, um ihm dann den Rücken zuzukehren und hoheitsvoll aus dem Raum zu schweben.

Um Rorys Lippen zuckte es. Der versteckte Verweis amüsierte ihn. Aber er war nun einmal der Chief, ein Mann, der es gewohnt war, Befehle zu erteilen. Um die Wahrheit zu sagen, hatte er eigentlich keine Erfahrung damit, wie man einer Dame gegenüber einen höflichen Wunsch äußerte. Und er hatte schon zu lange darauf gewartet zu erfahren, was sich eigentlich in den Wäldern von Dunvegan zugetragen hatte.

Das Entsetzen wegen des Angriffs war verblasst und war durch mühsam zurückgehaltene Wut abgelöst worden. Aber erst einmal würde er sie anhören. Eines war sonnenklar: Sein Befehl, die Festung nicht zu verlassen, war komplett ignoriert worden.

Er setzte sich neben dem Bett auf den zierlichen Stuhl, dessen weiches Samtpolster immer noch warm war, und musterte nachdenklich seinen schlafenden Bruder. Dessen hageres Gesicht, das ihm so vertraut war. Die leicht gerunzelte Stirn verriet seine Gedanken. Alex' Verletzungen hatten ihn mehr erschüttert, als er sich hatte anmerken lassen. Außer dem Schlag auf den Kopf hatten ihn die Mackenzies auch sonst schlimm zugerichtet. Es war offensichtlich, dass Isabel sich die Schuld für Alex' Zustand gab. Geistesabwesend fuhr er sich mit der Hand durchs Haar und strich es sich aus der Stirn. Dabei schüttelte er den Kopf, als versuche er, Ordnung in seine Gedanken zu bringen. Rory wusste nicht, wer die Schuld an allem trug.

Seine Mundwinkel hoben sich zu einem amüsierten Lächeln. Offensichtlich stritten mehrere um diese ganz spezielle Ehre. Außer Isabel und Margaret meinte natürlich auch Colin, die Schuld dafür auf sich nehmen zu müssen, dass Alex verletzt und Isabel beinahe vergewaltigt worden war. Und wie er seinen Bruder kannte, würde natürlich auch Alex – wenn er erst einmal lange genug wach war, um zusammenhängend denken zu können, die volle Verantwortung für die Geschehnisse jenes Tages auf sich nehmen. Jener schreckliche Tag. Allein wenn er daran dachte, drehte sich ihm schon der Magen um und er sah wieder, wie Isabel sich heftig wehrend unter dem Mackenzie lag, die Röcke bis zum Hals hochgeschoben, mit Prellungen im Gesicht und mit vor Entsetzen ganz dunklen Augen. Doch er wusste, dass es noch schlimmer hätte kommen können. Viel schlimmer. Wenn er und seine Männer nicht gerade dann gekommen wären, wenn Margaret und Colin nicht hätten flüchten können, um sie zu warnen …

Sie hatten Glück gehabt.

Rory tauchte ein Tuch in die Schüssel mit kühlem Wasser, wrang es aus und drückte es leicht auf Alex' Stirn, wie er es bei Isabel gesehen hatte, ehe sie ihren Posten unfreiwillig verlassen hatte.

Colin hatte ihm eine kurze Zusammenfassung davon gegeben, was sie im Wald gemacht hatten, ohne jedoch genau erklären zu können, warum die Gruppe entgegen seinem ausdrücklichen Befehl überhaupt die Festung verlassen hatte – ganz abgesehen von der Frage, warum die Gruppe sich von der bewaffneten Eskorte getrennt hatte. Alex würde viel zu erklären haben, wenn er aufwachte. Aber jetzt wollte Rory erst einmal aus Isabels eigenem Mund hören, wie sie so etwas Dummes rechtfertigte. Trotz seiner Wut konnte er das Gefühl der Verbundenheit nicht vergessen, das er an jenem Tage mitten auf dem blutigen Kampfplatz für sie empfunden hatte. Sie hatte ohne nachzudenken die Arme nach ihm ausgestreckt. Fast als wären sie durch ein zartes Band miteinander verbunden – so zart, dass es leicht reißen konnte, wenn man zu fest daran zog, das aber auch durch weitere Bänder zu etwas viel Stärkerem geknüpft werden konnte. Angesichts seiner romantischen Überlegungen musste er den Kopf schütteln.

Der Überfall hatte Rory gezwungen, sich mit seinen wachsenden Gefühlen für Isabel auseinanderzusetzen – Gefühle, denen er gehofft hatte, während seiner Reise zu entfliehen. Er hatte nicht vorgehabt, so viele Wochen wegzubleiben, doch dann war er in Edinburgh länger als erwartet aufgehalten worden. Er war nicht nur bei Hofe erschienen, um die Bedingungen des *General Band* zu erfüllen, sondern hatte auch wieder Verhandlungen mit dem Earl of Argyll aufgenommen. Nachdem Argyll sich davon überzeugt hatte, dass Rory die Verbindung mit seiner Cousine, Elizabeth Campbell, vorantreiben wollte, hatte Argyll versprochen, den König zu einer Entscheidung bezüglich Trotternish zu drängen. Es erzürnte Rory unendlich, dass James sich auch weiterhin – sogar nach dem, was Sleat Margaret angetan hatte – weigerte, in der Sache Stellung zu beziehen.

Doch während es für Rory immer deutlicher wurde, was er auf Grund seiner Verpflichtung dem Clan gegenüber zu tun hatte, erkannte er auch, wie viel ihm das Mädchen mittlerweile bedeutete, dem er immer noch nicht trauen konnte. Die Heftigkeit, mit der er reagiert hatte, weil sie fast vergewaltigt worden wäre, machte die Tiefe seiner Gefühle nur noch deutlicher.

Er vergrub den Kopf in den Händen, doch der Wahrheit konnte er damit nicht entfliehen. Nichts hatte sich geändert. Nach wie vor forderte die Pflicht seinem Clan gegenüber, dass er das Campbell-Mädchen heiratete. Isabel war nicht für ihn bestimmt. Doch zum ersten Mal überlegte er, ob es vielleicht eine andere Möglichkeit gäbe, Sleat zu vernichten und Trotternish zurückzubekommen, ohne dass Elizabeth Campbell mit hineingezogen wurde.

Rory überlegte den ganzen langen Abend weiter, ein Abend, der durch das aufwühlende Vergnügen, Isabel an seiner Seite zu haben, noch länger wurde.

Sogar jetzt stieg ihm ihr verführerischer Lavendelduft in die Nase. Er wusste, dass der Duft noch stärker sein würde, wenn er sich über ihr offenes Haar beugte und tief einatmete. Und noch stärker, wenn er sein Gesicht an ihren anmutig geschwungenen Nacken drückte, seinen Kopf noch tiefer senkte, um all die warmen Stellen ihres Körpers zu erforschen ... Er stöhnte und rutschte unruhig auf seinem Sitz herum, während er versuchte, trotz der unangenehmen Verhärtung in seinem Schoß eine bequeme Sitzhaltung einzunehmen. Mit dieser Unannehmlichkeit hatte er seit der Ankunft seiner Braut zu kämpfen.

»Ist irgendetwas, Rory? Du hörst dich an, als ob du Schmerzen hättest.« Isabel legte eine Hand auf seinen Arm und schaute mit vor Sorge plötzlich ganz großen Augen zu ihm auf.

»Nein«, erwiderte er ein klein wenig zu schroff. Er griff nach ihrer warmen Hand, deren Berührung seinen Schmerz nur vergrößerte, und nahm sie ganz sanft von seinem Arm herunter. »Ich habe mir das Knie am Tisch gestoßen. Das ist alles.«

Er stöhnte wieder. Verfluchter Mist, das war genau das Falsche. Sofort richtete sich ihr Blick auf sein vermeintlich verletztes Bein. Er packte ihr Handgelenk, als ihre Hand gefährlich dicht neben der echten »Verletzung« landete, und hinderte sie daran, ihre Untersuchung fortzusetzen. »Ist schon gut. Nichts Schlimmes. Mach dir keine Gedanken.«

»Bist du sicher? Wenn du mich deinen Kilt ein Stückchen anheben ließest, könnte ich nachschauen, ob irgendetwas geschwollen ist. Vielleicht brauchst du eine Salbe. Ich könnte dich damit einreiben.«

Er war kaum in der Lage zu antworten. Verflucht noch mal, die zweideutige Bemerkung dieser Frau ließ ihn vor Erregung ganz verrückt werden. Er verstärkte seinen Griff und legte ihre Hand in ihren eigenen Schoß zurück. Selbst in seinen Ohren klang seine Stimme gepresst und brüchig. »Ist nicht so schlimm.« Er musste unbedingt das Thema wechseln. Sie fing wieder an, diese entschlossene Miene aufzusetzen, die ihm allmählich nur allzu vertraut wurde. Wegen ihres eigensinnigen Gesichtsausdrucks hätte er am liebsten losgelacht. Ihre Hartnäckigkeit erinnerte ihn an die Mütter heiratsfähiger Töchter aus seinem Bekanntenkreis. »Und wie geht's dir, fühlst du dich besser, jetzt, da du das Krankenlager meines Bruders mal für ein Weilchen verlassen hast?«

Er ließ seinen Blick langsam über ihr Gesicht wandern. Das Bad und die Ruhe, die er ihr aufgenötigt hatte, waren anscheinend wie eine Verjüngungskur für sie gewesen. Sie sah eindeutig erholt aus; ihr Haar hatte einen flammend kupferroten Glanz, ihr Mund war weich und entspannt, die schmalen Sorgenfalten um ihre Augen herum hatten sich geglättet, und die unter ihrer Haut schlummernden dunklen Schatten waren beinahe nicht mehr zu sehen – wenn man nicht so genau hinsah, wie er es momentan tat. Es überraschte ihn nicht, hinter dieser ansonsten gefassten Miene leise Anzeichen versteckter Qualen zu erkennen. In den letzten paar Tagen hatte sie einiges durchgemacht, sodass ein gewisses Maß an Anspannung und Sorge nur allzu verständlich war. Trotzdem konnte er einen gewissen Stolz darüber, wie ruhig und gefasst sie war, nicht verleugnen. Nach dem, was sie durchgemacht hatte, würden die meisten Frauen an ihrer Stelle immer noch das Bett hüten. Er bewunderte ihre Stärke. Nichtsdestotrotz fühlte er sich schlecht, sobald sie auch nur das geringste Anzeichen von Kummer zeigte.

Seine als Ablenkung gedachte Frage war erfolgreich. Ihre Sorge um sein Bein, die ihn so durcheinandergebracht hatte, schlug in Ärger um, als ihr ins Gedächtnis gerufen wurde, wie schroff sie von Alex' Seite abberufen worden war. Einen Moment lang war ihr Blick voller Zorn. Sie bedachte ihn mit einem wütenden Stirnrunzeln, ehe sie sich offensichtlich besann und ihren Mund zu einem schüchternen Grinsen verzog. Sie neigte den Kopf und schaute ihn unter ihren langen Wimpern hervor an. »Oh, ja, ich fühle mich schon viel besser. Das warme Bad war ein Genuss. Ich bin eingeschlafen, bevor ich überhaupt merkte, dass ich mich hingelegt hatte. Ich war wohl doch erschöpfter, als ich dachte«, gab sie zerknirscht zu, »und hungrig. Wie man wohl an dem restlos abgeräumten Esstablett erkennen konnte.«

Er musste lachen und noch ehe er merkte, was er tat, legte er seine Hand auf ihre. Das dickköpfige Mädchen wollte einfach nicht zugeben, dass es im Unrecht war. »Es hatte vielleicht den Anschein, dass ich dich grob behandelt habe, aber das war nur zu deinem Besten. Du sahst so erschöpft aus. Ich hatte Angst, dass du vor Müdigkeit jeden Moment in Ohnmacht fallen könntest. Du hattest Alex seit fünf Tagen und Nächten unermüdlich umsorgt und brauchtest unbedingt eine Pause.«

»Und ich glaube, du gibst einfach nur gern Befehle.«

Rory kicherte. »Das will ich nicht abstreiten. Aber meine Position bringt das nun einmal mit sich.«

Isabel verzog den Mund. »Ich denke, es ist dir angeboren.«

Isabel hätte Rory immer so weiterbeobachten können. Das Funkeln in seinen Augen und die tiefen Grübchen in den Wangen, wenn er ein Grinsen andeutete, waren unwiderstehlich. Sah er schon so unglaublich gut aus, wenn er ein strenges Gesicht machte, fand sie ihn über alle Maßen attraktiv, wenn er entspannt lächelte. Sie blickte auf seine große, mit

Kampfnarben gezeichnete Hand, die auf ihrer lag, und das Herz schlug ihr bis zum Hals. Sie spürte die volle Kraft seines auf sie gerichteten Charmes. Sie war gewaltig. Und das mit dieser Attraktivität einhergehende Gefühl der Hilflosigkeit war beängstigend.

»Wenn du fertig bist, ziehen wir uns in mein Privatgemach zurück, wo wir unter vier Augen sprechen können.«

Isabel schluckte und ließ sich von der erhöhten Tafel fortführen. Sie wusste, dass es jetzt so weit war. Sie würde die Strafe für die Missachtung seiner Anweisungen erhalten. Sein sanftes Verhalten im Wald und die vorübergehend friedliche Stimmung der vergangenen Tage waren zu Ende. Es war an der Zeit, die Zeche für ihr impulsives Verhalten zu bezahlen.

Isabel schrieb sich die Schuld an dem Vorfall zu, doch ihre Unzufriedenheit darüber, so lange in der Burg eingesperrt gewesen zu sein, war nicht ganz unberechtigt. Er hatte sie allein gelassen, für Monate, und ohne ihr Nachricht zu geben.

Sie entzog Rory die Hand nicht, und er geleitete sie aus der Halle. Die neugierig abschätzenden Blicke, denen sie unterwegs begegneten, blieben ihr nicht verborgen – der Clan hatte die wachsende Zuneigung zwischen ihrem Chief und seiner Braut wohl bemerkt.

Sie gingen nach draußen und folgten dem Gang, der die beiden Türme miteinander verband. Isabel zitterte angesichts des in der nächtlichen Luft liegenden kalten Hauchs. Instinktiv zog er sie dichter an sich. Es lag solch eine Selbstverständlichkeit in der Bewegung, als seien ihre Körper eins. Doch trotz der Wärme, die er ihr spendete, fröstelte sie immer noch.

»Ich habe schon öfter darüber nachgedacht, die beiden Türme mit einem breiten Gang zu verbinden. In den nächsten Jahren würde ich mich gerne nach einem Maurer umsehen, der dieses Vorhaben in die Tat umsetzt.«

Isabel klapperte mit den Zähnen. »Das hört sich wundervoll an. Vielleicht könntest du auch schon früher jemanden finden?«

Rory lachte. »Ich werde darüber nachdenken.«

Sie betraten den Feenturm mit seiner einladenden Wärme, und sie war froh, als er sie über die Wendeltreppe hinauf in die Bibliothek und nicht in ihre Kammer führte. Neutraler Boden. Immer wenn sie in den Turm kam, wurde Isabel von starken Schuldgefühlen befallen. Sie hatte gehofft, in der Zeit, als Rory zum Jahrmarkt nach Port Righ und dann weiter nach Edinburgh gereist war, Gelegenheit zu haben, diesen Turm genauso wie den alten Bergfried gründlich durchsuchen zu können, aber irgendwie schien nie der richtige Zeitpunkt dafür gewesen zu sein.

Vielleicht aber hatte sie – wenn sie ehrlich war – gar nicht die Zeit dafür finden wollen.

Isabel durchquerte den Raum und begab sich geradewegs zu dem großen Fenster, das sie mit seinem herrlichen Blick über die Bucht lockte.

»Es ist wundervoll.« Sie merkte, dass sie ihre Gedanken laut ausgesprochen hatte.

»In der Tat.« Doch Isabel sah, dass er nicht den Ausblick genoss. Bei dieser Erkenntnis lief ihr ein Schauer den Rücken hinunter, wie immer, wenn sie so dicht neben ihm stand. Er räusperte sich. »An einem klaren Tag kann man im Norden die Inseln Harris und North Uist erkennen. Im Westen hat man einen wunderschönen Blick auf die Tafeln.«

»Die Tafeln?«

»MacLeods Tafeln. Zwei Tafelberge, die nach einer List meines Großvaters benannt wurden, der einem hochnäsigen englischen Edelmann beteuerte, dass es keine schönere Tafel und keinen imposanteren Kerzenleuchter als den auf Skye gäbe. Als der Edelmann herkam, um ihm das Gegenteil zu beweisen, hielt mein Großvater ein prunkvolles Fest auf jenen Hügeln ab, und der Himmel war von Hunderten funkelnder Sterne erleuchtet, sodass der Engländer ihm einfach beipflichten musste.«

Isabel klatschte vergnügt in die Hände und lachte. »Das hört sich so an, als wäre dein Großvater ein gerissener, alter Fuchs gewesen.«

Rory kicherte. »Oh ja, das war er außerdem.« Er deutete zum Fenster und lenkte ihre Aufmerksamkeit wieder auf die Schwärze unter ihnen. »Am liebsten sehe ich jedoch auf die See.«

Isabel ließ ihren Blick geradewegs über das unter ihnen befindliche Steilufer hinunter auf das in tiefem Schwarz um die Felsen herumwirbelnde Wasser wandern, wobei das schwache Licht der Mondsichel die Dunkelheit der in Nebel gehüllten Nacht kaum zu durchdringen vermochte. Isabel stimmte mit einem Nicken zu. »Ich glaube, dass ich immer am Wasser leben muss. Die Gärten bei Hofe waren zwar auch schön, aber Loch Carron fehlte mir. Es war merkwürdig, aus dem Fenster zu blicken und dann kein Wasser zu sehen.« Sie seufzte verträumt. »Nichts ist so wohltuend, wie das rhythmische Schlagen von Wellen gegen Felsen.«

Rory sah sie ob ihrer tief empfundenen Worte überrascht an. »Ich fühle ganz genauso. Wenn man auf einer Insel lebt, hat man das Meer im Blut. Wann immer ich nicht auf Skye bin, höre ich doch seinen Ruf.«

Isabel merkte, dass Rory ihr gerade einen kleinen Einblick in sein Herz gewährt hatte. Er war doch zu tieferen Empfindungen fähig, als er andere wissen ließ. Dies freute sie, auch wenn sie über seine Miene, auf der Unbehagen und Überraschung zu erkennen waren, am liebsten gelacht hätte.

Offensichtlich aus der Fassung gebracht, zog er einen Stuhl unter dem Tisch hervor und wechselte das Thema.

»Bitte setz dich. Ich habe noch ein paar Fragen zu dem, was an jenem Tag im Wald geschah, als Alex verletzt wurde und du beinahe …«

Isabel wurde ganz blass.

»Als die Mackenzies über dich herfielen«, verbesserte er sich eilig.

Sie setzte sich auf den ihr angebotenen Stuhl und legte die Hände sittsam in den Schoß, damit sie aufhörten zu zittern. Er sprach zwar mit ruhiger Stimme, doch Isabel war trotzdem nervös. Sie atmete tief ein. »Was möchtest du denn wissen? Sicherlich haben Colin und Margaret dir erzählt, dass ich Alex gebeten hatte, mit uns auf die Jagd zu gehen.«

»Ja, Colin hat mir gesagt, was ihr im Wald gemacht habt, aber nicht, wie du überhaupt auf die Idee gekommen bist, dich und die anderen derartig in Gefahr zu bringen, indem ihr die Burg verlassen habt.«

Sie fasste die Ereignisse jenes Tages kurz zusammen. Als sie damit fertig war und er nichts dazu sagte, sondern sie einfach nur anstarrte, fuhr sie nervös fort: »Alex hatte alle Vorsichtsmaßnahmen getroffen. Ich wollte doch nur ein bisschen Abwechslung vom wochenlangen, eintönigen Alltag hinter den Burgmauern. Wir hatten doch so hart gearbeitet, um die Bücher bis Michaelis abschließen zu können.« Sie wusste, dass ihre Erklärung lächerlich klingen musste – was sie in der Tat war. Sie schämte sich dafür, dass sie diejenige war, die dieses Abenteuer angezettelt hatte.

»Wusstest du denn nichts von meinem Befehl, dass du und Margaret während meiner Abwesenheit auf Dunvegan bleiben solltet? Hat Alex es euch denn nicht erklärt? Hat er euch denn nicht vor den Mackenzies gewarnt?«

»Natürlich hat Alex uns deine Wünsche erläutert. Es ist nur so, dass, nun ja, ich annahm, dir wäre nicht klar, nun, du warst schon so lange fort … und, äh, ich dachte, dass du unter den gegebenen Umständen nichts dagegen hättest. Es war so ein herrlicher Tag, wir hatten solch einen Spaß – und wir waren auch gar nicht so weit von der Burg weg. Nicht im Traum wäre mir eingefallen, dass die Mackenzies so dreist sein könnten und sich so nah heranwagen würden. Es wirkte doch alles so harmlos.« Sie war wieder Kind, stand vor ihrem Vater und rang verzweifelt die Hände, während sie mal wieder versuchte, eine fragwürdige Entscheidung zu begründen, für die sie nicht einmal selbst eine Erklärung hatte.

»Was ich daran nicht verstehe, ist, warum Alex damit einverstanden war. Wieso nur sollte er gegen meinen ausdrücklichen Befehl handeln?«

Sie biss sich auf die Lippe. Rory beobachtete jede Veränderung in ihrem Gesichtsausdruck genau und verstand ihre schuldbewusste Miene irrtümlich als Antwort.

Er kniff die Augen zusammen. »Was hast du getan?«

»Nein, du verstehst das falsch. Es ist schwer zu erklären. Es ist nur so, dass ich mich, nun, schuldig dafür fühlte, dass, verstehst du …«

Das nervöse Herumnesteln ihrer Hände wurde stärker. »Alex bringt mir wohl etwas zärtliche Gefühle entgegen und, tja, ich hatte ihn angebettelt, ich weiß ja, dass das nicht in Ordnung war.« Vor Verlegenheit und Scham glühten ihre Wangen.

Rory fuhr sich mit den Fingern durchs Haar und starrte sie an. »Nein, das war gezielte Einflussnahme. Wenn das stimmt, was du über Alex' Empfindungen sagst, dann war es falsch von dir, ihn dahingehend zu ermutigen.«

»Ich habe ihn nicht ermutigt. Ich hatte nicht vor, seine Gefühle bewusst auszunutzen. Bei dir klingt das so berechnend. Ich fühle mich doch jetzt, wo du das ansprichst, einfach nur schuldig – und im Nachhinein weiß ich, dass ich Alex nicht hätte fragen sollen, da ich ja um seine Gefühle wusste.«

»Genau, das wäre besser gewesen. Du wirst noch merken, dass nicht alle Männer tun, worum du sie bittest, Isabel. Nicht jeder wird sich von einem netten Lächeln oder einer wohl bedachten Berührung um den Finger wickeln lassen. Es überrascht mich in der Tat, dass mein erfahrener Bruder auf so ein offensichtliches Spiel hereingefallen ist. Das wird mir nicht passieren.« Seine Stimme klang unnachgiebig hart. »Du wirst feststellen, dass ich nicht so leicht um den Finger zu wickeln bin wie mein Bruder.«

»Wovon sprichst du?«

»Versuche nicht, mich hereinzulegen. Niemals.«

Es lief ihr kalt den Rücken herunter. »Bist du fertig?«

»Nein.« Der von Isabel so gefürchtete Zorn entlud sich mit voller Wucht. Seine Augen sprühten Funken. »Ist dir eigentlich klar, was passiert wäre, wenn ich nicht rechtzeitig da gewesen wäre? Sie hätten Alex umgebracht und du hättest dir gewünscht, dass dir das Gleiche widerführe. Auf die Jagd gehen? Damit hättest du auch bis zu meiner Rückkehr warten können.«

»Deine Rückkehr?« Schließlich brach der ganze Schmerz über sein Fortgehen aus ihr heraus. »Du warst so lange fort, dass ich mich fragen musste, ob du überhaupt gedachtest, jemals heimzukehren.« Die Kehle wurde ihr ganz eng. »Du hast ja noch nicht einmal daran gedacht, mir zu schreiben. Nicht eine einzige Zeile.«

Ihr Blick hing wie festgeklebt an ihren Füßen. Sie wagte nicht, ihn anzuschauen, da sie fürchtete, er könne erkennen, wie gefährlich nahe sie den Tränen war.

»Was willst du eigentlich von mir?«, fragte er schroff. »Ich habe dir gesagt, dass es nicht geht.«

Plötzlich fand sie sich in seinen Armen wieder, weil er offensichtlich seine ganze Frustration auf diese Weise an ihr auslassen wollte. Sie legte den Kopf in den Nacken und suchte in seinem Gesicht nach irgendeinem Hinweis auf Verständnis. Doch da war auch nicht ein Hauch von Mitgefühl in seinen angespannten Gesichtszügen zu erkennen: Die Augen waren nur noch schmale Schlitze, sein Mund zu einer dünnen Linie zusammengekniffen, seine Arme steif und unnachgiebig.

Er sah aus, als könne er sich nicht entscheiden, ob er sie schütteln oder küssen sollte. Für eine Weile standen sie so da und schwankten vor Unentschlossenheit. Isabel hielt den Atem an – sie wusste, dass er gerade einen heftigen inneren Disput ausfocht. Aber dann war sie nicht mehr bereit noch länger zu warten und nahm ihm die Entscheidung ab.

Sie legte ihm die Arme um den Hals, stellte sich auf die Zehenspitzen und kam ihm mit dem Mund entgegen. Ihre weichen, geschmeidigen Rundungen schmiegten sich perfekt an seinen muskulösen Körper.

»Ich will das hier«, antwortete sie und küsste ihn.

Mit einem leisen Fluch zog er sie an sich, wobei er ihren Kuss nicht einfach nur erwiderte, sondern die Führung übernahm. Aus seinem Kuss sprach ein Verlangen, das kaum gestillt werden konnte.

Fordernd und am Rande der Raserei.

Sein Mund ergriff Besitz von ihrem und suchte ungeduldig nach Erleichterung. Seine Bewegungen strahlten solch eine Dringlichkeit aus, als wäre der Lauf der Zeit jetzt noch das Einzige, was seine Absichten durchkreuzen könnte. Ihr wild schlagendes Herz – nun vor Aufregung und nicht aus Angst – raste immer schneller und stand seinem in nichts nach.

Freudige Erwartung war ein mächtiges Aphrodisiakum. Als seine Lippen ihre berührten, flammte die durch ihren letzten innigen Kuss entfachte Leidenschaft schlagartig wieder auf. Isabel spürte, wie heftiges Verlangen ihren Körper durchzuckte. Sie wusste, dass sie ihn wollte, und dieses Gefühl hatte nichts mit den Plänen ihres Onkels zu tun. Es war ein ursprüngliches, primitives Bedürfnis. Sie wollte ihn, wie eine Frau einen Mann will.

Rory überwältigte all ihre Sinne, sodass sie vor Verlangen wie gelähmt war, unfähig, an etwas anderes zu denken als an ihre Sehnsucht nach dem Mann, in dessen Armen sie lag. Das mitreißende Gefühl seines fordernden Mundes, das sanfte Kitzeln seines goldglänzenden kastanienbraunen Haares an ihrer Wange, das leichte Kratzen seines Dreitagebartes an ihrer weichen, elfenbeinfarbenen Haut, der betörende Duft nach Salz und Meer, den er zu verströmen schien, und der Geschmack nach Wein auf seinen Lippen – all dies vertrieb jeglichen Gedanken an ihr Vorhaben.

Langsam lockerte er seinen Griff. Seine rauen Finger strichen überraschend sanft ihren Arm hinauf, über die Schulter und an ihrem Hals entlang, bis sie sich schließlich an ihr Kinn schmiegten. Jede Berührung hinterließ ein Prickeln auf ihrer Haut, während er sanft ihr Kinn anhob, sodass ihre Umarmung enger wurde.

Sie wusste, dass er sich nicht mit unschuldigen Küssen begnügen würde. Seine bislang so streng gezügelte Leidenschaft war entfesselt, und sie spürte, wie das unterdrückte Verlangen aus ihm herausbrach und nicht durch ein zärtliches Liebeswerben würde gestillt werden können. Sie spürte die Macht seines Begehrens, als er seine Finger benutzte, um zusammen mit seiner vordrängenden Zunge ihre Lippen zu öffnen und dann ihren Mund zu erobern. Da auch sie die Leidenschaft nicht mehr im Zaum halten konnte, reagierte sie auch diesmal instinktiv und kam ihm mit ihrer Zunge entgegen, wobei sie unschuldig, doch nicht unwissend sein Verlangen erwiderte.

Ihr Rücken wurde gegen die Wand neben dem Fenster gedrückt, als er sich mit seinem ganzen Gewicht an sie drängte. Die Kraft seines mächtigen, muskelbepackten Körpers rief ein ganz ursprüngliches Verlangen nach Schutz hervor, über das sie vor wenigen Monaten noch die Nase gerümpft hätte. Vor dem Tag, als sie in den Händen von Fergus Mackenzie erfahren musste, wie verletzlich sie war. Bei Rory fühlte sie sich ganz als Frau. Zwar schutzlos ausgeliefert, doch geborgen. Und vor allem begehrt. Er war so von ihr hingerissen, als könne er nicht genug von ihr bekommen.

Seine Hände waren überall und erforschten jeden Zentimeter ihrer schlanken Gestalt. Wie ein Eroberer, der sie mit jeder Berührung mehr in seinen Besitz nahm. Er war jetzt fordernder, ungestümer, gröber als noch einen Augenblick zuvor. Als habe er Angst, sein Verstand könnte ihm in die Quere kommen. Seine Finger schlüpften unter ihr Mieder und liebkosten ihre Brüste, ihre Knospen wurden ganz fest und fieberten der Berührung durch seine Zunge entgegen. Er umschloss sie mit seinem Mund und saugte, wobei er die pochende Spitze zwischen Zähne und Zunge nahm, bis sie sich vor unschuldiger Erregung wand.

Kühle Luft strich über ihre erhitzte Haut, als er mit einer fließenden Bewegung ihre Röcke hob und ein Bein entblößte. Sie spürte seine liebkosende Hand an ihrem nackten Po und drängte ihre Hüften gegen seine Lenden. Sie bebte, als die prickelnde Vorfreude einen Schwall der Erregung an die Stelle sandte, wo sich ihre Körper jetzt berührten. Das heiße Pochen zwischen ihren Schenkeln ließ sie noch sensibler reagieren, und ihr ganzer Körper begann vor erwartungsvoller Erregung zu kribbeln.

Seine Lippen fanden zu ihrem Mund zurück, während seine Hand verwegen an der Innenseite ihres Schenkels nach oben glitt. Fast krampfartig spannte sie sich an, und ihr Herz pochte heftig. Voller Begierde. Voller Erwartung. Voller Sehnsucht nach seiner Berührung. Oh Gott, wie er sie quälte. Dieses erregende Streicheln, die zärtlichen Liebkosungen, der herrliche, sanfte, immer stärker werdende Druck seiner Hände, bis sie vor Verlangen bebte. Bis sie ganz feucht und erregt war und förmlich um mehr flehte. Seine Zunge stieß immer wieder in ihren Mund, und plötzlich war ihr alles klar; sie wusste, was er vorhatte. Leise flehend presste sie ihr Becken gegen seine Hand.

Sie stöhnte und genoss das überwältigende Gefühl der Erleichterung, als sein Finger mit einem geschmeidigen Stoß in die Nässe zwischen ihren Schenkeln eintauchte.

»Gott, bist du eng.«

Seine Stimme klang gepresst, als ob er Qualen leide.

Das Gefühl der nahen Ekstase, das er mit solch einer Leichtigkeit in ihr hervorrief, verdrängte alle anderen Gedanken. Und auch alle Zweifel. Etwas, das sich so wunderbar anfühlte, konnte nicht falsch sein. Ihre Atemzüge wurden immer schneller, sie keuchte fast, während er sie weiterstreichelte und ihren Körper in einen Sog des Verlangens trieb. Der Druck wurde immer stärker, bis sie das Gefühl hatte, es nicht länger ertragen zu können. Ein ganz eigenartiges Gefühl hatte sie erfasst, sie schien auf etwas zu warten, das sie nicht verstand.

»Entspann dich«, flüsterte er beschwichtigend. »Kämpf nicht dagegen an, lass dich fallen. Konzentrier dich ganz auf das schöne Gefühl dort, wo ich dich berühre. Ich bringe dich zum Höhepunkt.«

Isabel gab sich vollends der sanften Liebkosung seiner Stimme hin. Es dauerte nicht lange, da hatte sie begriffen, was er meinte, als der Druck in ihrem Körper immer größer wurde. Sein Finger drang in sie ein, und als er mit dem Daumen über ihre empfindlichste Stelle rieb, verkrampfte sie sich erst, um dann mit einem lustvollen Schrei die Erlösung zu finden.

Rory beobachtete, wie die himmlische Woge des Höhepunkts Isabels Körper erfasste und sie in seinem mächtigen Sog davontrug.

Die Verwunderung und Ekstase, die sich auf ihrem Gesicht widerspiegelten, waren das Schönste, das er jemals gesehen hatte. Als sich die starken Empfindungen allmählich legten, atmete sie wieder langsamer, und die Röte schwand aus ihrem Gesicht.

»Ich hätte niemals gedacht …«, sagte sie mit vor Ehrfurcht ganz leiser Stimme. »Ist es immer so?«

Er wollte lügen, doch stattdessen sagte er die Wahrheit, die er tief im Herzen trug: »Nein, nicht immer.« *Niemals*. Er hatte noch nie etwas Vergleichbares gefühlt, wenn er eine Frau zum Höhepunkt brachte.

Sie schien seine Worte zu verinnerlichen und lächelte über das ganze Gesicht.

Rory hatte nicht gewollt, was eben passiert war.

Er hatte sie nur zur Vernunft bringen wollen, doch als sie ihre süßen Lippen auf seine gedrückt hatte, war er verloren gewesen. Er wusste, dass er dieser gewaltigen Anziehungskraft, die anscheinend zwischen ihnen bestand, weder widerstehen wollte noch konnte. Er konnte sie auch befriedigen, ohne ihr die Unschuld zu nehmen.

Zumindest glaubte er das. Doch was sie dann sagte, änderte alles.

»Ich möchte dich auch berühren. Zeig mir, wie ich dir Freude bereiten kann.«

Seine ehrbaren Absichten lösten sich in Luft auf. Er hielt den Atem an, als sie ihre Hand voller Unschuld an seinen Oberschenkel legte. So viel Kühnheit hätte ihn eigentlich erschrecken sollen, aber dafür war er viel zu erregt. Er wollte ihre Hand spüren. Daher nahm er ihr Handgelenk und führte ihre Hand zu der Stelle seines Kilt, wo seine prall gefüllte Männlichkeit stand. Instinktiv umschlossen ihre Finger seinen Penis.

Er spannte sich an, begierig zu erfahren, was sie wohl als Nächstes tun würde – er war dankbar, dass sich wenigstens noch ein Stückchen Stoff zwischen ihrer Hand und ihm befand. Er war so hart, so voller Verlangen, dass schon die leiseste Berührung seiner heißen, erregten Haut durch sie ausreichen konnte, um die Beherrschung zu verlieren. Sie liebkoste ihn unschuldig, erforschte ihn zögernd von oben bis unten und begann, ihn mit seiner Hilfe zu streicheln. Er spannte die Pobacken an, als er gegen den Drang kämpfte, in ihrer Hand zu kommen. Oder ihre Röcke zu heben und in ihre heiße, enge Scheide zu gleiten. Die Vorstellung, ganz von ihrer Zartheit umhüllt zu sein, ließ einen Tropfen der Vorfreude an der Spitze seines Gliedes hervortreten.

Rory wusste, dass er zu schnell vorging, aber er spürte, wie seine gesamte Erfahrung von dem zwischen ihnen tobenden Inferno ausgelöscht wurde. Keine Frau hatte ihm je derartige Empfindungen entlockt oder dafür gesorgt, dass er derart die Beherrschung verlor. Ihr williges Entgegenkommen versetzte ihn in einen Rausch. Er hatte es doch schon so viele Male zuvor getan, aber niemals in dieser Weise – mit einer Frau, die jeden seiner Stöße mit einem Gegenstoß erwiderte. Er lief Gefahr, sie an Ort und Stelle zu nehmen, direkt am Fenster. Entweder er tat dies, oder es bestand das Risiko, dass er sich wie ein unberührter Grünschnabel auf beschämende Weise in ihre sich so köstlich bewegende Hand ergoss.

Er zwang sich dazu, es gemächlicher anzugehen. Er führte sie vom Fenster weg und ließ sie sich auf eine gepolsterte Bank setzen. Er beugte sich über sie und küsste sie zärtlich, während er begann, die Verschnürung ihres Kleides zu öffnen. Seine Lippen wanderten über ihr Gesicht hin zu ihrem empfindsamen Nacken. Sie seufzte, als er mit der Zunge über ihre honigsüße, seidige Haut strich.

Rory hatte nicht vorgehabt, es so weit kommen zu lassen, doch sein Verlangen ließ sich nicht mehr unterdrücken. Lust und Ehre fochten einen erbitterten Kampf.

Er riss den Kopf hoch und hatte das Gefühl, in die raue Wirklichkeit zurückgezerrt worden zu sein. Er wusste, was zu tun war, obwohl es zweifellos das Schwerste war, was er je getan hatte. Er stand so kurz davor, in ihre feuchte Hitze einzudringen und so Erlösung von dem schier unerträglichen Druck zu finden.

Doch anscheinend hatte die Ehre gesiegt.

Er konnte es nicht tun. Nicht, solange sie nach dem Angriff noch so verletzlich war. Nicht, solange noch so viele Fragen zwischen ihnen standen.

Sie verdiente mehr, als er ihr geben konnte.

Er stand auf, ohne den Blick von dem Geschöpf abzuwenden, dem er aus Pflichtgefühl entsagte. Sie war die Versuchung in Person: mit ihren vor Leidenschaft halb geschlossenen Augen, ihren sinnlichen, von seinen Küssen wunden Lippen, ihren unregelmäßigen und flachen Atemzügen. Er ließ seinen suchenden Blick ganz bewusst auf die zarte, elfenbeinfarbene Haut ihrer bebenden Brüste fallen, die jetzt zum Teil entblößt waren, sodass die Knospen zu sehen waren, die von seinen Küssen wie feste, tiefrosa Perlen hervortraten.

Er musste wahnsinnig sein.

Isabel riss überrascht die Augen auf, als er die Freuden, die er ihr noch vor wenigen Sekunden bereitet hatte, so abrupt abbrach. »Warum siehst du mich so an? Habe ich etwas falsch gemacht?« Sie setzte sich auf und nestelte unsicher an den Schnüren ihres Mieders herum. *Falsch?* Sie war so verdammt unschuldig.

Rory drehte sich um, starrte aus dem Fenster in die Dunkelheit und gab seinem Atem Gelegenheit, sich zu beruhigen. Schließlich sah er sie wieder an. »Ich habe dir gesagt, wie es zu sein hat.«

Sie stand auf und schlang die Arme um seinen Hals. »Aber so braucht es nicht zu sein.«

Das war kaum auszuhalten. Vielleicht sollte er einfach nehmen, was sie ihm anbot, zur Hölle mit den Folgen. Doch wenn es um den Clan ging, handelte Rory niemals voreilig, nicht einmal bei einer Frau, die er über alles begehrte.

Vorsichtig nahm er ihre Arme von seinem Hals. Er konnte nicht denken, wenn sie ihm so nahe war. »Warum hast du mich geküsst?«

Sie sah ihn verblüfft an. »Worauf willst du hinaus?«

»Auf nichts.«

»Du traust mir nicht«, stellte sie mit ausdrucksloser Stimme fest.

»Sollte ich es denn? Du bist schließlich eine MacDonald.«

Ihre Blicke trafen sich, und er konnte sehen, dass seine offenen Worte sie verletzt hatten, doch ihre Antwort war ihm wichtig. Wichtiger, als er sich eingestehen wollte.

Sie hob zwar herausfordernd das Kinn, doch das Zittern ihrer Unterlippe verriet ihren Kummer. »Habe ich dir denn Grund gegeben, es nicht zu tun?«

Rory strich sich über das Kinn, antwortete jedoch nicht. Er

war sich nicht sicher. »Du hast mir schon zugesetzt, und es dabei zu weit getrieben«, entgegnete er im Hinblick auf das gewagte Kleid und das dürftige Nachtgewand. »Außerdem hast du meine Frage nicht beantwortet.«

Isabel wurde rot, doch ob es aus Verärgerung oder Schuldgefühl war, konnte er nicht erkennen. »Ich habe dich geküsst, weil ich es wollte. Das ist der einzige Grund. Wenn du dich erinnerst, dann war es dein Wunsch, über den Überfall zu sprechen. Das war deine Idee.« Sie schob das Kinn vor und sah ihn von oben herab an. »Und *wenn* ich tatsächlich vorhätte, dich zu verführen, dann würdest du es merken.« Das weiblich-sinnliche Selbstvertrauen im Blick dieser Frau verblüffte ihn.

Rory musste angesichts ihrer zur Schau gestellten Tapferkeit beinahe lächeln, selbst als ihm bei ihrer Drohung fast ein Angstschauer über den Rücken lief. Er befürchtete, dass sie Recht hatte. Gegen diese Frau war er einfach machtlos.

Einen Moment lang ließ sie ihre Worte im Raume stehen, ehe sie fortfuhr: »Vielleicht sollte ich dich nach *deinen* Beweggründen fragen. Warum hast du mich heute Nacht überhaupt hierhergebracht?«

»Ich wollte mit dir über den Überfall sprechen. Vielleicht sollten wir uns nun auch wieder diesem Thema zuwenden und über die Folgen deines Handelns reden.« Er hielt inne und dachte nach, was für Konsequenzen das wohl sein könnten.

Isabel stand mit stolz geschwellter Brust vor ihm, ihre Haare waren zerzaust und ihre Wangen gerötet, doch ansonsten wies nicht mehr viel darauf hin, dass sie noch vor wenigen Minuten nahezu nackt gewesen war.

»Ich trage natürlich die Verantwortung. Tu, was dir beliebt.«

Rory schüttelte den Kopf. »Es gefällt mir nicht, welche Rolle du in der Sache gespielt hast, doch es war Alex, der die Verantwortung trug. Während meiner Abwesenheit war er für alles zuständig, und er wird mir Rede und Antwort stehen müssen, wenn er aufwacht. Du bist durch die Mackenzies schon genug bestraft worden. Doch solltest du jemals in Erwägung ziehen, dich noch einmal über meine Anordnungen hinwegzusetzen, dann – merk dir das, Isabel – wird das ernsthafte Folgen haben. Ich gehe davon aus, dass du so etwas Törichtes nicht wieder tun wirst.«

Es sollte nicht als Frage verstanden werden.

»Du darfst dich jetzt in deine Kammer zurückziehen«, beendete er seine Predigt etwas freundlicher. Alex und Isabel trugen nicht die alleinige Schuld. Auch Rory fühlte sich verantwortlich für das, was ihr beinahe widerfahren wäre. Bislang hatte er bewusst Stillschweigen über ihre Ehe auf Probe bewahrt, was dazu beigetragen hatte, dass Fergus Mackenzie ihr nicht glauben wollte, als sie verriet, wer sie war. Außerdem hatte er sie zu lange allein gelassen. Die Erinnerung an ihre bitteren Vorwürfe war noch nicht verblasst; sein langes Schweigen hatte sie verletzt. Und ihr Grund zur Klage gegeben.

Isabel wagte einen letzten Blick, mit dem sie um Verständnis flehte. Er wich ihrem Blick zwar nicht aus, doch seine Miene blieb undurchdringlich. Die Erinnerung an das, was eben vorgefallen war, stand unangenehm zwischen ihnen. Ernüchtert drehte sie sich um und wollte den Raum verlassen.

Er sah ihr hinterher. In seinem Körper schwelte immer noch das Verlangen. Zwar hatte die Ehre diesmal gesiegt, doch der Ausdruck auf ihrem Gesicht, als sie in seinen Armen zum Höhepunkt gekommen war, würde ihn Tag für Tag bis zum Ende dieser elenden Ehe auf Probe verfolgen.

Er hielt sie auf, ehe sie die Tür erreichte. »Warum bist du *wirklich* hier, Isabel? Warum hast du dieser Ehe zugestimmt?«

Seine Frage schien sie zu überraschen. »Es war der Wunsch meines Vaters.«

»Aber was ist mit *dir*, was möchtest du?«

»Ich möchte, dass es meinem Clan gut geht; ich möchte die Liebe meiner Familie.«

»Das ist alles? Möchtest du denn keinen Mann, den du liebst? Keine Kinder, die dich brauchen?«

»Natürlich, aber du hast mir ja ganz deutlich gesagt, dass du derartige Ziele nicht im Sinn hast.« Ihre Blicke trafen sich und ließen einander nicht mehr los. »Warum hast *du* dieser Ehe zugestimmt?«

»Ich hatte keine andere Wahl, der König wollte es so«, antwortete er unwillkürlich. Er bemerkte das Flackern in ihren Augen. War es Schmerz?

»Indem du mich zu deiner Gemahlin auf Zeit nahmst, hast du deine Pflicht gegenüber dem König erfüllt, aber das muss doch nicht bedeuten, dass du keine Freude daran haben darfst.« Sie sprach mit sehr leiser Stimme. »Ich für meinen Teil habe sie.«

Einen Augenblick lang schwieg er und dachte an die intensiven Gefühle, die sie miteinander teilten. »Das ändert nichts an der ganzen Sache.« Ihm war nicht klar, dass er die Worte laut ausgesprochen hatte, bis er ihren Gesichtsausdruck bemerkte. Sie sah aus, als habe er sie geschlagen.

Kurz darauf lächelte sie bitter. »Da irrst du dich. Es ändert alles.«

14

Isabel erwachte wie jeden Tag der letzten Monate – in Rorys Armen. Sie stellte sich noch ein paar Minuten lang schlafend und genoss das Gefühl der Geborgenheit seiner festen Umarmung, die Wärme seiner starken, eng an ihren Rücken geschmiegten Brust, seinen würzig-männlichen Duft und den tiefen, beruhigenden Klang seines gleichmäßigen Atems. Geborgenheit. Wärme. Wohlgefühl. So hätte sie für immer liegen bleiben mögen.

Aber auch heute – wie jeden Tag – musste sie auf schmerzliche Weise erfahren, wie groß ihre Enttäuschung und der Verlust waren, wenn er in dem Moment aus dem Bett schlüpfte, in dem sie seine wachsende Erregung spürte, sich eilig anzog und ging. An manchen Tagen hatte sie den Eindruck, als ob Rory zögerte, doch sein Ehrgefühl war sehr stark, und so hörte sie schon bald, wie er entschlossen die Tür hinter sich zuzog.

Isabel ließ ihn nicht ein einziges Mal wissen, dass sie schon wach war. Als ob sie Gefahr liefe, die wachsende Intimität zu zerstören, wenn sie die stumme Verlockung ihrer Körper in Worte fasste. Die Verbindung, die sie in den wenigen Stunden schuf, wenn sie des Nachts unbewusst die Wärme seines Körpers und die Hitze seiner Haut suchte, und nichts anderes mehr zählte, als das Gefühl, wenn sie sich aneinanderschmiegten. Und in diesen endlos langen Tagen vor dem Weihnachtsfest wurde Isabel allmählich klar, wie viel es ihr bedeutete, seinen kraftvollen Körper an ihrer Seite zu haben.

Sie hatte Recht gehabt. Die Nacht in der Bibliothek hatte tatsächlich alles verändert.

Sein Geschenk an sie hatte ihr eine vollkommen neue Welt eröffnet. Eine Welt, die sie nicht mehr missen wollte. Sie musste unaufhörlich an das denken, was er getan hatte. Wie es sich angefühlt hatte, in seinen Armen zum Höhepunkt zu kommen, die Nähe, die Ekstase und die Magie dieses Augenblicks. Das Misstrauen, das er ihr entgegengebrachte, war zwar nicht ganz unberechtigt, aber das Einzige, was den herrlichen Moment ihrer Erlösung im Nachhinein trübte. Sie wünschte sich nichts sehnlicher, als ihm zu beweisen, dass er ihr trauen konnte. Doch wie sollte sie, wenn er es nicht konnte.

Dass die Wahrheit unausgesprochen blieb, war vorübergehend ganz angenehm, doch sie wusste, dass das nicht ewig so weitergehen konnte.

Sie zog sich eilig an, nahm das kleine Frühstück ein, das Deidre ihr auf einem Tablett gebracht hatte, und eilte nach unten in die Bibliothek, um sich ihren alltäglichen Aufgaben zu widmen.

In den Monaten seit Rorys Rückkehr hatte sich eine angenehme Routine bei Isabel eingestellt. Alex hatte sich in Anbetracht der Schwere seiner Verletzung erstaunlich gut erholt. Sie hatte sich mit Margaret bei seiner Pflege abgewechselt, bis er es eines Tages leid war, dass sie »ständig um ihn herum« waren, das Bett verließ und sie mit der Begründung hinauswarf, dass er nun genug gedemütigt worden und durchaus wieder in der Lage wäre, sich selber zu waschen und zu essen. Wörtlich hatte er irgendetwas von »abputzen« und »Hintern« gesagt, doch es genügte wohl festzustellen, dass er sich erheblich besser fühlte.

Wenn sie gerade nicht mit irgendwelchen Aufgaben rund um die Verwaltung der Burg beschäftigt waren, vertrieben sich Margaret und sie die Zeit mit Lesen und Schach am knisternden Feuer des Kamins in der Bibliothek.

Nach ihrem unglückseligen Jagdausflug trainierten die beiden außerdem eisern ihre Fähigkeiten mit dem Bogen, wenn auch innerhalb der sicheren Burgmauern. Margaret hatte sich erstaunlich schnell verbessert. Sie erwies sich als talentierte Schülerin, und Isabel ging davon aus, dass Margaret ihre Lehrmeisterin schon bald übertreffen würde.

Bessie hatte schnell Freundschaft mit Deidre geschlossen und wurde von den Dienstboten der MacLeods weitgehend akzeptiert. Während Alex krank war, hatte sie viel Aufhebens um ihn gemacht und ihn bemuttert, und obwohl er vorgab, sich darüber zu ärgern, dass sie ihn behandelte »als wäre er noch nicht trocken hinter den Ohren«, wusste Isabel doch, dass ihm Bessie allmählich genauso ans Herz gewachsen war wie ihr und Margaret. Der Türhüter Robert schaffte es auch weiterhin, Aufgaben zu finden, die seine Anwesenheit im Turm unbedingt erforderlich machten – und das zufälligerweise immer gerade dort, wo Bessie justament zu tun hatte.

Rory verbrachte die meiste Zeit des Tages damit, seine Krieger zu trainieren und, nach dem Tod von Fergus, dem Sohn des Chiefs der Mackenzies, auf den unvermeidlichen Rachefeldzug vorzubereiten. Die Frage war nicht, *ob*, sondern *wann* sie es ihnen heimzahlen würden, und Rory wollte nicht unvorbereitet sein. An ein Verlassen des Burggeländes war gar nicht zu denken, aber Isabel war durch die Geschehnisse während ihres letzten Ausflugs ohnehin immer noch so durcheinander, dass sie überhaupt nicht anfing, Rory zu bedrängen.

Sie legte ihre Feder achtlos auf den Tisch, ließ sich in ihren Stuhl zurücksinken und dachte über ihre Situation nach. Sie wusste, dass sie recht bald etwas unternehmen musste. Ihr Onkel würde erwarten, dass sie ihm von ihren Fortschritten berichtete. Sie wunderte sich ohnehin, dass Sleat sich so lange nicht bei ihr gemeldet hatte, denn immerhin war es nur noch eine Woche bis Weihnachten. Die Zeit lief ihr davon, und der Druck durch die missliche Lage, in der sie sich befand, wurde immer stärker. Sie hatte sich zwar darauf eingestellt, dass ihr Auftrag mit einer gewissen Gefahr einherging, doch sie hatte nicht damit gerechnet, dass ihr Täuschungsmanöver schmerzhafte Emotionen mit sich bringen könnte. Wie nur sollte sie es über sich bringen, Margaret und Alex zu hintergehen, die sie mit offenen Armen empfangen hatten und sie mehr wie eine Schwester behandelten als ihre eigene Familie? Wie nur sollte sie Rory hintergehen, einen Mann, den sie mehr als alle anderen bewunderte? Einen Mann, der sie vor einer Vergewaltigung bewahrt und ihre schlimmen Erinnerungen ausgelöscht hatte, indem er ihr leidenschaftliche Gefühle entlockte?

Sie würde es nicht über sich bringen. Die Erkenntnis traf sie fast wie ein Schlag.

Wie sollte sie dann ihre Pflicht gegenüber ihrem Clan erfüllen? Sie hatte gehofft, dass Rory es ihr leicht machen würde, indem *er* ihr die Entscheidung abnahm, doch er hatte einen eisernen Willen. Er wollte sie, aber seine Ehre hinderte ihn daran, nach seinen Wünschen zu handeln. Sie überlegte, ob sie behaupten solle, sie könne das Banner oder den Geheimgang einfach nicht finden, doch es stand zu viel auf dem Spiel. Sie konnte sich noch nicht zu ihrem Scheitern bekennen und ebenso wenig die damit verbundene unvermeidliche Zerstörung ihres Clans hinnehmen.

Isabel hegte noch immer die Hoffnung, dass sich an der Situation vielleicht etwas geändert oder ihr Vater einen anderen Weg ersonnen hatte, um die Angriffe der Mackenzies auf Strome abzuwehren. Sie runzelte die Stirn. Dass ihr Vater nicht auf ihre Briefe antwortete – den letzten hatte sie geschrieben, nachdem sie überfallen worden war –, bereitete ihr allmählich Sorge. Andererseits half ihr diese Verzögerung, ihre Zurückhaltung bei der weiteren Durchsuchung der Burg zu rechtfertigen und zu erklären, warum es ihr nicht gelungen war, Rory wie geplant zu verführen.

Isabel ließ den Blick auf die Papierberge vor sich sinken und machte sich wieder an die Arbeit. Fast den ganzen Morgen hatte sie damit verbracht, mit dem Verwalter James über die Pachtzinsen des laufenden Monats zu sprechen. Sie war gerade dabei, die entsprechenden Eintragungen in den Hauptbüchern vorzunehmen und diese so auf den neuesten Stand zu bringen, als Margaret aufgeregt lachend in die Bibliothek hüpfte.

Es war nicht zu übersehen, dass sie von draußen kam, denn ihre goldenen Locken waren vom Wind hoffnungslos zerzaust, ihre Stirn glänzte leicht verschwitzt, und ihre Wangen waren von der Betätigung an der frischen Luft ganz rosig. Als Isabel an ihr heruntersah, konnte sie die verräterischen Matschspuren am Saum ihres Gewandes und an ihren Schuhen erkennen. So überaus verbissen und ehrgeizig, wie sie sie kennen gelernt hatte, wusste Isabel sofort, womit Margaret sich wieder beschäftigt hatte.

»Worüber lachst du an einem so kalten und trüben Tag?« Isabel warf einen Blick nach draußen und konnte kaum die Bucht erkennen, da die Burg in dichten Nebel gehüllt war. Trotz des Wärme spendenden Feuers im Kamin hatte Isabel sich noch zusätzlich ein warmes Tuch um die Schultern gelegt.

»Da kommst du nie drauf.« Margaret kicherte und zog einen Stuhl zu Isabel an den Tisch. Isabel sah sie scharf an, als dächte sie über ihre Antwort nach. »Mal sehen, du hast dich entschlossen, deinen Verehrer, der aussieht wie ein schrecklicher Pirat, von seinem Elend zu erlösen und ihn zu heiraten.«

Margaret errötete. »Nein. Isabel, du ziehst mich schon fast so schlimm auf wie Alex. Du weißt doch, dass Colin nur höflich ist. Er kann doch gar nicht in der Art und Weise Interesse für mich zeigen, die du meinst. Rate noch mal.«

Isabel zog skeptisch eine Augenbraue hoch. Margaret hing währenddessen noch dem Gedanken nach, woran Colin eigentlich interessiert war. »Hm. Lass mich mal nachdenken. Ich hab's, Catriona hat sich entschlossen, der Kirche zu trotzen und Nonne zu werden.« Seit Margaret ihr versichert hatte, dass Rory schon lange kein Verhältnis mehr mit Catriona hatte, konnte Isabel jetzt auch Witze über diese Frau machen.

Margaret brach in laut schallendes Gelächter aus, das zu einer Person ihrer Größe überhaupt nicht passte. »Isabel, du bist wirklich eine ganz Schlimme! Stell dir nur mal vor, wie diese schamlose Frau den eher weltlichen Freuden entsagt, an denen sie immer so großen Gefallen findet. Ich kenne eine Menge Frauen, die überglücklich wären, wenn diese Ehegatten verführende Hure nicht mehr ihr Unwesen triebe. Na schön, ich glaube, ich muss es dir sagen, da ich nicht so lange warten kann, bis du von selbst draufkommst. Ich habe Alex mit dem Bogen herausgefordert und gewonnen!«

Isabel riss die Hände hoch und umarmte sie herzlich. »Wie herrlich! Ich habe dir doch gesagt, dass du viel besser geworden bist.« Sie verzog den Mund zu einem schadenfrohen Grinsen. »Alex hatte bestimmt einiges zu deinem Sieg zu sagen. Schließlich hat er hat dich unablässig und auf grauenvolle Weise wegen deines sorgfältigen Trainingsplanes aufgezogen. Geschieht ihm ganz recht.« Sie sah sein entgeistertes Gesicht förmlich vor sich. »Ich weiß noch, wie meine Brüder reagierten, wenn ich besser war als sie. Ihr Stolz wurde ganz schön gedämpft, als sie von jemandem übertroffen wurden, der doch *nur ein Mädchen* war.« Sie betonte die letzten Worte mit gespielter Überheblichkeit. »Und du bist so ein flinkes kleines Ding – nicht gerade das, was man als einen ebenbürtigen Herausforderer für einen grimmigen, stolzen MacLeod-Krieger betrachten würde.«

Margaret wurde vor Freude ganz rot, und ihr nicht abgedecktes saphirblaues Auge funkelte. »Oh, Isabel, du hättest Alex mal sehen sollen. Sein Blick war das Lösegeld eines Königs wert. Als ich das Ziel genau in der Mitte traf, dachte ich, dass ihm gleich die Augen herausfallen würden. Und du hättest erst mal die Männer hören sollen, die um uns herumstanden und zuschauten; ich bin sicher, damit werden sie ihn die ganzen nächsten Tage immer wieder aufziehen.«

»Gut gemacht, Margaret. Du hast dir deinen Sieg redlich verdient. Vielleicht wird Alex jetzt endlich seine spitze Zunge hüten.« Sie sahen einander an, verharrten einen Moment und brachen dann in herzhaftes Lachen aus. Alex konnte die Leute wirklich gewaltig aufziehen, gewaltig necken. Das gehörte zu seinem Charme, und sie genossen die unbeschwerten Momente, die eigentlich viel zu selten kamen. Isabel nahm an, dass Alex sich nach außen wahrscheinlich pikiert zeigen würde, in Wirklichkeit aber sehr stolz auf das beim Bogenschießen entfaltete Talent seiner Schwester war. Sie hatte erstaunlich schnell Fortschritte gemacht. Die Veränderung, die sie in der letzten Zeit durchgemacht hatte, war bemerkenswert, und ihr neu entwickelter Stolz und das Selbstvertrauen, das sie an den Tag legte, waren unglaublich. Alex würde ihr den Sieg nicht missgönnen, auch wenn er dafür erst einmal die ständigen Neckereien der Clansleute in Kauf nehmen musste.

Rory stand in der Tür und beobachtete, wie die beiden Frauen in schallendes Gelächter ausbrachen. Beim Anblick der ausgelassenen Freude auf dem Gesicht seiner Schwester wurde ihm ganz warm ums Herz. Freude, die er schon für immer verloren geglaubt hatte. Und Rory wusste, dass er es Isabel zu verdanken hatte, seine Schwester endlich wieder lachen zu sehen. Wie hatte sie das in dieser kurzen Zeit nur geschafft? Es machte den Eindruck, als habe Margaret beinahe über Nacht all die Furcht und Scham der letzten beiden Jahre abgeworfen, um ihr neu gefundenes Selbstvertrauen so ausgelassen wie ein Heide auf dem *Beltane*-Fest zu feiern. Und so schien es selbst an diesen eisig-trüben, dunklen Tagen mitten im Winter so, als werde Dunvegan vor lauter Lachen und Freude von warmem Frühlingslicht durchflutet. Er hatte gar nicht gemerkt, wie sehr er das fröhliche Lachen der Frauen vermisst hatte, bis es so unerwartet wieder da war.

Sein Blick fiel auf Isabel. Auch sie hatte sich verändert, vielleicht nicht ganz so stark wie Margaret, doch nicht minder bedeutungsvoll. Die Einsamkeit und Schutzbedürftigkeit, die Isabel noch bei ihrer Ankunft ausgestrahlt hatte, waren anscheinend verschwunden, da sie sich einen stets größer werdenden Platz in seiner Familie geschaffen hatte. Das Bewusstsein, dass ihre Zeit auf Dunvegan bald abgelaufen sein würde, bereitete ihm Sorge. Seine Absicht, die Ehe aufzulösen, belastete ihn immer mehr.

Er würde nie müde werden, sie anzusehen. Es war herrlich, wie sie sich bewegte, wie sie lachte. Jedes Mal wenn er sie ansah, kam es ihm so vor, als habe sich ihre Schönheit verändert. Ihre Schönheit hatte Bestand. Sie schwand nicht wie bei anderen Frauen, je länger man sie kannte. Nein, dachte er, ganz das Gegenteil war der Fall: Sie wurde sogar noch schöner. Bei jeder Begegnung entdeckte er mehr an ihr, als brächen bestimmte Züge ihres einzigartigen Charakters durch die Maske ihres vollkommenen Antlitzes.

Er war nicht der Einzige, der ihr Aufmerksamkeit schenkte. Rory hatte die meisten seiner Männer dabei ertappt, wie sie ihr bewundernde Blicke zuwarfen, wenn sie sich unbeobachtet fühlten. Das ärgerte ihn zwar, doch schrieb er es nicht einem Mangel an Loyalität zu. Schließlich waren sie keine elenden Eunuchen. Er konnte ihnen kaum etwas vorwerfen, das er selbst nicht in der Lage war zu unterdrücken. Sogar wenn sie hinter einem Berg von Papieren saß, war sie umwerfend, mit ihrem um ihre Schultern wallenden, glänzend kupfergoldenem Haar, ihrer mit schwarzer Tinte beschmierten elfenbeinfarbenen Haut, dem schelmischen Zucken ihrer vollen Lippen, dem herausfordernden Vorschieben ihres Kinns. Ihre Schönheit war anziehend, wie ein seltenes Schauspiel, das man einfach bewundern musste.

Seine Gedanken schweiften unvermeidlich zu jenem Morgen ab, als er aufgewacht war und sie in seinen Armen fand. Die Erinnerung daran erregte ihn. Der letzte Monat war die reinste Hölle gewesen. Er hatte gehofft, dass es im Laufe der Zeit leichter werden würde, dass er sich daran gewöhnte, das Bett mit ihr zu teilen, doch mit jedem neuen Tag begehrte er sie mehr. Ihre Körper hatten sich gefunden und würden sich nicht wieder voneinander trennen. Seine Enthaltsamkeit richtete die verrücktesten Dinge mit ihm an; Rory hatte keine Ahnung, wie lange er das noch aushalten konnte.

Sie war zwar noch Jungfrau, doch wenn sie ihn weiter so reizte, konnte er für nichts garantieren.

Obwohl sein Misstrauen in den vergangenen Monaten nachgelassen hatte, konnte er nicht darüber hinwegsehen, dass sie eine MacDonald und die Nichte seines Feindes war. Er hatte sie in den letzen Wochen genau beobachtet und war froh darüber, dass sie nicht mehr suchend durch dunkle Gänge schlich. Außerdem hatte sie nicht noch einmal versucht, ihn zu verführen. Obwohl es schon Verlockung genug war, wenn sie nur Nacht für Nacht neben ihm schlief.

Rory beobachtete die beiden jungen Frauen, die sich anscheinend so wohl fühlten wie zwei durchtriebene, alte Witwen, die schon von Kindesbeinen an befreundet waren. Sie hatten ihn immer noch nicht bemerkt.

Es überraschte ihn nicht, die Komplizinnen hier in der Bibliothek zu finden. Dem Stapel Bücher neben Isabel und ihren geschwärzten Fingerspitzen nach zu urteilen, hatte sie mal wieder über den Haushaltsbüchern gesessen. Erst sein Zimmer, dann seine Schwester, und jetzt seine Haushaltsbücher. Isabel war Stück für Stück in seine Burg eingedrungen – in sein Leben. Nicht mehr lange, dann würde sie auch noch auf seinem Stuhl sitzen. Bei dieser Vorstellung musste er lächeln.

»Worüber lacht ihr beiden Rangen eigentlich?«

Isabel drehte sich überrascht um, als Rory die Bibliothek betrat. Jetzt, da Margaret und sie den Raum weitgehend in Beschlag genommen hatten, kam er nicht mehr so häufig hierher. Noch ungewöhnlicher war, dass es noch mitten am Tage war, also eine Zeit, in der er normalerweise draußen mit seinen Kriegern mit dem Kampftraining beschäftigt war. Offensichtlich kam er direkt von dort, da er sich den Schmutz und Schweiß des anstrengenden Trainings noch nicht abgewaschen hatte.

Ihr Herz machte jedes Mal einen Satz, wenn sie sich sein überragendes Können auf dem Kampfplatz in Erinnerung rief. Und sie bekam dieses warme Kribbeln im Bauch, wenn sie daran dachte, wie dieser grimmige Krieger sie sanft in seinen Armen hielt.

Isabel reagierte nach wie vor, obwohl sie sich nun schon länger kannten, jedes Mal heftig auf ihn, wenn sie ihn sah. Um ihn nicht unentwegt anzustarren, musste sie sich ganz bewusst von seinem markanten, attraktiven Gesicht losreißen, das immer noch stark gebräunt war, obwohl in den letzten Monaten die Sonne nur selten geschienen hatte. Außerdem würde sie sich wohl nie an seine Präsenz gewöhnen, mit der er jeden Raum auszufüllen schien – was nicht nur an seinen breiten Schultern und seinem muskelbepackten Körper lag, sondern auch an der Sinnlichkeit, die er ausstrahlte.

Da es Margaret offensichtlich ziemlich erschien, nichts zu sagen und somit auch nicht zuzugeben, dass sie über Alex gelacht hatten, beschloss Isabel, ihn aufzuklären: »Anscheinend hat Margaret Alex bei einem spontanen Wettschießen mit dem Bogen geschlagen.«

Er sah Margaret mit durchdringendem Blick an. Da sie sich nicht sicher waren, wie er reagieren würde – schließlich war er ein Mann –, warteten sie geduldig auf irgendeine Regung. Langsam verzog er die Lippen zu einem schadenfrohen Grinsen, das seine tiefen Grübchen hervortreten ließ.

»Da hat Margaret diesen spöttischen Schurken mit seinen eigenen Waffen geschlagen. Ich habe ihn ständig prahlen hören, dass Mädchen doch nie im Leben besser sein würden als er, ganz gleich, wie gründlich der Trainingsplan auch ausgearbeitet sei. Hoffentlich ist ihm das eine Lehre, dass man immer auf das Unerwartete gefasst sein sollte. Es ist überheblich und gefährlich, seinen Gegner zu unterschätzen – und kann einen das Leben kosten.« Er blickte über Margaret hinweg und fixierte Isabel mit seinen prächtigen Augen. »Ich unterschätze meine Gegner niemals.«

Sie errötete schuldbewusst. Warum nur sagte er so etwas?

Anscheinend hatte er nicht bemerkt, wie sie darauf reagierte. »Gut gemacht, Margaret, ich bin stolz auf dich. Unser angeberischer Bruder kann ruhig mal einen Dämpfer gebrauchen.« Lachend zog Rory seine Schwester in eine herzliche, brüderliche Umarmung.

Margaret strahlte über das ganze Gesicht. »Vielleicht bin ich ja so weit, dich herauszufordern, Rory, wenn wir diesen Frühling die Hochlandspiele ausrichten«, neckte sie ihn.

Er setzte Margaret wieder ab, und sie lächelten sich unendlich vergnügt an. »Es wäre mir eine Ehre, gegen dich anzutreten, Margaret. Alex ist ein sehr guter Bogenschütze, Kleines, daher weiß ich, dass du in sehr kurzer Zeit ziemlich gut geworden bist. Aber ich bin nicht mehr beim Bogenschießen geschlagen worden, seit ich ein kleiner Junge war. Du tätest also wohl daran, die Anzahl deiner Trainingsstunden zu erhöhen.« Mit lächelndem Gesicht drehte er sich zu Isabel um.

Sie spürte, wie sie unter der Wärme seines Blickes dahinschmolz.

»Ich hoffe, deine Lehrmeisterin kann noch etwas Zeit erübrigen?«, fragte er sie.

Isabel nickte grinsend.

Er wandte sich wieder an Margaret und meinte beinahe entschuldigend: »Möglicherweise wird es aber nicht bei den Spielen sein, denn du weißt, dass Mädchen nicht zugelassen sind, sondern das Turnier den Männern vorbehalten ist, um ihr Geschick, ihre Kraft und Wendigkeit zu messen.« Isabel wusste, dass die Spiele vor über fünfhundert Jahren von Malcolm Canmore ins Leben gerufen worden waren, um die besten Krieger unter seinen Leuten zu ermitteln. Rorys Augen funkelten unter den hochgezogenen Brauen, die wie Rabenschwingen wirkten.

»Übrigens: Stell dir mal vor, du würdest gewinnen. Der Stolz der Schotten würde irreparablen Schaden nehmen. Das wäre ein Schlag, von dem wir Männer uns wahrscheinlich nie mehr erholen würden.«

Isabel war vom verspielten Necken der Geschwister ganz fasziniert. Es war eine Seite Rorys, die er nur allzu selten zeigte. Sie wusste, dass sie es nie müde werden würde, ihren liebevollen Späßen zu lauschen. Er konnte so verteufelt charmant sein und wenn er sich so gab, war er einfach unwiderstehlich. Das Verlangen raubte ihr den Atem.

Margaret hüpfte ausgelassen herum. Sie fing sofort an, Überlegungen für zusätzliche Übungseinheiten anzustellen, wobei sie aufgeregt mit sich selbst redete. Belustigt sahen sie Margaret hinterher, als diese aus dem Raum stürmte und rief: »Ich muss jemanden suchen, der morgens die Aufsicht in der Küche und die Erstellung der Speisepläne übernimmt ...«

Rory musste noch immer grinsen, als er feststellte: »Margaret hat wohl ihre Berufung gefunden.« Und was er dann sagte, ließ sie auf einen Schlag die ganze Macht seiner Attraktivität spüren: »Ich danke dir, Isabel. Du hast etwas geschafft, das ich nicht für möglich hielt. Du hast mir meine Schwester zurückgebracht.« Die Wärme und Aufrichtigkeit in seiner Stimme wirkte wie ein Zauberspruch, der sie und ihn verband.

Bei Rorys Lob wurde Isabel ganz warm ums Herz. Rory überraschte sie immer wieder. Sie konnte sich nicht daran erinnern, dass sich jemals ein Mann in seiner Position so aufrichtig bei ihr für irgendetwas bedankt hätte. Den meisten Männern wäre nicht einmal der Gedanke gekommen, dass sie einer Frau gegenüber überhaupt zu Dank verpflichtet wären. Doch so viel Güte ließ die Achtung, die sie für ihn empfand, nur noch größer werden. Die Fähigkeit, den Wert eines anderen Menschen zu erkennen, ließ ihn noch stärker wirken.

Sie stand auf und trat zu ihm, während sie um Worte rang, da sie vor lauter Rührung sprachlos war. »Ich habe doch nichts weiter getan, als Margaret eine Freundin zu sein, was mir bei ihr ganz leichtgefallen ist. Es kommt mir so vor, als kenne ich sie schon mein ganzes Leben lang. Kaum zu glauben, dass es erst ein paar Monate sind.«

Isabel hielt inne und überlegte, ob sie noch etwas sagen sollte. Vielleicht würde sich dazu nie eine bessere Gelegenheit ergeben, und sie wollte unbedingt, dass er noch etwas über Margaret erfuhr. »Ich glaube, das Ende der Fehde hat ihr sehr dabei geholfen«, fügte sie zögernd hinzu.

Rory verkrampfte sich, wie immer, wenn jemand die Fehde ansprach. »Was meinst du damit?«

Isabel holte tief Luft, nachdem sie beschlossen hatte, ihn, auch auf die Gefahr hin, ihm damit seine gute Laune zu verderben, ihre Meinung wissen zu lassen. Sie sah zu Boden, da sie sich durch seine Reaktion nicht davon abbringen lassen wollte zu sagen, was sie zu sagen gedachte. »Ich glaube, dass Margaret wegen der Fehde und des Rachefeldzugs die Vergangenheit unmöglich hinter sich lassen kann. Ich weiß, dass sie sich die Schuld an all den Verbrechen, die in ihrem Namen begangen wurden, gibt.« Isabels fest zusammengepresste Hände verrieten ihre Angst, weil sie ein Thema ansprach, das eigentlich tabu war.

Nach einem kurzen Moment unerträglichen Schweigens wagte sie es, Rory einen verstohlenen Blick zuzuwerfen. Doch anders als erwartet entdeckte sie keinen Groll in seiner Miene, sondern er wirkte nachdenklich.

»Und die Fehde hat sie ständig an Sleats Grausamkeit erinnert«, beendete er ihre Gedanken. »Doch nicht nur Margaret war gedemütigt worden, die Ehre des Clans verlangte ebenfalls nach Vergeltung.«

Isabel nickte. »Du hast nur deine Pflicht als Chief getan – das wusste Margaret«, sagte sie etwas leiser. »Genau wie Alex.«

»Was hat Alex denn damit zu tun?« Als sie mit der Antwort

zögerte, fügte er hinzu: »Hab keine Scheu, Isabel, ich würde gerne wissen, was du zu sagen hast.«

Da es ihr nicht leichtfiel, es überhaupt auszusprechen, platzte sie einfach damit heraus: »Alex braucht das Gefühl, dass er dir und dem Clan wichtig ist.«

»Natürlich ist er wichtig. Er ist mein Nachfolger, mein *tanaiste*.« Sie spürte, dass seine ganze Aufmerksamkeit ihr galt. »Sprich weiter«, drängte er.

»Ich weiß, dass du ihn als wichtig erachtest, aber ich glaube, Alex weiß das nicht. Welche Aufgaben hast du ihm denn anvertraut?«

Rory schwieg einen Moment lang. »Nicht viele«, musste er zugeben. Isabel wartete, bis er den Gedanken zu Ende brachte. »Und weil ich das nicht getan habe, glaubt er also, dass ich ihn für unfähig halte.«

Isabel nickte wieder. »Wenn du ihm nicht mehr Verantwortung überträgst, wird er niemals dazu in der Lage sein, über die durch die MacDonalds zugefügte Niederlage hinwegzukommen.«

Rory lehnte sich zurück und bedachte sie mit einem anerkennenden Blick. »Wenn Alex mit dir über die Niederlage bei Binquihillin und den Tod unserer Cousins gesprochen hat, dann musst du wirklich sein Vertrauen gewonnen haben. Ich weiß, dass Alex sich für schuldig hält – ich jedoch nicht. Wäre ich in seiner Situation gewesen, hätte ich genauso gehandelt.«

»Aber wenn du ihm keine verantwortungsvollen Aufgaben überträgst, die eines *tanaiste* würdig sind, muss er dann nicht zwangsläufig annehmen, dass du ihm nicht vertraust? Dass du ihm doch die Schuld gibst?«, fragte sie ruhig.

Rory richtete sich auf und verschränkte die Arme vor der Brust. »Ich bin der Chief, ich gebe meine Aufgaben und meine Verantwortung nicht ab.«

Isabel versuchte, sich nicht von der beeindruckenden Zurschaustellung angespannter Muskeln unter safrangelbem Leinen ablenken zu lassen. »Ich weiß, dass du nicht so arrogant bist zu glauben, du müsstest dich persönlich um alle Angelegenheiten des Clans kümmern und du wärst der Einzige, der dazu in der Lage sei, Entscheidungen zu treffen.«

Sein Mund zuckte, da ihn ihr sarkastischer Seitenhieb offenbar erheiterte. Doch es hatte zumindest den Anschein, dass er sich mit dem auseinandersetzte, was sie gesagt hatte. »Ich werde darüber nachdenken.« Den Spieß umzudrehen erschien ihm in diesem Moment nur gerecht. »Und was ist mit dir, Isabel, was ist mit deiner Familie?«

Nun war es an Isabel, trotzig zu schnauben: »Was sollte mit ihr sein?«

»Sag mir, warum schon bei der bloßen Erwähnung deiner Familie Schmerz in deinen Blick tritt«, hakte er nach – diesmal etwas sanfter.

Vor lauter Verlegenheit, dass ihre Einsamkeit so offensichtlich war, schaute sie weg. »Da gibt es nicht viel zu erzählen«, begann sie vorsichtig. »Du weißt, dass meine Mutter starb, als ich noch sehr jung war, mein Vater seine Verpflichtungen gegenüber dem Clan hatte und meine Brüder … nun ja, ihre eigenen Ziele verfolgten. Ziele, die nichts für ein junges Mädchen waren.« Sie sah so etwas wie Mitleid in seinen Augen und versuchte, schnell eine Erklärung nachzureichen, ehe er einen falschen Eindruck bekäme. »Mein Vater war nicht grausam. Nur beschäftigt. Und ich hatte ja immer Bessie, die sich um mich kümmerte.«

Seine sanfte Stimme lenkte ihren Blick zu ihm zurück. »Dein Vater ist da keine Ausnahme, Isabel. Die meisten Männer kümmern sich nicht um ihre Töchter. So ist das nun mal. Als Anführer eines Clans, der ständig mit der Abwehr irgendwelcher Angriffe beschäftigt war, hatte dein Vater zweifellos weder für dich *noch* für deine Brüder viel Zeit. Er stand gegenüber seinem Clan in der Pflicht.«

»Aber du bist anders«, stellte sie fest. »Ich sehe, wie du dich um deine Familie kümmerst, auch um deine Schwestern.«

Rory lächelte. »Ich habe auch nicht gesagt, dass ich es gutheißen würde; ich sagte, so wäre das nun mal. Mein Vater war genau wie deiner.«

»Aber du hattest deine Brüder und Schwestern.«

»Du etwa nicht?«

Sie überlegte kurz. »Zunächst ja, doch als ich älter wurde, haben sie sich verändert. Meine Mutter war eine Dame. Mein Vater dachte, ich müsste auch eine sein, was zur Folge hatte, dass ich nicht mehr so viel Zeit mit meinen drei älteren Brüdern verbringen durfte.«

Er streckte die Hand aus, legte seine Finger unter ihr Kinn und hob es an, sodass sich ihre Blicke trafen. »Vielleicht war ihnen gar nicht klar, wie einsam du warst, vielleicht wussten sie es nicht besser. Ich habe beobachtet, wie sich deine Familie dir gegenüber verhalten hat. Auf mich wirkte es eher unbeholfen als geringschätzig.«

Seine Worte überraschten sie. Ob er wohl Recht hatte? Lag es einfach nur daran, dass die männlichen Familienmitglieder nicht wussten, wie man mit einem jungen Mädchen umging? Konnte sie die Gefühle ihrer Familie denn so falsch verstanden haben? Erinnerungen und Gesprächsfetzen wirbelten in ihrem Kopf herum. Betrachtete sie es einmal so, wie Rory es sah, könnte er durchaus Recht haben. Eine ganz leise Hoffnung keimte in Isabels Herzen auf.

Er sah sie an, als wollte er noch etwas sagen, doch stattdessen zog er es vor, es dabei zu belassen.

Sie starrten einander nur an, und keiner von beiden wagte

es, den Zauber ihrer neu entstandenen tiefen Verbundenheit zu brechen.

»Wolltest du noch irgendetwas?«, fragte sie atemlos und war durch diesen Moment, der sich in seinen Augen widerspiegelte, doch stärker bewegt, als sie es für möglich gehalten hätte.

»Ja. Ich möchte dich um einen Gefallen bitten. Da Margaret wegen ihrer Aufgaben und ihres neuen Trainingsplanes so beschäftigt ist, habe ich mich gefragt, ob du wohl Zeit erübrigen könntest, um mir bei der Vorbereitung der im Frühling auf Dunvegan stattfindenden Hochlandspiele zu helfen.«

Er bezog sie ein. Sie meinte, ihr Herz würde vor Freude zerspringen. Sie brauchte nicht lange zu überlegen. »Natürlich. Ich würde sogar sehr gerne helfen. Was soll ich machen?«

Rory erwiderte ihr Lächeln. »Zuerst müssen wir eine Liste aller Clans, die teilnehmen sollen, erstellen und einen Boten mit den Einladungen losschicken.«

In Gedanken war Isabel schon dabei, eine Liste der Nachbarclans anzufertigen: MacCrimmons, Mackinnons, MacLeans, Argyll und die Campbells, Raasay, MacDonalds. MacDonalds. Isabel zog erschrocken die Stirn kraus, als ihr bewusst wurde, was das bedeutete. Ein beklemmendes Gefühl bemächtigte sich ihrer. Wenn ihre Familie herkam, müsste sie ihr Bericht erstatten, welche Fortschritte sie gemacht hatte – oder auch nicht.

»Heißt das, dass auch meine Familie eingeladen wird?«

»Natürlich, auch Glengarry und sogar Sleat müssen eingeladen werden. Unsere Ehe auf Probe hat aus ehemaligen Feinden Verbündete gemacht. Ist das nicht genau das, was der König befohlen hat?« Er sah sie leicht herausfordernd an.

In Anbetracht seiner guten Stimmung entschloss sich Isabel, Rory nicht darauf hinzuweisen, dass er genau das schon einmal in Frage gestellt hatte.

Dann kam ihr noch ein Gedanke. Und dieser war noch tückischer und unangenehmer als der letzte. »Was ist mit den Mackenzies?«

»*Alle* Highlandclans, Isabel.« Beschwichtigend legte er seine Hand auf ihre. »Für die Dauer der Spiele werden alle Fehden ruhen.«

»Aber was ist, wenn sie versuchen, sich zu rächen?«

»Sie würden es nicht wagen, das ungeschriebene Gesetz der Gastfreundschaft in den Highlands zu brechen. Sie werden mit dem Ziel hierherkommen, die MacLeods auf dem Turnierplatz zu übertreffen. Wir müssen zwar mit einem Angriff der Mackenzies rechnen, doch nicht während der Spiele.«

Dank seiner Zuversicht war sie beruhigt. »Welche Spiele sollen wir eigentlich organisieren?«

»Die üblichen Disziplinen: Baumstammwerfen, Hammerwerfen, Bogenschießen, Steinstoßen, Ringen, Schwimmen, Weitsprung und Bergaufwettlauf. Die meisten Disziplinen werden im Dorf oder Wald stattfinden – das Wettschwimmen natürlich in der Bucht. Wir werden selbstverständlich Unterkünfte hier und im Dorf zur Verfügung stellen sowie das Essen und die Getränke für das Fest planen müssen. Bist du sicher, dass du Zeit hast, um zu helfen?«

»Ganz sicher. Ich werde mich sofort an die Gästeliste machen, damit du sie durchsehen kannst. Dann kann ich mit dem Entwurf der Einladungen anfangen. Wer soll sie eigentlich überbringen?«

Doch ehe er antworten konnte, klopfte es an der Tür. Rory bat herein, und Isabel war überrascht, Colin zu sehen.

Rory runzelte angesichts dieser Unterbrechung missbilligend die Stirn.

Colin erklärte: »Ein Brief für Mylady.«

Endlich ein Brief von meinem Vater, dachte sie. Aber ihre Erleichterung war nur von kurzer Dauer.

»Von Eurem Onkel, Mylady«, ergänzte Colin und überreichte ihr das gefaltete Pergament mit dem Wachssiegel. Einem Siegel, das sie sofort wiedererkannte: *Per Mare Per Terras*, Sleats Erkennungsmerkmal war unverkennbar.

Als sie sich Rory zuwandte, konnte sie gerade noch sehen, wie sein Blick nahezu unmerklich misstrauischer wurde.

»Wie passend. Wenn du die Einladung für deinen Onkel fertig hast, kannst du sie seinem Boten persönlich geben.«

Ein gefalteter Bogen Pergament hatte das trügerische Gefühl der Ruhe, die sie in den vergangenen paar Wochen erlebt hatte, schlagartig vernichtet. Isabel wusste, was sie in Händen hielt.

Eine Erinnerung an ihre Pflicht.

15

Isabel hatte gewusst, dass es irgendwann kommen würde. Doch warum ausgerechnet jetzt, wo die leidenschaftliche Beziehung zwischen ihr und Rory inniger geworden war und sie allmählich begann, sich auf Dunvegan wohl zu fühlen – die Festung zu einem Ort wurde, der ihr etwas bedeutete.

Die plötzliche Erinnerung an den eigentlichen Grund ihrer Ehe auf Probe mit Rory MacLeod war nur schwer zu ertragen. Sie hatte sich schon fast eingeredet, dass dieser Tag vielleicht nie käme. Dass man sie vielleicht vergessen würde. *Du Narr*. Das war nicht irgendein albernes Spiel, sondern bitterer Ernst: Das Überleben oder der Untergang ihres Clans hingen von ihrem Erfolg ab. Ihr Onkel hatte sie keineswegs vergessen oder sich etwas anderes ausgedacht, um die Herrschaft über die Inseln für sich zu beanspruchen.

Glücklicherweise hatte Rory sie in der Bibliothek allein gelassen, damit sie den Brief in Ruhe lesen konnte. An seinem Gesicht hatte sie ablesen können, dass er neugierig war, doch er hatte nicht gefragt, worum es in dem Schreiben ging. Und sie hatte ihm auch nicht von sich aus angeboten, es zu erzählen.

Sie machte es sich auf ihrem Stuhl am Feuer bequem, erbrach bedächtig das Siegel und begann zu lesen.

Ihr Onkel tadelte sie ziemlich unverhüllt, dass sie ihn nicht über ihre Fortschritte auf Dunvegan auf dem Laufenden gehalten hatte. Er schrieb, dass er »bestürzt« sei, seit der vorläufigen Heirat nichts mehr von seiner »lieben Nichte« gehört zu haben, und hoffte, dass sie etwas Zeit erübrigen könnte, um ihrer »besorgten Familie« zu schreiben, dass sie sich an ihr Eheleben auf Dunvegan gewöhnt habe und dass sie an der Seite ihres Ehegatten »alles gefunden habe, wonach sie suche«. Er erwähnte auch, er hätte »Gerüchte« gehört, dass sich die Mackenzies auf einen Angriff vorbereiteten.

Wirklich sehr subtil.

Sie ließ den Brief in den Schoß sinken, während sie wie betäubt auf die glühenden Holzscheite des eben noch lodernden Feuers blickte. Plötzlich zitterte sie und zog das Tuch enger um die Schultern.

Es war so weit. Sie musste eine unmögliche Wahl treffen – für die eindeutig salomonische Weisheit erforderlich war. Wie auch immer sie sich entschied, sie würde Verrat begehen müssen. Verrat an den MacLeods oder Verrat an den MacDonalds. Sie musste zwischen der Familie wählen, bei der sie aufgewachsen war, und der Familie, die sie sich immer gewünscht hatte.

Auf Dunvegan hatte sie Freundschaft, Glück und noch etwas anderes gefunden, an das sie nicht zu denken wagte. Margarets Freundschaft war sie sich gewiss. Ebenso der von Alex. Was Rorys Gefühle anging, war das nicht ganz so einfach. Doch tief in ihrem Herzen wusste sie, dass auch die Gefühle, die er ihr entgegenbrachte, inniger geworden waren. Sonst hätte er sie nicht persönlich darum gebeten, bei der Vorbereitung der Spiele zu helfen. Eine Aufgabe, die es mit sich brachte, dass sie während des Tages eng zusammenarbeiteten – etwas, das er bisher so gut es ging vermieden hatte.

Aber vielleicht war genau das, was er nicht tat, der überzeugendste Hinweis, dass sich seine Gefühle geändert hatten. Weder hatte er sie aus seinem Zimmer verbannt, ihr verboten, die Haushaltsbücher zu führen, ihr davon abgeraten, Margaret im Bogenschießen zu unterrichten, noch ihr untersagt, Alex zu pflegen. In den Tagen nach dem Überfall im Wald hatte er sie im Grunde freundlich und äußerst rücksichtsvoll behandelt. Daraus konnte sie nur den Schluss ziehen, dass er anfing, ihren Platz in der Familie anzuerkennen.

Aber dennoch hatte er vor, sie fortzuschicken.

Und obwohl er sie begehrte – und sich die zwischen ihnen bestehende Leidenschaft nicht leugnen ließ – hatte er die Ehe immer noch nicht vollzogen.

Niedergeschlagen legte sie die Stirn in Falten. Jedes Mal wenn sie spürte, wie ihre Beziehung fester wurde, schien etwas dazwischenzukommen. Genau wie dieser Brief, der ihn an ihre Verbindung zu seinem Feind erinnerte. Sie nahm eine Haarsträhne und wickelte sie sich um den Finger, während sie ihren unangenehmen Gedanken nachhing.

Wie konnte sie sich nur mit einem Mann wie ihrem Onkel gegen einen Mann wie Rory zusammentun? Wenn es nur darum ginge, dass ihr Onkel die Herrschaft über die Insel anstrebte, *Lord of the Isles* werden wollte, würde ihre Wahl ganz klar zu Rorys Gunsten ausfallen. Aber da gab es noch ihren Clan. Die MacDonalds von Glengarry brauchten dringend den Beistand von Sleats Männern, um einem länger dauernden Angriff der Mackenzies standhalten zu können. Ohne die Hilfe ihres Onkels war ihr Clan dazu verdammt, seine Ländereien zu verlieren. Und ein Clan ohne Land war ein gebrochener Clan. Ihre Leute wären gezwungen, Nahrung, Land und Schutz bei einem anderen Clan zu suchen. Dieser Gedanke war einfach zu schrecklich, um ihn überhaupt in Erwägung zu ziehen.

Isabel hatte eine Verpflichtung gegenüber ihrer Familie, aber tief im Innern wollte sie egoistisch sein. Sie wollte glücklich sein. Sie wollte Rory für sich. Aber obwohl sie nicht mehr diesen überwältigenden Drang verspürte, der Retter ihres Clans zu sein, so wollte sie ihre Familie doch auch nicht im Stich lassen. Sie könnte kein glückliches Leben führen, wenn sie wüsste, dass ihr Versagen der Untergang ihres Clans wäre. Sie musste unbedingt eine andere Lösung finden, um ihre Familie im Kampf gegen die Mackenzies zu unterstützen. Genau wie der Angriff auf Dunvegan konnte der Angriff auf Strome Castle jederzeit erfolgen.

Plötzlich kam ihr ein Gedanke. Die Mackenzies. Das war die Lösung. Ihr Vater und die MacLeods hatten den gleichen Feind. *Der Feind meines Feindes ist mein Freund*. Das von den Kreuzzügen mitgebrachte alte arabische Sprichwort könnte ihre Rettung sein. Sie bemühte sich, die in ihr aufkeimende Hoffnung nicht allzu groß werden zu lassen.

Vielleicht müsste sie ja gar keine Wahl treffen.

Rorys Streitmacht war beinahe so groß wie die ihres Onkels. Wenn ihr Vater die Unterstützung der MacLeods hätte, würde er Sleat nicht brauchen. Und Isabel müsste die MacLeods nicht verraten, indem sie das Feenbanner stahl oder die Lage des Geheimgangs verriet – wenn es denn überhaupt einen gab.

Ihre Gedanken rasten, als sie die verschiedenen Möglichkeiten erwog. Konnte es klappen? Vielleicht war es die perfekte Lösung. Doch wie sollte sie Rory dazu bringen, ihrem Plan zuzustimmen? Sie konnte nicht einfach zu ihm gehen und ihn bitten. Nicht, solange er immer noch vorhatte, sie zurückzuschicken. Nicht, solange das Bündnis mit ihrer Familie nur vorübergehend war.

Wie also sollte sie verhindern, dass er sie heimschickte?

Er musste sich in sie verlieben. Wenn er sich in sie verliebte, würde er sie nicht mehr zurückschicken *wollen*. Sie runzelte die Stirn, als sie sich klarmachte, dass es um mehr ging, als nur seine Liebe zu erringen. Sie wusste, dass Rory auf das Bündnis mit Argyll zählte, um den König dazu zu bewegen, wegen der umkämpften Halbinsel Trotternish zu seinen Gunsten zu entscheiden. Sie musste also einen Weg finden, damit man die Verbindung zwischen ihr und Rory für genauso einträglich hielt.

Außerdem gab es noch zu bedenken, dass sie eine MacDonald war. Rory hasste Sleat. Doch wenn Rory sich in sie verliebte, wäre er vielleicht bereit, diesen Umstand zu vergessen.

Eines aber war sicher: Verrat war etwas, das Rory niemals vergeben würde. Bei dem Gedanken an sein Gesicht, als er sie beim Durchsuchen des Feenturms ertappt hatte, lief es ihr kalt den Rücken herunter. Sie wollte nicht wissen, wie zornig er sein würde, wenn er jemals herausfand, dass sie diese Ehe mit der Absicht, ihn zu hintergehen, eingegangen war. Doch wenn sie es geschickt anstellte, müsste er möglicherweise gar nicht von ihren ursprünglich verräterischen Absichten erfahren. Für einen kurzen Moment spielte sie mit dem Gedanken, ihm alles zu gestehen, doch sie traute sich nicht. Nicht, solange sie über seine Gefühle im Unklaren war. Außerdem wollte sie ihren Plan nicht aufs Spiel setzen.

Er war noch längst nicht ausgereift, doch sie musste es versuchen. Isabel war verzweifelt. Sie musste etwas unternehmen, um sich selbst aus diesem Debakel zu befreien.

Und wenn sie es schaffte, hätte sie alles, was ihr Herz begehrte: einen Platz auf Dunvegan und den Respekt ihrer Familie. Und vor allem: Rorys Liebe. Denn tief im Herzen spürte Isabel, dass der Wunsch, seine Liebe zu erringen, über allem anderen stand. Sie brauchte sie so sehr wie die Nahrung, die sie zu sich nahm, oder die Luft, die sie atmete. Er war ein Teil von ihr geworden.

Sie ließ ihr Haar los, als sie plötzlich aufsprang, weil sie sofort etwas unternehmen musste. Sie blickte nach unten und sah, wie der zerknitterte Brief zu Boden schwebte. Mit einem leisen Fluch hob sie ihn auf, zerknüllte ihn und warf ihn wütend ins Feuer. Sie lächelte grimmig, als die Flammen das Pergament ergriffen und die Ränder versengten, bis er sich in Rauch auflöste – und die verhassten Worte des Verrats mit sich nahm.

Ihre Entscheidung riss sie aus der Trägheit der vergangenen Monate und lieferte ihr die Entschuldigung dafür, dass sie nun versuchen musste, das zu bekommen, was sie eigentlich wollte. Es genügte nicht mehr, einfach nur in Rorys Armen aufzuwachen. Sie wollte genau die Intimität und Nähe, die sie nur dann würde spüren können, wenn sie ihm beilag.

Isabel wusste, was sie zu tun hatte; er würde nicht auf sie zukommen. Sie musste ihn verführen. Sie versuchte, nicht an seine Warnung zu denken, ihn nicht zu etwas zu verleiten. Ihre Beweggründe waren lauter. Sie würde um Rorys Liebe kämpfen und ihn verführen, nicht um ihn zu verraten, sondern weil sie bei ihm bleiben wollte.

Sie richtete sich auf und eilte nach oben, um sich für das abendliche Mahl umzuziehen. Heute Nacht. Nach dem Abendessen würde sie sich in ihr Zimmer zurückziehen und auf ihn warten.

Sie biss sich auf die Lippe. Was sollte sie tun, wenn er schließlich kam? In den letzten Monaten hatte sie viel über das Küssen gelernt und dank ihrer vorherigen Begegnungen eine vage Vorstellung von dem, was es darüber hinaus noch gab. Doch es war ein himmelweiter Unterschied zwischen Theorie und Praxis. Wie sollte sie ihn nur wissen lassen, dass sie für den letzten Schritt bereit war?

Isabel ließ sich Zeit, als sie den schwach beleuchteten Gängen folgte. Obwohl es erst später Nachmittag war, waren die

Tage in den Wintermonaten doch sehr kurz, und die Dämmerung hatte bereits eingesetzt.

Sie öffnete die Tür.

Ein Wachsstock flackerte. Feuchtwarme Luft vermischt mit dem männlichen Duft nach Sandelholz und Gewürzen empfing sie.

Noch ehe sie ihn sah, wusste sie, dass er da war. Als sie ihn erblickte, erschrak sie.

Rory war gerade erst dem Bad entstiegen. Er hatte sich ein Handtuch locker um die Hüften geschlungen und ansonsten – sie schluckte – war er nackt.

Mit den Augen verschlang sie gierig seine männlich kraftvolle Gestalt. Er war atemberaubend. Seine breite nackte Brust, auf der kleine Perlen aus Wasser glitzerten, ging in schmale Hüften über, die Beine waren muskelbepackt. Jeder einzelne Zentimeter seines Körpers war klar geschnitten und durchtrainiert. Sein Körper war eine fein geschliffene Kriegswaffe, und die zahlreichen, hartverdienten Narben auf seiner Brust zeugten von seiner Tapferkeit. Das feuchte Leinentuch um seine Hüften hing tief über den Lenden und betonte jede Wölbung seines … ihr Blick glitt tiefer und ihr Mund wurde ganz trocken, als sie sah, wie stark seine Erregung war. Sein Glied zeichnete sich stramm unter dem dünnen Stoff ab und ließ keinen Zweifel an seinem Verlangen aufkommen.

Isabel wurde von Leidenschaft erfasst. Knisternde Spannung legte sich über den feuchtwarmen Raum. Ihr Herz pochte so laut, dass er es bestimmt hören konnte. Sie schaute ihn an und schmolz unter der Intensität seines durchdringenden Blickes beinahe dahin. Noch nie zuvor war sie das Objekt einer solch allumfassenden Begierde gewesen. Sie spürte die Gier, das Verlangen. Das Zucken heftiger Leidenschaft. Mit seinem Blick ergriff er Besitz von ihr. Außer ihnen beiden schien nichts mehr zu existieren. Seine ganze Aufmerksamkeit war auf sie gerichtet, sein Verlangen beinahe körperlich zu spüren. Er forderte sie, nur sie allein. Er sah aus, als wollte er ihr die Kleider vom Leibe reißen und sie vergewaltigen. Sie erkannte eine Seite an ihm – eine wilde, primitive, unbeherrschte Seite –, die ihr neu war. Und einen Augenblick lang flößte ihr diese Heftigkeit Angst ein, während sie sie gleichzeitig ganz schwach werden ließ.

Sie standen völlig regungslos da und starrten einander an. Seine Augen glühten wie saphirfarbene Kohlen.

Ohne das Lederband, mit dem es normalerweise zusammengebunden wurde, fiel ihm das feuchte Haar ins Gesicht. Die Schatten, hinter denen sich ein Teil des Gesichts verbarg, ließen seine Gesichtszüge scharf hervortreten und ihn dadurch noch bedrohlicher erscheinen, als er durch seine Körpergröße ohnehin schon wirkte.

Isabel zitterte erwartungsvoll. Noch nie war sie sich einer Sache so sicher gewesen. Die Stärke seines Verlangens machte ihr Mut. Sie wollte diesen Mann zähmen, diesen Krieger ihr Eigen nennen.

Jeglicher Gedanke an eine wohldurchdachte Verführung war dahin. Jetzt oder nie. Sie fasste sich ein Herz, schob das Kinn vor und machte einen vorsichtigen Schritt auf ihn zu.

Er erstarrte. Alle seine Muskeln waren zum Zerreißen angespannt. Ein Nerv zuckte an seinem Kiefer, als sie näher kam. Langsam nahm sie das Tuch ab, das sie wegen der Kälte getragen hatte, und legte es auf den Stuhl.

»Was machst du da?«, stieß er zwischen zusammengebissenen Zähnen hervor.

»Ich ziehe mich fürs Abendessen um. Ich wusste nicht, dass du um ein Bad ersucht hattest.«

»Es ist zu kalt, um in der Bucht zu baden.«

»Natürlich.«

»Du solltest besser gehen.«

Sie schüttelte den Kopf und machte einen weiteren Schritt auf ihn zu. Sie stand so dicht vor ihm, dass sie seine heiseren, unregelmäßigen Atemzüge hören konnte. Er war kaum noch in der Lage, sich zu beherrschen, und sie wusste es. Genoss es. Labte sich daran. Und wollte, dass er die Beherrschung verlor.

Er kam ihr entgegen, und sie konnte das heftige Verlangen in seinem Blick erkennen. Er streckte die Hand aus und legte sie zärtlich an ihr Kinn, während er ihr tief in die Augen schaute. »Bist du sicher?« Seine Stimme klang heiser und war voller Verheißung. Sein leichter Dialekt trat jetzt stärker hervor. »Meine Pflicht liegt woanders. Dies wird nichts daran ändern, Isabel. Selbst wenn ich wünschte, es wäre anders.«

Isabels Herz zog sich zusammen. War das wirklich sein Wunsch? Dieser Hoffnungsschimmer war ihr Ansporn genug.

Die höflich-belanglose Unterhaltung hatte Rory an den Rand seiner Kräfte gebracht. Er wurde allmählich ungeduldig. Sie musste doch sehen, wie sein Puls raste, wie er sich verzweifelt bemühte, die feuchtwarme Luft zwischen ihnen zu atmen, wie er von dem Moment an, als sie den Raum betreten hatte, dagegen kämpfte, sie in die Arme zu nehmen.

Als sie so unvermittelt durch die Tür getreten war, hatte ihn der Anblick von so viel Schönheit beinahe übermannt – als habe ihm jemand ohne Vorwarnung in den Magen geboxt. Und dann nahm er ihren Duft wahr. Dieser betörend weibliche Duft nach Lavendel zog ihn wie magisch in seinen Bann. Doch als sie seinen Körper voller Bewunderung mit ihren unbeschreiblichen violetten Augen anstarrte und er darin ein sinnliches Versprechen erkannte, merkte er, dass er nie eine Chance gehabt hatte. Der Ausgang dieser Begegnung war wohl von vornherein bestimmt gewesen. Schicksal.

Rory wartete gespannt auf ihre Antwort. Er rang darum, die seinen Körper durchflutende Lust zu zügeln. Sie musste aus eigenem Antrieb und ohne Ansprüche an ihn zu stellen zu ihm kommen, nichts anderes würde ihn von seiner Schuld befreien. Seine Ehre gebot ihm, so lange ihre Unschuld zu wahren, bis sie verstand. Und dann gab es da noch die Möglichkeit einer Schwangerschaft, aber das würde Rory zu verhindern wissen. Die durch den Brief ihres Onkels aufgeworfenen Fragen würden noch warten müssen.

Die Wochen, in denen er sie wie ein elender Eunuch nur in den Armen hatte halten dürfen, waren jetzt zu Ende. Er würde nicht mehr gegen diese überwältigende, ihn fast in den Wahnsinn treibende Anziehungskraft ankämpfen. Wenn sie denn verstand, worauf sie sich einließ.

Ihre Hand berührte seinen Arm, und er zuckte zusammen, erbebte förmlich. Allein schon ihre Berührung genügte, um ein Inferno zu entfachen, das seinen gesamten Körper wie ein Lauffeuer erfasste.

»Ich verstehe«, sagte sie kurz und knapp. »Keine Versprechen.«

Das reichte.

Er zog sie in eine stürmische Umarmung. Die Spannung, die sich mittlerweile zwischen ihnen aufgebaut hatte, war so gewaltig, dass sie nun einen Seufzer der Erleichterung ausstieß. Er wusste, dass sie ihn wollte, so wie er sie wollte. Sie brauchten sich nichts mehr vorzumachen.

Er vergrub die Finger in ihrem herrlichen Haar und ließ die üppigen Locken wie Seide durch seine Hände gleiten. Er ergriff eine Handvoll dieser weichen glänzenden Pracht, zog ihren Kopf sanft nach hinten und brachte ihre geöffneten Lippen seinem Mund entgegen. Dann küsste er sie, mit unstillbarer Gier. Der honigsüße Geschmack ihrer Lippen war göttlich. Bei der ersten Berührung ihrer Zunge überkam ihn ein wahres Triumphgefühl, und er stöhnte lustvoll.

Sein Drang war nicht mehr zu bändigen. Noch nie zuvor hatte er eine derartige Lust empfunden, so stark, so unbeherrschbar. So ursprünglich. All die Leidenschaft, all die Begierde, die er so unendlich lange gezügelt hatte, brach nun wie ein tosender Sturm aus ihm heraus. Er wollte Besitz von ihrem Körper und ihrer Seele ergreifen.

Er fühlte sich wie ein gefangenes Tier, das verzweifelt darauf sann auszubrechen. Gierig eroberte er ihren Mund, grob und ungestüm. Immer tiefer drang er in sie ein, verschlang sie förmlich, bemächtigte sich ihrer. Ohne Scheu erwiderte sie die fordernden Bewegungen seiner Zunge. Ihre überraschende Reaktion ließ den wachsenden Schmerz in seinen Lenden nur noch größer werden, stellte seine ohnehin schon kaum noch zu beherrschende Zurückhaltung, die er sich wegen ihrer Unschuld auferlegt hatte, auf eine harte Probe.

Er wusste, dass er die Selbstbeherrschung verloren hatte, zu ungestüm war, aber sie ging auf alles ein. Er wünschte sich nichts sehnlicher, als ihr die Kleider vom Leibe zu reißen, sie aufs Bett zu werfen und tief in sie einzudringen. Er wollte sie hart und schnell nehmen, so heftig in sie stoßen, bis sie unter ihm kam, bis er völlig in sie eingetaucht war und in einem gewaltigen Ausbruch Erlösung fand. Was stellte diese Frau nur mit ihm an? Er wusste, dass er sich ganz nahe am Abgrund bewegte, und das gab ihm die Kraft, sich wieder unter Kontrolle zu bringen.

Er wollte dafür sorgen, dass ihr erstes Mal vollkommen war, auch wenn es ihn umbrachte.

Er löste sich von ihrem Mund und bedeckte ihren Hals mit Küssen, wobei er die unendlich köstliche Zartheit ihrer fiebrigen Haut in sich aufnahm. Er brannte darauf, noch mehr von ihr zu kosten, und zögerte nicht länger, sondern glitt noch weiter an ihrem Hals hinab.

Voller Hingabe ließ sie ihren Kopf in den Nacken sinken. Er spürte, wie sie unter dem Druck seiner Lippen erbebte. Er liebkoste die tiefe Kluft zwischen ihren Brüsten und sog ihren herrlichen Lavendelduft tief ein.

Er reizte sie gnadenlos, indem er seine Zunge forschend über ihr Dekolletee gleiten ließ und so dem vor Erregung unebenen Hof ihrer Brustwarze quälend nahe kam.

Sie stöhnte vor Leidenschaft.

Er schob den Daumen unter ihr Mieder und nahm die harte rosige Perle in den Mund. Zu wissen, dass sie genauso erregt war wie er selbst, ließ ihn schwer atmen. Er reizte sie verspielt, indem er erst mit der Zunge über die aufgerichtete Spitze fuhr und dann sanft an ihr knabberte. Sie bog sich ihm entgegen, flehte um mehr, und er gab ihrem Wunsch nach. Er drückte seine Lippen fest auf ihre Brust und saugte, saugte bis er hörte, wie sie die Luft scharf einzog und wusste, dass sie kurz davor stand zu kommen. Noch nicht.

»Ich möchte dich nackt sehen«, sagte er.

Leidenschaft und Scham brachten ihre Wangen zum Glühen, als sie schüchtern nickte.

Mit dem Geschick in vielen Jahren erworbener Erfahrung zog er ihr hastig Kleid, Mieder und Unterröcke aus, löste die Schnüre ihres Korsetts, streifte die Strümpfe ab und zog ihr dann in einer einzigen geschmeidigen Bewegung das Hemd über den Kopf.

Seine Augen weiteten sich voller Ehrfurcht, als er das vor ihm stehende Juwel erblickte. Das Blut schoss in seinen ohnehin schon prallen Penis. Er war so steif, dass es schon schmerzte. Jetzt, da sie splitterfasernackt vor ihm stand, war sie noch schöner, als er es sich vorgestellt hatte. Schlank und mit sanften Rundungen, mit einer makellosen elfenbeinfarbenen Haut, die weich und cremig war. Ihre üppigen Brüste waren wohlgeformt und fest, ihr Bauch straff, ihre Hüften wundervoll geschwungen, ihre Beine schlank und glatt. Sie glich einer Marmorstatue der Aphrodite. Aber diese Göttin hier war äußerst lebendig. Mit einem teuflischen Lächeln beobachtete er, wie eine zarte Röte die Stellen ihres Körpers überzog, auf die sein Blick gerade fiel. Später hätte er noch genügend Zeit, um sich jeden Zentimeter ihres Körpers einzuprägen, ihre samtige Haut mit Händen und Mund zu verwöhnen.

Da er Mitleid mit ihrer offensichtlichen Verlegenheit hatte, hob er sie hoch und legte seine wertvolle Fracht behutsam auf das Bett. Eingedenk ihrer Unschuld beugte er sich über sie, küsste und berührte sie zärtlich und erweckte ihre Leidenschaft von Neuem.

Sie nackt zu sehen hatte ihm den letzten Rest von Kraft gekostet, sich noch länger zurückzuhalten. »Ich brauche dich so sehr«, hauchte er mit heiserer, brüchiger Stimme. »Ich glaube, ich kann nicht mehr warten.«

»Dann zögere nicht länger«, stöhnte sie atemlos. Diese Aufforderung war alles, was er hatte hören wollen.

Er zog sein Handtuch weg. Sie senkte den Blick und riss sogleich die Augen auf.

Rory verstand, warum sie plötzlich Bedenken bekam, legte sich neben sie aufs Bett und flüsterte: »Hab keine Angst, dir passiert nichts.«

»Aber, wie …«

Eng, dachte er auf ihre Frage hin. Rory war kaum noch in der Lage, sich nicht von der Woge der Leidenschaft mitreißen zu lassen, die ihn bei der Vorstellung überkam, von ihrer sanften Hitze umschlossen zu werden. »Dir geschieht nichts, Isabel. Beim ersten Mal tut es etwas weh, aber das geht vorüber. Vertrau mir.«

Daraufhin sah sie mit unschuldigem Blick zu ihm auf und zeigte, dass sie bereit war. Die einstige Verführerin war verschwunden und an ihre Stelle eine unerfahrene Frau getreten, die sich nach einer Form der Erfüllung sehnte, die nur er ihr geben konnte.

Es bedurfte keines weiteren Anreizes. Er küsste sie noch einmal und ließ seinen Mund fordernd über ihre Lippen wandern. Er zog sie ganz nah an sich heran, und als er ihre nackte Haut spürte, löste dies noch nie gekannte Empfindungen bei ihm aus. Heiß und leidenschaftlich, Haut an Haut, verschmolzen ihre Körper wie glühende Lava miteinander. Seine Hände erforschten ihren Körper, schürten das Feuer. Ihre Brüste, ihre Hüften, ihr Bauch, ihre langen Beine, die herrliche Wölbung ihrer zarten Füße – er wollte jeden einzelnen Zentimeter von ihr berühren.

Sie wand sich vor Verzückung und hob ihm ihr Becken entgegen. Er wusste, was sie wollte. Und er gab es ihr. Voller männlichem Stolz lachte er stillvergnügt, als er eine Brust mit dem Mund verwöhnte, während er eine Hand quälend langsam über ihren Bauch nach unten gleiten ließ. Da er zu erregt war, um sie noch länger auf die Folter zu spannen, schob er seine Hand zwischen ihre Schenkel, wo sie vor Verlangen schon ganz feucht war.

Die Liebkosungen ihrer Brust durch seinen Mund wurden heftiger, als er seinen Finger in sie schob und anfing, sie rhythmisch zu streicheln. Er hörte, wie sie ein verblüfftes Keuchen ausstieß, als er einen zweiten Finger zu Hilfe nahm, um sie behutsam zu weiten. Sie umklammerte seine Hand mit ihren

Schenkeln und fing an, ihr Becken lustvoll und im gleichen Rhythmus zu bewegen.

Er sah, wie sie ihren Kopf mit geschlossenen Augen und leicht geöffneten Lippen in das Kissen sinken ließ, und ihr leises, heiseres Keuchen spornte ihn an weiterzumachen. Er fand das geheime Zentrum ihrer Weiblichkeit und brachte sie geschickt und erfahren an den Rand der Ekstase.

Auf seiner Stirn bildeten sich kleine Schweißperlen. Mit jeder weiteren Minute, die verstrich, wurde sein Drang unerträglicher. Er wollte endlich in ihre seidig zarte Hitze eintauchen, doch irgendetwas ließ ihn zaudern. Ihm war wichtig, dass sie den gleichen Genuss empfand, wie er ihn gleich haben würde.

Er fing an, ihren samtigen Bauch mit Küssen zu bedecken und noch ehe sie ahnte, was er vorhatte, umklammerte er ihre Hüften, brachte seinen Mund zwischen ihre Schenkel und knabberte zärtlich an ihr. Erschrocken sträubte sie sich dagegen und stieß einen Protestlaut der Verlegenheit aus, doch er ließ nicht locker. Sie war so köstlich nass, und er konnte es nicht erwarten, ihre Leidenschaft zu spüren.

Isabel war schlagartig ernüchtert, da sie nicht glauben konnte, wo er sie küsste. Doch ihr Widerstand war zwecklos, so als versuche die Sonne, den Mond daran zu hindern aufzugehen. Sie konnte ihn nicht beiseiteschieben, ihr Körper wollte etwas anderes. Mit jeder Liebkosung seiner unnachgiebigen Zunge nahm der Druck in ihr zu. Sie war völlig verzückt und konnte vor Verlangen nicht mehr denken. Sie wollte nur noch ihr Becken vorwölben, ihre Schenkel um seinen Hals klammern und von dieser süßen Qual erlöst werden. Er reizte sie, bis sie erbebte, bis sie sich ohnmächtig gegen seinen Mund presste und nach mehr verlangte.

»Sag mir, was du willst, Isabel.«

Sie wand sich, und seine Zunge schnellte erneut hervor, um sie zu reizen.

»Sag es mir«, wiederholte er mit sinnlich dunkler und schelmischer Stimme.

»Ich will …« Ihre Stimme versagte. »Wie beim letzten Mal.«

»Ich soll dich zum Höhepunkt bringen?«

Seine Stimme legte sich wie ein erotischer Schleier über sie, nahm ihr jegliche Hemmungen. Niemals hätte sie sich solch große Intimität erträumen lassen. Da ihr Körper vor Begierde brannte, gab es kein Halten mehr. »Bitte«, flehte sie.

Er schmunzelte in sich hinein und vergrub sein Gesicht erneut zwischen ihren Schenkeln. Er küsste sie forscher, als könne er nicht genug von ihr bekommen. »Ich liebe deinen Geschmack, wie warmer Honig.« Seine Worte machten sie wild, aber seine Zunge ließ sie den Himmel auf Erden spüren. Ihre Empfindungen überschlugen sich, sie fühlte das in rasender Geschwindigkeit stärker werdende Ziehen, als aus dem Kribbeln ein wildes Pochen wurde. Und gerade als sie glaubte, es nicht mehr aushalten zu können, presste er seinen Mund auf ihren empfindlichsten Punkt und sog daran. Sie explodierte förmlich, presste sich in erlösenden Zuckungen gegen seinen unzüchtigen Mund.

Isabel war vollkommen überwältigt und ganz erschöpft. Wie bei einer satten Katze spiegelte sich Zufriedenheit in ihrem Gesicht wider, und er musste lachen. »Wir sind noch nicht fertig, mein Herz. Das war erst der Anfang.«

Er schob sich über sie, richtete den Oberkörper auf und stützte sich links und rechts neben ihren Schultern ab.

Sie öffnete die Augen und versuchte den Nebel der Leidenschaft zu durchdringen, der sie einhüllte. Nun, da er über ihr war, hatte sie einen ungehinderten Blick auf seinen mächtigen Brustkorb. Sie ließ ihre Hände langsam an seinen Armen nach oben gleiten und liebkoste die festen Muskeln unter ihren Fingerspitzen. Allein schon seine Berührung schürte ihre Leidenschaft. Sie betrachtete in aller Ruhe die verschiedenen Narben, mit denen sein Rumpf übersät war, und zeichnete sie sanft mit den Fingern nach. Er verkörperte Stärke und Männlichkeit. Unter dem Schutz seiner breiten, kraftvollen Brust, die zwar warm war, doch durch ihre Härte auch kalt wirkte, fühlte sie sich unglaublich verletzlich und gleichzeitig völlig geborgen. Sie merkte, dass Macht *tatsächlich* eine berauschende Wirkung hatte, doch nicht in der Form, wie ihr Onkel sie anstrebte. Die rohe Kraft, die sie spürte, als sie seinen Körper erforschte, war weitaus verlockender, weitaus überwältigender. Die Macht, die *er* ausstrahlte, verhieß Schutz. Wenn er sie in den Armen hielt, hatte sie das Gefühl, dass ihr niemals etwas geschehen könnte.

Sie wusste, dass ihre Berührung ihn wild machte. Doch sie wollte noch mehr. Voller Sehnsucht ihn zu spüren, hob sie ihre Hand und folgte mit federleichten Strichen den Muskelsträngen seines Bauches. Er spannte sich an und war anscheinend unfähig, sich zu bewegen oder zu atmen, als ihre Hand seinen Bauch hinabglitt. Lächelnd genoss Isabel den Moment der Herrschaft, die sie über ihn besaß.

Sie näherte sich langsam ihrem Ziel.

Diesmal wurde das aufregende Gefühl nicht vom Stoff seines Kilts beeinträchtigt. Sie spürte, wie sein gesamter Körper erstarrte, als ihre Hand die samtige Haut seiner Männlichkeit umfasste. Isabel erschrak, als sie merkte, welch unglaubliche Härte sich dort unter der zartesten Haut, die sie sich vorstellen konnte, verbarg. Sie erkundete seinen Schaft mit den Fingern. Als sie ihn schüchtern unter ihren langen Wimpern hervor anblickte, sah sie überrascht in ein schmerzverzerrtes Gesicht. Er hatte die Augen zusammengekniffen, biss die Zähne zusammen, und die Wangenknochen traten noch stärker hervor.

»Zeig mir, wie.«

Sie wusste nicht, ob er sie überhaupt hörte. Dann öffnete er langsam die Augen. »Ich glaube, das kann ich nicht«, hauchte er heiser.

»Bitte.«

Das sanfte Flehen schien zu ihm durchzudringen. Er zeigte ihr seinen Rhythmus. Wie gebannt beobachtete sie sein Gesicht, als sie ihn an den Rand des Wahnsinns brachte – voller Erstaunen über ihre Fähigkeit, ihn derartig zu erregen. Sie spürte die Kraft, die nur darauf wartete, freigesetzt zu werden. Wärme und Zärtlichkeit erfüllten ihr Herz, als sie sah, dass seine Gesichtszüge vom wohligen Gefühl ihrer Berührung in ungezügelte Leidenschaft verwandelt wurden. Sie hatte die Macht über diesen mächtigen Krieger. Sie hatte ihn in der Hand. Er gehörte ihr.

»Das reicht.« Er löste ihre Finger von seinem Glied. »Ich kann nicht mehr warten.«

Er führte seine Hand zwischen ihre Beine, schob einen Finger zwischen ihre Schamlippen und stöhnte. »Merkst du, wie sehr dein Körper nach mir verlangt?« Er beugte sich herab, um sie küssen. »Du bist schon wieder feucht und bereit für mich.«

Er packte ihre Hüften, hob sie an und bewegte seinen Schaft behutsam zwischen ihre Beine. Er neckte sie mit seiner empfindlichsten Stelle, indem er die geschwollene Spitze über ihre feuchte Pforte gleiten ließ, bis sie zwischen den Beinen von Hitze überflutet wurde. Sie öffnete sich noch weiter, und er bahnte sich seinen Weg, Stück für Stück. Instinktiv verkrampfte sie sich, um sein Eindringen zu verhindern. Er war viel zu groß. Viel zu dick. Viel zu lang. Als er ihre Angst spürte, ließ er sich mit zusammengebissenen Zähnen, um nicht die Beherrschung zu verlieren, zu ihr herab und flüsterte ihr ins Ohr: »Isabel, vertrau mir. Es tut nur ganz kurz weh.«

Und noch ehe sie sich weitere Gedanken machen konnte, stieß er tief in sie hinein und zerriss dabei ihr Jungfernhäutchen.

Er erstickte ihren Schrei mit einem Kuss. Isabel erstarrte vor Schmerz. Sie hatte das Gefühl, als sei sie in zwei Teile gerissen worden. Sie drückte gegen seine Brust und versuchte ihn von sich zu stoßen. Doch er war nicht von der Stelle zu bewegen.

»Mein Gott, du fühlst dich so gut an«, stöhnte er. »Vertrau mir, Isabel. Entspann dich. Spüre mich in dir. Konzentrier dich auf meinen Mund.« Er küsste sie erneut, buhlte um ihre Gunst, neckte sie, ließ sie vergessen, um schließlich ihren Schmerz zu lindern.

Sie spürte, wie das Leben allmählich in ihren Körper zurückkehrte. Das Gefühl, ihn in sich zu spüren, war mit nichts zu vergleichen, was sie jemals erlebt hatte. Er füllte sie aus, forderte einen Teil von ihr, von dem sie bisher nichts gewusst hatte.

Er fing an sich zu bewegen, stieß in einem immer gleichen Rhythmus in sie hinein. Sie fühlte die fieberhafte Erregung zurückkommen, als die Bewegungen schneller wurden. Sie griff nach oben und umklammerte seine Schultern, um seine harten Stöße zu empfangen. Unwillkürlich hob sie ihr Becken, um seinen meisterhaften Bewegungen zu begegnen.

Isabel war sich nur zu deutlich der Erregung bewusst, die immer stärker wurde, einer Erregung, die alles bisher Gewesene noch einmal überbot. Er stieß fester, schneller und tiefer zu. Rasend vor Leidenschaft, kratzte sie ihm über den Rücken und krallte sich in seine steinharten Pobacken, als sie spürte, wie es näher kam. Und noch näher. Ihr Puls raste. Ihr Herz schlug wie wild, sie schlang ihre Beine um seine Hüften und ließ sich fallen, um sogleich in einer gewaltigen Explosion ihre Erlösung zu finden. Als ob sie in tausend Stücke zerspränge, wie Scherben eines zerschmetterten Glases.

Während sie noch unter den Zuckungen ihrer am Höhepunkt angekommenen Leidenschaft bebte, packte er ihren Hintern, hob ihre Hüften und stieß noch ein letztes Mal und in voller Länge in sie hinein. Mit einem wilden Schrei warf er den Kopf in den Nacken, erstarrte, als er seine Erfüllung fand, und ergoss sich in ihren Schoß. Sie hielten sich eng umschlungen, als sie von der Woge ihres gemeinsamen Höhepunkts fortgerissen wurden. Wo es einst zwei gegeben hatte, gab es jetzt nur noch einen. In vollkommener Hingabe vereinigt, hinfortgetragen von den tosenden Wellen des wundervollsten Ozeans, den der Himmel zu bieten hatte.

Rory brach über ihr zusammen. Keiner von ihnen wollte die Einheit zerstören, die sie noch immer in dem feuchtwarmen Kokon ihres mit seidenen Vorhängen umrahmten Bettes bildeten. Mit leichtem Kribbeln spürte sie, wie die Erregung langsam abebbte. Ihr rasendes Herz kam allmählich wieder zur Ruhe, und ihr Atem wurde gleichmäßiger. Schließlich rollte sich Rory mit deutlichem Zögern von ihr und zog ihren nackten Körper sanft an sich. Isabel genoss die Art und Weise, wie ihre feuchten Körper sich aneinanderschmiegten – perfekt zu einem köstlichen Wirrwarr aus Gliedmaßen verschmolzen.

Ein nie gekanntes Glücksgefühl schlich sich mit wohligem Prickeln in ihre müden Glieder. Mit einem zufriedenen Seufzen kuschelte sie sich enger an die Wärme und Kraft neben ihr und schloss die Augen. Sie hätte nie geahnt, dass es solch eine Schönheit und solch eine Nähe geben könnte. Sie wollte diesen Mann für immer behalten.

Aber würde es von Dauer sein? Sie ließ nicht zu, dass irgendwelche gemeinen Gedanken diesen Moment der Glückseligkeit trübten, und konzentrierte sich stattdessen auf seinen gleichmäßigen Herzschlag – der sie in einen wundervoll erschöpften und befriedigten Schlaf sinken ließ.

16

Isabel wurde von der durchs Fenster hereinströmenden wohligen Wärme der Morgensonne geweckt und von Rory – auf eine völlig andere Art. Sie spürte seine eng an ihr Gesäß gepresste Erregung, doch diesmal sprang er nicht aus dem Bett. Diesmal streichelte er sie, bis sie vor Verlangen feucht wurde. Er umfasste ihre Hüften und glitt von hinten in sie hinein, nahm von ihr Besitz. In der festen Umklammerung ihrer Schenkel fühlte er sich noch größer und dicker an als gestern, aber diesmal tat es ihr nicht weh, sondern sie war von diesem Gefühl völlig hingerissen.

Seine Hände strichen über ihre Brüste, zeichneten kleine Kreise um ihre Knospen, umfassten sie ganz und kneteten sie stärker, als er immer wieder langsam in sie hineinglitt und sich dann ganz zurückzog, um schnell wieder in sie einzutauchen.

Sein Atem kitzelte sie direkt neben ihrem Ohr. »Habe ich dich erschreckt?«, fragte er sanft und hielt ihre Hüfte einen Augenblick lang fest gegen seine Lenden gedrückt. Er war so tief in ihr, dass sie das Gefühl hatte, er könne ihr Herz berühren.

»Nein. Ja. Ein bisschen vielleicht«, gab sie schüchtern zu. »Es gefällt mir aber.« Sie vertraute ihm grenzenlos. Es gab noch so vieles, was sie nicht wusste, sodass Isabel keinen Gedanken daran verschwendete, verlegen oder schüchtern zu sein. Rory hatte ihr eine vollkommen neue, sinnliche Welt eröffnet, und sie wollte sie mit ihm gemeinsam Stück für Stück erforschen. Sie stieß einen leisen Wonnelaut aus, als er, ohne sie loszulassen, anfing, sie mit kreisenden und wiegenden Hüftbewegungen in wilde Leidenschaft zu versetzen.

»Hast du eine Ahnung, wie lange ich mich hiernach gesehnt habe?« Er stieß härter zu, um seinen Worten Nachdruck zu verleihen. »Weißt du eigentlich, welche Qualen es mir den ganzen letzten Monat über bereitet hat, nicht in dich zu gleiten, wenn du mit deinem an mich gedrückten Po vor mir lagst?«

»Das wusste ich nicht«, keuchte sie zwischen langsamen, tiefen Stößen.

»Es gibt so vieles, was du noch nicht weißt, mein Herz. Aber ich werde dir alles beibringen.« Das sinnliche Versprechen seiner Worte ließ einen Schauder der Lust durch ihren Körper rasen. Er knabberte an ihrem Nacken und küsste zärtlich die Rundungen ihrer Schulter. Dann gab er sich nicht mehr mit diesen kraftlosen Stößen zufrieden, sondern verstärkte seine rhythmischen Bewegungen, und als er sich dem Höhepunkt näherte, spürte sie seine Hand plötzlich unterhalb ihres Venushügels. Nach einer geschickten Liebkosung durch seinen Daumen erbebte Isabel und kam zur Erlösung. Er erstarrte hinter ihr, doch anstatt sich wie beim letzten Mal in sie zu ergießen, zog er sich im letzten Augenblick zurück und ließ seine Säfte auf das Bettzeug fließen.

Isabel war noch völlig berauscht und brauchte einen Moment, um sich darüber klar zu werden, was er getan hatte. Trotz des Begeisterungstaumels ihrer Erlösung fühlte sie eine seltsame Leere. So als sei sie um einen Teil von ihm betrogen worden. Als sich das Heben und Senken seiner Brust verlangsamte und sein Atem wieder zur Ruhe gekommen war, wandte sie sich ihm mit fragendem Blick zu.

Er sah sie lange an und seufzte. Es war offensichtlich, dass ihm dieses Thema unangenehm war. »Ich habe dir die Unschuld genommen, Isabel, aber ich möchte nicht riskieren, dass du schwanger wirst.«

Ein stechender Schmerz durchzuckte ihre Brust. Diese Erklärung mit solch brutaler Offenheit von ihm zu hören, nachdem sie sich gerade so innig geliebt hatten, gab ihr das Gefühl, in einen tiefen Abgrund zu stürzen. Tränen stiegen ihr in die Augen, und sie rollte sich auf den Rücken, um ihre tiefe Enttäuschung darüber zu verbergen, wie er ihre Beziehung sah. Was hatte sie denn geglaubt? Dass er es sich anders überlegte, wenn er ihr beilag? Dass er sich genauso leicht in sie verlieben würde, wie sie sich in ihn verliebt hatte?

Dieser abwegige Gedanke traf sie völlig unvermittelt.

Sie liebte ihn. Die Wahrheit erschütterte sie bis ins Mark und war von einer Gewissheit, die nicht zu leugnen war. Nach dem, was letzte Nacht geschehen war, konnte sie niemandem mehr etwas vormachen, nicht einmal sich selbst. Sie hatte sich hoffnungslos und bis über beide Ohren in ihren Gemahl auf Zeit verliebt. Jedes Mal, wenn sie ihn ansah, machte ihr Herz vor Freude einen Satz. Jedes Mal, wenn er sie anlächelte, hatte sie das Gefühl, die Sonne würde nur für sie aufgehen. Wenn er sie berührte – und sei es auch noch so leicht –, fing sie sofort Feuer.

Sie liebte seine Stärke, seine Ehre, seine Tapferkeit, aber vor allem die überlegene Ruhe, die er ausstrahlte. Sie liebte die unglaubliche Zärtlichkeit, mit der dieser grimmige Krieger sie zu berühren vermochte. Sie liebte die Art und Weise, wie er ihr das Gefühl von Wärme und Geborgenheit gab, als könne ihr nichts und niemand je etwas antun.

Auf Dunvegan hatte sie gefunden, wonach sie sich ihr Leben lang gesehnt hatte. Durch Rory hatte sie eine Familie und einen Ort gefunden, wo sie das Gefühl hatte, gebraucht und beschützt zu werden. Und er hatte sie ihre eigene Familie aus einem völlig anderen Blickwinkel sehen lassen und sie dazu gebracht zu begreifen, dass es bei den Gefühlen ihres eigenen Vaters und ihrer Brüder vielleicht doch um weitaus mehr ging, als nur um die Frage, ob sie geliebt wurde oder nicht.

Doch er wollte nicht, dass sie von ihm schwanger wurde.

Eigentlich hätte sie seine Ehre und seinen Anstand bewundern sollen, aber stattdessen versetzte ihr die Tatsache, dass er in einem Moment noch denken konnte, in dem sie sich ganz der neu entdeckten Liebe hingab, einen Stich. Im wohl wundervollsten Augenblick ihres Lebens, in dem sie ihm ihr Herz zu Füßen legte, ließ er sie die harte Realität spüren. Wenn sie es nicht schaffte, seine Meinung zu ändern, würde der Mann, den sie liebte, in kaum mehr als sechs Monaten eine andere heiraten.

»Was überlegst du?«, fragte er sanft.

Sie schüttelte den Kopf, während ihr der Kummer die Kehle zuschnürte. Er sollte nicht sehen, wie nah ihr seine offenen Worte gegangen waren. Und vor allem wollte sie ihm keinen Grund zur Annahme geben, sie sei mit der derzeitigen Vereinbarung nicht zufrieden. Sie kannte Rory. Er würde sich sofort zurückziehen, wenn er merkte, wie sehr er sie verletzte. Sie zwang sich zu einem glücklichen Lächeln. »Gar nichts. Ich wusste nur nicht, wie so etwas geht.«

Rory sah erleichtert aus und ließ die Sache damit auf sich beruhen.

Als er sie wieder in den Arm nahm, musste Isabel gegen die aufkommende Panik kämpfen. Die Zeit lief ihr davon. Was wäre, wenn ihr Plan nicht klappte? Was, wenn er sich nicht in sie verliebte? Er küsste sie so unglaublich zärtlich, dass Isabel klar wurde, was sie zu tun hatte. In den kommenden Monaten musste sie jeden auch noch so kleinen Moment des Glücks genießen, da sie vielleicht den Rest ihres Lebens davon zehren müsste.

Stunden später quälte Rory sich aus dem Bett. Er konnte nicht mehr bleiben. Sein Blick fiel auf die nackte Sirene, die in seinem Bett lag – wie verführerisch sie auch sein mochte. Er zog sich schnell und leise an, um sie nicht zu wecken. Das Mädchen hatte Ruhe verdient.

Sie hatten sich öfter geliebt, als er zählen konnte, trotzdem hatte er noch nicht genug. Sein Verlangen nach ihr war unstillbar. Ihre Offenheit und uneingeschränkte Leidenschaft verblüfften ihn. An diesem Morgen, als er aufgewacht war und ihren weichen Po an seine steife Männlichkeit gekuschelt vorfand, hatte er verruchterweise das getan, wonach es ihn schon den ganzen letzten Monat gelüstet hatte. Er hatte erwartet, dass sie schockiert sein würde, doch stattdessen hatte sie ihn empfangen und sich ihm mit der gleichen Inbrunst hingegeben.

Wie konnte er denn solch ein Geschenk ausschlagen?

Doch ein Gedanke quälte ihn. Ihm war nicht entgangen, wie Schmerz in ihren Augen aufblitzte, als er sie an seine Pflicht erinnerte. Er hatte sie nicht verletzen wollen, doch ebenso wenig wollte er ihr falsche Hoffnungen machen. Wenn er eine Möglichkeit fände, den König ohne Argylls Unterstützung dazu zu bewegen, den MacLeods Trotternish zurückzugeben, dann ginge es vielleicht. Er hatte sich das Hirn zermartert, um eine Alternative zu finden, doch bisher war ihm nichts eingefallen. Aber ihm blieb noch etwas Zeit zum Nachdenken, da King James erst noch zustimmen musste, der Sache Gehör zu schenken – auch wenn dabei Argylls Hilfe vonnöten war.

Trotzdem fragte Rory sich, ob es richtig gewesen war, ihr beizuliegen. Sowohl für ihn als auch für sie. Ihre intime Beziehung war jetzt schon intensiv. Wie würde das erst in sechs Monaten aussehen? Das war doch einfach nur Sex, sagte er sich. Aber er wusste, dass das gelogen war. Das, was er mit Isabel teilte, war kein Vergleich zu dem, was er je erlebt hatte. Überwältigender, ungekünstelter, die Seele ergreifender Sex. Wegen so etwas hatte er die Beherrschung verloren und ihr seinen Saft geschenkt. Ein Missgeschick, das ihm noch nie zuvor passiert war. Nie.

Er schlüpfte aus dem Zimmer, eilte über die Treppe nach draußen und folgte dem Pfad zum alten Bergfried. Seine Männer würden schon auf ihn warten. Als er die Halle betrat, erblickte sein Bruder ihn sogleich.

»Gut geschlafen?«, fragte Alex unschuldig.

Rory runzelte die Stirn. »Das geht dich nichts an. Wo sind Douglas und Colin?«

»Sie warten im kleinen Speisesaal.«

Er folgte Rory in den kleinen Raum hinter der großen Halle. Sie hatten sich mit dem wieder genesenen Alex hier versammelt, um über den drohenden Angriff durch die Mackenzies zu sprechen.

Seine Wachmänner erhoben sich, als er den Raum betrat. Noch so eine von den verdammten Einschränkungen des Königs, dachte Rory, die Anzahl seiner männlichen Bediensteten zu begrenzen. Colin trat mit einem Brief in den Händen vor. »Er ist erst heute Morgen eingetroffen«, erklärte er. »Ich bin davon ausgegangen, dass du nicht gestört werden wolltest.«

Anscheinend wusste die gesamte Burg Bescheid, was in der Nacht vorgefallen war. Sollte Colin eine Meinung zu der ganzen Sache haben, so ließ er sie sich zumindest nicht anmerken. Colin, wie auch alle anderen Männer von Rory, würden ihren Chief niemals in Frage stellen.

Rory nickte, drehte das Pergament um und erkannte Argylls Siegel. *Verdammt*. Er öffnete das Sendschreiben und las. Es enthielt die Nachricht, auf die er gewartet hatte. Eine

Nachricht, über die er eigentlich froh sein sollte. Stattdessen spürte er, wie sich seine Pflicht wie eine Schlinge enger um seinen Hals legte. Argyll schrieb, dass der König zugestimmt hätte, den MacLeod wegen Trotternish anzuhören, wenn er das nächste Mal bei Hofe erschien. Er war dabei, Isabel zu verlieren. Er setzte seine Männer über den Inhalt in Kenntnis, und allgemeines Schweigen breitete sich aus.

Schließlich sprach Alex aus, was sich alle fragten: »Wirst du deine Ehe auf Probe auflösen?«

Rory unterdrückte das ihm auf der Zunge liegende Nein und sagte stattdessen: »Ja. Es muss sein. Argyll hat seinen Einfluss beim König bewiesen, indem er ihn dazu gebracht hat, der Angelegenheit überhaupt nur Gehör zu schenken – etwas, das James bisher immer abgelehnt hat. Wenn die Mackenzies Sleat bei seinen Forderungen zur Seite stehen, sind wir auf Argylls Einfluss angewiesen.«

»Wenn es doch nur eine andere Möglichkeit gäbe, James erkennen zu lassen, dass sich dieser Tyrann Sleat viel zu viel herausnimmt«, schimpfte Alex.

Rory lächelte seinen Bruder an, der sich statt seiner so aufregte. »Lass dir gesagt sein, wenn es eine andere Möglichkeit gibt, dann finde ich sie.«

Er ignorierte die unguten Gefühle, die ihn durch den Inhalt von Argylls Brief beschlichen hatten, und kam wieder auf das eigentliche Thema ihrer Besprechung zurück – die Abwehr eines Angriffs durch die Mackenzies. Rory wollte keine unangenehmen Überraschungen mehr. Die Dreistigkeit der Mackenzies, einen Überfall in unmittelbarer Nähe der Burg zu wagen, bereitete ihm Sorge. Alex beschrieb noch einmal kurz, wie sich der Angriff zugetragen hatte und welche Worte zwischen Isabel und Fergus Mackenzie gefallen waren. Irgendetwas von dem, was Alex sagte, ließ Rory stutzen.

»Bist du sicher?«, fragte Rory.

Alex nickte. »Ich war zwischendurch zwar immer wieder für kurze Zeit bewusstlos, doch Fergus wusste, dass du länger als beabsichtigt bei Argyll in Edinburgh geblieben warst.«

Rory wurde von einem seltsamen Unbehagen ergriffen. Er hatte sich schon gefragt, wie die Mackenzies von seinen Plänen erfahren hatten, wo er sein Treffen mit Argyll doch absichtlich geheim gehalten hatte.

Rory dachte einen Moment lang nach, als sein Blick auf Argylls Brief auf dem Tisch fiel. Plötzlich fiel ihm der andere Brief ein, der, den seine Gattin erst gestern erhalten hatte. Er hatte gemerkt, wie groß sein Vertrauen in sie doch mittlerweile geworden war, als ihm der gestrige Brief von Sleat kaum unangenehm aufgestoßen war.

Rory spielte den Arglosen. »Hat meine Gemahlin irgendwelche Briefe geschickt, während ich weg war?«

Den Männern war ihr Unbehagen deutlich anzusehen. Douglas antwortete. »Nur einen. An ihren Vater, an Glengarry.«

»Ich bin sicher, das war Zufall«, verteidigte Alex Isabel.

Rory glaubte nicht an Zufälle, aber ihretwegen hoffte er, dass es einer war.

»Das Mädchen ist eine MacDonald. Können wir ihr trauen?« Douglas stellte genau die Frage, die Rory sich nicht zu stellen wagte.

Rory überlegte einen kurzen Augenblick. Die Erinnerungen der letzten Nacht stürmten auf ihn ein. Er dachte an die Frau, die sich ihm freiwillig und bedingungslos hingegeben hatte. Er dachte an die Zufriedenheit, die er empfunden hatte, als er sie in seinen Armen hielt, an das eigenartige Gefühl des Friedens, das ihn erfasst hatte. Er dachte an ihre Zuneigung zu Margaret, ihren gewaltigen Charme, ihre Einsamkeit und daran, dass sie auf Dunvegan glücklich war. Wenn auch nicht mit dem Verstand, so konnte er die Antwort doch mit dem Herzen geben: »Ja, ich vertraue ihr.« Doch sollte er jemals herausfinden, dass sie ihn getäuscht hatte, würde der Verlust ihrer Unschuld noch ihr geringstes Problem sein.

17

Als Weihnachten und Silvester vorbei waren und der Frühling allmählich Einzug hielt, holte Isabel, wie sie es geschworen hatte, jedes Quäntchen Glück aus der Zeit, die ihr noch mit Rory auf Dunvegan blieb. Sie lagen einander täglich bei außer … Isabel seufzte wehmütig, als sie sich an den Tag ein paar Wochen nach Weihnachten erinnerte, an dem sie ihren Monatsfluss bekommen hatte. Obwohl sie kein Kind ohne Vater haben wollte, fühlte sie sich sonderbar enttäuscht. Und ob Rorys erkennbarer Erleichterung zudem verletzt. Eine Erleichterung, für die sie Verständnis hatte, die sie aber dennoch sehr traurig machte.

Isabel hatte zuweilen das Gefühl, dass ihr neuer Plan aufging und Rory angefangen hatte, sich in sie zu verlieben. Wenn er sie des Nachts zärtlich in den Armen hielt, schien es, als könnten sie durch nichts jemals getrennt werden. Während der Mahlzeiten oder wenn sie Stunde um Stunde damit verbrachten, die Festlichkeiten der Hochlandspiele vorzubereiten, lachte er und neckte sie, als gehörte sie zur Familie. Und gelegentlich erwischte sie ihn dabei, wie er sie mit so etwas wie Zärtlichkeit im Blick ansah.

Dann wiederum war sie sich nicht so sicher. Er hatte noch nicht ein einziges Mal über eine Änderung seiner Absichten gesprochen oder das Thema Ehe auf Probe überhaupt nur angeschnitten. Sie wollte so gerne glauben, dass er es sich anders überlegt hatte, doch wann immer sie eine beiläufige Bemerkung über die Zeit nach Juli machte, ging er darüber hinweg oder tat sie mit einem unbehaglichen Lächeln ab und wechselte schnell das Thema. Und dann war da auch noch das merkwürdige Gespräch über den Brief, den sie ihrem Vater geschrieben hatte. Er glaubte anscheinend, sie hätte ihrem Vater etwas sehr Wichtiges geschrieben, doch was nur? Er fing an, Fragen zu stellen, schien sich aber mit ihren Antworten zufriedenzugeben und beließ es dabei.

Unzählige Male hatte Isabel ihm ihre Liebe erklären wollen. Aber da sie wusste, dass ihm ihre Worte Unbehagen bereiten würden, vielleicht sogar Schuldgefühle, nahm sie davon Abstand. Mehr als alles andere wünschte sie sich Ehrlichkeit zwischen ihnen, doch bis sie eine sichere Alternative für das Bündnis mit Argyll gefunden hatte, hatte sie nicht den Mut für eine Liebeserklärung. Außerdem wollte sie nicht das bisschen Normalität und Einigkeit aufs Spiel setzen, die sie so hart erarbeitet hatten.

Die Zeit lief ihr einfach davon. Besonders die Nächte. Sie errötete. Und manchmal auch die Tage, rief sie sich wehmütig die duftenden, mit Heide überzogenen, sanften Hügel in Erinnerung. Mitte März hatte Rory sich schließlich erweichen lassen und ihr einen Tag außerhalb der Burgmauern gegönnt. Sie hatte nicht geahnt, dass er dabei einen Hintergedanken hatte. Sich unter freiem Himmel zu lieben war eine vollkommen neue Erfahrung für sie gewesen. Sie musste lächeln. Rory hatte sein Wort gehalten und brachte ihr alles bei, was sie noch nicht wusste. Und Isabel hatte sich als talentierte und aufmerksame Schülerin erwiesen. Sie kannte seinen Körper schon genauso gut wie ihren eigenen. Und auch er kannte sie genau. Seit jener Nacht vor Weihnachten, in der sie sich der ungezügelten Leidenschaft hingegeben hatten, hatte sich so vieles geändert. Die nervöse Jungfrau war für alle Zeiten verschwunden, gekommen war eine vertrauensvolle, sinnliche Frau. Eine vertrauensvolle, was die Liebe anging, abenteuerlustige Frau.

Wenn sie nicht gerade damit beschäftigt war, über Heidewiesen zu tollen, hatte Isabel mit den Haushaltsbüchern und den Vorbereitungen für die Festlichkeiten der Hochlandspiele zu tun, sowie – worüber sie sich am meisten freute – einer Hochzeit. Seit Margaret sie vor all den Monaten zum ersten Mal darauf aufmerksam gemacht hatte, war Isabel Roberts offenkundiges Interesse an Bessie immer wieder aufgefallen. Nichtsdestotrotz war sie überrascht, als Bessie ihr eines Tages eröffnete, er habe ihr einen Heiratsantrag gemacht. Isabel freute sich überschwänglich für ihr Kindermädchen, doch sie würde sie auch schrecklich vermissen, wenn Rory die Ehe auf Probe erst einmal aufgelöst hatte.

Ihr war schmerzlich bewusst, dass die Probephase in nur drei Monaten vorüber war. Bei den Hochlandspielen, die schnell näher rückten, würde Isabel zwangsläufig ihre Familie wiedersehen und von ihren Fortschritten berichten müssen. Hoffentlich konnte sie ihren Vater dann auf einen Bündniswechsel ansprechen.

Doch heute war Isabel mit den Gedanken ganz woanders. Nach einer Menge akribischer Vorbereitungen war nun endlich der Tag von Bessies Hochzeit gekommen. Im Hof waren Tische und Bänke für die Feier nach der bewusst kurzen Zeremonie aufgestellt worden, um das gute Wetter auszunutzen. Isabel wusste, dass sie nicht die Einzige war, die es satthatte, in der Burg eingesperrt zu sein.

Sie stand im Hof, in dem es von Menschen nur so wimmelte, und ließ ihren Blick entspannt über die herrliche Landschaft schweifen. Sie atmete tief die frische Luft des nun mit aller Macht hereinbrechenden Frühlings ein. Die hellgelbe Sonne schien inmitten eines azurblauen Himmels und man hatte den Eindruck, ihr Strahlen sei in einen himmlischen Wettstreit getreten. Die See rollte glitzernd heran und das

Türkis des Wassers war ungewöhnlich klar und lebendig. Vor diesem Hintergrund schien die Landschaft noch farbenfroher – die Wälder standen in sattem Grün, der Schachtelhalm ragte stolz aus den mit Heide bedeckten Hügeln heraus, die steilen Abhänge der Küste waren mit purpurroten Grasnelken und gelber Iris überzogen. Eine leichte Brise kitzelte die raschelnden Blätter und beseitigte sanft die letzten Reste des nasskalten Winters.

Der Frühling war ganz ohne Frage erwacht.

Gänzlich in Gedanken versunken, bekam Isabel nicht mit, als Margaret neben sie trat. »Was für ein herrlicher Tag zum Heiraten«, stellte sie fest.

Sie grinste Margaret an. »Wie dafür geschaffen.« Isabel hätte um keinen passenderen Schauplatz für diese besondere Gelegenheit ersuchen können. Margaret und sie hatten sich unermüdlich den Vorbereitungen gewidmet und dabei so wenig Zeit zur Verfügung gehabt. Verdrießlich schüttelte sie den Kopf, als könne sie selbst noch nicht glauben, dass ihnen nur zwei Wochen vergönnt gewesen waren, um eine so wichtige Sache vorzubereiten. Bessie hatte geklagt, dass sie schon zu alt wäre, um noch länger zu warten, und dass sie schnell handeln müsste, bevor Robert es sich noch anders überlegte.

Isabel richtete den Blick auf ihr geliebtes Kindermädchen. Stolz erfüllte sie, als sie beobachtete, wie das strahlende Brautpaar seine Gäste begrüßte. »Sie wird mir fehlen.« Isabel hatte gar nicht gemerkt, dass sie ihre Worte laut ausgesprochen hatte.

Sie konnte Margarets Mitgefühl so deutlich spüren, als wäre sie von ihr umarmt worden. Margaret wusste, dass Isabel Bessie nichts von Rorys Plänen, die Ehe aufzulösen, erzählt hatte. Nur diejenigen, denen Rory am nächsten stand, wussten um seine Absichten: Alex, Margaret und Rorys Wachmänner.

Zum Glück war Bessie nicht mehr so neugierig, seit Rory und Isabel die Ehe vollzogen hatten.

»Bessie wird immer zu dir gehören. Sie liebt dich wie ihr eigenes Kind.«

»So viele Jahre lang war sie alles, was ich hatte.«

»Ich weiß.«

Margaret brauchte nicht weiterzureden. Isabel wusste, dass sie sie verstand. Margaret war die beste Freundin, die Isabel je gehabt hatte. Margaret kannte sie schon fast so gut wie sie sich selbst.

Fast. Eine Sache jedoch sprachen sie nie offen an: Rorys Pläne, sie zurückzuschicken und die Ehe auf Probe aufzulösen. Dieses Thema war für beide einfach zu schmerzlich.

»Genug mit diesen trübseligen Gedanken. Heute wird gefeiert. Übrigens, wo ist denn dein Wikinger?« Sie hoffte, dass auch Margaret bald eine freudige Nachricht für sie hätte. Das Interesse des Wikingers an ihr war genauso offensichtlich wie sein stets grimmiger Gesichtsausdruck. Und die heimlichen Pläne, die Isabel mit Margaret hatte, würden wohl bald zur Reife gelangen.

Jetzt war Margaret diejenige, die errötete. »Er ist nicht *mein* Wikinger«, widersprach sie etwas zu heftig.

Isabel zog eine Augenbraue hoch. »Ach nein?«

»Nun, jedenfalls nicht in dem Sinne.«

»Das wird sich wohl bald ändern.«

Eine Antwort blieb Margaret erspart, da ihr Bruder eintraf.

Rory schaute sich um und fragte: »Ist alles nach deinen Wünschen, Isabel? Ich stelle fest, dass sich sogar das Wetter an deine Anweisungen gehalten hat.«

»Oh, Rory, es stimmt einfach alles. Ich danke dir vielmals, dass du diesen Tag für Bessie zu einem ganz besonderen Tag gemacht hast. Es bedeutet ihr so viel, und mir ebenfalls.«

Rory grinste bis über beide Ohren, was seine Zähne aufblitzen und die Grübchen hervortreten ließ. »Freut mich, dass es dir gefällt. Bei all den Vorbereitungen für eine Hochzeit und rund um die Spiele hattest du schließlich nicht viel Zeit zum Ausruhen.«

Er war so unwiderstehlich gut aussehend und charmant, schoss es ihr wohl erst zum hundertsten Male durch den Kopf. Im strahlenden Sonnenschein schimmerte sein Haar eher golden als braun. Mit seiner stattlichen Größe und seinen beachtlichen Muskeln glich er einer bronzenen Götterstatue. Der Gedanke, dass dieser Mann zu ihr gehörte, war immer noch überwältigend. Ihre Liebe zu ihm war unermesslich.

Dennoch runzelte Isabel die Stirn. »Da fällt mir ein, dass ich fast vergessen hätte, was ich wegen der Spiele heute noch hatte tun wollen. Die ersten Clans werden schon in ein paar Tagen ankommen, und ich habe immer noch nicht geschaut, ob wir im Dorf genügend Platz haben, um alle Pferde unterzustellen.«

Rory unterbrach sie. »Doch nicht heute, Isabel. Heute sollst du die Hochzeit genießen, in deren Vorbereitung du mit Margaret zusammen so viel Arbeit gesteckt hast. Gleich müsste auch der Tanz eröffnet werden, und ich lass dich nicht einfach so gehen.« Um dies zu unterstreichen, wirbelte er sie durch die Luft, als sei sie nicht schwerer als ein Kind.

»Lass mich sofort runter, Rory MacLeod.« Sie lachte und boxte ihm auf die Arme, damit er sie losließ.

»Ich habe noch zu tun. Diese Unverschämtheit wirst du noch bereuen.« Als sie merkte, wie verspielt und unbeschwert er sich benahm, fiel Isabel plötzlich auf, wie sehr er sich in den vergangenen Monaten verändert hatte. Er war fröhlicher, glücklicher. Allzu gerne wollte sie glauben, dass sie der Grund für diese Veränderung war.

»Versprochen?«, lächelte er verschmitzt.

»Versprochen«, flüsterte sie atemlos. Ganz in den Bann seiner funkelnden blauen Augen gezogen, ließ das sinnliche Versprechen seiner Worte ihr Herz sofort höher schlagen.

»Wollt ihr wohl damit aufhören, ihr beiden«, kicherte Margaret. »Bitte verschont meine armen, unschuldigen Ohren mit eurem Gesäusel.«

Rory neigte den Kopf und drückte Isabel einen zärtlichen Kuss auf die leicht geöffneten Lippen, ehe er sie herunterließ. »Schon gut, Margaret. Ich habe gar nicht gewusst, dass du so eine verklemmte alte Jungfer bist. Ich muss Colin warnen, sich bei seinen möglicherweise unzüchtigen Absichten zu mäßigen.«

»Ich weiß überhaupt nicht, wovon du sprichst, Bruderherz«, erwiderte Margaret geziert und mit in die Hüften gestützten Händen.

»Tatsächlich nicht? Hm. Wir werden sehen.«

Isabel liebte es immer noch, dabei zu sein, wenn die beiden Geschwister einander so unbeschwert neckten.

»Ach ja, Rory? Was du nicht sagst.« Margaret kniff drohend die Augen zusammen und sah ihren erheblich größeren Bruder angriffslustig an.

»Ruhig Blut, Margaret. Du warst schon immer eine schwierige kleine Göre.«

»Was erlaubst du dir, Rory MacLeod. Ich soll eine Göre gewesen sein? Das wirst du bereuen.« Sie stürzte sich auf ihn und hämmerte mit ihren zierlichen Fäusten auf seine Arme ein, die Isabel gerade noch getragen hatten.

»Margaret, man darf den Chief nicht schlagen. Das gehört sich nicht«, unterbrach Colin sie.

Wenn man vom Teufel spricht, dachte Isabel. Noch eine dröhnende, von Stolz und Verantwortung geprägte Stimme –

wie viele konnte diese Burg wohl vertragen? Sie lächelte den gut aussehenden, grimmigen Wikinger an. Selbst wenn er jemanden aufzog, zeigte er dieses ständige Stirnrunzeln, das Schlimmes ahnen ließ. Wie auch immer, Margaret empfand etwas für ihn, und das allein zählte.

»Ich habe den Chief nicht geschlagen, Colin. Ich habe meinen Bruder lediglich daran erinnert, dass ich kein kleines Kind mehr bin.«

»Autsch. Ich werde versuchen, mir das zu merken, Margaret«, versprach Rory und hielt sich den Arm. »Für so ein kleines Mädchen schlägst du ganz schön zu.«

Isabel drehte sich zu Rory um und klatschte aufgeregt in die Hände. »Bevor der Tanz beginnt, haben Margaret und ich noch eine Überraschung zur Feier des Tages. Bist du bereit, Margaret?«

Margaret sah Colin kurz an, als ginge es ihr plötzlich nicht mehr gut, riss sich dann aber zusammen. »Ich denke schon.«

Isabel gestikulierte in Richtung Rory, Colin und Alex, der eben erst zu ihnen gestoßen war. »Ihr rührt euch nicht vom Fleck. Wir sind gleich zurück.«

»Was haben die beiden denn diesmal vor?«, fragte Alex verwirrt.

Rory sah die beiden Männer, die neben ihm standen, an, und schüttelte den Kopf. »Ich habe nicht die leiseste Ahnung. Aber wir sollten besser tun, was sie sagen. Margaret sah ziemlich ernst aus. Einen Augenblick lang hatte ich sogar den Eindruck, sie hätte Angst.« Er lenkte seinen Blick wieder auf den Feenturm, in den Isabel und Margaret gerade verschwunden waren.

Kurz darauf war er der Erste, der sie erblickte, als sie vor dem Turm auftauchten. Er blinzelte ungläubig und hob dann die Hand an die Stirn, um seine Augen zu beschatten. Das war keine Erscheinung. Ihm stockte der Atem. Alles, was er denken und sagen konnte, war: »Gütiger Gott im Himmel. Wie hat sie das nur geschafft?«

»Was geschafft?«, fragten Colin und Alex wie aus einem Munde, ehe sie sich umdrehten und Rorys Blick folgten.

Die drei Männer waren völlig verblüfft, als die Frauen auf sie zukamen. Als die Umstehenden nach und nach merkten, dass etwas Besonderes vorgefallen war, breitete sich schlagartig eine unnatürliche Stille über der Menge aus.

Keiner sagte etwas, bis ein widerhallender Jubelschrei die Stille zerriss.

Mit langen Schritten lief Rory als Erster zu ihr. Mit einer Zaghaftigkeit, als könnte er noch nicht glauben, dass sie es sei, legte er die Hand an ihre Wange. Vorsichtig strich er mit den Fingern über die Stelle, wo einst die monströse Klappe das verletzte Auge seiner Schwester bedeckt hatte. Eine feine sternförmige Narbe lief vom inneren Augenwinkel nach oben zur Braue. Obwohl er wusste, dass sie auf diesem Auge blind war, konnte er bei bloßer Betrachtung unmöglich unterscheiden, welches Auge nichts mehr wahrnahm. Zwei runde saphirblaue Augen strahlten ihn an. Er bekam einen Kloß im Hals, nachdem er den ersten Schreck überwunden hatte. Margaret war so hübsch, wie er sie in Erinnerung hatte. Die Narbe tat ihrer Schönheit überhaupt keinen Abbruch. Eigentlich war sie gar nicht richtig zu erkennen.

Er richtete den Blick auf Isabel und fragte mit bewegter Stimme: »Wie hast du das nur geschafft?«

»Alles, was Margaret brauchte, war ein kleines bisschen Ermunterung«, lachte sie, »und einen Spiegel. Ich konnte sie überzeugen, dass das, was sich unter der Klappe befand, nicht annähernd so schlimm war, wie das, was es verbarg. Dann lag es nur noch an Margaret.«

Colin stieß zu ihnen und schob seinen Chief ungeachtet irgendwelcher Rangunterschiede beiseite. Er ergriff Margarets Hand und hob sie ehrerbietig an seine Lippen. Mit einem vielsagenden Blick starrte er ihr in die Augen. »Welcher Zauber hat das nur möglich gemacht? Ich hätte niemals gedacht … Margaret, du bist noch viel schöner, als ich dich vor dem Unfall in Erinnerung hatte.« Seine gedämpfte Stimme war voller Bewunderung.

Er sagte dies so aufrichtig, dass Isabel wusste, dass Margaret seinen Worten Glauben schenken musste. Sie lächelte schüchtern, doch stolz. »Ich danke dir, Colin. Und ich kann dir versichern, dass kein Zauber im Spiel war, sondern nur meine hartnäckige Schwester. Isabel hat monatelang auf mich eingeredet, dass ich die Klappe abnehmen und ihr die Narbe zeigen sollte. Dieser erste Schritt war der allerschwierigste für mich. Ich hatte seit Jahren nicht mehr in den Spiegel geschaut, daher war ich selbst überrascht, als ich sah, wie stark die Narbe verblasst war. Sie ist nicht annähernd so schlimm, wie ich sie in Erinnerung habe. Ich muss gestehen, ich war sehr aufgeregt, wie du wohl reagieren würdest. Ich habe diese fürchterliche Klappe so lange Zeit getragen.«

Isabel beobachtete amüsiert, wie sich Colins Mundwinkel zu so etwas wie einem Lächeln verzogen. *Unfassbar*, dachte sie, *wenn da nicht doch ein bisschen Zauber im Spiel ist.*

Alex unterbrach die beiden, indem er Margaret in eine herzliche Umarmung hob, sodass ihre Füße in der Luft baumelten. »Ich mag gar nicht daran denken, was das für deine Bogenkünste bedeutet. Ich fürchte, damit habe ich meinen einzigen Vorteil verloren«, foppte er sie. »Da du die Klappe ja jetzt nicht mehr brauchst, kann ich sie mir vielleicht ausleihen und mein Glück damit versuchen?«

Margaret warf den Kopf zurück und lachte. »Alex MacLeod, du bist unverbesserlich. Sie gehört dir, ich brauche sie nicht mehr.«

Rory war überwältigt.

Er war der Ansicht gewesen, Isabel könnte ihn nicht mehr überraschen. Dennoch hatte sie es getan. Er hatte in diesen letzten paar Monaten so viel dazugelernt. Nicht nur, wie es sich anfühlte, wenn ihre Haut mit seiner verschmolz, oder wie erotisch es sich anfühlte, wenn er steif und tief in ihr versunken war; nein, er hatte noch viel mehr gelernt. Es war nicht nur die Lust, die ihn immer wieder zu ihr trieb. Es war dumm von ihm gewesen zu glauben, dass ihm ein einziges Mal genügen würde. Bei Isabel würden auch tausend Male nicht genug sein – das hätte er wissen sollen. Er brachte ihr mittlerweile Gefühle entgegen, die er nie für möglich gehalten hätte, Gefühle, die er noch keinem anderen Menschen entgegengebracht hatte.

Denn im Laufe der zurückliegenden Monate hatte Rory Gefallen daran gefunden, all die kleinen Dinge an Isabel zu entdecken, die sie so einzigartig machten. Er wusste, dass sie einen Nasenflügel kraus zog, wenn ihr etwas missfiel, dass sie ihr Haar zwirbelte, wenn sie beunruhigt war, dass er in Schwierigkeiten steckte, wenn sie »wie du wünschst« sagte. Er hatte gelernt, dass sie sich wirklich für die geschäftlichen Dinge der Burg interessierte, indem sie begeistert Verbesserungsvorschläge machte, um die Wirtschaftlichkeit zu erhöhen. Er hatte gelernt, ihre Meinung zu respektieren, und er genoss es, wenn sie einfach nur da war.

Was war nur so besonders an ihr? Ohne Zweifel fühlte er sich wegen ihres hübschen Gesichts zu ihr hingezogen, doch das war noch längst nicht alles. Sie war nett, liebenswert dickköpfig, schlagfertig und temperamentvoll. Die Verletzlichkeit und Einsamkeit, die ihm bei ihrer Ankunft noch aufgefallen waren, waren Vergangenheit.

Beim Sex zeigte sie solch eine Offenheit und Bereitschaft, alles zu teilen, dass es ihn ganz schwach werden ließ.

Außerdem hatte Isabel ihm geholfen zu erkennen, dass er den Blick dafür verloren hatte, dass auch noch andere Dinge zählten als nur seine Pflichten. Seine Familie beispielsweise. Rorys Rachegedanken hatten unabsichtlich dazu geführt, dass seine Schwester nicht aufhören konnte, sich zu schämen. Und sein zögerliches Abtreten von verantwortungsvollen Aufgaben hatte verhindert, dass Alex sich die Verluste auf dem Schlachtfeld verzeihen konnte. Nach und nach hatte er Alex mehr Verantwortung übertragen, und Rory war bereits aufgefallen, dass sein Bruder mit den Aufgaben zu wachsen schien.

Zum ersten Mal, seit er Chief geworden war, fing Rory an, sich zu entspannen.

Isabel hatte das Lachen nach Dunvegan zurückgeholt.

Sie hatte ihm so viel gegeben, aber dennoch konnte er ihr nicht das geben, was sie sich – wie er wusste – am meisten wünschte. Er hatte seine wachsende Zuneigung in den vergangenen paar Monaten ganz bewusst im Zaum gehalten, um ihr keine falschen Hoffnungen zu machen. Er wusste, welche Qualen es ihr bereitete, dass er so ungern über die Zukunft sprach. Er hätte sie liebend gerne beruhigt, aber wie hätte er das anstellen sollen, wenn doch noch nicht einmal er sich selbst beruhigen konnte?

Bisher war ihm auch noch keine Erfolg versprechende Alternative eingefallen, wie er den König auf seine Seite ziehen konnte. Er war heute noch nicht weiter als in jener Nacht, als er zum ersten Mal über eine andere Möglichkeit nachgedacht hatte, wie man das Bündnis mit Argyll umgehen könnte. Doch wie sollte er sie jemals wegschicken können? Mit jedem Tag, der verstrich, wurde ihre Zuneigung tiefer. Und jetzt, nach dem, was sie für Margaret getan hatte …

Wenn es einen Weg gäbe, um sie zu halten, würde er ihn finden.

Er streckte Isabel die Arme entgegen und zog sie ungeachtet der vielen Beobachter an sich. Er legte seine Finger unter ihr Kinn und hob es an, um ihr direkt in die Augen schauen zu können. »Isabel, ich weiß nicht, was ich sagen soll.« Er hielt inne, da es ihm schwerfiel, seine Empfindungen in Worte zu fassen. »Du hast mir das größte aller Geschenke gemacht, du hast mir meine Schwester zurückgebracht. Meine wirkliche Schwester. Mein ewiger Dank und meine Ergebenheit sind dir gewiss.«

Er neigte den Kopf, und ihre Lippen vereinten sich zu einer zärtlichen Liebkosung. Ohne der umstehenden Menge Beachtung zu schenken, packte Rory sie noch fester, presste sich eng an ihre Rundungen und versuchte, sich in dieser vollendeten Form an sie zu schmiegen, die sie eins werden ließ. Nackt, Haut an Haut, fühlte es sich so viel besser an, aber so musste es auch gehen – fürs Erste.

Sein Herz drohte zu zerspringen, als er ihre zarten Lippen unter seinen spürte. Oh, wie er es liebte, sie zu kosten.

Seine Lippen tänzelten verführerisch über ihren Mund. Als sie ihre Lippen öffnete, schob er seine Zunge tief in ihren Mund und genoss ihren süßen Geschmack. Seine Finger strichen über ihre elfenbeinfarbene, unendlich glatte Haut. Sie war so weich und begehrenswert, dachte er. Er spürte, wie sie ihr Becken unwillkürlich gegen seine brennenden Lenden presste, und wusste, dass er aufhören musste.

Er hob bedauernd den Kopf und sagte heiser: »Wir bringen

das später zu Ende.« Er bemühte sich, seine spontane Reaktion auf sie unter Kontrolle zu bringen, war jedoch immer noch so erregt wie ein Grünschnabel beim ersten Mal. So sehr er sich auch wünschte, sie sich wie einer seiner plündernden Vorfahren über die Schulter zu werfen und nach oben zu tragen, es musste noch warten. Jetzt gab es erst einmal eine Hochzeit zu feiern.

Und später würden sie dann ihre eigene private kleine Feier haben.

18

Nur zwei Wochen später stand Isabel neben Rory oben am Tor des Seeeingangs und begrüßte die Clans, die zum Mittagsfest zusammenkamen, mit dem die Hochlandspiele eingeläutet wurden. Isabel, die mit einem schlichten, doch eleganten gelben Kleid aus Seide angetan war, fühlte sich ganz und gar als die stolze Herrin der Burg. Nur ihre ängstlich verschlungenen Hände verrieten, wie nervös sie war, ihrer Familie nach neun Monaten zum ersten Mal wieder gegenüberzutreten.

In der Festung herrschte wilder Trubel. Die schwungvolle Melodie der Dudelsäcke schmeichelte den Ohren, während das verführerische Aroma von gebratenem Fleisch die Nase betörte. Die Highlander, die die Burg bevölkerten, reagierten mit der entsprechenden Ausgelassenheit: Wenn er nicht gerade mit jemandem in Fehde lag, dann waren Feiern und Spielen zweifellos die Lieblingsbeschäftigungen eines jeden Highlandkriegers. Die meisten Clans waren früher gekommen und nahmen bereits die berühmte Gastfreundschaft der MacLeods in der großen Halle in Anspruch. Wenn sie nur genau genug hinhörte, würde Isabel bestimmt das Klopfen der Krüge auf den Tischen hören, die wieder aufgefüllt werden sollten.

Inmitten der Feiernden pochte ihr Herz nervös, während sie ihre Familie bei deren langsamen Aufstieg zum Tor beobachtete.

Sie waren da.

Krampfhaft versuchte sie, ihre schrille Stimme unter Kontrolle zu bringen, die ihre Nervosität verriet. »Willkommen auf Dunvegan, Vater, Onkel. Ich hoffe, ihr hattet eine angenehme Reise.«

»Ziemlich angenehm, Isabel. Es ist ein ungewöhnlich schöner Frühling. Du siehst gut aus. Wie ist es dir auf Dunvegan ergangen?« Ihr Vater küsste sie höflich auf die Wange, wobei sich sein Blick bedeutungsvoll kurz auf Rorys Hand richtete, die besitzergreifend an ihrer Taille lag.

»Sehr gut, Vater«, erwiderte sie leise, während sie die Freude zu verbergen suchte, die ihr Gesicht unwillkürlich erstrahlen ließ, indem sie den Blick auf ihre Füße senkte, die in gelben Schühchen steckten. Sie wollte auf keinen Fall, dass alle mitbekamen, wie sie sich fühlte. Sie hoffte, dass sie sich nur einbildete, ihr Onkel würde ihre rosig überhauchten Wangen fixieren.

Doch so viel Glück hatte sie nicht.

»Du siehst sehr gut aus, Nichte – solch eine kleidsame Röte auf deinen Wangen. Nach dem kurzen Brief, den ich von dir erhalten hatte, fürchtete ich schon, dass du von den vielen Aufgaben, die dich in Atem halten, ganz erschöpft sein würdest. Glengarry und ich haben uns ziemlich große Sorgen um dich gemacht – doch nun sehe ich, dass es dir in deinem neuen Heim offensichtlich wohl ergeht. Und nach dem zufriedenen Eindruck, den der MacLeod hier macht, scheint die Ehe auf Probe euch beiden zuzusagen. Welch ein hervorragender Brauch ist doch die Ehe auf Probe, dass man ein Jahr und einen Tag Zeit hat, um zu entscheiden, ob eine dauerhafte Verbindung wünschenswert ist. Man weiß ja nie, was innerhalb eines Jahres alles passieren kann.« Er legte eine theatralische Pause ein.

Isabel rang angesichts des Seitenhiebs, der auf Margaret gemünzt war, mühsam um ihre Selbstbeherrschung. Rory nahm seine Hand von ihrer Taille. Unter den Wimpern hervor warf sie ihm einen verstohlenen Blick zu und bemerkte die Anspannung in seinem Gesicht und das leichte Zucken eines Nervs an seiner Schläfe. Kaum wahrnehmbare Hinweise auf seine Wut, die sie vor neun Monaten noch gar nicht wahrgenommen hätte. Isabel kannte ihn jetzt jedoch gut genug, um zu erkennen, dass es ihn förmlich in den Fingern juckte, sich aufgrund Sleats taktloser Bemerkung auf diesen zu stürzen. Doch Rory würde nie nach einem Köder schnappen, den ihr Onkel ihm vor die Nase hielt.

Statt der Wut, die Sleat hatte schüren wollen, bedachte Rory ihn mit einem Lächeln. »Ich glaube, meine Schwester hat erst kürzlich eine ähnliche Bemerkung gemacht. Allerdings wies sie auch noch darauf hin, wie sehr sich ein Jahr in die Länge ziehen könnte.«

Sleats Gesicht wurde puterrot, als er Rorys versteckte Andeutung vernahm. Isabel musste den Drang zu kichern unterdrücken. Sleat wandte sich ihr mit durchdringendem Blick zu. »Ich hoffe, du hast alles gefunden, was du hier auf Dunvegan gesucht hast, Isabel?«

Was er wirklich mit seinen Worten meinte, war ihr sofort klar. So viel also dazu, den rechten Augenblick abzupassen und darauf zu warten, bis sie unter sich waren. Anscheinend hatte Sleat sich von dem kurzen, nichtssagenden Brief, den sie ihm zusammen mit der Einladung geschickt hatte und in dem sie so tat, als hätte sie gar nicht verstanden, dass er einen detaillierten Bericht über ihre Fortschritte wollte, nicht täuschen lassen. »Ich finde alles sehr schön hier, Onkel.« Sie warf einen bedeutungsvollen Blick in Rorys Richtung. »Es tut mir leid, dass ihr euch meinetwegen Gedanken gemacht habt, aber ich war die letzten Monate durch meine Aufgaben im Haushalt und die Vorbereitung des Turniers sehr eingespannt. Bestimmt werde ich in den nächsten Tagen viel Zeit finden, um all eure Bedenken zu zerstreuen.«

»Ich bin ganz erpicht darauf, alles zu hören, was du zu erzählen hast. Lass uns nicht zu lange auf unser kleines Familientreffen warten.«

Glücklicherweise wurde ein weiteres Gespräch zwischen Rory und Sleat durch die lärmende Ankunft ihrer Brüder unterbunden.

»Schön dich zu sehen, Bel, ich habe dich vermisst.« Ian lächelte sie liebevoll an und zog sie fest in seine Arme.

Ian war zwar erst dreiundzwanzig, doch er besaß bereits die beeindruckende Gestalt – allerdings ohne den Leibesumfang – ihres Onkels. All ihre Brüder sahen außergewöhnlich gut aus, doch Ian hatte noch das gewisse Etwas. Sie fand, dass er ihr von den dreien am meisten ähnelte – allerdings eine groß geratene Ausgabe von ihr mit smaragdgrünen Augen. Sein Haar wies den gleichen Farbton auf wie ihres, hatte jedoch ein paar mehr goldblonde als rote Strähnen, weil er sich so häufig im Freien aufhielt. Seine Züge, wenn auch männlich, waren von einer klassischen Vollkommenheit. Doch vor reiner Schönheit war er glücklicherweise bewahrt worden – er hatte ein kräftiges, eingekerbtes Kinn und eine schmale, zackige Narbe seitlich an seiner leicht gekrümmten Nase. Eine Blessur, die er sich bei einem Kampf zugezogen hatte und die seine Ausstrahlung als Draufgänger nur noch betonte.

Isabel war von den echten Gefühlen überrascht, die sie hinter seinem eindeutig schurkischen Charme entdeckte. Hatte er sie tatsächlich vermisst? Hatte Rory vielleicht Recht und sie hatte die Unaufmerksamkeit ihrer Familie missgedeutet? In ihrem Herzen stieg plötzlich Hoffnung auf. Sie hatte bei den MacLeods den Respekt und das Zusammengehörigkeitsgefühl gefunden, von dem sie ihr ganzes Leben lang geträumt hatte – vielleicht könnte sie ja auch zu ihrem Vater und ihren Brüdern so etwas wie Nähe aufbauen.

»Ich habe dich auch vermisst, Ian, ich habe euch alle vermisst. Wir haben viel zu bereden, doch das wird bis nach dem Fest warten müssen. Kommt, lasst uns zur Feier in die große Halle gehen.« Als sie die eifrigen Gesichter ihrer nur allzu gern zechenden Brüder bemerkte, mahnte sie sie neckend: »Aber seid vorsichtig mit dem MacLeod-*cuirm* – wenn ihr euch morgen bei den Wettkämpfen von eurer besten Seite zeigen wollt.«

Sie lachte über die gespielt beleidigten Mienen ihrer Brüder ob ihrer Anspielung auf die Notwendigkeit, sich im Trinken zu mäßigen, drehte sich um und machte sich mit Ian auf der einen und Rory auf der anderen Seite auf den Weg zur großen Halle.

»Aber ich hoffe doch, dass MacLeod bei den diesjährigen Kämpfen keine Mädchen zulässt, Bel. Oder hat er schon herausgefunden, dass die MacLeods mit dir auf ihrer Seite beim Bogenschießwettbewerb unschlagbar wären?«

Isabel sonnte sich förmlich in Ians neckendem Kompliment. »Ach, du solltest erst einmal Rorys Schwester Margaret sehen – in letzter Zeit übertrifft sie mich bei Weitem.«

»Du machst Witze. Ich kann mir gar nicht vorstellen, dass jemand dich schlägt.« Er sah zu Rory und witzelte: »Man weiß nie, wann eine Schwester, die mit Pfeil und Bogen umgehen kann, mal nützlich ist.«

Verblüfft sah Isabel ihn an, doch er erwiderte ihren neugierigen Blick nicht. War das nur eine harmlose Bemerkung gewesen oder wies er gerade offen auf den Pfeil hin, der ihm das Leben gerettet hatte? Isabel spürte, wie Überraschung und Stolz warm in ihr aufstiegen.

Ian hielt inne, dachte kurz nach und fragte Isabel dann zögernd: »Aber was ist mit Margarets Verletzung? Behindert sie die denn nicht beim Bogenschießen?«

Isabel schüttelte den Kopf. »Margaret verfügt über ein angeborenes Talent, was das Bogenschießen angeht. Manchmal fällt es ihr schwer, die Entfernung abzuschätzen, aber meistens kann sie das ausgleichen.« Sie konnte nicht widerstehen und warf Sleat ein triumphierendes Lächeln zu, als sie hinzufügte: »Ich glaube, du wirst feststellen, dass Margaret sich sehr verändert hat.«

Rory schien etwas sagen zu wollen, doch sie waren bei der Halle angekommen, und angesichts des Lärms der Feiernden war eine Unterhaltung nicht mehr möglich.

Am späten Nachmittag des nächsten Tages wünschte Isabel sich verzweifelt, dass sie ihrem eigenen klugen Ratschlag gefolgt wäre. In dem fehlgeleiteten Versuch, die Spannung zu lindern, die durch die störende Gegenwart ihrer Familie in ihrem Wolkenkuckucksheim entstanden war, hatte sie dem *cuirm* zu sehr zugesprochen und litt nun unter den unangenehmen Folgen in Form rasender Kopfschmerzen. Aber die Wettkämpfe waren viel zu unterhaltsam, um sich in ihr Gemach zurückzuziehen und abzuwarten, bis es ihr wieder besser ging. Davon abgesehen hüpfte ihr Herz wie bei einem aufgeregten Mädchen, wenn sie Rory bei den verschiedenen Prüfungen beobachtete, in denen sich die Männer in Kraft und Fertigkeit maßen.

Es überraschte nicht weiter, dass die MacLeods größtenteils wegen Rory schon bald die Führung im Wettbewerb übernahmen. An diesem Morgen hatte Rory seine Mitstreiter mit Leichtigkeit beim Schwimmwettbewerb, der in der Bucht abgehalten wurde, übertrumpft. Nicht weiter erstaunlich, wenn man bedachte, dass er von Kindheit an in diesem kristallklaren Wasser geschwommen war. Nur beim Wettrennen einen steilen Hügel hinauf war er hinter Alex als Zweiter ins Ziel gekommen. Dieser hatte ihn fast den ganzen Rest des Tages erbarmungslos damit aufgezogen, dass er ein ›alter Mann‹ sei.

Isabel freute sich bereits auf das Steinewerfen und den Tanzwettbewerb, der am späten Nachmittag stattfinden würde. Für den nächsten Tag standen Ringen, Springen und Hammerwurf auf dem Programm. Doch ihre Lieblingsdisziplinen würden am letzten Tag des Turniers abgehalten werden: das Baumstammwerfen und das Bogenschießen. Isabel fand das Baumstammwerfen am bemerkenswertesten. Hierbei wurde ein gut fünf Meter langer Baumstamm zunächst mit beiden Händen senkrecht vor den Körper gehalten, um ihn dann so von sich zu schleudern, dass er mit dem oberen Ende zuerst wieder auf der Erde aufkam, sich überschlug und in möglichst gerader Linie liegen blieb. Den Teilnehmern wurde dabei ein hohes Maß an Kraft und Geschicklichkeit abverlangt. Wahrscheinlich war das Baumstammwerfen aus der Vorliebe der Highlander heraus entstanden, neue Methoden zu entwickeln, um die feindlichen Linien zu durchbrechen.

Ein schneller Blick in die glücklichen Gesichter der Clansleute um sie herum zauberte ein befriedigtes Lächeln auf ihr Gesicht. Insgesamt verlief das Turnier gut, auch wenn am Morgen der Clan Mackenzie eingetroffen war. Sie war sich der Pflicht zur Gastfreundschaft zwar bewusst, aber doch froh, dass die Mackenzies nicht bereits am Vortag zur Feier erschienen waren. Es war ihr gelungen, eine Begegnung mit dem Chief der Mackenzies, dem Vater von Fergus, der von Rory nicht weit von der Stelle getötet worden war, wo sich die Teilnehmer nun zum Baumstammwerfen einfanden, zu vermeiden.

»Na, genießt du das Turnier, Nichte? Dein Gemahl auf Zeit tut sich dabei ja ziemlich hervor.«

Autsch, ihre Kopfschmerzen waren gerade wieder schlimmer geworden. Schnell schaute sie sich nach einer Fluchtmöglichkeit um. Sie hatte kein Glück. Sleat hatte sie an einer Stelle erwischt, wo man sich wirklich ungestört unter vier Augen unterhalten konnte. Wahrscheinlich hatte er geduldig auf genau den richtigen Moment dafür gewartet. Wegen ihrer dröhnenden Kopfschmerzen hatte Isabel sich an den Waldrand in den Schatten etwas weiter ab von den Wettkampfteilnehmern und den anderen Zuschauern gestellt.

Sie holte tief Luft, um sich für das bestimmt unangenehme Gespräch zu wappnen. Ohne auf seine spöttische Bemerkung einzugehen, erwiderte sie ruhig: »Das verwundert ja wohl kaum. Die Kraft und Geschicklichkeit des ›Rory Mor‹ sind in den ganzen Highlands doch legendär. Und natürlich sind die MacLeods dieses Jahr auch die absoluten Favoriten, weil sie die letzten beiden Turniere in Folge gewonnen haben. Aber ich nehme nicht an, dass du dich über die Wettkämpfe unterhalten willst, Onkel.«

Er zog eine Augenbraue hoch und schien überrascht, dass sie ihn so unverblümt auf seine Absichten ansprach. Er senkte seine Stimme und erteilte ihr einen verbalen Verweis, indem er kurz angebunden erwiderte: »Nein, ich will mich nicht über die Wettkämpfe unterhalten. Ich will wissen, warum du es nicht für angebracht gehalten hast, über deine Fortschritte bei der Suche nach dem geheimen Eingang oder dem Banner zu berichten.« Er packte ihren Arm, wie er es immer tat, und bohrte seine Finger dabei in ihre weiche Haut. »Ich will wissen, warum du deiner Pflicht deinem Clan gegenüber nicht nachkommst.«

Die Worte ihres Onkels erinnerten sie schmerzhaft daran,

auf was für tönernen Füßen ihr Glück stand. Schuldgefühle stiegen in ihr auf und legten sich wie eine dunkle Wolke auf ihr Gewissen, sodass die Sonne plötzlich nicht mehr so hell schien. Doch sie rief sich ins Gedächtnis, dass sie ihren Clan ja nicht im Stich ließe, wenn ihr Plan Erfolg hatte. Sie wollte aber nicht darüber nachdenken, was sie tun würde, wenn ihr Plan nicht funktionierte. Sie versuchte, sich seinem Griff zu entziehen, doch er ließ sie nicht los. Trotzig hob sie das Kinn. »Ich komme meiner Pflicht nach.«

»Hast du den Eingang oder das Feenbanner gefunden?«, fragte er ungläubig.

»Nein«, gestand sie.

Er senkte den Kopf und sah sie unverwandt mit seinen kalten Augen an. »Oder vielleicht hast du etwas gefunden, aber beschlossen, es mir nicht zu sagen? Halte mich nicht zum Narren, Isabel. Jeder kann sehen, dass du dem MacLeod wie ein Schoßhündchen hinterherrennst. Dummes Ding! Du hast dich in deinen Ehemann verliebt. Er sollte sich aber in dich verlieben!« Sein fleckiges Gesicht wurde vor Wut und Abscheu puterrot.

Sie machte einen Schritt nach hinten und wich damit instinktiv vor dem Zorn zurück, der ihr von ihrem aggressiven Onkel entgegenschlug. Seine verzerrten Gesichtszüge, die sonst schon unsympathisch waren, hatten jetzt direkt etwas Widerwärtiges an sich. »Nein, du irrst dich. Ich habe weder das Banner noch einen Eingang gefunden, Onkel.« *Mit allem anderen hatte er allerdings Recht.* Sie musste sich dazu zwingen, nicht klein beizugeben, und raffte alles an Stolz zusammen, was sie noch hatte, um mit geradem Rücken vor ihm zu stehen und sich nicht zu ducken.

»Du wärest besser beraten, beides bald zu finden. Das Einzige, was die Mackenzies von Strome Castle noch fernhält, ist mein Langmut. Täusche dich nicht – ohne meine Hilfe wird dein Clan leiden. Sehr leiden. Und Menschen werden dabei sterben. Frag die Mackenzies, wie leicht man einen Sohn verliert.«

Alles Blut wich aus Isabels Gesicht, und ihr wurde ganz kalt. Sie drängte ihre Schuldgefühle zurück. Ihre Brüder würden nicht sterben, und ihr Clan müsste nicht leiden – nicht, wenn sie Rory überzeugen konnte. Sleat versuchte, ihr mit seinen Drohungen nur Angst einzujagen. Auch wenn er damit Erfolg hatte. »Ich bin mir sehr wohl der schwierigen Lage unseres Clans bewusst – du brauchst mich nicht daran zu erinnern.«

Sleat musterte sie abschätzend. »Trotzdem habe ich nicht das Gefühl, dass du dich bemühst. Ist er in dich verliebt?«

»Ich weiß es nicht.«

»Hat der MacLeod von Heirat gesprochen?«

»Nein.«

Er kniff die Augen zusammen. »Hat er irgendeinen Verdacht?«

»Natürlich nicht. Ich bin sehr vorsichtig gewesen.« Sie versuchte, den Abstand zu ihm zu vergrößern. Doch seine Hand hielt immer noch ihren Arm fest, und er zog sie gewaltsam zurück.

»Ich bin noch nicht fertig mit dir, Isabel. Ich werde erst mit dir fertig sein, wenn du das gefunden hast, weshalb du hergekommen bist. Begreifst du überhaupt, wie wichtig diese Sache ist – warum du hergeschickt worden bist? Ich werde nicht zulassen, dass die Vorherrschaft der MacDonalds auf den Inseln von den Gefühlen eines launischen Mädchens gefährdet wird. Dafür steht viel zu viel auf dem Spiel. Schau mal da rüber«, sagte er und deutete auf die Lichtung. »Siehst du, wie vertieft dein Mann in das Gespräch mit Argyll ist, dem schlimmsten Feind unseres Clans? Seit Aberkennung der *Lordship* hat Argyll *uns* die Macht in Westschottland entrissen. Argyll und sein Campbell-Clan werden bald so mächtig sein wie der König selbst. Wir müssen jetzt handeln, unser gälisches Erbe für die MacDonalds zurückfordern, bevor es zu spät ist. Du wirst tun, weshalb du hergeschickt worden bist, sonst wirst du bis an dein Lebensende deine dumme Entscheidung bereuen.« Seine Mundwinkel verzogen sich zu einem bösen, missgünstigen Lächeln. »Vielleicht würde der MacLeod ja gern erfahren, aus welchem verräterischen Grund du hier bist?« Er lachte grausam auf, als er das Entsetzen in ihrer Miene sah. »Ich frage mich, was dein angebeteter Gatte aus deiner Erklärung machen wird – meinst du, er wird dir vergeben, dass du ihn getäuscht hast? Ihn ausspioniert hast?«

Nein! Du darfst es Rory nicht sagen. Abgrundtiefe Panik hatte sie erfasst und verhinderte, dass sie noch klar denken konnte. Würde Rory verstehen, dass sie keine andere Wahl gehabt hatte? Würde es reichen, dass sie ihre Meinung geändert hatte? Konnte sie das Risiko eingehen? Sie wollte es gestehen, wenn die Zeit dazu reif war – wenn sie sich seiner Zuneigung gewiss war und sie alles für ihren Plan vorbereitet hatte – doch wenn er die Wahrheit von ihrem Onkel erführe, wäre das katastrophal. Sie hätte damit rechnen müssen, dass ihr Onkel sie nicht kampflos davonkommen lassen würde.

»Der MacLeod ist ein stolzer Mann«, höhnte Sleat. »Wie wird er wohl reagieren, wenn er erfährt, dass er von einem MacDonald-Mädchen hereingelegt worden ist?«

Isabel zwang sich dazu, eine gelassene Miene zur Schau zu stellen, die über das wilde Pochen ihres Herzens hinwegtäuschte. »Aber wenn du es ihm jetzt erzählst, bringst du dich um die Möglichkeit, dass ich das Banner und den Eingang vielleicht doch noch finde, wenn es ihn gibt. Von meiner Ehe auf Probe liegen immer noch drei Monate vor mir.« Drei Monate, um eine Lösung zu finden und dann Rory alles zu gestehen – bevor ihr Onkel es tat.

Er schaute sie finster an, als wolle er den wahren Grund dafür herausfinden, warum sie so lange brauchte, und es schien schon, als wollte er ihr keinen Aufschub gewähren, doch dann blitzte es in seinen Augen heimtückisch auf. »Na schön, liebste Nichte. Aber da du deine Aufgabe jetzt nur sehr widerwillig zum Wohle der Familie verfolgst, nehmen wir einen Nachtrag zu unserer ursprünglichen Vereinbarung vor. Bring mir das, was ich haben will, innerhalb von drei Monaten – dann werde ich dem MacLeod nicht erzählen, was der wahre Grund für die Ehe auf Probe war. Das Schicksal wird über die Zukunft deiner Ehe entscheiden, wie auch über die Zukunft der MacLeods. Doch wenn deine Suche keinen Erfolg hat, wird dein Gemahl auf Zeit von deinem kleinen Geheimnis erfahren.«

Isabel verlor allen Anschein von Gelassenheit. »Du bist dir doch gar nicht sicher, ob es überhaupt einen geheimen Eingang gibt. Und wenn ich das Banner bis dahin nicht gefunden habe? Es muss gut versteckt sein. Du kannst mich nicht dazu zwingen, etwas zu finden, was es nicht gibt und das man nicht finden kann.«

»Das ist nicht mein Problem. Wo du versagst, haben andere vielleicht Erfolg.«

»Was meinst du damit?«

»Das braucht dich nicht zu interessieren. Kümmere du dich nur um das, wofür diese Ehe auf Probe arrangiert worden ist. Wenn du fertig bist, schick mir einen Brief; mein Mann wird dich finden. Und versuch nicht, mich hereinzulegen – der Mann, den ich dir schicke, kennt das Banner.« Er machte auf dem Absatz kehrt und ließ sie mit ihren qualvollen Überlegungen allein.

Was soll ich nur tun? Die aufwallende Panik drohte sie zu ersticken. Sie hatte gedacht, dass sie genug Zeit haben würde, alles vorzubereiten. Aber wenn ihr Onkel es Rory erzählte, war alles vorbei. Jetzt musste sie eine Möglichkeit finden, ihren Onkel zufriedenzustellen, bis sie Rory davon überzeugt hatte, die Ehe auf Probe nicht für nichtig zu erklären und ihren Vater in der Fehde gegen die Mackenzies zu unterstützen. Aber wenn es nun nicht klappte?

Es musste klappen.

Aber tief im Innern wusste sie, dass sie Rory nicht verraten konnte, ob er sie nun liebte oder nicht. Diese Erkenntnis überwältigte sie fast. Würde ihre Familie es ihr je vergeben, dass sie versagt hatte?

Sie war so niedergeschlagen, dass ihr Tränen in die Augen stiegen und die Gefahr bestand, dass sie anfing zu weinen. Sie wollte am liebsten auf die Knie fallen und verzweifelt den Kopf senken, doch sie wusste, dass sie es nicht riskieren durfte, von Rory in so einem Zustand gefunden zu werden. Das würde zu viele Fragen hervorrufen. Fragen, die sie nicht zu beantworten wagte.

Ein Rascheln hinter einem Baum erregte ihre Aufmerksamkeit und lenkte sie von der schrecklichen Zwickmühle ab, in der sie sich befand. Hatte irgendjemand das Gespräch zwischen ihrem Onkel und ihr belauscht? Sie hielt den Atem an und ließ die Stelle, von wo das Geräusch gekommen war, nicht aus den Augen. Minuten vergingen, ehe sie es wagte, wieder auszuatmen. Sie hatte nichts Ungewöhnliches feststellen können. Es musste wohl ein Vogel gewesen sein, tat sie die Sache in Gedanken ab und wandte sich wieder ihren qualvollen Überlegungen zu.

Doch die Worte ihres Onkels gingen ihr nicht aus dem Sinn. Beobachtete sie vielleicht doch jemand? Hatte ihr Onkel noch einen Spion eingeschleust?

Rory beobachtete Isabels Unterhaltung mit ihrem Onkel mit deutlichem Interesse und wachsendem Unbehagen. Isabel würde ihn nie hintergehen. Dessen war er sich sicher. Sie machte sich etwas aus ihm und seiner Familie. Keiner konnte solch ein vollendeter Schauspieler sein. Aber irgendetwas anderes war da noch im Gange. Er mochte es nicht, wie Sleat mit ihr redete; er schien sie zu bedrohen. Als Sleat ihren Arm packte, entschied Rory, lange genug gewartet zu haben.

Es war längst überfällig, dass er herausfand, womit ihr Onkel sie in der Hand hatte.

Er näherte sich dem Rand der Lichtung, wo sie im Schatten der Bäume stand. »Geht es dir gut, Isabel?«

Erstaunt ihn zu sehen, zuckte ihr Blick zu ihm hoch. »Mir geht es gut«, erwiderte sie etwas zu schnell. »In der Sonne ist es nur zu warm. Das ist alles.« Sie versuchte zu lächeln, doch es gelang ihr nicht recht.

Er pflückte eine kleine gelbe Blume, brach den Stängel ab und steckte sie ihr hinters Ohr. Sofort erinnerte er sich wieder an einen anderen Moment, als er ihr Blumen hinters Ohr gesteckt hatte. An jenem Tag hatte sie ihn endlich dazu überredet, mit ihr die Festungsmauern zu verlassen, und sie hatten sich auf einem Hang, der über und über mit Heide bewachsen war, geliebt. Wenn er doch nur die Zeit anhalten könnte. Er liebkoste ihre bleiche Wange mit der Rückseite seiner Finger. »Ich habe gesehen, dass du dich mit deinem Onkel unterhalten hast.«

Hätte er sie nicht berührt, wäre ihm vielleicht gar nicht aufgefallen, dass sie leicht zusammenzuckte. »Ja.«

»Er schien wütend auf dich zu sein.«

»Ja.«

Rory ließ seine Hand fallen und ballte sie, ohne es zu merken, zur Faust. »Wenn er dich bedroht, werde ich ...«

Sie unterbrach ihn, indem sie ihre zarte, kleine Hand auf seinen Arm legte. »Nein, nein, es ist nicht so.«

Aber es war eindeutig, dass irgendetwas sie beunruhigte. Irgendetwas verbarg sie vor ihm, nur was? Er konnte ihr nicht helfen, wenn sie Ausflüchte machte. »Willst du es mir nicht sagen, Isabel?«, fragte er diesmal etwas sanfter.

Sie wandte sich von ihm ab. Warum wollte sie ihn nicht anschauen?

»Er wollte sich nur vergewissern, dass unsere Ehe auf Probe zu einer festen Ehe wird.« Sie hielt inne und gab ihm damit die Gelegenheit, etwas zu sagen. »Diese Gewissheit konnte ich ihm nicht geben.«

Der versteckte Vorwurf entging ihm nicht, aber er wusste nichts darauf zu erwidern. »Dein Onkel scheint ein ungewöhnlich großes Interesse an unserer Ehe auf Probe zu haben.«

Ihre Augen blitzten auf. »Warum auch nicht?«, fragte sie herausfordernd. »Seinetwegen bin ich doch hier. Und soll nicht durch unsere Ehe auf Probe die Fehde beigelegt werden?«

Sie hatte Recht, aber Rory fragte sich trotzdem, ob das der einzige Grund für Sleats Interesse war. »Hast du es ihm gesagt?« Die Worte kamen ihm kaum über die Lippen, aber Isabel verstand ihn trotzdem.

»Nein. Ich habe ihm nicht gesagt, dass du vorhast, die Ehe auf Probe für nichtig zu erklären. Er wird es früh genug erfahren.«

Rory hasste das Gefühl, das sich seiner bei ihren Worten

bemächtigte. Er wollte ihr den Schmerz nehmen. Und seinen eigenen dazu. Doch er konnte nicht. Erst wenn es eine Rechtfertigung dafür gab. Stattdessen hob er ihr Kinn an. »Dein Onkel heckt irgendetwas aus, und ich traue ihm nicht.« Es gefiel ihm nicht, sie zu fragen, aber es musste gesagt werden. »Ich möchte dir gern mein Vertrauen schenken, aber du machst es mir schwer. Gibt es einen Grund, dass ich es nicht tun sollte?«

In ihren Augen standen Tränen, und ihre Stimme bebte. »Wie kannst du mich das überhaupt nach allem, was wir zusammen erlebt haben, fragen? Habe ich dir nicht meinen Körper, meine Seele geschenkt, ohne im Gegenzug dafür etwas von dir zu erwarten? Nicht einmal, dass du mir deinen Namen gibst.«

Ihre Worte brannten ein Loch in sein Herz. »Ich weiß, was du mir gegeben hast, Isabel. Ich weiß das zu schätzen, aber ich hatte es dir vorher gesagt. Es ist meine Pflicht als Chief zu fragen«, sagte er mit ernster Stimme. »Genauso wie es meine Pflicht wäre, denjenigen zu bestrafen, der mich hintergeht.«

»Weißt du denn nicht, dass ich nie …« Sie starrte ihn an, und Tränen strömten über ihre Wangen. »Weißt du es nicht?«

Er tat es nicht. »Was weiß ich?«

Durch seine Frage schien sich etwas in ihrem Innern zu lösen. All die Anspannung, all die angestauten Gefühle, die unter der Oberfläche zwischen ihnen gebrodelt hatten, kochten jetzt über. »Weißt du nicht, wie verzweifelt ich mir wünsche, dass du deine Meinung änderst, wie sehr ich mir wünsche, dass alles anders wäre, dass ich nichts lieber täte, als für immer hier bei dir zu bleiben? Dass ich den Gedanken nicht ertragen kann, dass du planst, jemand anders zu heiraten?« Die nächsten Worte kamen nur noch ganz erstickt heraus. »Dass du das Bett mit einer anderen Frau teilst?«

Alles in ihm zog sich zusammen. Ihr Schmerz wurde zu seinem. »Isabel …«

Er machte einen Schritt auf sie zu, doch sie wich zurück. »Nein, lass mich zu Ende reden. Du hast damit angefangen – jetzt hör dir auch an, was ich dir schon seit einiger Zeit sagen wollte, aber zu viel Angst hatte, es zu tun, weil du es vielleicht nicht würdest hören wollen.« Ihre Schultern bebten, aber er wagte es nicht, ihr seinen Trost anzubieten. »Ich werde meine Gefühle nicht länger verbergen, auch wenn es einfacher wäre, so zu tun, als wären sie nicht da.« Sie holte tief Luft. »Ich liebe dich, Rory MacLeod, von ganzem Herzen, und ich werde es nie bedauern.«

Er wurde innerlich ganz ruhig, während die Wucht ihrer Worte in ihm widerhallte. Sie liebte ihn. Und obwohl er wusste, dass es nicht richtig war, freute er sich tief im Innern darüber. Nein, es war mehr als bloße Freude. Mit ihren Worten hatte sie etwas in ihm berührt, von dessen Existenz er gar nichts gewusst hatte. Es war selbstsüchtig von ihm, ihre Liebe zu wollen. Er wollte sie für sich ganz allein behalten.

Aber es war falsch von ihm, so etwas zu wollen. Ihre Erklärung hatte eine ohnehin schon schwierige Situation noch komplizierter gemacht. Vielleicht hatte er gewusst, dass dies passieren würde, hatte sich dagegen schützen wollen. Er hätte einfach nicht mit ihr schlafen sollen. Doch er konnte es nicht bedauern, aber er bedauerte, ihr damit Schmerzen zugefügt zu haben. Sie hatte Recht gehabt – er wollte diese Unterhaltung nicht.

Er wischte ihr mit dem Daumen eine Träne aus dem Augenwinkel. »Ach, Mädchen.«

»Sonst hast du dazu nichts zu sagen?«, fragte sie traurig.

Etwas zog sich in seiner Brust zusammen. Aber was sollte er sagen? Worte, die die Trennung noch schwieriger machen würden? »Ich fühle mich geehrt, doch es wäre besser, wenn du es nicht tätest.«

Isabel zuckte zusammen. Er wollte die Hand nach ihr ausstrecken. Doch er wusste, wenn er das tat, würde er vielleicht etwas sagen, was er hinterher bedauerte. Er wusste, wie gefährlich nah er davor stand, ihr das zu geben, was sie wollte. Wenn sie so herzzerreißend zu ihm aufschaute, während ihre Gefühle unverhüllt in ihren violetten Augen zu sehen waren, ihre Wangen ganz bleich waren und ihre Lippen bebten, konnte er fast seine Verpflichtungen vergessen.

Sie sah ihm ganz lange in die Augen und wartete auf etwas, das er ihr nicht geben konnte. Schließlich lächelte sie wehmütig. »Einfacher vielleicht, aber nicht besser. Ich werde es nie bedauern, dich zu lieben.« Sie holte tief Luft, sah ihm in die Augen und erklärte, ohne auch nur einmal zu stocken: »Falls du dir immer noch nicht sicher sein solltest – du kannst mir vertrauen. Ich würde dich nie hintergehen.«

Er glaubte ihr. Wie auch nicht? »Dann werden wir ab jetzt nicht mehr darüber reden.«

Sie nickte. Rory zog sie in seine Arme und drückte einen zarten Kuss auf ihren Mund. Seine Erleichterung war größer, als er zugeben mochte, als sie ihn sofort erwiderte. Mit seinem Kuss sagte er ihr das, was er mit seinem Mund nicht vermocht hatte. Sie schlang ihre Arme um seinen Nacken, während sie sich fester an ihn schmiegte. Der Kuss wurde inniger, während er schweigend um Vergebung für seine Frage bat. Vergebung, die sie ihm mit der Zärtlichkeit ihres Mundes und ihrer Zunge zuteil werden ließ.

Sein Atem kam nur noch stoßweise, als er sich schließlich von ihr löste. »Wir lassen uns von Sleat diesen Tag nicht überschatten. Ja?«

»Ja«, stimmte sie ihm zu.

Er lächelte. »Dann lass uns jetzt zu unseren Gästen zurückkehren. Die MacLeods haben noch ein paar Wettbewerbe zu gewinnen.« Obwohl er einen leichten Tonfall angeschlagen hatte, lastete die Pflicht doch schwer auf ihm. Nie hatte er es mehr bedauert, der Chief zu sein. Ein Ehebündnis war die einzige Möglichkeit, dass Trotternish wieder in den Besitz der MacLeods kam. Ein Ehebündnis ... Eine Idee keimte plötzlich in ihm. Verschiedene Möglichkeiten rasten durch seinen Kopf. Doch er würde erst einmal darüber nachdenken müssen.

Er legte ihre Hand auf seinen Arm, drückte ihr einen zärtlichen Kuss auf den Scheitel und führte sie zum Turnierplatz zurück. Das Geständnis ihrer Liebe hatte sich für immer in sein Herz geprägt.

19

Einen Kuss als Glücksbringer.«

Kräftige, gebräunte Hände legten sich um Isabels Taille und zogen sie mühelos aus ihrem Sattel, um sie dann mit einem Ruck an den warmen, stahlharten Körper zu ziehen, den sie so gut kannte. Isabel legte ihren Kopf in den Nacken und schaute amüsiert in die funkelnden Augen des gut aussehenden Mannes, der sie zärtlich in seinen Armen barg. »Ich glaube nicht, dass du einen Glücksbringer brauchst, Rory MacLeod. Du hast fast jeden Wettbewerb gewonnen, und nur das Baumstammwerfen steht noch aus. Es sieht ganz so aus, als würden die MacLeods das Turnier das dritte Mal in Folge gewinnen.«

Ein befriedigtes Grinsen legte sich auf sein gebräuntes Gesicht. »Es sieht ganz danach aus. Freust du dich denn nicht darüber?« Seine eben noch unverschämte Miene wechselte zu dem gespielt betrübten Ausdruck eines vernarrten Galans, der das Missfallen seiner Angebeteten erregt hatte.

»Sei nicht so frech, Rory MacLeod. Du weißt sehr wohl, dass ich mich darüber freue. Obwohl ich glaube, dass du die bewundernden Blicke der frecheren Mädchen viel zu sehr genießt. Vielleicht wäre es für dich an der Zeit, dich etwas in Demut zu üben? Möglicherweise sollte ich einen Campbell küssen, um ihm Glück zu bringen.«

»Du wirst nichts dergleichen tun, wenn du willst, dass der Mann noch den nächsten Sonnenaufgang erlebt«, knurrte er dicht neben ihrem Ohr. »Wer ist hier jetzt frech?« Sein Lachen kitzelte ihren Hals, während er mit seinen Lippen über

Haut strich. »Dann gib mir einen Kuss,
inger, sondern als Gunstbeweis, wie bei
in früheren Zeiten, bei denen der Galan
er Dame an der Rüstung in den Kampf

iner inständigen Bitte schon widerste-
…nte sich auf die Zehenspitzen und hielt sich da-
…i an seinen Armen fest, um nicht das Gleichgewicht zu verlieren. Zart berührten ihre Lippen seinen Mund in einem keuschen Kuss.

Seine Miene verzog sich zu einem sardonischen Grinsen. »Das ist eigentlich nicht das, was ich im Sinn hatte, aber angesichts des Publikums und weil nicht viel Zeit ist, muss das dann wohl reichen – für den Moment zumindest. Doch wenn ich gewinne, werde ich mir einen Preis holen, der eines Siegers würdig ist.«

Rory warf ihr noch ein letztes Grinsen zu, dann drehte er sich um und ging mit langen Schritten zu den anderen Männern, die sich schon fürs Baumstammwerfen versammelt hatten. Isabel wusste, dass ihre Augen wahrscheinlich vor sinnlicher Erwartung strahlten, aber das war ihr egal. Ihr schwoll das Herz vor Wärme und Stolz. Rory MacLeod war die Art von Mann, der die Frauen zum Schwärmen brachte.

Glücklicherweise hatte sich alles nach ihrer unangenehmen Auseinandersetzung zwei Tage zuvor wieder normalisiert. Ihre Erklärung, was der Grund für den Ärger ihres Onkels gewesen war, hatte ihn zwar nicht völlig zufriedengestellt, doch er hatte ihr geglaubt, als sie schwor, er könne ihr vertrauen. Es war ein Schwur gewesen, der aus vollem Herzen kam. Auch wenn das, was sie vorhatte, nicht klappen sollte, würde Isabel doch nie in der Lage sein, Rory und seine Familie zu hintergehen.

Es war nicht ihre Absicht gewesen, ihm zu sagen, dass sie ihn liebte – es war einfach passiert. Sie war enttäuscht gewesen, dass er ihr nicht auch seine Liebe gestanden hatte, doch Rory war kein Mann, der sein Herz auf der Zunge trug. Außerdem hatte sie den Verdacht, dass er ihr das Gehen nicht unnötig schwer machen wollte, sollte es sich als unumgänglich erweisen. Doch tief im Innern wusste Isabel, dass er ihre Gefühle erwiderte. Es schien ihr sogar so, dass sie ihn seit ihrem Geständnis häufiger dabei ertappte, wie er sie mit sanftem Blick beobachtete.

Sie musste dieses herrliche Exemplar von Mann, der ihr Ehemann auf Probe war, wohl eine ganze Weile angehimmelt haben, ehe sie merkte, dass Ian mit ihr sprach.

»Komm schon, Bel, du verpasst ja alles.«

»Oh, ich habe gar nicht gemerkt, dass es gleich losgeht.« Sie ließ sich von ihm zum Austragungsort führen. »Du hast dich bei den Wettkämpfen gut gehalten, Ian. Nimmst du auch am letzten teil?«

»Nein, Angus ist derjenige von den MacDonalds, der im Baumstammwerfen am besten ist. Doch sogar der hat keine großen Chancen gegen den MacLeod. Rory Mors Geschick wird sogar von den Barden besungen. Zu dumm, dass wir nicht wirklich … Äh, na ja.« Er hielt nachdenklich inne. »Sag mal, Bel, geht es dir gut?«

Sie wusste, worauf seine Frage in Wirklichkeit abzielte. Isabel schaute sich nervös um, um sich diesmal wirklich ganz sicher zu sein, dass keiner ihre Unterhaltung belauschte. Als sie nichts Ungewöhnliches feststellen konnte, entspannte sie sich ein wenig. Isabel begegnete Ians besorgten Blick und erwiderte wahrheitsgemäß: »So gut, wie es den Umständen meines Hierseins entspricht.«

»Ich frage nur, weil du, nun ja, recht glücklich mit dem

MacLeod wirkst und ich mich gefragt habe, ob du es dir vielleicht anders überlegt hast.« Als er die Panik bemerkte, die plötzlich über ihr Gesicht zuckte, nahm er ihre Hand. »Mach dir keine Sorgen. Ich werde unserem Onkel nichts sagen. Alles, was du sagst, bleibt unter uns.«

Isabel nahm die von Herzen kommende Sorge in seiner Stimme wahr. Rory hatte Recht. Ian machte sich tatsächlich Sorgen um sie. Sie sehnte sich verzweifelt nach jemandem, dem sie sich anvertrauen konnte. »Bin ich so leicht zu durchschauen? Ich habe anscheinend absolut niemanden täuschen können. Unser Onkel hat das Gleiche angedeutet, hat seiner Sorge allerdings nicht in so freundlicher Weise Ausdruck verliehen. Ich glaube, er fürchtet, dass ich unseren Plan nicht wie abgesprochen zu Ende führe.«

»Wirst du denn?«

Ihre Blicke begegneten sich und hielten kurz aneinander fest. Es beruhigte Isabel, was sie dort sah, denn sie zuckte mit den Achseln. »Ich weiß nicht, was ich tun soll, Ian, aber unser Onkel hat mir keine große Wahl gelassen.«

»Ich kann dir nicht sagen, was du tun sollst, Schwesterchen, aber es gibt immer eine andere Möglichkeit. Du musst nur herausfinden, was dich glücklich machen wird. Und ich habe dich noch nie so glücklich gesehen wie in den vergangenen paar Tagen. Du bist auf Dunvegan heimisch geworden. Du bist offensichtlich nicht nur von deinem Gemahl, sondern auch von seiner ganzen Familie herzlich aufgenommen worden. Du hast dich verändert.« Er legte eine Hand an sein Kinn und musterte sie. »Du wirkst glücklicher, selbstbewusster«, er zögerte, »anders.«

Anders als auf Strome. Er sprach die Worte nicht aus, doch Isabel wusste, was er meinte. Sie hatte nie nach Strome gepasst. Aber Ian verhielt sich fast so, als wäre ihm das peinlich.

Als würde er zum ersten Mal bemerken, dass man sie immer ausgeschlossen hatte.

Isabel schlich sich auf Zehenspitzen in den Raum. Das leichte Geplauder verstummte. Verfluchter Mist, dachte sie. Warum hörten sie sie immer? »Worüber unterhaltet ihr euch?«, fragte sie.

»Nichts«, sagte Ian schnell.

Isabel kniff die Lippen zusammen und stützte die Hände in die Hüften. Sie hasste es, wenn man sie bei nichts mitmachen ließ. »Nichts gibt's nicht«, nervte sie, wie es nur eine Elfjährige konnte.

»Jetzt geh schon, Isabel«, sagte Angus. »Ich glaube, Bessie ruft dich.«

»Du hattest Freunde«, sagte Ian, als versuchte er sich selbst davon zu überzeugen.

»Natürlich.«

Sein Blick wurde scharf. Er glaubte ihr nicht. »Wen?«

»Das ist unwichtig.«

»Wen?«, wollte er wissen.

Isabel spürte, wie heiß ihre Wangen waren. Sie wollte nicht, dass er Mitleid mit ihr hatte. »Bessie, Mary, Sari.« Alles Dienstboten.

»Was ist mit den Mädchen aus dem Dorf?«

Sie schüttelte den Kopf.

Ian fluchte. »Es tut mir leid, Bel. Kein Wunder, dass du uns ständig gefolgt bist. Keiner von uns hat gemerkt …« Sein Gesicht wurde ganz ernst. »Wir hätten es merken sollen.«

Isabel lächelte und freute sich über sein Eingeständnis. »Das ist lange her. Aber du hast Recht. Ich bin sehr glücklich hier. Margaret ist eine echte Freundin.«

In seinen eben noch ernsten Augen funkelte es plötzlich übermütig. »Es sah so aus, als ob unser Onkel fast ersticken würde, als er das erste Mal die hübsche ›einäugige Margaret‹ ohne ihre Augenklappe sah. Das war wirklich ein grausamer Scherz, den er sich mit ihr und den MacLeods mit dieser widerwärtigen Prozession erlaubt hat. Aber diesmal hat er ziemlich dumm geguckt, als sie ätherisch wie eine Feenprinzessin neben dieser fetten, hässlichen Mackenzie stand, die er stattdessen geheiratet hat.«

Isabel hob die Hand an den Mund und kicherte. »Sein Gesichtsausdruck war wirklich komisch.«

Ian schnaubte angesichts ihrer stark untertriebenen Worte. »Nun, Isabel, ich beneide dich nicht um die Entscheidung, die du fällen musst. Was du auch tust – du wirst dir den Zorn eines mächtigen Mannes zuziehen. Ich muss gestehen, dass ich in den letzten paar Tagen eine Menge an deinem Gemahl auf Zeit entdeckt habe, was zu bewundern ist. Er ist ein stolzer, starker Chief, und er besitzt die Liebe und den Respekt seines Clans. Doch merke: Wie du dich auch entscheidest – sei in Bezug auf unseren Onkel sehr vorsichtig. Ich glaube, dass er noch andere Pläne hat, in die er uns nicht einweiht. Unser Vater hat den Verdacht, dass Sleat vielleicht sogar mit den Mackenzies im Bunde ist. Unser Onkel hat zwar versprochen, bei dem Streit mit den Mackenzies wegen Strome Castle auf unserer Seite zu sein, wenn du Erfolg hast, doch Vater bezweifelt, dass er sein Wort halten wird.«

Isabel war verblüfft. »Warum? Welchen Grund hat Vater, Sleat etwas so Hinterhältiges zuzutrauen?«

Ian erwiderte ganz nüchtern: »Vater war wütend, als er von dem Überfall der Mackenzies auf dich erfuhr. Er gibt sich die Schuld daran.«

»Warum sollte er das tun?«

»Vater erzählte Sleat von deinem Brief, in dem du erwähntest, dass der MacLeod in Edinburgh aufgehalten wurde. Er glaubt, dass Sleat dies den Mackenzies erzählt hat.«

War das der Grund, warum Rory sie befragt hatte? Isabel brauchte einen Moment, um die Tatsache zu verarbeiten, dass eine scheinbar unwichtige Bemerkung in ihrem Brief der Auslöser für den Überfall gewesen sein könnte. »Ich glaube es nicht«, meinte sie dumpf.

»Die Wut des Mackenzie auf unsere Familie und die MacLeods ist nach dem Tod seines Sohnes so groß, dass Sleat die Rachegelüste des Mackenzie nicht einmal dann mehr im Zaum halten könnte, wenn er wollte.«

Bei der Erwähnung des Mackenzie lief Isabel ein Schauer über den Rücken. Der alte Chief hatte sie während der letzten Tage nicht aus den Augen gelassen, und sie traute ihm nicht. Rory mochte noch so viel über Waffenstillstände während des Turniers sprechen – sie hatte den Mackenzie im Verdacht, dass er etwas plante. Aber bisher hatte er nichts weiter getan, als sie mit denselben leblosen Augen wie sein Sohn zu beobachten. Allerdings sah sie in seinen Augen noch etwas anderes. Rachegelüste.

Ian fuhr fort. »Auch jetzt sucht Vater nach einem anderen Bündnis, um uns gegen die Mackenzies zu unterstützen.«

Isabel meinte, nicht recht gehört zu haben. Ihr Herz begann vor Aufregung schneller zu schlagen. Sie zwang sich dazu, ganz gelassen zu klingen, und fragte vorsichtig: »Meinst du, Vater würde die Hilfe der MacLeods annehmen?«

»Ich bin mir dessen fast sicher. Könntest du den MacLeod dazu überreden, uns zu helfen?«

Isabel grinste. »Ich denke schon.«

Ian erwiderte ihr Lächeln. »Das würde all unsere Probleme lösen.«

Fast alle Probleme. Sie müsste immer noch eine Möglichkeit finden, dass Trotternish wieder an die MacLeods fiel, und den Plan ihres Onkels vereiteln, alles zu erzählen. »Sag Vater noch nichts. Ich werde schreiben, sobald ich etwas Handfestes weiß.«

»Viel Glück, Bel. Um deinetwillen als auch für uns hoffe ich, dass es klappt.«

Sie mussten ihre Unterhaltung beenden, als es wegen des Beginns des Baumstammwerfwettbewerbs um sie herum laut und unruhig wurde.

Doch das störte Isabel nicht. Das Gespräch mit Ian hatte ihr eine große Last von der Seele genommen. Alles schien sich plötzlich zu fügen.

Es war weit nach Mitternacht, als Rory die lange, gewundene Treppe zu ihrem Schlafgemach hochstieg. Die Feier, die sich an den Sieg des MacLeod angeschlossen hatte, war immer noch im vollen Gange, doch für ihn gab es anderen Lohn zu ernten. Er trat in den Raum und schloss die Tür hinter sich. Mit gespreizten Beinen und mit bedrohlich vor der Brust verschränkten Armen stand er grinsend da. »Ich bin da, um mir meine Belohnung abzuholen.«

Isabel, die sich erst kurz zuvor aufs Zimmer zurückgezogen hatte, drehte sich auf dem Stuhl um, auf dem sie saß und ihr Haar bürstete, um ihn zu mustern, wie er die Tür blockierte. Er liebte den Anblick, wie sich das Kerzenlicht in den goldenen Strähnen ihrer strahlenden Locken fing, die wie ein glänzender Umhang über ihre Schultern fielen. Hitze stieg in seinem Körper auf, als sein Blick über ihre nackten Arme, Schultern und Dekolletee glitt. Das Kleid, das sie bei der Feier getragen hatte, hatte sie ausgezogen, sodass nur noch ein dünnes Hemd zwischen ihm und nackter Vollkommenheit lagen. In ihm stieg eine Woge männlichen Stolzes auf, als ihr Blick voll unverhüllter Bewunderung über seinen Körper glitt und an seinen verschränkten Armen hängen blieb.

»Ich war der Meinung, dass du deine Belohnung schon bekommen hättest«, meinte sie spröde, doch Rory erhaschte das freche Glitzern in ihren Augen.

»Ein kleiner Kuss ist nicht die Belohnung, die ich im Sinn hatte«, erwiderte er und tat einen Schritt auf sie zu. Lachend wich sie ihm aus und sprang auf die andere Seite des Bettes. Er erhaschte einen verführerischen Blick auf ein schlankes, nacktes Bein. »Treib keine Spielchen mit mir, Isabel«, warnte er sie.

»Ich dachte, du wärst so gut bei Spielen?«, verspottete sie ihn und beugte sich dabei über das Bett. »Hast du nicht fast jeden Wettkampf gewonnen, an dem du teilgenommen hast?«

Sein Blick heftete sich auf ihren üppigen Busen, der verführerisch wippte. Das Blut strömte in sein bereits steifes Glied, als er daran dachte, wie sie hüpften, wenn sie auf ihm säße und ihn ritt.

Er bewegte sich in die eine Richtung, und sie wich in die andere aus. Als er sich um das Bett herumschieben wollte, sprang sie darüber hinweg und entzog sich ihm so erneut. »Für deine Frechheit wirst du zahlen, Weib«, drohte er.

Ihre Augen funkelten übermütig. »Darauf verlasse ich mich.«

Sie war flink, das musste er ihr lassen. Doch er hatte keine Lust mehr, ihr hinterherzujagen. Er tat so, als wolle er nach rechts, sie lief links ums Bett herum, und er stürzte sich auf sie, wobei er sie unter seinem Körper begrub.

»Ich hab dich«, sagte er mit einem verruchten Grinsen.

Sie unternahm den halbherzigen Versuch, ihn abzuschütteln. Ihre Wangen waren gerötet, ihre Augen strahlten, und

wegen der Verfolgungsjagd ging ihr Atmen immer noch schnell. Würde er es je müde werden, sie zu betrachten?
»Gibst du auf?«, fragte er.

Sie schüttelte den Kopf. »Niemals.«

Er schnalzte missbilligend mit der Zunge. »Ach, Mädchen, du stellst meine Geduld auf eine harte Probe.« Er zog ihre Hände über ihren Kopf und hielt sie dort fest, sodass sich ihm ihr ganzer Körper darbot. Sie wand sich, doch er hatte nicht die Absicht, sie loszulassen. Er senkte den Kopf und bedachte ihren Mund mit einem langen, leidenschaftlichen Kuss, während er begann, die köstlichen Rundungen ihres Leibes zu liebkosen. Langsam hob er den Saum ihres Hemds und ließ seine Hand über die samtige Haut ihres Schenkels nach oben gleiten. Er spürte, wie ihr Herz zu rasen begann, als er mit einem Finger kurz über ihre Hitze strich. Es erstaunte ihn immer wieder, mit welcher Heftigkeit sie auf ihn reagierte. Er spürte, wie sie bebte und auf seine Berührung wartete. Er wusste, dass sie fast im gleichen Moment, in dem er sie berührte, kommen würde.

»Gibst du auf?«, fragte er wieder, während sein Finger quälend nah ihrer sensibelsten Stelle war.

Sie schaute ihn unter gesenkten Wimpern hervor an. »Du bist ein schrecklicher Mann, Rory MacLeod.«

Sein Grinsen wurde breiter. »Ist das ein Ja?«

»Ja, du sollst deine Belohnung haben.«

»Und du sollst deine haben«, sagte er mit heiserer Stimme. Er ließ ihre Arme los und senkte seinen Kopf erneut. Doch diesmal glitt er an ihrem Mund vorbei, über ihren Busen hinweg und zwischen ihre wartenden Beine, wo seine Zunge sie ganz schnell dazu brachte, sich zu ergeben. Ihre leisen Schreie, als sie ihre Befriedigung fand, hallten in seinen Ohren wider. Einen herrlicheren Klang, meinte er, nie gehört zu haben.

Ganz ruhig und matt lag sie da, nachdem sie ihre Erfüllung gefunden hatte. Rory half ihr dabei, sich das Hemd über den Kopf zu streifen, ehe er sich schnell seines Kilts und des Leinenhemdes entledigte. Er streckte sich neben ihr aus und drehte sich auf die Seite, um zu beobachten, wie die köstliche Röte auf ihren Wangen allmählich wieder verblasste. Ihre Blicke begegneten sich, und ein träges Lächeln breitete sich auf ihren Lippen aus. »Hmm.« Ihre Finger strichen verführerisch über seinen Bauch nach unten. Instinktiv spannten sich seine Muskeln an. »Was für eine Belohnung möchtest du denn von mir haben?«, fragte sie, während ihre Hand seiner Erregung unerträglich nahe kam. Sie strich aufreizend über die deutlich hervortretenden Muskeln auf seinem Bauch, ohne ihn jedoch dort zu berühren, wo er es sich am meisten ersehnte.

Er konnte sich auf nichts anderes konzentrieren als die flüchtigen Berührungen ihrer Hand. »Überrasch mich«, stieß er mühsam hervor.

Das tat sie.

Statt ihn in die Hand zu nehmen, wandte sie sich mit ihrem Mund seiner Brust zu und küsste und leckte ihn, während sie sich gefährlich langsam weiter nach unten vorarbeitete. Rorys Denken setzte aus. Roter Nebel trübte seine Sicht, und das Blut rauschte in seinen Ohren. Er hatte sie noch nie zuvor darum gebeten, aber irgendwie war sie selber darauf gekommen. Er schloss die Augen, biss die Zähne zusammen und gab ihr Zeit, sich selber zurechtzufinden.

Oh Gott, sie war so nah davor. Er sehnte sich nach dem Druck ihres heißen Mundes um sein männlichstes Teil. Er sehnte sich danach, dass sie an ihm sog, ihn noch tiefer in ihren Mund nahm. Plötzlich hielt sie inne. Er riss die Augen auf. Ihr Mund war nur Zentimeter von ihm entfernt. Während er sie ansah, schnellte ihre Zunge aus ihrem Mund, um ihn zu lecken. Sein Hintern verkrampfte sich, als er sich gegen die überwältigenden Wogen auflehnte, die ihn zu verschlingen drohten. Ihre Blicke begegneten sich und ließen einander nicht mehr los. Es war der erotischste Moment voller Nähe, den er je erlebt hatte.

»Gibst du auf?«, fragte sie.

Rory konnte nicht sprechen – zu nah stand er davor zu explodieren. Ihre Zunge wirbelte um den großen Kopf. Jeder Muskel in seinem Körper spannte sich an. »Ich gebe auf«, stieß er erstickt hervor.

Sie kicherte und nahm ihn endlich in ihren warmen Mund. Ihre rosigen Lippen schlossen sich um ihn und zogen ihn noch tiefer in ihren Mund, während ihre Zunge über ihn glitt. Er zeigte ihr, wie sie ihn ganz tief aufnehmen konnte und was sie dabei mit ihrer Hand machen sollte, weil er zu groß für sie war. Und schließlich, als er es nicht mehr ertragen konnte, zog er sie auf sich und drang mit einem einzigen festen Stoß in sie ein.

Er hielt ihre Hüften, während sie sich auf und ab bewegte und ihn dabei mit ihren kleinen Muskeln wie mit einem seidenen Handschuh umhüllte. Rory war vor Verlangen ganz außer sich. Sie drückte ihren Rücken durch, und er wusste, dass sie ganz nah davorstand. Er hob sie fester, schneller, bis sich ihr ganzer Körper anspannte, bebte und zitternd löste. Rory spürte den steigenden Druck seiner eigenen Erlösung immer näher kommen. Die Heftigkeit erschütterte ihn. Jeder Muskel, jede Faser seines Seins spannte sich in einem leidenschaftlichen Moment an, um dann in tausend Stücke zu zerspringen. Sie wiegte sich auf ihm und holte auch den letzten Tropfen seines Höhepunktes aus ihm heraus.

Rory hatte das Gefühl, seine ganze Energie verströmt zu haben. Er hätte sich noch nicht einmal bewegen können, wenn der ganze Turm in Flammen gestanden hätte. Langsam kehrte das Gefühl in seine Glieder zurück, und der Nebel verflüchtigte sich. Er brauchte einen Moment, um zu erkennen, was er getan hatte. Er hatte seinen Samen in sie ergossen. Einen Fehler, den er seit dem ersten Mal nicht wiederholt hatte. Ein Fehler, der nichts mit Lust zu tun hatte, sondern nur mit dem, was er in seinem Herzen wusste. Mit seinem Körper hatte er ihr das gesagt, was er ihr mit Worten nicht sagen konnte. *Er liebte sie.* Doch diese Erkenntnis änderte nichts an der Tatsache, dass er vielleicht gezwungen sein würde, eine andere zu heiraten. Und jetzt hatte er sie vielleicht geschwängert.

Was hatte er getan?

Er streckte die Hand aus und legte einen Finger unter ihr Kinn. »Es tut mir leid, Mädchen.«

Sie legte ihre Finger über seinen Mund. »Schsch. Nicht.« *Zerstöre diesen Moment nicht*, hörte er ihre unausgesprochene Bitte.

Er brauchte nichts zu sagen. Sie wussten beide, dass es keinen Unterschied machen würde. Wenn es erforderlich war, würde Rory das tun, was er tun musste. Doch der Gedanke, dass Isabel mit seinem Kind schwanger sein könnte …

Es würde ihm das Herz zerreißen.

Er durfte nicht zulassen, dass das passierte. Das Risiko war zu groß. Er zog sie eng an sich, schlang die Arme um sie und drückte seine Lippen auf ihren Kopf. Die Idee, die ihm vor zwei Tagen gekommen war, könnte die Antwort auf all ihre Probleme sein.

Eine andere Möglichkeit war mittlerweile undenkbar.

20

Isabel unterdrückte hinter vorgehaltener Hand ein Gähnen. Es war ein langer Tag gewesen, der einer kurzen – sehr kurzen – Nacht gefolgt war. Unter den Wimpern hervor warf sie einen Blick auf den Mann, der neben ihr ritt, und hoffte, dass er es nicht bemerkt hatte. Glücklicherweise schien Rory ganz in sein Gespräch mit Alex und Douglas vertieft zu sein.

Sie rutschte unbehaglich in ihrem Sattel hin und her. Es ärgerte sie, es zugeben zu müssen, doch nachdem sie recht lange nicht mehr geritten war, stellte sie fest, dass sich bei ihr das Gefühl einstellte, wund zu sein. Sie waren viel weiter geritten als ursprünglich geplant – über dreißig Kilometer –, vorbei an der Küstenstadt Bracadale und fast den halben Weg bis Sligachan, ehe sie schließlich wieder nach Dunvegan umkehrten. Der herrliche Frühlingstag war einfach zu schön und hatte sie mit seinen lebhaften, frischen Farben verlockt, immer weiterzureiten. Heide bedeckte weite Flächen des Landes, und Linden wiegten sich in den grasigen Hochmooren in der angenehmen Brise. Isabel hatte sich über die Gelegenheit gefreut, Dunvegan zu verlassen und Skye zu erforschen, doch jetzt war es spät geworden, und die Aufregungen der letzten Tage forderten allmählich ihren Tribut.

Rory hatte sie davor gewarnt, dass es sehr anstrengend sein würde – vor allem nach ihrer ausgiebigen Siegesfeier –, doch Isabel hatte darauf bestanden, ihn und seine Männer zu begleiten, die ihrer Familie, Argyll und den MacCrimmons die Hälfte des Wegs Richtung Süden nach Armadale Geleit gaben.

Jetzt wünschte sie sich, auf seine Warnung gehört zu haben. Sie verzog den Mund. Was sie Rory gegenüber allerdings nie zugeben würde. Er würde sie nur mit dieser unergründlichen Miene anschauen, doch sie wusste dann immer genau, was er dachte … »Ich hatte es dir doch gesagt.«

Er kannte sie so gut. Manchmal schien es sogar, dass er sie besser kannte als sie sich selbst.

Isabels Gedanken schweiften zur vergangenen Nacht zurück. Trotz der letzten Monate, in denen sie sich so häufig geliebt hatten, dass von dem unschuldigen Mädchen von einst eigentlich nichts mehr übrig war, konnte Isabel nicht verhindern, dass ihr heiße Röte in die Wangen stieg, wenn sie sich daran erinnerte, wie willig sie sich dem plündernden Krieger ergeben hatte, der es darauf abgesehen hatte, all ihre Sinne in Verwirrung zu stürzen.

Und in der letzten Nacht hatte er sich nicht zurückgehalten, sondern seinen Samen tief in ihr vergossen.

Sie versuchte, dem nicht zu viel Bedeutung beizumessen, trotzdem konnte sie sich einer gewissen Hoffnung nicht erwehren. Rory war keiner, der den gleichen Fehler zweimal machte – insbesondere, wenn er nach jener ersten Nacht so vorsichtig gewesen war. Begann er sie vielleicht als einen Teil seiner Zukunft zu betrachten? Einer Zukunft, die ihr nach dem Gespräch mit Ian jetzt möglich erschien. Sie brauchte nur ihren Onkel zu besänftigen und musste eine Möglichkeit finden, dass Rory das Land zurückbekam, das der Auslöser der Fehde gewesen war – ohne dass er dafür jemand anders heiratete. Sie hatte Freunde bei Hofe. Vielleicht konnte sie Rory ja helfen? Doch wie?

Eine starke, ungewöhnlich warme Meeresbrise riss eine lose Strähne aus dem lockeren Knoten. Die seidigen, rotgoldenen Locken flogen ihr ins Gesicht, kitzelten sie an der Nase und versperrten ihr vorübergehend die Sicht. Ärgerlich strich sie sich die störrischen Strähnen hinters Ohr, sodass sie sie nicht mehr störten.

Sie hatten Dunvegan kurz nach dem Frühstück verlassen, und jetzt war der Tag fast vorüber. Die rötliche Sonne hing tief am nachmittäglichen Himmel, als sie am Wald vorbeizogen und ihre Pferde Richtung Dunvegan Village trieben, das nur noch einen knappen Kilometer entfernt war. Fast zuhause. Sie konnte sich bereits fast entspannen. Die Erinnerung an den Vorfall im Wald war noch zu frisch, und sie war froh, dass Rory darauf bestanden hatte, den längeren Weg um den Wald herum einzuschlagen, als wieder einen Überfall im Wald zu riskieren. Sie fragte sich, ob er es wohl ihretwegen getan hatte. Merkte er, wie viel Angst ihr das schattige Dunkel der Bäume einjagte?

So in ihre Gedanken versunken, merkte sie nicht, dass Rory sie beobachtete. »Müde?«, fragte er unschuldig.

Isabel drückte das Kreuz durch, nahm die Schultern zurück und ignorierte den Schmerz, der ihr dabei durch den Rücken schoss. »Überhaupt nicht.«

»Dickköpfiges Ding.« Er lachte. »Keine Sorge – es ist nicht mehr weit.«

»Sind wir zurück, ehe es dunkel ist?«

Rory nickte. »Wir können wieder schneller reiten, wenn Colin zurück ist.«

Sie waren langsam gereist, damit Colin und ein kleiner Trupp Bewaffneter die Gegend vor ihnen erkunden konnte. Rory wollte kein Risiko eingehen. Nachdem das Highlandturnier und der vorübergehende Waffenstillstand hinter ihnen lagen, wusste Isabel, dass Rory mit einem Überfall der Mackenzies rechnete. Douglas war aus dem Grunde auch früh am Morgen mit einem kleinen Trupp bewaffneter MacLeods den Mackenzies gefolgt, um sich davon zu überzeugen, dass sie wirklich von Kyleakin nach Kyle of Lochalsh übersetzten. Rory hatte auch Sleat im Auge behalten, der zusammen mit ihrer Familie bis Dunscaith Castle gereist war. Dunscaith lag ganz in der Nähe von Armadale, von wo aus Argyll und ihr Vater nach Mallaig übersetzen würden.

Sie atmete tief die salzige Luft ein. Das Meer war ganz nah. Die *birlinns*, die am Ufer entlang beim Dorf vertäut lagen, würden sie nach Dunvegan zurückbringen.

Das laute Lachen der Männer dröhnte in ihren Ohren. Die MacLeods sonnten sich immer noch in ihrem überwältigenden Sieg. Den größten Teil des Tages war dies das Thema der lauten, prahlerischen Neckereien von Rorys Kriegern, die noch einmal jede einzelne Sekunde der verschiedenen Wettbewerbe durchgingen.

Bei den Geschichten ging es meist um Rory, sodass dieser ungewöhnlich still war, sich jedoch bei den etwas übertriebenen Darstellungen zu amüsieren schien. Und obwohl Rory ganz entspannt wirkte, wusste Isabel, dass er ständig die Umgebung im Auge behielt. Sie beobachtete ihn so genau, dass sie merkte, als er sich anspannte.

»Was ist los?«, neckte ihn Isabel. »Gefallen dir die Geschichten über deine legendären Fähigkeiten nicht?«

Ohne auf ihre kleine Stichelei einzugehen, runzelte er die Stirn und meinte: »Colin sollte eigentlich längst zurück sein.«

Isabel spürte, wie ihr ein Angstschauer über den Rücken lief, doch weil Rory bei ihr war, geriet sie nicht in Panik. »Glaubst du …?«

»Ich weiß nicht, aber ich werde kein Risiko eingehen.« Er ließ seine Männer anhalten und gab die Befehle aus. Als plötzlich das Donnern von Hufschlägen zu hören war, hielt er inne.

Es war Colin, und an dem Blut, das an seinem Arm herunterlief, erkannte Isabel, was passiert war.

»Mackenzies«, keuchte Colin, der nach dem harten Ritt kaum atmen konnte. Er zeigte hinter sich. »Etwa zwanzig Mann.« Er sah Rory an. »Sie warteten bei den Booten, aber jetzt kommen sie in diese Richtung.«

»Mackenzies?«, fragte Isabel mit hohler Stimme. Ihr gefror das Blut in den Adern. »Aber Douglas hat sie doch heute Morgen die Meerenge überqueren sehen.«

»Das war eine List«, sagte Rory. »Der Mackenzie hat nicht alle seine Leute zum Turnier geschickt. Er hat anscheinend weitere Männer heimlich kommen lassen, um uns anzugreifen, wenn wir nicht damit rechnen.« Aber Rory rechnete immer mit allem. Als er jetzt seine Befehle ausgab, erkannte Isabel, dass er etwas Derartiges erwartet haben musste. Wäre sie nicht gewesen, hätte er sich wahrscheinlich sogar auf den Kampf gefreut, hatte sie den Verdacht. Er schien die Aufregung, die Gefahr, die drohte, förmlich zu genießen. Außer wenn er in ihre Richtung schaute – dann wirkte er besorgt. »Isabel, halte dich nah bei Alex. Er wird dich wegbringen, damit dir nichts passiert.« Sie wollte nicht weg, doch er musste wohl ihre Gedanken gelesen haben. »Du wirst mir gehorchen. Wir haben nicht viel Zeit. Sie werden versuchen, uns zu umzingeln.« Noch während er sprach, konnte Isabel schon die Pferde näher kommen hören. Mit leiser Stimme sagte er zu Alex: »Führe sie durch den Wald. Wir treffen uns bei den Booten. Und Alex – du weißt doch, was ich dir da anvertraue?«

Alex sah seinem Bruder in die Augen und nickte. Dann riss er sein Pferd herum.

»Sei vorsichtig«, flehte sie.

Ihre Blicke begegneten sich, und es fand ein Austausch statt, ein intensives Gefühl, das sie völlig einnahm. »Ja, Mädchen«, sagte er sanft. »Und jetzt beeil dich.«

Nach einem letzten, langen Blick auf Rory wendete sie ihr Pferd und ritt hinter Alex her. Die Mackenzies kamen direkt auf sie zu und hatten gerade die kleine Hügelkuppe überquert, die vor ihnen lag. Pfeile begannen durch die Luft zu fliegen. Das Herz schlug ihr vor Angst bis zum Hals. Wenn Rory nun etwas passierte? Wenn sie ihn nun nie wiedersah? Sie hätte ihn noch einmal küssen sollen, ihm sagen, dass sie ihn liebte, aber dafür war es bereits zu spät.

Rory und seine Männer gingen zum Angriff über, direkt auf die fliegenden Pfeile zu.

»Beeil dich, Isabel«, rief Alex. Nur das Wissen, dass sie Rory durch ihre Anwesenheit nur noch mehr in Gefahr brachte, gab ihr die Kraft wegzureiten. Sie würde den gleichen Fehler nicht noch einmal machen. Rory war der beste Kämpfer, den sie je gesehen hatte, seine Fähigkeiten würden ihn nicht im Stich lassen. Trotzdem konnte sie die Stimme in ihrem Kopf nicht zum Schweigen bringen, dass sogar Achill eine verwundbare Stelle gehabt hatte.

Der wilde Kampfschrei der MacLeods hallte in ihren Ohren wider, während sie mit halsbrecherischer Geschwindigkeit Alex in den Wald folgte. Es wurde jetzt schnell immer dunkler. Sie konnte den Angstschauder nicht unterdrücken, der in ihr aufstieg. Der Wald. Abenddämmerung. Der Moment ähnelte in viel zu unheimlicher Weise jenem anderen Mal, als sie überfallen worden war. Ein Angstschrei wollte in ihr aufsteigen, doch sie unterdrückte ihn.

Sie ritten ein paar Minuten lang, doch in Gedanken war sie die ganze Zeit bei dem Kampf, der hinter ihnen stattfand, und bei dem Mann, der ihn focht. Bitte, ihm darf nichts geschehen. Plötzlich hörte sie jemanden hinter sich rufen.

»Alex! Hinter dir.« Erleichterung stieg in ihr auf. Rory. Er kam durch den Wald hinter ihnen her. Doch ihre Erleichterung hielt nur kurz an und schlug ins Gegenteil um, als ein Pfeil an ihr vorbeiflog und Alex nur um Zentimeter verfehlte. Isabel blickte sich um und sah, dass ihnen eine Handvoll Mackenzies auf den Fersen war. Alex hielt an, ließ sein Pferd auf der Hinterhand kehrtmachen und stellte sich zwischen sie und die Gefahr. Er hob sein Schwert, als auch schon die Mackenzies über sie herfielen. Isabel hörte das Klirren von Stahl, als der Kampf begann.

Alex wehrte sie ab, bis Rory zu ihm aufgeschlossen hatte. Gegen die beiden zusammen hatten die paar Mackenzies keine Chance. Isabel beobachtete voll faszinierten Entsetzens, wie Alex und Rory systematisch und völlig erbarmungslos ihre Feinde ins Jenseits beförderten.

Fast sah es so aus, als würden sie das Ganze unbeschadet überstehen. Doch gerade als Rory mit seinem Schwert ausholte, um dem letzten Mackenzie den Garaus zu machen, traf ein einzelner Pfeil, der zwischen den Bäumen abgeschossen worden war, Rory mitten in den Bauch. Er sackte über dem breiten Hals seines mächtigen Schlachtrosses zusammen. Sein goldenes Haar legte sich über das glänzende schwarze Fell seines Pferdes. Ein Blutfleck breitete sich auf seinem gelben *leine croich* aus und tränkte es mit einem schrecklich satten Rot.

Einen furchtbaren Moment lang blieb Isabel das Herz stehen. Ihr Atem setzte aus. *Er ist tot.* Der entsetzte Schrei, der in ihrer Kehle aufstieg, blieb tonlos stumm. Als ein durchdringender, tierischer Schrei den Wald erschütterte, merkte Isabel gar nicht, dass sie diesen schrecklichen Laut ausgestoßen hatte.

»Nein!« Der gutturale Jammerlaut war kaum mehr als ein Wispern.

Rory hob den Kopf, und sie sahen einander in die Augen. Wortlos versuchte er, sie zu trösten. Er war am Leben.

Langsam stieß sie ihren Atem aus.

Als Rory sprach, richtete er das Wort an Alex. Seine Stimme klang schwach und rau. »Alex, ein weiterer Trupp muss hinterhergekommen sein. Nimm den alten Weg. Beeil dich.« Isabel merkte, dass seine Knöchel schneeweiß hervortraten, als er die Zügel umklammerte und sich mühsam auf seinem Pferd aufrichtete.

Isabel wurde von heftiger Panik erfasst, die ihr den Atem nahm. Das Entsetzen hatte sich wie ein erstickender Schleier über sie gelegt. *Das kann alles nicht wahr sein.*

Alex erkannte ihre Panik und holte sie mit der kalten, ruhigen Stimme des Anführers in die Wirklichkeit zurück. »Isabel, reiß dich zusammen. Lass mich nicht im Stich. Jetzt mach schnell – wir müssen Rory nach Dunvegan schaffen.« Seine Worte rüttelten sie auf. »Hast du mich verstanden? Wenn wir ihn nicht zurückbringen, wird er sterben. Das ist unsere einzige Chance. Wir müssen jetzt sofort los, ehe sie die Gelegenheit dazu haben, uns zu umzingeln.«

Sie nickte. Ihr Hals war so zugeschnürt, dass sie keinen Ton hervorbrachte.

Alex packte die Zügel von Rorys Pferd und raste dann in den Wald, um dort Deckung zu finden. Tränen strömten aus ihren Augenwinkeln und wurden durch den schnellen Ritt vom Wind nach hinten zum Haaransatz gedrückt, als ihr Pferd durch das Unterholz donnerte. Ohne auf die Zweige zu achten, die ihr ins Gesicht schlugen, folgte sie Alex mit halsbrecherischer Geschwindigkeit, während er sie durch den Wald Richtung Norden auf Dunvegan zuführte. Dabei mied er die freie Fläche in der Nähe des Wassers und das Hochmoor, wo die Mackenzies gelauert hatten. Sogar jetzt konnte sie die wilden Schreie ihrer Verfolger hören, die dicht hinter ihnen waren und auf der Jagd nach ihrer Beute aufgeregt näher kamen.

Rorys Kopf baumelte besorgniserregend über dem Hals seines Pferdes. Bei der Vorstellung, wie sich der Pfeil bei jedem harten Galoppsprung in seinen Körper bohrte, drehte sich ihr förmlich ein Messer im eigenen Bauch um. *Ich darf ihn nicht verlieren.* Der Schmerz musste unerträglich sein. Das würde er nicht überleben. Sie hatte solche Verletzungen schon früher gesehen und sie wusste, dass es einem Wunder gleichkäme, sollte er überhaupt diesen Tag lebend überstehen.

»Es ist nicht mehr weit, Isabel, werde nicht langsamer. Wir sind fast da«, brüllte Alex, während seine Worte fast vom lauten Donnern der Hufschläge übertönt wurde.

Isabel trieb ihr Pferd noch mehr an. Da sie noch nie einen guten Orientierungssinn gehabt hatte, wusste sie, dass sie hier nie wieder herausfinden würde, wenn sie Alex und Rory aus den Augen verlor – und sie den Mackenzies nicht vorher in die Hände fiel.

»Da vorne sind sie. Wir haben sie fast.« Die Mackenzies hörten sich sehr nah an. Zu nah. Sie hörten sich so an, als wären sie gleich hinter ihr.

»Schneller, Alex, sie holen auf. Wir werden nicht gegen sie ankommen.«

»Wir sind fast da.«

Er bog nach links, Richtung Küste ab, und dann ging es am Rand des Waldes durch noch mehr dichtes Unterholz, einen fast nicht erkennbaren Pfad entlang, der zum felsigen Ufer führte. Sie hatten den winzigen Zufluss zur Bucht im Süden der Festung erreicht. Der Weg war zu Ende. Man konnte nirgends mehr hin. Über ihnen erhob sich in kaum dreißig Metern Entfernung auf einer unbezwingbaren Klippe die

Festung. So kurz vor der sicheren Zuflucht. Doch sie hätten auch in Edinburgh sein können; denn um in die Festung zu kommen, müssten sie entweder fliegen oder schwimmen. Die Bucht umschloss Dunvegan von zwei Seiten, landeinwärts versperrte ein tiefer, zerklüfteter Graben den Zugang.

»Wo reiten wir hin?«, rief sie Alex zu.

»Folge mir einfach, Isabel.« Sie konnte Rory nicht mehr sehen. Alex trieb Rorys Pferd vor sich her und der Weg war für ein Pferd fast schon zu schmal. *Bitte, lass ihn am Leben bleiben.*

Alex führte sie um den Zufluss der Bucht herum und hielt dann direkt auf die felsige Klippe zu, wo die steile Felswand die Bäume des Waldes berührte. Vorsichtig ließ sie ihren Blick an der zehn Meter hohen Felswand nach oben gleiten, auf der sich dann der Curtainwall der Festung erhob. Es gab keine Möglichkeit, nach drinnen zu gelangen. Außer Alex hatte vor, die Wand mit Rory auf dem Rücken zu erklimmen; denn auf der einen Seite wurde ihnen der Weg vom Wasser abgeschnitten und von einem unbezwingbaren Terrain auf der anderen.

Alex wurde langsamer und hielt direkt auf einen großen, zerklüfteten Felsen zu, der mit dichtem Laub bedeckt war.

Sie konnte den Schlachtruf der Mackenzies hinter sich hören. Wegen der Bäume zu ihrer Rechten konnte man sie aber nicht sehen, doch sie wusste, dass sie jede Sekunde damit rechnen mussten, von ihnen entdeckt – und angegriffen zu werden.

Ihr Pferd folgte Rory und Alex, als diese mitten ins Buschwerk hineinritten, hinter dem Felsen scharf nach links abbogen und dann im Nichts verschwanden.

Sofort war sie von feuchtkalter Dunkelheit umhüllt. Sie konnte Alex' Pferd vor sich schnauben hören, aber um etwas sehen zu können, war es zu dunkel. Langsam folgte ihr Pferd

Alex' Schlachtross, als würde es sich von seinem Instinkt leiten lassen. Oder seinem Geruchssinn. Sie zwinkerte immer wieder, um ihre Augen an die Dunkelheit zu gewöhnen. Und schließlich konnte sie undeutlich Felswände und einen feuchten, felsigen Boden erkennen. Sie befanden sich offenbar in einem großen Tunnel in der Felsklippe. Alex hielt vor ihr an, drehte sich um und gab ihr mit einer Geste zu verstehen leise zu sein, ehe er den Weg ins Innere des Felsens fortsetzte.

Nach ein paar Minuten hielten sie endgültig an, und Alex saß ab.

»Jetzt sind wir in Sicherheit, Isabel. Wir müssen die Pferde hier zurücklassen und den Rest des Weges gehen. Ich werde sie später holen. Aber jetzt brauche ich deine Hilfe bei Rory.«

Rory. Isabel sprang von ihrem Pferd, ehe Alex ihr seine Hilfe anbieten konnte, und hastete zu Rory, der immer noch zusammengesunken auf seinem Pferd saß. Als sie seine Haltung sah, nahm sie an, dass er wohl das Bewusstsein verloren haben musste. Doch als sie ihn berührte, öffnete er die Augen und lächelte schwach.

»Rory, oh Gott, Rory. Halte aus, wir sind fast da.« Verzweifelt suchte sie nach einer weiteren Bestätigung, dass er noch am Leben war, und klammerte sich an seinen Arm. Sorgsam achtete sie auf seine Verletzung, als sie sich vorsichtig nach vorn beugte, um den Pfeil nicht zu berühren, der aus seinem Bauch ragte, und drückte ihre Lippen auf seine feuchte Stirn. Seine Haut fühlte sich so kalt an. Sie konnte den metallischen Geschmack von Blut wahrnehmen. Eine nie gekannte Angst legte sich auf ihre gequälte Seele. Das launische Schicksal konnte doch nicht so grausam sein … wo sie einander doch gerade erst gefunden hatten.

»Isabel, wir müssen ihn in die Festung schaffen.«

Wortlos half sie Alex dabei, ihn aus dem Sattel zu ziehen,

während sie versuchten, ihm nicht mehr Schmerzen als unbedingt nötig zu bereiten. Alex legte sich Rorys Arm über die Schulter und Isabel stützte ihn so gut sie eben konnte auf der anderen Seite. Rory bewegte seine Füße nach vorn, doch er verkrampfte sich dabei immer wieder, sodass Isabel merkte, welche Schmerzen ihm jeder einzelne Schritt bereitete. Aneinandergedrängt schwankten sie den trügerischen, feuchten Weg aus Sand und Stein entlang.

»Wo sind wir?«

»In einem alten Gang, der vor langer Zeit von unseren nordischen Vorfahren gebaut worden ist. Er wird nur selten benutzt, und nur wenige wissen überhaupt von seiner Existenz. Nur Rory und ich wissen, wie man den Eingang findet. Und jetzt du auch.«

Sie musste schlucken, denn sie fühlte sich geehrt, dass man ihr solch ein Geheimnis anvertraute. Gleichzeitig aber wünschte sie sich, nicht von dem Geheimgang erfahren zu haben. Isabel fühlte sich ihrer Familie immer noch verbunden und wäre lieber nicht gezwungen worden zu lügen.

Vor purer Erschöpfung begannen die Beine unter ihr nachzugeben; der mächtige Körper, den sie so bewunderte, war in so einem Moment eindeutig von Nachteil. Isabel merkte an der Art, wie er Abstand zu ihr hielt, dass er versuchte, sie mit seinem Gewicht nicht zu erdrücken. Bei der Menge an Blut, die mittlerweile ihr Reitgewand tränkte, fürchtete sie jedoch, dass er bald das Bewusstsein verlieren würde – oder Schlimmeres.

Brich jetzt nicht zusammen, Isabel. Er braucht dich.

Gerade als sie dachte, keinen einzigen Schritt mehr tun zu können, blieb Alex stehen.

»Wir sind da.«

Sie hätte vor Erleichterung beinahe geschluchzt. Trotz der feuchtkalten Luft im Tunnel bedeckten Schweißperlen ihre

Stirn. Sie wischte sie mit dem Ärmel ihres Reitkleides weg und schaute verständnislos die massive Felswand an.

»Was meinst du damit?«

»Sieh nach oben.«

In der Decke, vielleicht dreißig Zentimeter über Alex' Kopf, bemerkte sie eine Falltür.

Alex antwortete auf ihre unausgesprochene Frage. »Ich gehe zuerst. Du musst dafür sorgen, dass er gerade steht, während ich versuche, ihn durch die Falltür nach oben zu ziehen. Wir befinden uns dann am Fuße einer versteckten Treppe, die in den Küchentrakt der alten Festung führt.«

Wie konnte das sein? Sie hatte doch jeden Zentimeter des Gebäudes untersucht. Isabel sagte jedoch nichts, denn sie wollte vermeiden, dass Alex sie fragte, warum sie sich eigentlich so sehr für die Festung interessierte.

»Was riecht denn da so? Es riecht nach gebratenem Fleisch.«

»Es ist gebratenes Fleisch. Ein besonders grausamer Vorfahre von mir verlegte die Entlüftungslöcher der Küche ins Verlies, um die Gefangenen zu quälen.«

»Sind wir denn in der Nähe des Verlieses?«, fragte sie. Der einzige Zugang zum Verlies von Dunvegan lag in einem kleinen Raum neben der großen Halle über dem Küchengewölbe. Sie unterdrückte ein Schaudern. Das Verlies war nichts weiter als ein schreckliches vier Meter tiefes Loch im Felsen, in das die Gefangenen hineingestoßen wurden, um dort zu sterben. In der ersten Zeit auf Dunvegan hatte sie wegen dieser Grube viele Alpträume gehabt.

»Wir befinden uns in einem angrenzenden Tunnel und sind ziemlich nah am Verlies dran. Die Küchenräume sind Teil des Tonnengewölbes, das sich über die ganze Breite der alten Festung hinzieht.«

»Wenn wir es nun nicht schaffen, ihn durch die Falltür nach oben zu ziehen?«, fragte sie sich laut.

»Rory würde nicht wollen, dass ich irgendjemanden hier nach unten hole. Aber wenn uns keine andere Wahl bleibt, werde ich jemanden finden, der uns hilft.«

Aber dann schafften sie es doch irgendwie. Rory kam nur einmal halb zu sich, als Alex ihn durch die Geheimtür nach oben zog, aber es kam gerade rechtzeitig, sodass sie Hilfe hatten, als sie die kleine Treppe hinaufstiegen. Oben angekommen schaute Alex durch ein kleines Loch in der Geheimtür, um sicher zu gehen, dass niemand in der Nähe war. Vorsichtig stieß er die Tür auf, und sie waren in Sicherheit.

Was dann geschah wurde von der aufgeregten Verwirrung bestimmt, die sich wie ein Schleier über alles legte, als die MacLeods erfuhren, dass ihr Chief schwer verletzt worden war. Sobald Alex sich davon überzeugt hatte, dass von der Geheimtür nichts mehr zu sehen war, hatte er um Hilfe gerufen und das Chaos war ausgebrochen.

Die ganze Zeit weigerte Isabel sich standhaft, von seiner Seite zu weichen. Vage erinnerte sie sich daran, seine Hand gehalten zu haben, als jemand – vielleicht Deidre? – den Pfeil aus seinem Bauch zog und die klaffende Wunde zunähte. Dann war da nichts mehr und sie erkannte, dass sie alles andere wohl gar nicht in ihr Bewusstsein hatte dringen lassen.

Von rauchigem Nebel getrübter Mondschein tauchte das Schlafgemach in ein gespenstisches Halbdunkel. Isabel genoss die Ruhe, während sie geduldig neben seinem Bett saß. Sie hatte allein mit ihm sein wollen und deshalb alle anderen weggeschickt. Für den Augenblick konnte nichts mehr für ihn getan werden. Man würde abwarten müssen, ob er das Fieber, welches solch schweren Verletzungen eigentlich immer folgte, überlebte. Dass er überhaupt so lange mit einem Pfeil im Bauch durchgehalten hatte, war schon ein Wunder, aber es war kein lebenswichtiges Organ getroffen worden. Ein paar Zentimeter weiter und er wäre bereits tot.

Sie zappelte unruhig herum und versuchte, ihre Hände irgendwie zu beschäftigen. In einem solchen Moment Geduld aufzubringen, schien nahezu unerträglich. Er sah so hilflos aus, dachte sie, während sie ihm das Gesicht mit kühlem Wasser wusch.

Lange haselnussbraune Wimpern, die an den Spitzen golden schimmerten, flatterten und er öffnete die Augen.

»Wo bin ich?«, stöhnte er mit schwacher Stimme, während seine saphirblauen Augen unnatürlich hell leuchteten.

Das Fieber war da.

»In unserem Zimmer.« Sie schlug einen beruhigenden Tonfall an. »Versuch, nicht zu sprechen. Du bist in Sicherheit, aber du brauchst jetzt deine ganze Kraft.«

Er warf den Kopf auf dem Kissen hin und her, als kämpfe er darum, das Bewusstsein nicht zu verlieren. »Isabel, du musst Alex holen. Ich muss mit ihm reden. Er muss wissen …«

»Schsch. Schlaf, Rory. Du musst dich ausruhen. Du kannst morgen mit Alex reden.«

»Nein. Du verstehst es nicht. Ich muss jetzt mit ihm sprechen. Er wird der nächste Chief sein.« In seiner Stimme lag ein Drängen, das vom Fieber hervorgerufen wurde.

Die Erkenntnis traf sie wie ein Schlag. *Er glaubt, dass er sterben wird.*

»Bitte, Rory, du musst ganz ruhig bleiben. Wenn du es unbedingt möchtest, dann werde ich ihn holen.«

»Beeil dich, Isabel. Nachdem ich mit Alex gesprochen habe, will ich mit dir reden. Ich möchte, dass du etwas weißt.«

Sie traf Alex unten im großen Saal vor dem Feuer schlafend an. Er sah furchtbar aus. Sie hasste es, ihn wecken zu müssen.

Er hatte dunkle Ringe unter den Augen und sah so aus, als ob er gerade erst eingeschlafen wäre.

Sie legte eine Hand auf seine Schulter und schüttelte ihn leicht. »Alex, wach auf. Rory möchte mit dir sprechen. Beeil dich, er ist ziemlich aufgeregt.« Mit vor Müdigkeit trüben Augen folgte ihr ein verwirrter Alex die Wendeltreppe zu Rorys Zimmer hinauf.

Sie bedeutete ihm hineinzugehen. »Ich werde draußen warten. Er möchte mit dir unter vier Augen sprechen.«

Alex nickte und schloss die Tür hinter sich.

Ängstlich besorgt stand sie im Gang und starrte die Tür an. Sie stand da und wartete auf irgendeinen Laut, der ihr sagte, dass er sie brauchte. Sie trat ein paar Schritte näher und runzelte die Stirn. Wusste Rory, dass da ein Spalt zwischen Türrahmen und Blatt war, durch den ein schmaler Streifen Licht aus dem Raum auf den Gang fiel?

Aus dem Raum drangen laute Stimmen, was ihren Zorn erregte. Merkte Alex denn nicht, wie schwach sein Bruder war? Worüber konnten sie sich in so einem Moment wohl streiten? Rory stieß ein lautes Keuchen aus, dem ein ersticktes Husten folgte. Isabel sprang zur Tür und linste durch den Spalt, um sich davon zu überzeugen, dass mit ihm alles in Ordnung war. Ihr Blick heftete sich auf sein Gesicht. Sie seufzte vor Erleichterung. Er atmete zwar unregelmäßig, doch in seinen Augen lag ein wild entschlossenes Funkeln.

Sie brauchte einen Moment, um zu begreifen, was da vor sich ging. Zu spät bemerkte sie ihren Fehler. Sie hätte nicht hinsehen sollen.

»Fass hinter das Kopfbrett des Bettes und dreh den Holzgriff, den du dort findest. Er wirkt wie ein Teil der Schnitzerei. Ja, das ist er. Jetzt greif unter das Bett. Da hat sich ein Geheimfach geöffnet. Darin befindet sich die Kiste. Hol sie heraus und stell sie auf das Bett. Vorsichtig.« Rorys Stimme klang angespannt, aber fest.

Isabels Herz pochte schnell und heftig. Sie wusste, dass sie wegschauen sollte, aber sie hatte bereits genug gesehen. Sie hatte das Geheimnis erfahren, wo er das Banner verwahrte. Ihr entging nicht der feierliche Ernst dieses Momentes. Er klang wie ein König, der sein Reich vermacht. *Er darf nicht sterben.*

»Jetzt drück auf das geschnitzte MacLeod-Abzeichen und die Kiste wird sich öffnen. Nimm das Banner heraus.«

»Rory, ich muss das nicht tun. Du wirst wieder …«

Doch Rory unterbrach Alex, ehe dieser seine Lüge zu Ende bringen konnte. »Ich hätte dir schon viel früher sagen sollen, wo es ist. Das Banner muss gut verwahrt werden, das Schicksal des Clans hängt davon ab. Jetzt nimm es heraus!«

Alex hob es hoch und hielt es ihr förmlich direkt vor die Nase. Das, wofür sie nach Dunvegan gekommen war, befand sich keine drei Meter von ihr entfernt.

Irgendwie hatte sie angenommen, dass ein magischer Talisman beeindruckender aussehen würde. Das berühmte Feenbanner der MacLeods war kaum mehr als ein zerlumptes Stück rot-gelb gemusterter Seide. Sie zog die Nase kraus. Der Stoff wirkte seltsam vertraut. Sie hätte schwören können, das Stück schon einmal gesehen zu haben.

Sie beobachtete, wie Alex das Banner ehrfürchtig wieder in die Kiste legte und diese dann in ihr Versteck zurückstellte. Nun, dachte sie, er bewahrte es tatsächlich so dicht bei sich auf, wie sie vermutet hatte. Sie hatte nur nicht bemerkt, dass sie die letzten paar Monate buchstäblich darauf geschlafen hatte.

Isabel trat von der Tür zurück. Sie war ganz aufgewühlt von dem, was sie gerade mitbekommen hatte. Doch gleichzeitig wusste sie, dass sie das Geheimnis um das Feenbanner mit ins Grab nehmen würde. Ihr Onkel würde von ihr nie erfahren, wo es sich befand.

Kurz darauf öffnete Alex die Tür. »Rory möchte mit dir sprechen, Isabel.«

Ihre Blicke begegneten sich, und beide sahen in den Augen des jeweils anderen Furcht und Qual. Sie wusste, dass Alex das Gleiche wie sie dachte. *Bitte, lass ihn nicht sterben.*

Rorys Augen waren geschlossen, als sie ans Bett trat. Seine Haut war bleich und wirkte im Kerzenschein fast schon gräulich fahl im Gegensatz zu seinem sonst gebräunten, frischen Aussehen. Er spürte ihre Gegenwart, seine Lider zuckten, und er öffnete die Augen. Erstaunlicherweise war sein Blick ganz klar.

Er hatte ihre Angst wohl bemerkt, denn er setzte ein zwar schwaches, doch ermutigendes Lächeln auf. »Es tut mir leid.«

»Was soll dir denn leid tun?« Sie eilte an seine Seite und nahm seine Hand, während sie sich neben ihm hinkniete. »Du hast nichts getan, wofür du dich entschuldigen müsstest.« Verwirrung wandelte sich in Wut, als sie begriff, was er mit seinen Worten gemeint hatte. »Wage es ja nicht, dich dafür zu entschuldigen, dass du stirbst. So leicht wirst du mich nicht los.«

»Meine dickköpfige, kleine Isabel.« Er versuchte zu lächeln, doch sie konnte sehen, dass ihn die Unterhaltung mit Alex erschöpft hatte.

»Rory, du brauchst mir nichts zu erklären.«

»Doch, das muss ich. Es sieht schlimm aus«, sagte er und meinte damit seine Verletzung. Er holte tief Luft. »Es tut mir leid, dass es nicht anders gelaufen ist. Dich zurückzuschicken hätte mir das Herz herausgerissen.« Er zuckte vor Schmerz zusammen. »Aber ich will, dass du weißt …«

Die Worte wurden von einer neuen Welle des Schmerzes erstickt, die ihn erfasste.

Isabel spürte, wie ihr das Blut in den Adern gefror. »Hör auf. Sag kein Wort mehr. Du brauchst deine ganze Kraft.«

»Nein«, stieß er zwischen zusammengebissenen Zähnen hervor, wobei ihn jedes Wort unsägliche Kraft kostete. »Es ist wichtig. Du sollst wissen, dass du mit deinen Gefühlen nicht allein warst. Du sollst wissen, dass ich dich liebe.«

Bei seinen Worten riss sie den Kopf hoch. Ungläubig starrte sie ihn an. »Du li-li-liebst mich?«, stotterte sie.

»Mehr als ich es jemals für möglich gehalten habe, jemanden zu lieben.«

Eine Woge der Glückseligkeit erfasste sie. Einen Augenblick lang vergaß sie ihre Furcht und ließ sich von der tröstenden Wärme seiner Worte einhüllen. Worte, die zu hören sie so lange ersehnt hatte. Aber nicht jetzt. Nicht in solch einem Moment. Tränen verschleierten ihren Blick. »Warum hast du es mir nicht schon vorher gesagt?«

»Ich dachte, das würde unsere Trennung noch schwieriger machen. Aber ich will nicht, dass noch irgendetwas zwischen uns steht.«

Die Schuldgefühle begannen wie Feuer in ihr zu brennen. Jetzt war der Moment gekommen, etwas zu sagen. Wenn sie ihm je sagen wollte, warum man sie nach Dunvegan geschickt hatte, dann war dies der Moment dafür. »Rory, ich …«

Die Worte blieben ihr im Hals stecken. Angst legte sich bleischwer auf ihre Brust. Würde er es verstehen? Ein unangenehmes Schweigen breitete sich aus, während ihr Gewissen mit praktischen Erwägungen rang. Rory lag im Sterben. Zorn würde ihn nur noch mehr schwächen. Was für einen Sinn hätte es, es ihm jetzt zu erzählen, wo er ihr gerade seine Liebe gestanden hatte? Sie wollte nicht das Risiko eingehen, dass seine letzte Erinnerung an sie mit Täuschung verbunden war statt mit Liebe.

Er strich ihr über die Wange und wischte die Tränen weg, die über ihr Gesicht strömten.

»Ich liebe dich auch«, sagte sie stattdessen. »Ich werde dich immer lieben.« Sie drückte ihr Gesicht in seine Hand und bat schweigend um Vergebung.

Es war der glücklichste und gleichzeitig schrecklichste Augenblick ihres Lebens. Er liebte sie zwar, doch er lag im Sterben. Es war so widersinnig – wie Blumen, die in der Asche der Hölle blühten.

Sie lauschte seinen schmerzhaften, flachen Atemzügen, die allmählich ruhiger wurden, bis er schließlich einschlief.

21

Der betörende Klang der Dudelsäcke, die ihr Klagelied für den im Sterben liegenden Chief spielten, hallte durch die Gänge. Die Worte von Patrick MacCrimmon gaben dem Schmerz eines ganzen Clans Ausdruck.

Gebt mir meinen Dudelsack, den ich nun nach Hause trag,
denn in diesen düst'ren Hallen ich verweilen nicht mehr mag.
Seit Rory Mor, mein Rory Mor, ach, den Odem sein verlor.
Gebt mir meinen Dudelsack, dem kein Ton ich mehr entlocken mag.

Es schien fast so, als verharre die ganze Festung eine unendliche Zeit lang in einer Art Schwebezustand, obwohl es in Wirklichkeit nur ein paar Tage waren.

Endlose Tage des Wartens, in denen Fieber und Entzündung ihren tödlichen Lauf nahmen.

Endlose Tage des Betens, in denen alle darum flehten, ihn von seinen unerträglichen Qualen zu erlösen.

Endlose Tage des Betens, in denen alle darum flehten, sie, Isabel, von ihrem Leid zu erlösen, damit sie nicht mehr sehen musste, wie er litt.

Am Ende nahm Gott keinen von beiden zu sich.

Es war wie ein Wunder, dass Rory überlebte und die Kraft fand, das Fieber zu besiegen.

Niemals würde Isabel diese schrecklichen Tage vergessen, als sie dachte, sie würde ihn verlieren. Noch die unendliche Freude, die sie durchströmte, als er schließlich die Augen aufschlug und sie mit klarem, blauem Blick unverwandt anschaute.

Er bedachte sie mit einem langen Blick und dröhnte mit erstaunlich kräftiger Stimme: »Ruh dich aus. Jetzt.«

Isabel hätte nie gedacht, dass sie jemals so glücklich darüber sein könnte, von dieser unbeugsamen Stimme herumkommandiert zu werden. Ohne sich um seine Anweisung zu kümmern, legte Isabel ihren Kopf auf das Bett und schluchzte vor Erleichterung. Für einen Moment nachgiebig, strich Rory ihr sanft über das zerzauste Haar. Doch als ihre Tränen getrocknet waren, wurde sie gezwungen, das Krankenzimmer zu verlassen, mit der Auflage, erst wiederzukommen, wenn sie gegessen und geschlafen hatte.

In den langen Wochen, die Isabel ihn während seiner Rekonvaleszenz pflegte, wurde ihr Glück nur von dem Gedanken getrübt, dass sie ihn vielleicht doch verlieren würde. Er liebte sie zwar, aber er hatte immer noch nicht versprochen, sie zu heiraten. Mit jedem Tag, der verging, rückte die Entscheidung näher. Würde Rory sie tatsächlich zurückschicken? Sein Schweigen bezüglich ihrer gemeinsamen Zukunft schien ihre Befürchtungen nur zu bestätigen.

Die Drohung ihres Onkels, Rory von ihrem Verrat zu erzählen, lastete schwer auf ihrer Seele. Sleat hatte nur eins im Sinn: Er wollte die MacLeods ohne Rücksicht auf das Glück oder die Sicherheit anderer wie ein machiavellischer Fürst vernichten. Sie hegte keinen Zweifel daran, dass ihr Onkel sein Versprechen halten würde, wenn sie ihm nach Ablauf der Frist das Banner nicht brachte. Wenn Sleat überhaupt so lange wartete. Isabel wusste, dass sie schnell irgendetwas in Bezug auf ihren Onkel tun musste. Sie würde alles tun, um ihr Geheimnis zu bewahren, bis sie sicher war, dass Rory sie nicht zurückschickte. Erst dann würde sie es wagen, unter Umständen seinen Zorn zu erregen.

Rory hatte ihr seine Liebe und sein Vertrauen geschenkt, doch sie war nicht vollkommen ehrlich mit ihm gewesen. Sie hätte ihm sagen sollen, dass sie in jener Nacht, als er im Sterben lag, Angst gehabt hatte, er würde ihr nicht vergeben.

Ihre Liebe war zu zerbrechlich. Es gab zu viele Kräfte, die sie voneinander fernhalten wollten. Isabel hatte nicht viel Erfahrung mit der Liebe, noch war sie sich sicher, die Liebe eines Mannes wie Rory halten zu können. Die Narben der Vergangenheit gingen zu tief, als dass sie mit ein paar Worten, die im Angesicht des Todes gesprochen worden waren, ausgelöscht werden konnten … und die dann noch nicht einmal wiederholt wurden. Wie sollte sie an die Stärke seiner Liebe glauben, wenn die Aussicht, von ihm weggeschickt zu werden, wie ein Damoklesschwert über ihrem Kopf hing?

Sie musste Zeit gewinnen. Zeit, um die Königin um Hilfe bei der Übertragung von Trotternish zu bitten, und Zeit, um ihren Onkel davon abzubringen, ein Loch in das zarte Band ihrer Liebe zu sprengen, das sie gerade erst geknüpft hatten. Aber wie sollte sie Sleat zufriedenstellen, ohne dabei Rory zu hintergehen?

Die Antwort darauf war ihr ziemlich unerwartet gekommen, als sie gerade für Rorys Genesung betete. Bessie kam in ihr Zimmer und trug ein altes Umschlagtuch aus Seide. Damit hatte Isabel ihre göttliche Antwort erhalten.

Das habe ich schon einmal gesehen. Das Banner, auf das sie durch den Türspalt einen Blick erhascht hatte, sah genauso wie Bessies Tuch aus. Schnell entstand in ihrem Kopf ein Plan. Sie würde ihrem Onkel schreiben und ihm mitteilen, dass sie das Banner gefunden hatte. Doch statt des Banners würde sie ihm Bessies Tuch geben oder aber, wenn ihr Onkel darauf bestand, dass sein Spitzel das Tuch selber holte, würde sie es vorübergehend austauschen. Sobald der Spitzel ihres Onkels das »Banner« geholt hatte, würde Isabel das echte Feenbanner wieder an seinen Platz legen und Rory dann sobald wie möglich die Wahrheit sagen.

Das Ganze war mit vielen Risiken verbunden, doch ihr fiel keine andere Möglichkeit ein, ihren Onkel zufriedenzustellen und gleichzeitig auf Dunvegan zu bleiben. Ihre List würde bestimmt irgendwann aufgedeckt werden, doch bis dahin hätte sie kostbare Zeit gewonnen. Und hoffentlich würde sich bis dahin auch die Sache mit dem Zurückschicken erledigt haben, weil sie dann ein richtiges Ehegelübde abgelegt hätten. Ein Gelübde, das sich nicht so leicht wie eine Ehe auf Probe würde auflösen lassen. Sie verdrängte die Schuldgefühle, die angesichts der von ihr geplanten Täuschung in ihr aufstiegen, und sagte sich, dass sich dadurch am Ende alles zum Guten wenden würde.

So setzte Isabel sich fast einen Monat nach dem Angriff, als Rory sich soweit erholt hatte, um sich zu Gesprächen mit seinen Männern zusammenzutun, an den Tisch, um einen vorsichtig formulierten Brief an ihren Onkel und einen weiteren an die Königin zu schreiben. Sie räumte ein paar Papiere weg und erblickte einen Brief, den Rory an diesem Morgen angefangen hatte zu schreiben. Der Name desjenigen, an den er gerichtet war, sprang ihr förmlich in die Augen: der Earl of Argyll. Sie las die Worte, die ihre schlimmsten Befürchtungen bestätigten: »Ich bin genesen … ich muss Euch sehen, damit wir über unser Bündnis sprechen können.«

Er hatte immer noch vor, Elizabeth Campbell zu heiraten. Dieses Wissen schmerzte, doch gab es ihr gleichzeitig die Gewissheit, dass sie das Richtige tat. Sie unterdrückte den Drang, den verletzenden Brief zu zerknüllen, legte ihn vorsichtig zur Seite und begann die Briefe zu schreiben, die ihr kostbare Zeit verschaffen würden.

Rory fühlte sich zwar immer noch fürchterlich schwach, nachdem er so viele Wochen ans Bett gefesselt gewesen war, doch er war ganz erpicht darauf, zumindest einen Teil seiner Aufgaben wieder selbst zu erledigen. Nicht nur das schier endlose Verhätscheln durch die Frauen machte ihn rastlos, sondern Rory hatte auch viel Zeit gehabt, über seinen Plan nachzudenken, während die Wunde langsam heilte. Er könnte die Lösung all seiner Probleme bedeuten. Einen Plan, der es ihm ermöglichte, Isabel zu heiraten und seine Pflicht seinem Clan gegenüber zu erfüllen. Doch auch wenn dieser Plan fehlschlug, würde er sie nicht gehen lassen können. Das wusste Rory. Es war an der Zeit, seine Männer über seine Entscheidung in Kenntnis zu setzen.

Ganz vorsichtig – damit sich seine Wunde nicht wieder öffnete – begab Rory sich zur Bibliothek; denn Isabel hatte ihm mit schwersten körperlichen Verletzungen gedroht, falls er es wagen sollte, den Feenturm zu verlassen. Doch er dachte nicht daran, eine Besprechung mit seinen Männern in seinem Schlafgemach abzuhalten. Alex, Douglas und Colin warteten bereits auf ihn. Rory war froh zu sehen, dass Colin sich von seinen Verletzungen, die ihm von den Mackenzies zugefügt worden waren, erholt hatte. Zwei andere von Rorys Männern hatten nicht so viel Glück gehabt; doch Rory wusste, das es noch viel schlimmer hätte kommen können. Colin war derjenige gewesen, der gemerkt hatte, dass eine Bande von Mackenzies seinen Chief durch den Wald verfolgte. Er hatte ihnen nachgesetzt, die Verfolger damit aufgehalten und so Rory, Alex und Isabel das Entkommen ermöglicht. Sobald die drei im Felsen verschwunden waren, hatten die Mackenzies die Flucht ergriffen, um weiteren Verwundungen zu entgehen.

Doch es waren nicht die Mackenzies, die Rory im Moment Sorge bereiteten, sondern die Frage, wie seine Männer wohl auf seinen Plan reagieren würden, den er ihnen gerade dargelegt hatte.

»Es ist ein guter Plan«, meinte Alex. »Aber glaubst du wirklich, dass der König einverstanden sein wird?«

»Es widerstrebt James, sich in die Landstreitigkeiten zwischen den Clans einzumischen«, erklärte Rory. »Doch mein Vorschlag, Trotternish den MacLeods als Teil von Isabels Mitgift zu überlassen, gibt James die Möglichkeit, die Angelegenheit zu regeln, ohne auf die materiell-rechtlichen Gesichtspunkte des Streites eingehen zu müssen.«

Alex nickte. »Etwas, was der König ohnehin nicht tun möchte, weil es ihm widerstrebt, zwischen dir und Sleat zu entscheiden. James wird den leichtesten Weg wählen, aus der Sache herauszukommen. Und eine Mitgift ist da perfekt.«

»Doch Sleat wird damit nicht einverstanden sein«, meinte Colin.

Rory zuckte mit den Achseln. »Das spielt keine Rolle, denn die Idee wird sich bereits in James' Kopf festgesetzt haben. Davon abgesehen war es Sleat, der als Erster mit dem Vorschlag kam, ich solle mit Isabel eine Ehe auf Probe eingehen. Über ihre Mitgift wurde nicht gesprochen, als wir uns darauf einigten. Aber bei einer Heirat würde man selbstverständlich eine Mitgift erwarten.«

»Argyll wird wütend sein, wenn du das Bündnis mit ihm brichst. Kannst du es dir leisten, ihn zu erzürnen? Er könnte in Zukunft vielleicht nicht mehr so bereitwillig für dich einstehen«, überlegte Colin.

»Ich werde eine Möglichkeit finden, ihn zu besänftigen.

Und die Unterstützung bei Hofe, die wir durch ihn verlieren, wird durch Isabels Freundschaft mit dem König und der Königin ausgeglichen.« Rory hatte Isabel während der Hochlandspiele beobachtet, bei denen sie die Rolle der Gastgeberin übernommen hatte, und dabei erkannt, dass es ein Vorteil bei Hofe sein würde, Isabel zur Gemahlin zu haben. Rory bedauerte nur, dies nicht schon früher bemerkt zu haben.

Douglas nickte zustimmend. »Colin, du vergisst, dass ich sie schon bei Hofe gesehen habe. Ich kann dir versichern, dass Isabel eine gute Beziehung zum königlichen Haushalt pflegt. Die Königin mochte sie von all ihren Hofdamen am liebsten, und auch der König hat sie sehr gern.«

»Dann ist das damit erledigt«, erklärte Rory. »Ich habe bereits einen Brief an den König aufgesetzt.« Er hielt inne. »Und an Argyll.«

Er schaute in die Runde, doch wenn seine Männer seine Handlung in Frage stellten, so verkündeten sie das zumindest nicht laut. Sein Blick fiel auf seinen Bruder. »Wenn du etwas zu sagen hast, Alex, dann tu das.«

Alex schüttelte den Kopf, doch Rory wusste, was er dachte. Ein Bündnis mit Argyll würde ihnen ihr Land mit Sicherheit zurückbringen. Und wenn Rorys Plan nicht klappte, würden die MacLeods Trotternish verlieren. Mit seiner Entscheidung, die Vereinbarung mit Argyll zu brechen, ehe er sich sicher war, wie der König entscheiden würde, hatte Rory seine Liebe zu Isabel über das Wohl des Clans gestellt.

Er würde einfach dafür sorgen müssen, dass sein Plan nicht fehlschlug. Im Moment musste er jedoch erst einmal in sein Bett zurück, wenn er nicht vor seinen Männern zusammenbrechen wollte. Dieser kurze Ausflug hatte ihn viel Kraft gekostet. Isabel hatte Recht gehabt, obwohl er das natürlich nicht zugeben würde. Sie flatterte ohnehin schon die ganze

Zeit um ihn herum, als könnte er jeden Moment verschwinden. Aber Rory verstand ihre Furcht. Und das war auch der Auslöser für diese Besprechung gewesen.

Er wusste, dass Isabel sich viele Gedanken machte, weil er ihr keine verbindliche Zusage für ihre gemeinsame Zukunft machen konnte. Doch sobald er die Sache mit Argyll geregelt und vom König gehört hatte, würde er in der Lage sein, die Sorgenfalten auf ihrer Stirn zu glätten. Schon bald.

Es war ein wunderschöner Junimorgen, so ein klarer, wolkenloser Tag, von denen man während des dunklen, deprimierenden Winters träumt. Rory stand neben dem Fenster im Schlafgemach und hatte gerade seine morgendliche Waschung beendet. Obwohl er jetzt schon seit ein paar Wochen nicht mehr das Bett hütete, würde er erst heute wieder das erste Mal nach seiner schweren Verletzung das Schwerttraining aufnehmen, und Isabel war nervös. Ein lautes Brüllen aus dem Hof ließ Isabel aufhorchen. Sie lächelte und freute sich über den Lärm, der überall dort zu hören war, wo Menschen ihrem Tagewerk fröhlich nachgingen, und der während Rorys langer Genesung so auffällig gefehlt hatte.

»Bist du dir sicher, dass du so weit bist, das Training wieder aufzunehmen, Rory? Es ist keine zwei Monate her, dass du verwundet worden bist«, meinte Isabel, die nicht in der Lage war, die Sorge zu verbergen, die in ihrer Stimme mitschwang.

Rory lachte und erwiderte spöttisch: »Du weißt, dass ich einen gesunden Respekt vor Alex habe – er hat doch tatsächlich die ständige Aufmerksamkeit von drei Frauen über sich ergehen lassen. Ich schätze mich über die Maßen glücklich, dass Bessie sich um die Kinder von Robert gekümmert hat, denn sonst hätten nicht nur du und Margaret mich ständig bemuttert, sondern sie auch noch. Wenn ich mich noch länger in diesem Bergfried festhalten lasse, kann ich am Ende nicht einmal mehr selber einen Kilt anlegen.«

»Undankbarer Schuft!« Sie stützte die Hände in die Hüften, widerstand aber dem Impuls, mit dem Fuß aufzustampfen. »Margaret und ich haben dir viel mehr Freiheiten gelassen, als wir für richtig hielten, weil wir wussten, dass du dich gegen alles wehren würdest, was gut für dich ist. Du bist ein ganz schrecklicher Patient, Rory MacLeod. Muss ich dich etwa an den zweiten Fieberanfall erinnern, den du erlitten hast, weil du letzten Monat zu früh aufgestanden warst? Davon abgesehen sollten Margaret und ich uns eigentlich beschweren, dass wir uns den ganzen Tag so ein schlecht gelauntes Gesicht ansehen müssen.«

Rory grinste breit ob der gespielten Beleidigung.

Ihr stockte wie immer der Atem, wenn sie ihn lächeln sah. Ein Lächeln, auf das man bei ihm jetzt nicht mehr lange zu warten brauchte. Es fiel schwer zu glauben, dass er vor gar nicht so langer Zeit genauso mürrisch wie Margarets Wikinger gewesen war. Isabel runzelte die Stirn. Irgendetwas machte Margaret in letzter Zeit Sorgen. Isabel hatte angenommen, dass es mit ihrem Bruder zusammenhinge, weil er so kurz vor dem Tode gestanden hatte. Aber jetzt war sie sich da nicht mehr so sicher.

Rory sah fast wieder wie er selber aus, aber war er wirklich so weit, seine Pflichten wieder aufzunehmen? Sie musste zugeben, dass er besser aussah als seit Wochen, doch seine lange Bettlägerigkeit war ihm immer noch anzumerken. Er hatte viel Gewicht verloren. Allein durch seine Größe war er ein imposanter Mann, doch durch den Gewichtsverlust war er hager geworden, und die hungrige Wildheit, die er dadurch ausstrahlte, sprach Isabel in gewisser Weise an und beeindruckte sie. Er war immer noch sehr muskulös, aber nun traten die Muskeln deutlicher hervor, weil er dünner geworden war. Er hatte ihnen erlaubt, ihm das Haar zu schneiden und seinen Bart zu rasieren, obwohl er auch anders nie ungepflegt wirkte. Er war nicht mehr so gebräunt wie früher, aber das würde sich schnell ändern, wenn er seine normalen Aktivitäten wieder aufnahm.

Die Wunde in seinem Bauch war dank der Salben, die Deidre aufgetragen hatte, gut verheilt, doch es war eine lange Narbe zurückgeblieben, wo der Pfeil ein tiefes Loch in seine Haut gerissen hatte. Sie machte sich jetzt Sorgen, dass die Wunde erneut aufreißen könnte, wenn er das Kampftraining wieder aufnahm.

Rory erkannte ihre Sorge und beschwichtigte sie mit ernster Stimme: »Es geht mir gut. Mach dir keine Sorgen. Ich weiß genau, wie nahe ich dem Tod gewesen bin. Das Risiko eines neuerlichen Rückfalls gehe ich nicht ein. Aber wenn du dich an die letzte Nacht erinnerst – da hast du dir auch nicht die Frage gestellt, ob ich wieder vollständig genesen bin.«

Sie wurde ganz rot, als er sie an das leidenschaftliche Liebesspiel der vergangenen Nacht erinnerte – es war das erste Mal nach dem Überfall, dass sie wieder das Bett geteilt hatten. »Du Unhold. Aber das ist ja wohl mal wieder typisch Mann, seinen Gesundheitszustand an seinem Leistungsvermögen im Bett zu messen. Na denn, nimm deine Schwertübungen wieder auf, aber wenn du nicht in ein paar Stunden zurück bist, werde ich dich von Bessie holen lassen.«

»Wie kann ich mich bei solch einer Drohung weigern?« Immer noch lächelnd zog er sie in seine Arme und drückte ihr einen fordernden Kuss auf die Lippen. Ihr schwanden fast die Sinne durch seinen berauschenden Kuss, und sie spürte, wie das Verlangen in ihren Körper strömte. Wie sie das Gefühl seiner Lippen auf ihren liebte. Diese eine letzte Nacht hatte das mächtige Feuer der Leidenschaft, das zwischen ihnen loderte und durch wochenlange Abstinenz noch geschürt worden war, nicht zum Verlöschen bringen können. Das Blut begann in ihren Ohren zu rauschen, und Wärme breitete sich in ihrem Körper aus, als seine Zunge in ihren Mund eintauchte.

Er wollte sie nicht verführen, nicht necken, sondern sein Mund strich nur drängend über ihren und versengte ihn mit seiner Hitze. Er wusste, was er wollte, und sie auch. Und ihre gemeinsame Absicht wurde um so deutlicher, als ihre Körper sich in wundervoller Harmonie aneinander bewegten. Ihr weicher Körper schmiegte sich willig und fest gegen sein steifes Glied. Sie spürte, wie er seine Lenden gegen ihre Hüften presste. Seine Zunge tauchte tiefer in ihren Mund ein und seine Hand bewegte sich auf ihr Mieder zu.

»Rory, kommst du jetzt oder nicht?«, rief Alex von unten.

Rory nahm den Mund von ihrem und der Nebel der Leidenschaft hob sich, sodass die Vernunft zurückkehrte. Ihre Atemzüge wurden langsamer. Als sie wieder so klar denken konnten, dass ihnen Alex' Wortwahl auffiel, brachen beide in Gelächter aus. Rory hob fragend eine Augenbraue.

Isabel schüttelte den Kopf – nein.

Sie hatte etwas sehr Wichtiges zu erledigen. Je schneller sie es hinter sich gebracht hatte, desto besser.

»Später. Heute Nacht bringen wir zu Ende, was wir jetzt begonnen haben, Rory. Die Löwen sind hungrig. Auf, auf – ehe sie anfangen, Jagd auf dich zu machen«, schalt sie ihn.

Zögernd ließ er sie los. »Ich glaube, ich muss mal ein Wörtchen mit Alex reden, was Unterbrechungen betrifft.« Er küsste sie sanft zum Abschied auf die Stirn und hatte es jetzt doch eilig, zu seinen Kämpfern nach unten zu kommen.

Isabel sah ihm hinterher und bewunderte seine stolzen, kraftvollen Bewegungen. Er sah ganz und gar wie ein beeindruckender Highlandkrieger aus – erstaunlich für einen

Mann, der keine zwei Monate zuvor dem Tod so gefährlich nahe gewesen war. Sie wurde von einer unerklärlichen Seligkeit erfasst. Die Liebe eines solchen Mannes zu besitzen war Ehrfurcht gebietend. Sie musste alles tun, um diese Liebe zu erhalten.

Isabel setzte sich auf die Bettkante und legte eine Hand auf den Bauch, während sie die aufsteigende Übelkeit zu unterdrücken versuchte. Seit ein oder zwei Wochen hatte Isabel immer wieder mit Übelkeitsanfällen zu kämpfen gehabt, die bestimmt auf all die Aufregungen zurückzuführen waren, die sie in letzter Zeit hatte.

Sie hatte auf eine Gelegenheit gewartet, um sich das Banner näher anzusehen. Sleat hatte sie davor gewarnt, ihn nicht zu hintergehen, und sie wusste, dass er ihr bald seine Anweisungen schicken würde. Sie musste vorbereitet sein. Sie musste sicher sein, dass Bessies Tuch einer eingehenderen Betrachtung durch jemanden standhielt, der das Banner kannte.

Aufgeregtes Brüllen dröhnte aus dem Hof nach oben, als Rory zu seinen Männern trat. Sie holte tief Luft. Der Moment war gekommen. Isabel zitterte vor Nervosität. *Bring es einfach hinter dich.* Verstohlen schlich sie zur Tür, blieb stehen und lauschte, ob auch wirklich niemand in der Nähe war. Als sie nichts hörte, öffnete sie die Tür und spähte in den Flur. Alles leer.

Langsam ging sie zum Bett zurück, griff dahinter und tastete nach dem Knauf in der Schnitzerei, den Rory Alex beschrieben hatte. Sie fand ihn sofort, drehte ihn und griff unter das Bett in das geöffnete Fach. Die Metallkiste war schwerer, als sie erwartet hatte, und sie brauchte etwas, um sie aus ihrem Fach zu ziehen. Mit beiden Händen hob sie sie aufs Bett und drückte auf das MacLeod-Wappen. Das Schloss öffnete sich mit einem leisen Klicken, und sie hob den Deckel an.

Staub und ein muffiger Geruch stiegen aus der Kiste auf.

Sie rieb sich die Nase, um nicht plötzlich loszuniesen. Das berühmte Feenbanner der MacLeods lag ordentlich zusammengefaltet vor ihr in der Kiste. Ehrfürchtig nahm sie es heraus und ließ den Stoff auf das Bett gleiten. Nun, zumindest wurde sie nicht von einem Blitzschlag getroffen. Das war ja schon einmal etwas. Sie hatte das Banner berührt und war immer noch am Leben.

Und nun zu Bessies Tuch. Glücklicherweise hatte Bessie es ihr ohne Fragen zu stellen gegeben und nur die Augenbrauen hochgezogen. Jetzt holte sie es aus ihrer Truhe und hielt es beim Fenster dicht neben das Banner, um die beiden Stoffe miteinander zu vergleichen. Ein plötzlich aufkommender Luftzug erfasste den dünnen Seidenstoff und blähte ihn wie ein Segel. Wirklich erstaunlich. Es war genau, wie sie es sich gedacht hatte. Bessies Tuch hätte glatt aus dem gleichen Stoff zugeschnitten worden sein können, außer dass es nicht ganz so fadenscheinig war. Die Farben waren zwar etwas dunkler, doch das rot-gelbe Muster des Tuches stimmte mit dem Banner überein. Sogar jemand, der das Banner schon gesehen hatte, würde sich von dem Tuch täuschen lassen. Nur wenn man die beiden Stoffe nebeneinander hielt, konnte man den Unterschied erkennen.

Es konnte klappen!

Vorsichtig legte sie das Banner zurück und stellte die Kiste schnell wieder in ihr Versteck. Sie nahm Bessies Tuch vom Bett, drehte sich um und legte es in ihre Truhe. Sie hatte gerade den Deckel geschlossen, als sie hinter sich eine Stimme hörte.

»Was machst du da?«

Ihr Herz sackte wie ein Stein nach unten, als die fürchterlich vertraute Stimme ertönte. Wie lange stand er schon da? Sie schaute über die Schulter nach hinten.

Lange genug.

22

Alle sterblichen Menschen, wer ihre Wohnung berühret.
Welcher mit törichtem Herzen hinanfährt, und der Sirenen
Stimme lauscht, dem wird zu Hause nimmer die Gattin
Und unmündige Kinder mit freudigem Gruße begegnen;
Denn es bezaubert ihn der helle Gesang der Sirenen, …

Die Odyssee, 12. Gesang, Vers 41

Rory stand schweigend auf der Türschwelle und beobachtete Isabel dabei, wie sie den kostbaren Talisman der MacLeods in ihre Truhe legte. Einen Moment lang hatte er das Gefühl, irgendwie neben sich zu stehen, während er versuchte zu begreifen, was er da sah.

»R-r-rory«, stammelte sie. »Du bist aber schnell zurück. Ich dachte, du trainierst.« Sie lief zu ihm, schmiegte ihren weichen Körper an seine Brust und schlang die Arme um seinen Nacken. Doch er bemerkte es kaum. »Ist irgendetwas passiert? Geht es dir gut?«, fragte sie, und die Sorge in ihrer Stimme klang für ihn wie bitterer Hohn.

Der Schock ließ ihn eine geistlose Antwort von sich geben. »Ich dachte, ich hätte etwas im Fenster gesehen.« Seine Stimme klang tonlos. *Ich kann es nicht fassen.*

Das Banner. Isabel hatte das Feenbanner. Aber wie …?

Die Erkenntnis traf ihn wie ein Schlag. Er sah sie an und wollte es nicht glauben. Mit großen Augen sah sie ihn mit ihrem vollkommenen Antlitz flehentlich an. Die weichen Lippen, die er erst vor kurzem so zärtlich geküsst hatte, zitterten jetzt. Die Sehnsucht war fast unerträglich. Er hasste sich für seine Schwäche. Wie konnte etwas so Unschuldiges und Schönes so viel Heimtücke verbergen.

Verrat.

Rory zwang sich dazu, sich nicht abzuwenden, obwohl es schon wehtat, sie nur anzuschauen. Der Schmerz in seiner Brust war mit nichts vergleichbar, was er früher erlebt hatte. Er schien durch seinen ganzen Körper zu zucken und riss eine klaffende Wunde. Er wäre lieber von tausend Pfeilen getroffen worden, ehe er sich diesem unerträglichen Schmerz aussetzte, den Isabels Verrat in ihm auslöste.

»Du Miststück«, knurrte er. Er stieß sie von sich. »Wie konntest du nur?«

Sie taumelte, ohne jedoch zu fallen. »Rory, du verstehst das falsch. Ich kann es erklären. Es ist nicht so, wie es aussieht.«

»Ich bin mir sicher, dass es genauso ist, wie es aussieht«, fuhr er sie an. Es gab nur eine Erklärung. »Du hast spioniert, als ich Alex sagte, wo das Banner versteckt ist.« Sein durchdringender Blick fiel auf ihr schuldbewusstes Gesicht und forderte sie heraus, ihm zu widersprechen. Doch sie konnte nicht.

Sein früheres Misstrauen kam ihm wieder in den Sinn und wurde jetzt nicht mehr von Gefühlen getrübt. Plötzlich gab es für alles eine logische Erklärung, und ihm wurde die schreckliche Bedeutung all dessen klar. Sleats bereitwilliges Eingehen auf eine Ehe auf Probe, Isabels Suche im Küchentrakt, die verführerische, manchmal schon unzüchtige Kleidung und ihre Bereitwilligkeit, das Bett mit ihm zu teilen, auch wenn sie wusste, dass es keine gemeinsame Zukunft gab. Für all das gab es nur eine einzige logische Schlussfolgerung. Isabel war mit ihrem Onkel im Bunde. Sie war unter Vorspiegelung falscher Tatsachen nach Dunvegan gekommen.

Wieder zuckte der Schmerz durch seine Brust.

Sie hatte ihn nie geliebt.

Sie hatte ihn in einen Liebestaumel versetzt, ihn mit ihrer Schönheit verzaubert und ihn auf Abwege gebracht, die er nie hatte beschreiten wollen. Er hatte sich in den Feind verliebt und zugelassen, dass sein Urteilsvermögen von Schönheit, Lust und Liebe vernebelt wurde. Und am schlimmsten war, dass er ihretwegen das Bündnis mit Argyll gebrochen hatte. Er hatte sich wegen einer Frau über seine Verpflichtungen seinem Clan gegenüber hinweggesetzt. Und diese Verfehlung würde er ihr nie vergeben. Sie hatte ihn zum Narren gehalten.

Zorn wallte in ihm auf. Das anfängliche Gefühlswirrwarr gab jetzt den Weg zu rasender Wut frei. Er ballte die Hände zu Fäusten, während er spürte, wie sich in ihm alles verkrampfte und drohte in einem gewalttätigen Mahlstrom zu entladen. Die Heftigkeit seiner Empfindungen erschütterte ihn bis ins tiefste Innere seiner Seele. Er stand wie erstarrt da und wagte nicht sich zu bewegen. Einen Moment lang spürte er den Wunsch in sich, sie für das, was sie ihm angetan hatte, umzubringen. Was sie ihm und sich selbst angetan hatte.

»Verdammt seist du. Ich habe dir vertraut.« Er packte ihre Arme, als sein Zorn wie ein Unwetter losbrach.

Sie riss die Augen auf. »Rory, bitte …«

Eine Ader an seinem Hals pochte, und jeder Muskel in seinem Körper war angespannt. »Du bist mit deinem Onkel im Bunde. Du bist unter Vorspiegelung falscher Tatsachen nach Dunvegan gekommen und plantest, das Banner zu stehlen. Und durch die Ehe auf Probe hättest du am Ende wieder gehen können.«

»Ja, aber …«

Die Bestätigung legte sich wie ein Schraubstock um seinen

Brustkorb. In seinem Innern erstarb etwas. Genauso gut hätte sie ihm einen Dolch in den Rücken stoßen können, während er schlief. Die Wirkung wäre die Gleiche gewesen. Er hatte das Gefühl, als hätte jemand seinen Brustkorb geöffnet, sein Herz herausgerissen und es so lange verdreht, bis nichts mehr davon übrig war. Bis da nur noch diese kalte, schmerzende Leere war, wo früher etwas Wunderschönes seinen Platz gehabt hatte.

Er ließ sie nicht ausreden. »Du hast mich und meine Familie ausspioniert, um an uns Verrat zu begehen. Du hast dich selbst zur Hure gemacht und dich in mein Leben gedrängt. Ich versichere dir – weitere Erklärungen sind nicht vonnöten.«

Seine groben Worte ließen sie zurückzucken. Aber das war ihm egal. Er hasste sie. »Nein, Rory, du verstehst alles falsch. Ich mag vielleicht unter Vorspiegelung falscher Tatsachen hergekommen sein, aber sobald ich begann, dich und deine Familie zu lieben, wusste ich, dass ich das, was mein Onkel geplant hatte, nicht würde durchführen können …«

»Es reicht!«, brüllte er. Die Erwähnung von Sleat hatte den letzten Rest von Selbstbeherrschung aufgebraucht, mit der er seinen Zorn noch im Zaum gehalten hatte. Er dachte daran, wie vollständig er auf ihre Lügen hereingefallen war. Aber jetzt würde er sich nicht mehr zum Narren halten lassen. »Ich lehne es ab, mir noch mehr Lügen von dir anzuhören. Betrachte es als dein Glück, dass ich dich nicht wie die Hure ankleiden lasse, die du so überzeugend gespielt hast, und dich entsprechend zurückschicke. Dein Onkel würde den Witz an der Geschichte vielleicht erkennen.« Er sah sie mit all der Verachtung an, die ihn nun erfüllte. »Pack deine Sachen und geh, ehe ich dich dorthin verfrachte, wo du hingehörst – weißt du, was wir auf Dunvegan mit Spionen machen?«

Das konnte alles nicht wahr sein. Gütiger Himmel, was hatte sie getan?

Die Panik, die in ihr aufstieg, war so greifbar, dass sie sie fast zu schmecken meinte. Ihre Zunge lag wie ein Klumpen in ihrem Mund und erstickte sie fast. Doch nicht seine Drohung, sie in diesen feuchtkalten Kerker zu werfen, bereitete ihr Angst. Nein, Rory war es, der sie mit Entsetzen erfüllte. Der Gedanke, dass er ihr vielleicht nicht zuhören würde, ängstigte sie mehr, als sie je für möglich gehalten hätte.

Er konnte sie nicht wegschicken. Das musste sie ihm begreiflich machen.

Tränen strömten über ihr Gesicht, als sie seinen Ärmel packte und versuchte, ihn dazu zu zwingen, ihr zuzuhören. »Rory, bitte, ich würde meinem Onkel nie die Mittel an die Hand geben, dich und deine Familie zu vernichten. Ich wollte ihn hereinlegen. Schau doch.« Sie drehte sich um, raste zu ihrer Truhe und holte Bessies Tuch heraus. »Schau doch, das ist nicht das Banner. Dieses Tuch wollte ich ihm anstelle des Banners schicken.«

Rory musterte das Tuch und schien zu erkennen, dass es tatsächlich nicht das Banner war. »Das spielt keine Rolle. Du hast mich ausspioniert. Woher soll ich wissen, dass du nicht vorhattest, es gegen das echte Feenbanner auszutauschen?«

»Es war ein Zufall. Ich wollte dich nicht ausspionieren. Ich hörte Geräusche …« Sie hob das Kinn und sah ihm in die Augen. »Und was das andere betrifft – da musst du mir vertrauen. Ich liebe dich. Ich würde dich nie betrügen.«

»Vertrauen!« Er spie das Wort förmlich aus. »Nie. Ich bin endlich taub für deinen Sirenengesang. Genau wie Odysseus' Männer, deren Ohren mit Wachs verklebt worden waren. Du wirst Dunvegan sofort verlassen. Ich will dich nie wiedersehen.«

Seine Stimme schnitt ihr wie ein Eissplitter ins Herz und ließ sie erstarren. Dies war der Mann, vor dem sie Angst gehabt hatte, sollte er je die Wahrheit herausfinden – dieser gefühllose Fremde, der sie mit kalten Augen ansah. Er stand so dicht vor ihr, dass sie die goldenen Spitzen seiner Wimpern sehen konnte, den Anflug von Bartwuchs, der bereits wieder auf seinem Kinn zu sehen war, und das leichte, wütende Flattern seiner Nasenflügel, während er sprach. Vor einer Stunde noch hatte sie das Recht gehabt, ihn zu berühren. Die Hand an seine Wange zu legen und sich ihm zu einem Kuss entgegenzustrecken. Doch das war vorbei. Er war so nah und doch völlig unerreichbar.

Sie schaute in sein unerbittliches Gesicht auf. Seine Augen waren eiskalt, sein Mund ein schmaler Strich und das Kinn entschlossen vorgeschoben. »Du musst mir glauben, dass ich es dir sagen wollte, sobald ich mir sicher war, dass du die Ehe auf Probe nicht aufkündigen würdest. Ich wollte es dir schon in der Nacht, als du verwundet worden warst, sagen, aber ich hatte Angst. Ich hatte Angst, dass du mir nicht vergeben würdest.«

»Du hattest Recht«, erwiderte er mit versteinertem Gesicht. Sein Blick war völlig regungslos.

»Du behauptest, mich zu lieben, Rory, und dann willst du dir noch nicht einmal meine Erklärung anhören?«

Er stieß ein hartes Lachen aus. »Du hast doch bestimmt erkannt, dass ich dich damit angelogen habe, Isabel. Du tatest mir leid. Es tat mir leid, dass du von deiner Familie so offensichtlich vernachlässigt worden bist. Ich war dir dankbar dafür, was du für Margaret getan hast, und du wirktest so schrecklich bedürftig. Erinnere dich daran – als ich die Worte sprach, dachte ich, ich würde sterben.«

Ihr Kopf flog nach hinten, als wenn er sie geschlagen hätte. Es konnte nicht wahr sein. Er musste sie lieben. Es konnte nicht nur Mitleid gewesen sein. Oder doch? Sie spürte den stechenden Schmerz der Wahrheit. Er wusste seine Waffe zu führen und wusste ganz genau, wie er sie verletzen konnte. Trotzdem wusste sie, dass da irgendetwas zwischen ihnen war.

»Leugne ruhig, dass du mich liebst, aber nach dem Glück und der Freude, die wir die letzten paar Monate miteinander geteilt haben, weiß ich, dass ich dir etwas bedeute.«

»Das, was wir geteilt haben, war Lust, Isabel. Verwechsle das nicht mit Gefühl oder irgendwelchen tiefen Empfindungen.« Dreist ließ er seinen Blick über ihren Körper wandern, als würde er ein Pferd auf einem Viehmarkt mustern. »Du bist eine außergewöhnlich schöne Frau mit einem unleugbar verführerischen Körper. Es ist wohl kein Zufall, dass Sleat dich als meine Braut wählte.« Sein Blick flackerte, als sie wie zur Bestätigung rot wurde. »Er hat gut gewählt. Von Anfang an wollte ich mit dir ins Bett, wie ich mit jeder schönen Frau ins Bett will. Aber Schönheit nutzt sich ab, und ich hatte schon begonnen, unseres vorübergehenden Arrangements müde zu werden. Dein Verrat hat das Unausweichliche nur beschleunigt.«

Eine schöne Hülle. Dafür hielt er sie. Mehr sah er in ihr nicht.

Vielleicht war da ja auch gar nicht mehr.

Wie betäubt von der Heftigkeit seiner Zurückweisung spürte sie, wie seine Worte die traumhafte Glückseligkeit vertrieben und ihr Herz schrumpfen ließen, bis da nur noch eine abgrundtiefe Leere war. Aber in ihr war etwas, das nicht sterben wollte – nicht aufgeben wollte.

»Bitte, gib mir doch die Gelegenheit zu erklären! Ich habe nur zugestimmt, meinem Onkel zu helfen, weil er sonst meinem Vater im Kampf gegen die Mackenzies nicht beigestanden hätte.« Ihre Stimme hatte einen verzweifelten Tonfall angenommen, mit dem sie auf die Endgültigkeit seiner Worte reagierte. Flehend griff sie nach seinem Arm.

Er schüttelte ihre Hand ab und sah mit offensichtlicher Verachtung auf sie herab. »Ich finde, es gab genug Zeit, es zu erklären. Diese Zeit ist jetzt um. Ich habe dich gewarnt, mich nie zu hintergehen. Es gibt nichts mehr zu besprechen. Du hast mich ausspioniert. Du hast mich und du hast meine Familie getäuscht.« Er hielt kurz inne, um ihren Blick zu suchen, damit es keine weiteren Missverständnisse gab. »Für mich bist du gestorben.«

Und tief im Innern ihres gebrochenen Herzens glaubte sie ihm schließlich. Der Ausdruck in seinen Augen ließ keinen Zweifel mehr zu. Er war Schotte. Weder vergaßen noch vergaben sie Verrat.

Mittlerweile war ihr alles egal, auch ihren Stolz hatte sie vergessen und sie wollte nur noch vor ihm in die Knie gehen und ihn anflehen, ihr zuzuhören, sie zu verstehen. Wie gelähmt beobachtete sie, wie ihr ihre Zukunft entglitt, ihr leidenschaftliches Flehen war so wirksam wie der Versuch, einen Stein zum Schmelzen zu bringen. Niemals zuvor hatte sie etwas so sehr gewollt wie in diesem Moment. *Bitte, fordere mich nicht auf zu gehen, bitte, sag etwas, nur ein Wort*, schrie ihr Herz.

»Diese Ehe auf Probe ist beendet.«

Nein, nicht das! Und schon war es vorbei. So vollständig, als wäre da nie etwas gewesen. Das Einzige, was blieb, war ein Brennen in der Brust, dort, wo ihr Herz noch vor ein paar Stunden vor Freude geglüht hatte.

Wie erstarrt vor Entsetzen sah sie, wie er auf dem Absatz kehrtmachte und mit geradem Rücken und entschlossenem Schritt das Zimmer verließ. Die Tür krachte hinter ihm zu und unterstrich noch einmal seine Worte. Sie sank völlig verstört von dem brennenden Hass, den er auszustrahlen schien und der alles versengte, was ihm in den Weg kam, neben Bessies Tuch zu Boden.

Sie vergrub das Gesicht in den Händen, fuhr sich mit den Fingern ins Haar und umfasste ungläubig ihren Kopf. Wie hatte es dazu kommen können? Isabel spürte, wie ihre Seele genauso endgültig aus ihrem Körper gerissen wurde, wie er sie aus seinem Leben verbannt hatte. Alle Hoffnungen und Träume auf eine schöne Zukunft waren dahin. Um sie herum wurde alles schwarz.

»Meine arme Kleine«, sagte Bessie traurig, als Isabel es endlich unter Tränen geschafft hatte, stockend zu erzählen, was passiert war.

Doch es gab keine magischen Worte der Weisheit, mit denen Bessie das schreckliche Durcheinander hätte ungeschehen machen können, das Isabel angerichtet hatte.

Bessie nahm Isabels Kinn in die Hand, hob ihren Kopf an und wischte ihr die Tränen von den Wangen. »Ich weiß, dass du es bestimmt nicht hören willst, Isabel, aber ich glaube, es wäre am besten, wenn du, wie von Rory befohlen, gehst. Er ist jetzt wütend, und man weiß nicht, was er vielleicht tun wird. Den Stolz eines Schotten zu verletzen ist eine schwerwiegende Sache, und indem du sein Vertrauen missbraucht hast, ist nicht nur sein Herz zu Bruch gegangen, sondern auch seine Ehre vor seinen Männern beschädigt worden. Die Zeit wird dein größter Verbündeter sein. Du brauchst Zeit, um dir eine Möglichkeit zu überlegen, wie du ihn dazu bringen kannst zu verstehen – und er braucht Zeit, um zu vergessen, wie verletzt er sich jetzt fühlt.«

Isabel wusste, dass sie Recht hatte, aber wie sollte sie es

über sich bringen zu gehen? Alle, die sie liebte, lebten hier. Sogar Bessie.

Als ob sie wüsste, was Isabel dachte, bot Bessie an: »Ich könnte mitkommen, Isabel. Robert würde es verstehen.«

Isabel ergriff ihre Hände und küsste sie auf die Wangen – so gerührt war sie von der Selbstlosigkeit ihrer geliebten Gefährtin. »Liebste Bessie. Du lebst jetzt auf Dunvegan. Ich würde dich nie darum bitten mitzukommen. Es war meine Entscheidung. Ich wusste, welches Risiko ich einging, als ich dem Plan meines Onkels zustimmte. Ich hätte mir nur nie träumen lassen, dass ich so viel verlieren könnte.«

In den zärtlich liebevollen Armen ihres Kindermädchens gab sich Isabel ihrem Kummer hin. Sie weinte so heftig, wie nur diejenigen es tun, die innig geliebt haben – und diese Liebe verloren haben. Sie weinte, bis sie keine Tränen mehr hatte. Und plötzlich war sie auch nicht mehr in der Lage, die Übelkeit zu unterdrücken, und vor Bessies besorgten Augen übergab sie sich.

Die Zeit verging zu schnell. Sie stand am Fenster und beobachtete die dunklen Wolken, die sich am Himmel zusammenzogen. Sie beobachtete, wie sich die orangefarbene Sonne langsam dem westlichen Horizont näherte. Es war fast dunkel. Sie wusste, dass sie eigentlich ihre Sachen packen sollte, doch stattdessen blieb Isabel regungslos am Fenster stehen. Und wartete.

Sie nahm am Rande wahr, wie Bessie begann, ihre Sachen zusammenzupacken. Sie hob die verstreut herumliegenden Kleidungsstücke auf und trennte die Sachen, die sie sofort mitnehmen würde, von denen, die sie erst einmal in die Truhe legte, um sie ihr später nachzuschicken. Doch Isabel sah weiter aus dem Fenster und wartete, während die langsam untergehende Sonne ihre letzten Momente des Glücks auslöschte.

Sie befand sich in den tiefen Abgründen ihrer zerbrochenen Liebe, sodass es einen Moment dauerte, bis sie das Klopfen an der Tür wahrnahm. *Nein, noch nicht*. Das Schluchzen, das ihren Körper erschütterte, vermochte die Verzweiflung und die Qual, die sie litt, nicht zu vertreiben, als Bessie sich erhob, um die Tür zu öffnen.

Es war kein schrecklicher Alptraum, aus dem sie irgendwann erwachen würde. Ein schweigender, grimmig schauender Colin stand vor ihr, um sie aus ihrem – jetzt nur noch seinem – Gemach zu begleiten. Sie schaute sich noch ein letztes Mal im Raum um, dann ging sie auf die Tür zu. Sie kam am Bett vorbei, das immer noch von der vergangenen leidenschaftlichen Nacht ganz zerwühlt war. Sengender Schmerz zuckte durch ihren Leib. Überall, wo sie hinschaute, gab es schmerzliche Erinnerungen – sie schloss die Augen, um nichts mehr zu sehen. Still nahm sie ihre Habseligkeiten, die Bessie für ihre überstürzte Abreise gepackt hatte, und verließ den Raum, ohne es zu wagen, noch einmal zurückzuschauen.

Der Wikinger wich ihrem Blick aus, als er sie die geschwungene Treppe nach unten, über den Hof und die rutschige Treppe in die Bucht zum wartenden Boot führte. Angstvoll schaute sie sich um. Innerlich flehte sie um einen Aufschub. Flehte darum, zumindest Abschied nehmen zu können. Doch Rory war nirgends zu sehen. Und entweder hatte er es ihnen nicht gesagt, oder sie hatten es vorgezogen, nicht zu kommen, doch auch Alex und Margaret waren nicht da, um sich von ihr zu verabschieden. Sie senkte den Kopf und zwang sich dazu, nicht zu weinen.

Sie spürte Bessies tröstende Hand auf ihrem Arm.

»Ich bin mir sicher, dass sie gekommen wären, hätten sie gewusst, dass du gehst.«

Es war wirklich unheimlich, wie Bessie immer zu ahnen

schien, was sie gerade dachte. Isabel gelang ein etwas zittriges Lächeln. »Da bin ich mir nicht so sicher. Bitte, sag ihnen …«, hub sie an, um jedoch gleich von Bessie unterbrochen zu werden.

»Du wirst es ihnen selbst sagen, wenn du zurückkommst«, erklärte Bessie mit fester Stimme.

Isabel wusste, dass Bessie versuchte, ihr Leid zu lindern, indem sie so tat, als ob sie eines Tages zurückkehrte. Aber beide wussten, dass dieser Tag wohl nie kommen würde. Rory würde ihr nie verzeihen, was sie getan hatte. Er hatte ihr etwas Heiliges gegeben – sein Vertrauen –, und sie hatte ihn hintergangen.

Wieder musste sie gewaltsam die Tränen zurückdrängen, als Bessies starke Arme sie fest an sich zogen. Zu fest. Sodass klar war, dass sich auch Bessie im Gegensatz zu dem, was sie gesagt hatte, Sorgen machte, dass sie einander wohl länger nicht mehr sehen würden – wenn es denn je wieder dazu kommen sollte.

Colin räusperte sich und zeigte damit an, dass der Moment des Abschieds vorüber war.

»Liebste Bessie, sei glücklich. Robert und seine Töchter brauchen dich. Mach dir meinetwegen keine Sorgen. Ich bin stark.« Nach einem letzten Kuss auf die weiche Wange der Gefährtin ihrer Kindheit drehte sie sich um und stieg in das wartende *birlinn*.

Hohe, dünne Nebelschwaden zogen über das vollkommene Rund des schillernden Mondes, als das *birlinn* von der Festung ablegte. Sie winkte der schnell kleiner werdenden Gestalt von Bessie zu, die einsam am Fuß der Treppe zur Bucht stand.

Das eintönige Geräusch der Ruder, die gleichmäßig ins Wasser tauchten, erfüllte die Stille im Boot. Keiner sprach ein Wort. Männer, die gestern noch ohne weiteres mit ihr gelacht hatten, behandelten sie jetzt wie eine Aussätzige. In einem *birlinn* voller MacLeods fühlte sie sich mutterseelenallein. Isabel saß zusammengekauert im Boot, und um sich vor neugierigen Blicken zu schützen, hatte sie die Kapuze ihres Umhangs tief ins vom Weinen aufgedunsene Gesicht gezogen.

Der Kreis hatte sich geschlossen – das Schicksal gewonnen. Als Feinde hatten sie sich kennen gelernt, als Feinde hatten sie sich getrennt.

Ein letztes Mal hob sie ihre rot geränderten Augen zu den grauen Mauern auf, die langsam im Nebel verschwanden, während sie verzweifelt mit von Tränen verschleiertem Blick versuchte, sich die trutzige Burg einzuprägen, die sie lieben gelernt hatte. Aufs Neue überkam sie tiefe Gram, als ihr Blick zum obersten Stockwerk des Feenturmes schweifte, zu jenem vertrauten Fenster, an dem sie gestern noch gestanden und glücklich nach draußen geschaut hatte.

Als hätte jemand die Richtung bemerkt, in die ihr Blick geschweift war, trat ein Schatten vom Fenster zurück. Einen Moment lang stockte ihr der Atem. Ihr Herz begann vor Hoffnung zu rasen. *Bitte, gib mir ein Zeichen, irgendein Zeichen.* Sie blinzelte nicht einmal, aus Angst, ihr könnte etwas entgehen. Sie ließ das Fenster des Feenturmes nicht mehr aus den Augen und hoffte inbrünstig mit jeder Faser ihres Körpers auf ein Zeichen, dass ihr vergeben sei. Sie griff nach dem seidenen Faden, der sie miteinander verbunden hatte, sie griff nach irgendetwas, an dem sie sich festhalten konnte. Sie schaute so lange, bis der Turm zu einem gespenstischen Grau verschwamm und vom Nebel verschluckt wurde. Das Band riss.

Der Traum war vorbei.

Ihr Herz war in zwei Teile gebrochen – ein Teil von ihr war für immer fort. Es war in einer alten geliebten Festung geblieben, um dort zu verdorren.

23

Das Geräusch einer sich öffnenden Tür brach den Frieden dumpfer Einsamkeit. Rory wusste, dass er froh sein musste, ihnen so lange hatte ausweichen zu können. Isabel war jetzt seit fast einem Tag fort. Margaret und Alex hatten in Anbetracht der Umstände eine bemerkenswerte Nachsicht aufgebracht, doch auch ihre Geduld war allmählich zu Ende, und sie hatten ihn in der Bibliothek aufgespürt. Er wollte nicht darüber sprechen, aber er hatte Verständnis für ihre Fragen. Wenn er nur Antworten gehabt hätte.

Rory richtete den Blick wieder auf den Kamin. Die letzten Stunden hatte er damit verbracht, völlig regungslos ins Nichts zu schauen. Der anfängliche Schmerz wegen des Verrats war einer allgemeinen Betäubung gewichen. Er ließ sich tief in seinen Sessel sinken und nahm einen großen Schluck *cuirm*, damit die Leere in ihm zumindest für eine kurze Zeit gefüllt war.

Sie standen neben ihm und warteten.

Schließlich fiel Margaret neben ihm auf die Knie und ergriff seine Hand. »Was ist passiert, Rory? Willst du uns nicht sagen, warum du Isabel weggeschickt hast?« Sie deutete mit ihrem Blick auf den Krug, der neben ihm stand. »Ich habe dich noch nie so gesehen. Es macht mir Angst. Ich habe nie erlebt, dass du deine Sinne mit Alkohol betäubst.«

Wenn es doch nur so einfach wäre, dachte Rory. Er blickte in das verwirrte und verzweifelte Gesicht seiner Schwester und verfluchte Isabel MacDonald aufs Neue. Dieses Mal wegen ihres Verrats an seiner Familie – er war nicht der Einzige, der wegen ihrer Heimtücke völlig am Boden zerstört war. Rory holte tief Luft und zählte leidenschaftslos noch einmal im einzelnen die Ereignisse auf, die dazu geführt hatten, dass er Isabel mit dem Feenbanner ertappte – oder zumindest dem, was er für das Feenbanner hielt.

Ihre verwirrten Mienen spiegelten seine eigenen Gefühle wider – so sehr hatte Isabel sie bezaubert.

»Ich glaube es nicht«, sagte Alex wie betäubt.

»Oh, Rory«, rief Margaret im gleichen Moment. »Hat sie denn nicht versucht, irgendetwas zu erklären?«

Rory konnte seinen Sarkasmus nicht zurückhalten. »Was denn? Dass die Ehe auf Probe nur ein Vorwand war und sie ein Bauer im Schachspiel ihres verabscheuungswürdigen Onkels? Dass sie uns ausspioniert hat? Dass sie …« Er unterbrach sich selbst. *Dass sie mich dazu gebracht hat, mich in sie zu verlieben.* Er starrte wieder finster ins Feuer, damit sie nicht den Schmerz sahen, der ihn wieder erschütterte. Er konnte es immer noch nicht fassen, dass er sich so sehr geirrt hatte.

Margaret ließ ihren Kopf auf seine Hand sinken, und ihre Schultern begannen zu beben. »Ach, Rory, es ist alles meine Schuld.«

Rory strich ihr über die bleiche Wange. »Mach dich nicht lächerlich. Welche Rolle solltest du denn schon bei ihrem Verrat gespielt haben?«

Margaret hob das tränenüberströmte Gesicht. »Ich habe ein Gespräch zwischen Isabel und Sleat während der Hochlandspiele belauscht. Ich hörte, wie er ihr drohte und irgendetwas über das Banner sagte. Ich hätte zu dir kommen und es dir erzählen sollen.« Sie rang die Hände. »Ich hätte nie gedacht … ich wusste, dass sie etwas verbarg. Aber ich dachte, dass sie sich dir irgendwann anvertrauen würde.«

Rory starrte seine Schwester an und konnte die kurz aufflammende Wut nicht unterdrücken. Noch jemand, der ihn hintergangen hatte, und diesmal von völlig unerwarteter Seite. Er nahm wieder einen großen Schluck und ließ den Moment vorbeigehen. Es würde nichts bringen, Margaret Vorwürfe zu machen – nicht für etwas, was er selbst auch getan hatte. Isabel zu vertrauen.

»Du hättest zu mir kommen sollen«, sagte er. »Aber gib dir keine Schuld, Margaret. Du warst deiner Freundin gegenüber nur loyal. Sie war eine vollendete Lügnerin. Du bist nicht die Einzige, die auf sie hereingefallen ist.« Er konnte die Bitterkeit in seiner Stimme nicht unterdrücken.

Alex schüttelte immer noch verblüfft den Kopf. »Dann hat sie also zugegeben, wegen des Banners nach Dunvegan gekommen zu sein?«

Rory nickte einmal kurz.

Margaret zog nachdenklich die Augenbrauen zusammen. »Aber es war gar nicht das Banner, das sie in ihre Truhe gelegt hat?«

»Nein, es war ein altes Tuch von Bessie. Aber die Ähnlichkeit war fast schon unheimlich, sogar ich ließ mich für einen Moment täuschen.«

»Aber wenn sie vorgehabt hätte, das Banner zu stehlen, warum hat sie es dann nicht getan, als sie die Gelegenheit dazu hatte?«, fragte Alex.

»Sie behauptete, dass sie festgestellt hätte, uns nicht hintergehen zu können, und beabsichtigte, ihren Onkel mit dem Tuch hinters Licht zu führen.«

Margaret biss sich nachdenklich auf die Unterlippe. »Glaubst du ihr?«

Das war eine Frage, der er die ganze Zeit schon versuchte auszuweichen. »Ich weiß es nicht. Spielt das eine Rolle?«

»Ich glaube schon«, meinte Margaret sanft. »Sie liebte dich,

Bruder. Da bin ich mir ganz sicher. Ich weiß, dass sie gestanden hat, unter einem Vorwand nach Dunvegan gekommen zu sein, aber wie ich dich verstehe, hat sie nur zugestimmt, Sleat zu helfen, damit er ihren Clan gegen die Mackenzies unterstützt. Es hört sich so an, als hätte sie keine andere Wahl gehabt. Ihr Clan brauchte sie. Ich weiß, wie wichtig es für Isabel war, den Respekt ihrer Familie zu gewinnen. Sie hat ihre ganze Kindheit damit verbracht, ihre Aufmerksamkeit zu erringen. Ich nehme an, dass sie es als Möglichkeit ansah, endlich zu beweisen, was sie wert ist, indem sie herkam.« Margarets Miene war voller Mitgefühl. »Das muss sie in eine schreckliche Lage gebracht haben: zwischen ihrer Familie und uns entscheiden zu müssen. Aber wenn es stimmt, was sie gesagt hat, dann hat Isabel sich für uns entschieden.«

Rory war nicht bereit, Mitgefühl oder Verständnis zu zeigen. »Wie kannst du ihr so leicht vergeben, Margaret, wo sie doch mit Sleat im Bunde war? Hast du vergessen, was er dir angetan hat?«, fragte Rory.

»Natürlich habe ich nicht vergessen, was *Sleat* mir angetan hat. Sleat hat deinen Zorn verdient. Und auch ich dürste nach Rache. Aber ich halte mich zurück und warte auf den richtigen Moment dafür. Ich entschuldige nicht, was sie getan hat, aber ich verstehe die Umstände, die sie dazu getrieben haben. Ich weiß aus eigener Erfahrung wie grausam und unnachgiebig Sleat sein kann. Er würde alle für seine Zwecke missbrauchen. Wenn er etwas von ihr wollte, würde er sich durch nichts davon abhalten lassen.« Margaret hielt kurz inne. »Denkst du eigentlich noch daran, was sie für mich getan hat?«

»Ich habe es nicht vergessen«, erwiderte Rory mit versteinerter Miene.

»Das ist alles völlig unlogisch. Ich stimme Margaret zu –

Isabel liebt dich. Aber warum hat sie sich dir nicht anvertraut?«, fragte Alex.

»Anscheinend wollte sie es, nachdem ich verwundet worden war, hatte dann aber Angst, ich würde ihr nicht vergeben. Sie behauptete, dass sie es mir hatte sagen wollen, wenn sie sich sicher war, dass ich die Ehe auf Probe nicht mehr auflösen wollte.«

Alex zog überrascht eine Augenbraue hoch. »Du hattest es ihr noch nicht gesagt?«

Rory schüttelte den Kopf. »Ich wollte erst die Antwort des Königs abwarten.«

»Das hört sich ja fast so an, als hätte sie Grund gehabt, dir nicht zu vertrauen«, meinte Margaret mit ruhiger Stimme.

Rory biss die Zähne zusammen. »Sie hat mich angelogen.«

»Ja, aber sie liebt dich auch«, erwiderte Margaret. Sie holte tief Luft und fügte dann noch hinzu: »Und ich glaube, dass du sie auch liebst.«

Rory erstarrte und weigerte sich, seine Schwester anzublicken. Er wollte dem, was sie sagte, keinen Glauben schenken. Liebe spielte keine Rolle. Nicht ohne Vertrauen. »Es ist erledigt.«

Er wandte sich an seinen ungewöhnlich stillen Bruder. »Und was ist mit dir, Alex? Stimmst du unserer Schwester zu, dass ich meiner verräterischen Braut verzeihen sollte?«

Alex schüttelte den Kopf, und seine Augen funkelten vor Wut. »Isabel hat uns alle betrogen. An deiner Stelle hätte ich noch etwas viel Schlimmeres getan.«

Rory nickte.

Ehe Alex den Raum verließ, schaute er noch einmal seine Schwester an. »Lass ihn in Ruhe, Margaret. Er hat ein Recht darauf, allein zu sein.«

Margaret lächelte traurig, beugte sich nach vorn und küsste ihn auf die Wange. »Es tut mir leid, Rory. Ich weiß, wie sehr dich das Ganze verletzt haben muss. Was sie getan hat, hat auch mir wehgetan. Du musst das tun, was du für richtig hältst. Aber bist du dir sicher, dass es keine andere Möglichkeit gibt?«

Rory saß stumm da und weigerte sich, über Margarets Frage auch nur nachzudenken.

»Und denk daran«, meinte sie warnend. »Wenn du sie nicht willst, wird sich jemand anders finden, der sie will.«

Rorys Finger umklammerten den Stiel seines Kelches so fest, dass das Silber sich zu verbiegen begann. Seine Reaktion kam sofort. Mit voller Wucht schleuderte er den jetzt unbrauchbaren Kelch auf den Boden, der im ansonsten stillen Raum laut schepperte.

Margaret drehte sich um und folgte Alex durch die Tür. »Ich glaube, da hast du deine Antwort, Rory. Wenn es stimmt, was sie gesagt hat, und ihr Clan Sleat wirklich braucht, hast du vielleicht gar keine Zeit, dir zu überlegen, was du willst. Ihre Familie könnte gezwungen sein, schon bald ein neues Bündnis einzugehen. Ein Bündnis, durch das du sie unter Umständen für immer verlierst.«

Rory gab durch nichts zu erkennen, dass er sie gehört hatte, sondern schaute einfach nur wieder regungslos in die Flammen des beruhigenden Feuers.

Aber er hatte angefangen nachzudenken.

Drei Tage später beobachtete der MacDonald von Sleat von den Zinnen von Dunscaith aus, wie sich eine Gruppe von MacLeods über die sumpfige Wiese der Burg näherte. Er erkannte die Frau, die sich die Kapuze über den Kopf gezogen hatte, sofort – schließlich hatte er sie mit dem Umhang ausgestattet.

Sleat fluchte und wischte sich mit dem Handrücken die Weinreste vom Mund. Aha, seine treulose Nichte kehrte also unter Bewachung zurück – dann musste sie wohl ertappt worden sein. Etwas anderes hatte er auch nicht erwartet. Das dumme Ding hatte versagt. Blöde Gans! So leicht den Verlockungen eines hübschen Gesichts zu erliegen. Die Närrin. Er schüttelte sich vor Abscheu. Nun, was konnte man von einer Frau auch anderes erwarten? Frauen waren nur für zwei Dinge gut: eine reiche Mitgift in die Ehe zu bringen und einen Erben zu gebären. Zum Glück war er so schlau gewesen, sich nur auf das Mädchen zu verlassen, um die *Lordship* zu erlangen. Er hatte bereits einen weiteren Plan.

Er strich sich übers Kinn und dachte über ihre Rückkehr nach. Isabel wusste, wo sich der geheime Eingang von Dunvegan befand – daran hegte er keinen Zweifel. Mackenzies waren den flüchtenden MacLeods nach dem letzten Überfall gefolgt, bis diese sich einfach an der Klippe unterhalb Dunvegans in Luft aufgelöst zu haben schienen. Der Chief der Mackenzies hatte das ganze Gebiet durchforstet, doch ohne Erfolg. Aber Isabel würde in der Lage sein, den Eingang zu finden. Er würde seine liebe Nichte ganz einfach gut im Auge behalten. Und warten. Sie konnte noch von Nutzen sein.

Noch ein verpatzter Anschlag auf den MacLeod, dachte er voller Abscheu. Es erwies sich als äußerst schwierig, diesen Mann umzubringen. Er hatte wirklich gehofft, dass der letzte Versuch erfolgreich sein möge, doch dann hatte ihm sein Informant von der wunderbaren Genesung des MacLeod berichtet. Sleat glaubte nicht, dass es wirklich etwas mit Magie zu tun hatte, wodurch MacLeod dem Tod so viele Male schon entschlüpft war – doch er würde kein Risiko mehr eingehen. Dieses verdammte Banner hatte die MacDonalds schon einmal besiegt, doch das würde nicht noch einmal geschehen. Magie oder Glück – das spielte keine Rolle, denn schon bald würde es damit vorbei sein. Alles war vorbereitet. Schon bald würde er die *Lordship* wieder übernehmen und über die westlichen Inseln herrschen. Es würde nicht mehr lange dauern, bis er seinen Traum umgesetzt hatte.

Und Rory MacLeod würde sich ihm nicht in den Weg stellen.

Bald war es so weit.

24

Isabel wartete auf eine Begnadigung, die nie kam. Obwohl es ihr vom Verstand her klar war, weigerte sich ihr Herz, in Erwägung zu ziehen, dass er ihr vielleicht nicht vergeben würde. Bessie hatte sie gedrängt, ihm Zeit zu lassen, Zeit, damit seine Wut verrauchte und er beginne zu begreifen. Doch Isabel hatte jetzt lange genug gewartet. Wenn sie noch länger wartete, würde Rory vielleicht eine andere heiraten.

Heftiger Schmerz durchzuckte sie, wie jedes Mal, wenn sie an ihn dachte – und das tat sie ständig. Sie sehnte sich danach, das Ganze aus anderen Augen zu betrachten, sie sehnte sich nach jener bittersüßen Verklärung, die die Zeit mit sich bringt, doch es war gerade mal etwas mehr als eine Woche vergangen, seitdem er sie fortgeschickt hatte.

Und das bedeutete, fünf lange Tage, die sie allein mit ihrem Onkel verbringen musste, weil es noch etwas dauerte, bis ihre Familie nach Dunscaith kam, um sie abzuholen und nach Strome Castle zu begleiten. Nicht dass sie sich auf die bevorstehende Auseinandersetzung mit ihrem Vater gefreut hätte. Doch zumindest würden mit der Ankunft ihrer Familie die täglichen Verhöre durch Sleat aufhören. Sie spürte, dass Sleat nur auf den richtigen Moment wartete und darauf hoffte, dass sie einen Fehler machte. Ganz offensichtlich glaubte er ihre Geschichte nicht, dass sie nach dem Überfall durch die Mackenzies so unter Schock gestanden hätte, dass sie sich nicht mehr erinnern könnte, wo sich der geheime Eingang von Dunvegan befand. Sleat führte irgendetwas im Schilde. Wenn sie nur herausfinden könnte, was.

Sie stand – wie schon seit Tagen – am Fenster in ihrem Gemach und blickte hinaus über die wunderschöne Bucht und das Cuillin-Massiv in die Richtung, wo sie ihr Herz gelassen hatte. Ständig hielt sie Ausschau nach einem Reiter, nach jemandem, der ihr das berichtete, was sie hören wollte.

Stattdessen riss ein lautes Knurren sie aus ihren trüben Gedanken. Instinktiv legte sie die Hände über ihren Bauch, der so lautstark nach Nahrung verlangte. Bei dem Gedanken an Essen verzog sie das Gesicht. Zugegebenermaßen hatte sie während der letzten Woche nicht viel gegessen. Der durchdringende Geruch von Essen drehte ihr in letzter Zeit ständig den Magen um, doch am lockeren Sitz ihrer Kleidung merkte sie, dass sie zu viel Gewicht verloren hatte. Sie musste bei Kräften sein, wenn sie es mit Rory aufnehmen wollte.

Würde sie um Rory kämpfen? Sie riss die Augen auf. Sie spürte, wie etwas aus dem dumpfen Schlummer ihrer Qual erwachte – und einen Hauch einer Empfindung, die wohl nur als freudige Erregung zu bezeichnen war.

Sie musste etwas tun, sie konnte so nicht weitermachen. Isabel musste ihm begreiflich machen, wie leid es ihr tat, was sie getan hatte, und ihm beweisen, dass sie seines Vertrauens … und seiner Liebe würdig war. Sie machte sich auf den Weg in die Küche. Als Erstes musste sie etwas essen. Dann würde sie anfangen zu überlegen – und zu planen.

»Guten Morgen, Willie. Wollt Ihr irgendwohin?«

Ein sehr verwirrter Willie war gerade aus der Bibliothek ihres Onkels getreten, als sie ihn begrüßte. Sie kam gerade aus der Küche zurück und fühlte sich jetzt deutlich besser, nachdem sie es geschafft hatte, sich dazu zu zwingen, eine Kleinigkeit zu essen. Nun war sie bereit, mit dem Planen zu beginnen.

Willies Kopf fuhr überrascht nach oben. In seinem Übereifer stolperte er, und der Stapel Briefe, den er in der Hand gehalten hatte, flog in die Luft und verteilte sich um ihn herum auf dem Boden. Er erstarrte kurz, dann schaffte er es, seine Gedanken so weit zu sammeln, dass er ein paar Worte stammeln konnte. »Guten Morgen, Mylady.«

Sie brachte es nicht über sich, ihn auf die unpassende Anrede hinzuweisen. Er war ohnehin schon völlig durcheinander. »Es sieht so aus, als hättet Ihr ein paar Briefe zu besorgen.«

»Ja, Mylady.« Es war ihm gelungen, sich wieder aufzurichten, obwohl er sie immer noch mit offenem Mund anstarrte. Isabel, die diesen Blick schon kannte, gab es zögernd auf, die Unterhaltung fortzusetzen. Sie bückte sich, um ihm dabei zu helfen, die verstreut herumliegenden Briefe aufzuheben. Plötzlich zog eine vertraute Schrift und ein Siegel, das sie kannte – *Per Mare Per Terras* – ihren Blick auf sich.

War ihr das launische Schicksal endlich einmal hold?

Ihr Herz begann erwartungsvoll zu pochen, und ihre Augen wurden so groß wie die von Willie, als sie sah, an wen er adressiert war. *Bitte, lass es das sein, worum ich gebetet habe!* Vorsichtig schaute sie sich nach Willie um, um sicherzugehen, dass er nicht bemerkte, was sie tat, während sie den Brief zwischen den Falten ihres Gewandes verschwinden ließ. Die restlichen Briefe reichte sie Willie, während sie das erste Mal seit einer Woche wieder fröhlich lächelte. Abwesend wünschte sie ihm eine gute Reise und bemühte sich, die Treppe nach oben nicht im Laufschritt zu nehmen.

Isabel war erst seit etwas mehr als einer Woche fort, und Rory hatte in der Zeit nichts anderes getan, als vor dem Kamin zu sitzen und ziemlich große Mengen *cuirm* in sich hineinzuschütten. Er fuhr sich mit den Fingern durch das ungekämmte

Haar, wobei er an ein paar verknoteten Strähnen hängen blieb, und strich es sich aus dem Gesicht.

Da hatte es doch tatsächlich ein Mädchen geschafft, den mächtigen »Rory Mor« ins Wanken zu bringen. Er hätte darüber lachen können, wäre es nicht so schmerzhaft gewesen. Für einen Mann, der sich viel auf seine Selbstbeherrschung und seine Entschlossenheit einbildete, war es schon ein schwerer Schlag, wenn er feststellen musste, dass er nicht immun gegen Gefühle war. Jeder Mensch hatte Schwächen. Offensichtlich war Isabel MacDonald die seine.

Die Frage war jedoch, was er dagegen zu tun gedachte.

Er wollte sich in seine Aufgaben versenken, er wollte eine Möglichkeit finden, das Bündnis mit Argyll wieder zu kitten, und Pläne machen, wie er weiter gegen Sleat vorgehen sollte. Stattdessen saß er hier und grübelte darüber, was während der letzten paar Monate im Einzelnen vorgefallen war, und analysierte jedes Wort seiner Unterhaltungen mit Isabel. Er war nicht in der Lage, sich auf irgendetwas anderes zu konzentrieren.

Indem er die Ehe auf Probe aufgelöst und sie weggeschickt hatte, war er so vorgegangen, wie er es immer tat: sachlich, beherrscht und bestimmt. Er besaß ein gutes Urteilsvermögen. Nie hatte er eine Entscheidung in Frage gestellt. Doch jetzt erkannte er, dass er mit dieser Situation – über das Schicksal eines Menschen zu entscheiden, den er liebte – keine Erfahrung hatte. Er konnte Isabel nicht einfach aus seinem Herzen herausreißen, nur weil er das wollte.

Sie hatte sich ihm gegenüber falsch verhalten. Doch als sein Zorn abgekühlt war, erkannte Rory, dass Isabels Verrat nicht so eindeutig war, wie er gedacht hatte. Sie hatte sich zwar nur unter einem Vorwand mit ihm in einer Ehe auf Probe verbunden, doch er konnte ihr nun wirklich nicht vorwerfen, dass sie ihrem Clan gegenüber loyal war. Sie hätte zu ihm kommen und alles erzählen sollen, doch er verstand ihr Zögern. Sie hatte ihn ausspioniert, doch das Banner nicht an sich genommen.

Und da war eine Sache, die ihn daran hinderte, Isabel für immer aus seinen Gedanken zu verbannen. Hatte sie sich wirklich gegen ihren Onkel und ihre Familie für ihn entschieden?

Es klopfte, und er wurde aus seinen Gedanken gerissen.

Er schaute auf und sah Douglas auf der Schwelle stehen. »Ein Brief, Chief. Vom König.«

Rory sah Douglas mit verständnislosem Blick an. Seine Augen brannten vom Schlafmangel.

Er brauchte einen Moment, um zu begreifen, was er in der Hand hielt.

Douglas wusste es auch, denn er stand mit ausdruckslosem Blick auf Anweisungen wartend da und sah Rory nicht an. Langsam brach Rory das Siegel, faltete den Pergamentbogen auf und begann zu lesen. Als er fertig war, stieß er ein bitteres Lachen aus.

»Tja, es sieht so aus, als hätte ich eine Antwort auf meinen Vorschlag bekommen.«

»Ja«, erwiderte Douglas gleichmütig, ohne auch nur die Spur von der Neugier zu zeigen, die Rory bei ihm vermutete.

»Der König ist damit einverstanden, dass Trotternish als Teil von Isabels Mitgift bei unserer Heirat an die MacLeods geht.«

»Und jetzt?«

Rory zuckte die Achseln. »Ich weiß nicht.« Es war die Antwort auf seine Gebete, doch sie kam zu spät.

»Soll ich dem königlichen Sendboten sagen, dass er auf Antwort warten soll?«

»Nein, ich muss erst einmal nachdenken.«

Nachdem Douglas gegangen war, las Rory noch einmal den Absatz, der ihn am meisten getroffen hatte.

»Da unsere liebste Isabel uns ihres Glücks versichert hat und in ihrem letzten Brief an die Königin ebenfalls darauf gedrängt hat, Trotternish den MacLeods zu überlassen, freuen wir uns, dies unter den Bedingungen, die Ihr in Eurem Brief vorgeschlagen habt, zu tun.«

Isabel hatte seinetwegen an die Königin geschrieben? Seine Entschlossenheit geriet ins Wanken. Sie hatte sich tatsächlich für ihn entschieden. Und jetzt hatte er es teilweise Isabel zu verdanken, dass er die Möglichkeit hatte, Trotternish für die MacLeods zurückzubekommen und sich damit zumindest zu einem kleinen Teil für die Schande, die Sleat über den Clan gebracht hatte, zu rächen. Wenn er sie heiratete.

Aber würde er die Kraft finden, ihr zu verzeihen?

Rory spürte, wie etwas in ihm zu keimen begann. Er erkannte sofort, was es war: eine Möglichkeit.

25

Der MacDonald von Sleat raste vor Zorn, als er feststellte, dass Isabel nicht da war. Er mochte nicht an der Nase herumgeführt werden, besonders nicht von einem Mädchen. Er hatte mit etwas Derartigem gerechnet, doch sie hatte ihn ausmanövriert. Und obwohl er wütend war, musste er seiner kleinen Nichte trotzdem zugestehen, dass sie ihn beeindruckt hatte. Janets Tochter war stärker, als sie auf den ersten Blick wirkte. Sleat war nicht völlig frei von familiären Regungen. Fast bedauerte er, dass seine Nichte geopfert werden musste. Aber nur fast.

Denn es war notwendig. Sein Blick richtete sich abschätzend auf den neu eingetroffenen Gast. Der Chief der Mackenzies würde sich nur mit dem Tod von Isabel zufriedengeben. Dass Isabel fast vom Sohn des Mackenzies, diesem dummen Jungen, vergewaltigt worden wäre, war nur eine weitere unglückselige Begleiterscheinung des Krieges.

Sleat strich sich nachdenklich über das Kinn. Nein, Isabels Tod ließe sich nicht vermeiden. Hätte sie ihren Teil der Abmachung erfüllt, wäre er vielleicht bereit gewesen, ihr zu helfen. Aber wie die meisten Frauen hatte auch sie ihn enttäuscht.

Es war reiner Zufall, dass der Chief der Mackenzies nur einige Stunden, nachdem man Isabels Verschwinden entdeckt hatte, nach Dunscaith gekommen war. Noch ein paar Stunden später und der Mackenzie hätte sie nie einholen können. Glücklicherweise hatte Sleat Isabels Verschwinden fast sofort mitbekommen. Ein freundliches Dienstmädchen hatte gedacht, Isabel mit einem ganz besonderen Honigkuchen zum

Essen bewegen zu können, und dabei entdeckt, dass das dumme Ding verschwunden war. Er hatte sich sofort denken können, wohin sie wollte.

»Reitet ihr hinterher«, sagte Sleat zum Chief der Mackenzies. »Aber Ihr müsst Euch beeilen, um sie einzuholen. Und Ihr dürft nicht gesehen werden. Nehmt nur ein paar Männer mit, mehr nicht. Wenn Ihr Geduld habt, wird sie Euch zum Eingang führen.«

Der Mackenzie, in dessen Augen leichter Wahnsinn glitzerte, runzelte die Stirn. »Warum seid Ihr Euch so sicher, dass sie nach Dunvegan zurückkehrt?«

Sleat zuckte die Achseln. »Instinkt. Sie bildet sich ein, in ihn verliebt zu sein. Davon abgesehen – wo sollte sie sonst hin?« Sleat grinste höhnisch. »Sie wird aufpassen, dass niemand ihr folgt, aber natürlich werdet Ihr ihr auch nicht folgen.«

»Ich werde direkt zu der Stelle reiten, wo wir sie nach dem Überfall verloren haben. Ich weiß genau, wo ich warten muss. Ich werde ihr nach drinnen folgen, und meine Männer werden auf Euch warten«, sagte der Mackenzie.

Sleat nickte. »Handelt nicht überstürzt. Wir werden nicht weit hinter Euch sein.«

Mit dem Tod des MacLeod und einem Überraschungsangriff auf die Festung würde der Sieg endlich ihm gehören.

Vielleicht war seine kleine Nichte ja doch ganz nützlich gewesen.

Sie war fast da. Auf Dunvegan, bei Rory, und hoffentlich würde sie auch Vergebung finden. Denn es befand sich etwas in Isabels Besitz, mit dem sie Rory ihre Treue beweisen konnte.

Sie wurde nur noch von erwartungsvoller Aufregung angetrieben, denn ihr Körper machte längst nicht mehr mit. Ihre Schultern waren nach vorn gesunken, und es hatte sie eine solch überwältigende Erschöpfung erfasst, wie Isabel sie noch nie erlebt hatte. Für gewöhnlich war sie eine hervorragende Reiterin, doch jetzt musste sie die ganze Zeit darum kämpfen, sich im Sattel zu halten. Wann hatte sie das letzte Mal ihren Hintern gespürt? Das musste wohl vor Meilen, vor Stunden gewesen sein. Ihre Schenkelinnenseiten würden bestimmt die nächsten Wochen ganz wund sein. Aber sie musste ihr zügiges Tempo beibehalten, um so schnell wie möglich an ihr Ziel zu kommen.

Schmutz und Staub hatten Spuren auf ihrem Gesicht hinterlassen. Mit dem Ärmel wischte sie sich den Schweiß von der Stirn. Gegen die Schweißperlen, die sich unter dem schweren Knoten gesammelt hatten, zu dem sie ihr Haar aufgesteckt hatte, konnte sie wenig tun. Es war einfach zu heiß. Sie trug einen Hut mit einer breiten Krempe – doch nicht einmal der hatte nach den langen, sonnigen Tagen, die sie im Sattel verbracht hatte, verhindern können, dass Nase und Wangen feuerrot waren.

Zumindest ihre Hände waren durch die dünnen Handschuhe, die sie beim Reiten immer trug, vor der Sonne geschützt. Doch leider mochten die modisch dünnen Lederhandschuhe sie zwar vor der Sonne und kleinen Stechmücken schützen, doch nach den vielen Stunden harter Beanspruchung hatten sie sonst keinen anderen Nutzen mehr. Die weiten Röcke ihres Reitkleides waren in der Mitte geteilt, damit sie rittlings auf dem Pferd sitzen konnte, waren ansonsten aber für eine so lange, beschwerliche Reise eher hinderlich. Wie sehr wünschte sie sich, ein paar Hosen und feste Lederhandschuhe anzuhaben, doch sie hatte einfach nicht genug Zeit gehabt, nach so etwas zu suchen.

Seit zwei Tagen und Nächten ritt sie nun schon auf der Straße – manchmal nur auf Wegen – von Dunscaith auf der westlichen Halbinsel von Sleat Richtung Norden. Zwei Tage war sie unterwegs für eine Reise, für die man normalerweise drei volle Tage oder mehr brauchte. Sie erinnerte sich wieder daran, wie aufgeregt und nervös sie gewesen war, als sie sich heimlich mit dem Beweis der Heimtücke ihres Onkels aus dem schlafenden Dunscaith geschlichen hatte. Der Brief, den sie Willie gestohlen hatte, war mehr, als sie je zu träumen gewagt hätte. Sie nahm sogar an, dass noch nicht einmal ihr Vater etwas von Sleats Plänen wusste. Mit diesem Brief bekam Rory das Mittel an die Hand, um ihren Onkel zu vernichten. Er war die Waffe, die Rory brauchte, damit Sleat die Gunst des Königs verlor. Und damit verschaffte Isabel Rory das, was er sich am meisten wünschte – die Möglichkeit, sich für die Schande, die seinem Clan durch Sleat zugefügt worden war, zu rächen.

Und dann hoffte Isabel auch, dass es ein unstrittiger Beweis für ihre Loyalität ihm gegenüber sein würde.

Sie wäre zwar am liebsten sofort losgeritten, doch sie war gezwungen gewesen zu warten, um sicherzugehen, dass Willie wirklich aufgebrochen war, um die restlichen Briefe zu überbringen – sie wollte ganz sicher sein, dass niemandem der fehlende Brief aufgefallen war. Aber zum Glück hatte Willie sich gleich nach ihrem Zusammenstoß im Korridor auf den Weg gemacht, sodass sie sich gleich in der darauffolgenden Nacht hatte davonstehlen können.

Jetzt war es der späte Morgen des dritten Tages ihrer Reise, und sie war nur noch ein paar Meilen von ihrem Ziel entfernt.

Sie klopfte dem gestohlenen Zelter mit der flachen Hand lobend den warmen Hals. Die Ställe ihres Onkels gehörten mit zu den besten in den Highlands und auf den Inseln. Das entwendete Pferd war ein wirklich herrliches Tier. Sie wusste, dass sie es zu hart geritten hatte, aber ihr war keine andere Wahl geblieben Sie durfte nicht anhalten, sondern musste allen Verfolgern voraus sein. Sie hatte sich und dem Pferd nachts ein paar Stunden Schlaf zugestanden, um ansonsten nur selten eine Rast einzulegen. Sie durfte nicht zulassen, dass die Häscher ihres Onkels sie einholten, sollten sie ihr auf den Fersen sein. Während des Tages wagte sie nie, länger anzuhalten, als sie brauchte, um das erschöpfte Tier zu tränken und zu füttern.

Die dürftigen Essensvorräte, die sie sich von ihrer letzten Mahlzeit auf Dunscaith aufgespart hatte, waren am Vortag zu Ende gegangen. Der ständige Kopfschmerz, der in ihrem Kopf pochte, seitdem sie nichts mehr zu essen hatte, war etwas schwächer geworden, doch sie wusste, dass sie mit einem Schwindelgefühl würde kämpfen müssen, sobald sie abgestiegen war.

Zumindest war ihr dieser Teil des Weges bekannt. Manchmal machte sie sich Sorgen, dass ihr sehr schwach ausgeprägter Orientierungssinn sie in die falsche Richtung führen würde. Am ersten Tag ihrer Reise hätte sie am Fuße der Cuillin-Berge beinahe die falsche Abzweigung genommen und wäre nach Port Righ geritten statt Richtung Dunvegan. Danach war sie sehr viel vorsichtiger geworden. Am Tage orientierte sie sich am Lauf der Sonne, um immer Richtung Norden zu reiten, doch nachts war das schwieriger. Sie wagte nicht, anzuhalten und nach dem Weg zu fragen, weil sie Angst hatte, dass die Männer ihres Onkels sie auf die Weise aufspüren konnten.

Es erstaunte sie, dass sie sie noch nicht eingeholt hatten. Die ersten paar Stunden nach Sonnenaufgang des Tages, an dem sie aufgebrochen war und sie davon ausgehen musste, dass man ihr Verschwinden mittlerweile entdeckt hatte, war sie bei jedem Geräusch zusammengezuckt, hatte sie sich in jedem Dorf vorsichtig umgeschaut und sich dabei ertappt, so häufig nach hinten zu sehen, dass ihr schon der Hals vom ständigen Umdrehen wehtat. Zu ihrem Schutz hatte sie ihren Bogen mitgenommen, aber bisher hatte sie ihn nicht gebraucht. Entweder war ihrem Onkel nicht klar, in welche Richtung sie ritt, oder aber er hatte sich – was wahrscheinlicher war – entschlossen, erst auf die Ankunft ihres Vaters zu warten, ehe er ihr folgte.

Sie war so müde und erschöpft, dass sie gar nicht die üppige Schönheit der sie umgebenden Landschaft wahrnahm. Die Berge waren mit in allen Farben blühenden Wildblumen übersät. Heidebüsche säumten die Straße. Zu ihrer Linken funkelte das Meer, und das lange Gras auf den sumpfigen Wiesen zu ihrer Rechten wiegte sich in der leichten Sommerbrise. Der dichte Wald, der vor ihr lag, lockte mit seinem Versprechen von erholsamer Kühle.

Plötzlich lief ihr ein Schauer über den Rücken – vielleicht der kalte Hauch der Erinnerung. Das war die Stelle, an der die Mackenzies Rory angegriffen hatten.

Dunvegan lag genau vor ihr.

Sie ritt mit ihrem Zelter von der Straße herunter und schlug sich ins Unterholz.

Sie würde kein Risiko eingehen. Sie würde den Geheimgang benutzen müssen; denn sie wollte sich nicht der Gefahr aussetzen, dass Rory ihr unter Umständen den Zutritt zur Festung verweigerte. Dieses Mal würde sie ihm keine andere Wahl lassen: Rory würde ihr zuhören – ob er nun wollte oder nicht.

Isabel konzentrierte sich auf die vor ihr liegende Aufgabe und versuchte, sich an den Weg zum Eingang zu erinnern. Je weiter sie sich dem Geheimgang näherte, desto genauer musterte sie ihre Umgebung. Nichts zu sehen. Sie war sich sicher, dass ihr niemand folgte. Sie ritt wieder wie damals am Rand der schmalen Bucht entlang und blieb dann am Fuße der steil aufsteigenden Klippe stehen.

Dunvegan erhob sich in seiner ganzen abweisenden Pracht hoch auf dem Felsen vor ihr. Die Mauern waren so nah am Rand der Klippe errichtet worden, dass man den Eindruck bekam, sie könnten beim leisesten Anstoß abrutschen. Das trutzige Bauwerk aus großen grauen Steinen hieß einen nicht gerade herzlich willkommen. Doch der Anblick dieses riesigen Steinhaufens brachte Isabel nicht etwa von ihrer Absicht ab, sondern füllte ihr Herz vielmehr mit überschäumender Freude und zauberte ein breites Grinsen auf ihr müdes Gesicht, weil sie es geschafft hatte. Sie richtete sich auf und nahm die Schultern zurück.

Dunvegan. Rory. Sie hatte es geschafft.

Fast.

Wie ein wachsames Reh, das meinte, einen Jäger gehört zu haben, hielt Isabel den Kopf mit angehobenem Kinn ganz ruhig, während sie angestrengt lauschte und den Blick hin und her schweifen ließ, damit ihr auch nicht das leiseste Geräusch oder eine blitzschnelle Bewegung entginge. Als sie außer dem gleichmäßigen Rauschen des Wassers zu ihrer Linken und dem Wind, der die Blätter und das Gestrüpp zu ihrer Rechten rascheln ließ, nichts hörte, schaute sie noch einmal hinter sich, um dann auf den zerklüfteten Felseingang, der verborgen vor ihr lag, zuzureiten.

Sie trieb das verängstigte Pferd vorwärts, direkt auf den Fels zu, wo sich der Wald anschloss. Sie holte tief Luft, flehte noch einmal um Kraft und zog dann an den Zügeln, um scharf nach links in den feuchtkühlen, dunklen Tunnel einzubiegen.

26

… das Gute behaltet.

Der zweite Brief des Paulus an die Thessalonicher 1, 5.21

Isabel war kalt, sie war erschöpft und hungrig. Sie hatte im Tunnel gewartet, bis die Geräusche aus der Küche verklungen waren, ehe sie sich vorsichtig durch die Falltür nach oben zog und dann durch die dunklen Gänge zum Feenturm schlich.

Weil Isabel nicht wusste, wie sie empfangen werden würde, näherte sie sich dem Turm mit wachsendem Unbehagen. Was würde Rory tun, wenn er sie in seinem Gemach fand? Würde er sie hinauswerfen, ohne ihr zuzuhören? Oder Schlimmeres tun? Sie wünschte sich zu wissen, dass sie das Richtige tat. Doch dann dachte sie wieder an die vergangenen anderthalb Wochen und wie unglücklich sie gewesen war und wusste, dass sie keine andere Wahl hatte. Sie musste versuchen, alles in Ordnung zu bringen.

Sie blieb auf der Schwelle zum Feenturm stehen und schaute sich noch einmal schnell um, ehe sie hineinschlüpfte. Sie wollte gerade die Treppe hinaufsteigen, als jemand sie von hinten packte und sie für einen Augenblick gegen eine steinharte Brust gerissen wurde. Sie stieß einen erstickten Schrei aus.

Der Mann, der sie gepackt hatte, wirbelte sie herum und sie atmete auf. Rory. Nach allem, was sie während der Reise durchgemacht hatte, nach den Tagen voller Schmerz, die ihrer Trennung gefolgt waren, nachdem sie gedacht hatte, sie würde ihn nie wiedersehen, war sie jetzt so erleichtert vor ihm zu stehen, dass sie am liebsten in Tränen ausgebrochen wäre. Die Beine gaben schon unter ihr nach, und wenn er sie nicht festgehalten hätte, wäre sie einfach zusammengesunken.

Als er sprach, erhielt ihre Erleichterung einen Dämpfer. »Bei allem, was heilig ist, Isabel«, fluchte er. »Was machst du hier?«

Sie schreckte vor der Wut in seiner Stimme zurück. Vorsichtig hob sie den Blick zu ihm. Ihr Herz bebte. Sie hatte so lange auf diesen Moment gewartet, und die Gefühle, die jetzt auf sie einstürmten, waren überwältigender, als sie je gedacht hätte. Sie nahm alle Einzelheiten seiner geliebten Züge in sich auf. Die strengen Linien seines markanten, schönen Gesichts, die strahlend blauen Augen, das kantige Kinn, das dichte goldene Haar ... Sie hielt inne und runzelte die Stirn. Eigentlich sah Rory furchtbar aus. Er sah aus, als hätte er seit Tagen nicht geschlafen. In Wahrheit sah er so schrecklich aus, wie sie es bestimmt auch tat. Etwas erwachte in ihrem Innern zum Leben. War es möglich? Hatte er sie vermisst? Sie wagte nicht, sich dieser Hoffnung hinzugeben.

Sie sehnte sich so unendlich danach, ihn zu berühren, dass sie ihre Hand auf seine Brust legte und den gleichmäßigen Schlag seines Herzens genoss. Am liebsten hätte sie sich in seine Arme geworfen und um Vergebung gebeten, doch sie würde den Schmerz nicht ertragen können, wenn er sie zurückwies. Nicht noch einmal. Erst musste er sich anhören, was sie zu sagen hatte. Wenn er ihr denn zuhörte.

Seine Augen brannten heiß, als sie fast gierig über ihr Gesicht glitten. Einen Moment lang dachte sie, dass er sie wollte, und ihr Körper reagierte darauf mit schmelzender Weichheit. Sein Griff um ihre Arme verstärkte sich, wobei er sie fast unmerklich näher an sich zog. Sie spürte die Hitze, die sein Körper ausstrahlte, nahm den geliebten Geruch von Sandelholz und Gewürzen wahr. Er war ihr so schrecklich nah, dass es wehtat, sich nicht an ihn zu schmiegen.

Er wirkte ganz angespannt vor Zurückhaltung. Er hatte die Zähne zusammengebissen, und sie bemerkte das verräterische Zucken eines Nervs an seinem Kinn. »Nun? Erkläre mir, warum du dich hier befindest und nicht auf Dunscaith oder auf dem Weg nach Hause zu deinem Vater.«

»Ich musste dich sehen. Ich weiß, dass du gesagt hast, du wolltest mich nie wiedersehen, aber ich muss es dir noch einmal erklären.« Ehe er dagegen Einwände erheben konnte, sprudelte es aus ihr heraus. »Als ich zustimmte, meinem Onkel zu helfen, kannte ich dich oder deine Familie noch nicht. Ich versuchte nur, meinem Clan zu helfen. Ich hätte dir die Wahrheit erzählen müssen, sobald ich erkannte, was ich für dich empfand. Doch ich konnte es nicht. Nicht, solange ich mir hinsichtlich deiner Absichten nicht sicher war. Es war zwar unbeabsichtigt, aber trotzdem falsch, heimlich zuzuschauen, als du Alex zeigtest, wo du das Banner verwahrst. Es tut mir leid, aber damals wusste ich schon, dass ich dich oder deine Familie nie verraten würde.« Ihr Blick hing an seinem Gesicht und suchte nach irgendeinem Hinweis, dass ihre Worte durch die Mauer, die er um sich errichtet hatte, gedrungen waren, doch das Einzige, was sie sah, war ein Mann, der seine Wut kaum im Zaum halten konnte. »Ich weiß, dass du keinen Grund hast, mir zu glauben, deshalb habe ich etwas mitgebracht, was meine Loyalität beweist.«

»Und dieser Beweis deiner Loyalität ist der Grund dafür, dass du so aussiehst? So erschöpft, dass du kaum stehen kannst?« Seine Augen wurden fast schwarz vor Wut. »Wo ist deine Eskorte?«

Sie schaute verlegen nach unten, während sie sich unter seinem durchdringenden Blick wand.

»Du hast fast ganz Skye alleine durchquert?« Er starrte sie ungläubig an und seine Stimme bebte vor Zorn. »Fürwahr, weißt du denn nicht, was dir alles hätte passieren können? Lieber Himmel, Isabel, wie kann man nur so leichtsinnig sein?«

Er war fuchsteufelswild, aber Isabel nahm auch einen Anflug von Besorgnis in seiner Stimme wahr. Seine Hände hielten sie immer noch an den Schultern fest, und sie wusste nicht, ob er sie nun schütteln wollte oder ganz fest an seine Brust ziehen. Ach, wie sehr sehnte sie sich danach, dass er glücklich war, sie zu sehen, oder bildete sie sich seine Sorge nur ein? Tränen brannten in ihren Augen, doch sie hielt sie zurück. »Ich war verzweifelt. Ich musste dich sehen. Ich habe gehofft …«, *dass du mich auch sehen wolltest*. Sie brachte die Worte nicht über die Lippen.

Etwas blitzte in seinem Gesicht auf. Einen Moment lang glaubte sie, dass er sie in seine Arme ziehen und küssen würde. Stattdessen ließ er sie los, wandte sich ab und fuhr sich mit den Fingern durchs Haar. Nach ein paar Minuten sah er sie wieder an. »Du hast den Geheimgang benutzt.«

Isabel biss sich auf die Unterlippe. Sie wusste, dass er deswegen böse sein würde. »Ich war sehr vorsichtig. Ich hatte Angst, dass du mir den Zutritt verwehren würdest, wenn ich von der Seeseite aus käme.« Sie schaute auf. »Das Risiko wollte ich nicht eingehen.«

»Ich habe nicht mehr daran gedacht, wie viele unserer Geheimnisse du kennst.« Er streckte die Hand aus, um ihr über die Wange zu streichen und dabei Staub und Dreck wegzuwischen. Die Zärtlichkeit, die in der Berührung lag, verblüffte sie. Eine Woge von Empfindungen wallte heiß und ungestüm in ihr auf. Die Sehnsucht nach der Nähe, die sie früher einmal miteinander geteilt hatten, war fast unerträglich, damals, als sie sich nicht hatte zurückhalten müssen, ihn zu berühren.

»Was soll ich mit dir machen, Isabel?« Er trat unheilvoll näher. »Als Erstes wirst du mir sagen, was dich dazu gebracht hat, so überstürzt und unter völliger Missachtung deiner eigenen Sicherheit hierherzukommen.«

Isabel war ganz benommen vor Erleichterung. Er würde ihr zuhören. Sie hatte doch noch eine Chance. Plötzlich wurde sie von Angst ergriffen – so viel hing jetzt von diesem Gespräch ab. Sie legte ihre Hände fest ineinander, damit er nicht sah, wie sie zitterten.

Sie holte tief Luft und begann. »Vor ein paar Tagen half ich Willie ein paar Briefe wieder aufzuheben, die er fallen gelassen hatte. Dabei bemerkte ich Sleats Siegel auf einem Brief, der an Robert Cecil, den I. Earl of Salisbury, gerichtet war.« Sie hielt inne, damit Rory die Tragweite dessen erkannte, was sie gerade gesagt hatte.

Sie sah, wie es in seinen Augen interessiert aufblitzte, und fuhr diesmal aufgeregter fort. »Ich habe mich sofort gefragt, warum Sleat wohl dem Minister der Königin von England einen Brief schreibt. Ich nahm an, dass mein Onkel versucht ... nach einer anderen Möglichkeit sucht, die *Lordship* an sich zu bringen. Er deutete mir gegenüber so etwas beim Turnier an. Als ich den Brief sah, wurde mir klar, dass Sleat und wahrscheinlich auch Mackenzie im Kontakt zu Queen Elizabeth stehen und auch vor Landesverrat nicht zurückschrecken.«

»Das alles hast du aus dem Namen auf einem Brief geschlossen?«, fragte Rory ganz offensichtlich beeindruckt.

»Ich wollte unbedingt etwas finden, mit dem ich dir begreiflich machen konnte, dass ich dich nie hintergehen würde. Und der Brief – nun ja – erschien mir seltsam. Als ich den Brief las, konnte ich natürlich erst gar nicht glauben, über was ich da nichts ahnend gestolpert war. Sleat schlug einen erneuten Aufstand auf den Inseln vor. Er bot Elizabeth seine Dienste an, wobei er sich eigentlich ziemlich voreilig als ›*Lord of the Isles*‹ bezeichnete. Er unterbreitete der Königin den Vorschlag, dafür zu sorgen, dass sich die Highland-Chiefs ihr anschließen und er die *Lordship* erhält. Und dabei die MacLeods vernichtet. Sodass es keinen Clan mehr gäbe, welcher mächtig genug ist, um seinen Anspruch auf die Inseln in Frage zu stellen.«

Rory schüttelte den Kopf. »Das ist ja sogar noch schlimmer, als ich erwartet habe. Ich wusste, dass er die *Lordship* wieder einführen wollte, aber mir war nicht klar, dass er dafür Landesverrat begehen würde. Ich mag beim König in Ungnade gefallen und mit James' Plänen, wie mit den ›Barbaren‹ von den Inseln zu verfahren ist, nicht übereinstimmen, aber die verdammten Engländer nach Schottland einzuladen, ist ein extrem gefährlicher – und dummer – Vorschlag. Ein bisschen so, als würde man die Katze bitten, auf die Maus aufzupassen.« Er sah sie wieder an, und seine Miene war völlig unergründlich. »Ist dir eigentlich klar, welches Risiko du damit eingehst, dass du hergekommen bist? Wenn dein Onkel erfährt, was du weißt, wird dein Leben in Gefahr sein.«

»Er weiß es nicht.«

»Bist du dir da sicher?«

Sie nickte, und in ihrem Kopf drehte sich alles. Sie war ganz benommen. Irgendetwas stimmte nicht. Sie fühlte sich gar nicht wohl.

»Weißt du, was das bedeutet, Isabel? Wenn der König herausfindet, was Sleat getan hat, ist er für alle Zeiten vernichtet.«

»Ich weiß.«

»Und du bist tagelang geritten, um mir das zu sagen?«

Isabel nickte wieder. Sie war viel zu aufgeregt, um zu sprechen. Würden ihre Erwartungen erfüllt werden? Würde es reichen, um ihre Ergebenheit zu beweisen? Würde er je in der

Lage sein, ihr zu vergeben? Sie zwang sich, ihm ins Gesicht zu sehen. Was sie dort erblickte, ließ den Tränen, die sie zurückgehalten hatte, freien Lauf. Er sah sie mit so viel Gefühl, mit so viel Sehnsucht an, dass ihre Furcht verflog und die Hoffnung, die sie die ganze Zeit gehegt hatte, freigesetzt wurde und sie von der Heftigkeit ihrer Gefühle überwältigt wurde.

»Ich weiß nicht, was ich sagen soll«, erklärte er mit rauer Stimme.

»Sag, dass du mir glaubst.«

Er wischte die Tränen von ihren Wangen, wobei sein Daumen über ihre zitternden Lippen strich. »Ja, Isabel, ich glaube dir. Aber leider haben wir ohne den Brief keinen Beweis.« Sie griff in ihr Rockbund und zog das gefaltete Pergament hervor. »Du meinst diesen Brief?« Sie lächelte ihn durch den Schleier glücklicher Tränen an.

Und fiel in Ohnmacht.

Rory meinte, sein Herz würde gleich stehen bleiben, als Isabel wie eine Stoffpuppe in sich zusammensackte. Er sprang vor und fing sie auf, bevor sie zu Boden fiel. Er wurde wieder von der gleichen Furcht gepackt wie an jenem Tag im Wald. Erst als er sich davon überzeugt hatte, dass sie nur in Ohnmacht gefallen war, ließ sie – ein wenig – nach. Aber was zum Teufel hatte sie sich nur angetan?

Vorsichtig nahm er sie auf die Arme und trug sie die Treppe hinauf in sein Gemach. Ihm stockte das Herz, als er in das bleiche, verschmutzte Gesicht blickte, das so friedlich an seiner Brust ruhte. Mit voller Wucht traf ihn die Erkenntnis, was er hätte verlieren können.

Im ersten Moment, als er sie gesehen hatte, war er schockiert gewesen – nicht nur, weil sie wie von Zauberhand plötzlich vor ihm gestanden hatte, sondern weil sie so furchtbar erschöpft aussah. Ihr herrliches Haar hing ihr wild zerzaust um ihr kleines, bedrückt wirkendes Gesicht, und dunkle Schatten lagen unter ihren strahlend violetten Augen. Sie musste wohl seit Tagen nichts gegessen haben, denn ihr zerknittertes Kleid hing locker an ihrem abgemagerten Körper herunter. Sein erster Impuls war gewesen, sie in die Arme zu nehmen und so auf die beste Art festzustellen, dass sie real war, doch die Wut, sie in diesem Zustand zu sehen, hatte ihn im Zaum gehalten.

Was musste sie durchgemacht haben, um zu ihm zu kommen! Welches Risiko hatte sie damit auf sich genommen, ihm Sleats verräterischen Brief zu bringen! … Ihn schauderte, und bei dem Gedanken, was ihr alles hätte passieren können, wurde ihm ganz schlecht. Und wenn ihr irgendetwas passiert wäre, hätte er sich das nie vergeben können.

Der Zeitpunkt ihrer Ankunft entbehrte nicht einer gewissen Komik. Nach dem Eintreffen des Briefes des Königs hatte Rory sich entschlossen, seine Braut zurückzuholen. Selbst wenn er mit einer ganzen Armee nach Strome Castle hätte vorrücken müssen, hätte er sie sich zurückgeholt. Doch er hatte einen anderen Plan gehabt, bei dem er hoffte, dass eine Belagerung überflüssig sein würde. Um diesen Plan umzusetzen, war er nicht sofort aufgebrochen, um Isabel zu holen.

Er hatte immer noch viele Fragen, aber der Brief an die Königin, den Isabel mitgebracht hatte, war allein schon Beweis genug für ihre Loyalität. Jetzt gab es keinen Zweifel mehr daran. Und durch Isabel hatte er jetzt die Mittel, um Sleat zu vernichten und die Schmach, die seinem Clan zugefügt worden war, zu rächen.

Er legte sie auf das Bett. Fast sofort öffneten sich flatternd ihre Augen, und Rory spürte, wie die Erleichterung in ihm aufstieg.

»Was ist passiert?«, fragte sie verwirrt.

»Du bist in Ohnmacht gefallen.«

»Ich falle nicht in Ohnmacht.« Sie versuchte sich aufzusetzen, legte sich dann aber doch schnell wieder hin.

Er runzelte die Stirn. »Wann hast du das letzte Mal etwas gegessen?«

Eine kleidsame Röte strömte in ihre bleichen Wangen. »Ich weiß nicht.«

»Ich werde etwas zu essen bringen lassen.« Er wollte aufstehen, doch sie fasste ihn am Arm und hielt ihn zurück.

»Bitte, nicht«, bat sie ihn flehend. »Ich möchte nichts – noch nicht. Erst wenn ich weiß, dass du mir vergeben kannst. Es tut mir so leid, Rory.« Ihre Stimme brach. »Ich habe so vieles falsch gemacht, und ich weiß, dass ich nicht das Recht habe, dich um Vergebung zu bitten, aber ich will, dass du weißt, dass ich dich nie hintergehen würde.«

Er zog sie an sich, und ihre feuchte Wange drückte sich an seine Brust, während er das Gefühl genoss, sie wieder in den Armen zu halten. »Ich weiß.«

Mit Tränen in den Augen schaute sie zu ihm auf. »Wirklich?«

»Ja«, flüsterte er. Die heisere Zärtlichkeit, die mitschwang, ließ seine Stimme ganz tief klingen. Er konnte ihr vergeben. Tief im Innern wusste er, dass Isabel die letzten paar Monate nicht nur gespielt hatte. Sie liebte ihn, und er wusste, dass sie ihn nicht hintergehen würde. Er musste das bereits gewusst haben, als er sie wegschickte, denn sie kannte viel zu viele Geheimnisse des Clans. Hätte er sie wirklich für eine Verräterin gehalten, würde er nicht erlaubt haben, dass sie ging. War das nicht die andere Bedeutung des Mottos der MacLeods – »Haltet fest«? Bei Gott, er würde an Isabel festhalten. Sie gehörte ihm, und er würde sie behalten. Er konnte seine Pflicht tun und gleichzeitig die Frau haben, die er liebte. Rory beugte sich über sie, nahm ihr Kinn in die Hand und zwang sie, ihm in die Augen zu schauen. »Ich vergebe dir, dass du mich nicht in die Pläne deines Onkels eingeweiht hast, aber du wirst mir versprechen, nie wieder Privatgespräche zu belauschen – ob nun unbeabsichtigt oder nicht.«

Isabel errötete bis an die Haarwurzeln. »Ich verspreche es. Ich werde nicht mehr durch Türritzen sehen.«

»Gut.« Er strich ihr eine seidige Locke aus dem Gesicht und sah sie zärtlich an. »Und was noch wichtiger ist: Du wirst auch schwören, dich nie wieder so in Gefahr zu bringen.«

Sie nickte, und wieder strömten ihr Tränen über die Wangen. »Ich wusste nicht, was ich sonst tun sollte …«

»Schsch«, unterbrach er sie, indem er seine Finger auf ihre leicht geöffneten Lippen legte. Er hatte lange genug gewartet, er musste von ihr kosten. Es war schon zu lange her. Er konnte sich nicht mehr zurückhalten und senkte den Kopf, um seinen Mund in einem sanften, verführerischen Kuss auf ihre Lippen zu legen. Sein Herz machte einen Satz, als ihn ihr so schmerzlich vertrauter Geschmack empfing. Sie war die reinste Ambrosia – die Honigsüße ihres Mundes vermischte sich mit dem bittersüßen Salz ihrer Tränen.

Doch Isabel wollte nicht sanft umworben werden. Bei der ersten Berührung seines Mundes stöhnte sie, schlang die Arme um seinen Hals und riss ihn an sich. Sie reckte sich ihm entgegen, drückte sich an ihn, küsste ihn mit einem fast verzweifelten Flehen fester.

Rory spürte, wie sich seine Selbstbeherrschung in Luft auflöste und auf ihr wildes Verlangen reagierte. Was eben noch als zarte Verführung begonnen hatte, wurde von den Wogen lodernder Leidenschaft abgelöst. Fordernd, besitzergreifend, sengend fuhr sein Mund über ihren und eroberte sie mit Zunge und Lippen. Sie gehörte ihm. Daran sollte es für sie keinen

Zweifel mehr geben. Sie öffnete den Mund, und seine Zunge glitt hinein, um sich mit ihrer Zunge ein intimes Duell aus Hieb und Stich zu liefern. Er tauchte immer tiefer ein und erforschte sie, als wolle er bis in die Tiefen ihrer Seele vordringen.

Doch es genügte nicht. Erst musste er seinen Schwanz tief in sie hineinstoßen und spüren, wie sie zuckend zum Höhepunkt kam. Erst musste die Erinnerung an ihre Trennung durch das Feuer ihrer Leidenschaft ausgelöscht werden.

Doch Rory wusste, dass ihm auch das nicht genügen würde.

Von der ersten Berührung seines Mundes an bebte Isabels ganzer Körper vor Erleichterung und Verlangen. Sein vertrauter Geschmack und sein ganz eigener männlicher Geruch überwältigten sie fast. Diese wunderbare Mischung aus Salz und Sandelholz. Nach Erde und Meer. Sie stöhnte und schmiegte sich fester in seine Arme. Weiche Kurven gegen warme, feste Muskeln.

Ihre Hände glitten über Rücken und Schultern, wobei sie die vertrauten stählernen Erhebungen erforschten. Sie stellte fest, dass er seit seiner Genesung wieder etwas zugenommen hatte. Trotzdem hatte er immer noch etwas von der Hagerkeit an sich, die vor dem Überfall nicht da gewesen war. Seine Muskeln wölbten sich unter ihren Fingerspitzen, und ein erwartungsvoller Funke raste durch ihren Körper. Sofort entzündete sich das Feuer, als wäre es nie ausgelöscht worden. Als hätte es die letzten zwei Wochen nur geschwelt. Ihren Bewegungen wohnte etwas Drängendes inne, das an die lange Trennung erinnerte.

Isabel spürte wieder dieses Kribbeln tief unten in ihrem Bauch, und instinktiv hob sie ihm ihre Hüften entgegen. Rory packte ihren wunden Po und drückte sie fest an den steifen Beweis seines Begehrens. Die durch das tagelange Sitzen im Sattel hervorgerufenen Schmerzen waren im nebligen Schleier, der sich über ihre Sinne legte, vergessen.

Plötzlich waren seine Hände überall – lagen auf ihren Brüsten, kneteten ihre Hüften, glitten über ihre Schenkel. Er drückte seinen Mund auf Hals und Schultern und zerkratzte ihre zarte Haut dabei mit seinen Bartstoppeln. Sie wollte ihn so sehr, dass Gänsehaut ihren Körper überzog.

Seine Finger begannen an den Schnüren ihres Kleides zu zerren und lösten sie. Dann zog er ihr das dreckige Reitkleid von den Schultern, über die Hüften, ließ es auf den Boden fallen. Als Nächstes folgten Korsett und Unterröcke. Seine Finger glitten unter den dünnen Stoff ihres Hemdchens und strichen liebkosend über die Wölbung ihrer Brust. Isabel hatte das Gefühl, dass ihre Haut überall dort, wo er sie berührte, versengt wurde. Als sein Mund dem köstlichen Pfad folgte, den seine Finger vorgezeichnet hatten, begann sie sich unkontrolliert zu winden. Sie spürte, wie ihr die Kniehosen heruntergestreift und das Hemdchen über den Kopf gezogen wurde, bis sie schließlich ganz nackt vor ihm lag. Das Bewusstsein ihrer Nacktheit überzog ihre Haut mit einem rosigen Schleier.

Aber sie war jenseits von Scham oder Verlegenheit.

Und Rorys Selbstbeherrschung war erschöpft. Isabel war wie hypnotisiert von der Macht des Verlangens, das sie in seinen Augen sah und mit der er seinen Blick über ihren nackten Körper gleiten ließ.

Seine Stimme war ganz heiser vor lauter tief empfundenen Gefühlen. »Du bist so schön, Isabel.«

Er löste den Gürtel, der den Kilt zusammenhielt und zog sich das zerknitterte *leine croich* über den Kopf.

Jetzt war es an ihr, ihn zu bewundern. Kühn wanderte ihr

Blick über den flachen Bauch mit den wellenförmig hervortretenden Muskeln, die breite Brust und die muskulösen Arme und Beine. Die Größe seiner steifen Erregung. Er war herrlich.

»Du auch«, sagte sie heiser.

»Es ist viel zu lange her.«

Ihr Mund war zu trocken, um etwas zu sagen. Sie nickte.

Er glitt über sie. Als sie seine Haut an ihrer spürte, schmolz Isabel dahin. An den Stellen, wo sich ihre Körper berührten, entstand eine köstliche feuchte Wärme. Als sich sein Glied gegen ihren Bauch drückte, hob sie ihm ihre Hüften einladend entgegen und stieß mit ihrer feuchten Weiblichkeit gegen die Spitze seiner Erregung.

»Isabel, wenn du das noch einmal machst, garantiere ich für nichts mehr.« Seine Stimme war ganz rau vor Verlangen.

Ohne auf seine Worte zu achten, streckte sie die Hand nach seinem Glied aus und nahm die samtige Haut fest in die Hand. Dann begann sie ihre Hand in dem Rhythmus zu bewegen, den er sie gelehrt hatte. Sie beobachtete, wie sich sein Gesicht verzerrte, als ob er Schmerzen hätte. Unbarmherzig erhöhte sie die Geschwindigkeit. Wie gebannt von dem Gefühl der Kontrolle, die sie über diesen starken Mann hatte, beobachtete sie, wie sich seine Bauchmuskeln anspannten. Sie konnte den Druck spüren, der unter ihrer Hand immer stärker wurde und verrieb mit dem Daumen den heißen Tropfen, der vor lauter Begehren aus der Spitze getreten war.

»Verdammt, Liebste. Wollen wir doch mal sehen, wie sehr du solche Folterqualen genießt.«

Rory riss ihre Hand weg und zog beide Hände mit einer Hand grob über ihren Kopf, wo er sie festhielt. Sie kannte seine Kraft. Sie würde nie in der Lage sein, sich loszureißen. Auch wenn sie wollte. Sein goldenes Haar schwang vor die von Leidenschaft erfüllten Augen, doch erst nachdem sie das spitzbübische Grinsen gesehen hatte. Das ließ einen neuerlichen Schauer über ihren Rücken laufen.

Er fuhr mit der Zunge über ihre Brust und berührte die Spitzen, damit sie sich aufrichteten. Er pustete sacht darüber und nagte ganz leicht daran. Sie wand sich vor Verlangen und hob die Hüften seinem Glied entgegen. Doch er wich zurück und verweigerte ihr, um was sie bat. Sein Mund schloss sich um die Spitze ihrer Brust, und er saugte zart daran. Rasende Lust durchzuckte Isabels Körper, doch sie wollte mehr. Viel mehr.

Rory erhöhte ihre Qual, als er mit seinem Mund ganz langsam über ihren Bauch und weiter nach unten fuhr, wobei er ihre glühende, empfindsame Haut leckte und liebkoste.

Er schob seine Hand zwischen ihre Schenkel. Vor lauter Erwartung stockte ihr der Atem. Sie konnte an nichts anderes mehr denken als seine Hand, seinen Mund. Nur noch, wie sehr sie von ihm berührt werden wollte.

Er spielte mit ihr und bereitete ihr köstliche Qualen, indem er nur federleicht über die Stelle strich, die vor Verlangen ganz angespannt war. Dann hauchte er Küsse auf die Stelle, wo eben noch seine Finger gewesen waren. Wortlos flehend hob sie ihre Hüften seinem Mund entgegen.

»Wie fühlt sich das an, Liebste?«

»Bitte, Rory.«

Er kicherte. »Sag mir, wie sehr du mich willst.«

»Bitte, ich will dich so sehr – ich will, dass du mich berührst. Ich will dich in mir spüren.«

Er stöhnte. »Ich glaube, du hast deine Lektion, was Folter angeht, gelernt, mein Liebling.«

Sein Finger glitt in sie hinein, als er begann, sie ins Paradies zu bringen. Sie schloss ihre Schenkel um seine Hand und verstärkte den Druck, die köstliche Reibung, die ihr die Erlösung bringen würde. Sie wusste, dass sie kurz davor war, und alles verschwand in einem heißen Nebel, als heftige Zuckungen ihren Höhepunkt ankündigten. Schnell schob er sich über sie, wobei er ihre Hände losließ und mit einem einzigen Stoß tief in sie eindrang. Isabel keuchte auf, als sie ihn so groß und stark in sich spürte. Das Gefühl verstärkte ihren Höhepunkt, sodass das Zucken schneller und heftiger wurde.

Er packte ihre Hüften und hob sie seinen tiefen Stößen entgegen. Isabel wölbte ihren Rücken nach oben und drängte ihn dazu, sie härter und tiefer zu nehmen. Sie wollte die ganze Macht seiner Leidenschaft spüren, spüren, wie sehr er sie brauchte. Sie wollte nicht, dass er irgendetwas zurückhielt.

Rory spürte ihr Drängen und stieß noch fester, fast schon wild mit ungezügeltem Verlangen zu. Er hatte sie noch nie so hart genommen. Sie drückte sich wieder an ihn, als sie von den Wogen der Leidenschaft überrollt wurde und innerlich zuckend zerbrach.

Er warf den Kopf zurück und tauchte tief in sie ein, wobei die Heftigkeit seiner Erlösung ihn am ganzen Körper beben ließ. Er blieb tief in ihr und ließ das Pulsen ihrer Leidenschaft sanft um ihn herum auslaufen, bis er völlig erschöpft auf ihr zusammenbrach.

Haut an Haut, Brust an Brust rasten zwei Herzen im selben Takt. Er rollte von ihr herunter und strich liebevoll eine feuchte Strähne aus ihrer Stirn.

Die Zärtlichkeit in seinem Blick ließ ihr den Atem stocken. Bei dem Gedanken, was sie beinahe verloren hätte, konnte Isabel nicht verhindern, dass ihr die Tränen über die Wangen strömten. Sie wusste zwar nicht, was die Zukunft für sie bereithielt, doch er hatte ihr vergeben, und das war genug.

Er sah sie verwirrt an. »Was ist los? War ich zu grob?«

Sie schüttelte den Kopf und lächelte. »Ich bin einfach nur glücklich.«

Er nahm ihr Kinn in die Hand und hauchte einen Kuss auf ihre Nase. »Du bist erschöpft.« Er zog sie an sich und begann Anweisungen zu geben. »Erst isst du etwas und nimmst ein Bad, dann schlafen wir.«

Zum ersten Mal war Isabel nur zu gern bereit, seinen Anweisungen Folge zu leisten.

27

Etwas Kaltes im Nacken ließ Rory aus seinem bleiernen Schlaf erwachen, doch die Warnung kam zu spät. Nach fast zwei Wochen schlafloser Nächte war er zusammen mit Isabel in einen totenähnlichen Schlaf gefallen, der all seine Instinkte gelähmt hatte. Rory spürte kalten Stahl, der sich gegen seinen Hals drückte, und erblickte über sich den bösartigen Mackenzie, der ihn aus glasigen Augen anstarrte.

Rory erstarrte. Etwas, das einem Blutrausch schon sehr nahe kam, spülte die Überreste von Schlaf aus seinem Körper. Alle Sinne waren aufs Höchste gespannt, und er war zum Angriff bereit.

Als der Mackenzie sah, dass Rory wach war, stieß er Isabel an. »Steh auf, Hure.«

Rory wollte sie beschützen, doch er wagte nicht, sich zu bewegen. Noch nicht. Nicht, wenn die Klinge so nah war. Isabel brauchte ein bisschen, um ganz zu sich zu kommen und zu erkennen, was los war. Rory sah, wie sich ihre Augen vor Angst weiteten.

»Keine schnellen Bewegungen, Liebste«, beschwichtigte Rory sie. »Bleib ganz ruhig.«

Der Mackenzie grinste höhnisch, und seine Miene zeigte nichts als Rachedurst. »Ich sagte, steh auf, Hure.«

Rory fluchte. »Tu es, Liebste.«

Isabel bedeckte ihre Blöße mit einem Laken und stieg aus dem Bett. Das Mondlicht hob ihren sinnlichen Körper aufs Vollkommenste hervor.

Der Mackenzie hielt sein Schwert weiterhin an Rorys Hals

gedrückt, doch seine Augen verschlangen ihre fast vollständige Blöße. Seine gräuliche Zunge schnellte hervor, um sich die Lippen zu befeuchten. Die Lust verwandelte seine Miene in eine Maske lasterhafter Grausamkeit. Rory spürte, wie sich jeder Muskel in seinem Körper anspannte. Heiße Wut durchströmte ihn. Den Mann zu töten, der es wagte, seine Gemahlin zu bedrohen, würde ihm ein Vergnügen sein. Aber zuerst musste er ihn irgendwie ablenken.

Leider schien Isabel dieselbe Idee zu haben. Rory konnte sehen, wie verängstigt sie war, doch ungeachtet der Gefahr, zog sie den Blick des Mackenzie auf sich, indem sie das Laken arglos bis zu ihrem Busen herunterrutschen ließ. *Verdammt.* Innerlich kochte er vor Wut. Sie hatte versprochen, sich nicht wieder in Gefahr zu begeben. Er würde sie erwürgen, wenn das hier vorbei war. Das Einzige, was ihn im Moment davon abhielt, war die Tatsache, dass sie versuchte, sich für ihn zu opfern, und ihr Ablenkungsmanöver funktionierte. Zu gut.

»Wie seid Ihr hier hereingekommen?«, fragte Rory, obwohl er es sich schon zusammengereimt hatte.

Der Mackenzie verschlang Isabels Körper immer noch gierig mit den Augen, aber zumindest machte er keine Anstalten, sie zu berühren. »Na, ich bin natürlich dem Mädchen gefolgt.«

»Das ist unmöglich«, rief Isabel. »Ich habe aufgepasst, dass mir niemand folgt.«

»Du hast aufgepasst, dass keiner hinter dir war. Aber ich hatte einen Vorteil. Ich wusste, wo du hinwolltest – wo du das letzte Mal verschwunden bist. Also habe ich gewartet, bis du kamst.«

Isabel fluchte leise und drehte sich zu Rory um. »Es tut mir leid. Es ist alles meine Schuld.«

Instinktiv bewegte Rory sich, um sie zu trösten, hielt jedoch sofort inne, als sich die Klinge an seinen Hals drückte. Er ließ sich zurücksinken. »Das konntest du nicht wissen, Liebste.« Er wandte sich wieder dem Mackenzie zu.

In der Festung war alles ruhig. Das war ein gutes Zeichen. »Wo sind die anderen? Seid Ihr etwa allein gekommen?«

Der Mackenzie zuckte mit den Achseln. »Geduld, MacLeod. Alles zu seiner Zeit.« Er warf Isabel einen lüsternen Blick zu. »Manches kann allerdings nicht warten.«

Der Mackenzie war zu sehr darauf erpicht, sie umzubringen. Rory überlegte schnell. Es könnte von Vorteil für sie sein, wenn der Mackenzie Isabel allein nach drinnen gefolgt war oder nur mit ein paar Männern. Aber Rory wusste, dass sie schnell handeln mussten. Sleat würde nicht fern sein. Rory zog die Aufmerksamkeit des Mackenzie wieder auf sich. »Was wollt Ihr?«

»Na, das Feenbanner natürlich. Als Anfang.« Der Mackenzie schaute Isabel wieder lüstern an. Rory musste gegen den Drang ankämpfen, ihm das widerliche Grinsen vom Gesicht zu reißen.

»Nie«, erwiderte Rory gleichmütig. Kühle Überlegenheit schwang ungeachtet des Schwertes, das sich gegen seinen Hals drückte, in seiner Stimme mit.

»Wir werden sehen.« Der Mackenzie wandte sich an Isabel. »Hure, du, bring mir das Banner. Und keine Tricks, ich weiß, wie es aussieht.«

»Nie.« Isabel sah Rory in die Augen, und in ihrer Stimme schwang der gleiche Tonfall mit, den sie bei ihm gehört hatte.

»Du wagst es, dich mir zu widersetzen? Du, Dirne du, die du meinen Sohn in den Tod gelockt hast. Ich werde es genießen zuzusehen, wie du um Gnade winselst. Wie viel liegt dir an deinem ehemaligen Gatten auf Zeit?«

Der Mackenzie ließ sein Schwert vorschnellen und die rasiermesserscharfe Klinge grub sich tief in Rorys nackte Schulter. Rory zuckte noch nicht einmal zusammen, aber Isabel keuchte vor Entsetzen, als Blut aus der Wunde spritzte.

»Wir werden sehen, wie fest dein Entschluss ist, wenn ich ihn Stück für Stück auseinanderschneide. Was meinst du, wie lange du seine Schmerzen erträgst? Am Ende wirst du mich anflehen, ihm die Kehle durchzuschneiden.«

Die sadistische Freude an dem, was er tat, verwandelte das Gesicht des Mackenzie, während er sprach. Sein Rachedurst hatte den Mann innerlich abgetötet, sodass in seiner Seele nur noch Bosheit war. Rory wusste, dass der Mackenzie sie töten würde, ob nun mit oder ohne Banner. Er hatte keine Zweifel daran, es mit dem Mann aufnehmen zu können, doch wenn der Mackenzie auf Isabel losging … Rory musste ihn irgendwie ablenken, damit er an seine Waffe kam.

Sein Blick schweifte durch den Raum. Vom Kamin zum Sessel und von dort zur Truhe, nach der Isabel nie geschickt hatte …

Sein Blick ging zurück. Der Kamin. Isabels Truhe. Ein leises Lächeln glitt über sein Gesicht. Er würde dem Mackenzie geben, was er haben wollte.

Rory wandte sich an Isabel. »Isabel, Liebste, wir haben keine andere Wahl. Gib ihm das Banner.« Rory deutete auf ihre Truhe. »Es ist in meiner Truhe, dort drüben.«

Rory sah Erleichterung in ihren Augen aufblitzen, als sie begriff. Sie ging auf die Truhe zu und nahm das Laken dabei mit, um weiterhin ihre Blöße zu bedecken. Langsam öffnete sie den Deckel und nahm Bessies Tuch von dem Stoffstapel, der darin lag. Ehrfürchtig hielt sie das Tuch hoch, damit der Mackenzie es sehen konnte. Als sie zu Rory schaute, deutete dieser mit seinem Blick auf das Feuer.

Sie nickte, und er wusste, dass sie verstanden hatte.

Isabel machte einen anscheinend harmlosen Schritt auf den Kamin zu. »Hier ist es.« Sie hielt es hoch, damit der Mackenzie es sehen konnte, ehe sie den Stoff schnell zusammenknüllte.

»Gib mir das Banner, Mädchen, oder ich schlag ihm den Kopf ab. Sofort!«

Rory wartete und überzeugte sich davon, dass der gierige Blick des Mackenzie am »Banner« hing. Mehr als ein paar Sekunden brauchte er nicht.

»Hier, wenn Ihr es haben wollt – fangt.« Und ehe dem Mackenzie klar wurde, was sie vorhatte, warf Isabel das Tuch in die lodernden Flammen des Feuers.

»Nein!«, brüllte der Mackenzie.

Dann machte er einen Satz nach vorn, um den Stoff mit seinem Schwert aus den Flammen zu heben. Währenddessen rollte Rory nackt vom Bett und zog einen Dolch unter dem Haufen seiner abgelegten Kleidung hervor.

»Zurück, Isabel«, befahl er leise.

Sie lief ans andere Ende des Zimmers und hielt sich so weit wie möglich außer Reichweite von Mackenzie.

Aber das war gar nicht nötig – die Ablenkung war erfolgreich gewesen.

Der Blick des Mackenzie hing am »Banner« und verschaffte Rory die kostbaren Sekunden, die er brauchte, um anzugreifen. Das Blut strömte heiß durch seinen Körper, und eine große Klarheit kam über ihn wie immer bei einem Kampf. Mit erhobenem Dolch stürzte Rory sich auf den Mackenzie. Er bewegte sich mit tödlicher Präzision. Er hatte nur noch ein Ziel vor Augen.

Zu spät bemerkte der Mackenzie seinen Fehler. Im letzten Augenblick drehte er sich um, um den Hieb abzuwehren, doch es war vergebens. Rory konterte den Gegenangriff von Mackenzies Schwert mit Leichtigkeit. Mit der eisernen Entschlossenheit eines Mannes, der die Frau beschützt, die er liebt, stieß Rory seinen Dolch tief in das Herz seines Gegners.

Der Mackenzie riss Mund und Augen vor Überraschung auf. Von dem Dolch an der Kaminumrandung aufgespießt, hauchte er widerlich gurgelnd sein Leben aus. Rory ließ den Dolch los, und der Chief der Mackenzies sackte zu Boden. Im Tod war sein Gesicht zu einer Maske des Entsetzens erstarrt. Und wie bei seinem Sohn ein paar Monate zuvor richtete sich sein kalter, leerer Blick aufs ewige Nichts.

Es war vorbei.

Isabel stürzte sich in Rorys Arme. »Ich dachte, er würde uns umbringen.«

Rory strich ihr tröstend übers Haar. »Ich würde nie zulassen, dass dir irgendjemand etwas tut.« Doch das wilde Pochen seines Herzens sagte ihm, dass die Gefahr viel näher gewesen war, als ihm recht sein konnte. Es war immer noch kein Kampfeslärm zu hören, doch er musste bereit sein. Der Mackenzie war nicht allein gekommen.

Sie schaute mit Tränen in den Augen zu ihm auf. »Oh, Rory, es tut mir so leid. Ich schwöre dir – ich wusste nicht, dass er mich beobachtet hat.«

Er drückte seine Finger auf ihre Lippen. »Schsch, Liebes. Ich vertraue dir.« Dann schob er sie ein Stück von sich, um sie anzuschauen, und plötzlich legte sich ein finsterer Ausdruck auf sein markantes Gesicht. »Aber ich war der Meinung, wir hätten uns darauf geeinigt, dass du nie wieder etwas so Leichtsinniges tust. Das Laken ist nicht zufällig heruntergerutscht.«

Er konnte sehen, wie sich die Röte auf ihren Wangen ausbreitete, denn sie wusste sehr genau, worauf er anspielte. Sie versuchte zerknirscht auszusehen. »Ich musste diese Klinge irgendwie von deinem Hals wegkriegen. Mir fiel nichts anderes ein, um ihn abzulenken.«

»Ich weiß, was du versucht hast zu tun, aber das nächste Mal behältst du mir deine Verführungsversuche vor. Und nur mir.«

Sie runzelte die Stirn. »Wenn du dich erinnern magst, dann habe ich das versucht, aber du warst unempfänglich dafür. Entmutigend unempfänglich.«

Rory schüttelte den Kopf. »Nein, Mädchen, ich war nie unempfänglich.« Er zog sie wieder an sich und küsste sie, während er ihr mit seinem Mund und der Härte seines Körpers zeigte, welche Wirkung sie auf ihn hatte. Zögernd beendete er den Kuss. »Später. Ich muss meine Männer wecken und mich um die Sicherheit der Festung kümmern.« Seine Gedanken rasten. Ihm wurde klar, dass der Mackenzie schnell geritten sein musste, um vor Isabel anzukommen, doch er konnte sich nicht sicher sein, wie lange die anderen noch brauchen würden, um einzutreffen.

»Der Eingang?«

Rory nickte. »Ja, von dort werden sie versuchen reinzukommen.« Er drehte ihr den Rücken zu, um nach seiner Kleidung zu greifen, als er Isabel keuchen hörte.

Das Laken, das sie hielt, war voller Blut. »Deine Schulter blutet.«

»Das ist nichts, nur ein Kratzer.« Ein Kratzer, der höllisch wehtat.

Ihre Blicke trafen sich. Er wusste, dass sie Einwände erheben wollte, doch dafür war jetzt keine Zeit. »Pass nur auf, dass du dir keine weiteren Kratzer holst.«

Er gab ihr einen flüchtigen Kuss auf den Mund. »Ich werde mich bemühen.«

Es war einfacher, als Rory erwartet hatte. Der Rachedurst hatte den Mackenzie überstürzt handeln lassen, weil er jederzeit mit Sleats Ankunft gerechnet hatte. Die Wachposten, die den Mackenzie begleitet hatten, warteten beim geheimen Eingang auf die Rückkehr ihres Chief und konnten von Rory und seinen Männern sofort überwältigt werden. Bei Sleats Eintreffen würde keiner da sein, der ihn erwartete. Keiner, der ihm zeigte, wo der geheime Eingang war. Innerhalb weniger Stunden hatte Rory die Festung gesichert und kehrte in sein Gemach zurück. Isabel wartete mit einer Nadel auf ihn.

Später saßen sie sich dann an einem kleinen Tischchen gegenüber, das man für Isabel gebracht hatte, damit sie auf dem Zimmer essen konnte. Rory streckte seine Beine aus, lehnte sich mit einem Kelch *cuirm* in seinem Armlehnstuhl zurück und betrachtete sie. Er mochte sie gar nicht aus den Augen lassen, aus Angst, sie könnte plötzlich wieder verschwinden. Er konnte immer noch nicht glauben, dass sie da war.

»Ich glaube, ich habe dich noch nie dein Essen so sehr genießen sehen«, meinte er belustigt.

Isabel wirkte etwas verlegen, weil sie merkte, dass sie tatsächlich mit einem recht undamenhaften Appetit über ihren Teller hergefallen war. »Ich bin wohl ziemlich ausgehungert. Die letzten paar Wochen ist mir immer mal wieder übel geworden.« Sie rümpfte die Nase. »Und ich ertrage den Geruch von manchen Nahrungsmitteln nicht. Hering ist ganz besonders widerlich«, erklärte sie mit einem Schaudern.

Genau wie bei meiner Mutter, als sie …

Rory erstarrte und zwang sich dazu, ruhig zu bleiben, obwohl sich sein Herzschlag in Anbetracht der Möglichkeit beschleunigte.

Sie konnte es nicht sein. Doch er wusste besser als jeder andere, dass es doch möglich war. Er erinnerte sich wieder an jene gemeinsame Nacht vor fast zwei Monaten, als er die Kontrolle über sich verloren und sich in sie ergossen hatte. Ihm sank das Herz. Ein Kind. Könnte Isabel ein Kind von ihm erwarten? Tausenderlei Empfindungen stürmten mit einer Heftigkeit auf ihn ein, die ihn verblüffte. Er wollte es mit jeder Faser seines Wesens.

Er nahm einen großen Schluck *cuirm*, wobei seine Finger den Kelch so fest umklammerten, dass die Knöchel weiß hervortraten. So beiläufig wie möglich fragte er: »Isabel, erinnerst du dich an die Nacht nach dem Turnier?«

Sie schaute mit fragend hochgezogenen Augenbrauen zu ihm auf. »Natürlich.«

Er sah sie durchdringend an. »Hast du seitdem deinen Monatsfluss gehabt?«

Sie legte den Kopf zur Seite und überlegte. »Nein, ich glaube nicht, aber warum …« Sie stockte und holte plötzlich keuchend Luft, während ihre Hand zu ihrem Mund flog, als ihr die Erkenntnis kam. Sie starrte ihn mit ungläubig aufgerissenen Augen an. »Ein Baby?«

»Es könnte sein«, erwiderte er mit vor Rührung ganz heiserer Stimme.

Sie ließ die Hand fallen und legte sie auf ihren Bauch. »Lieber Himmel, warum bin ich nicht selber darauf gekommen? Ich habe mir wegen so vieler anderer Dinge Sorgen gemacht, dass ich noch nicht einmal daran gedacht habe.«

Rory hätte am liebsten den Kopf in den Händen vergraben und geweint. Vor Freude, dass durch ihre Liebe etwas so Kostbares erschaffen worden war. Und vor Reue. *Ich habe sie weggeschickt. Ich hätte sie beide verlieren können. Nie wieder.* Er stand auf und zog sie zärtlich in seine Arme, während ihn die Vorstellung, was er beinahe verloren hätte, nun aber zu ihm zurückgekehrt war, fast überwältigte.

»Oh, Rory, es tut mir leid«, schluchzte sie.

Er legte seine Finger unter ihr Kinn und hob ihr Gesicht, sodass er ihr tief in ihre betrübten violetten Augen blicken konnte. »Was soll denn dieses törichte Gerede? Warum soll es dir leid tun?«

»Ich weiß, dass du kein Kind wolltest, weil das alles nur noch komplizierter macht.«

Rory lächelte. »Ein Kind wird gar nichts komplizierter machen.« In Wirklichkeit konnte er sich nichts vorstellen, das perfekter gewesen wäre.

»Aber was ist mit dem Bündnis?«

»Es gibt kein Bündnis mehr mit Argyll. Ich habe vor einiger Zeit festgestellt, dass ich dich nicht gehen lassen kann.«

Sie sah aus, als hätte er ihr die Sterne vom Himmel heruntergeholt. Sie erkannte, welchen Preis er unter Umständen dafür hätte bezahlen müssen. »Aber was ist mit Trotternish?«

Schnell erzählte er ihr von dem Brief, den er vom König erhalten hatte. Rory wusste, dass James wegen des Todes des Mackenzie wütend sein würde, aber der König konnte ihm schließlich nicht vorwerfen, dass er einen Mann tötete, der ihn in seinem eigenen Schlafgemach angriff.

Ein strahlendes Lächeln legte sich über ihr Gesicht. »Also hat mein Brief an die Königin etwas gebracht?«

»Es hat wohl nicht geschadet, dass er unmittelbar nach meinem Brief an den König kam. Aber mit dem, was du von deinem Onkel mitgebracht hast, hätten wir den König auf jeden Fall von unserer Sache überzeugen können.« Er schaute ihr tief in die Augen. »Damit ist also klar, dass ich bereits vor deiner Ankunft wusste, du würdest mich nicht hintergehen.« Er lächelte. »Aber nicht, dass du denkst, ich würde mich nicht über das freuen, was du mitgebracht hast. Aber ich hatte bereits Vorbereitungen getroffen, um zu dir zu kommen.«

»Wirklich?«

»Ich habe an deinen Vater geschrieben. Ich denke sogar, dass wir mit seinem baldigen Kommen rechnen können.«

»Mein Vater? Hier?«

»Ich hoffte, ihn davon zu überzeugen, dass eine Heirat, eine richtige Heirat diesmal, für ihn von Vorteil wäre. Ich glaube, ich habe ihm ein Angebot gemacht, dass er nicht ausschlagen konnte.«

Sie zog die Augenbrauen zusammen. »Was für ein Angebot?«

»Ich habe ihm meine Unterstützung bei der Verteidigung von Strome Castle gegen die Mackenzies angeboten.«

Sie warf sich ihm an den Hals. »Das wolltest du für mich tun?«

Er lächelte sanft. »In Wahrheit war es keine sonderlich schwere Entscheidung. Die Mackenzies sind besonders zur Zeit wirklich nicht unsere Freunde. Und durch deinen Brief werde ich bald einigen Einfluss beim König haben.«

»Indem du mich heiratest, wirst du das Gebiet, das du möchtest, zurückfordern können.«

Er wusste, was sie dachte. »Ja, aber das ist nicht der Grund, weshalb ich dich heiraten möchte.« Er musste ihr sagen, wie wichtig sie ihm war. »Du bist eine MacLeod, du bist Teil meiner Familie.« *Ohne dich wäre ich verloren.*

Sie zog die Augenbrauen zusammen. »Dann verstehe ich nicht, warum du die Ehe auf Probe aufgelöst hast.«

»Ja, Liebste, das tut mir leid.« Er bedauerte es mehr, als sie je erfahren würde. Das waren wirklich dunkle Tage gewesen. Er drückte einen zarten Kuss auf ihren Mund. »Aber erinnerst du dich denn nicht mehr an die Geschichte des Barden? Nur ein MacLeod kann das Feenbanner berühren.«

Isabel warf den Kopf zurück und lachte. »Ich wünschte, du

hättest daran gedacht, ehe du mich zu meinem Onkel zurückgeschickt hast. Das hätte mir viel Kummer erspart«, tadelte sie ihn, doch das belustigte Funkeln in ihren Augen nahm dem Tadel die Spitze.

Rory war so schlau, zerknirscht auszusehen. »Ich muss gestehen, dass es mir erst später eingefallen ist. Aber ich glaube, dass ich immer wusste, dass du zu mir gehörst. Vom ersten Moment an, als ich dich sah.« Er lächelte, als sie ihn ungläubig anblickte. »Es mag nicht immer so ausgesehen haben, Isabel, aber glaub mir, es war so.«

Gott sei Dank hatte er es erkannt, ehe es zu spät war. Isabel hatte einen Teil von ihm berührt, von dessen Existenz er gar nichts gewusst hatte. Das Leben eines Anführers war wirklich einsam. Rory hatte nur für Pflicht und Verantwortung gelebt und dabei übersehen, was wirklich wichtig war. Das Glück seiner Schwester, seines Bruders und sein eigenes. Er hatte Unrecht gehabt. Isabel war nicht seine Schwäche, sondern seine größte Stärke.

Die Tiefe seiner Empfindungen für dieses zarte Mädchen erfüllte ihn mit Dankbarkeit.

Rory zog sie in seine Arme und sah ihr in die Augen, damit es keinen Zweifel an der Wahrheit seiner Worte gab – Worte, die sie für immer aneinander binden würden: »Ich liebe dich, Isabel, von ganzem Herzen.«

Viel später am Abend – nach einem tränenreichen Wiedersehen mit Bessie, Margaret und Alex – seufzte Isabel tief und kuschelte sich mit dem Rücken an die wärmende Kraft, die hinter ihr lag. Sie war von einem so vollkommenen Glücksgefühl erfüllt, dass es ihr den Atem nahm. Sie spürte, dass sich seine Arme instinktiv fester um sie legten – und sie noch näher an ihn heranzogen. Ihr Po schmiegte sich perfekt in die natürliche Wölbung zwischen Hüften und Beinen. Ein Arm lag unter ihren Brüsten, der andere lag fast beschützend um ihren noch flachen Bauch.

Ein Baby. Isabel konnte es immer noch nicht glauben. Die Entdeckung, dass in ihr ein winziges Leben wuchs, hatte sie mehr gerührt als mit Worten auszudrücken war. Die Tiefe der Emotionen, die sie erfüllten, seitdem sie wusste, dass sie mit Rorys Kind schwanger war, hatte sie sich gar nicht vorstellen können. Sie war jetzt auf eine Art und Weise mit diesem Mann verbunden, die sie vor einem Jahr noch gar nicht verstanden hätte. Dass so etwas Gutes und Schönes aus so viel Schwierigkeiten hatte erwachsen können, war ein Beweis für die Kraft ihrer Liebe und die Macht des Verzeihens.

Ihr drehte sich immer noch der Kopf angesichts all der Dinge, die passiert waren. Er hatte ihr vergeben, sie vor einem Wahnsinnigen gerettet, der sie hatte umbringen wollen, er hatte ihr seine Liebe erklärt und ihr ein Kind geschenkt. Und das alles innerhalb eines Tages. Eine beeindruckende Leistung – sogar für einen Mann wie Rory MacLeod. Doch das, was sie tief bewegt hatte, war das, was er für sie bereit gewesen war aufzugeben. Es hatte sie erstaunt, als er ihr gestand, dass er sie auch dann geheiratet hätte, wenn der König nicht auf seine Bitte eingegangen wäre, Trotternish zu ihrer Mitgift zu machen. Er hatte seinen Sinn für Pflichterfüllung für sie aufs Spiel gesetzt. Das Wissen, was ihn seine Wahl hätte kosten können, erfüllte sie mit tiefer Dankbarkeit.

Rory hatte ihr so viel gegeben – mehr als sie je für möglich gehalten hätte. Einen Platz in seiner Familie, eine neue Wahrnehmung ihrer selbst, ein Kind und vor allem seine Liebe. Ohne ihn wäre sie nicht vollständig – sondern immer noch das leicht zu beeindruckende, verletzliche Kind, das sie vor ihrer Ankunft auf Dunvegan gewesen war.

Sie konnte seine gleichmäßigen Atemzüge in ihrem Nacken spüren. Isabel, die angenommen hatte, dass er schlief, zuckte beim Klang seiner Stimme zusammen.

»Woran denkst du, Liebste?«

Isabel lächelte. »Dass ich mich noch nie so glücklich gefühlt habe. Ich glaube, ich könnte bis ans Ende meines Lebens in dieser Stellung liegen bleiben.«

Rory stieg über sie hinweg und drehte sie auf den Rücken, sodass er ihr in die Augen schauen konnte. Sanft küsste er sie auf die Nasenspitze. »Hmm«, murmelte er und hauchte federleichte Küsse auf ihre Wange. »Dann bin ich meinen Pflichten vielleicht nur sehr nachlässig nachgekommen.« Seine Zunge schob sich zwischen ihre geöffneten Lippen und erkundete das Innere ihres Mundes.

Sofort spürte sie das Kribbeln, das sich wie eine zärtliche Berührung in ihren Gliedern ausbreitete. Allein mit seinem erregenden Mund schaffte er es, dass sie sehnsüchtig nach mehr verlangte. »Wie meinst du das?« Irgendwie gelang es ihr, diese Worte trotz des fiebrigen Verlangens, das bereits durch ihren Körper strömte, hervorzustoßen.

Sein Mund wurde fordernder, als er sich auf sie schob und sie noch leidenschaftlicher mit seinen Lippen und seiner Zunge verführte, sodass sie kaum noch Luft bekam. Nach einem Augenblick hob er den Kopf und grinste. »Wir sind noch nicht einmal verheiratet und schon bist du mit nur einer Stellung glücklich.«

Isabels Wangen wurden ganz heiß. »Schuft. Du weißt, dass ich das nicht gemeint habe. Und deinen Pflichten bist du auch nicht nachlässig nachgekommen.« Sie stieß ihn mit einem Lachen fort. »Und was das andere betrifft – wenn ich jetzt genauer darüber nachdenke, stelle ich fest, dass ich mich gar nicht daran erinnern kann, von dir gefragt worden zu sein, ob ich dich heiraten möchte.« Sie zog eine Augenbraue hoch. »Bist du dir meiner Antwort so sicher?«

Ein wundervoll verwirrter Ausdruck huschte über sein Gesicht, ehe dieser von einem arroganten Grinsen abgelöst wurde. Er setzte sich auf, lehnte sich mit dem Rücken gegen das Kopfteil des Bettes und verschränkte die Arme vor der Brust. Isabel stockte fast der Atem. Er war wunderschön. Diese Kraft, die er ausstrahlte. Die glatte Haut spannte sich straff über den steinharten Muskeln von Armen und Schultern. Nie würde sie es müde werden, ihn zu betrachten und sich daran zu erfreuen, dass er ihr gehörte.

»Du musst mich heiraten«, stellte er fest, »wegen des Kindes.« Er ließ seinen Blick über ihren nackten Körper gleiten und blieb an ihrem runden Hinterteil hängen. Er runzelte die Stirn. »Deine Hüften sind zu schmal. Ich fürchte, unser hübscher Kleiner wird zu groß für dich sein.«

Sie schwelgte einen Moment in dem Gedanken an ihr Kind, ehe sie begriff, was er gesagt hatte. »Und wieso bist du dir so sicher, dass es ein Junge wird?«

Rory kicherte. »Natürlich wird *er* ein Junge«, sagte er, als wäre alles andere unmöglich. Er richtete sich noch ein bisschen stolzer auf. »Wir werden ihn John nennen.«

Isabel schüttelte den Kopf. Eines Tages würde er lernen müssen, dass es Dinge gab, welche noch nicht einmal er steuern konnte.

»Gibt es irgendwelche anderen Gründe, weshalb ich dich heiraten sollte?« Sie hatte fast Angst zu fragen.

Er neckte sie jetzt nicht mehr. Die verspielte Arroganz war fort und durch einen Ausdruck ersetzt worden, der sie bis in die Zehenspitzen wärmte. Er hob ihr Kinn, um ihr in die Augen zu schauen. »Mein bestes Argument habe ich mir bis zum Schluss aufbewahrt.«

Sie wartete und konnte kaum atmen, so angespannt war sie.

»Weil ein Leben ohne dich für mich bedeutungslos wäre. Du bist mein Licht. Es war der größte Fehler, den ich je gemacht habe, als ich dich fortschickte, und ein dunkler Schleier legte sich über meine Seele. Ich liebe dich mehr, als ich je für möglich gehalten hätte.« Fürsorglich legte er seine Hand auf ihren Bauch. »Ich schwöre dir und unserem Kind, dich ewig zu lieben.«

Isabel war wie gebannt von der tiefen, unbeirrbaren Liebe, die sie in seinem zärtlichen Blick sah, während seine Augen vor lauter Glück hell funkelten.

Er hauchte einen Kuss auf ihre Lippen. »Isabel, du hast mir beigebracht, wie es ist zu lieben. Wirst du mir die große Ehre erweisen, meine Gemahlin zu werden?«

Sie wurde von überströmender Freude erfasst, und in ihren Augen glitzerten Tränen des Glücks. In seinen funkelnden Augen sah sie völlig unverhüllt all seine Gefühle und das wunderbare Versprechen auf einen Neuanfang. Ein Versprechen auf die Ewigkeit.

Ihre Liebe war nicht so zerbrechlich, wie sie einst gedacht hatte, sondern stark genug, um alle Widrigkeiten des launischen Schicksals, das sie zusammengebracht hatte, zu überstehen. Sie würde nie wieder daran zweifeln.

Sie nickte und sagte nur schlicht: »Ich dachte schon, du würdest mich nie fragen.«

Epilog

Ihr habt gehört, dass da gesagt ist.
»Auge um Auge, Zahn um Zahn.«

Matthäus 5,38

Holyrood Palace, Sommer 1603

Rory trat im Audienzsaal von Holyrood Palace unruhig von einem Fuß auf den anderen, während er darauf wartete, dass die Vorstellungen begannen. Isabel, die seine Unruhe spürte, schaute von dem schlafenden Kind in ihren Armen auf und schenkte ihm ein aufmunterndes Lächeln.

»Mach dir keine Sorgen, Rory, Margaret wird nichts passieren. Sie ist gut aufgehoben«, sagte Isabel und deutete mit ihrem Blick auf den mürrischen Wikinger, der fürsorglich an Margarets Seite stand.

»Ich weiß«, meinte Rory und erwiderte ihr Lächeln. Ihm ging wie immer das Herz auf, als er seine geliebte Gemahlin und sein Kind betrachtete. Einen schöneren Anblick konnte er sich nicht vorstellen. Wenn möglich war Isabel durch die Mutterschaft noch schöner geworden. Sie strahlte jetzt eine heitere Gelassenheit und eine Reife aus, die vorher noch nicht da gewesen waren. Die Liebe und das Bewusstsein, geliebt zu werden, hatten sie erblühen lassen. Und der kleine Engel auf ihrem Arm … er spürte, wie ihm vor Rührung die Brust ganz eng wurde. Zärtlich strich er mit der Rückseite seines Fingers über die samtweiche Wange.

Rorys Liebe zu Weib und Kind wurde mit jedem Tag, der verging, stärker. Er hatte einen Frieden und eine Zufriedenheit gefunden, von deren Existenz er gar nichts gewusst hatte. Er dankte Gott für das Glück, das ihm beschieden worden war, und die seltsamen Wendungen des Schicksals, die Isabel nach Dunvegan geführt hatten.

Sein Blick richtete sich wieder auf seine Schwester, um die sich im Moment seine ganze Sorge drehte. Sie sah prächtig in ihrem Hofstaat aus, während sie am anderen Ende des Saals darauf wartete, dass sie an die Reihe kam, den Gang entlangzugehen. Margarets goldene Ringellöckchen waren hochgesteckt worden und fielen von dort kleidsam über ihren Rücken – wobei sie silberweiß im flackernden Schein der Kronleuchter schimmerten. In Gedanken kehrte er zu einem noch nicht sehr lange vergangenen Tag zurück, an dem er Zeuge eines ganz anderen Aufzuges geworden war. »Margaret hat viel Schlimmeres durchgemacht«, sagte Rory eher zu sich selbst. »Sie ist jetzt stärker.«

Oder vielleicht war sie auch immer stark gewesen, und Isabel hatte sie nur auf diese Tatsache aufmerksam machen müssen. Isabel, die mit ihrem unerschütterlichen Glauben diesen Tag erst möglich gemacht hatte. Holyrood war die letzte Station von Margarets und Colins ausgedehnter Hochzeitsreise durch die Highlands. Isabel und Rory hatten sich ihnen wie versprochen angeschlossen, um ihnen beizustehen. Rory wusste, dass es nicht schaden konnte, wenn Margaret zwei Personen an der Seite hatte, die seit neuestem in hoher Gunst beim König standen – dem König von verräterischen Plänen zu berichten, schien diese Wirkung zu haben. Trotzdem – obwohl er wusste, wie wichtig dieser Tag für Margaret war – hatte er sich dagegengestemmt, denn er hatte seiner Unsicherheit einfach nicht Herr werden können.

»Rory, wenn du nicht endlich aufhörst, so ein finsteres Gesicht zu machen, wirst du noch alle Damen verschrecken«, neckte Isabel ihn.

Er verschränkte die Arme vor der Brust und schob das Kinn vor. »Sehr gut. Vielleicht erinnert sie das daran, irgendwelches üble Gerede im Zaum zu halten.«

Sie runzelte die Stirn. »Du hast versprochen …«

»Ja, hab ich«, brummte er. Gab es irgendetwas, das er nicht für seine Frau tun würde? Die Tatsache, dass er sich überhaupt bei Hofe befand, beantwortete diese Frage wohl zur Genüge. »Aber du hast nicht mit fairen Mitteln gekämpft.«

Isabel tat so, als wäre sie schockiert. »Stellt Ihr etwa meine Ehre in Frage, Herr Ritter?«, fragte sie und neckte ihn gleichzeitig mit dem Gerücht, dass der König vorhabe, ihn zum Ritter zu schlagen.

»Nein, nur die Methoden, die du anwendest, um jemanden zu überreden.«

Isabel zuckte mit funkelndem Blick die Achseln. »Es hat doch geklappt, oder?«

»Du bist ein unverschämtes Weib, Isabel MacLeod.«

»Erinnere mich später noch einmal daran.« Sie kicherte und richtete ihre Aufmerksamkeit dann wieder auf das Hofzeremoniell.

Rory hielt den Atem an, als Margarets Name gerufen wurde, und wappnete sich gegen die höhnischen Bemerkungen. Isabel schob ihre kleine Hand in seine und drückte sie schweigend. Er beobachtete, wie Margaret die Schultern zurücknahm und sich von Colin den Gang hinunter zu King James und Queen Anne führen ließ.

»Ist das etwa die einäugige Frau?«, hörte er jemanden sagen und verkrampfte sich. Dieselbe Stimme fuhr fort: »Aber die ist doch so hübsch – so ein zartes Wesen.«

Noch andere leise Stimmen waren zu hören, als sie den Gang entlangschritt.

»Ich dachte, sie wäre entstellt.«

Eine männliche Stimme erhob sich. »Warum hat Sleat sie überhaupt verstoßen, um dann diese hässliche Mackenzie zu heiraten? Vielleicht ist er ja derjenige, der sein Augenlicht eingebüßt hat.« Den Worten des Fremden folgte unterdrücktes Gelächter.

Rory atmete erleichtert aus. Endlich konnte er sich entspannen. Als seine Schwester hoheitsvoll an ihm vorbeischwebte, drehte sich Isabel zu ihm um und schien ihm mit ihren wundervollen violetten Augen zu sagen: ›Hab ich's dir nicht gesagt?‹

Das Herz floss ihm fast über vor Liebe zu dieser Frau, die ihm bereits so viel gegeben hatte.

Sie waren einen so weiten Weg miteinander gegangen. Und es war eine Ironie des Schicksals, dass die Ereignisse jenes schrecklichen Sommertages vor vier Jahren sie zusammengebracht hatten, als Sleat Margaret so grausam mitgespielt und sie unter Hohn und Schande weggeschickt hatte. Sleat war jetzt kein Dorn mehr in seinem Fleisch, denn er genoss zurzeit die »Gastfreundschaft« der königlichen Wache. Rory wusste zwar, dass der König Sleat nicht für immer einsperren würde, aber der Chief der MacDonalds bereitete ihm keine Sorge mehr.

Rory hatte alles, was er wollte.

Das stolze Gesicht seiner Schwester, das strahlende Gesicht seiner Gemahlin und das engelhafte Gesicht seiner Tochter Mairi vor Augen – die von Isabel beharrlich John genannt wurde – spürte Rory, wie auch die letzten Rachegelüste, die er noch im Herzen gehabt hatte, schwanden. Der Kreis hatte sich geschlossen.

Er hatte gewonnen. Glück war eindeutig die beste Rache von allen. Und Rory MacLeod war noch nie glücklicher gewesen.

Anmerkung der Autorin

Der Krieg der einäugigen Frau« hat sich größtenteils so zugetragen, wie ich es beschrieben habe. Der grausame Akt, mit dem der MacDonald von Sleat seine Ehe auf Probe mit Margaret MacLeod beendete, war der Auslöser für eine blutige, zwei Jahre lang währende Fehde. Die Geschichtsbücher geben keine Auskunft darüber, wie es zu Margaret MacLeods Augenverletzung gekommen oder wie schwer sie war, deshalb entschied ich mich dafür, ein Happyend für sie zu schreiben. Ich fand, nachdem sie von Sleat so schrecklich behandelt worden war, verdiente sie eines.

Rory MacLeod heiratete Isabel of Glengarry wahrscheinlich vor 1602. Im Gegensatz zu Sleat und Margaret gibt es keinen Hinweis darauf, dass Rory und Isabel vor der Heirat eine Ehe auf Probe eingegangen waren. Obwohl nirgends erwähnt wird, dass Rory und seine Gemahlin einander geliebt hätten, lassen die elf Kinder, die sie zusammen hatten, doch darauf schließen, dass sie einander in irgendeiner Form zugetan waren.

In letzter Zeit hat es einige Diskussionen darüber gegeben, wie Ehen auf Probe in Romanen dargestellt werden. Manche meinen, es hätte nie so etwas wie eine Ehe auf Probezeit gegeben und dass der dafür angegebene Zeitraum von einem Jahr und einem Tag eine Erfindung der Schriftsteller wäre. Als Argument wird angebracht, dass eine Ehe auf Probe im Grunde eine Verlobung war, und sobald diese »Verlobung« vollzogen wurde, eine richtige Ehe wurde. Vielleicht handelte es sich hierbei um die »rechtliche« Definition, aber ich bin der Meinung, dass eine Ehe auf Probe tatsächlich eine zeitlich begrenzte Ehe war. »Der Krieg der einäugigen Frau« lässt dieses vermuten. In fast jedem Buch, das ich las, um Informationen für diese Geschichte zusammenzutragen, wurde die Ehe auf Probe erwähnt und immer als eine zeitlich befristete Ehe (mit ehelichen Rechten) dargestellt.

Das Feenbanner der MacLeods ist jetzt nur noch ein fadenscheiniger Stofffetzen, den man sich aber immer noch ansehen kann. Das Banner wird in einem Rahmen in der großen Halle von Dunvegan Castle ausgestellt, welches immer noch der Sitz der heutigen MacLeods of MacLeod ist.

Bis zur Mitte des achtzehnten Jahrhunderts war Dunvegan nur vom Meer aus erreichbar. Jetzt gibt es dort einen wunderschönen Eingang zur Festung von der Landseite. Auch wenn man meinen sollte, dass es einen Geheimgang geben müsste, gibt es dafür keine Hinweise. Dunvegan ist ein wunderschöner Ort, den es lohnt zu besuchen, und das Verlies ist, wie ich es auch beschrieben habe, schrecklich. Ein wirklich grausamer MacLeod sorgte tatsächlich dafür, dass von der Küche aus in das Verlies entlüftet wurde.

Es gibt zwar keine Aufzeichnungen darüber, dass James VI. tatsächlich Isabels Heirat vermittelt hat, doch es gibt Hinweise darauf, dass sie zum Gefolge von Queen Anne gehörte. Und da Rory um diese Zeit tatsächlich »geächtet« war, bin ich der Meinung, dass ihre Heirat eine diplomatische Lösung von King James gewesen sein könnte, die verfeindeten MacDonalds und MacLeods miteinander zu versöhnen.

Die Zeit der »Lordship of the Isles« kennzeichnete den Höhepunkt der gälischen politischen Macht und Kultur in Schottland. Fast 150 Jahre lang herrschten die Lords unter der

Führung des Clan Donald über große Teile Westschottlands und die von Schottland unabhängigen Inseln. Die *Lordship* fiel 1493 an die Krone. Es gab ein paar Versuche, sie wieder zu beleben – und dazu gehörte der Versuch, den ich im Brief von Donald Gorm Mor, dem MacDonald von Sleat, an Queen Elizabeth beschrieben habe. Der Fall der *Lordship* leitete eine Epoche in den Highlands ein, die man später als Zeitalter der »Fehden und Raubzüge« bezeichnete und eine Machtverschiebung vom Clan Donald auf Clan Gordon und Clan Campbell einläutete.

Im Gegensatz zu meiner Darstellung der Ereignisse war King James bereits in England, als Margaret im Sommer 1603 bei Hofe erschien. King James verließ Edinburgh am 5. April 1603 in Richtung England. Er kehrte nur noch einmal nach Schottland zurück – und zwar im Jahre 1617.